BASTEI
LÜBBE
TASCHENBUCH

Weitere Titel des Autors:

Die Oger
Der Rubin der Oger
Blutiger Winter

Titel in der Regel auch als E-Book erhältlich

Über den Autor:

Stephan Russbült wurde 1966 in Rendsburg in Schleswig-Holstein geboren. Er absolvierte eine Lehre als Großhandelskaufmann, studierte dann Betriebswirtschaftslehre und arbeitet heute als Angestellter in der Windenergiebranche. Aus seiner langjährigen Begeisterung für Fantasy-Rollenspiele erwuchs auch seine Leidenschaft, Geschichten zu Papier zu bringen. Stephan Russbült lebt mit seiner Frau und seinen beiden Kindern in Husum.

Stephan Russbült

DÄMONEN-GOLD

Roman

BASTEI
LÜBBE
TASCHENBUCH

BASTEI LÜBBE TASCHENBUCH
Band 20 001

1. Auflage: Mai 2011

Bastei Lübbe Taschenbuch in der Bastei Lübbe GmbH & Co. KG

Textredaktion: Julia Abrahams
Lektorat: Ruggero Leò
Titelillustration: Guter Punkt GmbH Co. KG
Umschlaggestaltung: Guter Punkt, München
Satz: Urban SatzKonzept, Düsseldorf
Gesetzt aus der Goudy Old Style
Druck und Verarbeitung: CPI – Ebner & Spiegel, Ulm
Printed in Germany
ISBN: 978-3-404-20001-6

Für meinen Bruder, Peter
(26. 10. 1957 – † 24. 05. 2010)*

Blut ist dicker als Hauswein

Prolog
Alle Wege führen in die Hölle

In einer Welt weit im Norden, zu einer Zeit, in der man dachte, der Glaube an einen einzigen Gott würde die Menschen von Willkür, Tücke und Bosheit ihres Schöpfers befreien.

Geweihte Orte, die dem Clan der Asen gehörten, gab es mehr als Gasthäuser, in denen der Met besser schmeckte als das Essen – und die Qualität des Essens ließ zumeist zu wünschen übrig. Um die meisten dieser Orte rankten sich unzählige geheimnisvolle Erzählungen – mehr, als in Wirklichkeit zu finden waren. Aber einige wenige verbargen mehr, als die finstersten Geschichten ahnen ließen. Die Gruft Kyvell am Fuß der Norneneiche war so ein Ort. Der Komplex aus Gewölben wurde auch bezeichnet als Hallen der Helvete, Göttin der Unterwelt. Der Tod war hier vergleichbar mit Kartoffelschnaps in einer Schenke – er wurde kalt serviert, und das am besten im Dutzend.

Der Eingang zur Gruft bestand aus nicht mehr als einer halb verrotteten Holztür, die schräg zwischen einigen Felsen in den Angeln hing. Unberührt von der jahrelangen Einwirkung der Witterung, prangte eine dunkel eingebrannte Rune im Holz. Für viele war sie lediglich ein heidnisches Symbol, das einem geborstenen Pfeil glich, doch für manche, die mit den Bedeutungen der Runen vertraut waren, stellte sie den Wegweiser in die Hölle dar. Knorrige Wurzeln hielten die Zarge der Tür im Felsen fest, als ob sie befürchteten, die Tür könne davonfliegen. Fast eintausend Fuß schraubte sich die uralte, in den Stein gehauene Wendeltreppe, die sich hinter dem Eingang verbarg, in die Tiefe. Mit jeder Stufe, die man nach unten tat, wurde die Luft stickiger und die Dunkelheit schwärzer. Am Fuße der Stiege begann das schier endlose Labyrinth aus Tunneln und kleinen Kammern, welche die verwesten Körper lang vergessener Helden bargen – Helden, die im

Glauben an ihre Götter gefallen waren und diese selbst noch nach ihrem Tod verehrten. Ihr Hass gegen alles Lebende ließ es nicht zu, dass ihre Körper zu Staub zerfielen und sie die ewige Ruhe fanden. Der Groll nährte ihren ruhelosen Tod und ließ sie in den feuchten Grüften nach jedem Leben trachten, dass es wagte, ihre Welt zu betreten. Wenn die Ablehnung der Toten den Lebenden gegenüber einen Namen gebraucht hätte, wäre Kyvell die richtige Wahl gewesen. Der Name eines Mannes, der versucht hatte, den Göttern zu trotzen, und von ihnen mit ewigem Leben und einem verfaulenden Körper bestraft wurde.

Zwei Tage in den Tiefen der Finsternis war für die gefangenen Seelen hier unten keine signifikante Zeitspanne, doch für die Lebenden waren es zwei Tage zu viel.

Ingvarrs Nerven waren gespannt wie Drahtseile. Klösel Taufenfels – ein Mann des Glaubens, der lieber das Land durchstreifte, um alles Böse zu bekämpfen, denn den Hilfsbedürftigen Trost und Beistand zu spenden – hatte ihn vor gut drei Wochen als Magier angeheuert, weil der vorige den Weg alles Irdischen gegangen war. Dies war seine erste Mission in Begleitung seiner vier neuen Gefährten, und dann führte diese ihn gleich an einen solch unwirtlichen und lebensfeindlichen Ort!

Unwillkürlich wirbelte er herum, als die lehmverputzte Wand neben ihm in sich zusammenstürzte. Ohrenbetäubender Lärm begleitete das Geröll, und eine graue Wolke aus Staub und Asche schlug ihm und seinen Gefährten entgegen. Ein Atemzug, und Nase, Mund und Rachen füllten sich mit dem mehligen Staub. Ingvarrs Augen verklebten, und außer dunklen Schatten, die sich hinter einem trüben Schleier bewegten, konnte er nichts mehr erkennen. Schnell wischte sich Ingvarr mit dem Ärmel über die Augen, denn eingeschränkte Sinne konnten hier unten schnell tödlich enden.

Hallthorr, der stämmige Kämpfer aus einer der kleinen Provinzen am Fluss Meks, taumelte rückwärts und in Ingvarr hinein. Der sonst so unbeugsame und vor Kraft strotzende Krieger wankte wie ein altersschwacher Bettler nach einigen Humpen Met. Aus seiner Brust ragte der abgebrochene Schaft eines Speers. Die Spitze der Waffe hatte sich durch die Glieder des Kettenhemdes und tief ins Fleisch gebohrt. In den letzten drei Wochen hatte Hallthorr Tampenstein seine Kampfkunst mehr als einmal bewiesen, sodass Ingvarr es für unmöglich gehalten hatte, dass der Hüne jemals durch die Waffe eines anderen zu Fall gebracht werden konnte.

Wie um das Gegenteil beweisen zu wollen, brach Hallthorr vor ihm zusammen. Der zweihundert Pfund schwere Mann krallte sich an Ingvarrs Robe fest wie ein Kind, das man seiner Mutter entreißen wollte, und drohte dabei, ihn selbst mit zu Fall zu bringen. Nur seiner günstig erworbenen und somit auch schlecht verarbeiteten Kleidung verdankte er es, dass er auf den Beinen blieb. Der Knopfsaum riss aus dem schweren Wollstoff, und Ingvarr meinte in den Pupillen des Kriegers zu sehen, wie dessen Leben an diesen dünnen, brüchigen Fäden hing. Als Hallthorr mit Entsetzen in den aufgerissenen Augen zu Boden sank, wich auch der letzte Rest Leben aus ihm.

Es konnte nicht sein. Es durfte nicht sein. Ingvarr war wie gelähmt vor Angst. Er und seine Gefährten hatten noch nicht einmal die innere Grabstätte erreicht. Die anderen hatten ihm versichert, dass noch keine Gefahr bestünde. Niemals, so sagten sie, würden sich die Toten so weit hinauf an das Reich der Lebenden wagen. Sie mussten es doch wissen, schließlich waren sie schon auf vielen Missionen dieser Art unterwegs gewesen. Wie konnten sie sich so irren? Dies hier war der Kreuzgang – ein Foyer in das Reich der Unterwelt. Das kuppelförmige Gewölbe mit seinen Verbindungsgängen in alle Himmelsrichtungen war die Gebetsstätte der hinterbliebenen Angehörigen, dort, wo sie um ihre Toten trauerten. Aus Lehm und Ziegeln, die so bleich waren wie die Toten selbst, hatte man diesen Raum geschaffen, um den Verstorbenen nahe sein zu können und ihnen dennoch nicht begegnen zu müssen. Jetzt war aus der Halle des Trauers ein Höllenschlund geworden, der Untote hervorspie, wie ein Quell frisches Wasser.

Dicht zusammengedrängt, wurden sie von den Unholden aus dem Reich der Toten umringt. Nur als Schemen waren die Kreaturen zu erkennen. Immer näher schienen sie zu rücken, und das Schlurfen und Stöhnen hüllte Ingvarr und seine Gefährten ein wie die Staubwolke, in der sie standen.

Klösel hielt sein heiliges Symbol, ein Kreuz aus Silber, dessen Balken um den Schnittpunkt herum von einem Ring verbunden wurden, am ausgestreckten Arm vor sich. Er war bereit, sich den Unholden dieser Gruft zu stellen. Das Symbol und die Worte Gottes geboten jeder Kreatur Einhalt, die es wagen mochte, der Finsternis zu entsteigen. Leider war es dazu nötig, seinem Widersacher von Antlitz zu Antlitz entgegenzutreten. Im Moment machte es der Staub, der sich immer noch nicht gelegt hatte, allerdings unmöglich, mehr als ein paar Schritt weit zu sehen. Dennoch betete Klösel die heiligen Worte in der alten Sprache der Gelehrten ununterbrochen vor sich hin, in der Hoffnung, dass seine Worte und Gesten zu einem der ruhelosen Toten vordrangen und ihm das schenkten, was die fremden Götter ihm verwehrten.

Sein wortgewaltiges Auftreten ermöglichte es ihren Gegnern, Klösel schnell aufzuspüren und gezielt zu attackieren. Wie aus dem Nichts heraus tauchte ein skelettierter Arm in seinem Rücken auf und schmetterte ihm einen Ziegel gegen die Schläfe. Ein zweiter Gegner rammte ihm das zerborstene Brett eines Sargdeckels ins Genick, und als der Priester stöhnend auf die Knie fiel, trieb ihm ein weiterer Angreifer ein drei Ellen langes, geschmiedetes Kreuz durch den Unterleib.

Dieselbe Angst, die Ingvarr lähmte, schnürte ihm jetzt auch noch die Luft ab. Klösel Taufenfels war der Herr über die Toten. Er war es, der sie zu Dutzenden in ihre Gräber zurückschickte. Seine Gebete verwandelten das, was nicht sein durfte, zu Staub. Er war das Herz und die Seele dieser Mission. Wie konnten sie bestehen ohne ihn?

Panische Schreie von Siman drangen zu Ingvarr. Der Schurke, der von allen nur »der Schatten« genannt wurde wegen seiner Meisterschaft in der Kunst der Tarnung, musste sich irgendwo über ihm an der Höhlendecke befinden, aber seine Worte klangen unverständlich und wurden immer wieder von gurgelnden Lauten und röchelndem Husten unterbrochen. Mit jedem erstickten Schrei seines Kumpans schwand in Ingvarr die Hoffnung auf ein glückliches Ende ihrer Mission. Plötzlich zerriss ein einziger Aufschrei den Tumult um ihn herum:

»Kyvell!«

Ingvarr wirbelte herum und versuchte sich zu orientieren. Er war plötzlich allein. Noch nie gekannte Panik erfasste ihn. Er brauchte seine Kameraden doch. Sie mussten ihm sagen, was er tun sollte. Er war der Neuling, ein unbeschriebenes Blatt, ein Fremder in einer fremden Welt. Sie konnten ihn doch nicht alle im Stich lassen.

Über den Verbleib von Rychel, dem schweigsamen Bogenschützen, konnte Ingvarr nur Vermutungen anstellen, doch ihm war bewusst, dass der junge Mann einen direkten Zweikampf scheute und versuchen würde, so viele Gegner wie möglich aus der Entfernung zu töten. Nur war das für Ingvarrs eigenes Überleben wenig hilfreich.

Es würde nicht mehr lange dauern, bis der Staub sich gelegt hätte und die verbleibenden Gegner sich über ihn hermachten. Er musste handeln, und zwar schnell. Ein toter Magier war keine Hilfe, und die Aussichten, sich den Angriffen der Untoten zu stellen und auch zu überleben, waren mehr als hoffnungslos.

Mit dem Schwert wusste Ingvarr nicht gekonnt umzugehen, und auch seine arkanen Fähigkeiten hatten sich noch nicht zur vollen Reife entwickelt, aber er wusste, wann ein Kampf verloren war. Diese Auseinandersetzung würde auf keinen Fall ein gutes Ende finden. Häufig war es so, dass Magier von sich selbst mehr überzeugt waren, als es ihre Fähigkeiten zuließen. Ingvarr wollte auf keinen Fall zu diesen Selbstüberschätzern gehören, denn die meisten von ihnen waren bereits tot, und die restlichen würden es bald sein und wussten es nur noch nicht.

Sein alter Lehrmeister hatte ihm einst beigebracht, dass man sich in einem aussichtslosen Kampf damit begnügte, das zu retten, was man noch besaß – zu allererst sein Leben.

Ingvarr streckte die Arme aus und spreizte die Finger. Seine Worte klangen fremd, und der Tonfall seiner Stimme war der eines anderen Ichs, als er die Formel intonierte. Wie von Geisterhand formte sich aus dem Staub sowie aus Licht und Dunkelheit ein schmaler Spalt vor ihm, der in den Farben des Regenbogens schillerte und zunehmend breiter klaffte, bis er schließlich Form und Größe eines Portals annahm. Ingvarr wusste, wie verletzlich er sich in diesem Moment machte, da er seine Position offenbarte, doch er richtete all seine Konzentration auf das Wirken des Zaubers.

Das Portal war fast vollständig geöffnet, als ein stechender Schmerz durch Ingvarrs Oberschenkel schnitt. Er wusste nicht, wie schlimm die Verletzung war, aber sie schmerzte grauenvoll. Tränen schossen ihm in die Augen. Er hatte nur wenig Zeit, das Tor zu durchschreiten, um sich in Sicherheit zu bringen. Ohne sich um die Wunde oder seine Gegner zu kümmern, humpelte er vorwärts auf das Dimensionstor zu, weiterhin die Formel vor sich hinmurmelnd. Als er es erreichte, drehte er sich noch einmal um: Seine Angreifer verharrten und versuchten, sich vor der für sie schmerzenden Helligkeit zu schützen. Mit einem letzten bedauernden Gedanken an seine Arbeitgeber trat Ingvarr in das Tor und wurde von ihm verschlungen.

Gleißendes Licht hüllte ihn ein. Er spürte, wie die Energie an ihm zerrte, um ihn dorthin zu bringen, wo er in Sicherheit war – zu einem Ort weit weg von hier, einem Ort, der ihm jahrelang ein gutes Zuhause gewesen war. So hatte sein verstorbener Meister ihm den Zauber gelehrt, und so hatte er ihn während seiner Adeptenprüfung auch bereits einmal gewirkt – unter Aufsicht.

Der Kampflärm verklang, und seine eigene Stimme hörte sich an, als käme sie von jemandem, der hinter ihm stand. Es war so, wie sein Meister es ihm tausendfach erklärt hatte, und doch war etwas anders. Nur konnte er nicht sagen, was ... Noch nicht.

I
Manchmal ist allein zu sein besser

An einem Ort zwischen den Welten, zu einer Zeit, in der man seit Tausenden von Jahren wusste, dass nicht die Götter die Geschicke des Bösen lenkten. Denn dies lag allein in »ihrer« Hand.

Der steinerne Thron bohrte sich durch die kniehohen Nebelschwaden am Boden wie die Spitze eines Berges durch die Wolkendecke. Immer wieder tauchten die stachelbesetzten Rückenschilde von kleinen Kreaturen aus dem Nebel auf, die sich in ihm verbargen. Gelegentlich stieß der eine oder andere einen spitzen Zischlaut aus, und wenn zwei von ihnen aufeinander trafen, fauchten sie sich an, bis einer den Rückzug antrat. Baazlabeth hockte auf seinem Thron. Seit einer Ewigkeit schon schenkte er den Lemuren keine Aufmerksamkeit mehr. Die Totengeister waren für ihn nichts anderes als Haustiere, deren Gegenwart er im Laufe der Zeit überdrüssig geworden war.

Es gab eine Zeit, da war alles neu und interessant für ihn gewesen. Er hatte Spaß daran gehabt, das bösartige Treiben der Lemuren untereinander zu verfolgen. Jedem dieser Wesen, und es waren etliche Dutzend, hatte er einen Namen gegeben. Er konnte sie genau voneinander unterscheiden und kannte ihre persönlichen Eigenheiten. Jeder von ihnen war ein Symbol seines eigenen, früheren Lebens gewesen. Doch jetzt, Äonen von Jahren später, erkannte er nichts mehr in ihnen. Sie waren wie Ungeziefer, und alles, was ihn mit den kleinen Kreaturen verband, war, dass sie Zeit und Raum mit ihm teilten.

Baazlabeths Körper langweilte sich. Er war dazu übergegangen, Geist und Körper getrennt voneinander zu betrachten. Sein Körper war oft untätig, sein Geist dagegen niemals. Solange er sich noch in seiner Imagination auf Foltermethoden besinnen und sich neue ausdenken konnte, um sie an Wesen auszuprobieren, die seinen Weg kreuzten, weil sie sich in sein Reich verirrt hatten, hatte er genug zu tun. Manchmal begnügte er sich auch damit, sich Bösartigkeiten auszudenken, die er als Rollenspiel in seinem Kopf ablaufen ließ.

Baazlabeth wusste nicht, wohin ihn dieses Dasein führen würde, es spielte aber auch keine Rolle, denn alles, was unendlich währte, konnte kein Ziel haben.

Mit einem Mal herrschte Unruhe unter den Lemuren. Pfeilschnell schossen sie durch den Nebel und versammelten sich in einer Ecke des Raumes. Ihre Aggression gegeneinander war wie verflogen. Sie verfolgten nun ein anderes Ziel, eines, das ihre volle Aufmerksamkeit beanspruchte und sie die Zwistigkeiten zwischen sich vergessen ließ.

Auch Baazlabeth spürte es. Sein Körper erwachte, und das Zucken seiner Muskeln vertrieb die Langeweile. Es wurde Zeit, einige seiner geistigen Ergüsse in die Tat umzusetzen. Er erhob sich von seinem Thron und betrachtete voller Genugtuung die Erregung, die unter den Lemuren herrschte. Sie waren niedere Wesen, jedenfalls an diesem Ort, aber ihr Instinkt und ihr Erinnerungsvermögen funktionierten ausgezeichnet. Es mochte zehn oder mehr Jahre her sein, dass der letzte Besucher seinen Weg in Baazlabeths Reich gefunden hatte. Doch noch immer erinnerten die Lemuren sich an den Geschmack des Blutes. Sie schienen jede Einzelheit in ihr Gedächtnis aufzusaugen und sich daran so lange zu laben, bis ihnen etwas Neues vorgesetzt wurde.

Baazlabeth selbst konnte sich an seinen letzten Besucher kaum noch erinnern. Schon nach wenigen Tagen waren die zeternden Schreie des Opfers in seinem Kopf verklungen. Nach einem Jahr erinnerte er sich nicht mehr im Detail an dessen Aussehen, und nach zehn Jahren blieb von ihm nicht mehr als ein trüber Schatten. Baazlabeth wünschte sich ein Gedächtnis wie das der Lemuren.

Er liebte es, sie zu enttäuschen. Die Lemuren hatten sich die Ecke gemerkt, an der sie zuletzt den Raum zum Fressen verlassen hatten. Was ihre kleinen Hirne allerdings nicht begriffen, war die Tatsache, dass es keine Ecke gab, sondern lediglich die Illusion einer Ecke. An diesem Ort existierte nichts außer Baazlabeth und sein Wille. Niemand konnte sich hier aufhalten, ohne dass er es wollte. Alles, auch die Lemuren, war seinem Wohlwollen ausgeliefert. Der Raum, in dem er sich befand, der Thron und selbst der Nebel entstanden nur durch seine Gedanken. Er bestimmte, wo sich eine Mauer auftat und ein Gang entstand. Er bestimmte, wo dieser endete und wo er hinführte. Ohne seine Existenz gab es kein Hier – kein Reich zwischen den Welten.

Baazlabeth verformte die Steine der Mauer neben seinem Thron, sodass sie begannen, ineinander zu verschwimmen. Auf halber Höhe der Wand bildete sich ein immer größer werdendes Loch, durch das die Felsen wie im Strudel einer Sanduhr eingesogen wurden. Der Sog wurde tiefer und breiter, bis er die Form eines Tunnels angenommen hatte, der in der Dunkelheit verschwand. Dann erstarrte jedwede Bewegung. Langsam aber unaufhaltsam kroch der Nebel mit seinem fahlen Glanz in den Gang und tauchte ihn in schummriges Licht.

Baazlabeth betrat die neuen Gefilde seines Reiches. Schon nach wenigen Schritten hörte er das empörte Fauchen der Lemuren hinter sich und das Kratzen ihrer Krallen, als sie ihm folgten. Niemals würden sie es wagen, ihm zu nahe zu kommen oder gar vorauszueilen. In all ihrer euphorischen Aufregung zogen sie hinter ihm her wie ein Schwarm Möwen hinter einem Fischerboot. Sie fraßen nur das, was zu Boden fiel.

Mit jedem Schritt, den Baazlabeth tat, wurde die Anspannung unter den Lemuren größer. Und dieser Tunnel war lang, länger als er ihn sonst erschuf. Er liebte ihre Erregung.

Eine schwere Eichentür mit eisernen Beschlägen verhieß das Ende des Ganges. Baazlabeth nahm einen tiefen Atemzug, bevor er den Raum hinter der Tür betrat.

Dunkelheit verbarg das jenseitige Ende des Gewölbes. Fünfzig Schritte vor Baazlabeth und seinem kriechenden Gefolge erhellte das Feuer in einem geschmiedeten Feuerkorb ein kleines Areal im Nichts. Schräg darüber hing von der imaginären Decke eine Eisenkette mit einem robusten Gefängniskäfig. Darin hockte eine Gestalt, die versuchte, unter ihrem zerschlissenen Wollumhang Schutz zu finden.

Baazlabeth näherte sich bis auf zwanzig Schritt und verharrte in der Finsternis. Das Licht aus dem Gang war erloschen, und die Lemuren kauerten lautlos hinter ihm. Er hatte gelernt, den Schrecken häppchenweise zu servieren und ab und zu mit etwas Hoffnung zu würzen. Dies verlängerte das Spiel mit seinen Gästen und ließ Baazlabeth die Abwechselung in seinem Leben bis ins Letzte auskosten. Ob es seine

Besucher genauso sahen, bezweifelte er, doch es ging hier nur um sein Vergnügen, nicht das ihre.

»Hilfe! Hilfe, hört mich denn keiner?«, wisperte Baazlabeth mit der Stimme eines kleinen Mädchens.

Nur langsam reagierte die Gestalt in dem Käfig. Es handelte sich zweifellos um einen Menschen. Er schien verletzt und desorientiert zu sein, was angesichts seiner Lage auch kein Wunder war. Unter schmerzerfülltem Stöhnen presste er sich den Umhang auf den Oberschenkel. Kraftlos und mit verdrehten Augen lehnte er seinen Kopf gegen die Gitterstäbe.

»Hilf mir bitte«, flüsterte Baazlabeth erneut.

Nun kam endlich Leben in den Besucher. Mit beiden Händen griff er nach den Gitterstäben und rüttelte an ihnen, dann stierte er in die Richtung, aus der die Stimme gekommen zu sein schien.

»Wo bist du, Kleines? Zeig dich.«

»Ich bin hier drüben. Ich habe Angst.«

Der junge Mann im Käfig schien die Dunkelheit mit seinem Blick bezwingen zu wollen, doch nach wenigen Augenblicken schon gab er auf. Offenbar schwanden seine Kräfte wieder, und er sackte in sich zusammen.

»Wo bin ich?«, stöhnte der Gefangene.

Mit eiligen Schritten nahte Baazlabeth heran und flüsterte dem Menschen mit der kindlich verstellten Stimme ins Ohr: »Das kann ich dir sagen.«

Der Ohnmacht nahe, hatte der junge Mann die Augen geschlossen, doch er wandte seinen Kopf zur Seite, als würde er einer Stimme aus einem Traum folgen.

»Am Arsch!«, brüllte Baazlabeth und blies dem Menschen seinen fauligen Atem ins Gesicht.

Die Panik des Mannes ließ dessen Muskeln schneller reagieren als den Verstand. Er sprang auf und stieß mit dem Kopf gegen die Eisenstangen. Etwas benebelt taumelte er rückwärts und geriet mit einem Fuß zwischen die Gitterstäbe. Ins Leere tretend, rutschte der Kerl ab und klemmte sein Bein auf Höhe des Oberschenkels zwischen den Sprossen ein. Nun verlor er vollends das Gleichgewicht und stieß abermals mit Kopf und Nacken gegen die Eisenstangen.

Vor Furcht ganz starr, hockte Ingvarr in der äußersten Ecke des Käfigs und traute seinen Augen kaum. Weniger als zwei Schritte entfernt baute sich die Gestalt eines entsetzlichen Untiers zu voller Größe auf. Seinen zwölf Fuß großen, halb humanoiden Körper bedeckte eine rotbraune Haut, die an übermäßig vielen Stellen von schwarzen Borsten bedeckt wurde. Seine Beine waren eindeutig die eines Huftiers, wenn auch zu groß und zu kräftig für einen Stier. Oberkörper und Arme wären der Stolz eines jeden Riesen gewesen, doch das Rückgrat, welches sich als stachelbesetzter Kamm vom Hals bis zum Steißbein abzeichnete, war nichts, was Ingvarr je zuvor an einem Wesen erblickt hatte.

Aber nicht die Größe und die Kraft des Ungetüms ließen Ingvarr in Panik verfallen, sondern dessen groteske Fratze. Oberhalb der Schultern schien sich ein Sammelsurium verschiedener Wesen zu vereinen. Grob betrachtet, handelte es sich um eine Mischung aus Ziegenbock und Büffel, doch die Augen strahlten eine Intelligenz und Bösartigkeit aus, die keinem Tier gegeben war. Der überbreite, fast lippenlose Mund schien bis zum Bersten voll gestopft mit den messerscharfen Zähnen eines Raubtieres. Krönender Abschluss waren die zwei Hörner, die seiner Stirn entsprangen und wie die eines Widders seinen Kopf umschmeichelten.

»Ich weiß, ich hätte mich ein wenig rausputzen sollen, aber ich war nicht auf Besuch vorbereitet. Dennoch herzlich willkommen, Herr ...?«

»Ingvarr«, beantwortete er wie hypnotisiert die indirekte Frage.

Dann besann er sich. Blitzschnell griff Ingvarr unter seinen Umhang und zog das heilige Symbol seines Gottes, das silberne Kreuz mit dem eisernen Ring um den Schnittpunkt der Balken herum. Er hatte es auf einem Marktplatz erstanden und hoffte, dass es seinem überhöhten Preis gerecht werden würde. Drohend fuchtelte er damit in Richtung seines Peinigers. »Gott, höre mich an und helfe mir im Kampf gegen diese Ausgeburt der Hölle!«, brüllte er.

Baazlabeth legte den Kopf schief.

»Ich muss dich enttäuschen, Menschlein mit dem Namen Ingvarr. Beide der eben genannten Parteien haben keine Macht an diesem

Ort. Soweit ich das beurteilen kann, ist die eine Seite zu dumm und die andere zu träge, um sich für meine Belange zu interessieren. Welche Beschreibung auf wen zutrifft, ist mir leider entfallen.«

Himmel und Hölle waren zwei gern genannte Orte, auf die sich seine Besucher immer wieder beriefen. Baazlabeth kannte keinen davon, aber er vermutete, dass sie stellvertretend für Gut und Böse oder Ordnung und Chaos standen.

Dem Menschen glitt das Symbol aus den Fingern. Es fiel durch die Gitterstäbe und verschwand im Nebel.

»Du sprichst in der Sprache des gesegneten Volkes. Wer oder was bist du, und warum hast du mich an diesen unheiligen Ort verschleppt?«, stammelte der Gefangene.

Baazlabeth spannte seine Gesichtsmuskeln an und versuchte, einen Ausdruck von Schockiertheit aufzusetzen, doch die ängstliche Reaktion seines Besuchers zeigte ihm sein Versagen.

»Immer langsam, nicht so viele Fragen auf einmal. Fangen wir vorne an. Aber für jede Frage, die ich dir beantworte, beantwortest du mir auch eine.«

Baazlabeth erwartete keine Antwort, ihm war bewusst, dass der Mann sich erst einmal an seine neue Umgebung gewöhnen musste, insbesondere deswegen, weil es die letzte sein würde, die er zu sehen bekam.

»So, nun zu deiner ersten Frage. Ich kann sprechen, weil es mir langweilig wurde, mit meinem Essen nur in Schriftform zu kommunizieren. Und dass du die Sprache als jene des gesegneten Volkes bezeichnest, ist für mich der Hinweis darauf, dass man dich schnell verspeisen sollte, weil ihr sehr kurzlebig seid. Außerdem spreche ich alle Sprachen ... fast alle ... auf jeden Fall die der Wesen, die man auch essen kann. Naja, essen kann man fast alle, aber schmecken tun nur wenige. Mein Orkisch ist wirklich mies, aber ihr Geschmack ist auch so übel, dass sich ein Gespräch vor dem Essen kaum lohnt. Gnome sind ausgesprochen lecker, deren Sprache beherrsche ich aber nur bruchstückhaft. Um genau zu sein, kann ich nur den einen Satz, den sie mir beigebracht haben: Nein, nein, bitte nicht, lass mich doch laufen, wähähä.«

Der Gefangene hatte sein Gesicht tief in den Händen vergraben. Mit jedem Wort, das aus Baazlabeths Schlund drang, lief eine Welle der Erschütterung durch den Körper des Menschen.

Zur Versöhnung kratzte Baazlabeth mit seinen krallenartigen, schwarz unterlaufenen Fingernägeln an den Gitterstäben. Jede weitere Anstrengung, einen vertrauenswürdigen Eindruck zu erwecken, unterließ er. Schon vor Jahren war ihm klar geworden, dass so gut wie jedes Merkmal an ihm das Gegenteil von Vertrauen ausdrückte. Damals war ein alter Hexer bei seinem Anblick tot zusammengebrochen.

»Na gut, dann bin ich jetzt dran, eine Frage zu stellen«, sagte er, als keine Reaktion des Mannes zu erkennen war. »Hast du in letzter Zeit Zaubertränke zu dir genommen oder leidest du an einer Vergiftung?«

Der Mensch schüttelte kaum merklich den Kopf.

»Ich werte das als ein Nein, und somit nagt eine Hand an der anderen, wie das Sprichwort sagt. Nun zu deiner Fehleinschätzung, was diesen Ort betrifft: Dies hier ist kein unheiliger Ort, sondern mein Heim. Alle Einrichtungsgegenstände sind handverlesen, selbst der Käfig, in dem du sitzt.«

Baazlabeth schaute sich um und zupfte gedankenverloren an seinem Kinnbart. »Naja, es ist recht rustikal hier. Dafür wird auch nicht alles vollgesaut, wenn wir uns näher kommen. Auf jeden Fall ist es mein Zuhause, in das du eingedrungen bist. Du hast versucht, mit einem Zauber Zeit und Raum zu überbrücken, und bist irgendwo dazwischen stecken geblieben. Ich bin wieder dran. Es läuft gut zwischen uns, findest du nicht auch?«

Baazlabeth zog die Unterlippe hoch, riss die Augen weit auf und fuchtelte mit seinen Fäusten wild umher wie ein Kind, das sich über Geschenke freute. »Kannst du mir sagen, ob du mit irgendwelchen Schutzzaubern beladen bist? Wurdest du getauft oder vielleicht sogar heiliggesprochen?«

Der Mensch hatte inzwischen seinen Kopf zwischen die Knie gelegt und die Arme davor verschränkt. Zuerst hörte es sich an, als würde er ein leises Wimmern von sich geben, doch dann wurden die Worte, die er sprach, immer lauter und kräftiger – offensichtlich versuchte er, einen Zauber zu wirken.

Schließlich hob der Mann den Kopf aus seinem Schoß. Seine Augen starrten Baazlabeth hasserfüllt an. Die letzten Worte brüllte er und breitete die Arme zu einer großen Geste aus.

Der Zauberspruch blieb wirkungslos. Baazlabeths drohte in seinem

Reich keine Gefahr durch fremde Magie, dennoch machte sich etwas wie Enttäuschung in ihm breit. Was dachten seine Besucher, wie einfältig er war. Sie versuchten es doch immer wieder ...

»Du hast recht, es läuft nicht so gut«, sagte er, »aber das ist nicht meine Schuld. Wenn du so naiv bist und denkst, dass ich Magier in meine Gewalt bringe und mich nicht gegen ihre Zauber schützen kann, dann kann nie etwas aus uns beiden werden.«

Der Mensch trat mit Wucht gegen die Gitterstäbe. »Was willst du von mir, du Scheusal? Wozu all diese Fragen?«, brüllte er.

»Das liegt doch auf der Hand. Es ist alles eine Frage der richtigen Zubereitung.«

»Welcher Zubereitung?«

»Deiner.«

Baazlabeth griff in den Nebel und zog einen mächtigen Dolch hervor, die eine Seite scharf geschliffen, die andere mit Sägezähnen. Augenblicklich verlor der Mann die Nerven und begann, wie ein Verrückter im Käfig herumzuspringen.

»Das ist alles ein Traum, alles Trugbilder und Illusionen«, schrie er. »Es gibt dich nicht wirklich. Du bist nur in meinem Kopf.«

Noch nicht, aber es kann nicht mehr lange dauern, überlegte sich Baazlabeth.

Er war einen Schritt zurückgetreten und wartete ab, dass der Anfall vorüberging.

»Du musst dich wieder beruhigen«, sagte er sanft und erzielte damit auch die gewünschte Reaktion.

»Und warum?«, wimmerte der Gefangene, der nun auf den Knien am Gitter hockte.

»Dein Fleisch wird sonst zäh, und dein Blut übersäuert sich.«

Baazlabeths Muskeln begannen abermals, nervös zu zucken. Es fühlte sich an wie kleine Blitze, die durch seine Adern schossen. Die Härchen auf der Haut stellten sich auf, und ein Schauer überfiel ihn.

Was denn, was denn, zwei Gäste an einem Tag? Wenn das so weitergeht, sollte ich Eintritt verlangen.

Das anfängliche Gefühl erwies sich jedoch schnell als falsch. Es war ähnlich und doch auch wieder nicht. Der arkane Ursprung mochte aus derselben Quelle stammen, doch die Wirkungsweise dieser Magie war so gegensätzlich zu der vorigen, wie sie nur sein konnte. Zauber, die einem auf der einen Seite Besucher bescherten, konnten genauso dazu verwendet werden, Einladungen zu verschicken. Solch eine Einladung bekam Baazlabeth gerade.

Seine Beine fühlten sich an, als wären sie eingeschlafen und das Blut begänne gerade wieder, durch die Adern zu fließen. Ein unangenehmes Gefühl, als ob kleine Blitze auf der Haut tanzten und wie feine Nadelstiche alles durchlöcherten, worauf sie stießen. Das Gefühl selbst war kein neues für Baazlabeth, aber es war viele Jahre her, dass der Dämon es verspürt hatte – und mit jedem Jahr war die Erinnerung daran verblasst und die Hoffnung, es nie wieder zu spüren, gewachsen.

Normalerweise waren unangenehme Gefühle wie Nadelstiche oder Kribbeln nichts, worauf ein Dämon viel Aufmerksamkeit verschwendet hätte. Es kam darauf an, welchen Ursprung sie hatten, welche Bedeutung. Baazlabeths Welt war mit Sicherheit nicht der Nabel des Universums, und auch nicht der einzige Ort, an dem er sich vorstellen konnte zu leben, doch er hatte ihn sich ausgesucht. Über sich selbst bestimmen, den Ton angeben und entscheiden, wie es weiterging – all das würde er in wenigen Augenblicken für unbestimmte Zeit verlieren. Aber auch damit konnte man zur Not leben, wenn man wenigstens auf jemanden traf, der es verdient hatte, einen zu führen. Leider war es fast ausnahmslos so, dass man sich einem Wesen beugen musste, dass man unter anderen Umständen nur als Ungeziefer wahrgenommen hätte, oder vielleicht als Essen.

Baazlabeth schaute herab und sah, wie sich der Nebel langsam von seinen Füßen zurückzog. Und da waren sie auch schon, die leuchtenden Linien, die sich auf dem Boden um ihn herum abzeichneten. Jede einzelne von ihnen leuchtete wie das Band eines Kometen am Himmel. Sie verströmten das Licht aus einer anderen Welt. Sternförmig schienen sich die Linien in den Boden einzubrennen, um etwas aus seiner Welt herauszuschneiden und in die ihre zu bringen. Das Gebilde flammte erneut auf – dann war es so weit. Der Zauber entfaltete seine Kraft, und das Pentagramm hielt ihn in seinem Zentrum gefangen.

»Wir sehen uns wieder, Ingvarr«, brüllte der Dämon zornig.

Dann sog Licht ihn auf und trug ihn hinfort.

2
Da reicht man ihm den kleinen Finger

In einer Welt, geschaffen von den Göttern, geformt durch die Menschen und mit Bosheit gewürzt durch dämonische Besucher.

Die Reise, wenn man sie so nennen wollte, war noch nicht beendet. Baazlabeth hätte den Ausdruck Gefangennahme oder Entführung bevorzugt, wenn diese nicht so nach Versagen, Unterwürfigkeit und Schwäche geklungen hätten. Deswegen beschloss er, der jetzigen Lage überhaupt keinen Namen zu geben, nicht über sie nachzudenken oder sie später irgendwo zu erwähnen.

Er wusste genau, was mit ihm passierte. Es geschah nicht oft, aber die Male, die er erlebt hatte, waren ihm gut in Erinnerung geblieben. Die Situation, in der er sich befand, konnte nur wenige Ursprünge haben. Um es genau zu sagen, gab es drei Möglichkeiten: Zum einen gab es magische Artefakte, zum anderen komplexe, anspruchsvolle Flüche, die ihn in diese Lage hätten bringen können. Aber am Abscheulichsten fand er die Vorstellung, dass hinter alledem ein arkaner Magiewirker stand.

Er war in den unaufhaltsamen Strudel einer Beschwörung geraten. Einer Beschwörung, die ihn zwang, seine Welt zu verlassen und in eine andere zu wechseln.

Ein Teil seiner selbst – sein Bewusstsein – hatte den Ort schon erreicht, der sein Ziel sein sollte. Der andere Teil – sein materieller Körper – befand sich noch im unendlichen Nichts zwischen hier und dort. So etwas bezeichnete man als Schutzmechanismus, der verhindern sollte, dass Körper und Geist gleichzeitig in die unbekannte Umgebung geschleudert wurden oder – was noch schlimmer war – der Körper ohne Geist seinen Bestimmungsort erreichte. Es war schlecht, irgendwo in einer fremden Welt aufzutauchen und Wesen um sich zu haben, die einen aus Angst töten wollten, wenn man selbst geistig noch nicht auf der Höhe war. Schließlich musste man immer damit rechnen, auf größenwahnsinnige Magier zu treffen, die durch solche Zauber versuchten, die Welten vom Bösen zu befreien.

Baazlabeth hasste den Zustand, entzweit zu sein, wenn er ihn nicht selbst hervorgerufen hatte. Nicht nur, dass die Zeit in diesem Zustand kaum verrinnen wollte, viel schlimmer war die Einsicht, dass es außer seinem eigenen Willen und seinen körperlichen Instinkten noch etwas gab, was ihn lenken konnte, nämlich fremde Magie.

Baazlabeth empfand es schon als bedenklich, dass der Geist, der so zerbrechlich sein konnte, dem Körper, den er in seinem Falle als nahezu perfekt erachtete, seinen Willen aufdrängen konnte, doch er tröstete sich damit, dass die Götter sich hoffentlich etwas dabei gedacht hatten. Sein Körper machte ihn stolz. Er war trainiert und gestählt. Mit seiner Hilfe konnte er die Feinde zerfetzen. Niemand war ihm ebenbürtig. Er war einzigartig und mit Sicherheit auch die Krönung der Schöpfung aller Schattenwesen, und somit von seinem Standpunkt aus gesehen natürlich auch allen Gestalten des Lichtes weit überlegen. Nur leider besaß er nicht die uneingeschränkte Macht, wie es sich für einen Gekrönten ziemte, sondern hörte auf eine innere Stimme, die ihm mit ihrer Schlangenzunge Befehle erteilte. Mit Befehlen hatte Baazlabeth seine Probleme, auch wenn sie von ihm selbst stammten, von seinem Willen, seinem Geist.

Dieser Geist war es nämlich, der ihn oft verunsicherte. Es gab nichts Messbares an ihm, man konnte ihn nicht im Spiegel sehen, und dennoch war er zerbrechlich. Eine schwache Stelle in ihm, die, wenn sie verletzt wurde, nur schwerlich geheilt werden konnte. Baazlabeth nannte sie am liebsten eine Energie, das empfand er als unverfänglich. Seele oder Geist schienen ihm nicht wirklich angebracht. Dennoch brauchte man sich selbst nichts vorzumachen, zu ändern war es ohnehin nicht. Wichtig war nur, dass andere dachten, er sei davon befreit oder besäße etwas, dass ein wenig robuster war. Energie war genau die richtige Bezeichnung für solche Gespräche. Geist klang irgendwie nach dem Teil, der übrig blieb, wenn Sterbliche das Zeitliche segneten, er aber war nicht sterblich, sein Tod bedeutete nur, dass eine Welt für ihn nicht mehr zugänglich war. Ihn endgültig zu vernichten hieße, Tausende von Ebenen zu bereisen, sich ihm auf jeder neu entgegenzustellen und in keiner von ihnen zu unterliegen. Kurz gesagt: unmöglich.

Den Begriff Seele verwendete er nicht, weil dieser Mitgefühl und Verletzlichkeit ausdrückte – auf beides konnte er gut verzichten.

Baazlabeth konzentrierte sich wieder auf das, was ihn erwartete. Er musste die Zeit nutzen, die er hatte, bis sein Körper eintraf.

Als Erstes nahm er das Pentagramm wahr, in dem er stehen würde, wenn er die Reise beendet hatte. Auch wenn sein Körper noch nicht anwesend war, seine Sinne funktionierten einwandfrei. Das fein säuberlich ausgestreute Knochenpulver erstrahlte in gleißendem Licht. In Wirklichkeit tat es das natürlich nicht. Es war nur eine magische Warnung, die ihm zeigen sollte, wo er hingehörte und wo er zu bleiben hatte, bis er entlassen wurde. Ein Verstoß, egal wie gering er auch sein mochte, bedeutete Schmerzen. Eigentlich keine richtige Bestrafung für einen Dämon, aber diese Schmerzen hielten an, solange er existierte, und das würde voraussichtlich noch einige Tausend Jahre sein, wenn alles gut ging. Die dauernden Schmerzen konnten sich negativ auf seine Physis auswirken, in jeder Welt, und diese Vorstellung war wenig verheißungsvoll.

Langsam formten sich die Umrisse seiner Umgebung. Er war in einem Raum, einem runden Zimmer. Vier Fenster zeigten in alle Himmelsrichtungen, aber keines von ihnen stand offen, hölzerne Läden schützten vor neugierigen Blicken. Das Mobiliar bestand aus einer Ansammlung verschiedener Schränke, Truhen und Regale. Ein schwerer Tisch und ein thronartiger Stuhl beherrschten die Mitte des Raumes. Das Pentagramm, in dem er stand, befand sich direkt vor einer schweren Anrichte, die anscheinend als Raumteiler diente. Nirgends war eine Tür zu sehen, was Baazlabeth zu der Vermutung brachte, dass er sich in einem Turm befand, einem Magierturm. Irgendwo musste es eine Treppe geben, doch in all der Unordnung war nichts Dergleichen zu sehen.

Die Dinge, die sich in seiner Umgebung materialisierten, taten das in der Reihenfolge ihrer Beständigkeit. Zuerst entstanden Mauern, Felsen oder alte Bäume, danach Gegenstände, die lange nicht bewegt worden waren, und so weiter. Als Letztes zeigten sich Personen, kurz bevor Gerüche entstanden und das Bild komplett machten.

Die Regale im Zimmer füllten sich mit Büchern. Vasen und Kerzenhalter standen wahllos verteilt, und von der Decke hingen verschiedenartige Gerätschaften, welche die Geschmacklosigkeit der

Einrichtung unterstrichen. Eines davon sah aus wie die Nachbildung eines Planetensystems, wenngleich zwei dieser Welten eher eckig als rund schienen. Bei einem anderen Konstrukt dachte Baazlabeth zuerst, es handele sich um ein ausgefallenes Folterwerkzeug, bis er erkannte, dass es nur ein skurriler Pfeifenständer war, der anscheinend ausgedient hatte.

Baazlabeths Aufmerksamkeit wurde auf eine ruckartige Bewegung gelenkt. Eine mittelgroße Gestalt huschte in die Nähe des Tisches. Zwei weitere harrten dort schon aus, eine davon hatte auf dem Stuhl Platz genommen, die andere stand direkt daneben. Es waren Humanoide, schlimmer noch – Menschen.

Von allen Übeln dieser Welt hatte man ihm das größte beschert. Es schien so, als ob Menschen es sich zur Aufgabe gemacht hätten, alle unangenehmen Eigenarten in sich zu vereinen, um damit anderen Wesen auf die Nerven zu gehen. Sie waren streitsüchtig, besserwisserisch und meist übel gelaunt, gepaart mit einer ständigen Ängstlichkeit, die von ihrer Verletzlichkeit herrührte.

Baazlabeth hatte schon einmal mit dieser Art Primaten im Rahmen einer Beschwörung zu tun gehabt. Damals hatten sie ihm aufgetragen, den Eingang zu einer Gruft zu bewachen. Dagegen wäre eigentlich nichts einzuwenden gewesen, hätte er davorgestanden und die heranstürmenden Gegner einen nach dem anderen niedergemetzelt. In jenem Fall war es jedoch ganz anders gekommen: Vier Jahre stand er vor dem schweren Steinportal, bis der Erste und Einzige sich blicken ließ. Ein junger Mann, der keine Ahnung hatte, auf was er sich einließ. Seine Ausrüstung war spärlich und Kampferfahrung nicht vorhanden. Baazlabeth war sich sicher, dass der Kerl nicht einmal wusste, wer ihn getötet hatte.

Zwei Jahre später wurden die Katakomben durch ein Erdbeben vernichtet, und sein Amt löste sich in Staub auf. Damals hatte er sich geschworen, den Zeitraum, für den man seine Dienste in Anspruch nahm, genauer durch den Spruchwirker definieren zu lassen, um wenigstens abschätzen zu können, wie ungehalten er seinem Auftraggeber gegenüber sein musste. Wirkliche Konsequenzen würde dies dennoch nicht haben.

Der Auftrag, der einem Dämon gestellt wurde, unterlag gewissen Regeln und Bedingungen. So musste es sich um eine zeitlich begrenzte

Tätigkeit handeln. Es mochten nur wenige Augenblicke sein oder hundert Jahre, genauso konnte man aber auch einen bestimmten Anlass zur Erfüllung nehmen. Die Klauseln besagten, dass der Dämon sich nicht selbst töten durfte oder die Erfüllung des Auftrages darin bestand, dass er geopfert wurde. Ebenso wenig war es ihm gestattet, den beschwörenden Magier zu töten, was eigentlich die leidigste aller Regeln war. Einen Dämon zu Hilfe zu rufen, um einen anderen zu bekämpfen, war gleichermaßen untersagt.

Eine Unachtsamkeit in der Wahl der Worte, die seinen Auftrag beschrieben, führte unweigerlich dazu, dass der Beschworene sie zu seinen Gunsten auslegte. Ein Verstoß gegen die Regeln bei der Vergabe des Auftrages ließ den Zauberspruch unwirksam werden, und der Dämon konnte aus dem bindenden Pentagramm fliehen. Dies hatte meistens den Tod des Magiers zur Folge, weil Dämonen sich ungern entführen ließen und so ihren Unmut äußerten.

»Bei den Schriften des Torades, ist das ein Vieh!«, sagte der Mann, der Baazlabeth zuerst aufgefallen war. Er hockte jetzt neben dem Tisch.

Für Baazlabeth bedeutete der Ausspruch nur, dass sein Körper eingetroffen war und er sich nun gänzlich in dieser Welt aufhielt. Von Torades und seinem Geschreibsel hatte er noch nie gehört.

»Was hattet ihr gedacht, dass ich einen Wicht beschwöre, dem ich euer Begehr mitteile?«, antwortete der alte Mann in dem thronähnlichen Stuhl.

»Sei bloß still, Quacksalber, sonst nagle ich deinen Kopf an die Wand.«

Bei aller Antipathie gegen den Magier, die Baazlabeth empfand, weil dieser seine Ruhe und neuesten Experimente gestört hatte, ein Quacksalber war der Alte ganz sicherlich nicht. Jemanden wie ihn zu beschwören bedeutete eine Menge Erfahrung und Selbstdisziplin. Ein Quacksalber wäre jetzt schon tot.

Aber mit einem hatte der junge Mann recht: Er wäre in der Lage, den Magier an die Wand zu nageln, da er dem Alten eine gespannte und geladene Armbrust an den Kopf hielt – ein Zustand, der für diese Situation nicht alltäglich war.

Baazlabeth war von Natur aus neugierig. Zu sehr hätte ihn interessiert, welche Zwistigkeit die beiden veranlasste, sich töten zu wollen.

Leider hatte ihm die Vergangenheit gezeigt, dass es sinnvoller war, erst zu sprechen, wenn es ihm erlaubt wurde. Es gab arkane Zauberwirker, die es überhaupt nicht schätzten, Fragen beantworten zu müssen, und stattdessen mit schmerzvollen Sanktionen aufwarteten.

Egal, dachte Baazlabeth, *vielleicht töten sie sich gegenseitig, dann frage ich hinterher einfach den, der vorne am Tisch hockt.*

Vorerst begnügte er sich damit, den Akteuren zuzusehen. Der Jammerlappen, so nannte ihn Baazlabeth, weil er nicht glaubte, dass der Junge lange genug überleben würde, als dass es sich lohnte, sich für ihn einen richtigen Namen auszudenken, starrte ihn voller Ehrfurcht an. Diese Geste ließ ihn schon fast wieder sympathisch erscheinen, würde aber nichts an seinem Schicksal ändern. Der Jammerlappen trug ein einfaches Gewand aus braunem Leinenstoff. Eine Kapuze hatte man nachträglich angenäht. Lange fettige Haare hingen dem Mann ins Gesicht und ließen wenig von seinem Aussehen erkennen. Um die Taille hatte er eine Kordel gebunden, an der ein Dolch befestigt war. Der ramponierte Griff der Waffe allein reichte aus, um sagen zu können, dass man damit keinen Gegner einschüchtern konnte, der nicht nackt und hilflos an ein Rad gebunden war.

Der andere – Baazlabeth taufte ihn Flinkfinger – war ähnlich schlecht gekleidet. Er war hier im Raum der Wortführer, jedenfalls solange wie er mit der Armbrust auf den Magier zielte und diesen nicht tötete. Anscheinend kannte er sich mit Beschwörungszaubern nicht aus, andernfalls hätte er nicht gedroht, den Magier zu erschießen und Baazlabeth damit aus seinem Pentagramm zu entlassen. Der Dämon nahm sich vor, Flinkfinger noch ein wenig Nachhilfe in arkanen Beschwörungen zu geben, falls der wirklich so dumm war, den Magiewirker zu töten. Erst danach würde Baazlabeth den Jungen zermalmen.

Flinkfinger war einer von den Skrupellosen. Man sah ihm an, dass er schon öfter getötet hatte und es nicht an seiner Seele nagte. Er würde ohne zu zögern abdrücken. Sein Zeigefinger tippte in kurzen Abständen gegen den Auslöser der Armbrust, um den Druckpunkt zu bestimmen. Auch der Magier hatte die Natur des Mannes erkannt und sie nicht unterschätzt.

Baazlabeth wusste, dass sein Name *Lebuin Nemrothar* lautete. Der Zauber, den er gewirkt hatte, um den Dämon in diese Welt zu holen, verband die beiden miteinander und offenbarte viele ihrer Geheimnisse. Sie beide waren wie Baum und Blatt, einen Teil ihrer Existenz erlebten sie gemeinsam, bis es an der Zeit war, sich wieder zu trennen. Wobei *Baazlabeth* sich natürlich als Baum sah.

Nemrothar war in die Jahre gekommen. Sein einst lockiges, schwarzbraunes, schulterlanges Haar hing jetzt glatt herab und hatte sich weiß verfärbt. Seine körperliche Kraft war geschwunden, und der früher gut trainierte Körper entwickelte Falten und Wülste an Stellen, die nur mit großzügigen Gewändern verdeckt werden konnten. Das Alter hatte aber nicht nur seinen Tribut gefordert, es hatte ihm auch viel gegeben. Seine Erfahrung machte ihn bereits zu einem Quell der Weisheit, aber die Weiterentwicklung seiner magischen Fähigkeiten ließ ihn sogar zu einem der größten Zauberer werden, den die Menschen hervorgebracht hatten.

Eines jedoch war an ihm spurlos vorübergegangen und unverändert geblieben: die Geschmacklosigkeit, mit der er sich seit Jahrzehnten kleidete. Sein doppelt gefütterter, dunkelblauer Seidenumhang mit grünem Saum hätte sicherlich gereinigt werden müssen, doch besaß er keinen zweiten, den er währenddessen hätte tragen können. Die ledernen Schuhe hatten im Laufe der Jahre die Form seiner Füße angenommen, und der Dunst, den sie verbreiteten, war eine interessante Mischung aus Leder, Tran und Schweiß. Um dem Ganzen noch die Krone aufzusetzen, hatte ihn ein verwegener Schneider dazu überredet, sich einen Hut anfertigen zu lassen. Dieses umstrittene Kunstwerk legte er nur während der Nachtruhe ab.

Der schwarze Hut bestand aus einer kegelförmigen Spitze, die einst in den Himmel gewiesen hatte, aber im Laufe der Jahre, genau wie die meisten Körperteile der Menschen, zu Boden strebte. Und bei der breiten Krempe, die eigentlich vor der Sonne schützen sollte, dachte man unweigerlich an Scheuklappen.

Baazlabeth wurde aus seinen Betrachtungen gerissen, als Flinkfinger sich wieder zu Wort meldete: »So Alter, wie geht es jetzt weiter?« Dabei drückte er *Nemrothar* den Bolzen nachdrücklich an die Schläfe.

Der Zauberer wirkte nicht sonderlich verunsichert. Kein Schwitzen, Blinzeln oder nervöses Fußtippen zeigte sich bei ihm. Entweder war ihm egal, was mit ihm passierte, oder er hatte einen guten Plan.

»Ganz einfach: Ich sage ihm, was er zu tun hat, und entlasse ihn aus dem Bannkreis.«

»Das ist alles?«

»Ja.«

Flinkfinger wirkte überrascht, wie einfach das alles schien. Ein breites Grinsen huschte über sein Gesicht.

»Gut, dann wiederhole den Plan noch einmal«, befahl er mit finsterer Miene.

»Erstens ist es kein Plan, sondern ein einfacher Meuchelmord, und zweitens bin ich nicht senil«, trotzte Nemrothar.

Jetzt drückte Flinkfinger den Bolzen stärker gegen die Schläfe des Zauberers. »Versuch nicht mich reinzulegen, ich mag keine Spielchen.«

Nemrothar war offensichtlich genervt und verdrehte die Augen.

»Er soll von hier aus direkt zum Haus von Lord Brackenmoore gehen. Jeder, der sich ihm in den Weg stellt, soll umgebracht werden. Er verschafft sich Zugang zum Schlafgemach seiner Lordschaft und wird ihn und seine Kurtisanen, die Dienerschaft und alle Wachen in Schloss Sturmfels töten. Danach kehrt er zurück und bringt als Beweis den Kopf *Brackenmoores* mit.«

Juchhe!

Das war nach Baazlabeths Geschmack. Er revidierte alle schlechten Gedanken über diese Beschwörung. Endlich ein Auftrag, der viel Spaß versprach. Und wenn alles gut ging, würde der Weg zum Haus dieses Brackenmoores den größten Teil seiner Zeit in Anspruch nehmen. Mit etwas Glück wäre er zurück in seinen eigenen Gefilden, bevor er und sein Gefangener Ingvarr Hunger bekamen.

»Gut, fang an. Und vergiss nicht, ich stehe hinter dir«, drohte Flinkfinger.

Nemrothar stand auf und trat vor seinen Schreibtisch.

»Meine Güte, seht euch die Arme an und diese Muskeln«, unterbrach Jammerlappen die Konzentration des Zauberers. »Der wird Lord Brackenmoore in der Luft zerfetzen.«

Alle Anwesenden wandten Jammerlappen ihren Blick zu. Nemrothar betrachtete ihn etwas mitleidig, während Baazlabeth eine geschmeichelte Miene aufsetzte. Flinkfinger schnappte sich einen Stapel Pergament und schlug ihn Jammerlappen auf den Kopf.

»Halt das Maul. Wir sind hier nicht in der Kuriositätenausstellung einer Gauklertruppe. Lass den Alten seine Arbeit tun.«

»Ich meine ja nur, sieh ihn dir mal an, der wird eine Menge Trubel auf sich ziehen.«

Das kann ich dir versprechen, Jüngelchen.

Flinkfinger schien zu überlegen, und Nemrothar wartete, bis dieser Vorgang abgeschlossen war.

»Das stimmt, viele Unschuldige werden in den Straßen der Stadt umkommen. Kann er sich unsichtbar machen?«, fragte Flinkfinger.

»Lass ihn nur machen«, sagte der Zauberer beruhigend.

Genau, lass mich mal machen. Eine Stadt, super. Wie heißt es doch so schön: Viel Feind, viel Ehr, viel Spaß.

»Kann ich jetzt endlich fortfahren?«

Flinkfinger und Jammerlappen nickten, obwohl die Zustimmung von Jammerlappen nicht erforderlich war, da ihn ohnehin keiner beachtete.

Nemrothar positionierte sich erneut und richtete seinen Hut mit mehr oder minder großem Erfolg.

»Taas mi tu Baazlabeth.«

Baazlabeth zog eine Braue hoch und schnaubte durch seine Nüstern. Warum sprach Nemrothar plötzlich in der Sprache der Erdvölker? Er war eindeutig zu groß für einen Unterirdischen. Entweder war er senil, oder er hatte einen Plan.

»Taas mi tu Baazlabeth.«

Ich höre dir zu Opa, ich bin noch nicht verkalkt. Du musst nicht alles wiederholen.

»Mik na de gonth. Nim der unk de balz.«

Ja, ja, du hast die Geister gerufen, bla, bla, bla . . .

Mit einem Schwung fegte Flinkfinger sämtliche Unterlagen vom Tisch. Kurz darauf hockte er auf der schweren Eichenplatte und drückte Nemrothar die Armbrust ins Genick.

»Was soll das, Zauberer, warum sprichst du so ein Kauderwelsch.«

»Ich rede in der Sprache der Dämonen. Das gehört alles zum Ritual. Wenn es dir missfällt, mach es doch selber«, entgegnete Nemrothar.

Gut gekontert, Alter, du hast also doch einen Plan.

Nemrothar fuhr wieder fort, unter den wachsamen Augen Flinkfingers.

»Bebeth nam irdas ...«

Dein Auftrag soll es sein ...

»... bize de la tras ...«

... zu wandeln durch die Straßen ...

»... nep trep de falf de noin.«

... und zu verdienen dein tägliches Brot.

»Nibel erk da balam de trunas bit erk di ba de balam.«

Der Lohn für deine Arbeit soll nur erwachsen aus Tätigkeiten, die mit Sitten und Gesetz im Einklang stehen.

»Nubel nom akas de fi daran de bibizetna goltaks.«

Dein Auftrag soll beendet sein, wenn es dir gelungen ist, fünftausend Goldstücke anzusammeln.

Baazlabeths gute Laune schwand im Nu. Wo waren all die Toten: der Lord, den er in der Luft zerfetzten sollte, Hunderte von wehrhaften Stadtwachen, schreiende Frauen und weinende Kinder? Wie konnte der Alte es wagen? Seit Ewigkeiten eine Aufgabe, die ein wenig Freude versprach, und er machte wieder alles zunichte.

»So, du kannst ihm jetzt die Kiste geben«, sagte Nemrothar zu Flinkfinger.

Haha, alles wird ein gutes Ende nehmen.

Flinkfinger schien seinen Denkprozess für diesen Tag abgeschlossen zu haben. Er legte seine Armbrust beiseite und holte eine hölzerne Kiste hinter dem Tisch hervor. Damit schritt er, ohne etwas Böses zu ahnen, zu Baazlabeth hinüber. Etwas zögerlich reichte er ihm die Kiste und achtete dabei darauf, dass er das Pentagramm nicht betrat.

Baazlabeth fand es immer wieder erstaunlich, dass es hier und dort noch jemanden gab, der nicht wusste, was ein Bannkreis war. Solange ihn Nemrothar noch nicht in diese Welt entlassen hatte, war dieser kleine Zirkel aus Knochenstaub ein Teil seines Reiches. Wer es wagte hineinzutreten oder auch nur mit der Hand die Barriere durchstieß, gehörte ihm und musste die Konsequenzen dafür tragen – wenn er es aushielt.

Feierlich überreichte Flinkfinger mit ausgestreckten Armen die hölzerne Truhe. Baazlabeth kostete den Moment aus. Egal, wie schnell die Reaktionen des Mannes sein mochten, sie würden nicht ausreichen, um sich seinem Schicksal zu entziehen. Blitzschnell packte Baazlabeth zu und umklammerte die seitlichen Griffe der Kiste mitsamt Flinkfingers Händen. Dessen entsetzte Blicke sprachen Bände. Erfolglos versuchte der Mann, die Hände aus der Umklammerung zu lösen, und warf einen Hilfe suchenden Blick zurück auf Nemrothar. Der Zauberer hatte sich in weiser Voraussicht abgewandt.

Baazlabeth zog Flinkfinger weiter in den Zirkel. Der junge Mann schrie seinen Kumpanen an, irgendetwas zu tun, doch Jammerlappen hockte wie gebannt am Boden, und Tränen flossen über sein Gesicht.

Ein breites Lächeln zog sich über Baazlabeths Gesicht und entblößte die Pracht seiner Kiefer. Er beugte sich von oben über Flinkfinger und öffnete sein Maul. Ober- und Unterkiefer waren so weit aufgeklappt, dass sie fast auf einer Linie miteinander waren, als der Kopf des Mannes zwischen ihnen verschwand. Es klang wie das Zuschnappen einer Bärenfalle, als sie sich schlossen. Jammerlappen und Nemrothar hatten beide ihren Blick abgewandt, aber das dumpfe Aufklatschen von Flinkfingers totem Körper, als dieser zu Boden stürzte, gab ihnen die Gewissheit, dass das grausige Schauspiel ein Ende gefunden hatte.

Zögerlich und peinlich davon berührt, am Tod des Söldners Mitschuld zu tragen, widmete der alte Zauberer sich wieder den Geschehnissen in seinem Arbeitszimmer.

»Jetzt gehe hin und tue, wie ich von dir verlangt habe. Ich erlaube dir, meine Welt zu betreten, Baazlabeth«, sagte er in der Sprache der Menschen.

»Was sollen die Spielereien, Nemrothar?«, fragte Baazlabeth, während er über den kopflosen Körper Flinkfingers aus dem Pentagramm schritt. »Du brauchst meine Hilfe nicht, um Reichtum anzusammeln. Schicke mich wieder zurück, und wir trennen uns als Freunde.«

Der Blick des Zauberers wurde eisig. »Noch weniger als Gold brauche ich Freunde wie dich. Nimm die Aufgabe als eine Art Lektion.«

»Eine Lektion?«, brüllte Baazlabeth. »Was glaubst du, wer du bist, dass du mir eine Lektion erteilen kannst?«

Jammerlappen hatte die Beine angewinkelt und hielt schützend die Knie vors Gesicht. Die Angst in ihm schien seinen Beinen den Dienst zu versagen. Auf Nemrothar jedoch zeigte der Wutausbruch des Dämons keinen Erfolg, denn er wusste natürlich, dass ihm nichts geschehen konnte.

»In dieser Welt«, sagte er, »bin ich der Herr und du der Diener. Finde dich damit ab.«

Es war nicht immer leicht, die Wahrheit zu verkraften, selbst für einen Dämon, aber der Zauberer hatte recht, dieses Spiel gewann er.

»Gibt es irgendetwas zu beachten, irgendwelche Regeln, die ich einhalten muss?«, erkundigte sich Baazlabeth. »Ich habe mich daran gewöhnt, dass ihr Menschen alles verkompliziert. Ihr stellt einfache Aufgaben, vergesst wichtige Details und beschwert euch nachher, dass alles anders gelaufen ist, als ihr euch das vorgestellt habt.«

»Meine Aufgabenformulierung war klar und eindeutig«, erwiderte Nemrothar. »Alles, was du wissen musst, habe ich dir gesagt. Was deine Sicht auf die Menschen angeht, wirst du genügend Zeit haben, sie zu überdenken. Aber in einem Punkt kann ich dich beruhigen: Die dir gestellte Aufgabe ist nichts Ungewöhnliches. Jeder Mensch in dieser Stadt hat sie verinnerlicht. Die einen streben nach noch größerem Reichtum, die anderen geben sich schon mit einem Bruchteil davon zufrieden. Für jemanden wie dich fand ich die Summe angemessen. Sie ist weniger, als die meisten Händler besitzen, und doch soviel, dass du dich nicht in deiner Ehre gekränkt fühlst. Wenn du auf die Stimme deines Hochmutes hören würdest, würde sie dir wahrscheinlich sagen, dass du zurück bist, bevor ich hier sauber gemacht habe. Wenn du sie nicht enttäuschen willst, solltest du dich beeilen.

Erst jetzt begriff Baazlabeth, das dies einem Rausschmiss gleichkam.

»Nemrothar, irgendwann wird dir ein Fehler unterlaufen, dann schau genau hin, denn ich werde bei dir sein«, drohte Baazlabeth und suchte den Ausgang.

Es gab tatsächlich eine Treppe, sie war nur schwer zu entdecken, da Nemrothar das Geländer zum Trocknen seiner Wäsche missbraucht hatte.

»Wo willst du hin?«

»Ich werde tun, was du mir aufgetragen hast, schließlich möchte ich diese liebliche Stimme in mir nicht enttäuschen.«

»In deiner wahren Gestalt?«, fragte der Zauberer. »Du wirst Schwierigkeiten haben, deinem Ziel näher zu kommen, wenn du so meinen Turm verlässt. Die meisten Bürger der Stadt dürften wenig Verständnis für deinen grotesken Körper zeigen. Wo wolltest du arbeiten, in einem Wanderzirkus?«

Baazlabeth drehte sich um, in seinen Augen funkelte der Hass. Erbost ging er auf Nemrothar zu und blieb schnaubend vor ihm stehen. Er langte über den Zauberer hinweg und griff einen Brieföffner, der unweit auf einem Beistelltisch lag. Nemrothar zeigte keinerlei Unsicherheit. Er wich keinen Zoll zur Seite.

Baazlabeth tippte sich mit der stumpfen Klinge nervös auf die muskulöse Brust. Dann stieß er sich das Utensil von oben ins Fleisch. Ohne auch nur die geringste Reaktion zu zeigen, öffnete er seinen Brustkorb von der obersten Rippe bis zur Bauchdecke. Den Öffner ließ er achtlos fallen und griff mit beiden Händen in die klaffende Wunde. Nur wenig Blut sickerte aus seinem Körperinneren über die Hüfte herab, an seinem Bein herunter und auf den Boden.

Baazlabeth griff mit beiden Händen zwischen Lunge und Herz und zog einen menschlichen Kopf heraus; verhüllt von einer milchigen Schutzhaut ragte er aus seiner Brust. Die Arme des Dämons wurden kraftlos und hingen schlapp am Körper herunter. Als das menschliche Haupt sich in kreisenden Bewegungen streckte, kippte Baazlabeths Kopf zur Seite und ähnelte nur noch einer leblosen Maske. Wie aus einem Kokon schlüpfte die neue Gestalt des Dämons aus ihm heraus. Die alte Hülle streifte er wie eine Stück Kleidung ab. Zuletzt riss er die feine Haut, die ihn umgab, herunter und ließ sie ebenfalls zu Boden fallen.

Zum Vorschein kam ein junger Mann um die dreißig. Sein langes blondes Haar war zu einem Zopf geflochten. Sein breites Kinn, die hohen Wangenknochen und die wohlgeformte Nase hätten ihn sympathisch wirken lassen, wenn das Unwirkliche in seinen Augen nicht gewesen wäre. Er war vollständig bekleidet, und kein einziger Schmutzfleck war an ihm zu sehen. Sein grüngelb kariertes Hemd war halb aufgeknöpft und ließ einen Blick auf seine muskulöse Brust zu. Eine grauschwarz gestreifte Hose verschwand unterhalb der Knie in schwarzen Stulpenstiefeln. Ein langer grauer Stoffmantel hing zum Schutz vor kalter Witterung um seine Schultern.

Baazlabeth sah an sich herab und wischte einen nicht vorhandenen Fussel von der Kleidung.

»Du solltest hier mal sauber machen«, sagte er zu Nemrothar, der ihm immer noch emotionslos gegenüberstand. »Es könnte sein, dass ich schneller zurück bin, als dir lieb ist.«

»Hast du nicht noch etwas vergessen?«, fragte der Zauberer und nickte in Richtung Jammerlappen, der sein Gesicht immer noch gegen seine Beine presste.

»Ist das ein Auftrag, der mir rechtmäßig erworbenes Gold einbringt?«

Nemrothar schüttelte den Kopf, zog aber dennoch eine goldene Münze aus dem Saum seines Gewandes. Nachdenklich rollte er sie zwischen Zeigefinger und Daumen hin und her.

»Blutgeld ist nichts, was du von einem Magier bekommen kannst, genauso wenig wie man von ihm erwarten kann, an einem Meuchelmord beteiligt zu sein. Nimm die Münze als Bezahlung für die Umstände, die ich dir bereitet habe.«

Mit einem Fingerschnippen warf er sie hinüber zu Baazlabeth, der sie nicht minder gekonnt aus der Luft fischte. Angewidert schlurfte er zu Jammerlappen hinüber und hockte sich vor ihn hin. Der junge Mann kauerte immer noch am Boden, sein Gesicht tief zwischen den Knien vergraben. Jammerlappens ganzer Körper zitterte wie Espenlaub, und Baazlabeth glaubte etwas wie ein leises Gebet zu hören.

»Du flehst deine Götter um Hilfe an, wo dein armseliges Leben noch nicht einmal ein einziges Goldstück wert zu sein scheint?« Baazlabeth ließ die Münze zwischen den Fingerknöcheln tanzen. »Auf der einen Seite der Münze ist der Kopf eines Mannes abgebildet, auf der anderen ein Schiff. Das passt doch. Sagen wir einmal, der Kopf steht für den deinen und das Schiff für die Freiheit. Magst du Glückspiele, Jammerlappen?«

Der Jüngling verfiel bei den Worten in ein regelrechtes Schlottern, was Baazlabeth als »Nein« deutete.

»Macht nichts, es langt seit jeher, wenn ich Spaß an einer Sache habe. Die meisten, mit denen ich spiele, setzen sich ohnehin kein zweites Mal mit mir an einen Tisch. Es scheint sie irgendwie zu – zermürben, wenn ich gewinne, und ich gewinne immer.«

Baazlabeth warf die Münze in die Luft, fing sie abermals gekonnt mit einer Hand auf und klatschte sie auf den Handrücken der anderen. Dann wagte er einen vorsichtigen Blick, grinste und sah zu Nemrothar hinüber.

»Mach es selbst.«

Baazlabeth erhob sich, schnappte sich die Kiste und ging zur Wendeltreppe. Bevor er die erste Stufe betrat, wandte er sich ein letztes Mal an den alten Zauberer: »Die Unannehmlichkeiten, die du mir bereitet hast, kannst du nicht mit deinem Gold bezahlen. Meine Entlohnung ist dein Blut.«

»Findest du nicht, auch mir würde ein Münzwurf zustehen?«, fragte Nemrothar provokant.

»Ich sage dir Bescheid, wenn es so weit ist. Momentan scheine ich eine Pechsträhne zu haben.«

Mit diesen Worten verschwand der Dämon in Menschengestalt und verließ den Turm des Magiers.

3
Je später der Abend, desto böser die Gäste

In einer Stadt, wo Straßen in Richtungen führten, die man eigentlich nicht einschlagen wollte, und die für so manchen als Sackgassen endeten.

Über sechs karge Granitstufen gelangte Baazlabeth hinunter auf die spärlich beleuchtete Straße einer Stadt. Hinter ihm fiel die Tür zu Nemrothars Behausung ins Schloss. Der dumpfe Klang schien etwas Endgültiges an sich zu haben, wie der Geruch von Siegelwachs auf Pergament.

Es hatte geregnet, und das Licht einer entfernten Straßenlaterne funkelte auf dem feuchten Pflaster wie der Sternenhimmel in einer klaren Nacht. Ein Blick in alle Himmelsrichtungen, vorbei an hohen schlanken Häusern und über die roten Schindeldächer hinweg verriet Baazlabeth, dass seine Reise ihn in eine Küstenstadt geführt hatte, die vom Wasser bis weit hinauf in ein Gebirge errichtet worden war. In mehr als tausend Fuß Höhe sah er die beleuchteten Fenster und die schlanken Umrisse von hohen Türmen, die vom fahlen Mondlicht beschienen wurden.

Nemrothars Turm war das letzte Gebäude in der engen Gasse, die sich einmal um den alten Steinturm herumschlängelte. Die anderen Häuser waren weniger auffällig und lagen dicht beieinander. Ihre Bauart war im Großen und Ganzen einheitlich. Gebrannte Ziegel, hell verputzte Fassaden und einige geteerte Balken ließen ein Fachwerk entstehen, das so gut wie jeder Witterung standhielt. Hohe schlanke Gebäude drängten sich aneinander und schienen sich förmlich gegenseitig zu stützen. Viele von ihnen waren miteinander verbunden, und man konnte kaum erkennen, wo eines von ihnen aufhörte und das nächste begann. Runde Türme, wie der von Nemrothar standen dicht beieinander wie Bäume in einem Wald. Mehrere Stockwerke hoch, fußten sie auf einem gemeinsamen Fundament, von wo aus sie sich verjüngten, bis sie sich voneinander trennten und allein in die Höhe strebten. Einige der Türme waren nur fünfzig Fuß hoch und überragten kaum die Gebäude um sie herum, andere jedoch maßen mehr als hundertfünfzig Fuß und wirkten wie kahle Baumstämme in einer Buschlandschaft.

Baazlabeth folgte dem Weg hangabwärts aus der Sackgasse heraus. Die Stadt schien größer als jede andere Menschensiedlung, die er bislang kannte. Sich in einer Stadt zu bewegen war etwas anderes, als sich in einer Schlacht den Weg freizukämpfen. Normalerweise wurden Dämonen nicht gezwungen, ihre Gestalt zu wechseln. Die meisten Zauberer, die einen Dämon beschworen, wollten, dass man sah, welche Macht ihnen oblag. Was hundert Menschen nicht vermochten, konnte ein Dämon allein mit seinem Lächeln bewirken. Unter Umständen mochte es schon reichen, einen feindlichen Heerführer durch das sanfte Kratzen mit den Krallen auf seiner Brust zu wecken und ihm ein Augenzwinkern zu schenken, damit er die Flucht antrat. Natürlich würde ein Dämon, der etwas auf sich hielt, es nicht dabei belassen und versuchen, eine breite Blutspur zu hinterlassen, wenn er zu seinem Auftraggeber zurückkehrte.

Baazlabeth hätte nur zu gern diese fremde Stadt in ein Schlachtfeld verwandelt. Wollte er aber seinen Auftrag erfüllen – obwohl von wollen natürlich keine Rede sein konnte –, blieb ihm nichts anderes übrig, als die Ratschläge des Magiers zu beherzigen und im Verborgenen zu bleiben.

Baazlabeth folgte der schmalen Pflastersteintrasse weiter. Ein fast fremdartiges Gefühl überfiel ihn – ein Gefühl, von dem die meisten Dämonen behaupten würden, dass sie es nicht kannten. Natürlich hatten auch Dämonen Gefühle. Wie sollte es auch anders sein, wenn selbst die Götter mit solchen zu kämpfen hatten. Baazlabeth bevorzugte es aber, wie er es auch mit vielen anderen Dingen tat, dem Kind einfach einen anderen Namen zu geben. Statt Gefühle nannte er sie einfach Regungen, das hörte sich weniger verletzlich an, fand er.

Mit jedem Schritt verstärkte sich diese Regung – ein Unwohlsein. Zuerst vermutete er, es läge daran, dass er den Straßen folgen musste und nicht, wie in seiner Welt, anders herum, die Wege seinem Willen folgten. Doch dann musste er sich eingestehen, dass dieses Unwohlsein von etwas herrührte, das er in seiner Welt so genoss. Es war die

Ruhe, die Stille, die er sonst so schätzte, die aber in dieser Welt seltsam aufgezwungen wirkte. Selbst die Schar Lemuren in seinem Reich verbreitete mehr Leben als diese Stadt der Menschen. Keines der Häuser stand leer, überall war Licht zu sehen, und Baazlabeth sah hier und da hinter Fensteröffnungen schemenhaft die Bewohner, die sich im Inneren aufhielten. Doch von dem sonst so chaotisch erscheinenden Durcheinander in den nächtlichen Gassen, wie er sie selbst von kleinen Siedlungen her kannte, war nichts zu sehen oder zu hören.

Er hatte noch nicht viele Städte besucht, aber in keiner von ihnen wurde es nach Einbruch der Dunkelheit so leblos wie hier. Die Bewohner, die sich nachts in den Gassen vergnügten, waren zwar oft andere als die tagaktiven, doch eigentlich nicht weniger geschäftig. Die Stille, die hier herrschte, war eine Bürde, eine, die der Stadt aufgezwungen wurde. Eine Last, die ein grauenvolles Geheimnis barg.

Baazlabeth spürte all diese Empfindungen eines Ortes. Seine Sinne waren die eines Dämons, egal, ob in seiner wahren Gestalt oder nicht. Dazu gehörte, dass er Angst riechen und schmecken konnte, gute Taten erzeugten in ihm eine Regung der Übelkeit, und Selbstaufopferung konnte ihn zum Erbrechen bringen. Er konnte Dinge erahnen, die noch passieren würden, Sachen sehen, die für andere im Verborgenen lagen, und Stimmen hören, die kaum flüsterten. Alles, was zu den mentalen Kräften eines Dämons gehörte, wurde mit in seinen neuen Körper transportiert. Einzig und allein seine neue menschliche Hülle war den Gesetzmäßigkeiten dieser Welt unterworfen, mit einigen kleinen Ausnahmen.

Seine Welt war leer und empfindungslos. Dort gab es keine Gerüche, Stimmen und Geräusche oder Gefühle, die er nicht selbst in die Welt gesetzt hatte. Nur wenn er jemanden bei sich gefangen hielt, füllte derjenige mit seinen Ängsten Baazlabeths Hallen. Das waren die Momente, in denen er sich wirklich lebendig fühlte. Die Angst aber, die durch diese Gassen kroch, bewirkte auch in ihm ein lähmendes Gefühl. Jemand anderes war es, der sich an ihr labte. Jemand, dem es nicht reichte, sich mit der Angst eines Einzelnen zu begnügen. Er versetzte eine ganze Stadt in Schrecken.

Inzwischen hatte er das Ende der kleinen Gasse erreicht, die auf eine breite Prachtstraße mündete. Baazlabeth blieb an der Häuserecke stehen und betrachtete die hölzernen Schilder mit den Straßennamen. Die Gasse, aus der er kam und die zu Nemrothars Turm zurückführte, hieß Flunkergasse, ein Name, den er äußerst passend fand, nachdem er den alten Zauberer kennen gelernt hatte. Der Name der Prachtstraße lautete Götterstiege. Ob er genauso gut gewählt war, würde sich noch herausstellen.

Eine knochige Hand schloss sich um den Rahmen des Fensterladens an der Hausmauer. Wenn es in Baazlabeths Natur gelegen hätte, wäre er vor Schreck zusammengezuckt. Da dies nicht so war, wagte er einen vorsichtigen Blick ins Innere des Hauses. Eine alte Frau fummelte an der Verriegelung herum, aber als sie Baazlabeth sah, trat sie einen Schritt zurück. Die Raumaufteilung im Inneren des Hauses war großzügig und die Möbel von guter Qualität. Kinder, Enkel und vielleicht sogar Urenkel der alten Frau, wenn Baazlabeth die dicht zusammenstehenden Augen und die hakenförmigen Nasen richtig deutete, die jedem von ihnen gegeben waren, hatten an einem reich gedeckten Tisch Platz genommen. Den Menschen in dieser Stadt schien es gut zu gehen, somit würde es ihm leicht fallen, die geforderte Summe Nemrothars anzuhorten.

»Seid gegrüßt, Muttchen, wie ist der Name dieser wunderschönen Stadt?«, rief er der Frau zu.

»Das hier ist Brisenburg, aber Ihr solltet machen, dass Ihr eine Unterkunft findet, sonst erwischt Euch noch der Fluch – oder die Wache.«

Baazlabeth hätte sich gern auf ein Pläuschchen eingelassen, um mehr zu erfahren, aber ein junger Mann trat ans Fenster und half der Alten beim Schließen der Läden.

»Verschwinde, Taugenichts!«, blaffte er Baazlabeth an.

Die leisen Verwünschungen in einer Sprache, die der Mann ohnehin nicht verstanden hätte, prallten am geschlossenen Fenster ab. Noch bevor Baazlabeth seine einfallsreichsten Foltermethoden im Kopf vollständig durchgegangen war, setzte er seinen Weg auf der Götterstiege fort. Über zwanzig Fuß breit, auf jeder Seite einen Bürgersteig und die Straßenlaternen so ausgerichtet, dass es keinen Schatten zwischen ihnen gab – all diese Gegebenheiten hatten der Straße wohl ihren pompösen Namen eingebracht.

Wenn es den Göttern dieser Welt reichte, auf Straßenschildern gehuldigt zu werden, mochten sie sich hieran den ganzen Tag ergötzen. Baazlabeth war es lieber, wenn jemand im erbitterten Todeskampf seinen Namen schrie und sein Gesicht sich in den trüben toten Augen seiner Opfer widerspiegelte.

Solch eine Vergeudung, Hunderte von Straßenlaternen, und ich darf an keiner von ihnen jemanden aufknüpfen. Wobei sich Laternen doch so wunderbar eignen, um jemanden daran baumeln zu lassen. Das Licht, dass sie in den Abendstunden werfen, bringt die strangulierten Leiber erst richtig zur Geltung. Eine Schande ist das.

Er machte sich auf, wie von der alten Frau und ihrem unfreundlichen Sohn geheißen, um ein Plätzchen für die Nacht zu finden. In solch einer Stadt musste es doch genügend Menschen geben, die Gastfreundschaft noch groß schrieben. Was würde es für einen Eindruck machen, jemanden frieren und hungern zu lassen, wenn man selbst genug hatte? Hilfsbereitschaft und Güte gab es bei jedem Volk, das dumm genug war, sie herzugeben, auch wenn sie nicht immer belohnt wurden.

Die Straße wirkte gespenstisch. Baazlabeth dachte an eine perfekt erschaffene Welt, in der die Götter vergessen hatten, die Wesen zu formen, die in ihr leben sollten. Wenn die beleuchteten Fenster und die gedämpften Stimmen hinter den Türen nicht gewesen wären, wäre das Szenario perfekt gewesen. Nur zu gut konnte er sich vorstellen, wie es hier bei Tage von Menschen wimmelte. Alle wuselten durcheinander und versuchten, ihr kleines, armseliges Leben durch viel Tamtam ein wenig besser zu machen. Das Schlimmste an dieser Vorstellung für Baazlabeth war jedoch, dass er einer von ihnen sein würde. Insgeheim schwor er sich, der Bevölkerung von Brisenburg sein wahres Gesicht zu zeigen, bevor er diese Welt verlassen würde. Und mit einem Mal fiel es ihm leichter, sich die gefüllten Straßen vorzustellen. Vor seinem geistigen Auge sah er, wie alle kreischend durcheinander rannten und versuchten, ihr Leben zu retten, während er hinter ihnen herjagte und sich seine Opfer aus der Menge klaubte, wie ein Greifvogel einen Hasen.

In Gedanken versunken, ließ Baazlabeth ein ganzes Stück der Götterstiege hinter sich, als er einige Häuser entfernt plötzlich ein röchelndes Keuchen vernahm. Dumpfe Schläge wie von Fußtritten und ein fallender Körper beendeten die wohlig klingende Geräuschkulisse.

Sieh mal einer an, Spaß gibt's in der dunkelsten Gasse.

Das Haus, vor dem er Halt machte, war dreistöckig und etwa doppelt so breit wie die üblichen Wohnhäuser. Vier ausgetretene Eichenbohlen dienten als Treppen zum Eingang. Über der Tür prangte ein Schild mit dem Namen *Zum einsamen Wanderer.* Ein handgeschriebener Zettel heftete an der Tür, der auf ein Tagesmenü und einen Hauswein aufmerksam machte. Der muffige Geruch von Alkohol, erkaltetem Tabakqualm und würzigem Essen ließ keinen Zweifel an der Nutzung des Gebäudes.

Zunächst wollte Baazlabeth aber den Geräuschen auf der Rückseite des Gasthauses nachgehen. Er zwängte sich in einen schmalen Durchgang, der zu einem Hinterhof führte. Hier lagerten leere Fässer, Kisten und allerhand Unrat, der dem Geruch nach aus dem Gasthaus zu kommen schien. Eine zaghafte Bewegung hinter einem Stapel Brennholz erregte Baazlabeths Aufmerksamkeit. Vorsichtig näherte er sich, nahm sich einen Holzscheit vom Stapel und warf ihn ins Dunkel. Er vernahm ein leises Stöhnen und ein paar gestammelte Worte.

»... nicht, nicht, kein Betrüger ...«

Baazlabeth schritt über den Holzstapel hinweg und bückte sich zu einer Person herab, von der er zuerst dachte, es sei ein Kind. Das einzig Kindliche an ihr waren jedoch ihre momentane Hilflosigkeit und ihre Größe. Die Person vor ihm wirkte wie ein Mensch, wenn auch kleiner als die anderen seiner Art und ein wenig missgestaltet. Ein Arm schien zur Seite verdreht, und ihren Rücken krönte ein Buckel. Die Verletzungen des kleinen Mannes waren nicht sonderlich schwer, mit Wunden kannte sich Baazlabeth schließlich aus. Außer einer Platzwunde am Kopf und einem benebelten Bewusstsein würde das Kerlchen bald wieder auf den kurzen Beinen sein.

Baazlabeth war aber alles andere als an der Gesundheit des Zwerges interessiert, er suchte ein wenig Startkapital. Er riss dem kleinen Kerl die Jacke vom Leib und durchstöberte dessen Taschen. Die Ausbeute war gering, wenn man nicht gerade nach Löchern Ausschau hielt. Alles, was er von Wert fand, waren drei Goldmünzen, die in Form und Größe der entsprachen, die er von Nemrothar bekommen hatte. Einzig und allein die Prägungen unterschieden sich. Auf diesen Münzen war auf der einen Seite ein Frauenkopf abgebildet, und die andere Seite war, bis auf ein einzelnes Eichenblatt, das kaum ein Viertel der Fläche einnahm, leer.

»Du scheinst als Betrüger nicht sonderlich erfolgreich zu sein«, maulte er den Zwerg an. »Du solltest dir überlegen, genau das zu tun, dessen man dich bezichtigt, dann weißt du jedenfalls, wofür du die Schläge einsteckst.«

»... bin kein Betrüger ...«, stammelte der kleine Mann wieder.

»Du nicht, aber ich«, sagte Baazlabeth und warf die Jacke zurück, über den Kopf des am Boden liegenden Mannes. »Drück mir die Daumen, denn ich versuche, den Weg eines moralisch einwandfreien Bürgers einzuschlagen und für die nächste Zeit auf den Pfaden der Tugend zu wandeln. Hört sich zwar blöd an, ist aber nicht zu ändern.«

Er wandte sich ab und trat den Rückzug an.

»Hilf mir«, flüsterte es hinter dem Holzstapel.

»Tut mir leid, Kleiner, alle Nettigkeiten für den heutigen Tag wurden verbraucht, als ich meinen Gast ohne Würdigung seines Kommens in meinem Heim zurücklassen musste. Aber eines kann ich tun: Ich verspreche dir, wenn dein Geld mir hilft, zahle ich es zurück. Wenn nicht, komme ich und löse dir das Fleisch von den Knochen.«

Mit diesen Worten verschwand Baazlabeth wieder zwischen dem hohen Mauerwerk, um die Schenke durch den Vordereingang zu betreten, wie ein aufrechter Bürger.

Als er die Tür öffnete und seinen Fuß in die Gaststube setzte, sprangen zwei junge Burschen aus dem hinteren Teil des Raumes auf und packten ihre Sachen zusammen. Baazlabeth hielt auf den Tresen zu. Er konnte nicht einschätzen, wie weit man mit vier Münzen kam, aber um sicherzugehen, wollte er zuerst nur ein Glas von dem Hauswein probieren. Alkohol hatte auf den Körper eines Dämons genauso wenig Wirkung wie Gift, aber seine jetzige Gestalt würde sicherlich für ein Gläschen dankbar sein und dessen Wirkung zeigen.

»Herr Wirt, ein zahlender Gast würde sich gern von der Qualität des Hausweines überzeugen«, rief Baazlabeth quer über den Schanktisch. Vom Wirt war nichts zu sehen, aber die Tür zur Küche stand halb offen, und Baazlabeth hoffte, genügend Kraft in seine Stimme gelegt zu haben, um ihn auch dort zu erreichen. Ein dumpfer Schlag gegen die Tresenplatte ließ einige leere Gläser kippeln. Kurz darauf stellte ein Paar Arme von unterhalb des Ausschanks zwei Flaschen Wein auf den Tresen ab, und wenig später zeigte sich das schmerzverzerrte Gesicht des Wirtes. Ein Auge hatte er zugekniffen, den Mund schräg verzogen. Mit einer Hand rieb er sich eine Stelle auf dem kahlen Kopf.

»Ich hätte schwören können, dass niemand in dieser Stadt, der schon einmal eine Frau in seinem Bett, einen Lohn für seine Arbeit oder ein Pferd unter seinem Hintern gehabt hat, nicht die Vorzüge des Hausweines vom *Einsamen Wanderer* kennt.«

»Die anderen drei Dinge werde ich sofort probieren, wenn ich etwas gegessen, getrunken und mich ein wenig ausgeruht habe«, erklärte Baazlabeth in einem gefälligen Ton.

Der Wirt schien noch nachzudenken, während er den Korkenzieher in die Flasche drehte. Mit einem Ruck öffnete er sie und brach in schallendes Gelächter aus.

»Ihr seid genau richtig hier, Freund, diese Stadt braucht ein wenig Frohsinn. Darf ich mich vorstellen, mein Name ist Oz Branford, aber alle hier nennen mich nur Dumpf.«

Stolz verwies er auf eine vier Zoll lange Narbe an seinem Hinterkopf. Die Verletzung schien schon einige Jahre alt zu sein, dennoch hatten sich auf dem rosigen Striemen keine neuen Haare gebildet.

»Seitdem muss ich immer etwas länger überlegen. Ich war früher schon nicht der Hellste, doch heute kann schnell mal ein Bier schal werden, bevor ich die richtigen Worte gefunden habe.«

Er reichte Baazlabeth die Hand, nachdem er sie an der Schürze abgewischt hatte.

Baazlabeth schlug zögerlich ein und schaute sich den Wirt genauer an. Jemand, der sich mit seinen Unzulänglichkeiten brüstete und ihn als Freund bezeichnete, schien ihm suspekt. Früher einmal musste er ein kräftiger Bursche gewesen sein, doch die Zeit hinter dem Tresen hatte ihre Spuren hinterlassen. Seine Muskeln waren erschlafft und blieben dort hängen, wo der Gürtel ihnen Einhalt gebot. Seine Haarpracht schien nicht so viel Glück gehabt zu haben, außer einem lang gezogenen Backenbart war von ihr nichts übrig geblieben.

»Mein Name ist Sil. Wie ist das passiert?«, log Baazlabeth und heuchelte Interesse, indem er die Kopfwunde bei sich nachzeichnete.

Der Wirt lehnte sich vor und betrachtete die Stelle, auf die Baazlabeth zeigte. »Habt Ihr Euch verletzt?«, fragte Dumpf mit bedauerlicher Mine. »Man kann gar nichts sehen.«

»Nicht ich«, gab Baazlabeth genervt zurück. »Ich meine Eure Narbe. Wer hat Euch diesen Prachthieb versetzt?«

Dumpf tastete erneut seinen Kopf ab, als ob er sich versichern müsste, dass die Narbe noch da war. »Ach, dieses Ding meint Ihr. Ich kann mich nicht mehr erinnern. Aber als ich wieder aufwachte, war die Schlacht zu Ende und um mich herum überall Gebrüll und Tote.«

»Ein Krieg! Wer gegen wen?« Baazlabeth liebte Kriege. So viel Chaos, so viel Leid, so viel Zerstörung gab es nur in Schlachten. Alle Gesetzmäßigkeiten des normalen Lebens wurden außer Kraft gesetzt und durch pure Gewalt ersetzt.

»Na, ich gegen die Tartar Brüder«, lachte Dumpf.

Baazlabeth war enttäuscht, aber zugleich belustigt von so viel Größenwahn, eine Rauferei als Schlacht zu bezeichnen.

Dumpf schaute irritiert zur Tür. Die beiden jungen Männer, die das Lokal gerade verlassen hatten, kamen achselzuckend wieder herein. Er signalisierte ihnen eine ahnungslose Geste.

Baazlabeth nahm das merkwürdige Verhalten der drei einfach hin. Schließlich waren sie Menschen, und somit stand ihnen schwachsinniges Verhalten genauso zu wie frühzeitiges Ableben.

»Es sind eben nur Stadtwachen, ihre Bezahlung ist niedrig und die Gefahr zu sterben hoch. Warum sollten sie also mehr tun als notwendig?«, brummelte er vor sich hin.

»Was ist mit den Stadtwachen?«, fragte Baazlabeth.

Dumpfs Antwort ließ zwei Gläserpolituren lang auf sich warten.

»Naja, sie haben Anweisung, wenn sie jemanden zu den Gasthäusern, Schenken oder Bordellen begleiten, auf Gäste zu warten, die nach Hause wollen.«

»Warum müssen die Gäste begleitet werden?«, fragte Baazlabeth verständnislos. Er sah, wie sich Dumpf die Worte in Gedanken zurechtlegte. Eine Zwischenfrage, eine Bestellung oder auch nur eine unbedachte Bewegung hätten das Konstrukt in seinem Kopf zerstört, so schien es. So saß Baazlabeth ihm mit halb geöffnetem Mund und aufgerissenen Augen gegenüber und wartete gespannt auf die Antwort.

»Wegen dem Fluch«, bröckelte es aus ihm heraus. »Die Straßen sind nachts nicht mehr sicher. Etwas streift umher und tötet die Bewohner der Stadt. Junge Männer und Frauen werden zu Greisen, die ihren letzten Atemzug machen, ohne zu wissen, warum ihr Leben so schnell endete. Lord Brackenmoore hat eine Ausgangssperre verhängt, zwischen Sonnenuntergang und Sonnenaufgang. Nur die Götter wissen, wie lange es dauern wird, bevor die ersten Leute in ihren Betten umgebracht werden.«

Baazlabeth war erst seit kurzer Zeit in der Stadt, aber es war schon das zweite Mal, dass er diesen Namen hörte. Lord Brackenmoore schien mit seinen Anweisungen nicht nur auf Verständnis zu stoßen. Irgendwelchen Leuten war er ein Dorn im Auge, und sicherlich nicht nur Flinkfinger und Jammerlappen.

»Wer ist dieser Lord Brackenmoore?« Baazlabeth stellte sich auf eine längere Antwortzeit ein und nahm genüsslich einen Schluck des Hausweines.

»Er ist ein Hasenherz, ein Feigling«, grölte eine Stimme hinter ihm. »Seit dem Tod seiner Frau und seines Kindes ist er nur noch ein Schatten seiner selbst. Anstatt die Bestie zu jagen und zur Strecke zu bringen, schließt er lieber die Bewohner von Brisenburg in ihren Häusern ein. Es ist nur eine Frage der Zeit, bis sie auch dort der Tod ereilt.«

Baazlabeth hatte sich umgedreht und sah einen der beiden jungen Männer, der sich vor Eifer von seinem Platz erhoben hatte. Der andere versuchte, ihn durch Ziehen an seinem Ärmel zu beruhigen, jedoch erfolglos.

»Wir brauchen jemanden, der Manns genug ist, sich dieser Bestie zu stellen.«

... oder jemanden, der sich um seine Lordschaft kümmert, dachte Baazlabeth.

»Ihr müsst verstehen«, sagte Dumpf entschuldigend, »die Leute sind aufgebracht. Alle leiden unter diesem Erlass, insbesondere die Finstergilde«

»Wer ist die Finstergilde?«

»Es sind Händler, Hurenhausbesitzer und Geschäftsleute, die sich zusammengetan haben. Ihre Geschäfte tätigen sie nach Einbruch der Dunkelheit. Ihr versteht schon, Geschäfte, bei denen man keine Zuschauer, eifersüchtige Ehefrauen, eifrige Stadtwachen oder einfach nur neugierige Nachbarn braucht.«

Langsam dämmerte es Baazlabeth. Diese Leute waren es, die den

Tod von Brackenmoore forderten. Sie hatten nicht genug Einfluss, um ihn zu zwingen, seine Entscheidung zu überdenken, aber sie besaßen genug Gold und Skrupellosigkeit, um ihn töten zu lassen. Warum ihr Plan gescheitert war, wusste Baazlabeth, nur was Nemrothar beflügelt hatte, den Anschlag auf Brackenmoore zu vereiteln – und ihn mit hineinzuziehen –, stand noch offen. Gold war es bestimmt nicht. Magier besaßen entweder genügend oder waren uninteressiert an dem Edelmetall.

Dumpf beugte sich etwas vor und goss einen Finger breit Wein nach.

»Sagt, Sil, was habt Ihr in dieser Kiste neben Euch?«

Baazlabeth betrachtet die hölzerne Truhe andächtig. Sie war einfach gearbeitet und eher als kleines Möbel zu verwenden denn dafür, dass man seine Wertsachen hineintat. Eiserne Beschläge an der Außenseite hielten das Holz zusammen, und das Scharnier an der Rückseite war nur aufgenagelt. Das Schloss konnte noch nicht einmal ein Kind davon abhalten, sie zu öffnen.

»Die Kiste ist ein Teil meiner Zukunft«, antwortete Baazlabeth etwas geheimnisvoll. »Sie entscheidet darüber, wie lange der Fluch dieser Stadt nur Euer geringstes Problem ist.«

Dumpf massierte sich das Kinn und stierte auf die Kiste. Sein Blick schien zu versuchen, ins Innere vorzudringen, um das Geheimnis zu lüften.

»Ihr solltet gut darauf aufpassen. Brisenburg ist keine Stadt, in der man seine Kostbarkeiten unachtsam stehen lässt.«

»Ich danke Euch, Meister Dumpf. Ein guter Ratschlag ist mehr wert als so manches Geschmeide, und ich überlege schon, ihn vielleicht mit in die Kiste zu schließen.«

Sichtlich stolz über die neue Titulierung »Meister« machte sich der Wirt daran, den Tresen zu polieren.

Baazlabeth drehte sich auf seinem Hocker und sah sich in der Schankstube um. Außer den beiden jungen Männern war nur noch eine Person im Raum. Sie kauerte an einem der Fenster zur Straßenseite hin und war damit beschäftigt, unbeteiligt zu wirken. Die Kapuze tief ins Gesicht gezogen und die Hände in den Ärmeln versteckt, saß sie regungslos da. Baazlabeth stand nicht unbedingt der Sinn nach Gesellschaft, aber er benötigte Informationen. Er musste herausfinden, wie und wo man ein wenig Gold verdienen konnte, am besten genug, um seinen Auftrag zu erfüllen. Eine Münze war nicht besonders groß, und fünftausend von ihnen konnten kein riesiger Reichtum sein, besonders nicht, wenn sie in die mickrige Truhe passen sollten. In einer Stadt wie dieser musste es Leute geben, die das Hundertfache besaßen. Seine Aufgabe war es nun, es ihnen abzunehmen und einen Gegenwert zu liefern, sodass sie sich nicht bestohlen fühlten. Leichter gesagt, als getan, wenn man nicht mehr zu verkaufen hatte als das, was man am Leibe trug. Und solange niemand einen Lehrmeister für Foltermethoden suchte, würde man ihn auch als Berater nicht das Gold vor die Füße schütten. Baazlabeth stand auf und gesellte sich zu den beiden jungen Burschen.

»Hallo, meine jungen Freunde«, begrüßte er die beiden. »Ihr seht aus, als wenn ihr euch gut auskennt in der Stadt. Ich suche Arbeit und scheue auch nicht davor zurück, mir die Hände schmutzig zu machen. Könnt ihr mir sagen, an wen ich mich da wenden muss?«

Die beiden starrten sich fragend an und umklammerten verunsichert ihre leeren Bierkrüge.

»Nichts für ungut, Freund. Das vorhin war nicht so gemeint, mein Bruder regt sich schnell auf, wenn er was getrunken hat. Er wollte nichts gegen Lord Brackenmoore sagen, der tut schon, was nötig ist.«

Das war *noch* etwas, was nur Menschen konnten. Man stellte ihnen eine Frage, deutlich und präzise, und sie antworteten auf etwas ganz anderes. Baazlabeth versuchte es noch einmal. Er wollte seine ersten freundlichen Kontakte in der Stadt nicht gleich mit Blutvergießen zerstören.

»Ist schon gut, ich verstehe das. Es geht mich auch nichts an, ich will von euch eigentlich nur wissen, wo ich eine Arbeit finde.«

Keiner der Jungs schaute hoch zu Baazlabeth. Einer tippte mit den Fingern nervös auf der Tischplatte herum, der andere verschob seinen Becher von links nach rechts.

»Hören Sie, wir wollen keinen Ärger. Wir haben uns entschuldigt und damit sollte die Sache erledigt sein«, brabbelte einer der beiden.

Baazlabeth merkte, wie das Feuer in ihm hochkochte. Sein Körper sträubte sich dagegen, die menschliche Gestalt beizubehalten. Sein wahres Ich wollte heraus und das Problem richtigstellen, um die Frage ein letztes Mal zu wiederholen und die Antwort mit Schreien und

Gekreisch zu würzen. Dies war für ihn die einzig wahre Art, ein Gespräch zu führen. Alles, was ihn davon abhielt, war der Auftrag und die schwindende Aussicht darauf, diesen Ort der gesammelten Unzulänglichkeiten so schnell wie möglich wieder zu verlassen. Er ballte die Fäuste, beugte sich vor und stützte sich auf der Tischplatte ab.

»Jetzt hört mir einmal gut zu, es gibt gleich mehr Ärger, als ihr verkraften könnt. Ich habe euch eine simple Frage gestellt und verlange eine Antwort. Wenn ihr nicht sofort das Maul aufmacht, lasse ich einen von euch als Einzelkind zurück.«

Die Tür zur Schankstube wurde aufgerissen, und Baazlabeth spürte den frischen Windhauch in seinem Nacken. Augenblicklich hatten die Brüder ihre Stühle zurückgeschoben und erhoben sich.

»Na endlich, wir hatten schon gedacht, wir müssten hier übernachten«, rief einer von ihnen. Eingeschüchtert und mit gebührendem Abstand, umrundeten sie Baazlabeth und ließen ihn stehen. Der Dämon kochte vor Wut und schaute den Brüdern hinterher. Im Eingang des *Zum Einsamen Wanderer* zeigte sich eine der Stadtwachen. Hinter ihm auf der Straße stand der Rest des Trupps. So schnell, wie sie gekommen waren, verschwanden sie auch wieder und nahmen die Brüder in ihre Obhut.

Baazlabeth blieb noch einen Augenblick am Tisch stehen. Für heute Nacht reichten ihm die Unterhaltungen. Er würde sich irgendwo ein Plätzchen suchen, um ein wenig nachzudenken und morgen seinen Auftrag fortsetzen. Er wandte sich wieder dem Tresen zu und kramte die drei Münzen hervor, die er dem Zwerg abgenommen hatte.

»Meister Dumpf, was bekommt Ihr für den Wein?«, fragte Baazlabeth. Er wollte sich nicht nachsagen lassen, die Gastfreundschaft ausgenutzt und die Zeche geprellt zu haben, wo er seinen eigenen Gästen stets alles abverlangte.

»Einen Silberling«, rief Dumpf aus der Küche. »Legt ihn ruhig auf den Tresen, hier kommt nichts weg.«

Baazlabeth hatte nur die Goldstücke. Er tröstete sich damit, dass Münze gleich Münze war und dass das, was er wieder herausbekommen hätte, seine Lage auch nicht wirklich verbessert hätte. Er legte die Münze, wie ihm geheißen, auf den Tresen und ließ die zwei übrigen Münzen des Zwergs zwischen seinen Fingern kreisen.

»Eine von euch ist wie die andere«, murmelte er. »Wer will schon sagen, wie ihr zu mir kamt, ob verdient oder gestohlen.«

Baazlabeth öffnete die Kiste und ließ die beiden Goldstücke hineinfallen. Noch bevor sie den hölzernen Boden berührten, verschwanden sie im Nichts. Kein leuchtender Effekt, kein Knall und kein Rauch, sie waren einfach nur verschwunden.

Nemrothar, du Schlitzohr, du hast an alles gedacht, nicht wahr, sagte er zu sich selbst. *Die kleine Kiste ist mehr als sie scheint. Ich hätte wissen müssen, dass du dich nicht so einfach austricksen lässt.*

Jetzt war er wieder am Anfang seiner Bemühungen. Fast zumindest. Übrig blieb nur das Gastgeschenk des alten Magiers – ein Goldstück. Mit dem Fuß klappte er den Deckel der Kiste wieder zu und nahm sie hoch. In einer Stadt wie dieser würde er sicherlich heute Nacht irgendwo unbemerkt im Freien unterkommen. Wer würde sich schon darum scheren, wenn ein junger Mann im Hinterhof seinen Rausch ausschlief. Drei Goldmünzen ärmer, verließ er das Gasthaus.

Baazlabeth war erst einen Augenblick unterwegs in Richtung Zentrum der Stadt, als er die Tür des *Zum Einsamen Wanderer* abermals klappen hörte. Äußerst gewandt und leise näherte sich jemand von hinten. Die Schritte kamen schnell näher. Baazlabeth entschied, nicht stehen zu bleiben oder sich umzudrehen. Je mehr Aufmerksamkeit man anderen schenkte, desto mehr fiel man selber auf. In Gedanken legte er sich schon die Ausreden zurecht, warum er sich während der Ausgangssperre immer noch in den Straßen herumtrieb. Seine Überlegungen wurden jedoch jäh unterbrochen, als ihm jemand von hinten eine Klinge an den Hals setzte.

»Der letzte Gast aus der Schankstube?«, fragte Baazlabeth.

»Richtig kombiniert, aber schlecht aufgepasst«, antwortete die Stimme hinter ihm flüsternd. »Stell die Kiste ab, leere deine Taschen und öffne dann vorsichtig den Deckel.«

Baazlabeth tat wie ihm befohlen, während der Mann ihn gewissenhaft mit der freien Hand abtastete. Die Klinge des Dolches drückte fester gegen die Kehle des Dämons, als sein komplettes Hab und Gut auf der Straße vor ihm ausgebreitet lag.

»Was ist das?«, keifte ihn der Unbekannte an.

»Eine leere Kiste, eine Goldmünze und ein unbenutztes Schnupftuch«, erklärte Baazlabeth.

Die Klinge löste sich von seinem Hals.

»Bleib ruhig stehen und versuche keine Sperenzchen. Du wärst nicht der erste Neunmalkluge, den ich mit durchgeschnittener Kehle auf dem Pflaster liegen lasse.«

Der nächtliche Dieb stieß Baazlabeth beiseite und machte sich über die Truhe her. Er klopfte Boden und Wände der Kiste ab und schüttelte sie. »Ich hab doch gesehen, wie du die Münzen hineingeworfen hast. Was ist das für eine Trickserei?«, murmelte er erbost.

Jetzt reichte es. Was dachten diese Menschen, mit wem sie es zu tun hatten? Zuerst hatten sie ihn und seinen Besucher, diesen Menschen Ingvarr, daran gehindert, sich besser kennenzulernen, indem sie ihn aus seinem Reich entführten. In der Menschenwelt angekommen, gab man ihm unnütze Aufträge, und der Fädenzieher ließ sich dabei sogar noch töten. Er kam in eine Stadt, in der es verboten war, nachts auf den Straßen zu sein, und wo die Leute zu dumm waren, auf eine einfache Frage zu antworten. Zu guter Letzt hielt man ihm auch noch einen Dolch an die Kehle und stahl von ihm eine wertlose Kiste, die einzige Münze, die er besaß, und ein Taschentuch.

Dummheit sollte mit dem Tode bestraft werden, damit würden sich auch diese menschenleeren Gassen erklären. Solange das aber noch nicht so ist, muss ich mich mit ein wenig Selbstjustiz über Wasser halten.

Baazlabeth ballte eine Hand zur Faust, und fast geräuschlos schoben sich spitze Knochenfragmente aus seinen Fingerknöcheln und wuchsen zu fünf Zoll langen Stiletten heran. Der Mann war immer noch fassungslos über die Kiste gebeugt und versuchte, ihr Geheimnis zu ergründen. Baazlabeth trat von hinten an ihn heran und rammte ihm die stachelbesetzte Faust auf Höhe des Herzens durch den Rücken. Der Schurke brach auf der Stelle zusammen und starb, ohne zu ahnen, auf was er sich eingelassen hatte. Sein lebloser Körper hing über der Kiste.

»Du blutest mein einziges Möbelstück voll, du Drecksack«, sagte Baazlabeth und stieß den Mann mit dem Fuß zur Seite. Seine Habseligkeiten nahm er wieder an sich. Dann setzte er seinen Weg fort und ließ den Leichnam wie ein Stück Abfall auf der gepflasterten Straße liegen.

Eigentlich hatte er vorgehabt, noch ein Stück der Straße zu folgen, um dann wenigstens das Zentrum von Brisenburg zu erreichen, doch sein neuer Körper forderte seine Ruhe ein. Ein kleiner Hain, an dem er vorbeikam, sollte ihm für die restliche Nacht als Quartier reichen. Die Bäume standen frei, und das ganze Wäldchen wirkte irgendwie künstlich. Wege und Hecken waren unnatürlich eckig angelegt. Ein schmaler Bach förderte Wasser aus einer nahe gelegenen Quelle und versickerte irgendwo zwischen den knorrigen Baumwurzeln. Baazlabeth lag nicht viel an der Natur, aber wenn sie ihn davor behütete, sich heute Nacht noch einmal mit irgendeinem Einfaltspinsel unterhalten zu müssen, sollte ihm dieser Platz nur recht sein.

Es war ein ungewohntes Gefühl, richtig müde zu sein. Als Dämon brauchte man sich nur ein bis zwei Mal im Jahr auszuruhen. Selbst dann verfiel man nicht in einen tiefen Schlaf, sondern saß einfach nur einige Tage herum und ließ die großen Ereignisse der letzten Monate vor seinem geistigen Auge Revue passieren. Mit dem Essen hielt man es als Dämon ähnlich. Eine schmackhafte Mahlzeit im Jahr reichte, wenn jemand sich jedoch als regelrechter Leckerbissen aufdrängte, konnte man schon mal eine Ausnahme machen, schließlich wusste man nie, wann der nächste Besuch hereinschneien würde.

Baazlabeth ließ sich an einem Baum nieder. Erst jetzt hatten sich die knöchernen Spitzen an seiner Hand zurückgebildet und ließen von seiner Tat nicht mehr als dünne Schrammen auf der Haut zurück, wo vorher dämonische Kräfte am Werk gewesen waren. Eine bleierne Müdigkeit überkam ihn, und er schlief ein.

4
Gold stinkt nicht – Fisch schon

An einem Tag, der schon schlecht begann, um noch schlechter zu enden.

Baazlabeth hatte sich keine Vorstellung davon gemacht, wie es sein mochte, aus einem wirklichen Schlaf aufzuwachen, doch mit einem rüden Fußtritt hatte er nicht gerechnet. Am meisten jedoch erschreckte ihn, dass er die zwei Paar Stiefel nicht hatte kommen hören und dass er ihnen schutzlos ausgeliefert war. Sie hätten ihn abstechen können, und er hätte es erst gemerkt, wenn er zurück in seinem Reich aufgetaucht wäre – um eine Welt, die er besuchen konnte, ärmer. Seine Hilflosigkeit überschattete alles. Dieser Zustand äußerte sich nicht wie bei anderen Wesen, die einfach nur verblüfft und regungslos dasaßen – nein, Dämonen hatte ihre eigene Art, mit Hilflosigkeit umzugehen. Es fehlte nur ein Quäntchen, eine Haaresbreite, ein Hauch von etwas mehr Hilflosigkeit, und Baazlabeth hätte die zwei Paar lederne Stiefel in einen matschigen roten Fleck inmitten des grünen Grases verwandelt. So gingen Dämonen mit Hilflosigkeit und Erniedrigungen um.

Zum Glück gab es diese kurze Zeit des Dämmerns, bevor man richtig wach war. Ihr hatte er es zu verdanken, dass seine Verkleidung in Takt blieb, und ihr hatten es auch die beiden Fußpaare zu verdanken, nicht als rote Flecken zu enden. Abgesehen davon wäre die Ausführbarkeit seines Auftrags mit Sicherheit an diesem Morgen beendet gewesen, wenn er angefangen hätte, Menschen in matschige Klumpen zu verwandeln.

Noch immer hatte Baazlabeth Orientierungsschwierigkeiten. Er besaß eine ungefähre Vorstellung davon, dass er nicht in seinem Thronraum saß – das war aber auch schon alles. Die wenig wortgewaltigen Beschimpfungen, die sich über ihn ergossen, gaben seinem Gedächtnis einen kleinen Stups. Langsam dämmerte ihm, wo er war und wem er dies zu verdanken hatte.

Nemrothar, der hässliche Greis mit dem merkwürdigen Hut. Wenn ich mit dir fertig bin, wird diese alberne Kopfbedeckung das Ansehnlichste an dir sein.

Vielleicht war das aber alles auch nur ein Traum. Dagegen sprachen natürlich die Fußtritte.

Angeblich sollten Menschen träumen, wenn sie schliefen, doch Baazlabeth konnte sich an keinen Traum erinnern. Er beließ es bei der Vorstellung, dass – wenn er geträumte hatte – er sich nur nicht mehr erinnern konnte, wie er Nemrothar über einem offenen Feuer geröstet hatte.

»Steh auf, Bettler«, sagte eine rüde Stimme zu ihm, die von einem weiteren Fußtritt gefolgt wurde. »Wenn du nicht willst, dass wir dich in Ketten legen lassen, solltest du weg sein, bevor ich meine Geduld verliere.«

Anders herum wird ein Schuh draus: Wenn ich die Geduld verliere, seid ihr weg.

Baazlabeth öffnete die Augen und musste feststellen, dass am Boden zu liegen nicht die richtige Position war, um Streitigkeiten zu beenden. Mühsam und mit steifen Gelenken erhob er sich, was ihm einen weiteren Fußtritt in den Hintern einbrachte. Als er sich aufgerichtet hatte, sah er sich zwei Stadtwachen gegenüber. Die beiden Männer trugen Kettenhemden und Rundhelme mit Nasenvisier. Eine breite gelbe Schärpe, die die Silhouette einer Burg auf einem Berg zeigte, rundete ihre Erscheinung ab.

»Weißt du nicht, dass es verboten ist, im Hain zu schlafen?«, blaffte ihn einer der Wachen an. »Außerdem gibt es seit geraumer Zeit eine Ausgangssperre, die solch Gesindel wie dich von den nächtlichen Straßen fernhalten soll.

»Doch natürlich«, gestand Baazlabeth. »Ich habe von der Ausgangssperre gehört, allerdings man hat mich all meiner Habe beraubt.« Empört zeigte er auf die leere Truhe.

Unbeeindruckt lupfte der andere Mann den Deckel der Kiste an. »Was soll da drin gewesen sein, ein neues Hemd und eine elegante Hose, die dich nicht wie einen drittklassigen Schausteller aussehen lassen?«

Platsch!

Vor Baazlabeths geistigem Auge platzte dem jungen Wachsoldaten der Kopf vom Halsansatz weg. Er schlenkerte mit den Armen umher wie jemand, der ohne Licht einen Ort zu erkunden suchte, während rotes Blut zwischen den Schultern hervorsprudelte. Dann sackten ihm die Beine weg, und er blieb am Boden liegen.

Baazlabeth hatte sich bei vorigen Aufträgen in der Menschenwelt angewöhnt, Köpfe in Gedanken platzen zu lassen, wenn sein Gegenüber auf eine lange Durststrecke geistiger Eloquenz zusteuerte. So konnte er sich ablenken und sah weiterhin interessiert aus. Er war stolz auf sich, so lange ausgehalten zu haben.

Immer noch stand die Frage im Raum, was man ihm gestohlen haben könnte. Er ließ es darauf ankommen. Vielleicht war seine Einschätzung der Lage gar nicht so falsch.

»Fünftausend Goldmünzen«, erklärte er mit bestimmter Sicherheit.

Die beiden Stadtwachen brachen in schallendes Gelächter aus. »Dann haben wir ja seit gestern Nacht einen neuen Anwärter auf den Titel eines Lords. Wenn uns jemand über den Weg läuft, der versucht, ein Schloss zu kaufen mit einem kompletten Hofstaat, sagen wir dir Bescheid. Fünftausend Goldstücke, du bist nicht nur ein schlechter Schausteller, du bist auch noch verrückt. Mach, dass du hier wegkommst, sonst finden wir für dich doch noch ein Plätzchen im Kerker.«

Kopfschüttelnd wandten sich die beiden ab und setzten ihren Rundgang fort. Nach einigen Schritten drehte sich die andere Wache noch einmal zu Baazlabeth um.

»Hast du gestern Nacht keine dreihundert Schritt von hier auf der Götterstiege etwas gesehen oder gehört? Einen Kampf vielleicht?«

Platsch!

Baazlabeth schüttelte den Kopf. Sein Zorn verschluckte jedes Wort, das er hätte hervorbringen wollen. Man hatte ihm übel mitgespielt. So wie es aussah, gab es doch nicht viele Menschen, die im Besitz von fünftausend Goldmünzen waren, und Nemrothar hatte dies sicherlich gewusst. Auf jeden Fall gaben sich die beiden Wachleute mit seinem Kopfschütteln zufrieden und behelligten ihn nicht weiter. Baazlabeth sah ihnen angewidert hinterher.

Dem Stand der Sonne nach zu urteilen, war es noch früh am Morgen, aber wie ein altes Dämonensprichwort schon sagte: *Das jüngste*

Opfer ist schnell gegessen. Es passte vielleicht nicht ganz, aber so viele Sprichworte gab es in Baazlabeths Welt auch wieder nicht. So musste es für eine Reihe von Begebenheiten herhalten.

Wenn Baazlabeth die Reaktion der Stadtwachen richtig deutete, würde es dauern, bevor er die Kiste mit Talern gefüllt hatte. Und dies mochte ein langer Tag werden in dem Versuch, eben jenes zu erreichen. Es gab also keine Zeit zu verlieren.

Was in der Nacht mit all den Lichtern am Hang einem Sternenhimmel geglichen hatte, zeigte sich am Tage als eine Art Termitenstaat.

Hohe, grauweiß verputzte Häuser mit roten Schindeldächern stachen am Berghang empor wie Pilze. Verschiedene Viertel grenzten sich durch breite Grünflächen oder schroffe Abhänge voneinander ab und bildeten einzelne Kolonien, die durch Brücken oder Straßen miteinander verbunden waren. Inmitten dieses baulichen Wunderwerkes herrschte ein reges Treiben der Bevölkerung. Händler mit Karren versperrten die engen Gassen, berittene Höflinge versuchten, sich mit Warnrufen lauthals einen Weg durch die Menge zu bahnen, und allerhand geschäftig wirkende Leute füllten die Lücken zwischen ihnen. Es fiel einem schwer, sich vorzustellen, dass all diese Menschen am Abend in den Gebäuden Platz gefunden hatten.

Baazlabeth rief sich erneut seine Aufgabe ins Gedächtnis, wobei sie ihm immer noch nicht angenehmer erschien als zuvor. Die Stadtwachen hatten ihn ein wenig verunsichert, aber was wussten sie schon von Reichtum. Wahrscheinlich reichte es ihnen bereits, wenn sie genug verdienten, um die Abende durchzuzechen. Stadtwachen waren sicherlich nicht das Ende der Nahrungskette. Wer es nicht in die königlichen Armeen schaffte, tat seinen Dienst in einer der Städte als Wache. Wer selbst dazu nicht imstande war, wurde an einem der Stadttore eingesetzt. Es genügte wahrscheinlich, wenn sie aufrecht gehen konnten, in die vorgesehenen Rüstungen passten und von Zeit zu Zeit rufen konnten: »Geht weg da. Macht Platz.« Stadtwache war ein Beruf, den man ausüben konnte, wenn man als Kind von der Wickelkommode gefallen war.

Baazlabeth war nie ein Kind gewesen. Abgesehen davon, besaß er noch nicht einmal eine Mutter, geschweige denn eine Wickelkommode. Wenn er es sich hätte aussuchen können, hätte er jene Kommode auch gegen eine Streckbank getauscht. Die kleinen Racker sollten schließlich größer werden. Als guter Vater half man da eben nach.

Ich schweife schon wieder ab. Konzentriere dich, damit du schnellst möglich wieder zu Hause bist.

Seine Aufgabe bestand also darin, etwas zu erreichen, wonach jede kümmerliche Gestalt in dieser jämmerlichen Stadt strebte – ein kleines Vermögen ansammeln. Und wenn es jemand schaffen konnte, dann er.

Er brauchte keinen eigenen Plan. Er würde einfach den verwenden, den diese Schnellbluter während ihres ganzen Daseins in mühseliger Kleinarbeit aus ihren Köpfen gepresst hatten. Immerhin kannten sie sich hier aus, und mit etwas Glück hatten sie auch schon eine Lösung gefunden. Sich die Regeln und Gesetze der Menschen anzueignen war unnötig. Was sie planten und taten, würde er ohne große Anstrengung erreichen. Er war immerhin ein Dämon, hundertfach so alt, hundertfach so intelligent und hundertfach so gerissen wie sie. Also würde er das, was diese Bürger schafften, in einem Bruchteil der Zeit erreichen. Niemand in dieser Stadt konnte ihm auch nur annähernd das Wasser reichen, und er hätte es auch sicherlich nicht entgegengenommen.

Was tat man also, wenn man aus einer Herde an die Spitze kommen wollte? Man lief zusammen mit allen anderen im Pulk, tat das, was sie taten, und wartete auf den Augenblick, sein Recht einzufordern und ihr Anführer zu werden. Nein, Herde war nicht richtig, das klang so nach Schafen, und Baazlabeth wollte sicherlich nicht der Anführer einer Herde Dummhufer werden. Rudel! Rudel war das richtige Wort. Wölfe liefen im Rudel, und er war ein Wolf. Zwar war er momentan in einen Schafspelz gekleidet, aber das war ja gerade seine Taktik.

Baazlabeth hielt in seinem brandneuen Menschenkostüm auf die stark belebte Straße zu. Die meisten der Menschen strömten Richtung Norden, hinauf in den nächstgrößeren Stadtteil. Er mischte sich unter sie, ohne großes Aufsehen zu erregen, wobei man sagen musste, dass seine Kleidung die größte Beachtung fand. Er wusste nicht wieso, aber die Menschen warfen ihm kurze Blicke zu und schienen mit ihren Augen zu sagen: »Ich weiß alles über dich.« Natürlich war das nicht der Fall, denn schließlich rannten sie nicht kreischend vor ihm davon, wie er es gewohnt war, wenn er sie nicht ankettete. Dennoch schauten sie ihn mit dieser gewissen Geringschätzung an.

Baazlabeth hasste diese Überheblichkeit und am liebsten hätte er ihnen gezeigt, was wirklich in ihm steckte, doch er beruhigte sich damit, dass es reichen würde, dem einen oder anderen eine extra Vorstellung zu geben, wenn es soweit war, diese Welt wieder zu verlassen. Sein Unmut wurde schließlich vollends beseitigt, als er merkte, dass junge Mädchen auf sein Äußeres ebenso ansprachen, nur anders geartet. Sie lächelten ihn an, senkten ihren Blick beschämt zu Boden oder kicherten mit vorgehaltener Hand und tuschelten untereinander.

Junge unschuldige Mädchen waren in Baazlabeths Besucherrangliste die Nummer Eins. Es war erst zweimal vorgekommen, dass diese Geschöpfe den Pfad zwischen den Welten verlassen hatten und zu ihm gekommen waren. Die eine erzählte, sie sei von ihrem Geliebten durch ein magisches Tor gesandt worden, damit sie dem Zorn ihres Vaters über die nicht standesgemäße Liebe entgehen konnte, die andere wollte sich selbst mit einem Zauber in Sicherheit bringen, weil sie Dinge gesehen hatte, die sie nichts angingen. Welch glücklicher Umstand sie auch in Baazlabeths Reich geführt hatten, eines konnte er mit Bestimmtheit sagen: Niemand litt so schön wie eine junge Frau, und nichts auf all den Welten schmeckte auch nur vergleichbar wie ihr Fleisch.

Die einzelnen Stadtviertel lagen auf Plateaus am Berghang. Soweit Baazlabeth erkennen konnte, waren es drei an der Zahl, die durch steile Treppen oder Steinbrücken miteinander verbunden waren. Doch auch das unwegsamste Gelände hatten die Bürger von Brisenburg zu nutzen gewusst. An jeder Stelle des Berghangs, die auch nur den Anschein hinterließ, ein Fundament tragen zu können, hatte man Gebäude errichtet.

Die seltsamsten Bauwerke erwuchsen der Stadt. Häuser, deren Fundamente kaum ein Drittel so breit waren wie die ausladenden Mauern der oberen Stockwerke. Selbst den begrenzten Platz, den Brücken boten, hatte man nicht vergeudet. Die schweren Pfeiler trugen ein Dutzend und mehr ineinander verschachtelter Gebäude, die meist nur einen dunklen Tunnel zur Brückenüberquerung übrig ließen. Jeder Fleck, der nicht einem Bauwerk weichen musste, wurde für Begrünung oder Statuen von albern aussehenden Menschen verwandt.

Baazlabeth ließ sich eine Weile mit dem Strom treiben. Er folgte einer Gruppe Händler, die alle Hände voll zu tun hatten, ihre Waren den steilen Weg hinauf zum nächsten Plateau zu schaffen. Ihre um Hilfe suchenden Blicke wurden meist ignoriert oder mit einem bedauernden Achselzucken verneint. Was Baazlabeth und seine Hilfsbereitschaft anging, reichte den meisten Menschen ein einziger Blick in seine gelangweilt-angewiderte Miene, um klarzustellen, was er von ihnen hielt. Um nicht weiter im Dunstkreis der Hilflosigkeit zu wandeln, wich Baazlabeth seitlich aus und zog an den schwer astenden Händlern vorbei.

Er hängte sich an zwei junge Mädchen, die einen Korb mit frisch gefärbten Stoffen trugen. Die beiden zogen einen begehrenswerten Duft hinter sich her, den sie versuchten, mit süßlichem Parfüm zu überdecken. Doch um die Nase eines Dämons über etwas hinwegzutäuschen, dass er begehrte, hätte selbst ein Bad in Rosenöl nicht gereicht. Baazlabeth ließ sich von dem Geruch leiten wie ein Wolf von der Fährte des Wildes. Der Abstand zwischen ihm und den Mädchen wurde mit jedem Schritt geringer, und als sie in den dunklen Tunnel eines Brückenüberganges traten, kitzelten bereits ihre langen braunen Haare an seiner Stirn. Wenn es einen Moment gegeben hätte, seinen lüsternen Appetit durch eine kleine Kostprobe zu stillen, wäre es dieser gewesen. Doch angesichts der Wahrung seiner wirklichen Identität hielt er sich zurück und begnügte sich damit, sich »satt zu riechen«.

Mit geschlossenen Augen hängte er sich an den Duft wie ein Riesenkrake an den Sog eines Schiffes. Er lauschte den hallenden Schritten und stellte sich vor, wie diese beiden Schönheiten sich vor Angst zitternd umklammerten, während sie in seinem Käfig in seinem Reich zwischen den Welten hockten. Er genoss die ferne Aussicht darauf, sich wieder seinen eigentlichen Aufgaben widmen zu können. Schnell jedoch musste er feststellen, dass sein Verlangen in dieser Welt nur ein trüber Schein dessen war, was er seit Jahrhunderten praktizierte. Der Geruch der beiden Jungfrauen verblasste und nahm einen tranigen Beigeschmack an. Das samtig weiche Haar, das seine Stirn so sanft streichelte, wurde zu einem borstigen Kratzen und die tänzelnden Schritte zu einem langsamen Schlurfen.

Als Baazlabeth die Augen wieder öffnete, hatte er das Tunnelende bereits erreicht und anstatt der beiden Mädchen sah er in das ledergegerbte Gesicht einer alten Frau, die ihm ihr zahnloses Lächeln schenkte. Die Alte fühlte sich anscheinend von der jugendlichen Aufdringlichkeit ihres Verfolgers gerührt und hielt Baazlabeth einen schrumpeligen Apfel entgegen. Schnell wechselte sein Blick vom Apfel zum Gesicht der Alten und zurück.

»Lass mich raten«, sagte Baazlabeth, »ihr beiden habt einen langen Weg hinter euch?«

Die Alte verstand die Anspielung, und sichtlich empört zog sie ihr Geschenk zurück, doch Baazlabeth war schneller. Mit einer Hand packte er sie am Gelenk und pflückte mit der anderen die Frucht aus ihren Fingern.

»Nicht so schnell, meine Liebe. Wie heißt es so schön: In der Not trinkt der König Wasser. Zugegeben, bis an die Spitze dieser Stadt habe ich es noch nicht geschafft, und richtig in Not werdet ihr Schnellbluter mich auch nicht bringen, aber der Tag ist noch jung. Wer weiß, was er mir noch alles vorsetzt.«

Mit einem Augenzwinkern ließ Baazlabeth den Apfel in seiner Tasche verschwinden und lockerte seinen Griff bei der Alten. Während sie ihm geschockt nachsah, verschwand er bereits im regen Treiben einer Händlerschar.

Baazlabeth nahm sich die Zeit, seine Umwelt genau zu studieren, während er mit dem Tross weiter Richtung Norden, hangaufwärts schlenderte. Es war gut, alles über diejenigen zu wissen, unter denen man sich aufhielt. Er war zwar davon überzeugt, dass Menschen keine großen Geheimnisse bargen, doch man konnte nie wissen. Eines musste er diesem Volk zumindest lassen, sie waren vielschichtig. Während man bei Lemuren, Laren und Laveas immer sagen konnte, woran man war, schien es bei Menschen nicht so einfach zu sein. Diese von den Göttern recht lieblos gestalteten Wesen waren zerbrechlich aber facettenreich. Einige waren stark, andere intelligent, und wiederum andere stachen dadurch hervor, dass man nie genau wusste, wie sie reagierten – natürlich alles im Rahmen ihrer Möglichkeiten. Schließlich gab es Wesen, die vor dem Teller saßen, und andere, die darauf lagen. Schön garniert, musste man keine Angst vor ihnen haben, doch Vorsicht war immer geboten. Tausend Ameisen konnten einer Wespe auch den Tod bringen.

Die meisten der Menschen, die er sah, waren anscheinend in ihrem eigenen Alltag gefangen. Sie zeterten, haderten und liefen ziellos umher, um den nächsten ihrer meist glücklosen Tage einigermaßen überstehen zu können. Viele von ihnen gaben wenig auf ihr Äußeres. Schmucklose einfache Kleidung, meist farblose Gewänder aus Leinen, Kittel und Bundschuhe waren an der Tagesordnung. Doch um ihre ganze Jämmerlichkeit und Tristheit zu perfektionieren, hielten es viele von ihnen mit ihren Körpern ähnlich wie mit ihrer Kleidung. Ausladende Bäuche, filzige Haare, erschlaffte Muskeln und Ruinen dort, wo ihre Zähne hätten sein sollen, waren noch die erträglichsten Defizite. Wenn es tatsächlich stimmte, dass die Menschen nach dem Abbild ihrer Götter geschaffen worden waren, dann gab es ein grundsätzliches Problem, das man auch mit Gebeten nicht richten konnte. Wie hieß es doch so schön: *Ist die Erde vergiftet, wird auch die Pflanze siechen*.

Baazlabeth merkte, wie die Verachtung in ihm hochkochte. Anscheinend waren die, die sein Reich unvorsichtigerweise betraten und zu seinen Gästen wurden, noch die vortrefflichsten ihrer Art. Fast tat es ihm leid, sich die Rosinen aus einem Volk zu picken, dessen Großteil tatsächlich wie Trockenobst aussah. Von der Fülle an Unzulänglichkeiten ernüchtert, erreichte er das nächste Stadtviertel. Ein kurzer Blick zurück zeigte ihm das Hafenviertel, aus dem er gekommen war. Zweihundert Fuß unter ihm ließen die Wellen die wenigen Schiffe an der Kaimauer leicht umherschaukeln, und eine leichte Brise ließ die Wipfel der Bäume im Hain wie einen wabernden Sumpf erscheinen. Baazlabeth suchte nach Nemrothars Turm, doch die Vielzahl von Gebäuden verschluckten den hohen schlanken Bau einfach, und so konnte er seinen Standort nur vage vermuten.

Die steinerne Stiege endete vor einem bogenförmig gemauerten Durchgang, dessen Pfeiler von einer drei Fuß hohen Mauer begrenzt wurden, die das gesamte Plateau umrahmte. Vor den Durchgang hatte man zwei Wachsoldaten gestellt, die mit ausdrucksloser Miene jeden beäugten, der an ihnen vorbeiging. Baazlabeth folgte weiter dem Strom der Menschen auf der breiten Straße, bis er den Marktplatz erreichte. Der fast hundert Fuß lange und achtzig Fuß breite Platz war bis zum Bersten gefüllt mit Ständen. Um ihn herum lagen große Lagerhäuser, Geschäfte mit großzügig gefüllten Auslagen und feudale Wohnhäuser. Jeder noch so kleine freie Winkel und jede noch so schmale Gasse hatte man mit Holzlatten und etwas gespanntem Tuch zu einem Marktstand werden lassen. Wer keine Tische besaß, um seine Waren feilzubieten, präsentierte seine Schätze einfach auf dem Boden liegend.

Alles, was das Herz begehrte, so man denn eines besaß, war hier zu finden. Genau darin sah Baazlabeth aber sein Problem: Er besaß nichts, was man hätte veräußern können. Alles, was er anbieten konnte, war seine Arbeitskraft – ein widerliches Wort. Kraft konnte man auf jeden Fall besser nutzen, als sie mit Arbeit zu vertun. Es gab so viele Dinge, die mit Kraft, Anmut und Geschick zu tun hatten, doch Baazlabeth wäre nie zuvor auf die Idee gekommen, sie mit Arbeit zu vergeuden. Doch er hatte keine Wahl, er musste sein Können diesen Primitivlingen anbieten, um so schnell wie möglich diesem Sumpf des lebenden Abschaums zu entkommen.

Kurz entschlossen wandte er sich an einen alten Mann, der gerade seinen Schemel vor einem wacklig aussehenden Tisch postierte. Seine Auslage bestand aus verschiedenfarbigen Lederflicken, festem Zwirn und schmalen Stoffbahnen, die er zum Anfertigen und Reparieren von Schuhwerk benutzte. Um sein Handwerksgeschick unter Beweis zu stellen, hatte er einige seiner fragwürdigen Arbeiten am Rande des Tisches zur Schau gestellt. Eines wurde Baazlabeth klar, als er den Mann und sein Handwerk so betrachtete: Als Schuhflicker würde man niemals in den Besitz von fünftausend Goldmünzen kommen – nicht in dieser und auch in keiner anderen Welt.

Baazlabeth hatte nicht vor, Schuhe zu flicken oder andere Sachen zu reparieren. Er arbeitete schließlich auf der anderen Seite. Was er auf seine eigenwillige Art umgestaltete, konnte man nicht einfach mit Nadel und Faden wieder richten – jedenfalls nicht so, dass es irgendeinen Nutzen erbrachte. Baazlabeth tippte dem Alten freundlich auf die Schulter.

»Guter Mann, ich suche Arbeit. Könnt ihr mir sagen, wo ich jemanden finde, der mein Geschick zu entlohnen weiß?«

Der Schuster drehte sich nur halbherzig um und schaffte es noch nicht einmal, seinen Blick zu ihm hinauf zu heben. Mit einer hochgezogenen Augenbraue musterte er stattdessen das blanke Leder der Stulpenstiefel seines Gegenübers. Beschwerlich langsam zeigte er quer über den Platz.

»Geh zu Ark Tadelius«, brabbelte er seinem Aussehen entsprechend. »Sie nennen ihn ›Tagelöhner Tod‹. Du findest ihn vor dem Teehaus. Er ist der hässliche Typ mit der Reitgerte.«

Baazlabeth verzichtet darauf, seinen Dank zu äußern, und suchte sich einen Weg durch das Gewirr von Ständen. Alle Arten von Lebensmitteln, Handwerksarbeiten und Kunstgegenständen wurden hier angeboten, und jeder, der nichts zu verkaufen hatte, versuchte sein Geld damit zu machen, sich selbst zur Schau zu stellen. Zwischen all den Ständen, die Schriftrollen sowie Karten, Töpfe und Geschirr, Schmiedearbeiten und Obst aus der Region anboten, stakste ein Mann auf Stelzen im Narrenkostüm umher, dicht gefolgt von einem Bären, der nach Flötenmusik tanzte. Dem Narren schien es zu gefallen, so tollpatschig wie möglich zu wirken und die Umherstehenden damit zu verunsichern, so zu tun, als ob er gleich zwischen sie stürzen würde.

Baazlabeth durchschaute sein Spiel. Der Mann verstand es, auf den Stelzen zu laufen. Das, was als Unsicherheit hätte ausgelegt werden können, war in Wahrheit eine perfekt einstudierte Nummer. Ein bisschen wie Baazlabeth selbst. Er selbst war auch in einem Kostüm unterwegs und verheimlichte sein wahres Können. Der Unterschied zwischen dem Stelzenläufer und ihm war, dass der Narr um jeden Preis auffallen wollte, was man von ihm selbst nicht unbedingt behaupten konnte. Irgendwann vielleicht würde er seine Verkleidung jedoch ablegen, und *dann* würde er auffallen.

Baazlabeth drängte sich an einem Tisch vorbei, auf dem eine Reihe von Fläschchen, Tiegeln und Phiolen zur Schau gestellt war. Der Mann dahinter, ein großer hagerer Typ mit Hakennase und den Resten eines zerfurchten Haarkranzes, pries lautstark die Wunderwirkung seiner Tinkturen an.

»Leute, kommt zu mir! Ich habe den weiten Weg von Tiefensee auf mich genommen, um euch die wundersamen Tränke der weltgrößten Alchemisten anzupreisen. Ich habe Tinkturen gegen Fleckenfieber und Salben, die gegen jede Art von Furunkeln und Ausschlag helfen. Seltene Kräuter und Heilpflanzen aus dem Osten, die Liebesschwüre binden oder auch trennen können. Alles, was ihr euch wünscht, findet ihr bei mir. Außerdem besitze ich einige magische Tränke aus den unterirdischen Kellern von Travenstein, die euch gegen den Blick eines Basilisken schützen oder eine Banshee an eurem Hause vorüberziehen lässt. Keine Sorge, auch für alle, deren Geldbeutel nicht so prall gefüllt ist, um sich einen wirklichen Zauber zu leisten, habe ich Heilmittel in Hülle und Fülle. Ihr findet bei mir Rosenwasser zur Desinfektion, Wermutwasser gegen Entzündungen, Quecksilber gegen Ausschläge, Fenchelwasser gegen Spulwürmer, Wacholder gegen Brandwunden, Muskatblüten gegen Herzschwäche und als besonderen Leckerbissen: Leinsamenöl mit Dämonenblut zur schnellen Heilung aller Wunden.«

Baazlabeth hätte diesem Scharlatan normalerweise keine Beachtung geschenkt. Wie konnte man einen Mann ernst nehmen, der behauptete, mit ein paar Phiolen und einigen Salben allen Unwägbarkeiten des Lebens und des Todes trotzen zu können? Wozu brauchte man Götter, wenn es eine Paste gegen den Tod gab? All dieser magische Firlefanz hatte nur eines zur Folge: Vermischt mit Kräutern, Ölen und Alkohol verbreitete er auf der Haut einen pestilenzartigen Gestank. Eine spezielle Tinktur erweckte dennoch seine Aufmerksamkeit: Das angepriesene Dämonenblut mit Leinsamenöl. Wozu das Öl gut war, konnte er nicht sagen, aber das Blut von Dämonen hätte durchaus Heilkraft besitzen können, schließlich schlossen sich seine eigenen Wunden innerhalb weniger Stunden. Baazlabeth wandte sich an den fahrenden Händler.

»Zeigt mir das Dämonenblut«, forderte er den Mann auf.

»Ihr habt eine gute Wahl getroffen, junger Mann«, lobte der Händler ihn. »Diese Tinktur ist etwas ganz Besonderes.«

Der Mann nahm eine kleine Holzschatulle vom Tisch auf, streckte sie Baazlabeth entgegen und öffnete den Deckel bedächtig und geheimnisvoll. Es hätte nur noch ein unheilvolles Knarren gefehlt, und der Spuk wäre vollkommen gewesen.

Baazlabeth sah sich schon zur Ader gelassen auf einem der Tische liegen: Aus seiner linken Hand tropfte Blut in zahlreiche Phiolen, während er mit der rechten durch die mit Gold gefüllte Kiste Nemrothars strich. Für Dämonenblut zahlten die Menschen Gold? Sollten sie es ruhig haben, er hatte genug davon. So ein Geschäft könnte man auch noch ausbauen. Vielleicht sollte er seine abgehakten Finger an Stielen zum Lutschen gegen Gicht verhökern. Für Baazlabeth taten sich neue Welten auf. An Schmerzen war er gewöhnt, und alles, was er hergab, würde in kürzester Zeit nachwachsen. Er war sozusagen seine eigene Goldgrube mit unerschöpflichem Vorrat – Tiefstpreise garantiert.

»Das Zeug ist rosa«, bemängelte er.

»Junger Freund«, versuchte der Händler ihn zu besänftigen. »Dämonenblut ist heiß, wie geschmolzenes Eisen. Nur mit der Kühle von Leinsamenöl kann man die Temperatur senken, sonst würde es jedes Gefäß zum Bersten bringen. Bedenkt nur, wo es herkommt.«

»Und von wo kommt es her?«, fragte Baazlabeth halb neugierig, halb belustigt.

»Aus den Tiefen der Hölle natürlich. Dort, wo die Heimat der Dämonen ist. In der Finsternis der Erde, wo sie der Blick der Götter nicht erreichen kann.«

Baazlabeths Zukunftsvision brach zusammen wie ein Kartenhaus. Dieser Quacksalber schien einiges durcheinanderzubringen. Eins stand auf jeden Fall fest: In der Phiole war genauso viel Dämonenblut, wie der Mann Wissen über die Weltengänger in seinem Kopf hatte – nämlich keines. Baazlabeth drehte sich um und ließ den Mann einfach stehen. Wie konnte er auf so einen Quacksalber hereinfallen? Was mochte ihm ein Mensch schon über die Kraft von Dämonen erzählen – nichts natürlich.

Baazlabeth bahnte sich weiter seinen Weg durch die Menge. Er kam an Musikanten und Gauklern vorbei, an Bauern, welche die Früchte ihrer Arbeit anpriesen, an verschiedenen Schmieden und einer Wahrsagerin. Beinahe hätte er auch hier sein Glück probiert, doch die Enttäuschung über die letzte Begegnung belehrte ihn eines Besseren. Unweit der Straße am hinteren Teil des Markplatzes sah Baazlabeth einen schweren Eichentisch, vor dem ein dickbäuchiger Mann mit rasiertem Kopf, gekleidet mit einer Lederweste und Bundhose auf und ab stolzierte. Zwei Dinge an ihm erregten Baazlabeths Aufmerksamkeit: Zum einen sah der Kerl aus wie eine menschliche Kröte, zum anderen schlug er sich unentwegt mit einer Reitgerte in die hohle Hand. Rechts von dem Tisch reihte sich eine lange Schlange von wartenden Bürgern auf. Am Tisch selbst hockte ein schmächtiger Jüngling, der wild in einem Stapel Papieren herumkritzelte und diese ständig umschichtete.

Baazlabeth konnte nicht fassen, dass es so viele Menschen zu geben schien, die sich darum drängten, ihren Lebensunterhalt mit harter

Arbeit zu verdienen. Mit ein bisschen mehr Spontanität und etwas Mut in den Knochen sollte es doch jedem einleuchten, dass man mit Betrug, Bedrohung oder Gewalt beträchtlich mehr in wesentlich weniger Zeit verdienen konnte. Entweder waren all diese Menschen schwächliche Feiglinge, oder sie befanden sich genau wie er in Nemrothars Bann.

Ein Bann, ein Fluch, genau das war es, was dieser altersschwache Magier ihm aufgebürdet hatte. Er war gezwungen, sich seine Freiheit mit seiner Würde zu erkaufen. Diese Demütigung würde er nicht so einfach über sich ergehen lassen. Nicht mit ihm, und nicht von diesem Hokus-Pokus-Greis. Zum Glück gab es dieses Sprichwort, das eigentlich nicht für Dämonen zutraf. Baazlabeth entschloss sich aber, es diesmal Wahrheit werden zu lassen: Man sieht sich immer zweimal im Leben.

Baazlabeth bemerkte gar nicht, wie das phlegmatische Verhalten seiner Umwelt Kontrolle über seinen Körper gewann und er sich einfach in die Reihe wartender Tagelöhner einordnete. Ehe er sich versah, war er Nummer siebzehn in der Schlange, und somit der Letzte. Zu seiner Erleichterung musste er jedoch feststellen, dass es gar nicht wirklich der Reihe nach ging, sondern der Jüngling am Tisch eine Arbeit ausrief, und jeder, der die Anforderungen erfüllen konnte, einen Schritt vortrat.

»Unten am Hafen wird ein Netzflicker gesucht, der mehreren Fischern zur Hand geht«, krächzte die Stimme des Gehilfen durch das Stimmengewirr auf dem Marktplatz.

Sechs Männer traten aus der Reihe einen Schritt vor, drei etwas jüngere, zwei mittleren Alters und ein Greis. Auch Baazlabeth wollte diese Chance nicht an sich vorüberstreifen lassen. Mit Fesseln, Knoten und Knebeln kannte er sich aus. Ein Fischnetz zu flicken konnte nicht schwer sein. Der dickleibige Glatzkopf schritt die Reihe von Männern ab und schlug ihnen dabei prüfend gegen die Oberarme, während er murmelnd Kommentare zu ihrer Befähigung abgab. Dieser Mann musste Ark Tadelius sein. Jedoch kam es nicht dazu, dass er auch über Baazlabeth seine ungefragte Meinung kundtat, denn er hatte sich bereits entschieden, den dritten der Kandidaten auszuwählen.

»Zwei Tage Arbeit, wenn du gut bist. Achthundert Schankgold Lohn«, verkündete Ark grollend.

Der Mann nickte emsig und begab sich nach vorn an den Tisch. Arks junger Gehilfe vermerkte einige Einträge auf einem der Papiere und verwies den Tagelöhner an den Hafenmeister, ein gewisser Jost Blackbell.

Baazlabeth spürte eine innere Erleichterung. Achthundert Gold für zwei Tage, das bedeutete, wenn er sich wirklich ins Zeug legte, könnte er es schaffen, in zehn Tagen wieder daheim zu sein. Zehn Tage waren zwar länger, als er gehofft hatte, aber es hätte wesentlich schlimmer kommen können.

»Jonas Kesselbrook sucht einen Anheizer und Luftbläser für seine Klingenschmiede. Die Arbeit ist für unbestimmte Zeit ausgesetzt, da der Lehrling des Schmiedes erkrankt ist«, verkündete der Gehilfe.

Diesmal traten nur vier Männer vor. Allesamt waren es kräftige Burschen. Baazlabeth wollte sich natürlich nicht so einfach geschlagen geben und trat ebenfalls vor. Wenn sich jemand mit glühenden Klingen auskannte, dann er. Wahrscheinlich konnte er selbst dem Schmied noch etwas beibringen. Mit geschwollener Brust zierte er das Ende der Reihe von Bewerbern.

Noch bevor er sich seine Konkurrenten richtig ansehen konnte, hatte sich Ark bereits entschieden. Die Wahl fiel auf den zweiten Mann in der Reihe. Dreihundertachtzig Schankgold pro Tag standen ihm zu. Baazlabeth wurde noch nicht einmal Beachtung geschenkt.

Wenn er die Situation richtig einschätzte, wurden die Arbeiten von Mal zu Mal schlechter bezahlt. Erschwerend kam hinzu, dass der Fettsack mit der Gerte immer weniger Lust zu haben schien, die Reihe von Bewerbern abzuschreiten. Wenn das so weiterging, würde er der Letzte sein, der Arbeit bekam, und das für einen Hungerlohn.

Baazlabeth wurde rüde angerempelt, als ein Mann von hinten an ihn herantrat. Ein kräftig aussehender Bursche mit langem dunkel gelocktem Haar, Dreitagebart und zerschlissenem Leinenhemd reihte sich hinter ihm ein. Als er sich den Mann genauer ansah, ihm freundlich zunickte und dieser mit einem Rülpsen die Geste zu erwidern schien, schlug Baazlabeth eine Alkoholfahne entgegen. Feist lächelnd, hielt ihm der Fremde einen getrockneten Fisch aufgespießt auf einen Buchenspan hin.

»Sieht aus wie Schuhleder, schmeckt wie Schuhleder, passt gut zu deinem Gesicht«, lallte ihn der Mann an.

Baazlabeth war so perplex, dass er das Willkommensgeschenk annahm. Der Betrunkene drängte einfach an ihm vorbei und schlug dem nächsten Tagelöhner übertrieben freundschaftlich auf die Schulter.

»Echt nett von dir, Kumpel, mir meinen Platz freizuhalten.«

Dem zerbrechlich aussehenden Mann sackten fast die Knie weg. Bevor er jedoch den Halt verlor, hatte ihn der Trunkenbold schon am Kragen gepackt und zog ihn hinter sich.

Die Neuordnung in der Aufstellung missfiel Baazlabeth außerordentlich. Sein Groll schwoll weiter an, als der nächste Tagelohn ausgerufen wurde.

»Nevil Brick benötigt jemanden, der ihm ein Fuder Holz für den Winter spaltet.«

Spalten war natürlich wie eine direkte Aufforderung für Baazlabeth. Zu seinem Erstaunen stellte er fest, dass nur er und der Trunkenbold vorgetreten waren. Mit finsterer Mine schritt Ark die Reihe von Männern ab, schlug dem einen oder anderen mit der Gerte gegen die Brust und überhäufte sie mit Verwünschungen.

»Ihr faulen Säcke, scheut ihr euch vor richtiger Arbeit? Sobald es darum geht, eure müden Knochen zu erheben und ein wenig Schweiß zu treiben, ziert ihr euch wie Jungfrauen vor der Hochzeitsnacht.« Ark tippte einem der Männer, die verlegen zu Boden schauten, weil sie nicht vorgetreten waren, mit der Knute gegen die Brust. »Was ist mit dir? Hast du Angst, dir die Hände schmutzig zu machen, oder bist du so ein Muttersöhnchen? Wenn du darauf wartest, dass ich dir Näh- und Flickarbeiten anbiete, hast du dich geschnitten. Wenn du noch einen Schwanz zwischen den Beinen hast, solltest du dich auch so verhalten. Wenn nicht, sag mir einfach Bescheid, dann werde ich deine Frau heute Nacht besuchen und sehen, ob wir für dich ein schönes Kleidchen finden.«

Der Mann verlieh seiner Empörung über diese ungeheuerlichen Anschuldigungen Ausdruck, indem er seine Unterlippe verlegen vorstreckte.

»Ich hab eine schlimme Schulter«, erklärte er reumütig.

»Du hast ein schlimmes Gesicht«, verbesserte ihn Ark und ließ den Mann stehen.

Das mit dem Gesicht schien ein gern zitierter Satz zu sein, dachte Baazlabeth. Der Trunkenbold brachte sich in die rechte Position und verdeckte somit die Sicht auf ihn. Ark würde sicher nicht die Reihe von Männern gänzlich abschreiten wollen und sich somit den ersten Besten aussuchen, damit er weitermachen konnte. Baazlabeth durfte es nicht dazu kommen lassen, sonst würde er sich zuletzt nur noch mit dem Mann ohne Schwanz und dem mit dem schlimmen Gesicht um die sicherlich schlechtbezahlteste Arbeit in Brisenburg streiten müssen. In verheißungsvollen Gedanken versunken, drehte Baazlabeth den Trockenfisch am Stiel zwischen seinen Fingern. Er zog das gepökelte Stück von dem Span und hielt es dem Mann zwischen sich und dem Trunkenbold hin.

»Nimm schon«, sagte er zu dem verwirrt dreinblickenden Mann. »Arbeit wirst du hier heute ohnehin nicht mehr finden. Du bist einfach zu weit hinten in der Schlange. Mehr als etwas zu essen und ein wenig aufmunternde Unterhaltung kann ich dir nicht bieten.«

Noch während der Mann sich den Pökelfisch in den Mund stopfte, drängte Baazlabeth ihn zur Seite und trat dicht hinter den Trunkenbold. Dass er abermals einen Platz in der Reihe einbüßte, schien den schmächtigen Mann nicht weiter zu stören. Er kaute gelassen auf dem lederartigen Happen herum.

Baazlabeth umklammerte den Span fest mit seiner Hand am ausgesteckten Arm. Ohne Schwung zu holen, rammte er ihn dem Trunkenbold durch die flickenbesetzte Hose in den Hintern. Im gleichen Atemzug knickte er den überstehenden Rest wie einen Pfeilschaft ab und warf ihn von sich.

»Ah, Scheiße, was war das? Mich hat was gestochen«, schrie Baazlabeths Opfer auf.

Der Spieß schien einen Muskel getroffen zu haben. Dem Mann knickte das rechte Bein weg, und er ging auf die Knie.

»Hilf mir doch jemand. Nehmt das Vieh weg von mir«, flehte er, während er sein Hinterteil betastete und nach dem Übeltäter suchte.

»Was ist hier los?«, grunzte Ark. Er hatte den Trunkenbold an den Haaren gepackt und ihm die Knute unter das Kinn gelegt, damit dieser ihn ansah. Als er keine Antwort bekam, stieß er ihn beiseite und zeigte mit der Gerte auf den Schmächtigen hinter Baazlabeth. »Was ist passiert? Mach das Maul schon auf.«

»Irgendwas hat ihn gestochen«, sagte dieser, wie auswendig gelernt.

Baazlabeth war entzückt. Diese Stadt besaß doch Potential, sich zu amüsieren. Man musste nur darauf acht geben, dass man jemanden fand, der an den gleichen Sachen Spaß zu haben schien.

»Warum grinst du so dämlich?« Diesmal zeigte die Knute auf Baazlabeth.

»Das liegt an meinem Gesicht«, sagte er und hoffte damit den Geschmack von Ark getroffen zu haben.

»Witzig«, erwiderte Ark nach einer kurzen Weile des Nachdenkens und fixierte sein Gegenüber dabei misstrauisch.

»Mach, dass du nach vorne kommst, und lass dich eintragen. Dreihundertzwanzig für das Fuder.«

Der Tag lief besser, als er angefangen hatte. Er war zwar noch nicht zu Ende, aber was wollte man mehr erwarten? Der Verdienst war nicht das, was Baazlabeth erhofft hatte, doch immerhin konnte er bewiesen, dass Gewalt einen vorwärts brachte, auch wenn es nur ein Platz in einer Reihe von Wartenden war. Als kleine Dreingabe hatte er schließlich auch noch eine neue Methode gefunden, sich und seine zukünftigen Besucher unterhalten zu können. Wenn es etwas gab, was er von dieser Welt mitnähme, dann waren es hundert von diesen Fischspießen. Ärsche besuchten ihn schließlich genügende.

5
Die Axt im Haus erspart den Bösewicht

Als man feststellen musste, dass es leichter war, Freunde zu verlieren als zu gewinnen, es sei denn, man formte sie aus Brotteig.

Der junge Gehilfe von Ark Tadelius, Silas war sein Name, sollte recht behalten: Das Haus von Nevil Brick war nicht zu verfehlen. Silas wollte von Baazlabeth einige belanglose Dinge wissen, wie seinen Namen, den Namen der Bleibe, in der er untergekommen war, und wie lange er gedachte, in Brisenburg zu verweilen. Baazlabeth hatte nicht vor, seine Lebensgeschichte zu erzählen, die ihm ohnehin keiner glauben würde, also hielt er seine Antwort so knapp wie möglich: »Sil, *Zum einsamen Wanderer* und nicht länger als unbedingt nötig.«

Silas notierte alles korrekt auf einem Pergament und sortierte es zwischen die anderen. Dann erklärte er Baazlabeth, er müsse der Tempelstraße wieder zurück Richtung Hafen folgen, bis er die Götterstiege erreichte, und dann quer durch das Flautenviertel. Dann sollte er die Bucht umrunden und sich weiter südöstlich halten bis zum Stadttor. Nevil Bricks Haus, ein altes Gehöft, lag südlich davon, aber immer noch innerhalb der Stadtmauern.

Baazlabeth hatte sich von dem Trubel auf den Straßen nicht ablenken lassen. Er hielt sich genau an die Wegbeschreibung des jungen Gehilfen. Als er an der Flunkergasse vorbeikam, überlegte er, ob er Nemrothar von seinen ersten Erfolgen berichten sollte, verwarf diesen Gedanken jedoch wieder. Er nahm sich vor, dies nachzuholen, wenn er die ersten Münzen in seiner Truhe vorweisen konnte. Diesen Besuch wollte er außerdem dazu nutzen, den alten Magier daran zu erinnern, dass – je weiter er an das Ende seines Auftrages kam – Nemrothar auch seinem Tod entgegensah. Solch eine Drohung war natürlich nur sinnvoll, wenn man sie auch untermauern konnte, und dazu wäre es gut, wenigstens den Boden der Kiste mit Goldstücken bedeckt zu haben.

Der Hof von Nevil Brick schien gut in Schuss. Eine hohe Steinmauer begrenzte das Grundstück, und nur durch das offen stehende Tor konnte Baazlabeth einen Blick auf die dahinter liegenden Gebäude werfen. Neben dem zweistöckigen Wohnhaus standen zwei breite Scheunen mit angrenzendem Unterstand für Karren und Fuhrwerke. Hier im Südosten der Stadt, nahe dem Meer, war nichts zu spüren von der Hektik im Zentrum. Selbst die Gebäude verströmten einen Charme von Ländlichkeit. Hier wuchsen keine Türme in den Himmel wie im Stadtkern, hier reckte sich lediglich der Misthaufen in unfassbare Höhen. War im Zentrum jeder noch so kleine freie Platz bebaut, gab es hier Blumen- und Gemüsebeete. Auf einer alten Decke streckte ein Hund alle viere von sich.

Baazlabeth durchschritt das Tor und hielt auf den Eingang des Wohnhauses zu. Der schwarze Hofhund von der Größe eines Schafes kam ihm bösartig knurrend einige Schritte entgegen. Auf halber Strecke blieb das Ungetüm dann plötzlich wachsam stehen. Vorsichtig nahm er Witterung auf, klemmte den Schwanz zwischen die Hinterläufe und trat den Rückzug an. Als Baazlabeth die Haustür erreichte, lag der Köter schon wieder auf seiner Decke. Ängstlich knurrend und mit bebenden Lefzen.

Von all den Lebewesen in Brisenburg schien dieser Hund der Einzige zu sein, der verstand, mit wem er es zu tun hatte. So viel Weisheit wollte Baazlabeth nicht unbelohnt lassen und stieß ein dumpfes kehliges Knurren hervor, das irgendwo zwischen Bauch und Brust entsprang. Als er sich vorbeugte, um den Hund freundschaftlich zu tätscheln, wurde die Atmung des Tieres schnell und flach, ein erschöpftes Hecheln. Baazlabeth spürte, wie das Herz des Hundes kurz davor stand, zu zerreißen. Panische Angst war etwas Wunderbares. Sie konnte jedes Lebewesen für immer verstummen lassen, Haare und Fell innerhalb einer Sekunde weiß färben, Quicklebendiges zu einem Schatten seiner selbst verkümmern lassen und ein schlagendes Herz für immer anhalten.

»Seid vorsichtig, er ist alt und schnappt gern mal zu, wenn er einen nicht kennt«, ertönte da eine Stimme hinter Baazlabeth.

»Ja, genau das macht uns zu Freunden«, sagte Baazlabeth, zog seine Hand vorsichtig zurück und erhob sich.

Als er sich umdrehte, sah er in die Augen eines alten Mannes. Das strähnige graue Haar hing ihm bis auf die Schultern herab. Das hagere Gesicht und die mit Schwielen übersäten Hände erzählten von einem arbeitsreichen Leben. Der Alte stützte sich auf eine Forke, aber nicht so, wie jemand, der erschöpft war, sondern wie jemand, der zeigen wollte, dass er hier das Sagen hatte – voller Stolz eben.

»Was treibt dich auf meinen Hof?«

Baazlabeth sah sich den alten Mann genau an. Seine Haltung verriet, dass er nicht zögern würde, eine falsche Antwort mit seiner Forke zu erwidern.

»Ich hörte von einer guten Arbeit für gutes Gold. Ark Tadelius schickt mich, ich soll hier Holz für den Winter spalten.«

Diesmal war es an dem Alten, sein Gegenüber zu mustern.

»War heut wohl wenig Andrang bei den Tagelöhnern«, bemerkte er. »Die meisten, die sie mir schicken, strotzen nur so vor Kraft. Ark weiß genau, dass ich niemanden brauche, um meine Wäsche zusammenzulegen. Hier auf dem Hof muss jeder seinen Mann stehen, wenn du verstehst, was ich meine. Vielleicht irre ich mich, aber fahrendes Volk und Gaukler sind nicht dafür bekannt, wirklich Hand anlegen zu können.«

Baazlabeth verstand immer noch nicht, wie die Menschen – dieser Mann ebenso wie die Wachen am Morgen – darauf kamen, er könne ein Gaukler sein. Gut gekleidet zu sein sollte keinen Spott hervorrufen. Doch bevor er etwas erwidern konnte, zeigte sich der Alte zufrieden.

»Was soll's, Ark hat dich geschickt, dann wirst du auch in Ordnung sein. Meine Name ist Nevil Brick, aber die meisten nennen mich Sichel.«

Er hielt Baazlabeth die Hand hin, der seinen Willkommensgruß mit einem kräftigen Druck erwiderte.

»Du musst mir nichts beweisen, Junge«, sagte Nevil kühl. »Geh rüber in die Scheune, schnapp dir die Axt und spalte das Fuder. Ich bringe dir etwas zu essen und zu trinken. Wenn du deine Arbeit gut und schnell machst, lege ich noch zwanzig Schankgold drauf, und wenn du das Holz an der Scheunenwand aufstapelst, weitere zwanzig. Bist du damit zufrieden?«

Baazlabeth nickte. Vierzig Goldstücke mehr für ein paar hilfreiche Handgriffe waren schnell verdientes Geld.

»Gut, dann mach dich an die Arbeit. Du weißt ja, der Tod sieht nur die, die herumstehen.«

Baazlabeth kannte den Tod nicht, nicht auf dieser Welt und auch auf keiner anderen. Wenn er aber tatsächlich so eine Memme war und sich nur diejenigen aussuchte, die stillhielten, würde der Tod gut daran tun, nicht *seinen* Weg zu kreuzen. Zwischen den Welten war er es nämlich, der den Tod bestellte, und auch lieferte.

Baazlabeth ging hinüber zur Scheune. Das Tor stand einen Spalt breit offen. Er hakte mit der Stiefelspitze dahinter und zog das Tor so behutsam auf, dass der Eindruck entstehen konnte, er hätte Angst, es zu berühren. Das Innere der Scheue entsprach ganz und gar nicht seinen Vorstellungen. Um es genau zu sagen, wies es noch nicht einmal Ähnlichkeiten mit dem auf, was er erwartet hatte. Anstatt der typischen Buchten für das Vieh lagerten hier Dutzende von Paketen mit gebündelten Schilfrohren. Auch Pflüge, Eggen und Dreschflegel suchte man vergeblich, doch dafür schien Nevil eine Sammelleidenschaft für Sensen und Sicheln entwickelt zu haben. Die einzigen Tiere im Stall waren vier Schweine, die mehr oder minder träge den Boden nach Ungeziefer durchwühlten.

Was jedoch Baazlabeths ungeteilte Aufmerksamkeit erregte, war der Karren mit Holz, oder besser gesagt das Fuder, wie Nevil und Ark es zu nennen pflegten. Die Welten, die Baazlabeth bisher betreten hatte, bezeichneten ein Fuder als die Ladung eines einspännigen Karrens. An den Spruch »andere Welten, andere Sitten« hatte sich Baazlabeth bereits gewöhnt, aber das hier schlug dem Fass den Boden aus. Vor ihm stand ein zweiachsiger Heuwagen mit mannshohen Spriegeln. Bei der Beladung des Wagens mit armlangen Stämmen mussten mehrere Bauherren zugegen gewesen sein, anders konnte sich Baazlabeth dieses Wunderwerk an Stapelkunst nicht erklären. Was hier als Fuder bezeichnet wurde, hatte gut und gern die Ausmaße einer kleinen Blockhütte.

Es gab keine Zeit zu verlieren. Er durfte sich von solchen Rückschlägen nicht irritieren lassen. Zehn oder zwölf Tage, dann hätte er seinen Auftrag erfüllt. Was waren schon zehn Tage im Leben eines Dämons? Nichts, aber diesem Nemrothar würde er zeigen, wie lange sie sein konnten, oder besser gesagt, wie kurz.

Baazlabeths Laune steigerte sich wieder, als er sich vorstellte, wie er den alten Magier mit einem Holzlöffel malträtierte. Diese Methode war nicht besonders effektiv, aber es dauerte wunderbar lange, bis das Opfer starb – eben auch zehn bis zwölf Tage, je nach Kondition des Gefolterten.

Baazlabeth ließ seinen Blick weiter in der Scheune umherschweifen, und nach einem Augenblick fand er, wonach er gesucht hatte. Im hinteren Teil, dort wo die Schweine grunzten, stand ein Haublock, in dem die Axt steckte. Das Wort »Axt« hatte in seinen Ohren einen wunderbaren Klang. Es passte wirklich perfekt zu diesen Waffen. Es klang scharf, kantig und schnell. Welches Wort dem Schmied beim Bearbeiten *dieser* Waffe durch den Kopf gegangen war, schien Baazlabeth allerdings unklar. Ein kleiner klobiger Metallkeil, dessen Schneide kaum breiter war als eine Hand, zierte den drei Fuß langen, aus Buchenholz gefertigten Schaft. Dies war sicherlich keine Waffe, mit der man Eindruck bei seinen Gegnern schinden konnte. Baazlabeth tröstete sich damit, dass für diesen Tag die Holzscheite seine Feinde darstellen würden und sie sicherlich auch kein besseres Ende verdient hatten, als von ihm der Länge nach gespalten zu werden. Er zog das Arbeitsgerät aus dem Haublock, stieß diesen um und rollte ihn in die Nähe des Wagens. Mit einem alten Rechen zog er sich die ersten Holzstücke herunter.

»Jetzt wird es sich zeigen, ob ihr mir gewachsen seid. Kommt ruhig näher, meine Mordgier erwartet euch schon.«

Baazlabeth spürte, wie es ihm half, sich die hölzernen Enden als Feinde vorzustellen und so zu tun, als ob er in einer Schlacht war.

»Viel Feind, viel Ehr«, brummte er leise. »Wer will der Nächste sein? Komm zu mir. Du bist dran. Ich hacke mich durch eure Reihen und staple eure toten Körper, bis der Letzte von euch am Boden liegt.«

Als es zu dämmern begann, sah Baazlabeth sich immer noch einer schier endlosen Menge von hölzernen Feinden gegenüber. Er musste sich eingestehen, dass sein jetziger Körper nicht die Effektivität besaß, mit der er sonst agierte. Mit jedem Schlag verlor er ein bisschen seiner Kraft. Seine Muskeln brannten, die Gelenke schmerzten, und er spürte, wie sich sein Körper nach einer Pause sehnte. In einem wirklichen Kampf, mit seinem eigenen Körper, hätte jeder Schlag und jeder tote Körper seine Kraft nur noch gesteigert und ihn unbesiegbarer werden lassen. Jetzt und hier drohte ihn die stumme Flut von Feinden schlichtweg zu übermannen.

»Glaubt ja nicht, dass ihr mich mit eurer Übermacht beeindrucken könnt. Ich brauche nur einen Augenblick, um mich neu zu formieren. Wenn ich mich jetzt setze, hat das nichts mit Erschöpfung oder Feigheit zu tun, ich überdenke nur meine Taktik neu.«

»Mit wem sprichst du da?«

Baazlabeth wirbelte herum, die Axt in der Hand, bereit zum Zuschlagen. Wie hatte er sich so gehen lassen und nicht bemerken können, wie ein zweiter Feind direkt in seinem Rücken Stellung nahm? Hasserfüllt und blutdürstig starrte er in die Augen eines ... kleinen Mädchens mit blonden Zöpfen und großen blauen Kulleraugen.

»Hast du dir wehgetan?«, fragte sie unsicher.

Erst wunderte sich Baazlabeth über diese Frage, doch dann wurde ihm bewusst, dass er sein Gesicht immer noch zu einer Kriegsfratze verkrampft hatte. Ein wahnsinniges Grinsen auf seinen Lippen, die Augen zu schmalen Schlitzen verengt und jeden Muskel seines Körpers zum Bersten gespannt, vermittelte er sicherlich nicht den Eindruck eines harmlosen Tagelöhners. Er zwang sich, sein Mienenspiel unter Kontrolle zu bringen. Das breiter werdende Lächeln des Mädchens verriet ihm, dass er Erfolg hatte.

»Vater hat gesagt, dass du etwas merkwürdig bist. Er meinte, du seist so etwas wie ein Schauspieler oder Gaukler.«

Warum hielten ihn nur alle für einen Gaukler? Dennoch nickte Baazlabeth, da ihm nichts Besseres einfiel.

»Mein Name ist Auril. Vater entschuldigt sich, dass es mit dem Essen so lange gedauert hat. Er hatte noch zu tun.«

Auril trat unsicher vor. In den Händen hielt sie ein Tablett mit einer Schüssel Suppe, einem halben Laib Brot und einem Krug mit etwas zu trinken darauf.

»Ich stelle es hier hin. Du hast bestimmt Hunger und Durst.«

Sie stellte das Tablett auf den Boden und wandte sich ab, um die Scheune wieder zu verlassen.

»Mein Name ist Sil«, keuchte Baazlabeth immer noch außer Atem.

Baazlabeth erhoffte sich von dem Mädchen ein paar Informationen über die Stadt und seine Bewohner. Schließlich hieß es: »Kindermund tut Wahrheit kund.« Was Ältere ihm aus Angst oder Misstrauen nicht erzählen wollten, konnte man aus einem Kind mit ein paar freundlichen Worten herausholen.

Auril blieb stehen, zögerte aber noch, sich umzudrehen. Sie schien zu überlegen, ob es gut war, sich mit dem Fremden zu unterhalten.

»Bist du wirklich ein Gaukler aus dem fahrenden Volk?«

»So könnte man es nennen«, gestand Baazlabeth. »Ich bin sozusagen nur auf der Durchreise. Doch wann immer ich kann, versuche ich, mein Publikum mit meiner Kunst zu begeistern.«

Aurils Interesse schien geweckt. Sie drehte sich um, und machte einige Schritte auf Baazlabeth zu.

»Bist du ein Schauspieler oder ein Geschichtenerzähler?«

»Besser«, erwiderte Baazlabeth. »Ich bin ein Zauberkünstler.«

»Bitte zeig mir etwas«, bat Auril. »Ich war noch nie in einer Vorstellung. Auf dem Hof ist immer so viel zu tun, und Vater sagt, das Geld ist zu schwer verdient, um es beim Müßiggang zu verprassen.«

»Damit hat er vollkommen recht. Ich konnte mich heute selbst davon überzeugen, wie viel hier zu tun ist. Doch du hast Glück, Kleine, meine Vorstellungen kosten nichts – auf jeden Fall kein Geld. Komm her und setz dich hier auf den Haublock. Ich werde dir eine kleine Kostprobe meines Könnens geben.«

Kinder sind ja so einfach zu beeindrucken. Schade, dass ich nur selten in den Genuss komme, sie in meinem Reich willkommen zu heißen.

Auril schien immer noch Bedenken zu haben, doch als Baazlabeth ihr ein freundliches Lächeln und ein Augenzwinkern schenkte, zerstreuten sich diese offensichtlich. Er wusste, dass sein neuer Körper kleine Gesten anders wirken ließ als sonst. Was so machen Schaudern ließ, wenn Baazlabeth in seiner Dämonengestalt auftrat, wurde in menschlicher Gestalt oft als Freundlichkeit oder gar Zuneigung interpretiert. Wichtig war nur zu wissen, wann man diese Gesten einsetzten musste. Er musste zugeben, dass die menschliche Gestalt, in die er geschlüpft war, auch seine Vorteile hatte. Zum Beispiel was die Unauffälligkeit und das Wecken von Vertrauen betraf. Jetzt hoffte er, dass sein neuer Körper ihn bei seinem Vorhaben nicht im Stich lassen würde.

»Warte hier«, sagte er zu Auril, die gespannt auf dem Block Platz genommen hatte und mit gefalteten Händen auf die Vorstellung wartete.

Baazlabeth nahm den Laib Brot vom Tablett und klemmte sich die Axt unter den Arm. Dann verschwand er hinter dem immer noch halbvollen Holzkarren.

»Schließ die Augen, bis ich sage, dass du sie wieder aufmachen darfst«, bat er in einem sanften Ton.

Auch dieser Bitte kam Auril nach. Es dauerte eine Weile, bis Baazlabeth so weit war. Sein menschlicher Körper und sein dämonischer Geist hatten Schwierigkeit, in Einklang zu kommen, doch er sah es als eine Art Generalprobe an. Jeder Dämon besaß die Fähigkeit, einige Zauber zu wirken. Einige von ihnen besaßen ein ganzes Repertoire, andere nicht einmal eine Handvoll – zu diesen gehörte auch Baazlabeth. Er fühlte sich dadurch aber nicht schlechter gestellt als seine Mitstreiter, denn seine körperlichen Eigenschaften ließen jeden Zauber im Grunde genommen wie einen übernatürlichen Firlefanz aussehen. Dennoch war es gut, diese Fähigkeiten zu haben. Schließlich konnte man nicht wissen, welche Herausforderungen in dieser Welt noch auf ihn warteten. Nemrothar hatte zwar versucht, beim Stellen der Aufgabe jede Art von Freude für Baazlabeth herauszustreichen, doch das hieß nicht, dass der Dämon nicht in den kleinen Pausen zwischendurch etwas Spaß haben durfte.

»Du kannst gucken«, rief er freudig aus.

Als Auril die Augen öffnete, stand Baazlabeth mit ausgebreiteten Armen vor ihr. Zwischen seinen Händen schwebte eine aus Brotteig geknetete Kreatur, die hilflos mit den Armen wedelte wie ein gerade flügge gewordener Vogel. Immer wieder drohte das kleine Geschöpf, abzustürzen. Baazlabeth hielt von Zeit zu Zeit die Hand darunter, um es mit einem sanften Stups wieder in die Höhe zu befördern.

Auril klatsche vor Freude in die Hände und rutschte ungeduldig auf dem Haublock hin und her.

»Darf ich ihn auch mal halten, bitte, bitte«, flehte sie.

»Das geht leider nicht, denn sobald du ihn berührst, verwandelt er sich zurück in ein Stückchen Brot«, ermahnte Baazlabeth sie. »Ich finde, wir sollten ihm die Freiheit schenken, oder was meinst du?«

Auril nickte zögerlich. Er sah, dass es dem Mädchen eigentlich nicht recht war, ihr potentielles neues Spielzeug aufzugeben, doch irgendetwas ermahnte sie, es doch zu tun.

Die kleine Teigfigur flatterte hilflos zu Boden und blieb lautlos keuchend dort hocken. Baazlabeth holte zwei weitere Teigklumpen, die er aus der Brotkruste geformt hatte, aus der Tasche und hielt sie Auril hin.

»Knete zwei Flügel für ihn, damit er in die Freiheit fliegen kann«, forderte er sie auf.

Freudestrahlend drückte das Mädchen die Klumpen zwischen ihren Händen platt und formte sie zu zwei schmetterlingsähnlichen Flügeln.

»Leg sie vor ihm hin, er wird wissen, was zu tun ist.«

Auril tat wie ihr geheißen und trat erwartungsvoll einen Schritt zurück. Sie ging in die Hocke, um das Wesen genau beobachten zu können. Noch immer kauerte es auf dem Boden und lebte seine stumme Erschöpfung aus. Erst als Baazlabeth sich mehrmals räusperte, schaute es irritiert zu ihm auf. Ein schneller Blick nach links und einer nach rechts, und schon hatte das Männchen die geformten Teigklumpen entdeckt. Schnell stand es auf, ging schnurstracks auf die beiden Flügel zu, hob sie auf und umklammerte sie wie ein Schurke seine Beute. In wilden Verrenkungen gefangen, drückte es sich die Teiglappen kurz unterhalb der Schultern auf den Rücken. Als es fertig war, blickte es sich um, bis es die Gestalt seines Meisters erkannte. Ein fragender Blick, den Baazlabeth mit einem sanften Nicken beantwortete, reichte aus, und das Wesen schwirrte ab durch die Luft. Es umrundete Auril zweimal, vollführte einen Überschlag und verschwand hinter dem Holzwagen.

Auril wollte hinterherlaufen, doch Baazlabeth hielt sie zurück.

»Gönne ihm seine Freiheit, er gehört nicht hierher.«

»Wo ist er hin?«, wollte sie wissen.

»In die Freiheit«, sagte Baazlabeth zufrieden.

Jedenfalls wenn man die Erlösung von den gaffenden Blicken eines kleinen Mädchens als Freiheit bezeichnet.

Erst jetzt sah er die Tätowierung in Aurils Nacken: Es waren zwei Glieder einer Kette. Die gleiche Tätowierung hatte er heute schon einmal gesehen. Silas, der Gehilfe von Ark, hatte etwas Ähnliches am Hals getragen.

»Sag mal, Kleines, was ist dein Vater eigentlich für ein Bauer. Ihr lebt doch sicherlich nicht von den paar Schweinen hier im Stall, oder?«

Auril sah Baazlabeth erstaunt an. »Mein Vater ist Reetbauer. Uns gehört ein Stück Küstenland im Osten, gleich, wenn man aus dem Tor kommt, dort, wo der Fluss aus den Bergen ins Meer mündet. Vater schneidet das Schilfrohr mehrmals im Jahr und verkauft es an die Handwerksgilde. Nortel Pentbrook, der Meister der Handwerksgilde, zahlt gut dafür. Dort brauchen sie es, um Dächer einzudecken, oder es wird unter den Putz der Wände gelegt. Den Rest binden wir zu Garben zusammen und trocknen ihn für den Winter. Vieles davon wird zum Anheizen benutzt.«

»Verdient man viel mit dem Schneiden von Schilf?«, wollte Baazlabeth wissen.

»Ich weiß nicht genau, was viel ist, aber ...«

Das Mädchen wurde von den Rufen seines Vaters unterbrochen. »Auril, komm herein? Es ist Zeit, ins Bett zu gehen. Bring noch etwas von dem Holz mit, ich will noch einen Sud für morgen aufsetzen. Beeil dich.«

Baazlabeth musste seine Befragung abbrechen. Die Kleine hätte ihm viele nützliche Informationen geben können, ohne Verdacht zu schöpfen, doch die Stimme ihres Vaters forderte Gehorsam, den sie auch prompt leistete.

»Wenn ich wiederkomme, zeigst du mir dann noch einen von deinen Zaubertricks?«, flüsterte Auril.

»Ich habe noch viel, was ich dir zeigen kann«, versprach Baazlabeth.

Auril lief durch das Scheunentor auf den Hof. Baazlabeth wandte sich wieder seiner Arbeit zu und sammelte das gespaltene Holz ein. Ein plötzliches Geräusch hinter dem Wagen erinnerte ihn daran, dass es noch etwas zu tun gab. Er folgte den quiekenden Lauten. Auf der Rückseite des Wagens sah er sich plötzlich der Teigkreatur gegenüber. Das kleine Wesen stand auf dem Tablett, wo Baazlabeth es auf dem geschichteten Holz abgestellt hatte.

»Das ist ja wohl mit Abstand die dämlichste Erscheinungsform, die mir in meinen achthundert Jahren Dienerschaft je angedacht wurde«, maulte ihn das kleine Wesen an.

Verzweifelt versuchte das Wesen, zwei Brotkrumen wie Hörner zu formen und sie sich an die Stirn zu kleben.

»Du vergisst dich, Homunkulus. Wenn ich gewollt hätte, dann

hätte ich dich auch aus Schweinemist formen können, also freue dich, schließlich siehst du zum Anbeißen aus.«

»Es gibt Tausende von dienstbaren Geistern, warum musste es gerade mich treffen?«

»Sieh mich an, du Nichts. Glaubst du nicht, dass ich etwas anderes als so einen jämmerlichen Schubladenkramer wie dich aus der Finsternis hervorgeholt hätte, wenn ich anders gekonnt hätte? Solange ich mich dieses schwächlichen Körpers bedienen muss, stellt sich nicht die Frage, wen ich zu Hilfe rufen kann, sondern nur, ob mich überhaupt jemand hört, wenn ich rufe. So wie es aussieht, ist die Wahl auf dich gefallen. Solange ich hier meine Geschäfte tätige, wirst du mir zu Diensten sein.«

Der Homunkulus trat gegen die Schüssel mit Suppe, wobei ihm eines der angeklebten Hörner von der Stirn fiel. »Dann sollten wir uns beeilen, um von hier wegzukommen. Der Fraß ist jämmerlich. Die Suppe ist wässrig, und in dem Krug scheint tatsächlich Wasser zu sein. Wo sind wir hier gelandet, im Land des schlechten Geschmacks?«

»Schlimmer«, antwortete Baazlabeth. »Wir sind in einer Stadt der Menschen.«

»Lasst mich raten«, fuhr der Homunkulus ihm ins Wort. »Jetzt versucht Ihr, sie mit Euren Gauklerkünsten zu Tode zu langweilen?«

Baazlabeth packte das kleine Geschöpf mit einer Hand und drückte ein wenig zu, sodass es etwas an Form verlor. Dann presste er ihm das kleine Teighorn erneut an die Stirn. Es saß ein Stück zu weit mittig, aber Baazlabeth beließ es dabei.

»Glaubst du, Schweine mögen Brot?«, fragte er drohend. »Wenn ich deinen Rat brauche, rufe ich dich. Bis dahin will ich dich nicht sehen und nicht hören. Hast du das verstanden?«

Der Homunkulus nickte untertänig und verkniff sich seine nächste Bemerkung. »Ich bin da, um Euch zu dienen«, presste er hervor.

Baazlabeth ließ das kleine Geschöpf los und griff sich die Axt. Der Homunkulus flatterte bereits hektisch zu den Dachbalken empor. »Das sind doch keine Flügel! Die Dinger sind ja genauso nützlich wie ein löchriger Umhang«, maulte er vor sich hin.

Baazlabeth warf mit einem Holzscheit und verfehlte den Homunkulus nur knapp. Erschöpft erreichte der dienstbare Geist einen der Dachsparren.

»Hör auf mit der Nörgelei«, fauchte Baazlabeth ihn an. »Mir geht es auch nicht besser.«

»Jawohl, Meister«, sagte der Homunkulus übertrieben untertänig. »Habt Ihr *noch* einen guten Rat für mich?«

»Ja«, antwortete er genervt, »bleib weg von Öfen, kleiner Teigmann.«

Baazlabeth hatte gerade erneut ein Holzscheit auf dem Hauklotz ausgerichtet, als sich das Scheunentor abermals öffnete. Auril stand im Eingang und hielt eine Decke in der Hand. Schon wieder hatte er nicht gehört, wie sie sich der Scheune genähert hatte. Er ermahnte sich, vorsichtiger zu sein. Die Stadt war nicht mit seinem Reich zu vergleichen. Hier lebten die Menschen dicht gedrängt nebeneinander. Geheimnisse gingen genauso schnell verloren, wie sie geschmiedet wurden. Er tröstete sich damit, dass Kinderfüße kaum eine Gefahr darstellten. Kinder liefen nicht umher und jagten Dämonen, und ihre Erzählungen – hatten sie mal zufällig etwas Verbotenes gesehen – wurden meist als Phantastereien abgetan.

»Vater sagt, da du immer noch bei der Arbeit bist, scheinst du keine Bleibe zu haben. Wegen der Ausgangssperre kannst du nicht zurück in die Stadt. Ich soll dir die Decke geben und sagen, dass du in der Scheune schlafen kannst, wenn du möchtest.«

»Dein Vater ist ein weiser Mann. Richte ihm meinen Dank aus. Ich nehme sein Angebot gerne an.«

Baazlabeth kostete es Überwindung, diese Untertänigkeit und Dankbarkeit zu zeigen. Er war es gewohnt, sich die Dinge einfach zu nehmen. Ein Dämon fragte nicht, noch bat er um etwas, und schon gar nicht einen Menschen. Für die Aufgabe, die Nemrothar ihm gestellt hatte, war es jedoch von Nöten, sich so weit herabzulassen, um weiterhin unentdeckt zu bleiben.

Schon war die Kleine wieder verschwunden, und Baazlabeth konnte sich endlich an die restliche Arbeit machen.

Der Nachthimmel erstrahlte in voller Blüte. Mittlerweile war der Wagen zu zwei Dritteln leer. Baazlabeth fühlte sich, als hätte er jeden Bürger dieser Stadt eigenhändig erwürgt und vergraben. Jeder Muskel schmerzte, und seine Gelenke brannten wie Feuer. Wieder einmal musste er feststellen, wie schwächlich sein neuer Körper war. Die Kraft seines dämonischen Geistes wäre imstande gewesen, diesen Körper so weit zu treiben, dass von ihm nicht mehr als eine ausgebrannte Ruine übrig bliebe. Genau das konnte nicht mehr allzu lange dauern.

Diesmal hörte Baazlabeth sie: kleine, eng gesetzte, schleichende Schritte, die versuchten, ihn abermals zu überrumpeln. Falls Auril Baazlabeths echte Magie komisch gefunden hatte, gab es sicherlich nichts Besseres, als jeglichen Verdacht einer übernatürlichen Herkunft durch Unauffälligkeit auszuräumen. Baazlabeth ging einfach weiter seiner Arbeit nach, ohne diesmal in Selbstgespräche zu verfallen oder sich mit kleinen Teigmännchen zu unterhalten. Unauffälligkeit war der Schlüssel zum Bestehen seiner Aufgabe. Vorsichtig wurde ein Flügel des Scheunentores aufgezogen.

»Du hältst dich wohl für besonders schlau, was?«, ertönte eine Männerstimme in Baazlabeths Rücken.

Die Stimme hatte er heute schon einmal gehört. Das unerträgliche Lallen hatte zwar aufgehört, doch die Überheblichkeit darin verriet ihren Besitzer. Baazlabeth schlug die Axt in den Hauklotz und drehte sich um. Der Trunkenbold vom Morgen lehnte übertrieben lässig am Scheunentor. Anscheinend war ihm das Geld ausgegangen, um sich weiterhin nahe am Delirium entlangzuhangeln. Jetzt versuchte er wohl, einen Schuldigen für sein Dilemma zu finden, um seinem Ärger Luft zu machen.

»Ich hacke Holz, dafür muss man nicht besonders intelligent sein.« Baazlabeth nahm sich vor, diese Auseinandersetzung ruhig und unblutig zu beenden. Der Kerl war es nicht wert, dass Baazlabeth dafür den Lohn eines Tages aufs Spiel setzte. Und das, nur um zu beweisen, wer der Stärkere war. »Wir hatten uns beide für die Arbeit beworben, aber Arks Wahl traf auf mich. Wir brauchen keinen Streit deswegen anzufangen. Morgen hast du wahrscheinlich mehr Glück als ich.«

Der Mann setzte ein selbstzufriedenes Lächeln auf.

»Morgen habe ich sicherlich mehr Glück als du, denn für dich wird es kein Morgen geben.«

Platsch!

Baazlabeth musste zwei oder drei verschiedene Antwortmöglichkeiten herunterschlucken, doch seine Vorstellung des platzenden

Kopfes dieses Mannes half. Er ermahnte sich trotzdem, Ruhe zu bewahren, man konnte nie wissen.

»Lass uns das vernünftig klären«, sagte er und versuchte, einen demütigen Unterton zu treffen, indem er einige Stimmen aus seinem Besucherkäfig nachahmte.

»Vernünftig?«, blaffte ihn der Trunkenbold an. »Vernünftig wäre es von dir gewesen, die Stadt zu verlassen. Was denkst du, was ich hier in meiner Hand halte?«

Baazlabeth tat so, als ob er Schwierigkeiten hatte, das kleine Ding zu erkennen.

»Ich weiß nicht. Einen Holzsplitter vielleicht?«, sagte er gespielt unsicher.

»Genau. Und nun rate mal, wo ihn der Schmied herausgezogen hat?«

Der Trunkenbold griff in seinen Rücken und zog ein schartiges Kurzschwert blank. Baazlabeth war kein wirklicher Waffenkenner, doch eines konnte er mit Bestimmtheit sagen: Diese Klinge hatte schon seit Ewigkeiten kein Waffenfett, geschweige denn Blut gesehen. Der Trunkenbold machte einige Schritte auf ihn zu. Baazlabeth hob beschwichtigend die Hände und wich zur Seite aus. Das Ganze schien zu einem Tanz um den Haublock zu werden.

»Gut, ich gebe zu, ich habe nicht ganz mit fairen Mitteln gekämpft«, erklärte Baazlabeth großzügig. Um niemanden im Haus aufzuwecken, versuchte er, seine Stimme dabei so gedämpft wie möglich zu halten. »Aber sieh dir den Span doch mal genauer an, er ist kaum einen Finger lang. Das steckt doch ein Kerl wie du weg wie ein Pferd einen Insektenstich.«

Der Mann schnippte ihm den Splitter wütend entgegen. »Er steckte in meinem Hintern, was spielt seine Länge da für eine Rolle.«

Baazlabeth hatte die Position erreicht, die er angestrebt hatte, und seine Meinung geändert. Ganz ohne Zweifel lohnte es sich, Blut zu vergießen, wenn der Preis dafür der läppische Lohn eines Tages sein würde. Er drehte sich um, kehrte seinem Gegner für einen Moment den Rücken, trat einen Schritt vor und zog zwei kurze Sicheln aus einer der gebundenen Garben.

»Ich weiß gar nicht, was du von mir willst. War doch halb so wild. War nur Spaß. Ernst wird es erst jetzt.«

Als Baazlabeth sich wieder zu seinem Gegner umdrehte, bewaffnet mit den beiden Werkzeugen, die Klingen gegeneinander wetzend wie ein Schlachter, sah er, dass der Trunkenbold bereits bereute, ihm jemals hierher gefolgt zu sein.

»Zieh nicht so ein Gesicht«, sagte Baazlabeth enttäuscht, »wir kommen uns doch gerade erst näher. Eingeschnappt kannst du immer noch sein, falls ich dich langweilen sollte. Doch lass dir gleich gesagt sein, meine Vorstellung ist nichts für schwache Nerven. Unterhaltung garantiert, sage ich immer.«

Der Mann schluckte, nahm aber all seinen Mut zusammen, um nicht wie ein Feigling dazustehen.

»Ich werde dir meinen Namen in die Brust ritzen, damit du ihn nie vergisst, du mieses Schwein«, prahlte der Fremde wenig überzeugend.

Er sprang über den Haublock hinweg, führte seine Klinge von oben herab und versuchte gleichzeitig, gegen die Beine seines Gegners zu treten. Baazlabeth kannte diese Art von Straßenkämpfern und ihre Schwachstellen. Sie waren schnell, brutal und konnten viel einstecken, doch ihre Gier, den Kampf schnell zu beenden, verleitete sie zu Fehlern. Baazlabeth blockte den Schlag und kam mit einem Tritt gegen den Oberschenkel davon. Der Schmerz war kaum als separate Pein zu spüren, da sein Körper ohnehin von der stundenlangen Arbeit brannte. Außerdem konnte er, indem er den Tritt kassierte, seinem Gegner Unterlegenheit vortäuschen und ihn in Siegesgewissheit wiegen. Trunkenbold drehte sich aus der Blockade heraus und verpasste Baazlabeth einen weiteren Schlag mit dem Ellenbogen gegen die Brust. Baazlabeth taumelte seitwärts, doch anstatt dass sein Gegner nachsetzte, umrundete dieser ihn erneut.

Baazlabeth ärgerte sich über die Unentschlossenheit des Mannes. Dennoch beschloss er, dem Kerl noch eine weitere Chance, noch einen einzigen Angriff, zuzugestehen, um diesen mit einem guten Gefühl sterben zu lassen. Und da kam er auch schon, der nächste Angriff.

Trunkenbold täuschte einen seitlichen Hieb an, drehte sich um die eigene Achse und stach frontal auf die Brust seines Gegners ein. Baazlabeth wehrte den Schlag mit gekreuzten Sicheln ab und lenkte die Spitze des Schwertes zu Boden. Schon war der Mann heran und verpasste Baazlabeth mit der Stirn eine Kopfnuss. Das kam unerwartet.

Baazlabeth stolperte rückwärts und ging zu Boden. Mit einem Sprung war der Trunkenbold über ihm und holte zum entscheidenden Schlag aus. Doch soweit ließ Baazlabeth es nicht kommen. Eine der Sicheln des Dämons durchschnitt die Luft in Knöchelhöhe und fand ihr Ziel. Mit einem sauberen Schnitt trennte sie den Fuß des Mannes ab, der erst zu wanken begann und dann mit einem stummen Schrei auf die Knie fiel. Der Schock schien ihm den Atem geraubt zu haben. Baazlabeth hatte zu viele Männer kämpfen gesehen, um auch nur einen von ihnen zu unterschätzen. Die andere Sichel fuhr von unten nach oben und hackte seinem Gegner die Schwerthand vom Gelenk. Fast lautlos fielen Klinge und Hand zu Boden. Immer noch umklammerten die Finger den Griff der Waffe.

Als Baazlabeth sich aufrichtete, kniete der Trunkenbold vor ihm und starrte ihn mit fassungsloser Miene an, während er mit seiner verbliebenen Hand versuchte, die Blutung an seinem Stumpf zu stoppen.

»Nun ist es an der Zeit, zum gemütlichen Teil des Abends überzugehen und uns richtig kennenzulernen. Deswegen möchte ich dir meinen richtigen Namen nicht vorenthalten.«

Baazlabeth trat einen Schritt vor und begann sein blutiges Handwerk. Ein Kunstwerk wie dieses bedurfte äußerster Konzentration, aber nicht nur vom Künstler selbst, sondern auch vom zu bearbeitenden Werkstück. Baazlabeth achtete peinlichst genau darauf, dass der Trunkenbold nicht vorzeitig das Bewusstsein verlor. Schließlich konnte ein wirklich großes Werk nur überzeugen, wenn es selbst um seine Größe wusste. Im Gegensatz dazu gab es aber das Gebot, dass der Künstler während seiner Arbeit nicht gestört werden durfte, auch nicht von den Schreien seines Werkstückes. Diese beiden Vorgaben konkurrierten zwar etwas miteinander, doch Baazlabeth wusste sich zu helfen. Mit dem richtigen Handwerkszeug war es einfach, sich die benötigte Ruhe zu verschaffen. Ein schneller Schnitt mit der Handsichel, und die Zunge des Mannes war herausgeschnitten. Das anfängliche Keuchen und Stöhnen verebbte im Nu, als sich der Rachen des Mannes mit Blut füllte. Die Geräusche von Baazlabeths Arbeit unterschieden sich kaum von dem Grunzen und Schmatzen der Schweine und würden somit auch keine vorzeitigen Schaulustigen anlocken. Nach fast einer Stunde intensiven Kennenlernens erhob sich Baazlabeth wieder und trat einen Schritt zurück, um seine Arbeit zu begutachten. Unbeholfen landete der Homunkulus auf seiner Schulter und legte den Kopf schräg.

»Tablezah?«, fragte der Homunkulus verständnislos nach. »Was soll das bedeuten?«

Auch Baazlabeth legte den Kopf schräg. »Die Teile liegen nur nicht in der richtigen Reihenfolge. Ich dachte, ich sortiere sie der Größe nach.«

»Selbst dann würden immer noch ein B und ein A fehlen«, fügte das Teigwesen besserwisserisch hinzu.

»Ich kann nichts dafür, dass Menschen so wenige Gliedmaßen haben. Mehr war nicht rauszuholen, Klugscheißer«, verteidigte Baazlabeth seine Arbeit.

»Verzeiht, Meister, doch glaubt Ihr, dass es Eurem Auftrag dienlich ist, wenn Ihr Euch den Menschen in dieser Stadt als blutiger Künstler mit einer Schwäche bezüglich des geschriebenen Wortes präsentiert?«

»Natürlich nicht, du Mehlhirn«, schnaubte Baazlabeth vor Wut. »Meine Kunst lebt in meinem Kopf. Ich ergötze mich nur eine Weile an dem Anblick, dann lass ich sie verschwinden.«

»Und wie, wenn ich fragen darf, wollt Ihr das anstellen?«

»Das lass nur meine Sorge sein, Teigling.«

6
Mit falscher Münze heimgezahlt

Zu jener Zeit, als die Einsicht kam, dass man, wenn man von dem Gleichen sprach, nicht unbedingt das Selbe meinte.

Baazlabeths Arbeit war getan, in jederlei Hinsicht. Er hatte den Wagen leergeräumt, die Stämme gespalten und das Brennholz an der Scheunenwand aufgestapelt. Von seinem nächtlichen Besucher fehlte jede Spur, und selbst dort, wo dessen Blut in die Erde gesickert war, sah man jetzt nur noch gleichmäßig verteilte Späne am Boden. Baazlabeth fühlte sich ausgelaugt und erschöpft. Die Arbeit hatte seinem Körper alles abverlangt, aber er war zufrieden mit sich. Nicht nur, dass er seinem Ziel, diese Stadt wieder zu verlassen, ein Stück näher gekommen war, auch die innere Gewissheit, dass seine Künste des langsamen Todes in dieser Welt unübertroffen waren, schürten in ihm ein Gefühl der Überlegenheit.

Er konnte gar mit einigen neuen Erkenntnissen aufwarten: Zum Beispiel hatte er herausgefunden, dass Schweine so gut wie alles fraßen und ihr Hunger schier unendlich schien. Er spielte mit dem Gedanken, drei oder vier Lemuren aus seinem Reich durch eines dieser bemerkenswerten Tiere zu ersetzen. Doch momentan wollte er sich nicht damit belasten, neben Nemrothars Holztruhe auch noch ein Schwein durch die Gegend zu schleppen, und sah somit erstmal davon ab. Es würde noch genügend Zeit bleiben, sich über die Einzelheiten seiner Abreise Gedanken zu machen.

Wichtig war natürlich, Nemrothar nicht zu vergessen. Ihm hatte er schließlich seinen Aufenthalt in Brisenburg zu verdanken, und das sollte auf keinen Fall unbelohnt bleiben. Vielleicht ließ es sich ja einrichten, Nemrothars Bemühungen um ihn nicht unvergolten zu lassen. Schön wäre es natürlich, beides verbinden zu können – Schweinetransport und Nemrothars Besuch in seiner Heimatwelt. Wenn es nicht anders ging, konnte der alte Zausel im Inneren des Schweines reisen. Der Gedanke belustigte Baazlabeth. Vielleicht würde er das Schwein sogar Nemrothar nennen.

»Komm her, Nemrothar, Oink, Oink«, flachste er leise vor sich hin, während er die Kiste wieder unter den Arm klemmte. Die beiden Handsicheln, die ihm gestern Nacht gute Dienste geleistet hatten, steckte er sich hinten in den Hosenbund, unter den Mantel. Er würde sie zur Erinnerung an den Abend behalten. Und vielleicht fand sich sogar abermals eine Gelegenheit, mit ihnen zu arbeiten.

Er verließ die Scheune. Die Sonne war bereits aufgegangen, und aus dem Schornstein des Wohnhauses von Nevil Brick kräuselte sich feiner schwarzer Rauch. Baazlabeth wollte sich das Gold geben lassen, zurück zum *Einsamen Wanderer* gehen, etwas essen und trinken und sich ausruhen. Dieser Körper, in dem er steckte, mochte vielleicht seine Vorzüge haben, doch er funktionierte wie ein zu kleiner Ofen: Ständig musste man etwas hineintun, damit er am Laufen blieb. Baazlabeth wollte gerade an die windschiefe Tür pochen, als Nevil sie bereits öffnete.

»Du hast die Nacht über durchgearbeitet, was? Ja, ihr jungen Burschen habt einfach noch mehr Ausdauer. Früher konnte ich das auch, aber sobald man in die Jahre kommt, spürt man, wo seine Grenzen sind. Ich sage immer, wenn man so alt ist wie ich und morgens aufwacht und nichts tut weh, ist man wahrscheinlich tot.«

Baazlabeth kannte den Spruch nur in etwas abgewandelter Form. In seinem Reich sagte man: Wachst du morgens auf, und es ist keiner da, dem du wehtun kannst, bleib liegen. Wahrscheinlich waren die Aussprüche einfach die zwei Seiten von ein und derselben Münze.

»Es ist alles fertig. Das Holz habe ich gestapelt, und ich meine, schnell genug war ich auch, um mir den Bonus zu verdienen.«

Nevil lachte. »Natürlich, deine vierzig Münzen sollst du oben drauf bekommen. Dreihundertsechzig sind es dann, wenn ich richtig gerechnet habe.«

Baazlabeth brummte zustimmend.

»Komm herein«, bat der Bauer ihn. »Keine Sorge, den Hund habe ich schon gestern Abend eingesperrt, als mir klar wurde, dass du hierbleiben würdest. Er scheint dich nicht sonderlich zu mögen. Setz dich, ich hole dir deinen Beutel Münzen.«

Baazlabeth wollte von der Einladung keinen Gebrauch machen. Momentan stand ihm nicht gerade der Sinn nach einem gemütlichen Pläuschchen. Er wollte nur das, was ihm zustand, und dann möglichst zügig verschwinden.

Nevil Bricks kam genauso schnell wieder, wie er gegangen war. Das Geld musste er schon irgendwo bereitliegen gehabt haben.

»Hier, du hast es dir verdient.«

Baazlabeth nahm den prall gefüllten Lederbeutel entgegen und wog ihn abschätzend in der Hand.

»Zähl ruhig nach, ich kann es dir nicht verdenken«, sagte der Alte zu ihm. »Lügner und Betrüger gibt es überall. Wenn man kein Lehrgeld zahlen möchte, ist man besser vorsichtig.«

Behutsam zog Baazlabeth an der dünnen Lederkordel. Der Beutel sackte in seiner Hand zusammen wie eine faulige Frucht und präsentierte seinen Inhalt. Baazlabeth sog Luft durch die Zähne ein und wandte den Kopf ab, wie es jemand tat, der unerwartet auf etwas Grauenhaftes stieß. Ein zweiter vorsichtiger Blick ließ sein Herz rasen. Wut stieg in ihm hoch. Wut über sich selbst, so einem Trugschluss aufgesessen zu sein, und Wut auf alle anderen, ihm diese Schach zuzumuten.

»Äh, das sind ... äh.«

»Dreihundertsechzig Schankgold«, bestätigte Nevil feierlich.

Vorsichtig zog Baazlabeth eine der Münzen aus dem Haufen und drehte sie angewidert hin und her. »Schankgold«, wiederholte er, »... natürlich Schankgold. Die sind aus... äh ...«

»Aus Kupfer«, bestätigte der Bauer.

Baazlabeth spitzte die Lippen nachdenklich.

»Könnt ihr sie in Goldmünzen tauschen?«, fragte er unsicher, weil er befürchtete, dass die Anzahl an Goldmünzen, die ihm der Bauer dafür geben würde, ihn ein zweites Mal enttäuschen könnte.

»Da muss ich mal nachsehen, ob ich so viele im Haus habe. Warte hier, ich bin gleich zurück.«

Während Nevil wieder in einem anderen Raum verschwand, strafte Baazlabeth sich erneut der Leichtgläubigkeit und Dummheit. Wie konnte er nur auf so einen Irrglauben hereinfallen und denken, er könne mit Tagelöhnerarbeit reich werden? Jetzt blieb nur noch zu hoffen, dass er in einer Welt gefangen war, in der Kupfer als das edelste und seltenste Metall von allen galt ... Als würde es so eine Welt überhaupt geben.

»Du hast Glück, mein Freund. Normalerweise regle ich alles mit Kupfer und Silber, aber der letzte Auftrag hat mir wahrlich einen Goldregen beschert, wenn du weißt, was ich meine.«

Baazlabeth hatte keine Ahnung, was der Bauer meinte, aber letztendlich war das auch nur nebensächlich. Stumm sprach er ein Gebet, wenn auch nur zu sich selbst. Doch so gehörte es sich für jemanden, der ein eigenes Reich besaß.

»So, hier sind sie. Eins, zwei, drei.«

Baazlabeths Hoffnungen, der Enttäuschung entgehen zu können, starben mit jeder einzelnen Münze. Alles, was er herauspressen konnte, als er ging, war ein verzweifeltes »Danke«. Die Schmach seiner eigenen Dummheit reichte so tief, dass er noch nicht einmal darüber nachdachte, sich wenigstens an dem alten Bauern zu rächen. Nevil Bricks konnte zwar nichts für Baazlabeths Lage, und er hatte auch sicherlich nicht versucht, den Dämon hinters Licht zu führen, dennoch war es in der Regel besser, seinem Ärger Luft zu machen. In diesem Fall war es das allerdings nicht. Baazlabeth hatte es gehörig leid, keine Aufmerksamkeit erregen zu dürfen!

Bevor er den Hof verließ, öffnete er die kleine Kiste und warf die drei Goldstücke hinein. Diesmal lösten sie sich nicht auf, aber das machte auch kaum einen Unterschied, da sie in der Kiste wirkten, als wären sie beim Ausräumen übersehen worden. Die sechs Silberstücke, die ihm Nevil noch gegeben hatte, steckte er zu der Goldmünze von Nemrothar in die Hosentasche. Schließlich erinnerte ihn sein Körper seit Stunden daran, dass es Zeit war, etwas zu essen und sich ein wenig auszuruhen. Mit etwas Glück würden die paar Silberlinge dafür reichen.

Der Weg zurück, einmal um den ganzen Hafen herum, erschien Baazlabeth wie ein Spießrutenlauf. Jedes Lachen, jedes ihn angrinsende Gesicht und jedes noch so leise Tuscheln hinter seinem Rücken führte er auf sein Versagen zurück. Er hatte die Menschen unterschätzt, oder besser gesagt, hatte er ihnen leichtsinnigerweise unterstellt, ihr Leben sei einfach und grob gestrickt. Vielleicht war es das auch, doch es schien viele Haken und Ösen zu haben, in denen man sich schnell verheddern konnte, wenn man nicht aufpasste.

Auf der Westseite der Bucht hatte man einen guten Ausblick über den Hafen. Baazlabeth nahm sich die Zeit und beobachtete, wie Schiffe am Pier, meist kleinere Koggen, be- und entladen wurden. Größtenteils handelte es sich bei den Waren um Fisch, Schiefergestein oder um Garben mit Reet, die in den Frachträumen verschwanden. Entladen wurden verschiedenfarbige Ballen Stoff, Getreide und Fässer mit Gewürzen und Kräutern, die Baazlabeth mit seinem übernatürlichen Geruchssinn selbst durch das Fass hindurch riechen konnte. Arbeit schien es im Hafen zuhauf zu geben, doch an eine bessere Bezahlung glaubte Baazlabeth auch hier nicht. Er musste etwas finden, was seiner gerecht wurde. Wenn es so etwas überhaupt gab, ohne dabei die Gesetze des Landes zu verletzen.

Die Taverne *Zum einsamen Wanderer* hatte bereits am frühen Vormittag geöffnet. Dumpf kniete auf den Stufen zum Eingang und versuchte verzweifelt, eine schwarzrote zähflüssige Masse aufzuwischen. Der Scheuerlappen, seine Hände und das Wasser im Bottich hatten sich mittlerweile dunkelrot verfärbt. Baazlabeth nahm plötzlich einen Geruch war, den er in seiner Welt nur zu gut kannte, der jedoch hier nichts zu suchen hatte. Es war ein leicht bitterer, metallischer Geruch, der etwas von abgestandenem Wasser in einem Blechnapf hatte, doch in Wirklichkeit weit davon entfernt war. Als er seinen Fuß auf die Stiege setzte, sah Dumpf erschrocken zu ihm auf. Der Gastwirt kniff die Augen zusammen und zeigte mit dem Finger auf ihn.

»Sil, stimmt's. Ich vergesse nie jemanden, der an meinem Tresen gestanden hat. Macht Euch keine Sorgen, es ist nicht das, wonach es aussieht. Einfach nur ein dummer Jungenstreich.«

»Mit meinem Namen habt Ihr recht, und was den Fleck angeht, so möchte ich Euch gern in dem Glauben lassen, schließlich ist es Eure Tür.«

Der Fleck war alles andere als ein Streich, soviel wusste Baazlabeth. Lemuren, Körperschinder und verschiedene astrale Wesen neigten dazu, sich von Zeit zu Zeit ihrer verdauten Nahrung zu entledigen. Was bei wirklichen Dämonen einfach verschwand, musste bei Wesen, die weder Mensch noch Dämon waren, durch die unterschiedlichsten Körperöffnungen einen Weg nach draußen finden. Meistens wurde es erbrochen, wie auch in diesem Fall. Stellte sich nur die Frage, wer ihm sein Revier versuchte, streitig zu machen, ohne von ihm gekrönt worden zu sein. Hatte es vielleicht doch etwas mit dem Wesen zu tun, das nachts durch die Straßen schlich und sich am Lebenssaft der Menschen labte? Baazlabeth hatte bereits am ersten Abend gespürt, dass er nicht allein war. Ein Dämon jedoch würde nicht so einen Fleck hinterlassen, und Lemuren und Körperschinder hätten Reißaus genommen, wenn sie seine Anwesenheit gespürt hätten. Sie wären nicht so dreist, sich vor seiner zukünftigen Bleibe zu erleichtern. Baazlabeth hoffte, dass sein Aufenthalt in Brisenburg nur von so kurzer Dauer sein würde, dass es sich nicht lohnen würde, den Übeltäter aufzuspüren.

»Das Böse hat Unterschlupf in dieser Stadt gefunden. Es sieht aus wie du und ich, und es versucht, uns mit seinen abscheulichen Gedanken zu vergiften!«, rief jemand übermäßig theatralisch von der anderen Straßenseite zu ihnen herüber.

Baazlabeth hatte sich schon gefragt, wann solch ein klagender Ruf ihn endlich erreichen würde. Es war immer dasselbe. Egal, in welche Welt ein Dämon auch kam, früher oder später fanden sich immer irgendwelche selbst ernannten Propheten, die seine Ankunft lautstark verkündeten und verurteilten. Baazlabeth hasste sie. Nicht, dass sie ihn entlarvten oder ihm gar gefährlich werden konnten, aber sie waren stümperhaft und weinerlich. Zwei Eigenschaften, die sein Naturell nicht duldete. Außerdem wurden sie im Laufe der Zeit immer mehr und immer penetranter. Dies ging soweit, dass schließlich irgendwann auch der Gemütszustand eines Dämons zu kränkeln begann, wenn an jeder Straßenecke sein Name ausgerufen und seine Taten als gotteslästerlich hingestellt wurden.

Diesem ersten aller wimmernden Geschöpfe jedoch wollte Baazlabeth für seinen Willkommensgruß danken. Er machte auf dem Absatz kehrt und besah sich den Mann. Er stand auf der anderen Straßenseite, hielt sich an einer der Öllaternen fest und starrte auf den Eingang der Schänke. Baazlabeth beachtete er überhaupt nicht. Der Mann mochte keine dreißig Jahre auf dem Buckel haben, doch seine einfache Kutte, die bis kurz unter das Knie reichte, war von Löchern zerfressen und mit Flecken übersät. Das gute Stück schien bereits vor seinem Träger auf diese Welt gekommen zu sein und nicht aus erster Hand.

Baazlabeth überquerte die Straße und baute sich direkt vor dem Mann auf.

»Das Böse, ich kann es deutlich spüren, wie es unter uns wandelt«, verkündete der prophezeiend.

Das Böse schritt auf den jungen Mann zu, breitete die Arme aus und umarmte ihn freundschaftlich. Der Verkünder zuckte zusammen, als ob er schon mehrere ungute Erfahrungen mit Ladenbesitzern gemacht hatte, die seine Anwesenheit nicht zu schätzen wussten. Beruhigend klopfte Baazlabeth ihm auf den Rücken.

»Auch ich freue mich, dass du hier bist, und kann dir sagen, dass dein Gefühl dich nicht trügt. Halte nur weiterhin gut Ausschau, achte aber darauf, dass du dich ab und an bewegst, sonst pinkeln dir die Hunde ans Bein, weil sie dich für einen Baum halten«, flüsterte er ihm in Ohr.

Dann beendete er seine Umarmung, packte den Mann bei den Schultern und nickte ihm zufrieden zu. Baazlabeth ließ ihn stehen und ging zurück zum *Einsamen Wanderer*. Doch noch bevor er in die Schänke treten konnte, hatte sich der Prophet anscheinend wieder gefasst. »Habt ihr das gehört, Menschen aus Brisenburg? Auch dieses verlorene Geschöpf des Erschaffers, dem Vater der Tugend, spürt die Anwesenheit des Bösen.«

Baazlabeth schüttelte enttäuscht den Kopf und verschwand in der Schänke. Dumpf hatte mittlerweile aufgegeben zu versuchen, den Fleck vor seiner Tür zu entfernen. Er stand hinter dem Tresen und bemühte sich, die roten Verfärbungen von seinen Armen zu reiben. Baazlabeth gesellte sich zu ihm, da sonst niemand in der Schänke saß. In der Mittagszeit schienen die meisten Menschen eher ihrer Arbeit als dem Trinken nachzugehen.

»Ist nicht wirklich viel los hier, oder?«, stellte Baazlabeth fest.

Dumpf blickte auf und sah sich im Schankraum um, wobei er auch den Platz hinter dem Ofen nicht vergaß.

»Nein, wahrscheinlich ist es noch zu früh. Die meisten kommen erst gegen Nachmittag. Bis zum Mittag geben die Leute die Hoffnung nicht auf, dass die Geschäfte gut laufen werden. Erst danach ertränken sie ihre Enttäuschung im Alkohol und holen sich Mut für den nächsten Tag.«

Baazlabeth verstand auf Anhieb, wie sich diese Menschen fühlten. Aber bevor er es selbst so weit kommen ließ, wollte er erst noch seinen Hunger stillen.

»Wie ist das Tagesgericht, oder ist es noch zu früh, um etwas zu essen zu bekommen?«, erkundigte sich Baazlabeth.

»Zum Essen und zum Trinken ist es nie zu früh, aber irgendwann zu spät, deshalb sollte man keine Zeit verlieren, seinen Körper mit den Genüssen des Lebens zu erfreuen.«

Baazlabeth war begeistert von diesem sprudelnden Quell an Sprichwörtern, die Dumpf hervorbrachte. Dieser Mann, der sich selbst als etwas begriffsstutzig bezeichnete, schien auf jede gestellte Frage mit einer Lebensweisheit antworten zu können.

Dumpf hatte bereits die Schiefertafel aus der Küche geholt und präsentierte sie stolz auf dem Tresen. Baazlabeth ging die Gerichte eines nach dem anderen durch. Anscheinend hatte man den verschiedenen Speisen Namen gegeben, hinter denen sich die Arten der Zubereitung oder der Zutaten versteckten. Schon die ersten beiden Gerichte auf der Tafel beflügelten Baazlabeths Gedanken und ließen ihm das Wasser im Munde zusammenlaufen. »Strammer Hans« und »Bauernpfanne« versprachen genau das Richtige zu sein. Die Vorstellung schien einfach köstlich, doch musste er bezweifeln, dass es sich bei den Speisen wirklich um jemanden namens Hans oder tatsächlich einen Bauern handelte. Die Auswahl des Gerichts schien ein Glücksspiel zu werden. Von Enttäuschungen hatte Baazlabeth bereits genügend erfahren, somit beschloss er, auf Nummer sicher zu gehen.

»Ich nehme das Letzte auf der Karte«, beschloss er.

Dumpf drehte die Karte zu sich, um sich zu vergewissern, dass sie von demselben sprachen. »Eine ausgezeichnete Wahl«, lobte er. »Gebt mir einige Minuten.«

Mit diesen Worten verschwand der Wirt in der Küche. Baazlabeth war des Stehens müde geworden und suchte sich einen Tisch am Fenster. Er hatte gerade Platz genommen, da betrat eine junge Frau das Gasthaus. Sie blickte sich kurz um, nickte Baazlabeth freundlich zu und begab sich hinter den Ausschank. Kurzerhand band sie sich eine Schürze um, nahm sich einen Lappen und begann, den Tresen zu wischen, wie es kurz zuvor Dumpf schon getan hatte. Dann kam sie mit dem Lappen zu Baazlabeth an den Tisch und begann auch hier, alles zu säubern.

»Kann ich euch etwas bringen?«, fragte sie freundlich.

Baazlabeth bestellte ein Glas von dem Hauswein, und schon trottete sie wieder davon. Es dauerte nicht lang, und auch Dumpf kehrte aus der Küche zurück mit einem flachen Holzbrett, auf dem eine umgedrehte Schüssel thronte, die das Essen unter ihr verbarg. Alles zusammen stellte er vor Baazlabeth auf den Tisch.

»Kann ich sonst noch etwas für Euch tun?«, erkundigte auch er sich.

»Setzt Euch einen Augenblick hin und leistet mir Gesellschaft«, bat Baazlabeth und starrte dabei auf die umgedrehte Schüssel. Konnte es sein, dass seine Erwartungen in dieser Welt das erste Mal wirklich erfüllt wurden, auch, wenn es sich nur um Essen handelte? Er entschloss sich, die Vorfreude noch einen Augenblick wirken zu lassen und hoffte, in Dumpf jemanden gefunden zu haben, der ihm den Tag versüßte.

»Habt Ihr ein Zimmer, das ich gegen ein geringes Entgelt auf unbestimmte Zeit bewohnen könnte?«

Oz Branford, von den meisten seiner Gäste Dumpf genannt, sah sein Gegenüber an, als ob der ihn um seinen rechten Arm gebeten hätte. Es vergingen noch drei weitere Atemzüge und sechsmal blinzeln, bevor er antwortete.

»Heute scheint Euer und mein Glückstag zu sein, Freund. Seht Ihr Rubi dort? Sie hat eine neue Liebe gefunden, den Sohn des Tuchhändlers. Es ist vielleicht nicht besonders schicklich, aber seit dem die beiden sich etwas nähergekommen sind, gefällt es ihr, die Nacht über bei ihm zu verbringen und auf ihr Zimmer über der Schänke zu verzichten. Wenn sie einverstanden ist, könnt Ihr es haben.«

Baazlabeths Wünsche schienen in Erfüllung zu gehen. Er mochte diesen Dumpf, auch wenn es immer ewig dauerte, bis er auf unerwartete Fragen Antworten fand, und man ständig das Gefühl hatte, ihm beim Reden helfen zu müssen.

»Ganz hervorragend. Auf das junge Glück!«, sagte Baazlabeth und hob die umgedrehte Schüssel vom Teller.

Noch während er seine Meinung über den guten Verlauf des Tages revidierte und fassungslos auf den Teller starrte, brachte Rubi den Wein herbei. Baazlabeth bemerkte sie nur aus dem Augenwinkel. Das Essen forderte seine ganze Aufmerksamkeit.

»Artischockenherzen«, sagte Dumpf, weil ihm der ungläubige Blick seines Gegenübers aufzufallen schien.

Baazlabeth fragte sich, womit er so viel Elend verdient hatte. Wenn es nicht gerade kleine Wesen auf dieser Welt gab, die grünes Blut besaßen, musste es sich bei diesen Herzen um etwas wie Blüten oder Knospen handeln. Das Essen von Pflanzen war eines Dämons unwürdig. Es gab genug Schwergewichtler mit kleinen Hirnen auf den Welten, die es nicht geschafft hatten, aufrecht zu gehen und eine Sprache zu entwickeln. Sollten diese sich mit dem Grünzeug abgeben. Bevor er auch nur einen Bissen davon kauen würde, müsste die Hölle gefrieren, und selbst dann würde er lieber an dem Eis lutschen. Er stülpte die Schüssel wieder über den Teller.

»Dumpf, ich glaube, Ihr müsst mir einiges erklären«, sagte er sichtlich bemüht, Ruhe zu bewahren.

»Stimmt etwas mit dem Essen nicht?«

»Doch, das Essen ist sicherlich genau das, was ich bestellt habe, und ich bin davon überzeugt, dass es wunderbar zubereitet ist. Ich frage mich einfach nur, warum ihr Menschen dem Kind immer einen anderen Namen geben müsst.«

Dumpf schien mit der Frage etwas überfordert. »Ich, äh …, meine Frau ist schon lange, äh … wir hatten keine, äh … Kinder.«

»Ich meine nicht Eure Kinder«, lenkte Baazlabeth ein.

Jetzt schien der Wirt vollkommen den Faden verloren zu haben. Fragend sah er sich in der Schänke um. »Ihr meint Rosi? Sie hieß schon immer so.«

»Nicht Rosi, und auch niemand sonst«, schnaubte Baazlabeth. »Ich meine das nur im übertragenen Sinne. Wieso nennt ihr die Dinge in dieser Stadt nicht einfach bei ihrem richtigen Namen? Warum heißen zum Beispiel wertlose Kupfermünzen Schankgold? Warum heißt eine Straße Götterstiege, wenn sie auf den Marktplatz führt? Warum nennt ihr einen Topf mit Grünzeug Herzen? Und nicht nur bei den Namen finden sich solch Widersprüche. Wie kommt es, dass eure Magier noch verschlagener sind als die Mitglieder der Finstergilde? Und warum, bitteschön, fragt mich jeder, ob ich ein Gaukler bin?«

Baazlabeth wären noch hundert und mehr Beispiele in den Sinn gekommen, doch Os Branford fuchtelte bereits mit den Händen umher und schüttelte bei jeder Frage verzweifelt den Kopf.

»Ich lasse das Zimmer herrichten, und wenn Ihr etwas anderes zu essen wünscht, bitte ich Rosi, oder wie immer Ihr sie auch nennen möchtet, Euch etwas anderes zu bringen.«

Mit diesen Worten stand er auf und ließ Baazlabeth mit seinen Fragen zurück. Baazlabeth hielt sich an das Einzige, was er für verdauenswürdig hielt, und nippte an seinem Becher Wein. Er beobachtete, wie die Menschen auf der Straße vor dem Gasthaus ihren Arbeiten nachgingen. Anscheinend hatten sie weniger Schwierigkeiten, mit dem Leben klarzukommen. Nur er selbst, der jedem dieser armseligen Würmer weit überlegen war, der dazu noch seine ganz eigene Welt regierte, konnte in diesem heillosen Durcheinander einfach keinen Fuß fassen. Er tröstete sich damit, erst zwei Tage hier zu sein. Die Götter hatten in jeder ihm bekannten Schöpfungsgeschichte länger gebraucht, dieses Chaos anzurichten, somit würde man ihm wohl auch noch etwas Zeit zugestehen, um sich darin zurecht zu finden. Baazlabeth hatte nichts gegen Chaos. Er wurde aus Chaos erschaffen. Er war ein Geschöpf dieses Chaos'.

Baazlabeths Gedanken wurden durch das Geräusch einer kreiselnden Münze auf dem Tisch hinter ihm abgelenkt. Bisher war er davon ausgegangen, der einzige Gast in der Schänke zu sein, doch anscheinend hatte es jemand geschafft, sich seine Lethargie zunutze zu machen. Angewidert warf er einen Blick über die Schulter. Am Tisch hinter ihm saß ein hagerer Mann mit strähnigen Haaren. Seine tief liegenden Augen und die hohlen Wagen sprachen nicht gerade von einem Leben im Überfluss, jedenfalls keinem, das man genoss.

»Verzeiht mir meine Aufdringlichkeit, doch ich wurde ungewollt Zuhörer Eurer Unterhaltung mit dem Wirt«, sagte der Fremde mit heiserer Stimme. »Eure Fragen sind vollkommen berechtigt, doch zeigen sie mir auch, dass Ihr nicht von hier stammt. Ich selbst bin auch nur gelegentlich in Brisenburg, würde mich aber freuen, Euren Wissensdurst zu stillen, und Euch außerdem ein lukratives Geschäft vorschlagen.«

Platsch!

Dieser kleine gedankliche Ausfall ermöglichte es Baazlabeth, dem Mann weiter zuzuhören, ohne dass er dem unwiderstehlichen Drang nachgab, seine Hände um dessen Hals zu legen.

Baazlabeth empfand den Mann als nicht gerade vertrauenswürdig, selbst für einen Menschen. Sein Aussehen schrie regelrecht danach, ihm aus dem Weg zu gehen, dennoch schienen Bildung und Sprache des Kerls nicht gerade aus der Gosse entsprungen zu sein. Baazlabeth hatte genug Besucher gehabt, sowohl gebildete als auch solche von roher Natur, um das beurteilen zu können. Wobei auch die gebildeten irgendwann zu Unflätigkeiten griffen, nur waren diese oft blumiger.

Baazlabeth beschloss, es darauf ankommen zu lassen und auf den Fremden einzugehen, schließlich hatte er kaum etwas zu verlieren. Er rückte den Stuhl herum und nahm am Tisch des Kerls Platz.

»Wie unhöflich von mir, ich habe mich noch gar nicht vorgestellt«, entschuldigte sich der Mann. »Mein Name ist Mistranos. Ich stehe in den Diensten der hiesigen Alchemisten. Ich sammle Kräuter, Beeren, Harze und andere Ingredienzien und versorge sie damit.«

Baazlabeth sah den Fremden mit Argwohn an. »Ich heiße Sil. Ein Resultat Eurer Arbeit konnte ich bereits begutachten, als mir einer dieser besagten Alchemisten eine kleine Phiole mit Dämonenblut verkaufen wollte und behauptete, dieses hätte Regenerationskräfte.«

Mistranos winkte beschwichtigend ab. »Kein Meister der Alchemie, der etwas auf sich hält, würde versuchen, mit solch scharlatanischen Mitteln sein Geld zu verdienen. Zu dem auserlesenen Personenkreis, den ich beliefere, gehören die angesehensten Tinkturanten des Landes. Die Magister, für die ich arbeite, stützen sich nicht auf Magie oder sonst einen Hokuspokus, sie sind Gelehrte der Natur, deren Gesetze und Beschaffenheit. Meine Ware findet sich in den besten Salben und den teuersten Tränken wieder, deren Wirkung bis an den Hof bekannt ist.«

Baazlabeth war nicht wirklich beeindruckt. Jeder zweite Schlachter auf dem Markt behauptete, dass seine Schweine den Weg auf die Tische des Adels fanden, und jede Näherin hatte sich bereits mit einem Hochzeitskleid für eine Königin profilieren können.

»Ich sehe Euer Misstrauen, deshalb will ich erst einmal meiner Schuldigkeit nachkommen und Eure Fragen beantworten«, lenkte Mistranos ein, als er Baazlabeths ungläubigen Blick sah. »Wenn ich mich recht erinnere, betraf Eure erste Frage das Schankgold. Wenn Ihr mir Euren Wein für einen Moment überlasst, könnte ich es Euch veranschaulichen.«

Baazlabeth schob ihm den Becher hin. Mistranos wagte einen abschätzenden Blick hinein, zog drei Kupfermünzen aus der Tasche und schob alles zusammen an die Tischkante. Er wartete ab, bis Rosis Blick auf ihn fiel, und nickte ihr freundlich zu. Die Schankmaid eilte herbei, ließ die drei Kupfermünzen in der Tasche verschwinden und schenkte den Becher bis zum Rand voll. Sie erwiderte Mistranos' anfängliches Lächeln und verschwand wieder.

»Seht Ihr, so einfach ist das. Für jede Kupfermünze schenkt man Euch einen Finger breit nach. Gold heißt es nur, weil die meisten einfachen Leute statt einem satten Rotwein lieber trübes, goldfarbenes Bier trinken. Eine Einstellung, die ich persönlich nicht teilen kann. Was Eure zweite Frage betrifft, ist sie noch einfacher zu beantworten. Die Götterstiege ist eine der größten Straßen in Brisenburg. Sie führt vom Flautenviertel durch das Windviertel, am Marktplatz vorbei, bis hinauf in das Boenviertel, wo sie an den sieben Tempeln entlangläuft, bis sie an der nördlichen Stadtmauer endet. Die Sache mit dem Essen ist ein rein kaufmännisches Problem. Wer würde sich schon zu überhöhten Preisen etwas bestellen, das ›zäher Mehlklumpen‹, ›an Altersschwäche krepierter Ziegenbock‹ oder ›Blätter, die nicht mal Schweine fressen‹ heißt? Dort, wo Ihr herkommt, ist es bestimmt nicht anders, oder?«

Als Baazlabeth nicht auf die Nachfrage nach seiner Herkunft einging, fuhr der Mann fort.

»Bitte helft mir auf die Sprünge, was wolltet Ihr noch wissen?«

»Es ging um die Magier und darum, dass ich pausenlos für einen Gaukler gehalten werde«, rief Baazlabeth dem Mann in Erinnerung.

»Ja, richtig. Was die Magier dieser Stadt betrifft, kann ich Euch nur so viel verraten, dass sie weder an Gold noch Ruhm Gefallen finden. Die meisten von ihnen sind zurückgezogene Eigenbrötler, die ihre Kenntnisse am liebsten für sich selbst behalten. Sie häufen ihr Wissen an und hocken darauf wie alte Hennen. Und nun zu Euch selbst. Verzeiht, ich möchte Euch nicht zu nahe treten, doch die Zusammenstellung Eurer Kleidung ist für diese Region nicht ganz optimal. Zum einen tragt Ihr Streifen, was Euch als jemanden vom fahrenden Volk ausweist, und zum anderen sind Eure Farben recht ungünstig gewählt, wenn ich es mal vorsichtig ausdrücken darf.«

»Grün und gelb«, stellte Baazlabeth fest, als er an seinem Hemd heruntersah. »Was ist damit?«

»Hm, ich weiß nicht genau, wie ich es sagen soll, aber Grüngelb wird vorrangig von bestimmten Damen getragen, deren äußere Erscheinung einer unangenehmen delikaten Verwechslung vorbeugen soll.«

Baazlabeth stand wieder am Anfang seiner Frage. Was in aller Höllen Namen wollte ihm dieser Schwätzer erzählen? Er faselte irgendetwas von Frauen und Verwechslungen. Genau das war es doch, was ihn hier zur Weißglut brachte, keiner sprach die Dinge offen aus. Anscheinend bemerkte Mistranos den Unmut seines Gegenübers. Er beugte sich vor und flüsterte halblaut über den Tisch: »Dirnen.«

Baazlabeth beugte sich ebenfalls vor und sah Mistranos tief in die Augen. Dann flüsterte er geheimnisvoll, wie er hoffte: »Ich weiß nicht, inwieweit Ihr bewandert seid in den kleinen Unterschieden zwischen Männlein und Weiblein, aber ich kann Euch versprechen, dass jeder, der mich mit einer Dirne verwechselt, gut daran tut, eine passende Inschrift für seinen Grabstein parat zu haben.«

»Ihr habt gefragt, ich habe geantwortet«, erklärte Mistranos, ohne sich sonderlich beeindruckt zu zeigen. »Ich finde Eure Entschlossenheit sehr erfrischend, deshalb möchte ich Euch auch ein Geschäft vorschlagen. Diesmal könnt Ihr echte Goldmünzen verdienen, und das innerhalb von einer Stunde.«

»Wie viele?«, knurrte Baazlabeth.

»Ich würde meinen, dass fünfzig Goldmünzen ein gerechter Lohn für einen kurzen Botengang sind.«

»Überaus gerecht, um nicht zu sagen: zu viel für eine Tätigkeit, die legal sein könnte.«

Mistranos wirkte empört. Er setzte sich zurück und verschränkte die Arme vor der Brust. »Ihr tut so, als ob ich Euch gebeten hätte, irgendwo einzubrechen, jemanden zu entführen oder gar zu meucheln. Könnt Ihr nicht unterscheiden zwischen einem gut gemeinten Angebot und Blutgeld? Ihr denkt, nur wenn etwas körperlich anstrengend ist, kann es gut bezahlt werden. Was glaubt Ihr, wie all die reichen Kaufleute und Gelehrten zu ihrem Gold kommen? Sicherlich nicht, weil sie tiefe Löcher graben. Geld wird verdient durch Beziehungen. Hat man keine, verdient man nur das, was man zum Leben braucht. Wollt Ihr weiterhin am Rinnstein der Gosse stehen, gebt Euch mit Euresgleichen ab, aber lasst mich in Ruhe. Ich habe es nur gut gemeint.«

Vielleicht hatte Baazlabeth sich in dem Mann geirrt. Alles, was er sagte, schien Hand und Fuß zu haben, und falls nicht, würde er ihm beides abhacken. Fünfzig Goldstücke würden den Tag sicherlich nicht zum Erfolg machen, sie würden ihn aber immerhin etwas versüßen.

»Was soll ich tun?«, fragte Baazlabeth versöhnlich.

»So gefallt Ihr mir schon besser«, gestand Mistranos. »Die Sache ist ganz einfach. Ihr folgt der Götterstiege von hier aus weiter Richtung Osten, bis Ihr die Stadtmauer erreicht, und wendet Euch dann Richtung Norden. Nach wenigen Minuten erreicht Ihr die Brücke über den Fluss Tauwasser. Auf der Brücke findet Ihr das Haus von Aleister Bretozek. Über seiner Tür ist das Zeichen der Alchemistengilde angebracht, eine umgedrehte Phiole und ein Tropfen. Aleister wird Euch die Tür aufmachen, wenn Ihr klopft. Ihr sagt einfach, dass Ihr von mir kommt, dann wird er Euch hineinbitten, Ihr übergebt ihm einen Beutel und werdet für Eure Dienste bezahlt. Danach trennen sich Eure Wege wieder. Hinsichtlich des Beutelinhalts rechne ich später mit Meister Bretozek ab.«

Baazlabeth war noch immer nicht ganz überzeugt, aber er wollte dem Mann auch kein zweites Mal zu nahe treten, schließlich stand ein respektabler Lohn auf dem Spiel. Dennoch spürte Mistranos sein Misstrauen.

»Ihr fragt Euch, warum ich jemanden bezahle, obwohl es eine Kleinigkeit für mich wäre, den Weg selbst zu machen, stimmt's?«

Baazlabeth nickte vorsichtig.

»Nicht ich bezahle Euch, sondern Aleister. Das Gold ist nicht allein für den Gang dorthin, sondern dafür, dass man mich dort nicht sieht. Es wäre zu einfach für jemanden, mir zu folgen und in Erfahrung zu bringen, welche Kräuter ich sammle, und wo sie zu finden sind. Außerdem ist Aleister jemand, der sich nicht gern mit einem wenig geheimnisvollen Mann wie mir sehen lässt. Die Alchemie lebt davon, ein Mysterium zu sein. Ihre Kunst besteht nicht darin, einen Trank zu brauen, sondern geheim zu halten, woraus er besteht.«

Baazlabeths Zweifel waren ausgeräumt, also stimmte er dem Handel zu. Mistranos langte unter den Tisch und holte einen Leinenbeutel hervor, den er vorsichtig auf dem Tisch absetzte und zu dem Dämon herüberschob. Baazlabeth verstaute das Bündel mit dem gleichen Respekt, erhob sich und machte sich auf den Weg. Als Baazlabeth den

Einsamen Wanderer verließ, erntete er einen weiteren missmutigen Blick von Dumpf, den er aber darauf zurückführte, dass er das Essen unangetastet stehen gelassen hatte.

Mistranos' Wegbeschreibung stellte sich als einfach und effektiv heraus. Binnen zwanzig Minuten hatte Baazlabeth bereits die Stadtmauer im Osten erreicht und nach weiteren die besagte Brücke über den Tauwasser, dem Fluss, der aus den Bergen kam und mitten durch die Stadt verlief. Seine Aufgabe, die er von Nemrothar bekommen hatte, war zwar schwieriger als ursprünglich angenommen, doch schien die Sache lange nicht mehr so aussichtslos wie noch am Morgen. Fünfzig verdiente Goldstücke am Tag hießen, einhundert Tage in diesem Sumpf aus Unzulänglichkeiten verbringen zu müssen. Gemessen an der Dauer seiner Lebenszeit war diese Zeitspanne kaum erwähnenswert. Für Nemrothar würden es allerdings die letzten einhundert Tage werden.

Frohen Mutes gelangte er zu der rund achtzig Schritt langen Brücke. Auch diese stand voller Gebäude, und von dem zwanzig Schritt breiten Übergang blieb nicht mehr übrig als ein schmaler Tunnel. Ein Dutzend und mehr Gebäude säumten den Übergang auf beiden Seiten. Einige Anbauten hingen sogar mehrere Fuß über den seitlichen Brückenrand hinaus und schienen frei über dem Wasser zu schweben. Eckige Türme verbanden sich über steinerne Übergänge mit runden, und aus großen Gebäudeteilen wuchsen kleine hervor. Die Brücke mit all ihren Bauten wirkte wie ein eigenes Dorf oder eine zu klein geratene Burganlage inmitten einer Stadt. Eines aber hatten die Bauten alle gemeinsam: Ihre Eingänge lagen auf der Innenseite des Tunnels, und somit im Verborgenen.

Baazlabeth kreuzte von einer Tunnelseite zur anderen und besah sich die verschiedenen Eingänge und Türschilder. Was den Erbauern bei den verschiedenen Gebäuden geglückt war, nämlich inmitten der Vielfalt eine Einheit zu kreieren, war den Tischlern kläglich misslungen. Es herrschte Chaos pur. Keine Tür glich der anderen. Jeder Eingang war unterschiedlich groß und aus einem anderen Holz als die Nachbartür gefertigt. Manchmal besaßen die Türen reich verzierte Klopfer aus Messing, andere wiederum hatten nur einen einfachen Knauf, und an wiederum anderen fehlte so gut wie alles, und man fragte sich, wie jemand hinein- oder hinausgelangen konnte.

Mit den Türschildern verhielt es sich ähnlich. In die meisten waren die Namen ihrer Bewohner eingeschnitzt, oder wenigstens ein Zunft- oder Gildezeichen. Es gab aber auch solche, die keinerlei Aufschluss darüber gaben, was hinter den Türen vorging. Baazlabeth war heilfroh, als er auf einem der Schilder Tiegel und Stößel entdeckte und darunter den Namen Aleister Bretozek las. Trotz der recht solide gezimmerten Tür drang ein beißender Geruch aus dem Inneren des Hauses. Baazlabeth klopfte zweimal kräftig an, aber nichts tat sich. Die laut hallenden Schritte der anderen Leute im Tunnel machten es unmöglich, an der Tür zu lauschen, um festzustellen, ob jemand daheim war. Baazlabeth klopfte erneut, dieses Mal noch energischer. Jetzt regte sich etwas im Inneren. Jemand fummelte an der Tür herum, zog eine Kette aus ihrer Verankerung und schob mehrere Riegel zurück. Ein schmaler Schlitz tat sich auf, und das zerfurchte Gesicht eines alten Mannes zeigte sich.

»Ich hoffe, Euer Besuch rechtfertigt den Verlust zweier Reagenzgläser und eines Tiegels von zerstoßenen Bovisten«, schnauzte der Alte Baazlabeth an.

»Mistranos schickt mich. Seid Ihr Aleister?«

»Wenn nicht, hätte ich mich des Einbruchs schuldig gemacht, aber ich glaube, man würde mir mein Versehen trotzdem nachsehen. Kommt herein und zeigt, was Ihr habt.«

Als Aleister die Tür öffnete, Baazlabeth am Mantel packte und ins Hausinnere zog, verstand der Dämon, was der Alte gemeint hatte. Aleister war blind. Seine durchgehend grauen Augen starrten gut eine Handbreit an Baazlabeths Gesicht vorbei. Einen Arm streckte er tastend aus, um den Beutel entgegenzunehmen, der ihm anscheinend schon im Vorwege versprochen worden war.

»Gebt schon her, ich habe meine Zeit auch nicht gestohlen.«

Baazlabeth überreichte ihm den Beutel, und Meister Bretozek griff danach wie ein Habicht nach einem Kaninchen. Er schlurfte zurück an seinen Tisch, schob einige Bücher und Keramikgefäße beiseite und breitete den Inhalt des Beutels vor sich aus – es enthielt tatsächlich verschiedene Kräuter. Dann begann der Alchemist, jede einzelne Pflanze mit den Fingern zu ertasten und zu begutachten, indem er sie drückte und an ihr roch.

Baazlabeth nutzte die Zeit, um sich umzusehen. Das Zimmer wirkte wie verwüstet. Nichts schien einen festen Platz zu haben. Regale waren voll gestellt mit Fläschchen, Büchern, Lebensmitteln aller Art und einigem, das man mit ruhigem Gewissen als Müll bezeichnen konnte. Dazwischen fand sich sogar das eine oder andere Kleidungsstück, mehr oder weniger getragen. Von einem Bett oder Herd fehlte jede Spur, doch Baazlabeth wollte nicht ausschließen, dass beides unter irgendwelchen Haufen zu finden war. Der Raum wurde erhellt von zwei Kerzen, die aber nur dazu dienten, die Glaskolben mit der blubbernden zähflüssigen Masse am Köcheln zu halten. Ein Fenster oder eine weitere Tür suchte man vergebens. Dieser Raum schien alles zu sein, was Meister Bretozek an Wohnraum und Labor zu bieten hatte.

»Die Liste ist schon wieder nicht vollständig«, zeterte der Alchemist. »Eisenhut, Bittersüß, Adlerfarn, Mutterkorn und Pfaffenhut – von allem mehr als ausreichend, doch ich kann nichts finden, was sich auch nur annähernd wie Wasserschierling anfühlt oder riecht. Dafür gibt es hier etwas Tollkirsche, Wicke, Fingerhut und unendlich viel Gemeinen Schierling. Was denkt sich Mistranos, wie ein Alchemist arbeitet? Vielleicht so wie einer der drittklassigen Köche unten im *Flautentod?* ›Ach, ist mir die Petersilie ausgegangen, dann nehme ich einfach ein wenig Kerbel und fertig. Die besoffenen Hungerleider werden es ohnehin nicht herausschmecken.‹ Die Alchemie ist eine Wissenschaft, keine Kurpfuscherei.«

Baazlabeth war es recht egal, ob dem alten Kauz nun Petersilie oder sonst irgendein Grünzeug fehlte, um seine angeblichen Wundertränke herzustellen. Die meisten dieser Quacksalbereien halfen ohnehin nur, wenn man an sie glaubte, das Wehwehchen nicht so groß war, die Natur etwas nachhalf und die Sonne schien – also so gut wie nie. Was Baazlabeth aber dennoch interessierte war, ob der Alte ihn für seinen Botengang vollständig bezahlten würde oder ob er die Unzulänglichkeiten in der Zusammenstellung der Kräuter am Lohn ausließe. Dies wäre schlecht für den Auftrag, den Baazlabeth zu erfüllen hatte, und würde sich somit auf sein Gemüt auswirken, was wiederum nicht gut für die Lebenserwartung des Alten war.

Aleister Bretozek schien Baazlabeths Unmut spüren zu können und kam einer Nachfrage zuvor: »Ihr braucht keine Angst zu haben, Euer Gold bekommt Ihr schon. Sagt Mistranos, falls Ihr ihn sehen solltet, dass ich versuchen werde, mit meinen eigenen Vorräten auszukommen. Garantieren kann ich aber für nichts. Euer Gold liegt dort auf der Ecke des Tisches.«

Aleister verfehlte mit seinem Fingerzeig den ledernen Beutel um keinen Deut. Zufrieden trat Baazlabeth an den Tisch und griff nach seiner Bezahlung. Schnell hatte er das zu einer Kordel gedrehte Lederband aufgezogen und schätzte den Inhalt. Er hatte die hölzerne Kiste gerade abgestellt und angesetzt, den Inhalt des Beutels hineinschütten, als ihn eine innere Stimme warnte. Seine Hand fuhr dazwischen, als die ersten Münzen sich in die Truhe ergossen. Die meisten von ihnen bekam er zu packen. Die wenigen, die er nicht zu greifen vermochte, fielen hinab und verschwanden im Nichts, wie zuvor schon die gestohlenen Münzen des Zwergmenschen vor dem »Einsamen Wanderer«. Vor Zorn schnaubend, starrte er auf die drei einzelnen Münzen, die er sich bisher in harter Arbeit verdient hatte. Sie schienen sich über sein erneutes Versagen lustig zu machen.

»Ihr habt, was Euch zusteht«, platzte es aus Meister Bretozek heraus. »Nun macht, dass Ihr wegkommt. Ich habe noch viel Arbeit vor mir.«

Der unfreundliche Tonfall des Alchemisten hellte Baazlabeths Laune nicht gerade auf. Er war im wahrsten Sinne des Wortes darum bemüht, nicht aus der Haut zu fahren. Meister Bretozek zeigte bestimmend auf die Tür. Baazlabeth schüttete die Münzen wieder zurück in den Beutel und versenkte diesen in seiner Manteltasche. Dann packte er ruckartig das Handgelenk des Alten und zog ihn an die Tischkante heran. Mit der freien Hand stützte Meister Bretozek sich an der Kante ab, um nicht auf seine Laborutensilien zu fallen.

»Was soll das, Ihr habt Euer Geld bekommen? Lasst mich los«, keuchte der Alchemist entsetzt.

Baazlabeths Griff lockerte sich nicht. Er zerrte weiter an dem Alten.

»Mistranos versicherte mir, dass die fünfzig Goldmünzen ehrlich verdient seien, doch jetzt muss ich feststellen, dass dies nicht so ist. In welche dunklen Machenschaften habt Ihr mich hineingezogen?«

»Es sind fünfzig Goldmünzen. Ich habe sie nachgezählt«, versicherte Meister Bretozek.

»Ihr hört mir nicht zu, Alter«, grollte Baazlabeth. »Ich habe die

Summe nicht bezweifelt, sondern ihren Ursprung. Was hat es mit den Kräutern, Wurzeln und Beeren auf sich? Was sollt Ihr damit tun?«

»Fünfzig Goldstücke für einen kurzen Fußmarsch«, stotterte der Alchemist. »Für die Summe müssen andere eine ganze Woche hart arbeiten. Wenn Ihr mehr für euren Botengang haben wollt, sprecht mit Mistranos.«

Baazlabeth zerrte weiter an dem Arm des Mannes und zog ihn halb auf den Tisch. Meister Bretozeks Füße hingen bereits in der Luft. Mit dem freien Arm stützte er sich immer noch auf dem Tisch ab. Baazlabeth griff nach einem Messingstößel und drückte das Utensil dem Alchemisten quer in den halb geöffneten Mund wie eine Maulsperre.

»Du verplemperst meine Zeit, Alter. Normalerweise bin ich für jede Art von Intrige zu haben, doch momentan wandle ich sozusagen auf den Pfaden der Tugend. Es würde zu lange dauern, es dir zu erklären, deswegen versuchen wir es einmal anders.«

Baazlabeth griff nach den Kräutern, die in dem Beutel gewesen waren, den er dem Alten gebracht hatte. Er zupfte wahllos einige rote Beeren von einem Stängel und stopfte sie dem Alten in den Mund. Die Wirkung der verschiedenen Kräuter und Beeren waren ihm fremd, doch Mistranos hätte kein so großes Geheimnis um Kerbel und Brombeeren gemacht. Sie verschwanden im Schlund des Mannes, der heftig würgte.

»Für wen sind deine Tinkturen bestimmt, und was hast du damit vor?«, fragte Baazlabeth, während Meister Bretozek noch bemüht war, nicht an den Beeren zu ersticken.

»Sie töten mich, wenn ich es verrate«, brachte er nur halb verständlich durch die Maulsperre hervor.

»Ich töte dich, wenn du es nicht sagst«, drohte Baazlabeth und pflückte einige dunkelblaue Blüten von einer Rispe und stopfte sie dem Alten ebenfalls in den Mund.

»Nicht! Nicht!«, jammerte der. »Das Gift ist für den kleinen Rat.«

Baazlabeth lockerte die Maulsperre etwas.

»Was soll mir das sagen?«

»Der kleine Rat unterstützt Lord Brackenmoore in seinen Bemühungen, die Ausgangssperre weiter aufrecht zu erhalten. Da der Anschlag gegen den Lord gescheitert ist, versucht die Schattengilde, auf diese Weise das Ausgangsverbot aufzuheben. Gebt mir bitte das Antidot. Eisenhut ist äußerst giftig, und der Tod durch Atemstillstand wird sehr schnell hervorgerufen. Bitte holt mir das Fläschchen, es steht dort drüben im Regal. Es ist eine kleine blaue Flasche mit einem Korken, glaube ich.«

»Na geht doch«, knurrte Baazlabeth und ließ den Alten los, der sich erschöpft über den Tisch beugte und versuchte zu würgen.

Baazlabeth ging zu dem Regal hinüber und fand sofort das beschriebene Gegengift. Woher der Alte die Farbe der Flasche kannte, war ihm schleierhaft. Er fragte sich, ob Meister Bretozek dieser Trick ein zweites Mal gelingen würde. Vorsichtig tauschte er das besagte Fläschchen mit einem ähnlich geformten durchsichtigen Flakon, welcher ein Regal daneben stand. Er überreichte dem Alchemisten das Mittel mit der Aufschrift »Ricinus communis« und tätschelte fürsorglich die Hand des Alten. Meister Bretozek schien nichts bemerkt zu haben und stürzte den Inhalt gierig hinunter.

»Das wird schon wieder, Alterchen. Grüß die Götter von mir.« Mit diesen Worten verließ Baazlabeth die Bleibe des Alchemisten und machte sich auf den Heimweg. Bretozek stand neben seinem Tisch, wimmerte leise vor sich hin und versuchte, seine zitternden Hände in den Griff zu bekommen. In seiner Kiste befanden sich immer noch nur drei Münzen, dafür besaß er jetzt fast fünfzig dieser Goldstücke, die ihn dennoch seinem Ziel keinen Schritt näher brachten. Er beschloss, einen Teil dieses Geldes in sein leibliches Wohl zu investieren und Dumpf großzügig für ein Zimmer zu bezahlen, damit sich die Abneigung des Gastwirtes ihm gegenüber, resultierend aus dem Missverständnis mit dem Essen, wieder legte. Es war besser, bei jemandem zu wohnen, der einen mochte, und dem man wenigstens ein Stück weit vertrauen konnte. Baazlabeths Besucher in seinem Reich hätten ein Lied davon singen können.

Der Rückweg zum *Einsamen Wanderer* verlief ohne nennenswerte Zwischenfälle, wenn man einmal von seinem Zusammentreffen mit der Katze absah. Das Tier hatte sich in einem Anfall von ungeahnter Zuneigung an sein Bein gepresst und begonnen, jämmerlich zu schnurren. Baazlabeth hatte es als seine Pflicht betrachtet, das Fellknäuel mit einem Fußtritt auf seinen Irrtum hinzuweisen. Die Katze klatschte gegen eine Wand, an der sie sich erfolglos versuchte festzukrallen. Anschließend suchte sie humpelnd und fauchend das Weite.

Für Baazlabeth stand außer Frage, dass das Tier eine Maßregelung verdient hatte und diese angemessen gewesen war, da Menschen schon für weitaus weniger mit mehr bezahlt hatten. Immerhin sagte man Katzen sieben Leben nach. Die junge Besitzerin des Tieres sah das jedoch anders und keifte wie eine wilde Furie.

Baazlabeth packte die Frau kurzerhand an den Haaren und presste sie gegen eine Hausmauer. Er wollte ihr nicht wirklich etwas antun, er wollte ihr nur die Notwendigkeit erklären, dem Tier Manieren beizubringen. Leider hatte ein junger kräftiger Handwerksbursche die Situation vollkommen fehl gedeutet und meinte, der Frau zu Hilfe eilen zu müssen. Um sich endgültig aus seiner misslichen Lage zu befreien, griff Baazlabeth zu drastischeren Mitteln. Er verpasste der Frau eine Kopfnuss, sodass sie zu Boden sackte, der Mann wurde mit einem Fußtritt in die Weichteile und einem schweren Schwinger in den Magen in die Knie gezwungen. Damit es nicht zu weiteren Missverständnissen kam, suchte Baazlabeth das Weite, bevor weitere Passanten ihre Empörung überwunden hatten und nach den Stadtwachen riefen.

Als Baazlabeth den *Einsamen Wanderer* betreten hatte, war von Mistranos nichts mehr zu sehen gewesen, und Dumpf hatte alle Hände voll zu tun, die inzwischen in Scharen eingetroffenen Gäste mit Essen und Trinken zu versorgen. Im Vorbeigehen hatte er Baazlabeth den Zimmerschlüssel in die Hand gezählt, ihm noch einen düsteren Blick zugeworfen und gesagte: »Das Zimmer ist oben rechts, das letzte im Flur. Rubi hat es für Euch hergerichtet. Zehn Goldstücke für den Rest des Monats.«

Baazlabeth wusste nicht, wie lang dieser Monat noch sein mochte, aber er hoffte, ihn nicht mehr zur Gänze in dieser Welt miterleben zu müssen. Er hatte dem Wirt das Geld in die Hand gedrückt und war nach oben verschwunden. Er wollte endlich seine Ruhe haben und schlafen. Für heute hatte er sich genug Freunde gemacht. Morgen war auch noch ein Tag.

7
Einen geschenkten Gaul hängt man nicht ans Fenster

Nach einem geruhsamen Schlaf, als man feststellte, dass die Welt auch ohne eigenes Zutun weiterlief – wenn auch nicht so, wie man es sich erhofft oder erträumt hatte.

Das erste Mal in seinem Leben hatte Baazlabeth einen richtigen Traum. Es war keiner von denen, die er selbst heraufbeschworen hatte. Kein Traum, den er beeinflussen konnte, wie ein Taggespinst, in dem er die Hauptrolle spielte, um seine Phantasien auszuleben. Dieser Traum wurde gelenkt von seinem Unterbewusstsein, einem neuen Teil seiner Selbst, das er seinem momentanen Körper verdankte, das ihm aber auch gleichzeitig viele der alten Talente nahm.

Die Geschehnisse in seinem Traum waren eher langweilig und nicht sonderlich vielsagend gewesen. Immer wieder sah er eine kleine Kreatur, die vor ihm zu flüchten schien, aber dennoch darauf achtete, den Abstand nicht zu groß werden zu lassen. Bei seiner Verfolgungsjagd stieß er immer wieder auf tote verdorrte Körper von Menschen, die plötzlich vor ihm auftauchten und welche die Kreatur zurückgelassen haben musste. Die aufgerissenen Augen mit dunkel gefärbten Iriden, das eingefallene Fleisch und die brüchig gewordene Haut deuteten darauf hin, dass man ihnen auf übernatürliche Weise das Leben entzogen hatte. Jedes Mal, wenn Baazlabeth von einem dieser geschundenen Körper aufsah, drehte sich die Gestalt vor ihm um und rannte erneut davon. Diese Szene wiederholte sich ein Dutzend Mal, und Baazlabeth empfand dies als extrem widersinnig, dennoch konnte er sich dem Geschehen nicht entziehen oder es in eine andere Richtung lenken. Ein entferntes Pochen ließ den Traum noch unwirklicher erscheinen, als er ohnehin schon war.

»Sil, Ihr müsst aufmachen. Der Hauptmann der Stadtwache ist unten im Schankraum und wünscht Euch zu sprechen. Er hat mich,

Rubi und schon einige andere der Gäste befragt, doch er lässt sich nicht weiter hinhalten.«

Wieder dröhnte dies weit entfernte Hämmern in Baazlabeths Kopf. Für einen kurzen Moment war es für ihn unmöglich, Traum und Wirklichkeit auseinanderzuhalten. Die dunkel gekleidete Kreatur hockte mit dem Rücken zu Baazlabeth direkt vor ihm auf einer mannshohen Mauer wie eine Katze, die einem Vogel unter ihr auflauerte. Unmittelbar davor stand ein hagerer Mann und zimmerte einen Sarg zusammen, in dem bereits eine Frau mit langen blonden Haaren lag und nur noch darauf wartete, den Deckel für ihre letzte Ruhestätte zu erhalten. Jedes Mal, wenn Baazlabeth die Augen öffnen wollte, drehte sich die Gestalt auf der Mauer langsam um. Und jedes Mal, wenn Baazlabeth die Augen wieder zusammenkniff, drehte sie sich zurück. Es war wie ein Mummenschanz, ein Spiel, das keiner gewinnen konnte.

»Ihr müsst Euch beeilen, sonst werden die Wachen hochkommen und Euch holen. Die sind nicht gerade zimperlich, das kann ich Euch sagen.«

Die Stimme kam Baazlabeth bekannt vor. Dieser monotone, wie auswendig gelernte Fluss von Worten – irgendwie dumpf. Richtig, es war die Stimme von Dumpf, dem Gastwirt. Jetzt erinnerte er sich auch wieder. Er hatte das Zimmer von der Schankmaid gemietet und dem Wirt zehn Goldstücke gegeben. Dafür konnte er hier vorübergehend wohnen. Weil die Summe wohl mehr als angemessen war, hatte ihm Dumpf die Reste eines Schweinebratens auf sein Zimmer bringen lassen – schön blutig, so wie er es mochte. Schweinebraten hieß auch in dieser Stadt Schweinebraten und war tatsächlich vom Schwein und gebraten.

Als der Wirt erneut gegen die Tür hämmerte, entschloss sich Baazlabeth, endgültig seinem Traum zu entfliehen. Ruckartig riss er die Augen auf, und im Licht der einfallenden Sonne, die durch das Dachfenster schien, löste sich das bleiche Gesicht der Traumgestalt in Nichts auf.

Baazlabeth richtete sich im Bett auf. Der Schlaf hatte ihm gut getan. Er fühlte sich ausgeruht und voller Kraft. Was er jetzt noch brauchte, war ein anständiges Frühstück und etwas zu trinken. Die Müdigkeit musste ihn am Abend übermannt haben, denn er trug immer noch seine volle Montur mitsamt den Stiefeln. Als Dämon war man es nicht gewohnt, sich zu entkleiden. Schließlich wusste man nie genau, wann der nächste Besuch zu erwarten war. Ohnehin gab es nicht viel, was Baazlabeth in Dämonengestalt an »Kleidung« abzulegen gehabt hätte.

Baazlabeth schob den einfachen Holzriegel zurück und öffnete noch halb schlaftrunken die Tür.

»Na endlich, da seid Ihr ja«, stöhnte Dumpf. Sein Gesicht war ganz rot vor Anstrengung – welcher Art auch immer. »Ihr habt die Nacht, einen ganzen Tag und eine weitere Nacht durchgeschlafen. Ich habe versucht, Euch wecken zu lassen, aber Ihr wart wie narkotisiert, habt im Schlaf vor Euch hingemurmelt und gesprochen wie im Fieberwahn. Letzte Nacht ist etwas Grauenvolles passiert. *Andor Celest*, Hauptmann der Stadtwache, würde Euch gerne sehen. Er sitzt unten im Schankraum mit einigen seiner Stadtwachen und würde Euch gern ein paar Fragen stellen.«

»Sagt ihm, er soll morgen wiederkommen«, brummte Baazlabeth. Er bemerkte, wie der Gastwirt mit seinem Gewissen rang. Anscheinend versuchte er zu ergründen, ob die Bemerkung ernst gemeint war.

»Ist schon gut, ich komme mit herunter«, erlöste Baazlabeth ihn. »Es wäre schön, wenn ich ein Frühstück bekommen könnte. Etwas von dem Braten wäre mir lieb. Vielleicht drei oder vier Scheiben, am besten roh, und ein scharfes Messer. Meine Zähne sind nicht mehr die, die sie mal waren.« Grinsend zeigt er sein perfektes Gebiss – jedenfalls für menschliche Verhältnisse.

»Haha, immer zu Scherzen aufgelegt, der junge Sil. Ihr solltet Euch beeilen, der Hauptmann wartet nicht gern. Seine Laune sinkt mit jedem Sandkorn, das durchs Glas rinnt.«

»Er ist mir jetzt schon sympathisch. Vielleicht sollte ich ihn einmal zu mir einladen. Er würde sich wundern, wie lange es dauern kann, bis erneut ein Körnchen durch die Sanduhr gelaufen ist, und er würde jedem einzelnen entgegenfiebern.«

Auf dem Weg die Treppe hinunter in die Schankstube ermahnte sich Baazlabeth, besser mit den Kräften seines Körpers zu haushalten. Menschliche Körper konnten nicht so beansprucht werden wie die der Weltengänger. Baazlabeth musste lernen, mehr auf seine Physis zu hören. Ein Schlaf, wie der letzte, konnte ihm auch schnell einmal

Kopf und Kragen kosten, gerade im Hinblick darauf, dass er sich nicht nur Freunde in dieser Stadt machte.

Als Baazlabeth die Stufen hinab in die Schänke kam, ruhten aller Augen auf ihm. Neben Dumpf und Rubi waren zwei weitere Gäste sowie vier Stadtwachen anwesend. Die beiden Männer am Tresen hatte Baazlabeth noch nie zuvor gesehen, doch sie stierten ihn an, als ob er in seiner wahren Gestalt vorstellig geworden wäre. Zwei der vier Stadtwachen kannte er bereits. Es waren dieselben, die ihn an seinem ersten Tag so freundlich im Hain geweckt hatten. Ein weiterer stand neben der Tür, das Gesicht zu einer Miene erstarrt, die sagte: »Keiner kommt rein, keiner geht raus.« Der letzte Soldat saß am Tisch vor einem Glas Ziegenmilch. Eine Schärpe um seinen Brustharnisch und einige gefärbten Federn an seinem Helm, den er auf den Tisch gelegt hatte, wiesen ihn als den Hauptmann aus.

»Ihr seid Sil, wie ich annehme«, sagte er mit höflicher Stimme und drückte mit dem Fuß einen der Stühle unter dem Tisch hervor. Mit einer Handbewegung bedeutete er Baazlabeth, Platz zu nehmen.

»Und ich vermute, Ihr seid Andor Celest, der hiesige Hauptmann der Stadtwache«, erwiderte Baazlabeth, während er sich setzte. »Welchem Umstand verdanke ich diese Ehre?«

»Ihr wisst es nicht?«, fragte der Hauptmann herausfordernd.

Baazlabeth hätte ihm ein Dutzend Antworten geben können, die sicherlich zu einem Blutbad geführt hätten, doch momentan interessierte ihn eher, ob ein Hauptmann der Stadtwache genügend Gold verdiente, um fünftausend Münzen anzusparen. Der kräftig gebaute Mann schien um die vierzig zu sein. Sein kurzes braunes Haar und der sauber gestutzte Vollbart waren gepflegt wie sein ganzes Äußeres. Er roch leicht nach Leder und Moschus. An seinen Fingern trug er mehrere Ringe, um das Handgelenk einen breiten silbernen Reif und um den Hals eine schwere Goldkette. Baazlabeth bezweifelte nicht, dass jedes Goldstück in seiner Börse ehrlich verdient war, und dass jedes Schmuckstück an seinem Körper auch wirklich ihm gehörte. So einen Mann zu belügen hieß, dessen Aufmerksamkeit zu wecken. Aufmerksamkeit, auf die Baazlabeth gut verzichten konnte. Es war besser, sich an die Wahrheit zu halten, oder jedenfalls an ein zurechtgebogenes Stück davon.

»Es tut mir leid, wenn meine Unwissenheit Euch brüskiert«, antwortete Baazlabeth in einem ruhigen, gefälligen Tonfall. »Leider gab es gewisse Umstände, die mich dazu zwangen, im Bett zu bleiben.«

»Herr Hauptmann, diesen Mann haben wir vor einigen Tage schlafend im Hain angetroffen«, platzte es aus einem der Soldaten heraus. »Es sah so aus, als ob er die Nacht über dort verbracht hätte. Wir haben ihn aufgefordert, sich eine Unterkunft zu suchen.«

Baazlabeth zog eine Augenbraue hoch und sah den Mann hart an. »Eure Stiefelabsätze führen eine scharfe und spitze Zunge, wenn ich es einmal so ausdrücken darf. Ich tat gut daran, Eurer Empfehlung zu folgen.«

Der Soldat wollte sich rechtfertigen, doch Hauptmann Celest schnitt ihm das Wort mit einer Geste ab.

»Ihr scheint viel Schlaf zu brauchen«, stellte er belustigt fest. »Euer Name ist Sil, und wie weiter?«

»Auch damit kann ich Euch nicht dienen, einen weiteren Namen habe ich noch nie gebraucht, oder besser gesagt, ich konnte mir nie einen leisten.«

»Wo kommt Ihr her – Sil?«

Jetzt fing es an, schwierig zu werden. Knappe Antworten forderten meist erneute Fragen heraus, die zu noch knapperen Antworten führten, bevor das Lügengerüst zusammenbrach. Jetzt hieß es, etwas aufzubauen, das wenigstens dieses Gespräch lang hielt, besser aber noch für den Rest seines Aufenthaltes hier. Es galt, mit wenigen Informationen viel zu sagen, und dabei keine Fragen offen zu lassen. Sicherlich wäre es auch recht nützlich, überzeugend zu sein. Baazlabeth würde nur ungern sein neu erworbenes Bett zurücklassen müssen. Auch würde ihm der Tod von Rubi und Dumpf nahegehen, obwohl ihm das Ableben der Soldaten, besonders der aus dem Hain, den Verlust etwas versüßen würde.

Als Baazlabeth antwortete, verspürte er dennoch keine Unsicherheit. In seinem Reich erschuf er die Realität per Gedanken, da würde ihm eine Geschichte um seine Vergangenheit sicherlich keine Schwierigkeiten bereiten können.

»Ich bin vor wenigen Tagen erst nach Brisenburg gekommen. Ich verdiene mein Geld mit allen Arbeiten, die so anfallen. Meistens bin ich auf Wanderschaft und versuche, auf dem Weg von Stadt zu Stadt auf großen Gehöften unterzukommen. Dort werden immer Handlanger benötigt. Das Essen ist gut, und die Menschen sind freundlich. Wenn ich etwas angespart habe, versuche ich einige Zeit mein Glück in der nächsten Stadt, bis mich mein Glück wieder verlässt. Die letzte Stadt, in der ich war, hieß Travenstein.

Früher bin ich viel zur See gefahren, doch das Leben an Bord eines Schiffes ist um Einiges härter als das an Land. Viel mehr gibt es über mich nicht zu berichten. Ich bin jemand, der versucht, sich auf ehrliche Art und Weise die eine oder andere Münze zu verdienen, um irgendwann dorthin zu gelangen, wo ich mich heimisch fühle.«

Baazlabeth war stolz auf sich. Die Geschichte war rund, plausibel und rührte das Herz ein wenig an. Falls weitere Fragen auftauchen sollten, würde er seine Antworten mit kleinen Anekdoten ausschmücken, die seine Gäste ihm ständig vorplärrten, wenn sie versuchten, sein Mitleid zu erwecken.

»Und, habt Ihr es bereits gefunden oder schon wieder verloren?«, fragte Andor Celest.

Baazlabeth war verwirrt. Er musste einen Augenblick nicht aufgepasst haben. Er durfte sich jetzt nicht wieder verdächtig machen, deswegen tat er das, was seine Besucher auch ständig taten. Dies war anscheinend eine Eigenheit der Menschen. Er weitete die Augen, ließ den Mund weit offen stehen und beantwortete die Frage mit einem »Wie meinen?«

»Das Glück. Habt Ihr es in Brisenburg gefunden?«

Baazlabeth lächelte. »In Brisenburg scheint es sich diesmal besonders gut versteckt zu halten.« Ein trockenes Lachen entrang sich seiner Kehle.

Der Hauptmann lachte ebenfalls, und seine Männer stimmten mit ein. Baazlabeth hatte schon halb gewonnen. Lachende Menschen waren leicht zu hintergehen. Sie waren unaufmerksam und einfach zufriedenzustellen.

»Gibt es jemanden, der Eure Angaben bestätigen kann?«

Kannst du mit den Toten sprechen?

Anscheinend gab es auch Ausnahmen was lachende Menschen betraf, und ausgerechnet eine davon saß ihm gegenüber.

»Wie meinen?«

In diesem Moment stellte Rubi das bestellte Frühstück vor Baazlabeth auf den Tisch, dazu ein Glas Ziegenmilch.

Ganz ungeniert, aber was ihn betraf im passenden Moment, mischte sich die Schankmaid in die Unterhaltung ein: »Der ehrenwerte Magier Nemrothar ist ein entfernter Verwandter von Sil. Er war erst gestern da und erkundigte sich, ob er im *Einsamen Wanderer* gut untergekommen sei. Dabei erzählte er rein zufällig, dass Sil erst kürzlich in der Stadt angekommen sei und er sich ein wenig um sein Wohlergehen sorgte. Als wir ihm erklärten, dass er mein Zimmer bekommen habe, zog er wieder von dannen.«

Auf die fragenden Blicke von Hauptmann Celest nickte Baazlabeth einfach zustimmend.

»Warum habt Ihr nicht gesagt, dass der Magier Nemrothar ein Verwandter von Euch ist?«

Auf diese Frage gab es mehrere mögliche Antworten, doch nur eine, die auch wirklich plausibel klang, aber schwer über Baazlabeth Lippen kam: »Der ehrenwerte Magier Nemrothar ist eine angesehene Person in dieser Stadt. Ich wollte ihn durch meine wenig glorreiche Vergangenheit und unser gemeinsames Blut nicht kompromittieren. Außerdem ist mir unklar, warum ich einen Leumund brauche. Ihr habt mir immer noch nicht gesagt, worum es eigentlich geht.«

Baazlabeth wurde auf einen Soldaten aufmerksam, der die Treppe hinunterkam. Er hatte gar nicht bemerkt, dass sich einer ins Obergeschoss begeben hatte. Es war einer von denen, die ihn im Hain so unliebsam aus dem Schlaf gerissen hatten. Dies machte den Mann schon unsympathisch genug, aber nun trug er auch noch Baazlabeths Geldkiste unter dem Arm! Der Mann stellte diese vor seinem Hauptmann ab und zog den Deckel auf.

»Das haben wir in seinem Zimmer gefunden«, berichtet er stolz.

Der Hauptmann beugte sich vor und sah auf die drei Münzen am Boden der Kiste.

»Haha, falls Ihr wirklich ein Gauner seid, dann ein wirklich miserabler. Ich würde Euch empfehlen, es mit regelmäßiger Arbeit zu versuchen. Das füllt sicherlich nicht diese Kiste, aber es ernährt einen Mann. Hier, nehmt das als Zeichen, den richtigen Weg einzuschlagen. Vielleicht bringt sie Euch, wonach Ihr sucht.«

Der Hauptmann schnippte eine Goldmünze in Richtung der Kiste. Noch während sie fiel, tastete Baazlabeth nach den beiden Sicheln, die er versteckt unter seinem Hemd im Rücken trug. Falls die Situation außer Kontrolle geriet, würden sie ihm sicherlich wieder gute Dienste leisten.

Die Münze fiel mit einem dumpfen »Tock« in die Kiste und gesellte sich zu den anderen drei.

Baazlabeth sah verwundert, aber erleichtert auf. »Mir hat *schon* einmal jemand eine Goldmünze in dieser Stadt geschenkt. Ich bedenke ihn jeden Abend in meinen Gebeten. Nun ist er in guter Gesellschaft.«

Der Hauptmann stand auf und nickte Baazlabeth zufrieden und selbstherrlich zu.

»Wenn Ihr wissen wollt, was passiert ist, begleitet mich mit nach draußen.«

Baazlabeth wurde auf die Rückseite des *Einsamen Wanderers* gebracht. In dem Hinterhof, in dem er damals den Zwergenmann bestohlen hatte, war nun eine Menschentraube versammelt. Ungläubig starrten die Schaulustigen auf ein breites Leinentuch, mit dem ein Teil des Hinterhofes abgehängt war. Angestrengt versuchten einige der Bürger, einen Blick an dem weißen Stoff vorbei zu erhaschen. Andere verfolgten aufmerksam das Spiel der Schatten, das sich ihnen auf dem wogenden Tuch darbot. Links und rechts dieser riesigen weißen Fahne standen mit Hellebarden bewaffnete Stadtwachen und hielten die Menge zurück. Aufgeregtes Gemurmel machte sich unter den Gaffern breit, als der Hauptmann in Begleitung von Baazlabeth eintraf.

»Kommt her und seht es Euch an«, sagte der Hauptmann Celest und lupfte das Leinentuch an einer Ecke an.

Gemeinsam schlüpften sie auf die andere Seite des Vorhangs, wo sie von zwei weiteren Wachen in Empfang genommen wurden. Die beiden jungen Soldaten hatten ihre Schwierigkeiten damit, ein Knäuel aus Seilen zu entwirren, pflichtbewusst zu grüßen und gleichzeitig den Eindruck zu erwecken, Herren der Lage zu sein. Hauptmann Celest sah ihnen ihren Übereifer nach.

»Zieht ihn noch einmal hoch«, befahl er den Posten.

Die zwei Männer sahen sich unsicher an.

»Herr Hauptmann, ich weiß nicht, ob er es ein weiteres Mal aushält. Ich befürchte, er könnte zerbrechen.«

»Seid ihr verwandt, du und der Tote?«

Der Soldat schüttelte den Kopf.

»Was interessiert es dich dann, ob er in einem oder in zwei Stücken in die Kiste geht? Macht schon. Er soll es sich ansehen.« Mit einem Kopfnicken wies er auf Baazlabeth.

Augenblicklich traten die beiden Wachen einen Schritt zurück und gaben den Blick auf eine am Boden zusammengekauerte Gestalt frei. Was früher einmal ein Mann aus Fleisch und Blut gewesen zu sein schien, war jetzt nicht mehr als eine graue, rissig gewordene Mumie. Allein die Kleidung des Toten wirkte in Anbetracht der Umstände recht frisch. Drei Finger des Toten waren bereits abgebrochen und lagen einen halben Fuß entfernt von seiner Hand. Ob der Mann jung oder alt gestorben war, konnte man beim besten Willen nicht mehr ausmachen. Für Baazlabeth machte das eh keinen Unterschied. *Er ist tot, älter kann man ohnehin nicht werden*, pflegte er immer zu sagen.

Der Leichnam war an Händen und Füßen gefesselt. Die langen Seile zogen sich hoch bis zum Giebel der Schänke, von wo aus sie über mehrere Rollen wieder nach unten liefen. An ihren anderen Enden hingen gefüllte Sandsäcke, die mit Ösen im oberen Drittel an der Wand fixiert waren.

»Na, was sagt Ihr, Sil?«, fragte der Hauptmann.

Baazlabeth besah sich den Toten erneut. Sein Blick folgte den Seilen hinauf bis ins Gebälk und wieder hinab zu den Sandsäcken. Die Apparatur war nichts Ungewöhnliches, eine einfache Seilwinde, wie sie an jedem Haus zu finden war, wo Fuhrwerke mit schweren oder unhandlichen Waren be- und entladen werden mussten. Normalerweise hingen allerdings Fässer, Säcke oder Körbe mit Brennholz an solch einer Winde, keine Toten.

Wer schon einmal in der Situation gewesen ist, einen Leichnam von einem Ort zum anderen transportieren zu müssen, wusste, wie schwer und unhandlich ein lebloser Körper sein konnte. Somit war der Gebrauch einer Seilwinde nicht ganz abwegig. Was ihn aber nachdenklich stimmte, war die Art und Weise, wie der Mann gestorben war.

In seinem Traum hatte er diesen Toten schon gesehen. Die Kreatur, der er gefolgt war, hatte ihn auf ihrem Weg liegen gelassen wie Abfall. Die Art, jemandem das Leben zu entziehen, ohne wirklich Hand an ihn zu legen, war nichts, was in der Macht eines Sterblichen lag. Auch die Spruchmagie der Menschen war nicht in der Lage, so etwas anzurichten. Dieser Mann war das Opfer eines übernatürlichen Wesens geworden – eines Dämons, um genau zu sein.

Dort, wo Baazlabeth herkam, nannte man sie Verzehrer. Er selbst mochte diese Kreaturen nicht sonderlich. Für ihn waren sie feige Schmarotzer. Verzehrer waren normalerweise sehr überlegte und vorsichtige Räuber. Sie waren darauf angewiesen, die Gestalt ihrer Beute anzunehmen und unter dessen Artgenossen zu leben. Sie ernährten sich von der Lebensenergie ihrer Opfer. Sie tranken immer nur so viel, wie sie zum Überleben brauchten. Sie vermieden es, ihre Opfer zu töten und somit die Aufmerksamkeit auf sich zu lenken. Sie waren darauf angewiesen, unentdeckt zu bleiben und aus dem Schatten zu agieren. Dieser Verzehrer, der hier am Werk gewesen war, schien allerdings nicht viel von der üblichen Vorgehensweise seiner Art zu halten, was ihn in Baazlabeths Augen schon fast wieder sympathisch machte.

»Hat es Euch die Sprache verschlagen?«, fragte der Hauptmann erneut.

»Wie meinen?« Baazlabeth hatte sich langsam an diesen Zeitschinder gewöhnt und verstand ihn zu nutzen.

»Was sagt Ihr dazu?«, wiederholte Andor Celest seine Frage.

»Der Mann ist tot«, antwortete Baazlabeth mit Überzeugung. »Er hätte sich einen schlechteren Ort aussuchen können, um zu sterben.«

»Und woran, denkt Ihr, ist er gestorben?«

Baazlabeth schaute den Hauptmann mit festem Blick an. »Es ist immer dasselbe«, sagte er. »Das Herz hört auf zu schlagen. Ich verstehe aber nicht, was ich mit der Sache zu tun haben soll. Ihr verhört mich, nur weil ich ein Zimmer in einer Schänke habe, auf dessen Rückseite ein Toter liegt. Glaubt Ihr tatsächlich, ich wäre so dumm, jemanden zu töten und ihn anschließend vor meiner eigenen Tür abzulegen?«

»Vielleicht seid Ihr das, vielleicht auch nicht. Sagt mir doch, was Ihr tun würdet.«

Es war zwecklos. Andor Celest mochte ihn aus irgendeinem Grund nicht. Es wäre verständlich gewesen, würde der Hauptmann Baazlabeth wirklich kennen, aber da er keine Ahnung hatte, dass er es mit einem Dämon zu tun hatte, gab es keinen Grund dafür. Baazlabeth nahm es sich nicht zu Herzen, schließlich suchte er keine Freunde, jedenfalls nicht solche, die er normalerweise aß.

»Ich würde ihn zerhacken und den Schweinen zum Fraß vorwerfen.« Eine unwahrscheinliche Wahrheit war immer noch die beste Lüge.

»Lasst ihn fliegen«, sagte der Hauptmann zu seinen Männern, die daraufhin die Sandsäcke mit Hilfe ihrer Hellebarden von der Wand lösten und sie nach unten sacken ließen.

Der Leichnam wurde vom Gewicht der Säcke in die Höhe gezogen wie die Marionette eines Schaustellers. Binnen weniger Augenblicke hing sie zwischen dem ersten und zweiten Stockwerk. Doch anstatt Arme und Beine baumeln zu lassen wie eine leblose Holzpuppe, zogen sich die Beine an den Körper, die Arme schoben sich vor die Brust, knickten ein, bis sich die Handflächen berührten.

»Er betet«, stellte Baazlabeth verblüfft fest.

»Er betet zu dem Fenster, hinter dem Ihr geschlafen habt«, erklärte der Hauptmann.

»Ich bin gerührt, aber unschuldig«, sagte Baazlabeth.

»Ihr werdet die Stadt nicht verlassen, Sil. Hört Ihr?« Die Stimme des Hauptmanns hatte ihren freundlichen Ton verloren. Diesmal klang es nach dem, was es war: eine Drohung.

Das kann ich auch, du auf Hochglanz polierter arroganter Sack. Nur meine Drohungen sind kein leeres Gefasel.

»Ich würde diese Stadt noch nicht einmal verlassen, wenn Ihr mich darum bätet – und diese Zeit wird kommen, versteht Ihr?«

Hauptmann Celest schien noch seine Empörung herunterzuschlucken, während Baazlabeth sich bereits umdrehte, in der Gewissheit, diesen unblutigen Schlagabtausch gewonnen zu haben. Er schlüpfte unter dem Leinentuch hindurch und sah sich einer staunenden Menge gegenüber. In vorderster Front stand der selbsternannte Prophet, der vom Bösen kündete. Mittlerweile hatte er sogar schon zwei Anhänger gefunden, die um ihn herumscharwenzelten.

»Das Böse wohnt in dieser Stadt. Es hat Einzug gehalten in unsere Häuser, mischt sich unter unsere Kinder und ernährt sich von unseren Leibern. Sein Name ist – Hochmut, und er spricht mit der Stimme der Arroganz.«

Es steht da drüben hinter dem Vorhang, sein Name ist Andor Celest, und es ist Hauptmann der Stadtwache. Wenn ihr ihn auf dem Scheiterhaufen grillt, ladet mich ein, ich bin ein guter Esser, hätte Baazlabeth gern geantwortet, verzichtete aber um seines Auftrags Willen darauf.

Eine halbe Stunde später stand Baazlabeth vor der Tür, von der er sich versprach, dass hinter ihr einige Antworten zu finden waren. Die Geschehnisse der letzten Zeit konnten unmöglich alles Zufälle sein. Die Ausgangssperre, die nächtlichen Überfälle, sein Auftrag und diese ständigen Misserfolge, der Tote vor genau seinem Fenster – hinter allem lag ein Muster, das zwar kein erkennbares Ziel offenbarte, aber verworren genug schien, um in einem alternden Magierhirn gesponnen worden zu sein. Alle Puzzlestücke zusammen mussten ein Gemälde ergeben, das er zu enträtseln beschlossen hatte. Es war an der Zeit, sich weitere Puzzlestücke zu holen – wenn möglich, auch mit Gewalt.

Bevor Baazlabeth den schweren Messingklopfer an der Tür zu Nemrothars Turm betätigte, zwang er sich zur innerlichen Ruhe. Nemrothar durfte auf keinen Fall spüren, wie aufgebracht er war, und dass sich sein Auftrag doch als schwieriger erwiesen hatte, als Baazlabeth es angenommen hatte. Natürlich war ihm klar, dass der Magier aus seinem Besuch allein schon Rückschlüsse ziehen würde, doch diese mussten nicht so offensichtlich sein, dass der Zaubergreis in Genugtuung baden konnte. Schließlich brauchte Baazlabeth Informationen und kein Gelächter.

Normalerweise hätte er Nemrothar die Puzzlestücke aus dem Körper geschnitten, doch dessen Status als sein Auftraggeber ließ es nicht zu, dass Baazlabeth dem Alten körperlichen Schaden zufügte. Dieser Umstand würde Baazlabeth natürlich nicht daran hindern, das gesamte Umfeld Nemrothars in Schutt und Asche zu legen, sollte es schlecht laufen. Vielleicht würde er dies sogar tun, selbst wenn er bekam, was er wollte.

Das dumpfe Dröhnen des Türklopfers hallte durch den Turm. Noch bevor das Geräusch vollends verklungen war, vernahm Baazlabeth ein zaghaftes und zögerliches Rütteln an der Innenseite der Tür. Mehrmals hob sich der hölzerne Riegel leicht aus seiner Verankerung, um gleich danach wieder ins Schloss zu fallen.

»Was ist los, Nemrothar, hat das Alter deinen Körper schon so weit geschwächt, dass du deine eigene Tür nicht mehr aufbekommst?«, spottete Baazlabeth.

Leises Klopfen war zu hören, als ob jemand mit den Fingerkuppen gegen die Innenseite des Holzes trommelte. Dann hob sich der Riegel erneut, diesmal weit genug. Baazlabeth drückte vorsichtig gegen die Tür. Noch immer schien sie etwas zu blockieren.

»Nicht, dass es mir etwas ausmachen würde, stünde dein Ableben kurz bevor. Doch die Tatsache, dass ich dir dabei nicht in die Augen sehen kann, stimmt mich ein wenig traurig«, flüsterte der Dämon durch den schmalen Spalt. »Ich hatte kaum zu hoffen gewagt, dass dein Dahinscheiden mich von diesem unsäglichen Auftrag befreien würde. Eigentlich bin ich gekommen, um einige Antworten zu erhalten, doch dein letzter Atemzug würde mir natürlich ebenso helfen. Sei gewiss, dass ich mit deinem Tod nichts zu tun habe, wenngleich ich mich gern damit beschäftigt hätte.«

Baazlabeth drückte erneut gegen die Tür, diesmal etwas energischer. Knarrend öffnete sich die Tür einen Fuß breit und gab den Blick auf das enge steile Treppenhaus frei. Von Nemrothar war jedoch nichts zu sehen, und auch von niemand sonst. Hatte sich der Riegel von Geisterhand zurückgeschoben?

Baazlabeth glaubte nicht an Geister, jedenfalls an keine solch hilfreichen. Er verpasste der Tür einen sanften Fußtritt. Sie schwang weit auf, stieß gegen die Wand und hinterließ ein leises krächzendes Jammern. Auf Höhe des Riegels schob sich eine kleine bleiche Kralle, die zu einem Greifvogel gepasst hätte, hervor und umklammerte das Türblatt. Kurz darauf zeigten sich ein unbeholfen flatternder Flügel und das schmerzverzerrte Gesicht eines Homunkulus' – aus Brotteig.

»Was machst du denn hier, Mehlfresse?«, fragte Baazlabeth erbost.

»Wenn ich noch einmal darauf hinweisen dürfte, mein Name ist Igni ...«, krächzte das Wesen leise und befreite sich nun vollständig aus seiner Klemme. »Igni ...«

»Das interessiert mich einen Dreck. Ich habe gefragt, was du hier machst«, fauchte Baazlabeth ihn an.

»Ihr habt mich erschaffen und zurückgelassen in dieser Scheune bei den Schweinen. Schon nach einem Tag wurde ich hart und rissig. Was hätte ich tun sollen? Darauf warten, dass ich zu Zwiebackmehl zerfalle? Nemrothar hat mir geholfen. Er hat mich mit Schmalz und Leinsamenöl bestrichen, damit ich ... Euch weiterhin dienen kann.«

Anscheinend wusste der Homunkulus, wie weit er gehen konnte mit seinen Beschuldigungen. Sein Leben war unumstößlich verbunden mit dem von Baazlabeth, jedoch nicht anders herum. Baazlabeth hatte gehofft, dass er den nervigen kleinen Diener nie wieder sehen musste. Bislang hatte er mit den Homunkuli noch keine guten Erfahrungen gemacht. Sie redeten unaufgefordert, waren quirlig und auch sonst schwer zu ertragen. All ihre Bemühungen, im Kampf etwas beizutragen, scheiterte meist daran, dass sich die Gegner nicht mit Teilen von gewöhnlichem Essbesteck beeindrucken ließen. Einen Dolch konnten die meisten der Homunkuli nur mit zwei Händen tragen. Dummerweise hatte Baazlabeth nicht daran gedacht, dass sein Diener auch Einiges von dem wusste, was er wusste, schließlich war er ein Teil von ihm, wenn auch ein hässlicher. So hatte sich der kleine Wicht an Nemrothar gewandt.

»Das war nett von ihm«, knurrte der Dämon, »aber sicherlich verbunden mit einem gewissen Selbstzweck.«

»Was meint Ihr damit, Eure Herrlichkeit?«

»Leinsamenöl ist gut für die Verdauung, Teigmännchen. Jetzt geh mir nicht weiter auf die Nerven und sag mir, wo der alte Flim Flam Flunkel hin ist.«

»Psst, Ihr müsst leise sein, Meister. Er ist nicht allein, und wenn ich es richtig verstanden habe, ist sein Besucher nicht sonderlich gut auf ihn zu sprechen. Er hat Nemrothar beschimpft und bedroht.«

Die schmale und enge Stiege hinauf zu den Räumen des Magiers führte über drei Stockwerke, und auf den Straßen herrschte wie immer Lärm. Mit etwas Glück hatte man Baazlabeth noch nicht gehört.

»Ich weiß noch nicht viel über den Fremden, aber ich mag ihn jetzt schon«, sagte Baazlabeth, wobei er sich nicht sonderlich bemühte, seine Stimme zu dämpfen. »Du bleibst hier unten und wartest auf mich. Falls du Hilferufe von oben hörst – rühr dich nicht vom Platz, sonst wirst du schneller ranzig, als dir lieb ist.«

Baazlabeth folgte der Wendeltreppe nach oben zum Labor des Magiers. Es hört Wortfetzen eines Streitgesprächs, doch plötzlich verstummten die Stimmen. Anscheinend hatten sie ihn bemerkt. Langsam schob Baazlabeth seinen Kopf über den Treppenaufgang und wagte einen Blick in Nemrothars Gemächer. Nemrothar und sein Besucher erwarteten ihn schon, denn sie stierten angestrengt in seine Richtung.

»Komm heraus und halte deine Arme schön so, dass ich sie sehen kann«, keifte der Fremde, der sich hinter dem Magier zu verschanzen schien.

Nemrothar saß auf einem einfachen Schemel. Sein Magierhut lag vor ihm auf dem Boden, sein dunkelblaues Gewand war am Kragen aufgerissen, die obersten beiden Knöpfe fehlten. Darunter blitzte ein einfaches Leinenhemd hervor. Die Unterlippe des Alten war aufgeschlagen. An seiner Kehle ruhte der breite Krummdolch seines Besuchers.

Beschwichtigend hob Baazlabeth die Hände und folgte den Anweisungen. Mit etwas Glück würde sich dieser Tag doch noch zum Guten wenden. Ein kurzes Zucken mit der Klinge würde ihn von dem greisen Magier, dem nervigen Auftrag und dieser widerlichen Stadt befreien. Seine Probleme würden sich in Wohlgefallen auflösen. Alles, was er dafür tun musste, war, sich nicht einzumischen. Natürlich könnte es nicht schaden, dem Schurken ein wenig Zuspruch zu geben, wenn er von seiner geplanten Schandtat abzulassen drohte. Diese kleine Freiheit musste man einem Dämon einfach gönnen.

»Tut so, als wäre ich gar nicht hier«, erklärte Baazlabeth. »Macht einfach weiter mit dem, was Ihr vorhattet. Mein Anliegen kann ruhig noch etwas warten.«

»Setz dich dort auf den Stuhl, wo ich dich sehen kann«, befahl der Fremde. »Ein Mucks von dir, und der Alte ist tot.«

»Mucks!«, alberte Baazlabeth. Er wusste, dass der Mann sich nicht so einfach verleiten lassen würde, sein kostbares Pfand aus der Hand zu geben.

Nemrothar rang sich ein verbissen freundliches Lächeln ab, dass Baazlabeth mit einem ebenso freundlichen Kopfnicken erwiderte. Dann ließ er sich auf einem bequemen Sessel nieder, um das Schauspiel aufmerksam zu verfolgen und dem Fremden nicht das Gefühl zu geben, unter Druck geraten zu sein. Der Mann, der Nemrothar bedrohte, wies eine entfernte Ähnlichkeit mit Flinkfinger auf. Dies mochte vielleicht aber auch daran liegen, dass er ähnlich zerschlissene, grauschwarze Kleidung trug und ebenso angespannt wirkte.

»Was hast du mit dem Alten zu schaffen, und was willst du hier?«, schnauzte der Eindringling Baazlabeth an.

»Mach dir um mich keine Sorgen«, erwiderte Baazlabeth und strahlte dabei eine Ruhe aus, als ob er alle Zeit der Welt hätte, wie es ja auch war. »Ich bin nur ein Bote, und ein schlecht bezahlter dazu. Der Alte schuldet mir noch ein kleines Vermögen.«

»Halt's Maul und bleib da sitzen. Mit dir beschäftige ich mich später. Vielleicht kommen wir ja sogar noch ins Geschäft«, sagte der Flinkfingerverschnitt schroff. »So, jetzt wieder zu dir, Alter! Was ist mit meinem Schwager passiert? Ich weiß, dass er hier war. Der Blinzler hatte ihn zu dir geschickt. Du solltest dich um Brackenmoore kümmern, aber soweit ich herausfinden konnte, hat er deinen verdammten Turm nie wieder verlassen. Stattdessen entdecken wir jeden Tag einen unserer Männer tot auf der Straße, oder sie verschwinden spurlos.«

Baazlabeth hob vorsichtig den Arm und hoffte, damit die Aufmerksamkeit des Mannes zu erregen. Sein Vorhaben glückte.

»Zu dir komme ich gleich. Schön stillhalten«, drohte der Fremde.

Er schien zu denken, mit dem Magier einen großen Fisch geangelt zu haben. Solange er ihn in seiner Gewalt hielt, war er der Überzeugung, ihm könne nichts passieren. Baazlabeth ließ ihn in dem Glauben.

»Tut mir leid«, sagte der Dämon. »Ich war etwas zu spät hier, und ich glaube, ich kann eurer Unterhaltung nicht ganz folgen. Wärt ihr beiden so nett und würdet mich einweihen, nur damit ich nicht irgendetwas in den falschen Hals bekomme.«

»Wer ist dieser Witzbold?«, keifte der Fremde und schlug Nemrothar mit dem Dolchgriff gegen den Schädel.

»Mein Neffe«, stöhnte der Magier.

Der Mann griff mit der freien Hand nach einer kleinen gespannten Armbrust, die auf dem Tisch lag, und zielte auf Baazlabeth. Jetzt war das Déjà-vu perfekt und das Ende von »Flinkfinger Zwei«, besiegelt.

»Ich würde nicht so mit dem Ding herumfuchteln«, versuchte Baazlabeth ihn zu beruhigen. »Die Arretierungen sind nicht wirklich sicher. Es könnte sein, dass sich der Bolzen aus Versehen löst.«

»Und dann, was ist dann, Neffe?«, fragte Flinkfinger Zwei herausfordernd.

»Nicht viel«, gab Baazlabeth zu. »Der kleine Holzbolzen mit der eisernen Spitze wird geradewegs auf mich zuschwirren. Entweder ruiniert er mein wunderbares neues Hemd und bohrt sich tief in mein Herz, oder du zielst besser, als du aussiehst, und pflockst meinen Kopf gegen den Sesselrücken. Beides wäre für mich recht unangenehm. Aber noch schlimmer wäre die Erklärungsnot, in die ich gerate, wenn du in fassungsloser Panik die ganze Zeit wimmerst: ›Warum stirbst du nicht?‹«

Erst jetzt bemerkte Baazlabeth, dass Nemrothar die ganze Zeit seine Lippen bewegte wie in einem stillen Gebet und an ihm vorbei zu starren schien. Interessiert daran, was es hinter ihm zu sehen gab, wandte Baazlabeth sich um. In einem Regal stand zwischen all dem Unrat und den Flaschen ein sauber polierter Spiegel. Eines musste Baazlabeth dem alten Kauz zugestehen, er war hinterlistiger, als sein alberner Hut vermuten ließ. Da die meisten Zauber nur gelangen, wenn man sich seinem Opfer gegenübersah, tat man gut daran, hinter einem Magier zu stehen, wenn es hart auf hart kam – so wie Flinkfinger Zwei es derzeit tat. Nemrothar hatte diesen kleinen Schönheitsfehler durch einen einfachen Spiegel umgangen. Er wirkte seinen Zauber über den Spiegel.

Baazlabeth fuhr im Stuhl herum. »Du alter Zausel …« Weiter kam er leider nicht, da sich bereits der Armbrustbolzen schmerzhaft durch seinen linken Oberarm bohrte und ihn an der Lehne festnagelte. Ungläubig starrte Baazlabeth auf den Holzschaft. Er zog an dem schmal gefiederten Ende, doch das Geschoss rührt sich keinen Zoll breit. Mit einem Ruck brach er den Schaft einfach ab und zog seinen Arm herunter. Der Schmerz war unangenehm, aber auszuhalten. Wenn ein Dämon einen fremden Körper in Beschlag nahm, waren alle Qualen irgendwie dumpf, und eine innere Stimme schien bei jeder Verletzung zu sagen: »Mach dir nichts draus, du kannst dir ja einen neuen holen.« Als Baazlabeth wieder zu den beiden Männern aufsah, hatte sich Nemrothar bereits erhoben und zerrte an dem reglos stehenden Flinkfinger Zwei herum. Der Mann stand starr wie eine Statue. Seine glasigen Augen starrten ins Leere.

»Hilf mir, ihn wegzuschaffen«, stöhnte der Alte.

»Ich bin verletzt«, jammerte Baazlabeth, der sich darüber ärgerte, wie einfallslos Magier mit ihren Sprüchen umgingen. Es gab so viele verschiedene Zauber, die man wirken konnte. Einige von ihnen brachten wirklich sehenswerte Resultate zum Vorschein. Man konnte sein Opfer in Flammen aufgehen lassen, es mit Krämpfen durchziehen, es in eine blubbernde Masse verwandeln oder mit nadelspitzen Geschossen behaken, aber nein, Magier liebten anscheinend das Infantile. Lähmung war langweilig, befand Baazlabeth, für das Opfer, für den Zauberwirker und nicht zuletzt für den Zuschauer.

»Die Wunde wird schnell heilen. Morgen früh wird von ihr nicht mehr zu sehen sein als ein Stück Schorf auf deiner Haut«, beruhigte ihn Nemrothar.

»Das weiß ich selbst. Von wegen schnell verheilt«, schnaubte Baazlabeth empört. »Und das Hemd ist völlig ruiniert. Ein glatter Durchschuss. Die Blutflecken bekomme ich nie wieder heraus.«

Er presste seine Hand auf den Oberarm, um die Blutung ein wenig zu stoppen. Zwischen all den Gerätschaften, Flaschen und Schriften suchte er nach etwas Hilfreichem, das ihn und sein Hemd aus dieser unangenehmen Lage zu befreien vermochte. Sein Blick fiel auf eine durchsichtige Glaskaraffe mit Wasser.

»Wenn das Blut erst einmal eingetrocknet ist, bekommt man die Ränder nie wieder entfernt«, rechtfertigte sich Baazlabeth. »Glaube mir, ich weiß, wovon ich spreche. Ich hatte vor einigen Jahren Besuch von einem Zwillingspärchen. Wir waren uns bereits so weit einig geworden, dass ich eine von ihnen wieder laufen lassen wollte, wenn die andere sich freiwillig geopfert hätte. Doch kaum ist der Käfig offen, springen sie mich an wie zwei Furien. Die eine rammt mir ihren Fuß ins Gesicht, und die andere reißt an meinen Hörnern, als würde sie einen wilden Stier reiten. Ich habe noch alle Hände voll damit zu tun, mich ihrer zu erwehren, da nehmen sie auch schon Reißaus und flüchten in meine Privatgemächer.«

»Komm auf den Punkt«, stöhnte Nemrothar irgendwo hinter ihm.

»Nur gemach. Also, die beiden schafften es bis in meinen Thronsaal. Sie verschanzten sich hinter meinem Herrschersitz. Bewaffnet bis an die Zähne, setzten sie meinen Lemuren zu, und als ich hinzukam, brach ein regelrechtes Chaos aus. Metall schlug auf Metall, Funken sprühten, Kreischen und Stöhnen erfüllten die Luft. Blut und Gallertmasse spritzten an Wände und Decke. Sechs meiner kleinen Babys hatten sie bereits getötet, bevor ich ihrer habhaft werden konnte. Eine von ihnen nagelte ich mit ihrem eigenen Bronzespeer gegen die Wand, die andere fand durch meine Streitaxt den Tod auf meinem Thron.

»Und?«, schnaufte Nemrothar. »Was hat das mit deinem zerrissenen Hemd zu tun?«

»Die Bluträänder! Sie gehen nicht mehr raus, wenn sie erst einmal angetrocknet sind. Das alberne Loch kann man stopfen.«

Baazlabeth zog sich die letzten Splitter des abgebrochenen Bolzenschafts aus dem Arm und sog dabei schmerzverzehrt die Luft zwischen seinen Zähnen hindurch.

»Jedenfalls hatte ich auf meinen Thron immer ein Kissen liegen. So eines mit goldenen Trotteln, prall gefüllt mit Daunenfedern. Ich habe es mir extra nähen lassen. Ein großes B habe ich darauf einsticken lassen. Die Schlampe, die auf meinem Thron gestorben ist, hat es vollkommen ruiniert. Die Daunen konnte man nur noch wegwerfen, und die Flecken sind nie richtig herausgegangen. Das war es, was ich erzählen wollte.«

»Du hattest ein Kissen auf deinem Thron?«

»Nicht die ersten zweitausend Jahre«, verteidigte sich Baazlabeth. »Aber auch der Hintern eines Dämons ist nicht vor Schwielen gefeit.«

Er schüttete sich den Inhalt der Karaffe über seinen verwundeten Arm und begann im selben Moment, vor Schmerzen zu schreien.

»Verdammtes Höllenwasser, was zum Teufel ist das?«

Er schmetterte die Karaffe zu Boden, wo sie in Tausende von kleinen glitzernden Splittern zersprang.

»Das war der Rest von meinem Birnenschnaps und die Lieblingskaraffe meiner längst verstorbenen Tante«, erklärte Nemrothar traurig. Der alte Magier stand unverhofft neben Baazlabeth und betrachtete mit finsterer Miene die Splitter auf dem Boden.

»Kein Wunder, dass sie tot ist, wenn sie dieses Zeug getrunken hat«, bemerkte Baazlabeth. »Und schleich dich nicht so an, ich bin sehr schreckhaft.« Er schaute sich verwirrt um. »Wo ist der Steife?«

»Ich habe ihn weggeschickt«, erklärte der Magier, ohne von den Splittern aufzusehen.

Baazlabeth brauchte einen Moment, bevor er verstand. Der paralysierte Mann, Nemrothars Abneigung gegen das Töten, das Pentagramm auf dem Boden und der immer noch offene astrale Weg formten ein Bild, das ihm überhaupt nicht gefiel.

»Du hast ihn in mein Reich geschickt?«

»Der einzige Ort, an dem sie fürs Erste ruhig gestellt sind, und von dem ich sicher bin, dass du ihnen nichts anhaben kannst«, erklärte Nemrothar.

»Sie?«

»Der, den du Jammerlappen genannt hast, ist auch schon dort.«

»Sie werden alles durcheinander bringen, und außerdem werden sie Ingvarr aus dem Käfig befreien«, keuchte Baazlabeth. »Wie kommst du dazu, mein Reich als Herberge für jeden zu nutzen, der dir im Weg steht?«

»Ich dachte, du freust dich über jeden Besuch?«, konterte der Alte und konnte dabei ein Grinsen nicht verbergen.

»Nur wenn ich zu Hause bin, was ich bald wieder sein werde«, fauchte Baazlabeth.

»Sie werden weg sein, bevor du heimkehrst, dafür werde ich schon sorgen.«

»Das ist auch gut so, denn ich werde alle meine Aufmerksamkeit dir widmen. Wir werden uns so nahe kommen wie kein zweites Paar auf dieser oder irgendeiner anderen Welt. Doch bevor es so weit sein wird, erzählst du mir, warum ich diesen lächerlichen Auftrag erfüllen muss. Irgendetwas geht hier vor. Du weißt es, und ich weiß es. Jetzt will ich wissen, was ich wirklich hier tue.«

Nemrothar bückte sich und begann, die Glassplitter vom Boden aufzuheben.

»Du bist hier, weil ich es so wollte, und du wirst tun, was ich dir aufgetragen habe. Der einzige Grund, warum du mich aufgesucht hast, ist, weil sich dein Auftrag als schwieriger erwiesen hat, als du dir vorgestellt hast. Also bitte verhalte dich nicht so, als ob es dich interessiert, was um dich herum geschieht. Du bist ein Dämon, und somit bist du weiter entfernt von den weltlichen Problemen als jedes andere Wesen in dieser Stadt. Du willst keine Antworten auf Fragen, du willst, dass ich dir helfe. Ich wusste, dass du irgendwann angekrochen kommen würdest. Nimm den Brief, den ich für dich geschrieben habe. Er liegt dort drüben auf dem Tisch. Wenn du dich nicht dümmer anstellst als die meisten in dieser Stadt, wird er dich deinem Ziel ein Stück näher bringen.«

Baazlabeth verspürte plötzlich keine Lust mehr, sich weiter mit dem alten Magier zu unterhalten. Seine ständige Allwissenheit ging dem Dämon auf die Nerven, und das war keine gute Voraussetzung für ein klärendes Gespräch. Baazlabeth fand den Brief auf Anhieb. Es war ein gefaltetes Pergamentblatt mit einem Siegel in Pentagrammform.

Baazlabeth war schon halb auf der Treppe verschwunden, als Nemrothar hinter ihm herrief: »Der Brief wird dir allerdings nicht helfen, wenn du weiterhin eine Blutspur in der Stadt hinterlässt. Die Stadtwachen kennen deinen Namen bereits. Es ist nur noch eine Frage der Zeit, bis dich die Schattengilde ausfindig gemacht hat. Der Tote, den die Wachen in der Nähe des *Einsamen Wanderers* gefunden haben, trug deine Handschrift. Die Schattengilde vergisst keinen ihrer Männer. Und, um der ganzen Sache noch die Krone aufzusetzen, habe ich gehört, dass die Inquisition bereits auf dem Weg hierher ist. Du hast drei lächerliche Münzen in der Truhe, und die halbe Stadt ist schon gegen dich. Wenn das kein Talent ist, weiß ich auch nicht.«

Baazlabeth schäumte vor Wut. Der Alte hatte ihm abermals gezeigt, wo sein Platz war. Seine ständigen Belehrungen und das besserwisserische Gehabe machten all die geschlagenen Schlachten zunichte. Baazlabeth kam sich vor, wie ein gescholtenes Kind.

Der Homunkulus wartete wie befohlen unten an der Tür. Sein Blick war zu Boden gerichtet. Er schien zu wissen, wie das Gespräch verlaufen war und in welcher Stimmung sich sein Herr befand. Ein Blick, ein unachtsames Wort, würde seinen sofortigen Tod bedeuten. Baazlabeth packte ihn am Hals und stopfte ihn wie eine unliebsame Puppe in seinen Mantel. »Den Teigmann nehme ich wieder mit!«, schrie Baazlabeth die Stiege hinauf.

Als Baazlabeth die Tür hinter sich zuknallte und auf der Straße stand, musste er seinen Zorn herausschreien oder weiteres Blut vergießen. Er entschloss sich für Ersteres: »Vier, ich habe bereits vier Goldmünzen, du alter Narr.«

8
Böse Menschen kennen die schönsten Lieder

Als man feststellte, dass der Glaube das geistige Dach der Menschheit ist, indem er das Leiden lindert und die Ängste besiegte. Man aber trotzdem im Regen stand, wenn das Haus der Götter ein Loch im Dach hatte.

An diesem frühen Morgen schien es irgendwie kälter zu sein als die Tage zuvor. Wieder einmal musste Baazlabeth feststellen, dass sein menschlicher Körper wesentlich empfindlicher war als seine wahre Gestalt. Er hatte schlecht geschlafen und war deshalb früh aufgestanden. Als er den *Einsamen Wanderer* verließ, war Dumpf noch mit dem Geschirr vom Vorabend beschäftigt. Der Gastwirt stand pfeifend in der Küche und spülte die Teller. Baazlabeth schlich sich an ihm vorbei – nach einem netten Plausch war ihm heute Morgen nicht zumute.

Eine Gänsehaut überzog ihn, und außerdem plagten ihn Kopfschmerzen, die er auf den ausschweifenden Genuss des Hausweines am letzten Abend zurückführte. Seitdem er am gestrigen Tag den Turm von Nemrothar verlassen hatte, ärgerte er sich darüber, den alten Kauz nicht in die Mangel genommen zu haben. Dieser altersschwache Narr hatte ihn abblitzen lassen wie einen dummen Jungen. Baazlabeth musste zugeben, dass es Nemrothar immer wieder gelang, klarzustellen, wer hier das Sagen hatte. Die Regeln der astralen Beschwörungszauber waren unmissverständlich, und Nemrothar ließ keine Gelegenheit aus, ihn daran zu erinnern. Baazlabeth tröstete sich damit, dass auch dieser Auftrag irgendwann zu Ende sein würde, und dann hätte derjenige das Sagen, der am breitesten grinsen konnte. Die einhundertsechzehn Zähne seiner wahren Gestalt ließen Baazlabeth siegessicher diesen Tag herbeisehnen.

Nachdem er Nemrothars Turm verlassen hatte – natürlich nicht ohne seinen dienstbaren Geist, den Hefeklecks, mitzunehmen –, hatte Baazlabeth beschlossen, den restlichen Tag ohne weitere Rückschläge zu verbringen. Er war zurückgekehrt in den *Einsamen Wanderer.* Den Teigmann hatte er dazu verdammt, oben im Zimmer auf die Kiste aufzupassen, bis er zurückkehrte. Baazlabeth hatte sich in der Schänke an einen Tisch gesetzt und versucht, die für seinen Auftrag wertlosen Goldmünzen des Alchemisten zu verprassen. Nach kurzer Zeit schon musste er feststellen, dass man sich dieser allein durch Essen nicht entledigen konnte.

Irgendwann zum frühen Abend hin hatte er begonnen, ein Glas Hauswein nach dem anderen zu stürzen. Nach dem vierten Becher verblassten bereits die Erinnerungen an die persönlichen Misserfolge der letzten Tage. Drei Füllungen weiter schwanden langsam die Antipathien gegen die anderen Besucher der Schänke. Nach dem neunten Becher und zwei fingerhutgroßen hochprozentigen Gemütsvernebleern sah er sich einem alten Bauern am Tresen gegenüber. Der Mann hatte entweder einen Sprachfehler oder schon genauso viel getrunken wie er. Bereits nach kurzer Zeit hörte sich Baazlabeth über den Sinn und Nichtsinn des Lebens diskutieren, fatale Zustände in der Stadt anprangern und über die Preise von Lebensmitteln stöhnen. Drei Liter Wein hatten das geschafft, was kein Zauberer mit Magie hätte fertigbringen können – nämlich die Überlegenheit eines Dämons auf die Fähigkeiten eines Menschen schrumpfen zu lassen.

Der Abend ließ auf jeden Fall mehr Kopfschmerzen als Erinnerungen zurück. Baazlabeth konnte nur auf wenig nützliche Informationen zurückgreifen. So erinnerte er sich daran, dass die Menschen in dieser Welt an zwei Götter glaubten: einen guten, den sie den »Erschaffer« nannten, und einen bösen mit dem Namen »Zerstörer«. Dann war da noch etwas mit je sieben Kindern, die diese Götter gezeugt haben sollten, doch da hatte Baazlabeth bereits nicht mehr so genau hingehört.

Aber er wusste noch, dass Goldmünzen Witwergold genannt wurden. Die einzelne Münze, die ihm Nemrothar gegeben hatte, schien schon älter zu sein, als jene, die derzeit im Umlauf waren. Die neu geprägten Münzen zeigten auf der einen Seite die verstorbene Frau von Lord Brackenmoore, daher der Name Witwergold, und auf der anderen Seite waren sie bis auf ein einzelnes Eichenblatt leer.

Mehr wusste Baazlabeth von dem Abend nicht mehr. Aber er war sich sicher, dass sich die eine oder andere Kleinigkeit im Laufe des

Tages wieder in sein Gedächtnis drängen würde. Derzeit bereitete ihm jedoch jeder Gedanke nur zusätzliche Kopfschmerzen.

Die kühle Morgenluft linderte das Pochen in seinen Schläfen. Das Leben auf den Straßen begann erst. Noch war Zeit, dem Trubel zu entgehen und sich einem neuen Tag zu stellen. Unbewusst tastete Baazlabeth nach dem Pergament, welches er von Nemrothar bekommen und in die Innenseite seines Mantels gesteckt hatte. Er erinnerte sich, wie er am Abend zuvor – das war noch vor seinem Gelage gewesen – vor dem gerollten und versiegelten Papyrus am Tisch im *Einsamen Wanderer* gesessen und überlegt hatte, ob er es öffnen sollte.

Natürlich sollte er es öffnen! Doch die Angst davor, wieder von Nemrothar reingelegt zu werden, hatte ihn zögern lassen. Schließlich aber zerbrach er doch das Siegel, in dessen Wachs ein Pentagramm eingeprägt war, und entrollte das Papier. Das Schreiben, verfasst in einer ungelenken Handschrift, war weder sonderlich poetisch noch erheiternd. Nemrothar hatte sich nicht viel Mühe gegeben mit der Wortwahl, ebenso wenig wie mit der Leserlichkeit, dafür befand sich ein Stück rot gefärbtes Tuch darin, abermals mit dem Pentagramm-Siegel gezeichnet.

Dieses Schreiben ist kein Eingeständnis von Schwäche, nur ein Entgegenkommen meinerseits. Tempel der Weisheit, Boenviertel.

Melde dich beim Vorarbeiter und zeige ihm das Siegel. Er wird wissen, was zu tun ist, und dir Arbeit geben. Versuch, niemanden umzubringen.

P. S. Es ist nichts, womit man reich wird.

gezeichnet Nemrothar

Baazlabeth hatte sich viele Gedanken gemacht, ob er sich die Blöße geben und das Angebot annehmen sollte. Er war zu dem Schluss gekommen, dass es besser war, hier schnell wieder zu verschwinden, anstatt auf Ewigkeiten mit ungebrochenem Stolz durch die Straßen zu wandern. Also hatte er sich heute Morgen in aller Frühe zum Boenviertel aufgemacht.

Sein Weg führte ihn abermals entlang der Götterstiege, gefolgt von der Tempelstraße über verschiedene Brücken hinauf zum Marktplatz und von dort aus zum höchstgelegenen Teil der Stadt. Erneut musste er einen Fluss überqueren. Der Wasserlauf, der den entzückenden Namen »Eiswein« trug, hatte sich über die Jahrhunderte tief in das Massiv gefressen, aus dem er kam, und lag nun etliche Hundert Fuß unter Baazlabeth. Die kleine Steinbrücke, die auf die andere Seite der Schlucht ins Boenviertel führte, wirkte etwas zu zierlich für ihren Zweck. Trotzdem hatten die Brisenburger es gewagt, eine Reihe von Gebäuden auf ihr zu errichten. Lediglich im mittleren Teil der Brücke hatte man von einer Bebauung abgesehen und nur eine drei Fuß hohe Begrenzung an den Seiten errichtet, um die Passanten vor dem Sturz in die Tiefe zu schützen.

Von hier aus hatte man eine gute Sicht auf das Schloss von Lord *Brackenmoore*. Auf dem Gipfel eines Berges thronte das Anwesen über der ganzen Stadt. Auch von dort führte eine Brücke hinüber zum Boenviertel. Als graues Band zog sie sich durch die diesige Luft wie ein farbloser Regenbogen. Der ständige Anstieg über Treppen und gewundene Pfade wurde längst zu einer andauernden Tortur, bevor man das nächsthöhere Plateau erreichte.

Baazlabeth folgte einer Reihe von Straßen, deren Häuser von der Bauart her im Großen und Ganzen jener entsprach, wie sie überall in der Stadt üblich war. Nur hier waren die Gebäude um einiges größer und prächtiger. Weit über die Dächer der Häuser hinaus schob sich eine Handvoll filigraner Bauten, deren Bedachungen mehrfach unterteilt waren und Fächern oder den Segeln eines Rahseglers glichen. Dies mussten die Tempel sein. Baazlabeth kannte viele verschiedene Kulturen und Völker, doch eines schien überall gleich: Die reichsten verschafften sich immer einen Platz in der Nähe ihrer Götter. Vielleicht hofften sie damit auf eine schnellere Vergebung ihrer Sünden oder in die Gunst ihrer Schöpfer zu kommen.

Die frühen Morgenstunden machten es leicht, sich von dem Baulärm der bereits begonnenen Arbeiten am Tempel leiten zu lassen. Bald hatte Baazlabeth das hohe Tempeldach erspäht, dessen hölzernes Gerippe einem Insektenkörper glich. Fast hundert Fuß über den anderen Gebäuden fanden die Arbeiten am Haus der Weisheit statt. »Straße der Barmherzigkeit« las Baazlabeth auf einem Schild vor dem Tempel. Das Gebäude wirkte umso mächtiger, je näher Baazlabeth den offen stehenden Toren des Gotteshauses kam. Riesige lang gestreckte Mosaikfenster zierten das große Eingangsschiff, welches sich weit hinauf zog. Rund zwei Dutzend Männer werkelten am und im Tempel, wie viele im Gebälk herumkletterten, war schwer zu sagen. Unweit von Baazlabeth schlug einer der Männer mit einer Axt einen Zapfen aus dem Ende eines Balkens heraus. Ein anderer hobelte das Holz der Länge nach ab.

»He, ihr da, wo finde ich den Vorarbeiter?«, rief er den Männern zu.

Keiner der beiden sah auf, deswegen war es schwer für Baazlabeth zu sagen, wer ihm antwortete: »Er ist im Tempel, du kannst ihn nicht verfehlen. Er ist der, der nicht arbeitet. Ein kleiner Mann mit großer Fresse.« Baazlabeth fragte sich bei dieser Antwort, ob er vielleicht absichtlich nicht hatte erkennen sollen, wer ihm da Auskunft gegeben hatte.

Als der Dämon durch die riesigen Pforten des Gotteshauses schritt, beschlich ihn ein ungutes Gefühl. Eine leichte Übelkeit überkam ihn, und das Pochen in seinem Kopf wurde wieder stärker. Außerdem warnte ihn seine innere Stimme davor, das Haus zu betreten. Heilige Orte waren normalerweise nicht die Plätze, an denen man seinesgleichen fand. Es gab nicht viele Sterbliche, die einem Dämon etwas anhaben konnten, doch die wenigen unter ihnen, die dies vermochten, waren meistens in solch Gotteshäusern zu finden. Oft genug hatten diese Templer nichts Besseres zu tun, als darauf zu warten, dass jemand der Gegenseite dumm genug war, geweihten Boden zu betreten. Doch – wie so oft mit inneren Stimmen – sprachen sie einfach nicht laut genug.

Baazlabeth trat über die Schwelle ins Tempelinnere. Geweihten Boden zu betreten war nichts, was man gedankenlos tun sollte. Die Palette an Konsequenzen war reichhaltig für diejenigen, die sich der anderen Seite verschworen hatten. Die Sanktionen für solches Vergehen reichten von leichter Übelkeit über Schmerzattacken bis hin zu unerklärlichen Selbstentzündungen. Baazlabeth machte sich dennoch wenig Sorgen um sein Wohlergehen, da die Seite des Lichtes und der Ordnung nicht dafür bekannt war, überzogen zu reagieren. Dies traf eher auf die Schattenseite zu. Und richtig, außer einem leichten Unwohlsein verspürte er nichts.

Baazlabeth hatte keine Schwierigkeiten, den Vorarbeiter zu finden. Wenn seine geringe Größe ihn nicht verraten hätte, dann sicherlich sein lautes Auftreten. Er brüllte unentwegt irgendwelche Anweisungen, die trotz fehlender Ansprache ihr Ziel fanden. Doch die Betroffenen winkten nur resigniert ab oder schüttelten den Kopf. Keiner der Männer schien den Vorarbeiter wirklich ernst zu nehmen, dennoch befolgten sie seine Anweisungen.

Baazlabeth stellte sich direkt vor den Mann und hoffte, so dessen Aufmerksamkeit zu erringen, doch der kleine Mann beugte sich einfach links und rechts an Baazlabeth vorbei und brüllte unbehindert weiter. Irgendwann wurde dem Dämon das Spiel zu dumm. Er zog das kleine rote Tuch mit Nemrothars Siegel aus der Tasche und ließ es vor den Augen des Vorarbeiters hin und her pendeln.

»Lass mich raten: Noch ein Neffe von Nemrothar?«, kreischte der. »Und lass mich noch einmal raten: Ihr habt nicht die gleiche Mutter!«

Baazlabeth hatte keine Ahnung, wovon der Mann sprach, nickte aber vorsorglich. Es war besser, sich ruhig zu verhalten, schließlich wollte er von diesem Kerl Lohn erhalten. Wer oder was Baazlabeths Mutter war, konnte man immer noch zu einem späteren Zeitpunkt klären.

»Und wahrscheinlich willst du genau wie Molloch hoch hinaus, stimmt's?«, keifte der Vorarbeiter.

Wieder nickte Baazlabeth.

»Mein Name ist *Tilides*, und deiner?«

»Sil.«

»Gut, Sil, du wirst oben mit *Molloch* an der Lattung des Daches arbeiten. Ihr macht alles, was ich euch sage, dann bekommen wir keine Probleme miteinander. Euren Lohn bekommt ihr jeden Abend, bevor ihr in die miesen Löcher zurückkriecht, aus denen ihr gekommen seid. Hast du das verstanden?«

»Natürlich, Ihr sprecht ja laut genug«, antwortete Baazlabeth und versuchte, freundlich zu bleiben.

Tilides ging nicht auf Baazlabeths Frechheit ein, sondern widmete sich wieder seiner Arbeit als Schreihals. Er wies einen der Männer an, den Korb herunterzulassen, den man brauchte, um ins Dachgebälk zu kommen. Über eine Winde und ein Maultier wurde der Förderkorb herabgelassen. Es dauerte einige Zeit, bis die zwei Arbeiter das Tier dazu gebracht hatten, langsam rückwärts zu gehen. Tilides ließ es sich nicht nehmen, die drei mit wahl- und haltlosen Beschimpfungen anzutreiben, wobei es eher seiner Stimme zu verdanken war, dass das sture Tier rückwärts lief, als den Worten.

Während der Korb langsam von oben heruntergelassen wurde, nutzte Baazlabeth die Zeit, um sich etwas umzusehen. Das Mittelschiff des Tempels war groß genug, um tausend Gläubige darin zu versammeln. Entweder waren die Bürger Brisenburgs äußerst fromm, oder der Tempel wurde auch noch für andere Anlässe denn Andachten genutzt. Baazlabeth hätte sich gern den Altar näher angesehen, doch mit jedem Schritt, den er auf den mächtigen Marmorblock zutat, verkrampfte sich sein Magen mehr, und das Pochen in seinen Schläfen drohte, seinen Kopf platzen zu lassen.

Es war nicht die Zeit für ein Kräftemessen, außerdem war dies den jeweiligen Gesandten vorbestimmt. Auf jeder Welt gab es dunkle Prophezeiungen, die den Kampf zwischen Gut und Böse vorhersagten. Manchmal waren sie niedergeschrieben in alten Schriften, manchmal beruhte das ganze Glaubensgerüst einer Religion auf ihnen, und manchmal wusste überhaupt niemand von solch Prophezeiungen, bis die Boten, die Krieger von Gut und Böse, sich zur alles entscheidenden Schlacht trafen.

Baazlabeth hingegen wollte nur seinen Auftrag erfüllen, und somit begnügte er sich damit, das Mosaik auf dem Boden näher zu betrachten.

Die kleinen bunt bemalten Fliesen bedeckten den gesamten Eingangsbereich. Es dauerte einige Zeit, bevor Baazlabeth erkannte, was das Mosaik darstellte. Es handelte sich um die Abbildung eines alten Baumes. Sie war nicht sonderlich naturgetreu, doch diesen Anspruch hegte sie wohl auch nicht. Der Baum symbolisierte den Stammbaum des Göttervaters, des Erschaffers. Vom Stamm aus zweigten sieben kräftige Äste ab, die seine direkten Nachfahren zeigten.

Baazlabeth erinnerte sich schwach an die Unterhaltung des gestrigen Abends. Von sieben Kindern war die Rede gewesen, die jede Seite hervorgebracht hatte. Im Fall des Erschaffers handelte es sich bei den Kindern um personifizierte Tugenden. Baazlabeth verlas leise ihre Namen: Glaube, Weisheit, Wahrheit, Gerechtigkeit, Barmherzigkeit,

Liebe und Demut. Für seinen Geschmack war das etwas zu dick aufgetragen, »nett« hätte völlig ausgereicht für alle sieben.

Auf der anderen, der so genannten dunklen Seite war es so gut wie unmöglich, alle Sorten der Sünden aufzuzählen. Wie sollte es möglich sein, dieser wunderbaren Vielfalt des Chaos' nur sieben Namen zu geben? Baazlabeth tröstete sich damit, dass einige von ihnen vielleicht einen Doppelnamen hatten. Außerdem wäre es unsportlich gewesen, »nett« allein gegen ein ganzes Heer kämpfen zu lassen.

»Was ist, brauchst du eine Extraeinladung?«, rief ihn die Stimme von Tilides wieder in die Gegenwart zurück.

Der Lastkorb stand bereits am Boden. Das klapprige Gestell war so groß wie ein kleiner Karren. Baazlabeth kletterte hinein, und Tilides drückte ihm einen groben Leinensack in die Hand.

»Verpflegung«, krächzte er. »Vor heute Abend werden wir euch nicht wieder herunterholen. Besser, du sagst Molloch gleich, dass du mit ihm zusammenarbeitest und nicht der Nachtisch bist.«

Baazlabeth verstand den Witz nicht – alle anderen schon. Lautes Gelächter erscholl.

Die Fahrt nach oben ging noch langsamer vonstatten, als er befürchtet hatte, doch er war froh, dem Boden des Tempels entkommen zu sein. Seine Kopfschmerzen ließen langsam nach. Das Gefühl in seinem Magen blieb, doch hatte es jetzt einen anderen Ursprung. Baazlabeth stellte sich vor, wie sich der Aufzug in seine Einzelteile zerlegte. Er würde hinabstürzen in die Tiefe, doch anstatt auf den Fliesen des Tempels zu zerplatzen wie ein überreifer Apfel, würde Baazlabeth seine wahre Gestalt annehmen. So etwas passierte unweigerlich, wenn der Körper, den er benutzte, durch Fremdeinwirkung kaputtging. Es war etwas anderes, wenn er die gewählte Hülle selbst abstreifte. In solch einem Fall war sie wie eine zweite Haut, die er ablegte, die darunter aber wieder nachwuchs.

Die Verwandlung würde sicherlich das Ende seines Auftrages bedeuten, und auch das von Tilides, einigen Arbeitern, mit etwas Glück einigen Priestern, einem Dutzend Stadtwachen und vielleicht noch hundert anderen Menschen, doch es wäre auch Baazlabeths Ende auf dieser Welt. Alles nicht so schlimm, wenn es nicht für ihn eine Welt weniger bedeutet hätte und Nemrothar weiter am Leben geblieben wäre.

Unbeschadet erreichte Baazlabeth das offen liegende Dach und klammerte sich an einen der Balken. Wer Molloch war, stand außer Frage. Erstens gab es nur eine Person hier oben, und zweitens war sie so schlecht zu übersehen wie ein Schiff auf offenem Meer. Der Mann hockte zwischen zwei Balken und trieb mit einem Holzhammer Zapfen in die Sparren. Baazlabeth schätzte, dass Molloch an die vierhundert Pfund wog, dies aber sicherlich nicht an seiner Größe lag. Sein gesamter Körper wirkte aufgedunsen. Mit jedem Hammerschlag gerieten seine Fettschichten erneut in Wallung. Der ganze Mann schien wie ein riesiger Klumpen Gallert, der rein zufällig die Form eines Menschen angenommen hatte. Bekleidet war Molloch mit einem Hemd und einer Hose, oder zumindest mit Stoff, der seinen Körper bedeckte. Die lederne Schürze vor seinem Bauch hatte etwas von einem Lätzchen.

Als Molloch seinen neuen Arbeitskollegen bemerkte, drehte er den Kopf wie eine Eule zur Seite und sah Baazlabeth gelangweilt und zugleich traurig an. Das ganze Gewicht seines Schädels ruhte schwer auf der Brust und drückte das Doppelkinn hervor. Die speckigen Wangen und das kurz geschorene Haar verliehen seinem Gesicht eine Birnenform. Zuerst glaubte Baazlabeth, Molloch mustere ihn die ganze Zeit, bis er bemerkte, dass die Augen des Fettwanstes allein nach dem Beutel mit Essen gierten. Ohne weiter zu überlegen, holte Baazlabeth Schwung und warf den Beutel hinüber zu dem Fettwanst. Man konnte schwerlich behaupten, dass dieser den Sack auffing, vielmehr wuchs sein Arm aus dem massigen Körper heraus, und der Beutel verfing sich zwischen den wurstigen Fingern. Das Schwergewicht hielt sich das Essenspaket vor die Nase und schnupperte daran. Überraschend schnell wanderte seine Hand in den Beutel und zog einen Apfel heraus. Die Frucht wirkte in seiner Pranke wie eine blasse Kirsche. Mit einem Biss verschwand eine Hälfte des Apfels in seinem Mund und nach kurzer Zeit auch der Rest. Entweder kaute der Kerl nicht, oder sein massiges Gesicht verschluckte die Bewegung seiner Kiefer einfach.

»Ich bin Sil«, stellte sich Baazlabeth vor. »Wir werden wohl den Tag hier gemeinsam verbringen. Ich hoffe, es stört dich nicht?« Er ertappte sich dabei, wie er beinah darauf hingewiesen hätte, keine Mahlzeit zu sein, konnte diese Bemerkung aber gerade noch rechtzeitig hinunterschlucken. Molloch nahm keine weitere Notiz von seinem neuen Gehilfen. Er hängte den Beutel mit den Vorräten an einen hervorstehenden Zapfen und machte sich wieder an die Arbeit.

Baazlabeth bekam Werkzeug und Material über einen Flaschenzug nach oben gereicht. In dem kleinen Korb, der nach oben gezogen worden war, befanden sich ein Holzhammer, Metalldornen und Holzzapfen. Die Lattung für das Dach kam in einem gebündelten Paket, und schwere Balken wurden einzeln nach oben gehievt. Sie wurden unten bereits passgenau zugeschnitten und mussten nur noch eingesetzt werden. Baazlabeths handwerkliches Geschick reichte völlig aus, um die Arbeiten auf dem Dach auszuführen. Die Geometrie des Daches war eindeutig und musste nur fortgeführt werden. In die vorgeschlagenen Löcher und Nuten hämmerte man entweder die Dornen oder Zapfen ein – ein Kinderspiel, befand Baazlabeth.

Die meiste Zeit verbrachte er damit, auf neues Material zu warten. Die Lattung in spinnennetzförmigem Muster auf die Sparren zu nageln oder diese mit Zapfen an den Pfetten zu verankern bedurfte nur weniger Minuten. Bis ein Bündel neuer Latten nach oben geschafft wurde, verging gut eine halbe Stunde.

Die Zeit des Wartens verbrachte Baazlabeth damit, seinen Mitstreiter dabei zu beobachten, wie er den Inhalt des Fressbeutels in sich hineinstopfte. Ein halbes Weißbrot, vier Hühnerkeulen, noch ein Apfel und der Inhalt eines Kruges verschwanden bereits in der ersten Stunde. Molloch schien nicht besonders interessiert daran zu sein, sich mit Baazlabeth zu unterhalten. Vielleicht sprach er aber auch nur ungern mit vollem Mund. Wenn er nicht gerade kaute oder schluckte, summte er verschiedene Melodien vor sich hin und prügelte dabei auf dem Holz herum.

Baazlabeths Aufmerksamkeit wurde zum ersten Mal auf den Boden gelenkt, als er tief unter sich eine säuselnde Stimme vernahm. Dem Dämon kam sie seltsam bekannt vor. Es drangen nur einzelne Wortfetzen zu ihm hoch, und auch die Gestalten dort unten waren nur als kleine dunkle Punkte zu erkennen, aber der Tonfall verriet das Anliegen der Neuankömmlinge. Die sechs Mann starke Prozession wurde mit Sicherheit von dem jungen Propheten angeführt, der überall Böses sah. Die monoton heruntergebeteten Warnungen wurden vom Jammern und Wehklagen der neu gewonnenen Jünger begleitet. Die

Anhängerschar des Kerls wuchs von Tag zu Tag. Bald würde die Gruppe in den Augen der Bevölkerung nicht mehr nur die verrückten Bettler sein, die sie waren, sondern die Überbringer von heiligen Botschaften. Jede Stimme, die sich ihnen anschloss, würde neue Propheten hervorbringen, und bald würden sie als wütende Menge durch die Straßen ziehen und jedermann warnen, die Augen nach dem Bösen aufzuhalten. Dies würde natürlich nicht dazu führen, Baazlabeth zu entlarven, aber es wäre dennoch äußerst lästig. Wo man auch hinginge, sie wären schon da und protestierten gegen einen.

Baazlabeth sah, wie die Prozession die Stufen zum Tempel erklomm und ihre Mitglieder mit ausgebreiteten Armen versuchten, die Menschen zu warnen und davon zu überzeugen, dass es jemanden wie Baazlabeth gab.

»Man kann sie nicht aufhalten«, murmelte Baazlabeth, »aber man kann dafür sorgen, dass sie einen nie einholen.«

Er nahm einen der geschmiedeten Eisendornen aus dem Korb, visierte an und ließ ihn aus den Fingern gleiten. Aufmerksam verfolgte er den Fall und spornte den Dorn an, sein Ziel nicht zu verfehlen. Aufgeregt wippte er hin und her und schlug wütend mit der Faust auf einen der Balken, als sein Wurfgeschoss kurz hinter der Prozession in einen Stapel geleerter Säcke zu Boden ging. Die selbst ernannten Propheten hatten noch nicht einmal bemerkt, dass man es auf sie abgesehen hatte.

Mürrisch ließ Baazlabeth wieder von ihnen ab. Doch als er sich umdrehte, um sich wieder dem Dach zu widmen, bemerkte er, dass Molloch ihn anstarrte.

»Was ist? Das war nur ein Spaß«, rechtfertigte Baazlabeth sein Verhalten.

Molloch interessierte sich anscheinend gar nicht für das, was Baazlabeth getan hatte, und noch viel weniger für das, was dieser zu sagen hatte. Gebannt starrte er auf den kleinen roten Fetzen, der aus Baazlabeths Tasche hing. Der Dämon zog das Tuch mit dem Siegel hervor und ließ es baumeln.

»Das ist nichts zu essen«, knurrte er.

Molloch griff unter seine Lederschürze und holte ebenfalls ein Tuchstück mit dem Siegel von Nemrothar hervor.

»Sieh mal einer an, ich scheine nicht der einzige Schützling des alten Zausels zu sein«, gestand Baazlabeth. Tilides hatte zuvor schon so etwas angedeutet, doch Baazlabeth war davon ausgegangen, dass es sich um eine Floskel handelte, die lediglich auf die Kungelei seiner Männer hinweisen sollte. »Was hast du getan, dass er dich so hasst, dir diese Arbeit zu vermitteln?«

Molloch antwortete nicht, stattdessen zog er einen Spaltkeil von fast einem Fuß Länge aus dem Korb mit Werkzeug.

»Hey, hey, war nicht so gemeint. Wenn du mit Flim Flamm Flunkel gut kannst, geht es mich nichts an«, versuchte Baazlabeth den Fleischberg zu beruhigen, doch dieser war ganz gelassen.

Er legte den Spaltkeil auf den Balken vor sich und schob ihn an den Rand. Wieder stimmte er ein Lied an. Mit einer piepsigen, fast wispernden Stimme begann er, seine Melodie mit Text zu untermalen:

Folgt dir der Pöbel auf dem Tritt.
Ziehst du ihn mit, mit jedem Schritt.
Glauben sie dich zu erkennen,
darfst du nicht vor ihm wegrennen.
Du kannst ihm dein Gesicht ruhig zeigen,
ganz leicht bringst du ihn so zum Schweigen.

Mit der letzten Strophe stieß er den Spaltkeil vom Balken. Molloch würdigte das herabstürzende Stück Metall keines Blickes, stattdessen ruhten seine Augen starr auf Baazlabeth. Mit jedem Schritt, den der Keil auf den Boden zuraste, verzog sich das fette Gesicht von Molloch breiter zu einem Lächeln. Baazlabeth besaß nicht so viel Gemütsruhe. Ständig sprang sein Blick hinunter in den Tempel und zurück auf das fette grinsende Gesicht seines Gegenübers. Schnell verlor Baazlabeth das Stück Metall aus den Augen und konzentrierte sich nur noch auf Molloch. Er fragte sich, was wohl hinter der Fassade aus Fleisch und Fett steckte. Mit Sicherheit war er ein Mensch, denn kein Dämon wäre so dumm, sich in ein so überaus auffälliges, übergewichtiges und unbewegliches Kostüm zu stecken, schließlich sollte es eine Tarnung sein. Aber genauso sicher, wie er ein Mensch war, barg er ein viel tieferes und dunkleres Geheimnis als die meisten seiner Art. Irgendetwas verband Molloch und ihn, und es war nicht nur die Freude daran, etwas Fieses zu tun.

Die panischen Schreie, die von unten aus dem Tempel heraufdrangen, rissen Baazlabeth aus seinen Gedanken. Er blickte hinab. Eine Menschenmenge stand um jemanden herum, der am Boden lag. Viele Personen liefen durcheinander, einige streckten die Arme zum Himmel, andere wiederum vergruben ihre Gesichter in den Händen. Aus den hinteren Räumen des Tempels kamen Priester gelaufen. Sie versuchten, sich einen Weg durch die aufgebrachte Menge zu bahnen.

Molloch widmete sich bereits wieder seiner Arbeit. Dem Koloss war nichts von seiner Tat anzumerken. Er machte weiter wie zuvor und schob sich das letzte Hühnerbein in den Mund. Er schien weder Reue noch Freude zu empfinden. Selbst jene Sachen, die er sich in den Mund stopfte, schien er beim Schlucken bereits wieder vergessen zu haben.

Im Gegensatz dazu würden die Menschen unten im Tempel den Vorfall nicht so schnell abtun. Wenn es schlecht lief, würden sie die Stadtwache zur Hilfe rufen, um aufzuklären, ob es sich um einen bedauerlichen Unfall oder um Absicht gehandelt hatte. Spaltkeile fielen nicht einfach so vom Himmel, und auf dem Dach befanden sich lediglich zwei Personen. Baazlabeth sah sich schon erneut vor Hauptmann Celest stehen, um ihm zu erklären, warum abermals ein Toter zu seinen Füßen lag.

Baazlabeth entschloss sich, so lange hier oben auszuharren, bis die Situation wirklich brenzlig wurde. Es wäre ein weiterer Rückschlag, auf den Lohn eines Tages verzichten zu müssen, und außerdem würde er gern noch etwas mehr über Molloch herausfinden. Wenn man nicht an Zufälle glaubte so wie er, dann lag es auf der Hand, dass Nemrothar die beiden hier oben mit Absicht zusammengebracht hatte. Da Baazlabeth aber nicht erwartete, von dem alten Magier jemals mehr darüber zu erfahren, hoffte er, mehr Glück bei Molloch zu haben und von dem Koloss einige Antworten zu erhalten.

Doch zuerst musste er sich vergewissern, dass keine Probleme in Form von Stadtwachen auftauchten. Die Priester unten im Tempel hatten den Verletzten oder Toten bereits weggeschafft. Die Prozession zog ebenfalls wieder ab Richtung Innenstadt, und auch sonst liefen die Arbeiten wie gewohnt weiter. Anscheinend hatte jeder den Vorfall als

Unfall abgetan, und niemand war auf die Idee gekommen, einen der beiden Männer auf dem Dach zu beschuldigen. Niemand hatte die Stadtwachen gerufen. Baazlabeth kam das zwar merkwürdig vor, doch er wollte dem geschenkten Gaul nicht ins Maul schauen.

»Da haben wir aber noch einmal Glück gehabt«, feixte Baazlabeth. »Ich glaub, du und ich, wir finden an denselben Sachen Gefallen. Trotzdem wäre es besser, du gehst bei deinen kleinen Unternehmungen in Zukunft etwas bedachter vor. Einen Metalldorn von hier oben in die Menge zu schnippen ist so etwas, wie jemandem einen Denkzettel zu verpassen. Im schlimmsten Fall trägt der Getroffene eine Platzwunde davon. Ein Spaltkeil hingegen hat die Eigenart, großflächigen Schaden anzurichten und einen ganzen Körper wie eine Platzwunde aussehen zu lassen. Du musst verstehen, ich bin darauf angewiesen, keine Aufmerksamkeit auf mich zu ziehen.«

Baazlabeth ging davon aus, dass Molloch ihn verstand, doch beschwören konnte er es nicht. Anstatt zu antworten oder wenigstens mit dem Kopf zu nicken, hämmerte der einfach weiter am Gebälk herum und summte erneut eine fröhliche Melodie. Dann begann er, zu singen:

Kleiner Bub wuchs schnell heran.
Vater, Muttern warn gegang'.
Im Waisenhaus er fand ein Heim.
Sein Leben war ein einz'ger Reim.
Der Kummer hat an ihm genagt,
drum tat er essen unverzagt.
Ein fettes Kind wollt' keiner haben,
es half nur noch, sich mehr zu laben.
Aß auf, was andre nicht mehr wollten.
Ihm kaum noch Menschen Freundschaft zollten.
Von allen außer Acht gelassen,
schlang er hinunter noch mehr Massen.
Vergessen von der Menschenheit,
sitzt er hier oben und bringt Leid.
Niemand sieht, was er so tut,
und was er macht, das tut ihm gut.

Wenn das stimmte, wovon Molloch sang, war er mit Sicherheit ein Mensch, und ein ziemlich verrückter dazu. Was wollte er mit dem dämlichen Gesinge beweisen, dass er eine schwere Kindheit gehabt hatte, oder dass er schlecht reimen konnte? Man musste schon wirklich fernab von Gut und Böse sein, um zu glauben, nur weil man auf dem Dach einer Kirche saß, konnten einem alle anderen nichts mehr anhaben. Es war genauso dumm zu denken, dass, wenn man die Augen schloss, die anderen einen nicht länger sehen konnten.

Mit der Zeit plagte Baazlabeth ein allzu menschliches Bedürfnis. Sein Körper zwang ihn dazu, Dinge zu tun, die ihm als Dämon fremdartig vorkamen, weil sie in seiner wahren Gestalt nicht notwendig waren. Er verspürte wenig Lust, sich diesen Zwängen zu unterwerfen, doch es ging nicht anders. Die meisten Menschen, die er beim Wasserlassen beobachtet hatte, schienen sich nicht viel dabei zu denken oder es sogar als Erleichterung zu empfinden. Für Baazlabeth hatte es etwas mit Schwäche und dem Gefühl von Auslaufen zu tun. Doch jetzt ging es nicht mehr anders.

Niemanden schien es wirklich zu interessieren, doch die meisten Menschen erleichterten sich nicht wortlos, sondern rühmten sich damit, wenn sie den Abort aufsuchten. Es gab eine Menge Aussprüche dafür, doch Baazlabeth entschloss sich, den allgemein üblichen zu benutzen.

»Ich muss pissen«, sagte er zu niemand Bestimmtem und kletterte über die Balken zum hinteren Ende des Daches. Auf halbem Wege wurde er sich gewahr, dass er sich genau über dem Altar des Tempels befand.

Warum nicht ein Opfer bringen?, fragte er sich innerlich grinsend. *In den meisten Religionen werden Tiere oder andere Wesen zur Ader gelassen, um die Götter zu beschwichtigen. Mal sehen, wie ihnen mein Saft schmeckt.*

Baazlabeth knöpfte seine Hose auf, holte seine neu erworbene Männlichkeit hervor und ließ es laufen. Belustigt sah er zu, wie sein Urin in die Tiefe plätscherte. Mit rhythmischen Bewegungen versuchte er, mit dem Strahl seinen Namen in die Luft zu schreiben, doch der Druck ließ bereits bei »L« nach, und das zweite »B«, bestand nur noch aus vereinzelten Tropfen.

Im Tempel selbst schien niemand etwas bemerkt zu haben.

Ich hätte einfach »Sil« schreiben sollen oder mehr trinken, schalt er sich selbst.

Molloch zeigte wenig Interesse an Baazlabeths Tat und vertilgte unterdessen lieber etwas, was er aus seiner Hemdstasche hervorgekramt hatte.

Baazlabeth befand sich auf dem Rückweg, als Molloch sich zum ersten Mal wirklich in Bewegung setzte. Auf allen vieren balancierte er über das Ständergerüst des Daches hinüber zum Lastbalken. Baazlabeth war immer der Meinung gewesen, dass es lediglich eine Reihe von Tieren gab, die sich wenig ästhetisch fortbewegten – bis jetzt. Die Zimmermänner von unten hatte gerade einen neuen Stapel Holzstreben hinaufgezogen, und Molloch tat so, als ob er sie entgegennehmen wollte. Er schien zu denken, er habe sich in ein Eichhörnchen verwandelt, als er den Lastbalken erklomm. Baazlabeth hoffte innständig, dass das Holz den fetten Mann tragen würde. Molloch lag bäuchlings über dem Holm und zückte ein Messer aus seiner Hose.

Baazlabeth überkam ein ungutes Gefühl, und als er sah, wie Moloch mit der schartigen Klinge am Seil herumsägte, wusste er, dass er handeln musste. Ohne auf die Tiefe unter sich zu achten, sprang er von Strebe zu Strebe. Mit vier weiten Sprüngen hatte er es zum Lastbalken geschafft. Er stieß sich ein letztes Mal ab und landete wie eine Raubkatze auf Mollochs Rücken. Baazlabeth packte zu und riss an dem Arm des Fettwanstes. Doch auf Moloch liegend, war es schwer, Halt zu finden. Und so sehr er sich auch bemühte, er konnte Molloch nicht von dessen Vorhaben abbringen.

»Hör damit auf, du Schwachkopf. Sie werden uns erwischen. Niemand wird mehr an einen Unfall glauben, wenn sich unter uns die Leichen stapeln. Spätestens wenn sie sehen, dass das Seil durchschnitten wurde, werden uns die Stadtwachen auf den Leib rücken. Selbst dir sollte aufgefallen sein, dass unsere Fluchtmöglichkeiten hier oben recht beschränkt sind, solange uns keine Flügel wachsen. Sie werden uns hier herunterholen, einkerkern und dann hängen. Dich natürlich nur, wenn sie einen Baum finden, der dein Gewicht hält. Mit mir werden sie nicht so lange zaudern, was aber nicht heißt, dass es einfacher werden wird, mich aufzuknöpfen.

Natürlich wird der eine oder andere später sagen, es war keine gute Idee, den armen Sil zu hängen. Insbesondere, weil er sich in dieses schreckliche Monster verwandelt hat, das dann über die Bürger von Brisenburg hergefallen ist wie die losgelöste Hölle. Es wird ihnen trotzdem nicht helfen, aber meinen Auftrag kann ich dann vergessen. Was ist, willst du mich nicht verstehen, oder muss ich es dir erst vorsingen?«

Anscheinend wollte oder konnte Moloch ihn tatsächlich nicht verstehen. Jedenfalls sägte er weiter an dem fast zwei Zoll dicken Tampen herum, bis die letzten Fasern unter der Last des Lattenbündels von allein rissen. Ein Ruck durchfuhr den Lastbalken, und Baazlabeth musste sich am Rücken des fetten Mannes festklammern, um nicht das Gleichgewicht zu verlieren und hinter dem gebündelten Paket in die Tiefe zu stürzen. Er hielt die Luft an, als ob er dadurch den Fall des Paketes stoppen könnte, und beobachtete, wie sich die zentnerschwere Last langsam im Flug drehte, während sie auf die Erde zuraste.

Unten auf den Stufen des Tempels standen zahlreiche Leute. Immer noch werkelten die beiden Zimmermänner, die Baazlabeth bei seiner Ankunft den Weg zum Vorsteher gewiesen hatten, an den Sparren, und viele Schaulustige liefen vor dem Tempel umher, um den Fortschritt des Baus verfolgen zu können. Niemand sah das unheilvolle Paket gen Boden rasen. Es lag nicht gerade in Baazlabeths Naturell, Menschen auf Gefahren hinzuweisen. Auf einem vor Vorfreude glucksenden Fleischberg liegend, empfand er es zudem noch als unschicklich, also unterließ er es, die möglichen Konsequenzen in Kauf nehmend.

Das Bündel mit Latten schlug aufrecht stehend neben einem der Zimmerleute aufs Pflaster auf. Die Wucht des Aufpralls ließ das Holz splittern und die Bruchstücke wie bei einer Explosion umherfliegen. Menschen wurden von den Füßen gerissen, an Kopf, Körper und Beinen von zahlreichen Splittern getroffen. Einige flüchteten in Panik oder versuchten, sich verletzt in Sicherheit zu schleppen. Sechs Menschen blieben reglos auf der Stiege zum Tempel liegen.

Menschen kamen herbeigelaufen, versuchten zu helfen oder standen einfach nur da und sahen zu, was passierte. Eines jedoch geschah nicht: Niemand sah zu ihnen auf. Nicht ein Einziger in dem ganzen

Tumult schien sich zu fragen, woher die Latten gekommen waren oder warum. Selbst als die letzten Verletzten und Toten in den Tempel gebracht wurden, hatte niemand seinen Blick auch nur einmal gen Himmel gewandt.

Bald würde es dunkel werden, und man würde sie mit dem Lastenaufzug wieder hinabfahren. Die Zeit bis dahin verbrachte Baazlabeth damit, Ausschau zu halten, ob nicht doch jemand etwas bemerkt und die Stadtwachen gerufen hatte. Aber nichts schien darauf hinzuweisen, und auch Molloch fuhr mit seiner Arbeit fort, als wenn nichts vorgefallen wäre. Baazlabeth traute sich nicht, ihn nochmals anzusprechen. Wer wusste schon, was dem Klops sonst als Nächstes einfallen würde?

Als der Lastkorb schließlich von unten hochgezogen wurde, atmete Baazlabeth auf. Erst jetzt realisierte er, dass sie wahrscheinlich ungeschoren und unerkannt davonkommen würden. Wie diese glücklichen Umstände zustande kamen, war ihm jedoch schleierhaft. Auf Molloch musste ein Zauber oder Fluch liegen. Fragte sich nur, wer diesen gewirkt hatte und wozu? Fest stand auf jeden Fall, dass die Seite des Lichts, oder das Gute, wie die Menschen es zu nennen pflegten, nichts damit zu tun hatte. Ein Talent, wie es Molloch besaß, diente nur einem einzigen Zweck: das Chaos zu schüren. Somit war der dicke Mann ähnlich veranlagt wie Baazlabeth. Wobei sich Baazlabeth natürlich als wesentlich effektiver ansah – schließlich war er ein wahrer Dämon, ein Ritter des Schattens. Baazlabeth beschloss, morgen mehr über Molloch herauszufinden. Auch wenn es nicht zu seiner Aufgabe gehörte, war es immer gut zu wissen, auf wen man sich im Zweifelsfall verlassen konnte. Molloch hingegen schien kaum ein Interesse an Baazlabeth zu haben, oder er war ein Meister des uninteressiert Wirkens.

Baazlabeth sprang auf, stellte sich in den Korb und wartete darauf, hinabgelassen zu werden. Als der Korb sich mit ihm auf den Weg nach unten machte, legte auch Molloch sein Werkzeug beiseite und schaute Baazlabeth traurig hinterher. Leise begann er, ein Lied zu singen:

Ein Herz, das lebt so lang allein,
in vielen Jahren wird zu Stein.
Durchstreift das Land, die Berge und das Meer,
doch das Herz, das bleibt so leer.
Hat die Such' schon aufgegeben,
da erfüllt es neues Leben.
Ein Fremder kommt und sieht ihn an,
sieht nicht das Herz, sieht nur den Mann.
Zusammen ziehn sie durch das Land.
Gehn wie Brüder Hand in Hand.
Die Suche soll noch nicht beendet sein,
zu siebt sind sie, und nicht allein.

Baazlabeth stand nicht der Sinn danach, traurige Lieder zu texten. Seine Sinne konzentrierten sich auf den Tempel unter ihm. Noch immer befürchtete er, dass man ihm auflauerte, und versuchte, ihn für die Vorfälle im Tempel zur Rechenschaft zu ziehen. Hinter jeder Säule, in jeder Kammer und in jeder dunklen Ecke konnten sie lauern und nur darauf warten, über ihn herzufallen. Der geheiligte Boden unter ihm würde es seinen Häschern einfach machen, ihn zu entlarven und zu stellen. Falls dies geschehen sollte, würde er aus ihrem heiligen Ort, bevor sie ihn aus dieser Welt verbannten, ein Massengrab machen.

Kippelnd kam der Lastkorb zur Ruhe. Niemand schien Baazlabeth überhaupt nur zu beachten. Viele der Arbeiter waren bereits verschwunden. Nur noch der Mann, der sich um den Esel kümmerte, und Tilides hielten sich im Tempel auf. Mit einem Satz war Baazlabeth aus dem Korb heraus und schritt zögernd auf den Vorarbeiter zu.

»Das sieht von hier unten ganz gut aus, Sil«, empfing ihn Tilides mit freundlichen Worten. »Es scheint, als hättest du ganze Arbeit geleistet. Komm morgen wieder. Solche Leute wie dich können wir immer gut gebrauchen. Ich habe mir erlaubt, deinen Lohn etwas aufzurunden. Gute Handwerker sind schwer zu bekommen.«

Er griff nach einem Stoß Münzen, der auf dem Stehpult neben ihm stand, und überreichte ihn Baazlabeth. Fünf Goldstücke waren es, die der Dämon in seiner Hand hielt. Was ihn jedoch noch mehr verwunderte als die großzügige Bezahlung war, dass niemand ein Wort über die Vorfälle der letzten Stunden verlor. Keine zwei Schritte von ihnen entfernt war ein Mann von dem Spaltkeil getroffen worden, den Molloch hinuntergeworfen hatte. Man hatte das Blut zwar aufgewischt, doch in den Fugen des Mosaiks waren noch deutlich die Spuren zu sehen, und die ließen darauf schließen, dass es nicht nur ein Kratzer gewesen sein konnte, den der Mann davongetragen hatte.

»Ich mach jetzt Schluss, Tilides«, rief der Mann mit dem Esel. »Stoffohr binde ich hier fest. Niemand wird sich trauen, einen Esel aus dem Tempel stehlen. Ich komme später noch einmal wieder und bringe ihm Wasser und etwas Heu.«

Wen interessiert Stoffohr?, dachte Baazlabeth. *Was ist mit Molloch, wollen sie ihn gar nicht vom Dach holen?*

Ein Blick auf den Tisch zeigte ihm, dass für den Fettwanst auch kein Stapel Münzen bereitlagen. Hatten sie ihn alle komplett aus ihrem Gedächtnis gestrichen? Zu gern hätte Baazlabeth das Geheimnis um den dicken Mann gelüftet.

Vielleicht sollte ich Tilides einfach mal fragen, warum er Molloch nicht herunterholen will. Eventuell gibt es ja eine ganz plausible Erklärung dafür. Wenn ich es schlau anstelle, bekomme ich vielleicht auch heraus, warum niemand sich die Mühe gemacht hat, nach oben zu sehen und uns zu beschuldigen, als der Spaltkeil vom Himmel fiel, oder als der Stapel Holz auf den Treppen zerschmetterte. Irgendetwas müssen sich die Leute doch gedacht haben.

»Nicht so schnell, mein Freund«, hörte Baazlabeth einen Mann da hinter sich sagen und wurde aus seinen Gedanken gerissen. »Ihr braucht nicht Reißaus zu nehmen, wir tun niemandem etwas, der es nicht verdient hat.«

Die Stimme galt dem Eselmann, der von zwei Personen zurück in den Tempel begleitet wurde.

Der Arbeiter schaute ängstlich zu Boden, während ihn die beiden Männer in die Mitte nahmen und ihm einer sogar freundschaftlich den Arm auf die Schulter legte. Baazlabeth brauchte nicht lange zu überlegen, um zu wissen, zu welcher Sorte Mensch diese beiden Fremden gehörten. Es war in jeder Welt dasselbe: Gut kämpfte gegen Böse. Die Seite, auf der Baazlabeth sich befand, war in der Regel einfach zu erkennen. Ihre Streiter sahen anders aus als der Durchschnittsbürger, waren schwer bewaffnet und taten böse Dinge. Es gab zwar einige Ausnahmen, doch im Grunde genommen war ihr Ziel einfach zu erkennen und ihre Vorgehensweise offensichtlich. Die böse Seite war stark genug, um keinen Mummenschanz veranstalten zu müssen. Wenn man es in Farben darstellen wollte, dann waren die Guten die Weißen und die Bösen die Schwarzen. Und die Schwarzen waren wirklich tiefschwarz.

Der guten Seite konnte man diese Eindeutigkeit nicht attestieren. Es gab zwar einige, die man getrost als weiß bezeichnen konnte. Dies waren dann auch meist die Ersten, die starben, da sie ganz vorne und ohne Wenn und Aber kämpften. Die große Masse allerdings war doch mehr von einem schmuddeligen Hellgrau.

Die beiden Männer, die eben eingetroffen waren, zählten sich selbst zu den Weißen, doch in Wirklichkeit waren sie dunkelgrau mit einem Hang zum Schwarz. Im Grunde genommen waren sie fast Verbündete von Baazlabeth, doch leider sahen sie selbst das anders. Sie quälten und folterten genau wie er, doch diese hier quälten am liebsten solche von der schwarzen Seite. Weiße nahmen sie nur, wenn niemand anderes zu finden war.

Baazlabeth spürte ihre Anwesenheit in jeder Welt, auch wenn das nur selten wirklich nötig war, da sie sich ohnehin meist selbst verrieten. Es war überall dasselbe: Sie verhielten sich großspurig und trugen alberne Kleidung. Diese beiden Exemplare hier trugen weiße Kutten, die bis zur Erde reichten, und darüber ein schwarzes Oberteil mit Kapuze, worauf ein Baum als Emblem zu sehen war. Auf der einen Seite des Baums waren die Äste grün und voller Früchte, auf der anderen Seite verdorrt und in Flammen stehend. Ihre ohnehin schlecht zu erkennenden Gesichter hatten sie zusätzlich noch mit Schleiern verhangen.

Dies war also die Inquisition, besser gesagt, zwei ihrer Gesandten. Es gab Welten, in denen sie sich Kreuzritter nannten, Bewahrer, Glaubenshüter, Dämonenjäger oder einfach nur Gottesdiener. Diese Krieger gegen das Böse besaßen jeder für sich schon große Macht, allein durch ihr Wissen um die beiden Seiten und ihre klerikalen Fähigkeiten, wie Bannsprüche und Exorzismen, doch viel verheerender war ihr Einfluss auf das einfache Volk. Mit Folter und Hinrichtungen beschafften sie sich das Maß an Aufmerksamkeit, das sie für ihre

Arbeit brauchten. Binnen kürzester Zeit würde jeder Bürger der Stadt seine Augen weit offen halten, um nach »Anzeichen des Bösen« Ausschau zu halten, damit sie Auskunft geben konnten, wenn sie befragt wurden. Jemand, der nichts gesehen hatte, war für die Inquisition verdächtig. Verdächtige wurden so lange gefoltert, bis sie gestanden, selbst dunkle Machenschaften auszuüben, oder Fremde beschuldigten.

In dieser Stadt standen die Inquisitoren noch am Anfang ihrer Arbeit und taten meist nicht mehr, als andere zu beobachten. Dennoch tat man auch jetzt schon gut daran, ihnen aus dem Weg zu gehen, egal ob man in ihren Augen schuldig war oder nicht. Es war am besten, sie kannten einen nicht.

»So spät noch so fleißig, um am Haus Gottes zu arbeiten? Das nenne ich wirklich glaubensfest«, sagte einer der Inquisitoren mit leichtem Spott in der Stimme.

Tilides schien sich verantwortlich dafür zu fühlen, ihnen zu antworten: »Verzeiht, Eure Gläubigkeit, mein Name ist Tilides, ich bin hier der Vorarbeiter. Wir waren gerade am Zusammenräumen. Die Arbeiten werden bis morgen früh ruhen, dann machen wir uns wieder ans Werk, wenn es Euch genehm ist.«

»Gut, Tilides, natürlich«, erwiderte der Inquisitor uninteressiert und besah sich dabei Baazlabeth. »Und Ihr seid ...?

»Müde«, sagte Baazlabeth, wandte sich ab und ging.

Noch waren die Inquisitoren nicht in der Position, ihn aufzuhalten. Sie benötigten noch Rückendeckung von der Obrigkeit, den Stadtwachen oder wenigstens von den Bürgern. Doch es war nur eine Frage der Zeit, bis sie bekamen, was sie wollten.

Als Baazlabeth die Stufen des Tempels hinunterging, hatte er irgendwie das Gefühl, etwas vergessen zu haben.

Ich wollte doch irgendjemanden irgendetwas fragen ... Was war das nur? Ach, wahrscheinlich nicht so wichtig.

9
Nur nicht mit dem Reizen geizen

Als die Einsicht kam, dass selbst die bestgemeintesten Absichten, die klügsten Ausreden und die durchdachtesten Lügen nicht so viel Wirkung zeigen, wie ein gut gefülltes Dekolleté.

Der neue Morgen beschied Baazlabeth ein Gefühl der Zuversicht. Sein Ziel war zwar immer noch nicht in erreichbarer Nähe, acht von fünftausend zu sammelnden Goldstücken konnte man nicht gerade als Endspurt bezeichnen, aber es war ein Anfang. Endlich war ihm auch wieder eingefallen, was ihm seit Verlassen des Tempels über geplagt hatte. Den ganzen Abend und selbst in der Nacht hatte er das Gefühl gehabt, etwas vergessen zu haben – etwas, was er tun oder fragen wollte. Mehrfach war er in der Nacht aufgewacht und hatte darüber nachgegrübelt, was es sein konnte, das ihm den Schlaf raubte. Als er morgens die Augen aufschlug fiel es ihm plötzlich wieder ein.

Was war mit Molloch? Hatten sie ihn auf dem Dach des Tempels vergessen?

Es musste ein Zauber sein, der den dicken Mann vor lästigen Fragen schützte. Dämonen litten schließlich nicht an Vergesslichkeit. Doch warum erinnerte er sich jetzt, zwölf Stunden später? Entweder hatte die Wirkung des Zaubers nachgelassen, oder er wirkte bei Dämonen einfach nur anders.

Baazlabeth war davon überzeugt, dass Molloch irgendwie mit seiner Aufgabe zusammenhing. Ob sich dies nun positiv auf seinen Auftrag auswirken würde oder nicht müsste sich noch zeigen. Ihre Begegnung gestern auf dem Dach des Tempels der Weisheit war mit Sicherheit kein Zufall gewesen. Immerhin waren sie beide über Nemrothar dorthin gelangt. Auch wenn es schwerfiel, dem übergewichtigen Mann seine Geheimnisse zu entlocken, weil er anscheinend sein Wissen nur als Liedgut teilen wollte, würde es sich bestimmt lohnen, dessen mehr schlecht als recht vorgetragenen Gesängen zu lauschen. Alles war besser, als zu versuchen, ohne Gewaltanwendung Nemrothars eiserne Verschwiegenheit zu knacken. Der gerissene Magier schien zu denken, Baazlabeth mit der ihm gestellten Aufgabe in irgendetwas verstricken zu können. Doch da kannte er den Dämon schlecht.

Baazlabeths Euphorie und Tatendrang änderten trotzdem nichts an der Tatsache, dass sein menschlicher Körper nicht ganz so motiviert war wie sein Geist. Immer wieder verwunderte ihn, wie weit die beiden Seiten seines derzeitigen Ichs voneinander abwichen. In seiner wahren Gestalt gab es diese Zwistigkeiten nicht. Wollte sein Geist jemanden töten, war es nur noch eine Frage der Zeit, bis sein Körper diesen Wunsch erfüllt hatte. Brauchte sein Körper Ruhe, schaltete sein Geist ab. In dieser Welt jedoch, in dieser Gestalt, verhielt es sich grundlegend anders. Sein Körper setzte ihm Grenzen, die sein Geist nicht kannte. Wenn er wirklich stark sein und die Herausforderungen in dieser Stadt bestehen wollte, musste er es schaffen, beides miteinander in Einklang zu bringen. Was also tun, wenn man einen ewig wachen Geist besaß und einen Körper, der die Hälfte des Tages schlief? Der Beschwörungszauber wäre nicht seit vielen Tausend Jahren so erfolgreich, wenn es nicht auch dafür eine Lösung gäbe. Baazlabeth wusste um diese Lösung, doch war allein der Gedanke an deren Erfüllung für ihn so abwegig, dass er es gar nicht erst in Betracht zog.

Bevor sie mich dazu *bringen, werde ich eher mit brennenden Hufen durch die Stadt rennen und mit Molloch auf dem Rücken melancholische Lieder trillern.*

Somit machte er sich mit wachem Verstand aber müden Knochen auf den Weg, um ein weiteres Tausendstel seines Auftrages zu erfüllen. Der Homunkulus hatte von Baazlabeth eine Aufgabe bekommen, die ihm wenig Schwierigkeiten bereiten sollte, aber ihn dennoch so weit beschäftigen würde, dass er keinen Unfug anrichten konnte. Er durfte die Kiste bewachen und sie keinen Moment aus den Augen lassen. Der Homunkulus nahm es gelassen.

Dumpf war bereits auf den Beinen, als Baazlabeth die Treppe herunter in den Schankraum kam. Obwohl es noch mehrere Stunden dauerte, bis die Schänke öffnete, ließ der Wirt keine Zeit verstreichen, um aufzuräumen.

»Guten Morgen, Meister Dumpf«, begrüßte Baazlabeth den Gastwirt. »Wie ich sehe, seid Ihr unermüdlich, wenn es darum geht, es Euren Gästen recht zu machen.«

Dumpf stellte den Besen ab und umklammerte das Ende des Stieles wie ein Seil, an dem er emporklettern wollte. Wie in den Tagen zuvor starrte er seinen einzigen Übernachtungsgast mit fragenden Augen an, die zu sagen schienen: »Wer seid Ihr, und woher kommt Ihr?« Doch bevor auch nur eine dieser Fragen ausgesprochen werden konnten, klarte sich der Geist des langsam denkenden Mannes auf, als fegte frischer Wind durch eine Nebelbank.

»Euch auch einen guten Morgen, Herr Sil«, entgegnete er. »Das ist das Los der unverheirateten Männer. Frauen haben es da einfacher. Ich habe Frauenzimmer gesehen, die noch nie in ihrem Leben einen Wischlappen in der Hand gehabt haben, sich aber dennoch eine Dienerschaft leisten konnten. Gutes Aussehen oder von hoher Geburt zu sein ist alles, was sie benötigen. Unsereins hat es da schwerer. Männer werden auch in einen bestimmten Stand geboren, doch sie sind gezwungen, ihn sich jeden Tag aufs Neue zu verdienen – wenn es sein muss auch mit einem Schrubber. Jedoch ist unsereins eigentlich nur zu gebrauchen, wenn er ein Schwert in der Hand hält. Frauen werden mit der Frucht des Lebens bezahlt, der Lohn für uns Männer ist meist der Tod durch das Schwert eines Feindes.«

Solange du dich an dem Besen festhältst, wird dir dieses Schicksal erspart bleiben.

Baazlabeth war fasziniert, wie der sonst so einfältig wirkende Mann es immer wieder schaffte, mit seinen auswendig gelernten Lebensweisheiten, genau ins Schwarze zu treffen.

»Dann wollen wir nur hoffen, dass heute kein Zahltag ist«, erwiderte Baazlabeth erheitert und verließ den *Einsamen Wanderer*, während Dumpf anscheinend darüber nachdachte, welcher Tag heut war.

Wie am Morgen zuvor war auch heute noch nicht viel los auf den Straßen. Baazlabeth hatte gerade die ersten Züge der frischen Seeluft genossen, da hatte Dumpf ihn bereits wieder eingeholt. Immer noch mit dem Besen in der Hand, stand er vor ihm und suchte nach den richtigen Worten.

»Ich hätte es beinahe vergessen«, entschuldigte er sich. »Gestern

Abend waren drei Männer in der Schänke und haben versucht, mich nach Euch auszufragen. Sie wollten wissen, was Ihr so treibt, wo man Euch tagsüber antrifft, und was Ihr mit dem Magier Nemrothar zu schaffen habt.«

»Und, was habt Ihr geantwortet?«, fragte Baazlabeth.

»Das, was ich jedem antworte, der versucht, mich nach meinen Gästen auszufragen: Das Kaninchenfleisch wäre heute besonders gut und der Hauswein sei zu empfehlen.«

Auch wenn Baazlabeth keine Schankmaid darauf verwettet hätte, dass diese Unterhaltung wirklich so abgelaufen war, empfand er es als ehrenwert von Dumpf, ihn davon zu unterrichten. Jemand, der bereit war, für beide Seiten zu spielen, sollte im Leben wie im Tod als Freund behandelt werden.

»Macht Euch keine Sorgen, erst wenn niemand mehr nach mir fragt, wird es brenzlig. Das nennt man dann die Ruhe vor dem Sturm.«

Dumpf nickte nachdenklich. »Ihr solltet diese Leute nicht unterschätzen. Sie gehören zu solchen, denen man besser nicht im Dunklen begegnet. Man sagt, wenn Twinkel Lostface jemanden sucht, hilft dir auch der Tod nicht, sich vor ihm zu verstecken.«

»Der Tod nicht, aber die Ausgangssperre vielleicht«, lachte Baazlabeth und klopfte Dumpf beruhigend auf die Schulter. Er ließ den Gastwirt stehen und machte sich auf den Weg zum Tempel.

Die Tore des Gotteshauses waren bereits geöffnet, aber die Arbeiten schienen noch nicht begonnen zu haben. Ein gutes Dutzend Leute eilte die Treppe hinauf zum Tempel der Weisheit und verschwand im Inneren. Baazlabeth vermutete, dass gerade die Arbeit eingeteilt wurde und jeder einen Platz zugewiesen bekam. Er musste sich beeilen, wenn er sichergehen wollte, heute abermals mit Molloch auf dem Dach eingesetzt zu werden. Seine hastigen Schritte trugen ihn über das feuchte Kopfsteinpflaster und die steinerne Treppe hinauf. Leicht außer Atem erreichte er die heiligen Hallen. Abermals überkam ihn ein unbehagliches Gefühl, als er die Schwelle des Tempels überschritt. Verwundert starrte er auf die vielen Menschen, die sich im Inneren versammelt hatten.

Gestern hatte er noch den Eindruck gehabt, es waren höchstens zwei Dutzend Arbeiter gewesen, die an dem Bau herumwerkelten, abzüglich derer, die verletzt oder umgekommen waren. Selbst wenn man heute mit ähnlichen Verlusten rechnete – was er selbst tatsächlich tat, wenn man davon ausging, dass Mollochs Liedchen die Wahrheit verkündeten –, rechtfertigte das nicht diesen Menschenauflauf. Grob geschätzt, mussten es über zweihundert Leute sein, die sich hier versammelt hatten. Dicht aneinandergedrängt, standen sie um den herabgelassenen Lastenaufzug herum. Baazlabeth schwante Böses. Hatte man sich doch noch entschlossen, Molloch vom Dach zu holen, und war dabei vielleicht der provisorisch zusammengezimmerte Aufzug unter dem Gewicht auseinandergebrochen, und der Fettkloß war in die Tiefe gestürzt?

Mit etwas Glück hatte es nur den Esel erwischt, doch wären in diesem Fall sicherlich bei Weitem nicht so viele Schaulustige angelockt worden. Baazlabeth beruhigte die Vorstellung, das Molloch vielleicht nur ein weiteres seiner kleinen Liedchen angestimmt und einen erneuten Unfall provoziert hatte. Womöglich hatte es Tilides getroffen, der gespickt mit Eisendornen blutend am Boden lag, während wieder einmal niemand auf die Idee kam, seinen Blick nach oben zu lenken.

Baazlabeth suchte im offen liegenden Gebälk des Tempeldaches nach Molloch. Das Schwergewicht musste dort oben wirken wie eine Ente im Zaunkönignest, doch er war nirgends zu sehen. Es half nichts, Baazlabeth musste sich sprichwörtlich einen Weg in die ersten Reihen erkämpfen. Kleine Rempler waren nichts, was ihn lange Zeit bei Laune halten konnte, doch sie verschlechterten diese auch nicht. Wenig freundlich aber bestimmt drängte er sich durch die gaffende Menge.

»Lasst mich durch, ich bin Heiler«, war das Zauberwort für alle, die schwer von Begriff waren oder ihren hart umkämpften Platz nicht einmal durch einen Rippenstoß aufgeben wollten. Schneller als erwartet, hatte Baazlabeth den inneren Kreis erreicht – und durchbrochen.

Halb abgeschirmt von einem Dutzend Stadtwachen, fiel sein Blick auf den Lastenzug. Der hölzerne Aufzug stand am Boden. Direkt daneben lag der Esel, ausgemergelt, mit ergrautem, fast weißem Fell. Jedoch war es nicht das Tier, das die vielen Schaulustigen angelockt hatte. Diesen Umstand verdankte man allein Tilides – so es sich tatsächlich um den Vorarbeiter handelte, der mit ausgestreckten Armen an den Lastkorb genagelt worden war. Es war schwer zu sagen, wer oder was dort wirklich hing, doch der breite lederne Gürtel, der nun schlaff von den mit Haut bespannten Beckenknochen hing, ließ bei Baazlabeth keinen Zweifel zurück: Dort hing Tilides, nur um hundert Jahre gealtert.

Leider war ihm ein so langes Leben nicht beschieden gewesen. Ein Dolchstoß in die Brust hätte nicht mehr als ein wenig Staub zum Vorschein gebracht. Eine Seite seines Schädels war kahl, von der anderen hingen vereinzelt weiße Strähnen bis auf die Schultern herab. Sein Mund stand halb offen und präsentierte ein mehr als lückenhaftes Gebiss. Seine leeren Augenhöhlen starrten die gaffende Menge an. Von dem Vorarbeiter war nicht mehr übrig als eine ausgezehrte Hülle, zusammengehalten von Haut und Knochen.

»Das ist er! Das ist dieser Sil!«, hörte Baazlabeth jemanden in der Menge rufen. »Er hat gestern auf dem Dach gearbeitet, und als die Männer der Inquisition kamen, nahm er Reißaus.«

Baazlabeth schaute sich immer noch nach dem Sprecher um, fand aber nur Dutzende Gesichter, die ihn ungläubig anstarrten. Jemand packte ihn schroff an der Schulter und riss ihn herum.

»Bist du Sil?«, fragte ihn ein Wachsoldat.

»Nehmt ihn in Gewahrsam, bringt ihn zum Wachhaus und führt ihn Hauptmann Celest vor«, erteilte ein anderer Soldat die Anweisungen, noch bevor Baazlabeth antworten konnte.

Das kann nicht gut ausgehen, dachte Baazlabeth, *ein weiterer Toter, den man mit mir in Verbindung bringt. Hauptmann Celest wird sich nicht wieder von einer rührenden Geschichte in die Irre führen lassen.*

An Zufälle würde der Hauptmann nicht glauben, genauso wenig wie Baazlabeth es tat. Und so tat er etwas, dass noch nie zuvor getan hatte: Er rannte.

Es war nicht so, dass Dämonen niemals liefen. Schon oft war er gezwungen gewesen zu rennen. Es war für ihn immer erstaunlich, wie vier Zentner Muskeln, drei nachwachsende Zahnreihen, ein Paar gewaltiger Hörner und ein glühender Blick seine Besucher beflügelten, schneller zu laufen als je zuvor in ihrem Leben. Wie gesagt, an laufen hatte er sich gewöhnt, nur nicht an weglaufen.

Nur allzu gern hätte Baazlabeth in seinen Rücken gegriffen, die beiden Sicheln hervorgeholt und den Menschen Brisenburgs gezeigt, worin sein wirkliches Talent bestand. Doch wenn es dazu käme, wäre sein Auftrag natürlich nicht mehr zu erfüllen. Sie würden ihn hetzen und jagen, bis sie seiner habhaft geworden wären. Er würde es ihnen sicherlich nicht leicht machen, doch irgendwann würde er sich der Übermacht nicht mehr erwehren können. Dann würden sie ihn austreiben – aus diesem Körper und aus dieser Welt.

Eine Welt nicht mehr betreten zu können hieß für einen Dämon Verlust seines Ansehens, Kränkung seiner Ehre und Einbußen seiner Macht. Solange er die Möglichkeit hatte, dies alles abzuwenden, würde Baazlabeth es versuchen, wenn nötig auch ohne Gewalt – vielleicht nicht ganz ohne, sondern mit ein wenig harmloser Gewalt, die ihm zwar nicht sonderlich lag, aber so etwas wie ein Trostpflaster auf seiner Seele wäre.

Baazlabeth ging seine Flucht also auf die sanfte Tour an. Er rammte dem Wachsoldaten, der ihn an der Schulter gepackt hatte, den Ellenbogen unters Kinn und stieß ihn von sich. Der Mann wankte und riss einen seiner Kollegen mit sich. Die Menge vor Baazlabeth wich einen Schritt zurück, doch eine Lücke zur Flucht tat sich nicht auf. Nun würde sich zeigen, wie widerstandsfähig sein menschlicher Körper war. Einem breitschultrigen Händler rammte er ein Knie in den Bauch und packte dann die junge Frau dahinter im Genick und verpasste ihr mit der Stirn eine Kopfnuss.

Nun begriffen die Umstehenden langsam, was ihnen blühte, wenn sie den Weg nicht freigaben. Ein junger Mann versuchte, die benommene Frau auf den Beinen zu halten. Wie eine zähflüssige Masse teilten sich die Menschen vor ihm. Mit weiten Schritten versuchte Baazlabeth, seinen Häschern zu entkommen. Jeder, der nicht rechtzeitig zurückwich, bekam einen Fuß, ein Knie oder seine Fäuste zu spüren. Noch schien seine Überrumpelungstaktik zu funktionieren, aber bald schon würden sie ihn durch die Gassen hetzen, und jeder, der sich eine Belohnung erhoffte, würde sich ihm entgegenstellen. Sein einziger Vorteil wären seine Sinne, die weitestgehend denen eines Dämons entsprachen und als Frühwarnsystem herangezogen werden konnten.

Mit einem weiten Sprung schaffte er es auf die Stufen des Tempels. Die Menschen hinter ihm bedachten ihn mit Beschimpfungen, und einige warfen mit dem, was sie gerade in den Händen hielten. Ein Zieheisen verfehlte knapp Baazlabeths Kopf, und ein Knäuel Maßschnur traf ihn in den Rücken.

Ein kurzer Blick zurück zeigte ihm, dass die Stadtwachen nicht so leichtsinnig und verschwenderisch mit ihren Attacken umgingen. Rund ein Dutzend von ihnen hatte blitzende Kurzschwerter blankgezogen und sich an Baazlabeths Fersen geheftet. Zwei weitere positionierten sich mit Armbrüsten am Eingang und gingen in Stellung. Jetzt galt es, aus seinem Körper alles herauszuholen, ohne ihn als Wrack zurücklassen zu müssen.

Wie der Zufall es wollte, oder besser gesagt, das Schicksal es arrangiert hatte, standen Baazlabeths Protestjünger am Fuße der Stiege zum Tempel.

»Bürger Brisenburgs, hört uns an, denn wir sind gekommen, um Euch zu warnen. Das Böse hat Einzug gehalten in die Mauern dieser Stadt. Hütet Euch und vertraut auf Eure innere Stimme, denn das Böse wird sich bald offen zeigen. In Menschengestalt wird es versuchen, Zwietracht unten uns zu säen.«

Immer dieselben abgedroschenen Sprüche. Anstatt auf eure inneren Stimmen zu hören, wäre es besser, die Augen aufzuhalten, dann würdet ihr mir nicht mitten im Weg stehen.

Der Dämon in Menschengestalt fuhr genau zwischen sie. Gerade noch rechtzeitig hörte er das Klicken der Arretierung einer Armbrust und das dumpfe »Plock«, als sich der Bolzen von der Sehne löste. Er packte einen der Männer, riss ihn herum und benutzte ihn als Schutzschild. Auge in Auge standen sich Baazlabeth und der junge Mann in zerlumpter Kleidung gegenüber, als ein Ruck durch den Körper des Mannes ging. Der Bolzen hatte sich von hinten durch dessen Lunge durchbohrte. Ein zweiter Bolzen, der die Wade des Protestjüngers durchschlug, ließ dessen Beine wegsacken. Baazlabeth packte ihn unter den Achseln und warf einen Blick über die Schulter des Mannes. Beide Soldaten hatten ihren Bolzen verschossen und luden nach. Wenn die Armbrüste das nächste Mal schussbereit waren, musste er weit weg sein.

Er presste sich den sterben Mann freundschaftlich an die Brust und flüsterte ihm ins Ohr: »Du warst ganz nahe dran. Viel näher, als es normalerweise einer von euch schaffen würde. Halte dir das immer wieder vor Augen, denn die nächsten Äonen Jahre wirst du allein in Dunkelheit sitzen und darauf warten, wiedergeboren zu werden. Schließlich wird es so weit sein, aber du wirst dich an nichts mehr erinnern können, wenn wir uns erneut wiedersehen.«

Es war so wunderbar leicht, den Menschen das bisschen Hoffnung und Glauben zu nehmen, dass sie mühsam während ihres Lebens zusammengetragen hatten. Der richtige Satz zur richtigen Zeit ließ all ihre Träume schwinden. Leider hatte Baazlabeth nicht mehr Zeit, dem Mann auf dem Totenbett die Decke wegzuziehen, aber dies würde mit Sicherheit nicht die letzte unheilvolle Ölung sein, die er heute verteilte.

Baazlabeth ließ den sterbenden Mann aus seinen Händen gleiten. Die anderen selbsternannten Propheten machten genau das, was sie immer taten, wenn ihre Weissagungen Gestalt annahmen: Sie standen fassungslos herum und versuchten zu begreifen, was vor sich ging. Anscheinend redeten sie nur, hörten aber ihre eigenen Stimmen nicht.

Sie sind wie Eulen, die mit ihren unheilvollen Lauten den Tagesanbruch verkünden, doch sobald sich die ersten Strahlen am Horizont zeigen, verschwinden sie in ihren Höhlen.

Erst als Baazlabeth sie schon hinter sich gelassen hatte, hörte er ihre panischen Rufe. »Das Böse ist nach Brisenburg gekommen, seine Taten werden uns alle ereilen. Niemand ist vor ihm sicher.«

Die Stimmen gingen fast unter in den grölenden Anweisungen der Stadtwachen, die versuchten, sich einen Weg durch die aufgebrachte Menge zu bahnen. Einen Toten hatten sie schon zu verantworten – ein Unfall, so würden es die Wachen mit Sicherheit darstellen, schließlich war es ihr Bolzen, der in einem unbescholtenen Bürger steckte. Jeder weitere würde ernste Konsequenzen nach sich ziehen und von Hauptmann Celest hart bestraft werden. Menschen waren so leicht berechenbar. Baazlabeth nutzte diese Schwäche und versuchte, so viele Bürger wie möglich zwischen sich und die Wachen zu bekommen, wenn möglich Frauen und Kinder. Rücksicht und Bedenken waren etwas Wunderbares, wenn es andere davon abhielt, ihrer Arbeit nachzugehen.

Baazlabeth schlug mehr Haken als ein Kaninchen auf der Flucht vor einem Falken. Jemanden zu verfolgen war einfacher. Die Entscheidung über die Richtung wurde einem genommen. Man lief nur hinterher und bemühte sich, schneller zu sein. Als Dämon war man immer schneller, deshalb wunderte es Baazlabeth, dass es trotzdem immer wieder welche gab, die dennoch versuchten, vor ihm wegzulaufen. Sein jetziger Körper war nicht zu vergleichen mit dem Muskel bepackten Leib, der ihm sonst zur Verfügung stand, doch er kam langsam in Fahrt. Was Baazlabeth sonst mit Kraft vollführte, machte er jetzt mit Gelenkigkeit wett. Er fing an, seinen menschlichen Körper zu verstehen und ihn mit seinen gesteigerten dämonischen Sinnen in Einklang zu bringen.

Baazlabeth riss jeden von den Beinen, der vor ihm auftauchte, und von dem er wenig Gegenwehr erwartete. Meistens waren es Frauen, Kinder oder Alte. Flucht war ohnehin keine ruhmreiche Sache, deswegen musste man sich nicht zurücknehmen. Wenn alle Stricke rissen und alles schief lief, würde er noch genug Zeit haben, seine Kampferfahrenheit unter Beweis zu stellen.

Tief gebückt rannte Baazlabeth über die wenig geschützte Straße, um den Armbrustschützen kein Ziel zu bieten. Jeder Muskel war bis zum Bersten angespannt, sein Herz raste, und die Lungen pumpten Luft wie der Blasebalg eines Schmiedes. Der menschliche Körper war so konzipiert, dass Bewegungen und Anstrengungen nur so weit ausgeführt wurden, dass sie dem Körper keinen Schaden zufügten. War der Körper aber nur eine Hülle für, sagen wir einmal, einen Dämon, gab es diese Einschränkungen nur zum Teil. Muskeln konnten angespannt werden, bis sie rissen wie eine Bogensehne. Bewegungen konnten so schnell ausgeführt werden, dass die Knochen brachen. Und selbst Sinne wie Sehen, Hören und Riechen ließen sich so weit verfeinern, dass einem der Kopf platzte, was natürlich nicht zweckmäßig war und eine ungeheure Schweinerei hinterließ.

Baazlabeth tauchte zwischen zwei Frauen hindurch, die so tief in ihr Gespräch versunken waren, dass sie ihn gar nicht kommen sahen. Er packte sie an den Armen und ließ sie hinter sich mit den Köpfen zusammenprallen. Ein weiterer Armbrustbolzen schlug zu seinen Füßen auf das Kopfsteinpflaster und sprühte Funken. Einen zweiten Bolzen hörte er in einen Türrahmen krachen.

Baazlabeth kam an einer Seitengasse vorbei, rannte hinein und trat wahllos gegen Eingangstüren, in der Hoffnung, dass eine von ihnen offen stand. Alle Bemühungen hatten nur einen Effekt: Seine Verfolger holten auf. Außerdem musste er feststellen, dass, je reicher die Leute waren, sie umso seltener ihre Türen offen stehen ließen. Und mit jedem Goldstück, das sie reicher wurden, verstärkten sich die Eingänge zu ihren Häusern. Die Leute, die hier wohnten, mussten wirklich gut betucht sein. Die Stadtwachen hatten es inzwischen auf Hundert Fuß heran geschafft. Baazlabeth legte einen Sprint ein, um den Abstand wieder zu vergrößern.

»Jetzt haben wir dich, das ist eine Sackgasse!«, rief einer der Wachsoldaten.

Baazlabeth war natürlich dankbar für jede Information, doch er hätte sich eine bessere Nachricht gewünscht. Jedenfalls wusste er jetzt, dass er seine Taktik ändern musste.

»Es ist eure Sackgasse, nicht meine«, rief er seinen Häschern zu, um das Gespräch nicht sterben zu lassen. Sterben würden sie ohnehin bald alle.

Baazlabeth fragte sich, wie lange er wohl die Stadtwachen noch auf Abstand halten konnte? Wann war das Ende der Sackgasse erreicht? Ein Stückchen vor sich vernahm er das Geräusch eines sich im Schloss drehenden Schlüssels. Baazlabeth wurde langsamer und hielt Ausschau nach dem Ursprung des Geräusches. Unweit vor ihm schob sich eine schlanke Gestalt, eingehüllt in einen langen hellbraunen Umhang, aus dem Eingang eines Hauses. Baazlabeth verlor keine Zeit. Mit wenigen Schritten war er heran, stellte seinen Fuß in die Tür und packte die Gestalt an der Kehle. Unter der Kapuze kam ein hageres Frauengesicht mit langen rotblonden Haaren zum Vorschein. Große dunkle Augen starrten Baazlabeth erschrocken an.

»Bitte tut mir nichts«, wisperte die junge Frau ängstlich.

Baazlabeth gab nicht viel auf weibliche Unschuldsheuchelei. Er wusste, sobald er ihr den Rücken kehrte, würde sie loskreischen wie eine Banshee. Alles, was er ihr zugutehalten konnte, war, dass sie das Haus im rechten Moment verlassen hatte. Das war zwar nicht viel, aber angesichts seiner verzwickten Lage und der Eile, die geboten war, packte er sie einfach an den Haaren und küsste sie auf den Mund, bevor er sie vom Treppenabsatz auf die Straße schubste.

»Bis heute Abend, Schatz«, rief er ihr zu und verschwand im Eingang des Hauses. Der Schlüssel steckte noch von außen im Schloss – sie hatte gerade zuschließen wollen. Er zog ihn ab und versperrte die Tür von innen.

»Hilfe, helft mir, man hat mich überfallen«, hörte Baazlabeth die

Frau draußen auf der Straße schreien. »Er ist hier. Hier in meinem Haus hat er sich verschanzt. Kommt her, ich habe ihn gesehen.«

Die letzten Sätze deuteten darauf hin, dass sie die Stadtwachen entdeckt hatte, die ihn verfolgten. Er beschloss, das nächste Mal, wenn er auf kreischende Frauen traf, mehr Zeit für sie zu haben.

Baazlabeth blieben einige Herzschläge lang zum Verschnaufen. Er stemmte sich mit dem Rücken gegen die Tür und besah sich den Eingangsbereich des Hauses. Der großzügige Flur ließ drei Wahlmöglichkeiten. Eine Treppe führte nach oben auf einen offenen Flur, von dem aus wiederum zwei Türen abgingen. Direkt vor ihm versperrte eine schwere Holztür seine Sicht auf was dahinter kam, und links von ihm lag die Küche mit einem Zugang zum Hinterhof. Eine Flucht nach oben traten nur Vögel und Dummköpfe an. Es hieß nicht umsonst, man habe »das Ende der Fahnenstange« erreicht. Die schwere Eichentür ließ darauf schließen, dass sich dahinter ein Raum ohne weiteren Ausgang befand – denn wer würde etwas derart gut sichern, um dann auf der anderen Seite fahrlässig zu werden. Somit blieben nur die Küche und der Hinterhof.

»Er hat mich angegriffen und ist dorthinein geflüchtet«, hörte Baazlabeth die Frau vor der Tür wehklagen. »Er hat mir all mein Geld gestohlen. Wenn ihr ihn fasst, will ich es wiederhaben«, log sie den Wachen vor.

So waren die Menschen eben. Wenn ihnen etwas Schlimmes widerfuhr, versuchten sie grundsätzlich, daraus Kapital zu schlagen – die Reichen noch mehr als die Armen.

»Geht beiseite«, dröhnte die Stimme eines Wachsoldaten von der Straße.

Dies war Baazlabeths Stichwort. Es galt zwar nicht direkt ihm, doch das tat eine Flutwelle auch nicht, trotzdem war es besser, sich in Sicherheit zu bringen. Er hatte gerade einen Schritt nach vorn gemacht, da stießen auch schon zwei spitze Dornen eines Kriegshammers durch das Türblatt, einer in Kopf-, der andere in Brusthöhe. Anscheinend gingen die Wachen gleichfalls rüde bei ihrer Verfolgung vor, ähnlich wie Baazlabeth bei seiner Flucht.

Baazlabeth musste sich entscheiden: Entweder er setzte hier und jetzt neue Maßstäbe für Gewalt, oder er war einfach noch eine Weile lang schneller als die anderen. Baazlabeth vertraute fürs Erste weiter auf die zweite Variante. Er sprintete durch die Küche, riss dabei Töpfe und Pfannen von den Tischen und aus den Regalen. Die Hintertür in den Innenhof barst aus den Angeln, als er ihr einen Fußtritt verpasste. Mit einem weiten Sprung überwand er die drei Stufen in den Hof.

In der Mitte des gepflasterten Platzes befand sich ein Brunnen, und rechts davon ein breites Tor. Auf der gegenüberliegenden Seite führte eine vergitterte Tür in einen schlanken Turm, der sich an der Außenseite eines weiteren Gebäudes in die Höhe zog. Ohne lange zu überlegen, rannte Baazlabeth auf das breite Tor zu. Mit ein wenig Glück führte es zurück auf eine breite, belebte Straße, wo er die Möglichkeit fand, in der Masse unterzutauchen, um seinen Häschern zu entkommen.

Schon auf halbem Wege sah er die schwere Eisenkette, die das zweigeteilte Tor zusammenhielt. Diese Stadt war ein grauenvolles Labyrinth, in dem jeder Schritt in eine Sackgasse zu führen schien. Die Schwierigkeit bestand nicht darin, herauszukommen, sondern in Bewegung zu bleiben.

Wütend trat Baazlabeth gegen das Tor, und die Kette antwortete mit einem schäbig lachenden Rasseln.

»Du lachst mich aus? Das ist eigentlich meine Rolle in diesem Spiel«, fluchte er das Stück Schmiedearbeit an und trat erneut zu.

Wieder rasselte die Kette, doch diesmal gesellte sich das Knarren und Krachen der Tür im Haus hinter ihm dazu. Das konnte nur bedeuten, dass die Stadtwachen jeden Moment den Innenhof stürmen würden. Ohne das Tor noch eines weiteren Blickes zu würdigen, rannte Baazlabeth quer über den Hof auf die vergitterte Tür des Turmes zu. Sie klemmte zwar, doch sie war unverschlossen. Eilig schlüpfte er hindurch und folgte der schmalen Stiege hinauf. Einige Stufen weiter auf dem Weg nach oben befand sich ein winziges vergittertes Fenster, durch das er einen flüchtigen Blick auf den Innenhof warf. Die Stadtwachen waren ihm bereits wieder auf den Fersen und suchten nach dem Weg, den er genommen hatte.

So viele Möglichkeiten gibt es nicht, ihr Trottel. Soll ich euch vielleicht noch einen Kreidestrich ziehen, damit ihr den Anschluss nicht verpasst?

Selbst die dümmsten Wachen würden nur einen Moment brauchen, um zu begreifen, wo entlang sie folgen mussten – Baazlabeth hatte keine Zeit zu verlieren.

Die Treppe schien bis hinauf ins Dach zu reichen, doch soweit wollte Baazlabeth eigentlich nicht hinaus. Zwei Dutzend Stufen weiter fand er eine Tür an der Seite, die in das dahinter liegende Haus führen musste. Er rüttelte an dem als Rosenblüte geschmiedeten Türknauf. Die Tür war verschlossen. Ein Tritt dagegen änderte daran nichts. Selbst, als er sich mit seinem ganzen Gewicht dagegen warf, wurde er lediglich daran erinnert, dass er neuerdings ein Leichtgewicht war, und dass der Zusammenprall von Schulter und Holz wehtat. Er würde sich auf keinen Fall vor eine verschlossene Tür stellen und von den Wachen verhöhnen lassen. Lieber trat er weiter die Flucht nach oben an. Zwei Dutzend Stufen weiter stieß er auf eine weitere Tür, die aber genauso frustrierend verschlossen war. Auch sie bedachte er mit einem Fußtritt.

»Macht, dass Ihr wegkommt, sonst rufe ich die Stadtwachen«, keifte eine Stimme auf der anderen Seite.

»Macht auf Muttchen«, keuchte Baazlabeth und versuchte dabei, nicht zu sehr erzürnt zu wirken.

»Nur der Tod und der Zehnteleintreiber würden mich Muttchen nennen, und keinem von beiden steht meine Tür offen. Von mir aus könnt Ihr dort draußen verrotten.«

Manchmal kam es vor, dass sich Geist und Körper nicht einig wurden, wer die Führung übernahm, wenn ein Dämon die Gestalt wandelte, und der Geist dem Körper versuchte zu zeigen, dass noch etwas anderes in ihm schlummerte. So einen Moment erlebte Baazlabeth jetzt. Er spürte, wie sich seine Haut spannte, wie unsichtbare Finger seine Augenlider nach oben zogen. Lange spitze Knochenfragmente bohrten sich durch die Haut über seinen Fingerknöchel und seine Stirn wölbte sich zu einem dicken Wulst, aus dem zwei Hörner hervorzustoßen drohten. Krachend durchschlug seine Faust eines der einzelnen Bretter, aus der die Tür gezimmert war. Das Loch war gerade groß genug, um hindurchzugreifen. Eben das tat Baazlabeth nun und versuchte, die Tür von innen zu öffnen, aber es wollte ihm nicht gelingen. Die Frau hatte begonnen, zu kreischen, und hatte es damit geschafft, die Wachen ins Treppenhaus zu leiten. Baazlabeth versuchte, ihre Kehle zu fassen zu bekommen, aber sie stand zu weit von der Tür entfernt.

»Wenn der Zehnteleintreiber kommt, sagt ihm, Ihr gehört mir«, fauchte er sie an.

Leider blieb keine Zeit, sich noch länger mit der älteren Dame zu unterhalten, denn er hatte eine Verabredung auf dem Dachboden. Und tatsächlich, es gab nur noch eine weitere Tür, und die führte genau dorthin. Damit das Schicksal auch etwas zu lachen hatte, stand sie offen. Dahinter lag der Trockenboden. Wenn es einen Ort gab, an dem jeder blutige Kampf in die Lächerlichkeit gezogen wurde, dann war es ein Dachboden, vollgehängt mit weißer Rüschenunterwäsche, in dem es nach Lavendel roch. Schlimmer als dieses Szenario war nur noch ein Pusteblumenfeld mit weißen Kaninchen, wenn es so etwas auf dieser Welt überhaupt gab.

Die Stadtwachen waren die Stiege schon halb hinauf. Ein Dutzend schätzte Baazlabeth, vielleicht ein oder zwei Mann mehr, aber was machte das schon? Wenn er gekonnt hätte, dann hätte er jeden Unterrock hier oben in eine Wache verwandelt – das hätte seinem Abgang aus dieser Welt jedenfalls einen Hauch von Anstand gegeben. Baazlabeth kämpfte sich durch die herabhängenden Leinen- und Wollstoffe wie durch feindliche Reihen. Der einzig andere Ausgang hier oben stellte eine enge Luke dar. Sie führte direkt auf das mit Schindeln gedeckte Dach hinaus. Nach einer Kletterpartie stand Baazlabeth überhaupt nicht der Sinn, doch alles war besser, als sich mit einem Hauch von Lavendel zu umgeben, um womöglich darin abzutreten.

Als Baazlabeth nach der Holzluke griff, bemerkte er, dass die Knochenfragmente an seiner Hand sich bereits zurückgezogen hatten. Er tastete nach seiner Stirn, und auch die Schwellung dort war wieder abgeklungen.

»Seide und Lavendel können wirklich jedes echte Gefühl zerstören«, stöhnte er und stieß die Luke auf.

Seine Hände an der Umrandung der Öffnung platzierend, sprang er hoch und stemmte sich mit den Armen in eine aufrechte Position. Er zog die Beine nach auf das Fenstersims. Geschickt kletterte er hinauf bis zum First und wartete ab. Unter sich hörte er, wie die Wachen in den Raum stürmten. Gleich darauf zeigte sich der erste Kopf an der Luke.

»Er ist hier hinaus«, rief der Mann, den Blick nach unten in die Tiefe gewandt. »Wir müssen auf das Dach«, folgerte er unsicher.

Baazlabeth harrte aus, bis die Wache mit ihrer Rüstung aus der Luke kletterte. Ein Zweiter folgte bereits. Mit ein paar Fußtritten brachte Baazlabeth die ersten Schindeln ins Rutschen. Aufgeschreckt von dem Geräusch wirbelte der Mann herum, was zur Folge hatte, dass ihm die ersten Schindeln frontal ins Gesicht trafen und er den Halt verlor. Um Hilfe schreiend, rutschte er ab und stürzte in die Tiefe.

Das erste Opfer am Tag ist so zuckersüß wie sonst keines.

Der andere Wachsoldat hielt sich schützend die Arme vor das Gesicht und konnte deshalb nur mit ansehen, wie sein Kollege starb. Lange würden die Ziegel nicht reichen, aber der Überraschungseffekt, und damit jeglicher Spaß, war ohnehin weg. Auf allen vieren krabbelte Baazlabeth über den First bis zur Stirnseite des Hauses. In entgegengesetzter Richtung lag der Innenhof. Dort hinunterzuklettern, wenn es überhaupt möglich war, schien zu gefährlich. Zudem warteten dort vielleicht noch weitere Wachen auf ihn.

Vorsichtig robbte Baazlabeth bis an den Rand und warf einen Blick hinunter. Etwa sechzig Fuß weit unter ihm lag eine Straße – zu tief. Doch er hatte Glück: Zehn Fuß unter ihm wuchs ein ausgebauter Erker mit schräger Bedachung aus der Wand. Von dort aus waren es noch einmal fünfzehn Fuß nach unten bis zu einem offenen Übergang zwischen zwei gegenüberliegenden Gebäuden. Auf dieser kleinen Brücke standen ein Tisch, eine Bank und einige Stühle, an denen zwei Männer Platz genommen hatten und etwas tranken. Kurz davor hatte eine junge Frau einen Stand aufgebaut, von dem aus sie getrocknete Früchte verkaufte. Keiner von ihnen hatte Baazlabeth bis jetzt bemerkt.

Anders verhielt es sich mit seinen Verfolgern. Vier der Stadtwachen hatten es bereits auf das Dach geschafft und kämpften noch mit den instabilen Dachpfannen. Unten auf den Straßen hatten sich inzwischen weitere Stadtwachen eingefunden, um ihm jede Fluchtmöglichkeit zu nehmen. Wann immer sie ihn sahen, zeigten sie auf ihn und riefen nach Verstärkung. Flucht hin oder her, ein wenig Spaß musste sein. Baazlabeth pflückte eine Dachpfanne nach der anderen vom Dachstuhl und schleuderte sie abwechselnd nach den Wachen auf dem Dach und denen unten auf der Straße. Die Ausbeute war nur mäßig, aber jedenfalls hielt er sie sich damit einen Augenblick vom Leib. Doch so konnte es nicht ewig weitergehen, zumal auch langsam die Dacheindeckung um ihn herum knapp wurde.

Also nahm er sich ein Herz, richtete sich auf und sprang beherzt hinunter auf den Erker und von dort aus gleich auf die steinerne Verbindungsbrücke. Die Frau mit den getrockneten Früchten schrie auf, als Baazlabeth sich vor ihrem Stand abrollte und sogleich die beiden Sicheln aus dem Hosenbund zog. Um sich vor einigen herabstürzenden Dachpfannen zu schützen, stellte er sich schnell unter das Tuchdach des Verkaufsstandes. Die schweren Ziegel prasselten auf den Stand nieder, zerrissen an mehreren Stellen den Stoff, ließen einige Streben brechen und zersplitterten schlussendlich zu Baazlabeths Füßen auf dem Boden. Dann war der Spuk vorüber.

Baazlabeth mochte kein Trockenobst, dennoch stopfte er sich den Mund voll, um der Frau zu zeigen, dass sie nichts dagegen unternehmen konnte. Totes Fleisch zu essen war eines Dämons schon unwürdig, doch das hier – tote Früchte – brachten ihn fast zum Erbrechen.

»Das müsst Ihr bezahlen«, mischte sich der Mann am Tisch ängstlich ein. Ein Blick nach oben zeigte Baazlabeth, dass es keine Schindeln mehr regnete, und dass die Stadtwachen etwas zögerlicher waren als er, was das Springen betraf. Das war gut, denn damit hatte er etwas Zeit gewonnen, um sich mit den beiden Männern am Tisch zu unterhalten und seinen eigenen Standpunkt deutlich zu machen.

Die Tische gehörten zu einer Weinstube, die auf der anderen Seite der Überführung lag. Baazlabeth hatte bei seinen Gängen durch die Stadt schon mehrere dieser Etablissements wahrgenommen, aber keines schien übermäßig gut besucht zu sein. Anscheinend waren diese Schankstuben nur etwas für leicht füllige und verweichlicht aussehende Kaufleute. In diesem Fall waren die beiden Männer hier genau richtig. Beim Näherkommen stach Baazlabeth der Duft eines leichten Parfums in die Nase, was seine ohnehin schlechte Laune nicht gerade besserte.

Die beiden Männer flüsterten sich etwas zu, doch Baazlabeth konnte sie nicht verstehen, weil »Frau Trockenobst« dazwischenrief.

»Ist schon gut, Ihr braucht sie nicht zu bezahlen«, zeterte sie ängstlich.

Baazlabeth schenkte ihr ein Lächeln. »Ich will nicht zahlen, ich will abrechnen«, sagte er und ging hinüber zu den beiden Kaufleuten.

Die beiden saßen sich gegenüber, umklammerten ihre Gläser und schienen nach dem tieferen Sinn ihres Lebens auf dem Kelchgrund zu suchen. Baazlabeth legte dem Gerechtigkeitsfanatiker eine Hand auf die Schulter, und im selben Atemzug eine der Sicheln an den Hals.

»Ihr denkt also, die Vorstellung eines gewagten Sprungs vom Dach und eine artistische Landung sind kein Stück Trockenobst wert?«

»Äh, es ... äh ... es tut mir leid«, stotterte der eine, während sein Freund es noch nicht einmal wagte, aufzusehen.

»Gehe ich recht in der Annahme, Ihr seid kein Freund von Schaustellern und Akrobaten?«

»Doch natürlich«, antwortete er mit erstickter Stimme.

»Dann lasst mal sehen, was Euch die Vorstellung wert war.«

Der Händler hatte verstanden, und selbst sein Freund schien seine Konsequenzen aus dem Gespräch zu ziehen. In Windeseile standen zwei prall gefüllte Geldsäckchen auf dem Tisch. Baazlabeth sammelte sie ein und spielte mit dem Gedanken, sie zu behalten. Doch es hätte ihn verwundert, wenn diese Münzen tatsächlich als ehrlich erworbenes Gold galten. Anstatt sie einzustecken, warf er sie der Trockenobstfrau zu.

»Für den zu Bruch gegangenen Stand«, rief er ihr zu.

Die junge Frau schien nicht zu verstehen, und versäumte es, die Beutel zu fangen. Einen Herzschlag später krachte die erste Stadtwache in ihren Stand und verwickelte sich in der bunt gefärbten Leinenstoffbespannung. Eine weitere Wache kauerte bereits am Sims und wartete darauf, dass sein Kollege sich befreite.

Baazlabeth war nicht so geduldig. Er rannte bereits Richtung Weinschenke, jedoch nicht ohne sich von den beiden Kaufleuten zu verabschieden. Dem ersten trat er den Stuhl unter dem Hintern weg, der andere erntet eine Dusche Rotwein, die sich jedoch erst über ihm ergoss, als der Krug an seinem Kopf zerplatzte.

Baazlabeth folgte einer halbgewendelten Treppe nach unten und musste feststellen, dass er recht behalten sollte, was die Gästezahl der Weinschenken anging. Außer einer üppigen Frau, die Gläser spülte, befand sich niemand in der Gaststube. Aber es war ja auch noch früh am Tag. Der Dämon würdigte der Frau keines Blickes, selbst als sie ein Glas fallen ließ, als er mit gezückter Sichel am Tresen vorbeirannte. Er hatte nur Augen für die Tür, die für ihn die Freiheit bedeuten könnte. Bevor er jedoch den Riegel zu fassen bekam, hämmerten bereits kräftige Männerhände von außen dagegen.

»Im Namen von Lord Brackenmoore, dem Protektor von Brisenburg, macht die Tür auf, wir verfolgen einen flüchtigen Mörder.«

Baazlabeth ging zu den geschlossenen Fensterläden und versuchte, durch einen Spalt einen vorsichtigen Blick auf die Straße zu werfen.

»Mindestens sechs«, fluchte er leise. »Das sind zu viele.« Selbst über sich erschrocken, dass er so etwas geäußert hatte, ging er wieder zurück zur Tür und rief mit vergnügter Frauenstimme: »Wir öffnen erst morgen wieder.«

»Haltet uns nicht zum Narren, gute Frau, sonst müssen wir die Tür eintreten.«

»Ich ziehe mir nur etwas über, dann sperre ich Euch auf.«

Mit diesen Worten schlich Baazlabeth wieder zurück zum Tresen. Der Schankmaid zeigte er unmissverständlich, dass es besser war, nicht zu schreien.

»Wo ist der Hinterausgang?«, flüsterte er ihr zu.

Sie zeigte auf einen Vorhang, der unweit eines breiten Kamins auf der anderen Seite der Schankstube hing.

»Danke, gute Frau, wenn Ihr mir jetzt noch versprecht, die Tür nicht gleich zu öffnen, wenn ich weg bin, verspreche ich Euch, dass Ihr mich nie wieder seht. Übrigens bin ich kein Flüchtiger, ich versuche nur, den Wachen aus dem Weg zu gehen, und auch das mit dem Mörder ist Ansichtssache – was diesen konkreten Fall betrifft, den die Stadtwachen meinen, bin ich unschuldig.«

Der Vorhang führte tatsächlich auf die Rückseite der Schänke. Baazlabeth sprang hinaus in eine schmale Gasse, links und rechts von ihm befanden sich Häuserwände. Er folgte der Gasse bis ans Ende, bog ab und stand vor einer zwanzig Fuß hohen Mauer. Er machte kehrt, aber in dieser Richtung führte sie in einen Innenhof ohne weiteren Zugang. Dutzende von leeren Fässern lagerten hier.

»Dort unten ist er!«, schrie eine Stadtwache von oben. »Er ist im Hinterhof der *Traube*. Jetzt steckt er in der Falle! Gleich haben wir ihn!«

Wenn nicht ein Wunder geschah, würde der Mann recht behalten, doch Wunder passieren öfter, als man denkt – wenn man daran glaubt.

Ein metallisches Scharren zu Baazlabeths Füßen erregte die Aufmerksamkeit des Dämons. Direkt vor ihm lag der Eingang zur Kanalisation Brisenburgs. Ein zwei Fuß breites, geschmiedetes Metallgitter verschloss den Schacht, und wie es sich anhörte, versuchte gerade jemand, von dort nach oben zu gelangen. Baazlabeth wartete einen kurzen Moment ab, aber der Deckel rührte sich kein zweites Mal. Vielleicht gab es doch noch eine Chance für die Stadtwachen, länger am Leben zu bleiben. Er wusste, man würde es ihm nicht danken, doch daran hatte er sich gewöhnt.

Mit Hilfe der Sicheln zog er das runde Gitter aus dem Pflastersteinhof. Erwartungsvoll starrte er in den dunklen Schacht hinein, doch es war niemand zu sehen. An der Seite führten Steigeisen rund fünfzehn Fuß hinunter in die Kanalisation. Der Gestank, der von unten emporkroch, hatte nichts mit Lavendel gemein, und so entschloss sich Baazlabeth, hier sein Glück zu versuchen. Wenn alles so lief, wie er es sich vorstellte, würden die Wachen davor zurückschrecken, in die Kloake einer Stadt hinabzusteigen, und ihre Verfolgung aufgeben.

Mit Höhlen, Tunneln und Abwässerkanälen kannten sich Dämonen aus. Das lag nicht daran, dass diese bevorzugte Aufenthaltsorte von ihnen waren, vielmehr hatte es etwas mit den Beschwörern zu tun, welche die Weltengänger herbeiriefen. In den meisten Fällen war es nämlich so, dass sie nicht gerade zu den ehrenwertesten Gesellen zählten und sie deshalb gezwungen waren, ihre Fäden in aller Heimlichkeit zu ziehen. Was bot sich also Besseres an, als ein Ort, vor dem alle die Nase rümpften.

Baazlabeth war erstaunt darüber, wie großzügig die Tunnel angelegt waren. Aufrecht gehen zu können war eindeutig ein Vorteil, wenn man eine Horde Stadtwachen im Genick hatte. In der Mitte der kreisrunden Röhre verlief eine Rinne, in der sich die Abwässer sammelten und vermutlich irgendwo ins Meer flossen. Ganz soweit wollte Baazlabeth aber nicht gehen. Wenn er etwa eine halbe Stunde in südlicher Richtung wandern würde, was in Fließrichtung der Abwässer sein müsste, so rechnete er sich aus, würde er irgendwo im Hafenviertel landen und wieder an die Oberfläche klettern. Und dann – Stadtwachen ade.

»Hier ist er rein, ihm nach. Du zuerst«, hallte eine tiefe Stimme durch den Schacht.

Baazlabeth hätte sich selbst ohrfeigen können, doch in Anbetracht dessen, dass dies nicht sein wahrer Körper war, sah er davon ab. Er hatte wohl schon zu viele Jahre allein in seinem Reich verbracht, da konnte man schon einmal vergessen, einen Kanaldeckel hinter sich zuzuziehen. Dummerweise schienen die Wachen auch hartnäckiger zu sein, als er angenommen hatte. Wieder einmal war er gezwungen, zu laufen, und immer noch empfand er es als äußerst demütigend. In regelmäßigen Abständen stieß er auf Abwasserzisternen, welche die Knotenpunkte darstellten, wenn sich mehrere Tunnel trafen. Die Räume waren meist sechs- oder achteckig, je nachdem, wie viele Kanäle aufeinandertrafen.

Baazlabeth lief weiter Richtung Süden. Hinter ihm war der schwache Schein von Fackeln zu erkennen. Er selbst benötigte keine Lichtquelle, Dämonen konnten auch in völliger Dunkelheit sehen, selbst in drittklassigen Körpern. So gelang es ihm, den Abstand zu seinen Verfolgern zu vergrößern.

Zweimal führte ihn der Tunnel weiter nach unten, tief ins Erdreich hinein. Die Abwässer schossen in einem Sturzbach nach unten, und der Gestank war kaum noch auszuhalten, selbst für jemanden wie ihn. Erleichtert stellte er fest, dass die Bauherren daran gedacht hatten, Tritte in die abfallenden Schächte zu bauen, somit blieb ihm eine Rutschpartie mit anschließendem Bad erspart. Irgendwann entschloss er sich, den Abwasserkanal wieder zu verlassen. Er musste sich mittlerweile irgendwo unter dem Flautenviertel befinden. Mit etwas Glück war es nicht weit zum *Einsamen Wanderer.*

Diesmal wollte er es den Stadtwachen nicht so leicht machen und nahm eine Abzweigung. Der Tunnel wurde etwas enger, aber es reichte immer noch, um aufrecht zu gehen. Ein gutes Stück folgte er der Kanalisation, ohne auf eine Abzweigung oder eine weitere Zisterne zu stoßen. Vielleicht hatte er die Stadt schon verlassen. Gerade wollte er kehrt machen, da sah er vor sich ein Licht. Einen Augenblick beobachtete er den starren Schein. Die Lichtquelle bewegte sich nicht, auch flackerte sie nicht. Es war keine Fackel, und somit hing an ihrem Ende auch keine Stadtwache. Trotzdem war Vorsicht geboten.

Jeden Schritt mit Bedacht gewählt, schlich er auf das Licht zu. Bald erkannte er einen großen Eisentopf, der an der Wand hing und in dem jemand ein Feuer entzündet hatte. Direkt davor, also zwischen ihm und dem Topf, versperrte ein Fallgitter den Weg, das mit schweren Eisenketten gesichert war. Das Gitter schien schon zum Greifen nahe, da plötzlich entdeckte er die am Boden zusammengekauerten und mit Decken verhüllten Gestalten. Zuerst dachte er an Kinder, vielleicht Waisen, die kein Zuhause mehr hatten, doch dann sah er in ihre erschrockenen Gesichter. Es waren Wichte, Zwerge, Kleinwüchsige, oder wie immer man sie auch nennen mochte. Und einem von ihnen war er bereits bei seiner Ankunft auf dem Hinterhof des *Einsamen Wanderers* begegnet.

Solche wie sie gab es in vielen Welten. Manchmal waren sie voll behaart oder trugen lange Bärte und Zöpfe. In anderen Welten wiederum besaßen sie graue Haut, waren fast gänzlich blind und lebten als Unterirdische. Baazlabeth hatte sie auch schon als kleines quirliges und unerschrockenes Volk erlebt, das den Genüssen von Speis und Trank nicht abgetan war. Diese hier schienen ähnlich geraten zu sein wie jene, jedoch wesentlich schreckhafter. Abgesehen von ihrer Größe ähnelten sie den Menschen sehr. Ihre Köpfe waren etwas zu groß geraten, und die Gliedmaßen wirkten irgendwie plump – aber sie schienen von Grund auf friedfertig zu sein, für Baazlabeths Geschmack etwas zu friedfertig.

»He ihr, sperrt das Tor auf. Ich muss hier durch«, sagte er.

Der Kessel mit dem Feuer verströmte eine angenehme Wärme. Er hing nahe einer Stiege, die nach oben führte.

»Versteht ihr mich nicht?«, hakte Baazlabeth nach, als er keine Antwort bekam. »Ich will euch nichts tun. Ich will nur auf eure Seite, die Treppe hoch, und dann seht ihr mich nie wieder, versprochen.«

Die Winzlinge zeigten kaum Reaktion. Von den acht oder neun schliefen mindestens vier, die anderen starrten Baazlabeth aus ihren Lagerstätten heraus ängstlich an, die Decke bis unters Kinn gezogen.

Baazlabeth verlor die Geduld. »Ihr kleinen, widerlichen, dreckigen, stinkenden Teppichratten. Wenn ihr nicht sofort das Gitter aufsperrt, werde ich ... dann werde ich ...

»... weggehen?«, röchelte einer von ihnen ängstlich.

Baazlabeth packte das Gitter und riss daran. Sofort spürte er, wie sich das Metall der Stangen tief in sein Fleisch einbrannte. Die Schmerzen lähmten seine Hände bis hinauf zu den Ellenbogen. Er musste sich mit den Füßen abstoßen, um von dem Gitter loszukommen. Seine verkrampften Finger lösten sich, und er stürzte rückwärts in den Abwasserkanal.

Von Schmerzen gepeinigt, krümmte er sich am Boden und versuchte, aus den Abwässern herauszukriechen. Immer wieder versagten seine Arme, und er stürzte zurück in die Brühe. Endlich schaffte er es, auf den Knien krabbelnd und mit vor Schmerzen auf der Brust verschränkten Armen, aus der Rinne herauszukommen. Wütend starrte er auf das Gitter und auf die kaum vier Fuß großen Gestalten, die in Panik davonrannten. Sie hatten alles mitgenommen, selbst den Feuertopf.

Baazlabeth schaute auf seine Hände. Tief hatten sich die eisernen Stangen in seine Handflächen geschmort. Nur Zauberei war imstande, so schnell so starke Verbrennungen zu hinterlassen. Schmerzen waren nichts Ungewöhnliches, und eigentlich auch nichts Beeinträchtigendes für einen Dämon – mit einer Ausnahme. Es gab Zauber, die hatten nur eine Aufgabe: Das Böse fernzuhalten. Von den jämmerlich flüchtenden Gestalten vor ihm war mit Sicherheit niemand in der Lage, solch mächtige Magie zu wirken. Fragte sich, wer es dann war.

Dieses Rätsel ließ sich hier und jetzt nicht lösen, schließlich war Baazlabeth immer noch auf der Flucht, und diese galt es, jetzt erst einmal zu beenden. Er trat den Weg zurück zur letzten Zisterne an. Als er am Ende des Tunnels die flackernden Fackeln sah und die Schatten, die sich um sie herum bewegten, entschied er, dass seine Flucht zu Ende war. Sie hatten ihn in die Enge getrieben. Hinter ihm das Gitter und vor ihm ein Dutzend übereifriger Stadtwachen. Das war keine Lage, die man in irgendeiner Weise beschönigen konnte.

»Hier sind Fußabdrücke. Er ist in diesen Tunnel abgebogen«, hörte er eine der Wachen rufen und sah, wie der Mann richtungsweisend die Fackel in den Tunnel hielt.

Baazlabeth machte sich darauf gefasst, dass ihm gleich ein ganzer Trupp schlag- und stechwütiger Soldempfänger entgegengerannt kam. Als der Sturm jedoch ausblieb, schlich er langsam näher, die beiden gezückten Sicheln in der Hand. Dann zog sich auch noch der Soldat mit der Fackel wieder aus dem Gang zurück und gesellte sich zu seinen Kameraden. Nun wusste Baazlabeth gar nicht mehr, woran er war. Angelockt von ihrem Desinteresse an ihm, wagte er sich bis an den Schattenrand des Tunneldurchbruches vor.

Fünf der Wachen waren ihm bis hierher gefolgt, doch nun hatten sie allem Anschein nach nichts Besseres zu tun, als sich im Halbkreis zu versammeln und zu palavern.

»Du wirst aus ihr nichts herauskriegen, sie steht unter Schock, das siehst du doch«, fuhr eine der Stadtwachen seinen Kameraden an.

»Sie muss etwas gesehen haben. Am Besten, wir bringen sie zu Hauptmann Celest, der wird sie dann befragen«, sagte ein anderer.

»Das ist doch alles Zeitverschwendung«, mischte sich ein Dritter ein. »Wir sollten einfach diesen Sil fangen. Er kann noch nicht weit sein. Wir werden ihn schon aufspüren, wenn wir ihn weiter verfolgen. Haben wir ihn in die Enge getrieben, quetschen wir ein Geständnis aus ihm heraus. Gibt er die Morde nicht zu, töten wir ihn und behaupten, er habe Schwierigkeiten gemacht, als wir ihn festnehmen wollten. Schuldigkeit getan.«

Und ob ich euch Schwierigkeiten mache.

Baazlabeth dachte, er hört nicht richtig: Aufspüren, quetschen, töten? Was glaubten die fünf, wer sie waren? Glaubten sie etwa, dass sie in ein Wunderhorn pusten konnten und dann die berittene Verstärkung herbeigaloppiert käme? Er war ein tausend Jahre alter Dämon. Selbst in Menschengestalt konnte er unmöglich so hilflos aussehen, dass diese fünf Eintagsfliegen wirklich annahmen, sie könnten ihn töten. Wie hatten diese Schnellbluter es überhaupt geschafft, so alt zu werden – mit Glück? Das war jetzt vorbei.

Baazlabeth trat aus dem Schatten in die Abwasserzisterne.

»Ihr könnt nicht einfach die Regeln ändern«, brummte er mit tiefer Stimme. »Wir hatten abgemacht, ihr rennt hinter mir her, ich hänge euch ab, und ihr steht blöd da. Ihr könnt nicht einfach nur so blöd dastehen, ich habe euch noch nicht abgehängt. Ihr müsst euch einfach besser an Vorgaben halten, sonst suche ich mir fünf andere Marionetten, mit denen ich spielen kann.«

Zu seiner Verwunderung ließen ihn die Wachen tatsächlich ausreden. Sie vermieden es sogar, hektisch und überrumpelt zu wirken – gelernt war eben gelernt.

»Du hättest gar nicht erst weglaufen sollen«, knurrte einer von ihnen. »Das macht uns meist nur sauer. Und immer wenn wir sauer sind, passiert es, dass wir es nicht schaffen, die Schurken lebendig zu fassen.«

Einer nach dem anderen fing an, schmierig zu grinsen.

Baazlabeth schaute gelangweilt in die Runde. »Ich war schon sauer, bevor ich laufen musste. Das ist aber unerheblich, da ich ohnehin jeden von euch töten werde. Das würde ich auch tun, wenn ich gute Laune hätte. So etwas nennt man Beständigkeit. Eine Eigenschaft, die man euch nicht mehr lange wird nachsagen können.«

Ihre Kurzschwerter hatten die Stadtwachen bereist blankgezogen, wobei zwei von ihnen zusätzlich noch Fackeln hielten, um Baazlabeth damit einzuheizen. Ruhig und gesittet positionierten sie sich neu, in der Hoffnung, ihn in die Enge treiben zu können. Jetzt erkannte auch Baazlabeth, was die Wachen so Wichtiges gefunden hatten, dass sie von der Verfolgung abgelenkt worden waren. Zwischen den Männern hindurch erkannte er zwei tote Körper in der Nähe eines Abflussrohres liegen. Sie trugen die Uniformen von Stadtwachen. Beide lagen verdorrt wie Trockenobst und grau wie Asche in sich zusammengesunken auf dem Boden. Dem einen waren der Kopf und ein Arm abgebrochen, die bereits zum größten Teil zu Staub zerfallen waren, vom Abwasser weggeschwemmt. Auf seinem Hinweg hatten sie dort noch nicht gelegen. Fragte sich jetzt nur, von wem die Wachen gerade eben noch gesprochen hatten – von Asche und Ruß, ihren beiden Kollegen, sicherlich nicht.

Zwei der Angreifer stürmten vor, als sie bemerkten, dass Baazlabeth abgelenkt war. Gezielt attackierten sie abwechselnd Ober- und Unterkörper. Baazlabeth duckte sich unter einem Schlag hinweg, den anderen ließ er durch einen beherzten Sprung nach hinten ins Leere gehen. Metall schabte an Metall, als eine andere Wache gezwungen war, den Fehlhieb seines Kollegen zu blocken. Funken sprühten, als ein Hieb an ihm vorbeiglitt und die Spitze des Schwertes über die Steine der Tunnelwand schnitt. Geschmeidig blockte Baazlabeth Angriffe oder wich ihnen aus, dennoch schafften die Wachen es, ihn weiter zurückzudrängen. Mit einem Schritt auf die Wand zu trat er auf eines der hervorstehenden Rohre, die in der Zisterne endeten, und stieß sich von dem glitschigen Ding ab, über die vorschnellenden Klingen seiner Gegner hinwegspringend.

Nun befand er sich mitten unter ihnen. Einen Angriff blockte er mit beiden Sicheln. Die Kraft des Schlages zwang ihn, seinen Oberkörper weit nach hinten zu biegen. Einem weiteren Stoß gegen seine Kehle konnte er nur entgehen, indem er ruckartig den Kopf zur Seite drehte. Von hinten streifte eine Klinge seine Seite. Sie durchbohrte den Mantel und schnitt sich in sein Fleisch gleich oberhalb des Gürtels. Er ruderte mit den Armen und drehte die geblockte Klinge im Kreis. Eine Sichel schabte über die Klinge des feindlichen Schwertes und wurde vom Heft geblockt. Die andere löste sich mit einem Kreischen vom Metall und stieß von oben herab. Die Hand seines Gegners wurde sauber abgetrennt, und Klinge sowie Extremität fielen zu Boden, während der Mann seinen Stumpf mit der unversehrten Hand umklammerte.

Der nächste Gegner stach direkt auf seine Brust zu. Erst im letzten Moment konnte Baazlabeth den blitzenden Stahl zur Seite schlagen und dem tödlichen Hieb entgehen. Ein stechender Schmerz durchfuhr Baazlabeth, als eine andere Klinge sich durch seine Wade bohrte. Wütend schlug er um sich und traf eine auf ihn gerichtete Fackel. Glühende Funken und Asche stoben von dem Scheit auf und setzten sich auf Haut und Haar. Ein Tritt in den Unterkörper des Mannes ließ die Lichtquelle zu Boden fallen, wo sie in den Abwässern erlosch.

Ein weiteres Mal verfehlte ihn eine Klinge am Hals. Eine der Wachen warf sich gegen ihn und stieß Baazlabeth in den Angriff seines Kumpans hinein. Der blanke Stahl schnitt dem Dämon über Wange und Ohr, doch auch Baazlabeth hielt seine gekrümmte Schneide an den Hals seines Gegners. Als er sich um den Mann herumdrehte, zog er genüsslich das Erntewerkzeug über die Kehle seines Opfers. Das gurgelnde Röcheln, das darauf folgte, ließ ihn aufatmen.

Jetzt sah er sich nur noch drei Stadtwachen gegenüber, die aber dafür umso heftiger auf ihn einprügelten. In breiter Front versuchten sie, ihn zurückzudrängen. Schlag auf Schlag, Hieb auf Hieb ging es. Langsam wurde Baazlabeth vertraut mit seinem Körper. Er täuschte an, duckte sich weg und holte erneut zum Angriff aus. Die drei waren zäher, als er erwartet hatte. Geschickt behakten ihn zwei der Männer, während der dritte nur darauf wartete, eine ungedeckte Stelle zu finden, die er mit seinem Stahl durchbohren konnte.

Plötzlich schien er eine solche Stelle entdeckt zu haben, denn seine Klinge schnellt vor, direkt auf Baazlabeths zu. Gerade noch rechtzeitig wich der Dämon zurück, aber das Kurzschwert glitt über seinen Oberkörper und hinterließ auf seinem Hemd einen ellenlangen Schnitt, der einen halben Zoll tiefer war, als es nötig getan hätte. Ein breites

Rinnsal Blut quoll aus der Wunde hervor. Baazlabeth hatte genug gespielt.

Wenn dies so weiterging, hätten diese lächerlichen Stadtwachen ihn am Ende des Kampfes vollkommen entstellt. Gerade erst war seine Wunde vom Bolzenschuss in Nemrothars Turm wieder verheilt, und nun mutete er seinem Körper bereits erneut ähnliche Torturen zu. Es würde jetzt schon schwierig werden, alles wieder zu flicken und zu reinigen. Er trat dem Ersten gegen die Kniescheibe, drehte sich, während er selbst in die Hocke ging, und rammte dem anderen die Sichel in den Magen. Dann kam er von unten zwischen den beiden Männern hoch, drängte sie beiseite und spaltete mit einem Hieb die Fackel des letzten Mannes der Länge nach, und eine Handbreit weiter. Dunkelheit umgab sie, die alles verschluckte, nur nicht das Schreien und die ächzenden Klagelaute der Stadtwachen, ebenso wenig wie den Gestank.

Baazlabeth hörte erst auf, mit seinen Sicheln zuzuschlagen, als sich nichts mehr am Boden regte. Seine Arbeit war getan, das Kunststück vollendet. Bei den Wachen gab es nichts zu holen, jedenfalls nichts was man in Nemrothars Kiste hätte legen können. Von den Waffen und Rüstungen der Männer sah er ab, sie würden ihn höchstens verraten und noch mehr Ärger einbringen. Dennoch gab es etwas an diesem Ort, das ihn interessierte. Mit Sicherheit war es nicht wertvoll, dafür umso aufschlussreicher. Ein kleiner Fetzen grünen Stoffes, der an dem Abflussrohr hing, neben dem die beiden verdorrten Männer lagen. Der Stoff gehörte zu einem Umhang oder einer Robe, nichts was sich der einfache Mann auf der Straße hätte leisten können. Er war fest gewoben, gut gefärbt und kein bisschen verschlissen.

»Du bist also eine ›Sie‹, und eine sehr kleine noch dazu«, murmelte er und sah in das einen Fuß breite Abflussrohr.

10
Was dem Johann gebührt, gebührt Johanna allemal

Eines Abends, als man einsehen musste, dass einen die besten Freunde am meisten umgarnen, obwohl sie einen in Wirklichkeit hassen. Deshalb war es auch für Einzelkinder gut, eine Schwester zu haben.

Baazlabeth hatte Glück: Der Aufstieg aus der Kanalisation, den er gefunden hatte, lag nicht weit entfernt vom *Einsamen Wanderer.* Menschen, die verkrüppelt waren, zerlumpt oder krank – unter all den Schmutzigen dieser Welt fielen sie gar nicht weiter auf. Unbehelligt hätte man sie durch die Straßen ziehen lassen und mit Nichtachtung gestraft. Verletzt und blutend jedoch, sah das schon ganz anders aus. Menschen hätten sich um einen versammelt. Ein Teil, um zu helfen, ein anderer, um zu glotzen, und die übrigen hätten ihn mit Sicherheit zu den Stadtwachen zum Verhör geschleift.

Der Hinterhof, aus dem Baazlabeth gekrochen kam, lag nur eine Querstraße entfernt von seiner Unterkunft. Doch bevor er sich humpelnd und blutend auf die Straße wagte, musste er sich erst einmal verbinden. Ein Stück altes Hanfseil, das den Bewohnern der umliegenden Häuser anscheinend als Wäscheleine diente, half ihm dabei.

Das kränkelnde Husten eines Mannes erinnerte Baazlabeth wieder daran, in einer Stadt zu sein. Es gab keinen Platz, an dem man jemals wirklich allein war, nur Plätze, von denen man dachte, man sei allein. Die Geräusche waren aus einem nahen Kellerabgang gekommen. Baazlabeth humpelte hinüber und wagte einen skeptischen Blick nach unten. Zwischen einigen zerbrochenen Kisten und etwas Abfall hatte es sich ein Bettler gemütlich gemacht. Halb im Dämmerschlaf, hatte er sich ein Plätzchen gesucht, um seinen Rausch auszuschlafen.

»Die Götter meinen es gut mit mir«, juchzte Baazlabeth. »Ein Mann in Lumpen, der es sich nicht zur Aufgabe gemacht hat, meine Ankunft zu prophezeien. Welch wahres Wunder.«

Ungelenk stolperte Baazlabeth die Stufen hinunter. Erst jetzt bemerkte ihn der Bettler und sah mit getrübtem Blick zu ihm auf. Baazlabeth bückte sich hinunter, griff nach dem zerlumpten Mantel des Bettlers und rieb eine Ecke des Stoffes zwischen seinen Fingern.

»Trocken und fast frei von Ungeziefer«, befand er halblaut.

»Der Mantel ist nicht verkäuflich«, lallte der Bettler. »Er ist alles, was ich noch besitze. Zieh Leine und ergötz dich am Unglück anderer. Spendiere mir noch etwas zu trinken oder mach, dass du wegkommst.«

Daraufhin drehte er sich zur Seite und schaufelte etwas Unrat zusammen, um seinen Kopf darauf zu betten. Der Bettler war so besoffen, dass Baazlabeths Zustand ihm scheinbar nicht als ungewöhnlich aufgefallen war.

»Ich hatte nicht vor, ihn dir abzukaufen«, erklärte Baazlabeth mitleidig.

Er hielt sich an dem Geländer des Kelleraufgangs fest, um sein verletztes Bein zu entlasten. Stumm sah er zu, wie der Bettler langsam wieder wegdämmerte. Als er eingeschlafen war, trat der Dämon unvermittelt auf den Mann ein. Zuerst verteilte er nur Tritte in das Hinterteil, doch als der Mann sich vor Schmerzen krümmte, überkam Baazlabeth seine angestaute Wut, und er trat wahllos wieder und wieder zu. Zuerst in den Magen, dann auf die Brust und schließlich auf den Kopf – solange bis der Bettler keinen Widerstand mehr bot.

»Ich hoffe, dir ist warm geworden«, keuchte Baazlabeth außer Atem. »Dann wird es dich sicher nicht stören, wenn ich mir deinen Mantel ausleihe.«

Der hilflos am Boden liegende Mann wimmerte nicht einmal mehr. Baazlabeth packte den Mantel am Ärmel und zerrte daran, bis er ihn seinem Besitzer vom Leib gerissen hatte. Mit einem weiteren Tritt in den Magen verabschiedet sich der Dämon von seinem Gönner.

Baazlabeths Rechnung ging auf. Gehüllt in das alte Sackleinen des Bettlers, erreichte er unbehelligt den *Einsamen Wanderer.* Niemand auf der Straße schenkte ihm auch nur ein bisschen mehr Aufmerksamkeit, als von Nöten war. Den meisten reichte es vollkommen, nicht mit ihm zusammenzustoßen, oder besser noch: Der Dunstglocke auszuweichen, in die er sich gehüllt hatte.

Ein vorsichtiger Blick in den Schankraum des *Einsamen Wanderers* reichte, um festzustellen, dass Dumpf noch mit den Vorbereitungen beschäftigt war. Außer dem Wirt war niemand in der Schänke zu sehen. Baazlabeth streifte den dreckigen Mantel ab, knüllte ihn zusammen und ließ ihn vor dem Eingang liegen.

Dumpf schien zu überlegen, woher er den Mann kannte, der so zerlumpt und vollgesudelt seine Schänke betrat. Dann schien es ihm einzufallen. Schnell huschten seine Augen über die zahlreichen Verletzungen und blutigen Fetzen. Sein Mund formte lautlose Worte, und seine Stirn legte sich in Falten, dann verkniff er sich das, was er hatte sagen oder tun wollen, und polierte einfach weiter die Gläser. Baazlabeth hockte sich zu ihm an den Tresen. Es würde noch dauern, bis Hauptmann Celest seine Männer vermisste und auf seine Spur käme. Genug Zeit, um seinen Ärger herunterzuspülen.

»Manche Tage sind besser, und mache schlechter«, sagte Dumpf nach einer Weile des Herumpolierens.

»Ja, aber man soll den Tag nicht vor dem Abend loben«, erwiderte Baazlabeth. »Dieser hier ist noch lange nicht zu Ende. Gebt mir bitte ein Glas von dem Hauswein, Meister Dumpf. Den habe ich mir heute verdient.«

Dumpf nahm eines der frisch polierten Gläser, inspizierte es, stellte es auf den Tresen zurück und schenkte es bis zum Rand voll.

»Das geht aufs Haus«, sagte er.

Baazlabeth leerte es in einem Zug und schob es Dumpf zum Nachfüllen hin.

»Ihr seht schlecht aus, wenn ich Euch das sagen darf«, sagte Dumpf zögerlich. »Ihr seid verletzt, Ihr blutet, und Ihr riecht nach …«

»Nach Lavendel?«, fragte Baazlabeth argwöhnisch.

Dumpf schüttelte den Kopf.

»Es gab ein kleines Missverständnis mit einer Meute wilder Köter. Die haben sich an mich rangehängt und wollten mir an die Kehle. Wir sind quer durch die Stadt, über die Dächer und durch Schänken, in denen noch weniger los war als hier.«

»Mit den Hunden über die Dächer?«, fragte Dumpf misstrauisch.

»Ja, richtig«, bestätigte Baazlabeth. »Sie sind mir sogar in die Kanalisation gefolgt. Da unten konnte ich ihrer endlich habhaft werden, und dann habe ich sie im wahrsten Sinne des Wortes in alle Winde zerstreut.«

Dumpf schaute verlegen zu Boden. Er schien am liebsten einfach davongehen zu wollen. Er hatte begriffen, dass Baazlabeth nicht über Hunde sprach, aber das war es nicht, was ihn verunsicherte. Baazlabeth brauchte nicht lange, um eins und eins zusammenzuzählen. Es waren nicht die Hunde – egal, ob zweibeinige oder vierbeinige –, es war die Kanalisation, die den Wirt verunsicherte, oder besser gesagt, das, was man dort unten finden konnte.

»In Eurem Keller gibt es Zwerge«, sagte Baazlabeth halb flüsternd.

»Der *Einsame Wanderer* hat keinen Keller«, grollte Dumpf fast bösartig.

»Ich weiß, aber Brisenburg hat einen riesigen Keller. Die Zwerge leben dort unten in der Kanalisation. Ich habe sie gesehen, und ich weiß, dass Ihr sie auch gesehen habt. An meinem ersten Abend in dieser Stadt habe ich einen von ihnen aus Eurer Schänke kommen sehen.«

»Das sind keine Zwerge, sie nennen sich Dvergas.«

Baazlabeth sah im Gesicht des Schankwirtes, dass diese Geschichte aus ihm herauswollte. Es fehlte nur noch ein kleines Quäntchen – ein Zeichen von Verständnis –, auch wenn es wehtat. Ein verstohlener Hundeblick und eine hochgezogene Augenbraue zeigten umgehend den gewünschten Erfolg.

»Vor etwas mehr als zehn Jahren lebten die Menschen und die Dvergas noch friedlich nebeneinander her. Es gab nicht wirklich viele Berührungspunkte. Die Menschen formten das Reich, pflegten Handelbeziehungen untereinander, führten Kriege und versuchten, ihre Machtpositionen untereinander zu klären«, erklärte Dumpf langsam, nach jedem Wort suchend. »Die Dvergas hatten mit alledem nur wenig zu tun. Sie lebten friedlich in den Küstenregionen und scherten sich nicht um das, was wir taten. König Bellington waren sie jedoch schon seit jeher ein Dorn im Auge.«

»König Bellington?«, fragte Baazlabeth, ohne darüber nachzudenken, dass ihn diese Frage in Probleme stürzen konnte.

»Ja, König Bellington«, wiederholte Dumpf und schien zu überlegen, ob er etwas durcheinandergebracht hatte. »Wer von uns beiden hat eigentlich den Schlag auf den Kopf bekommen, Ihr oder ich? König Bellington eben, *der* König Bellington, König von Meddelton, Herrscher unseres Landes und Großonkel von Lord Brackenmoore.«

Baazlabeth nickte die ganze Zeit zustimmend und machte einige kreisende Handbewegungen, die Selbstverständlichkeit ausdrücken sollten.

»Wo war ich stehen geblieben?«, schnaufte Dumpf.

»Bellington, Dvergas, Dorn im Auge«, half Baazlabeth ihm auf die Sprünge.

»Ach so, ja. König Bellington beschäftigte sich seit Jahren damit, Häfen und Schiffe zu bauen, um seinen Handel mit anderen Ländern zu intensivieren. Die geeignetsten Küstenregionen waren aber bereits durch die Dvergas besiedelt worden. Das kleine Volk ist sehr tüchtig, was das Fischen angeht. Immer wieder sanken die Handelsschiffe von Bellington vor den Küsten und sogar in den Häfen durch Stürme und Riesenwellen. Die Küstenregion von Meddelton ist ein einziges Riff, gesäumt von hohen, unpassierbaren Klippen. Die wenigen Plätze, die ein seichtes Anladen ermöglicht hätten, waren bereits von den Dvergas besetzt. Nur zu gern hätte er das kleine Volk aus ihren Dörfern vertrieben, doch dadurch wäre sein Ansehen bei seinen Handelspartnern enorm gefallen.

Nun war es so, dass die Königin ein Kind erwartete. Das ganze Land freute sich auf dieses Ereignis und bereitete überall Feste vor. Jede Stadt wurde geschmückt, überall im Land sah man die Handelskarawanen des Königs, die Köstlichkeiten verteilten und südländische Weine in die Provinzen brachten. Der König wollte, dass man auf das Wohl seines neugeborenen Thronfolgers nur mit den edelsten Tropfen anstieß.

In der Nacht, in der das Kind zur Welt kam, wartete jede Stadt zwischen hier und Gostos auf die frohe Kunde, doch jegliche Nachricht blieb aus. Zuerst wurden Gerüchte laut von einer Totgeburt, doch später, durch irgendwelche dunklen Kanäle kam die Wahrheit ans Licht. Das Kind von König und Königin war ein Dverga. Niemand konnte sich erklären, wie es dazu gekommen war. Die Leute mutmaßten, dass die Königin sich einen Liebhaber aus dem kleinen Volk gesucht hatte, obwohl es anscheinend schon öfter vorgekommen war, dass aus der Liebe zweier Menschen ein Dvergakind entsprungen ist. Es passiert einfach so, ist eine Laune der Natur.

Unter vorgehaltener Hand aber lachten die Menschen den König aus. Kurzerhand ließ Bellington das Kind samt seiner Frau hinrichten und erklärte, dass die Dvergas ein Fehler der Götter seinen. Er behauptete, sie infizieren die Menschen und bringen die Frauen dazu, nur noch kleinwüchsige Kinder zur Welt zu bringen. Wie es weiterging, könnt Ihr Euch denken. Ein Krieg entbrannte und der übermächtige Sieger stand schon vorher fest.

Bellington ließ jedes Dorf niederbrennen und die meisten der Dvergas töten. Nur wenige von ihnen überlebten, und diese wurden versklavt. Einige Jahre lief es so weiter, doch plötzlich erließ Lord Brackenmoore ein Gesetz, welches in Brisenburg und den umliegenden Ländereien gelten sollte. Es besagte, dass die Dvergas, die sich hier aufhielten, ihre Freiheit zurückbekamen.

Der König brauchte nicht lange, um zu reagieren. Es reichte ein einziges Wort von ihm, und Brackenmoore wurden alle Ländereien abgesprochen, die außerhalb von Brisenburg lagen, und man verbannte ihn in seine eigene Stadt. Doch Brackenmoore blieb eisern. Er trieb die Sklavenhändler aus der Stadt und versuchte, die Dvergas unter seinen Schutz zu stellen. Doch die Menschen sind kompliziert. Sie erkannten das kleine Volk nicht als ebenbürtig an, und so verarmten diese zunehmend, und heute fristen sie ein Leben in der Kanalisation. Viele haben im Laufe der Jahre versucht, die Stadt auf eigene Faust zu verlassen. Die meisten von ihnen wurden jedoch von Neptrotot, dem Sklavenjäger, und seinen Schergen, die vor Brisenburg lagern, eingefangen. Übrig sind nur noch ein paar Dutzend. Sie leben von den wenigen Gönnern, die sie noch haben. Einer davon bin ich. Wenn etwas Essen übrig ist, stelle ich es raus, und wenn die eine oder andere Münze in meiner Tasche allzu locker herumklimpert, gebe ich sie ihnen.«

Menschen waren irgendwie komisch. Sie setzten alles daran, ihre Ziele zu erreichen, und wenn sie es dann geschafft hatten, bereuten sie es – schlimmer, sie verfielen in Selbstmitleid. Baazlabeth fand an Selbstmitleid nicht unbedingt etwas Verwerfliches, doch es gehörte sich einfach, im Anschluss auch zeternd und kreischend zu sterben.

»Ihr habt einen schweren Fehler begangen«, hauchte Baazlabeth verständnisvoll.

Dumpf nickte traurig.

»Ihr hättet alle Dvergas töten müssen. Wenn niemand mehr da ist, der einem den Finger in die Wunde steckt, verheilt sie schneller.«

Dumpf zerbrach ein langstieliges Weinglas in seiner Hand und umklammerte die Splitter. Mit weit aufgerissenen Augen starrte er sein Gegenüber an, während aus seiner geballten Faust Blut auf den Tresen tropfte.

»Vielleicht habt Ihr recht«, sagte er steif.

»Natürlich habe ich recht«, erwiderte Baazlabeth. »Wer die Hälfte seines Lebens mit Schandtaten verbringt, und die andere Hälfte darüber nachgrübelt, warum er so ein schlechter Mensch war, hat umsonst gelebt. Es läuft alles nach dem Motto: Tue Böses, aber erzähl es keinem.«

Baazlabeth war sich nicht sicher, ob der Gastwirt ihn wirklich verstanden hatte. Er wirkte irgendwie – dumpf. Nach einigen Augenblicken jedoch öffnete der die Hand und ließ die Scherben zu Boden fallen. Mit einem Griff in den Bottich Spülwasser wusch er sich das Blut von der Handfläche und wickelte das Handtuch um die tiefen Schnitte.

»Dann gehe ich recht in der Annahme, dass Brisenburg jetzt ein Rudel wilder Hunde, wie Ihr sie nanntet, weniger hat?«

»Davon könnt Ihr ausgehen«, erklärte Baazlabeth stolz.

Dumpf schnaubte verächtlich. »Manchmal ist die Meute größer als Ihr denkt, und ihr Anführer ist ein Wolf. Übrigens, Hauptmann Celest hat vor gut zwei Stunden nach Euch gefragt. Ich habe ihm gesagt, ich wüsste nicht, wo Ihr seid. Er wollte wiederkommen.«

Baazlabeth versuchte, sich nichts anmerken zu lassen. »Dann behaltet Eure Antwort in Erinnerung, falls er oder einer seiner Schergen noch einmal fragen sollte. Ich würde mich gern etwas ausruhen. Sagt ihnen, wenn sie sich nicht abwimmeln lassen, dass sie mich heute Abend hier treffen können. Ich werde zu späterer Stunde noch das eine oder andere Gläschen Eures Hausweins verköstigen wollen. Ihr braucht Euch also keine Sorgen zu machen, dass ich einfach so verschwinde.«

»Das wäre meine geringste Sorge«, antwortete Dumpf.

Irgendetwas störte Baazlabeth an der Art des Gastwirtes. Seine geistigen Defizite waren mit Sicherheit nicht gespielt, so etwas wäre dem Dämon aufgefallen, aber der Wirt hatte erschreckend viele lichte Momente, die seinen Kopf Fragen stellen ließen, die seinem Hals schaden könnten. Baazlabeth glaubte jedoch nicht, dass Dumpf ihn hinters Licht führen und verraten würde, besonders nicht, weil er als

Dämon schließlich hinter dem Licht zu Hause war – wozu brauchte er da einen Führer? Erst einmal würde Baazlabeth sich ausruhen. Wie hieß es so schön? Wenn man ausgeruht war und wieder einen klaren Kopf besaß, sah die Welt schon anders aus. Das allein würde sicherlich nicht reichen. Die Stadtwachen wären immer noch auf der Suche nach ihm, ebenso wie die Inquisitoren, auch wenn die noch nicht wussten, dass sie ihn eigentlich suchten.

Jetzt war es jedenfalls erst einmal wichtig für Baazlabeth, etwas Abstand zu gewinnen – wenn schon nicht körperlich, dann wenigstens geistig. Er würde seine Kraft brauchen bei dem, was er vorhatte. Als er sein Zimmer betrat, huschte sein Diener, der Homunkulus, unter das Bett und verschanzte sich hinter der Kiste von Nemrothar. Diese kleinen Wesen hatten ein gutes Gespür dafür, wann man sich besser im Hintergrund hielt. Baazlabeth schloss seine Zimmertür hinter sich ab und hoffte, dass ihm wenigstens einige Stunden bleiben würden. Falls sie ihn vorher einkassieren wollten, mussten sie ihn wecken. Und falls das geschähe, mussten die Brisenburger eben damit leben lernen, dass sein Aussehen zu seiner Laune passte.

Seine Wunden hatten immer noch nicht aufgehört zu bluten, als Baazlabeth sich in voller Montur auf das Bett legte. Er war sich aber sicher, dass sie es getan hatten, bevor er sich wieder erheben würde, entweder als Sil oder als Baazlabeth.

Als er das nächste Mal mit den Augen blinzelte, dämmerte es bereits. Immer noch schmerzten seine Verletzungen, und er spürte, wie das geronnene Blut an seiner Wange mit dem Kissenbezug zusammenklebte. Dies alles konnte nur bedeuten, dass er noch lebte. Er war weder verblutet, noch im Schlaf gemeuchelt worden. Anscheinend hatte Dumpf seine Aufgabe ernst genommen und niemanden zu ihm hoch gelassen. Mühsam erhob sich Baazlabeth aus seinem Bett. Um seine Beinwunde herum hatte sich ein großer dunkelbrauner Fleck auf dem Laken gebildet, doch mittlerweile hatte die Blutung aufgehört.

Baazlabeth ging zum Fenster und sah hinaus. Der Trubel auf den Straßen ließ langsam nach. Viele der Händler hatten bereits die Fensterläden geschlossen und die Lichter gelöscht. Die letzten Bürger eilten durch die Straßen, um vor der Ausgangssperre zu Hause zu sein oder eine der Schänken anzusteuern. Zwei dieser so genannten Bürger hielten geradewegs auf den *Einsamen Wanderer* zu. Noch bevor sie ins Licht einer der Laternen traten, wusste Baazlabeth, dass sie nicht kamen, um sich von einem harten Arbeitstag zu erholen. Ihre Arbeit begann erst. Die weiß und schwarz gekleideten und über die Straße stolzierenden Männer waren keine Bürger. Es waren zwei der Inquisitoren, und sie führten noch etwas mit sich – einen Grauwarg.

Grauwarge waren wolfs- oder hundeähnliche Wesen. Sie waren etwas größer als ihre Artverwandten. Ihr massiger Brustkorb stütze sich auf vergleichsweise kurze Beine, während ihre Hinterläufe dazu gemacht schienen, ihre Beute mit gewaltigen Sätzen anzuspringen. Trotz ihrer großen Ähnlichkeit mit Wölfen, hatten sie nur wenig mit diesen Tieren gemein. Warge waren furchterregende Bestien, die dem Quell der Magie entsprangen. Einmal beschworen und auf ein Opfer losgelassen, verfolgten sie es so lange, bis sie es erlegt hatten oder selbst getötet wurden – was sich leichter anhörte, als es durchzuführen war. Warge ruhten sich nicht aus, vergeudeten keine Zeit mit fressen, ließen sich nicht einschüchtern oder auf eine falsche Fährte locken. Es hieß, wenn sie die Fährte ihrer Beute aufgenommen hatten, wechselten sie mit ihr in die Welt der Götter. Dort gab es nichts außer dem Jäger und dem Gejagten, und nichts und niemand konnte der Beute dort zur Hilfe eilen. Es war ein Kampf Mann gegen Bestie, der allein von den Göttern beobachtet werden konnte.

Grauwarge fraßen das, was sie jagten, und je länger es dauerte, die Beute zu erlegen, desto gieriger wurden sie. Wurde ein Warg beschworen, war sein Fell grau. Noch bevor sein Meister ihn aus dem Bannkreis entlassen durfte, musste er bestimmen, welche Fährte er aufnehmen sollte – die der Ordnung oder die des Chaos'. Sie waren so etwas wie die Trüffelschweine von Gut und Böse. In diesem Fall bedeutete Gut aber nicht, nichts auf dem Kerbholz zu haben, und böse war nicht gleich jeder, der einen anderen um seine Geldbörse erleichtert hatte. Was Warge suchten, waren die reinen Extrakte. Im Falle des Guten waren das zum einen Lichtwesen oder weiße Hexen, zur bösen Seite gehörten solche wie – er, Dämonen des Chaos' aus den Ebenen zwischen den Welten. Sobald ein Warg die Fährte der einen oder anderen Seite aufgenommen hatte, wechselte die graue Farbe seines Fells zu weiß, wenn er das Böse verfolgte, und zu schwarz, wenn er auf das Gute angesetzt worden war.

Dieses Exemplar, das von den beiden Inquisitoren an zwei langen eisernen Ketten geführt wurde, war weiß wie Schnee.

»Was ist nur los in dieser verdammten Stadt?«, fluchte Baazlabeth. »Haben die Götter zum Ausverkauf des Chaos' aufgerufen?«

Baazlabeth konnte sich schwerlich vorstellen, dass man wegen ihm, oder diesem Dämon, der nachts den Menschen von Brisenburg den Lebenssaft entzog, Warge einsetzte. Kein Priester war in der Lage, eines dieser Wesen heraufzubeschwören, wenn es nicht der dringlichste Wunsch eines Gottes war. Einen Grauwarg zu beschwören hieß, den Göttern in die Tasche zu greifen. Wer maßte sich so etwas an, wenn er nicht von ihnen selbst dazu beauftragt worden war?

In diesem speziellen Fall stellte sich natürlich die Frage, was die Götter gegen einen Dämon haben mochten, dem es zur Aufgabe gemacht worden war, sich einen ehrlichen Batzen Gold zu verdienen. Eigentlich hätten sie Baazlabeth anfeuern müssen. Das weiße Fellknäuel unter der Laterne, das zähnefletschend zu ihm hinaufstarrte, sprach jedoch eine andere Sprache.

Baazlabeth wich vom Fenster zurück und zog den Vorhang zu. Bestimmt tausend Jahre war es her, dass er das letzte Mal so etwas wie Angst verspürt hatte. Damals hatte die gute Seite es geschafft, Tachtarath, einen Zerfleischerdämon, zu bekehren und für sich kämpfen zu lassen. Sie schickten den zwölf Fuß großen, mit Krallen und Zähnen bestückten Koloss, der aussah wie ein rotierender Schlund, gefüllt mit messerscharfen Zähnen, durch die Ebenen, um unter den Dämonen Kahlschlag zu veranstalten. Jedes Mal, wenn die Lemuren in Baazlabeths Reich aufhorchten, befürchtete er, er bekäme Besuch von Tachtarath. Fast acht Jahre ging das so, bis sie seiner schließlich habhaft werden konnten. Es hieß, die Götter selbst hätten ihn zerstört, um das Gleichgewicht zu wahren. Baazlabeth glaubte jedoch, dass es einer seiner Brüder gewesen war, der den Zerfleischerdämon zu Fall gebracht hatte, und die Götter sich nur nicht die Blöße hatten geben wollen, es zuzugeben.

Baazlabeth musste sich eingestehen, dass das Auftauchen eines Wargs mehr als nur ein kleiner Schönheitsfehler in seinem neuen Plan darstellte, nichtsdestotrotz musste er handeln. Schon zu viele

Menschen waren hinter ihm her, als dass er ungestört seinen Auftrag würde erledigen können. Doch sie alle waren auf der Suche nach Sil. Es wurde höchste Zeit, Sil eine Verschnaufpause einzuräumen. Was er ehemals für erniedrigend, absurd und geradezu unmöglich gehalten hatte, wurde nun zu so etwas wie Taktik, wenn auch mit dem Beigeschmack von Lavendel.

Baazlabeth nahm auf dem Hocker Platz, der vor dem mit reichhaltigen Schnitzereien versehenen Schminktisch stand. Das Möbelstück war im Grunde genommen genau das Richtige für seinen Plan, nur das seine Fähigkeiten die von Schminke und Rusch bei Weitem übertrafen. Baazlabeth klappte den dreigeteilten Spiegel auf und besah sich Sils Gesicht zum ersten Mal in Ruhe. Es war schmutzig und blutverschmiert, dennoch konnte man erkennen, dass darunter ein gut aussehender junger Mann schlummerte. Er öffnete das Lederband, das seinen Zopf zusammenhielt, und schüttelte das Haar. Strähnig und ebenso verschmutz wie der Rest von ihm fiel es über seine Wangen bis hinab auf die breiten Schultern.

»Ruhe dich ein bisschen aus, ich werde dich bestimmt wieder brauchen«, flüsterte Baazlabeth seinem Spiegelbild zu. »Vergiss nicht, du warst meine erste Wahl. *Sie* ist nur so etwas wie eine Ablenkung.«

Kaum hatte er die Worte ausgesprochen, da schien sein Körper sich schon für die lästerliche Rede Baazlabeths zu rächen. Ein stechender Schmerz durchzog seine Hüften, und Krämpfe schüttelten seine Brust. Er hatte das Gefühl, fremde Hände rissen seinen Körper entzwei, griffen tief hinein in seine Eingeweide, kneteten seine Gedärme durch und brachen ihm die Knochen im Leib. Schmerzen an sich waren für Baazlabeth nichts Ungewöhnliches, doch die Tatsache, dass es kein blanker Stahl war, der ihm diese Pein zufügte, war ungewöhnlich. Schmerzen, die er selbst mit seiner Magie in Gang setzte, sie dann aber nicht länger unter Kontrolle hatte, erschreckten ihn immer wieder aufs Neue. Am liebsten hätte er geschrien, doch wollte er sich seine eigene Schwäche nicht eingestehen. Zudem befürchtete er, unliebsame Gäste damit anzulocken.

Irgendwann ließen die Schmerzen nach, und Baazlabeth fand die Gelegenheit, wieder einen Blick in den Spiegel zu werfen. In seinem Gesicht hatte sich noch nicht viel verändert: Die Wangenknochen waren etwas schmaler als zuvor, und die Nase wirkte irgendwie zierlicher. Er spürte, wie sich die Haut straffte und die Gesichtszüge feiner und weiblicher wurden. Seine Haare begannen sich zu kräuseln, die Augenbrauen wurden lichter und schmaler. Plötzlich war es unmöglich zu sagen, ob das Gesicht im Spiegel männlich oder weiblich war. Es dauerte noch einige Augenblicke, dann hatten sich seine Gesichtsform und seine Züge dazu entschieden, feminin zu wirken. Lange feine Wimpern wuchsen aus seinen Augenlidern hervor, die Lippen wurden voller und Sommersprossen verteilten sich um die Nase herum. Zu guter Letzt verschwanden Blut und Schmutz, die Kleidung flickte sich wie von selbst und änderte Schnitt und Sitz.

Erst als Baazlabeth sich sicher war, dass seine Verwandlung ein Ende gefunden hatte, wagte er es, sich wieder zu bewegen. Sein Blick fiel auf die zarten Arme, die aus dem geschnürten, grüngelb karierten Oberteil baumelten. Er schob die Bluse ein Stück zurück und zog eine geringschätzige Grimasse.

Unter breiten Schultern verstehe ich etwas anderes. Muskeln und Sehnen reichen gerade mal dazu, mich aufrecht zu halten. Vom Kampf mit einer Breitaxt sollte ich besser absehen, solange ich in diesem Körper stecke.

Als Nächstes begutachtete er seine Oberschenkel, die sich unter dem schwarzgrau gestreiften knöchellangen Rock verbargen und kaum so massig schienen wie seine Arme zuvor. Sein empörtes Prusten galt sich selbst und seiner Entscheidung, sich in einen Frauenkörper zu stecken. Baazlabeth hob das Kinn an, drehte den Kopf hin und her und musterte seinen Hals.

»Schlank genug, um sich selbst zu erwürgen«, spottete er. »Was habe ich mir nur dabei gedacht? Als Nächstes werde ich mich selbst in einen Homunkulus verwandeln und in den Ofen schieben.«

Baazlabeth hatte genug gesehen. Es nützte nichts, sich weiter über seine körperlichen Unzulänglichkeiten zu empören. Er hatte praktisch keine andere Wahl gehabt. Hätte er weiterhin als Sil versucht, seinen Auftrag zu erfüllen, wäre das früher oder später in einem Blutbad geendet. Eher früher als später.

Er drehte sich zur Seite und wollte aufstehen, da fielen ihm seine Brüste auf, die den Stoff um die ungewohnten Wölbungen strafften. Unsicher betastete er sie und zog die Hände angeekelt zurück.

»Muskeln und Sehnen im Tausch gegen zwei Fleischbälle? Von wegen zweite Wahl, dritte oder vierte trifft es schon eher.«

Ein letzter Griff in seinen Schritt besänftigte ihn, wenn auch nur ein wenig.

»Naja, jedenfalls ein kleiner Trost«, zischte er. »Zumindest nichts, was auch noch hier lästig herumbaumelt.«

Es war ungewohnt, als er aufstand. Irgendwie fühlte er sich um die Arme und Beine nackt. Sein langer dunkler Mantel hatte sich in Nichts aufgelöst, oder sich vielleicht in weitere Fleischpolster verwandelt, die er bislang nicht entdeckt hatte. Die beiden Sicheln, die er als Sil im Hosenbund getragen hatte, scheuerten an seinem Steißbein. Er rückte sie zurecht, musste sich aber damit abfinden, dass es unbequem war, sie in diesem Gewand versteckt zu tragen. Aber es war wichtiger, dass man sie nicht gleich sah, und dass man sie schnell zu Hand hatte, wenn man sie brauchte.

Baazlabeth beugte sich ein letztes Mal nach vorn und schob sein Gesicht ganz nah an den Spiegel heran. Er hauchte gegen das Glas und sah zu, wie sein Gesicht in der milchigen Trübung verschwand.

»Ich gebe dir eine Nacht, dann haben sie dich zerschunden. Pass gut auf, was dann passiert. Du wirst viel daraus lernen können.«

Schon als er kurz zuvor diesen Plan entwickelt hatte, hatte er ihn als Notlösung empfunden, doch nun, wo er das ganze Ausmaß seiner Verwandlung sah, musste er sich eingestehen, dass es einfach nur ein schlechter Plan gewesen war. Doch solange er keinen anderen hatte, würde er ihn einfach weiterverfolgen und möglichst allen Spiegeln aus dem Weg gehen. In rund zwölf Stunden würde er sich wieder in Sil verwandeln, bis dahin sollte sich dessen Körper einigermaßen erholt haben. Suchen würden sie ihn trotzdem noch, doch darüber würde er sich morgen früh wieder Gedanken machen.

Von nun an würde er jeden Tag aufs Neue, wenn es dämmerte, von einem Körper in den anderen schlüpfen. Und jedes Mal würden ihn dieselben Schmerzen heimsuchen. Die Gestaltenwandlung hatte ihre eigenen Gesetze und Regeln. Vielleicht verschaffte sie ihm aber den Vorsprung, den er brauchte, um seinen Auftrag hier in dieser Welt doch noch auszuführen.

»Sie werden Euch zu Füßen liegen, Meister«, flüsterte jemand mit einer vertrockneten Stimme hinter Baazlabeth.

Der Homunkulus saß auf der Truhe von Nemrothar und ließ die Beine baumeln, wobei ihm einige Krümel aus den Gelenken brachen.

»Dich hatte ich fast vergessen, Teigmännchen«, brummte Baazlabeth. »Du solltest dir angewöhnen, nicht auf Fragen zu antworten, die dir gar nicht gestellt wurden. Du hast bereits eine Aufgabe, und die wirst du so lange erledigen, bis ich dich zu Vogelfutter verarbeite. Und was das mit den ›zu Füßen liegen‹ angeht, kann ich dir versichern, dass es mich nur beeindruckt, wenn sie dabei bluten und eine Klinge im Körper stecken haben.«

»Ihr solltet die Reize einer Frau nicht unterschätzen, und was diese bei Männern bewirken können.«

»Schweig!«, fuhr ihn Baazlabeth an. »Es ist schlimm genug, so herumlaufen zu müssen, da brauche ich nicht auch noch den Spott von jemandem wie dir. Noch einen Laut, und ich klebe dir zwei Rosinen auf die Brust, mal sehen, wer *dir* dann so zu Füßen liegt.«

Bei Tage ein Mann, und in der Nacht eine Frau – jeden in dieser Stadt würde er so täuschen können. Nur der Grauwarg fiel auf diesen Zauber nicht herein. Ein Dämon blieb ein Dämon, böse blieb böse, und das war gut so. Jetzt jedoch war es an der Zeit, seine neue Verkleidung auszuprobieren. Um den Warg würde er sich kümmern, wenn dieser seine Fährte aufgenommen hatte.

Baazlabeth fühlte sich mehr als nur unwohl, als er die Treppe hinunter in den Schankraum ging. Natürlich staunte Dumpf nicht schlecht, als jemand anderes als Sil von oben herunterkam. Auch Hauptmann Celest, der mit zweien seiner Männer am Tisch nahe der Tür Platz genommen hatte, schien jemand anderen erwartet zu haben. Warum Rubi ihm einen verächtlichen Blick zuwarf, konnte er sich auch noch irgendwie erklären. Doch warum die vier Händler, die im Schankraum zu Abend aßen, sowie der übermäßig unauffällige Spitzel der Finstergilde, die zwei Bauern und der Bettler, der am Tresen herumlungerte, ihn anstarrten, als ob er eine Axt im Schädel hätte, war ihm völlig unklar.

Zuerst befürchtete er, seine Verwandlung habe nicht ganz funktioniert. Vielleicht waren ihm mittlerweile Hörner aus der Stirn gewachsen, eines seiner Beine endete in einem Huf oder er zog einen langen Schweif hinter sich her. Er fuhr sich mit einer Hand durchs Haar – nein, Hörner hatte er keine – und strich dann den Rock glatt – auch keinen Schweif. Schüchtern senkte er den Blick – seine Füße waren ganz normal und steckten in adretten Sandalen. Als er wieder aufsah, bemerkte er, dass mit jeder Stufe, die er weiter hinabstieg, sich die Gesichter der Männer zu einem breiteren lüsternen Grinsen verzogen. Jedes sonst so von reichhaltiger Intelligenz geprägte Gespräch war erstorben. Stille war in der Schänke eingekehrt, die nur von Rubis klackenden Schritten unterbrochen wurde. Das war es also!

Als Baazlabeth seinen Fuß in den Schankraum setzte, steckten die Männer die Köpfe zusammen und begannen, miteinander zu tuscheln. Baazlabeth hielt steif auf den Tresen und Dumpfs halb geöffneten Mund zu.

»Ich nehme ein Glas des Hausweins«, sagte Baazlabeth mit einer so lieblichen Stimme, dass ihm speiübel wurde.

Er spürte die Blicke der Gäste in seinem Rücken. Früher hatte es ihn nie gestört, angegafft zu werden. Im Gegenteil, es erfüllte ihn mit Stolz, wenn seine Gegner mit weit aufgerissenen Augen in Panik zu Salzsäulen erstarrten. Es schmeichelte ihm. In diesen Augenblicken sprachen die Augen zu ihm und flehten: *Gott, mach, dass er weggeht.* Auch jetzt sprachen sie, doch nun schienen sie zu fordern: *Gott, mach, dass sie sich auszieht.* »Sie« allein schon! Es war so peinlich. Hoffentlich bekam nie ein anderer Dämon davon Wind, sonst war er seinen guten Namen los.

Je länger er am Tresen stand und in Dumpfs grotesk dämlich aussehendes Gesicht schaute, umso bewusster wurde Baazlabeth, wie albern sein Plan war.

»Was ist, sind die Trauben noch nicht reif?«, fragte der Dämon den Gastwirt spöttisch.

»Doch natürlich, Mylady«, stotterte Dumpf.

Hatte Baazlabeth bis gerade eben noch die Hoffnung gehabt, zumindest ein bisschen wie eine Amazone zu wirken, war mit der Anrede »Mylady« alles zunichte. Myladies waren irgendwelche Dinger, die in Rüschenkleidern umherliefen, kreischten, wenn sie eine Maus sahen, den halben Tag damit verbrachten, sich zu schminken, nach Lavendel rochen und zur Belustigung ihrer Männer neben diesen einherliefen.

Belustigung, pah!

Baazlabeth wollte alles Mögliche sein, nur nicht lustig. Lustig hörte sich nach Spaß, Hohn und Spott von anderen an. Wenn jemand Spaß hatte, dann war er das, und er hatte seinen Spaß, wenn dieser den anderen verging. So einfach war das.

Nachdem Dumpf mehrfach vergeblich versucht hatte, die Kratzer vor ihm aus der Tresenplatte zu polieren, bekam Baazlabeth endlich sein Glas Wein. Als er sich das Glas an die Lippen führte, spürte er, wie der Bettler neben ihm immer weiter aufrückte. Baazlabeth setzte das Glas wieder ab und wandte langsam den Kopf. Dann sah er in das unrasierte und schmutzige Gesicht des Mannes, welches kaum noch einen Fuß weit entfernt war.

»Und wenn du mich tausend Jahre anstarrst, von mir bekommst du keinen Tropfen. Morgen oder übermorgen schon gesellst du dich zu deinen Prophetenkollegen, stehst vor meinem Zimmer und plapperst wie auswendig gelernt vom Bösen. Also mach, dass du wegkommst.«

Baazlabeth wusste nicht, welche Sprache der Mann sprach, denn anscheinend verstand der ihn nicht. Erst als Dumpf mit seinem feuchten Lappen nach dem Kerl schlug, rückte dieser wieder ab.

»Lass Mylady in Ruhe, du Suffkopf. Ich habe dich gewarnt, wenn du meine Gäste belästigst, fliegst du raus.«

Maulend wandte sich der Bettler seinem fast leeren Becher zu.

»Ihr müsst verzeihen«, sagte Dumpf entschuldigend. »Mein Herz ist einfach zu groß, um in dieser Stadt zu leben.«

»Das hat mein Bruder auch gesagt, als er mir Euch beschrieben hat.«

»Euer Bruder?«

»Sil, mein Bruder«, erklärte Baazlabeth. »Ihr habt ihm das Zimmer Eurer Schankmaid überlassen. Mein Bruder sagte mir, dass Ihr nichts dagegen haben würdet, wenn ich ein paar Tage bei ihm unterkomme.«

»Natürlich nicht, Mylady«, lenkte Dumpf sofort ein.

»Nennt mich bitte Lis. Mylady klingt zu förmlich für das, was ich Euch fragen will.«

»Wie kann ich Euch zu Diensten sein?«, fragte Dumpf und überschlug sich dabei förmlich.

»Ihr habt meinem Bruder erzählt, es wäre für Frauen in Brisenburg nicht schwierig, schnell an Gold zu kommen. Versteht mich richtig, ich will mir meinen Lebensunterhalt selbst verdienen. Ich will nichts geschenkt haben, und erst recht niemanden bestehlen.«

Dumpfs Augen weiteten sich zu zwei großen dunklen Kullern. Baazlabeth konnte beobachten, wie sich die blanke Stirn des runden Gesichtes blass und die Wangen rot färbten. Einen Herzschlag später schaute Dumpf peinlich berührt zu Boden, wie er es einige Stunden zuvor schon getan hatte, und polierte weiter nicht vorhandene Flecken von Gläsern, die niemand brauchte. Er brabbelte unverständliches Zeug vor sich hin, ohne dabei aufzusehen, und schüttelte ab und an den Kopf, während er unruhig hinter dem Tresen hin und her lief.

Baazlabeth fragte sich, ob er etwas falsch gemacht hatte, oder ob die Verletzung an Dumpfs Schädel zu diesem eigenartigen Verhalten geführt hatten. Baazlabeth beugte sich weiter nach vorn und senkte seinen Kopf, um den Wirt besser verstehen zu können. Dumpf reagierte darauf mit noch mehr Zurückhaltung und einem noch gebeugteren Gang.

Platsch!

Wieder einmal ließ Baazlabeth die Köpfe derer in Gedanken platzen, die ihn besonders langweilten oder ihn verärgerten. Diesmal war Dumpf an der Reihe. Sein Kopf wuchs jedoch wieder nach.

Platsch! Platsch! Und nochmals *Platsch!*

Baazlabeth wurde das Spiel zu dumm. Er griff über den Tresen, packte Dumpf bei seiner Lederschürze und zog ihn zu sich heran. Der kräftige Schankwirt ließ sich lenken wie ein Ochse am Ring.

»Ich kann Euch nicht verstehen, wenn Ihr alles in diese schmuddelige Schürze brabbelt.«

»Es tut mir leid, Mylady ... äh Lis. Ihr solltet nicht alles so ernst nehmen, was sich Männer so untereinander erzählen. Die meisten dieser Gespräche sind nicht für die feinen Ohren einer Frau bestimmt.«

»Was haben meine Ohren damit zu tun, wenn Ihr meinem Bruder erzählt, wo ich in Brisenburg Arbeit finden kann?«, fauchte er – oder sie, je nach Betrachtungsweise – Dumpf an.

Dumpf hatte Glück, denn in genau diesem Augenblick wurde die Tür aufgerissen. Schnaubend und knurrend schob sich der Kopf des Wargs in den Schankraum. Die zwei Männer, die den Warg an der Kette hielten, hatten alle Mühe, das Tier zurückzuhalten. Mit aller Kraft versuchte der Warg, die Schänke zu stürmen. Die scharfen Krallen kratzten über den Dielenboden und hinterließen tiefe Schrammen im Holz.

Baazlabeth ließ Dumpf sofort los und wich einen Schritt zur Seite. Es fehlte nicht viel, dann hätte er zu den beiden Sicheln gegriffen, um sich dem Warg hier an Ort und Stelle zu widmen, doch Dumpf reagierte merkwürdigerweise schneller. In Windeseile stürmte er, immer noch bewaffnet mit dem feuchten Lappen, hinter dem Tresen hervor und ging das weißfellige Ungetüm an. Zwei, drei kurze Schläge mit dem Tuch über den Nasenrücken des Wargs reichten, um ihn zurückzudrängen. Knurrend und zähnefletschend wich das Tier irritiert zurück. Die gelbschwarzen Augen funkelten den Gastwirt bösartig an.

»Raus aus meiner Schänke mit diesem Ungetüm«, keifte Dumpf. »Schlimm genug, dass meine Gäste sich von den Stadtwachen herführen und wieder zurückbringen lassen müssen. Wenn ich jetzt auch noch zähnefletschende Bestien hier hereinlassen soll, kann ich den Laden gleich schließen.«

Baazlabeth wusste, wie egal das den beiden Inquisitoren war, doch sie hielten sich noch nicht lange genug in der Stadt auf, um sich behaupten zu können. Lange würde es sicherlich nicht dauern, bis sie genug Rückendeckung besaßen, um sich alles erlauben zu können, doch jetzt mussten sie klein beigeben.

»Wir werden wiederkommen«, drohte einer von Ihnen durch seinen Schleier hindurch.

»Ihr seid jederzeit willkommen«, rief Dumpf hinter ihnen her, »doch bindet Eure Haustiere im Stall an. Es reicht schon, wenn mir die Bettler ihre Flöhe mit hereinschleppen.«

Der Bettler prustete verachtend aus und wandte sich Baazlabeth zu.

»Geht zur Schwalbenburg, wenn Ihr schnell an viel Gold kommen wollt«, flüsterte er ihm zu und widmete sich dann wieder seinem fast leeren Becher.

Baazlabeth wunderte sich. Was wusste dieser Bettler, was allen anderen in der Stadt fremd war? Wenn einem ein schneller Lohn dort sicher war, warum begnügte sich dieses armselige, fast zahnlose Kind der Götter dann damit, in den Gaststuben, bei Händlern und Passanten zu schnorren?

Das ist des Rätsels Lösung: Schwalbenburg? Hört sich nicht gerade nach einem Ort voller Reichtümer an. Greifenhort oder Drachenburg hätte ich noch verstanden, aber Schwalbenburg? Das hört sich nach Flüggewerden, Daunenfedern und Vogelscheiße an. Aber was soll man in einer Stadt erwarten, die nach den Winden benannt wurde. Vielleicht sollte ich froh sein, dass es nicht »Burg Laues Lüftchen« heißt. Jedenfalls ist es eine Burg.

Bevor Baazlabeth aber daran denken konnte, wie er wohl dorthin kam, musste er sichergehen, dass der Warg seine Witterung noch nicht aufgenommen hatte. Er stand auf und ging zum Fenster. Immer noch schienen alle Gäste der Schänke die kleinste Bewegung von ihm zu registrieren. Mit Hochmut ignorierte er ihre gaffenden Gesichter. Auch als eine der Stadtwachen versuchte, ihm mit einem ausgestreckten Bein den Weg zu versperren, tat er selbstsicher und stieg einfach darüber hinweg.

Baazlabeth wischte sich ein kleines Sichtloch in das beschlagene, gelb getönte Glas und beobachtete die Götterstiege, an der die Schänke lag. Die Straße war menschenleer, und auch von dem Warg schien zuerst nichts zu sehen. Doch dann erhellte plötzlich das Licht einer Straßenlaterne das silbrig schimmernde Fell des Tieres. Immer noch von den beiden Inquisitoren an der Kette geführt, blieb der Warg im Schein des Lichtes stehen und drehte sich um. Sein Blick schien genau auf Baazlabeth gerichtet, und seine Augen glühten.

»Habt Ihr Angst vor großen Hunden?«

Baazlabeth kannte die Stimme, die da zu ihm gesprochen hatte. Hauptmann Celest versuchte, wieder mit spitzfindigen Bemerkungen seine Untergebenen zu belustigen – und es gelang ihm. Baazlabeth tat sich im Gegensatz zu ihnen schwer, sich ein Lächeln abzuringen, aber es war besser, Celests Spiel mitzuspielen, wenn der Dämon den Mann wieder loswerden wollte. Er zog sich vom Fenster zurück und baute sich mit verschränkten Armen vor dem Hauptmann auf.

»Nein, aber ich finde es beruhigender, wenn die Wachhunde von ihren Herren an der kurzen Leine gehalten werden. Lässt man sie frei streunen, fangen sie an zu wildern.«

Das ebenfalls gequälte Lächeln von Hauptmann Celest zeigte Baazlabeth, dass der seine Spitze auch verstanden hatte.

»Apropos Streuner«, erwiderte Celest und beugte sich in seinem Stuhl nach vorn, um zu zeigen, wie sehr er der Antwort entgegenfieberte. »Wie ich höre, seid Ihr die Schwester von Sil. Habt Ihr Euren Bruder kürzlich gesehen, oder könntet Ihr mir vielleicht verraten, wo ich ihn finden kann?«

»Sil, sagt Ihr? Lasst mich einmal nachdenken«, erklärte Baazlabeth und spannte Celest damit künstlich auf die Folter. »Nein, ich habe meinen Bruder nicht gesehen, und nein, ich weiß auch nicht, wo er sich gerade aufhält. Es gibt nicht viele Gemeinsamkeiten, die ich und mein Bruder miteinander teilen. Das Interesse an den Aktivitäten des anderen gehört jedenfalls nicht dazu.«

Hauptmann Celest ließ sich enttäuscht wieder zurück in den Stuhl sinken. »Was die Aktivitäten Eures Bruders angehen, kann ich Euch gern auf den neusten Stand bringen. Als wir ihn zuletzt gesehen haben, verfolgte ein halbes Dutzend meiner Männer ihn wegen des Verdachtes, mehrere Menschen getötet zu haben. Von ihm und meinen Männern fehlt bislang jede Spur.«

»Ich hatte es bereits erwähnt«, erklärte Baazlabeth, »wenn man die Hunde von der Kette lässt, wildern sie in fremden Gärten. Da kann es natürlich schnell passieren, dass sie der Fährte eines Hasen folgen und auf die Höhle eines Bären treffen. Ihr solltet aber nicht den Hasen beschuldigen, wenn die Hunde nicht zurückkehren, und auch der Bär tut nur das, wozu er erschaffen wurde.«

»Euer Vergleich hinkt Mylady, Bären leben nicht in Gärten.«

»Mag sein«, sagte Baazlabeth trocken, »doch welcher fürsorgliche Jägersmann schickt schon eine ganze Meute Hunde hinter einem einzelnen Hasen her? Wenn ich jedoch raten müsste, wo sich mein Bruder derzeit aufhält, würde ich sagen, er sitzt in irgendeiner Spelunke mit Euren Männern und lässt sich volllaufen.«

»Da kennt Ihr meine Männer aber schlecht?«, verteidigte Hauptmann Celest den Ruf seiner Wache.

»Das mag schon sein, doch ich kenne meinen Bruder.«

Baazlabeth viel auf, dass es in der Gestalt von Lis wesentlich einfacher war, abfällige Bemerkungen zu äußern und Desinteresse zu heucheln. Die Menschen schienen irgendwie »gebannt« von ihm und seinem weiblichen Körper zu sein.

»Anstatt hier junge Frauen mit Euren Fragen zu belästigen, solltet Ihr Euch auf Eure Hauptaufgaben besinnen. Denn wie heißt es so schön: Schuster bleib bei deinen Leisten.«

»Und was denkt Ihr, sind unsere Hauptaufgaben.«

»Unter anderem, jungen Frauen den Weg zur Schwalbenburg zu erklären.«

Einer der Wachsoldaten verschluckte sich an seinem Bier und prustete die Hälfte des Gebräus über seinen Waffenrock. Dem anderen schien das Gesicht zu einem ewig schmutzigen Grinsen eingefroren zu sein, was ihn in Baazlabeths Augen fast sympathisch erscheinen ließ. Hauptmann Celest starrte nur mit finsterer Miene auf die junge Frau vor sich. Hinter sich hörte Baazlabeth, wie die feuchte Spitze des Wischlappens ein neues Ziel fand.

»Au!«, fluchte der Bettler.

»Konntest du dein widerwärtiges Maul mal wieder nicht halten?«, zischte Dumpf ihn an.

Baazlabeth verstand nicht, warum sie alle so ein Geheimnis um diese Schwalbenburg machten. Anscheinend wussten sie alle davon, warum also sollte er nicht von diesem geheimnisvollen Ort profitieren?

»Habt ihr gehört, Männer«, protzte Hauptmann Celest, »Mylady möchte gern zur Schwalbenburg, um dort ihr Glück zu suchen. Bitte begleitet sie dorthin. Ich will keinen Ärger, und ich will, dass ihr Mylady dort abliefert und anschließend unverzüglich zurückkommt.«

Baazlabeth hatte es zwar nicht so eilig, aber was konnte es schaden, einen nächtlichen Ausflug mit Führung zu machen. Mit etwas Glück fand er vielleicht jemanden, der ihm jetzt schon Arbeit anbot.

»Ich danke Euch, Hauptmann, und nehme das Angebot gerne an.«

Sofort erhoben sich die beiden Stadtwachen, eilten zur Tür und hielten sie dienstbeflissen und schäbig grinsend auf. Baazlabeth konnte seinen Blick nur schwer von Celest abwenden. Irgendwie sah der Hauptmann triumphierend aus, und das erfüllte den Dämon mit Unbehagen. Einen Rückzieher zu machen kam jedoch nicht infrage, insbesondere, weil er noch nicht einmal wusste, was ihn in der Schwalbenburg erwartete. Sich vor Dingen zu fürchten, die man nicht kannte, war schließlich ein Privileg der Menschen und nichts, worum Baazlabeth sie beneidete.

»Ich hoffe, wir haben uns verstanden«, rief Hauptmann Celest seinen Männern durch die bereits geschlossene Tür hinterher. »Ihr kommt sofort zurück.«

Wachmann Blödgrinsend knuffte Wachmann Dämlichkichernd in die Seite. Dann flüsterte er seinem Kumpan etwas ins Ohr.

»Natürlich, Herr Hauptmann, wir werden die feindlichen Reihen nur beäugen und dann Meldung machen. Für einen Vorstoß bleibt uns immer noch genug Zeit.«

»Lanzen auf!«, gluckste der andere vor Freude.

11
Schwere Jungs und leichte Mädchen

In der Nacht, in der die Erkenntnis kam, dass Frauen nicht immer das taten, was Männer ihnen sagten, und dass das, was Frauen sagten, nicht immer das war, woran Männer dachten, beides aber zu dem gleichen Ergebnis führte.

»So, da wären wir, Gnädigste«, brummte einer der beiden Begleiter Baazlabeths. »Geht einfach durch das Tor, der Rest kommt dann schon von allein. Sollte mich wundern, wenn Ihr es nicht schafft, den einen oder anderen Kaufmann innerhalb einer Nacht arm und Euch reich zu machen.«

Die beiden Stadtwachen hatten Baazlabeth halb um den Hafen herumgeführt. Die große Bucht mit den lang gestreckten Lagerhallen musste irgendwo südlich von ihnen sein. Die von hohen Häusern gesäumte Straße, in der sie nun standen, hieß Goldkehlchengasse. Eigentlich ein gutes Zeichen, befand Baazlabeth, als er das Straßenschild sah, doch schon nach wenigen Schritten revidierte er seine Meinung. Das ganze Viertel, in dem sie sich befanden, schien zu schreien: »Geht weg, wir haben auch nichts!« Die meisten der Fenster waren mit Gitterstäben versehen oder mit spärlich zusammengezimmerten Fensterläden verschlossen. Die wenigen, bei denen dies nicht zutraf, waren mit zerrissenen Tierhäuten bespannt oder zeigten sich leer und dunkel und die Häuser dahinter unbewohnt. Die Gebäude glichen halben Ruinen, doch anstatt nach Krieg und Tod stank es einfach nur nach Fisch. Wenn es hier Gold zu verdienen gab, hatte es sich gut versteckt.

Baazlabeth versuchte, seine Zweifel herunterzuschlucken und den Aussagen der Brisenburger Glauben zu schenken, die ihn hierher geschickt hatten.

»Nun mal nicht so schüchtern, meine Gnädigste«, sagte einer der

Männer und zeigte auf die hohe Steinmauer, in deren Mitte eine schwere Holztür mit geschwärzten Eisenbeschlägen hing. Dahinter musste sich so etwas wie ein Hofplatz befinden, auf jeden Fall keine Burg.

Gnädigste? Wenn ich dir zeige, worin meine Gnade besteht, wirst du winselnd vor mir auf dem Boden kriechen, Hündchen.

»Nur kein Neid«, erwiderte Baazlabeth. »Es gibt eben Menschen, die nach etwas Höherem streben, als nachts durch die Straßen zu irren und die Leute in ihre Häuser zu scheuchen.«

»Na, dann wünsche ich Euch viel Glück auf der Suche nach Euren höheren Zielen. Wird bestimmt nicht einfach, wenn man die ganze Nacht unter einem nach Schweiß riechenden, angetrunkenen Kaufmann liegt.«

Äußerst belustigt, zogen die Stadtwachen von dannen. Baazlabeth stand noch einige Augenblicke vor der Tür und sah den beiden nach, während er überlegte, ob es einen großen Unterschied machen würde, wenn er sie ebenfalls in der Kanalisation verschwinden ließe. Er kam zu dem Schluss, dass es sich nicht lohnte, schließlich war seine neue Verkleidung so gut wie jungfräulich. Er begnügte sich damit, ihnen hinterherzustarren, bis sie um die Ecke bogen.

Etwas unschlüssig stand Baazlabeth vor dem hölzernen Tor und lauschte den Geräuschen hinter der Mauer. Leise Stimmen und verhaltenes Kichern bestätigten ihm, dass er nicht allein war. Eine Flasche fiel zu Boden und zersplitterte. Eine Frau kreischte und fluchte vulgär.

»Das Zeug schmeckt wie Pisse. Vielleicht bringt es ja den Efeu zum Blühen.«

»Dich wird es sicherlich nicht mehr zum Blühen bringen, Tascha, da kommt es einige Jahre zu spät«, rief eine andere.

»Dafür braucht sie einen Wundertrank«, rief eine dritte Frauenstimme.

»Halt bloß das Maul, Molly. Du wartest ja nur auf einen, der blind und taub ist, damit du auch mal wieder zu einem Stecher kommst, der dir nicht jeden Abend Prügel gibt wie Nicknick.«

Na wunderbar, dachte Baazlabeth, *der Vorhof zum Paradies ist ein Schlammloch mit obszönen Putten.*

Bevor er selbst die Klinke der Tür drücken konnte, huschte ein äußerst beleibter, in Seide gekleideter Mann an ihm vorbei ins Innere und hinterließ einen Duft von Veilchen. Baazlabeth kostete es alle Überwindung, dem süßlichen Geruch zu folgen, aber wenn die Tür schon einmal offen stand, konnte er genauso gut hindurchgehen. Vielleicht erregten sie zu zweit ja weniger Aufmerksamkeit.

Der Innenhof glich einem Marktplatz ohne Stände. Im Zentrum befand sich ein steinerner Zierbrunnen, dessen Rand voller entzündeter Kerzen stand. Die Mitte des Brunnens krönte die Figur einer Meerjungfrau in Lebensgröße. Von drei Seiten wurde der Hof durch hohe Steinmauern begrenzt. Auf der Stirnseite ging er über in eine breite Treppe, die sich nach oben hin verengte und vor dem Doppelportal eines prunkvollen Gebäudes endete. Erst auf den zweiten Blick zeigte sich, dass das Haus einmal prunkvoll gewesen sein musste, jetzt aber heruntergekommen war. Die Fassade war rissig und Türen und Fenster nur notdürftig geflickt. Trotzdem schien jemand im Inneren zu wohnen, denn drei der zwölf Fenster waren hell erleuchtet. Entlang der Mauern im Innenhof standen gut zwei Dutzend Frauen, die sich entweder einzeln oder in kleinen Gruppen außerhalb des Lichtkreises des leuchtenden Brunnens herumdrückten. Der Mann, der vor Baazlabeth den Hof betreten hatte, hielt zielstrebig auf zwei leicht bekleidete Damen in der Nähe der Treppe zu.

»Hallo Jorkas«, rief eine von ihnen dem Mann entgegen, »du scheinst einen guten Tag gehabt zu haben, wenn du es dir schon wieder leisten kannst.«

»Ob er wirklich kann, wird sich noch herausstellen«, grölte eine andere Frau quer über den Platz und schien damit für allgemeine Belustigung unter den Damen zu sorgen.

Huren, dachte Baazlabeth.

Konnte man tatsächlich Gold verdienen, indem man seinen Körper feilbot? Natürlich hatte er von den Frauen gehört, die ihre Körper an Männer verkauften und ihnen Liebesdienste erwiesen. Das Gewerbe war schließlich genauso alt wie er. Bislang hatte er jedoch noch nicht die Gelegenheit gehabt, eine dieser Damen auch kennenzulernen. Das lag sicherlich daran, dass es nur wenige von ihnen gab, die auch in der Lage waren, zwischen den Dimensionen zu reisen. Und damit waren sie ihm mindestens so fremd wie sprechende Pflanzen.

Dämonen wie er waren geschlechtslos, deshalb vermochte Baazlabeth nur wenig über die körperlichen Freuden zu sagen. Für ihn waren alle fleischlichen Lüste die Körper von Sterblichen betreffend mit einer scharf geschliffenen Klinge verbunden. Zu töten, möglichst langsam und qualvoll, war die einzig wahre Erfüllung, die er brauchte, obwohl er sich sicher war, dass seine Opfer diese Erfüllung nicht teilten.

Im Gegensatz zu dieser hoch professionellen, enorm komplizierten und über Jahrhunderte immer wieder verfeinerten Kunstform, was war da schon ein bisschen »Nettsein«? Nett konnte jeder sein, deshalb war auch das Wort schon so einfach. Was war »nett« schon geben »bestialisch«, »barbarisch«, »bösartig« – die drei großen »Bs«? Es war einfach nur ein Wort mit einer Silbe und vier Buchstaben, damit es selbst der Dümmste behalten konnte. Von ihm zu fordern, nett zu sein, war dasselbe, wie von einem Bildhauer zu verlangen, Ziegel aus einem Block zu hämmern. Auf der anderen Seite konnte ihm dieses »Nettsein« die Freiheit zurückbringen und ihn in die Lage versetzten, nie wieder nett sein zu müssen. Es war nur ein kleines Opfer, das er bringen musste, aber es würde sich auszahlen, hoffte er.

Baazlabeth beschloss, die Huren und ihre Kunden noch ein Weilchen im Gespräch belauschen, bevor er selbst tätig wurde. Er wollte sich auf keinen Fall unter Wert verkaufen. Nur weil er diese Dienste als wertlos ansah, musste das nicht auf seine Kunden zutreffen. Die Hoffnung auf einige ungestörte Momente, in denen er sich etwas von den Damen absehen konnte, wurde ihm jedoch nicht gegönnt.

»Was hast du hier zu suchen, Goldlöckchen? Hast du dich verlaufen? Am besten schwirrst du ganz schnell wieder ab. Das hier ist ein Ort, wo richtige Männer auf richtige Frauen treffen. Nichts für holde Jungfrauen und solche, die es bleiben wollen.«

Baazlabeth hatte Schwierigkeiten, in der schummrigen Beleuchtung zu erkennen, welche der Damen zu ihm gesprochen hatte. Anscheinend jedoch war es eine der drei fragwürdigen Schönheiten, die sich in einer der Ecken um eine Feuerschale herumdrapiert hatten und sich die Hände wärmten.

Mit einem dumpfen Klatschen schlug eine Dirne der anderen auf den Hintern und packte beherzt zu. »Hier sind echte Rundungen gefragt«, brüllte sie. »An so einem Klappergestell wie dir nagen höchstens die Hunde.«

Der Stimme nach zu urteilen und der zerbrochenen Flasche zu ihren

Füßen, konnte es sich nur um Tascha handeln. Baazlabeth musste dieser Molly, wo immer sie auch sein mochte, entschieden widersprechen. Bei Tascha half auch kein Zaubertrank mehr. Aus den strohigen Haaren, den fehlenden Vorderzähnen und den mehr als nur ausladenden Hüften hätte man vielleicht noch eine gigantische Kröte oder im besten Fall eine Vogelscheuche machen können.

Baazlabeth stand nicht der Sinn nach einem Wortgefecht, erst recht nicht mit einer Frau. Er machte dies unmissverständlich klar, indem er auf den Boden spuckte und Tascha gelangweilt anschaute. Diese Art der Ablehnung war etwas mehr, als die angetrunkene Frau verkraften konnte. Mit wackelnden Hüften und O-Beinen stampfte sie auf Baazlabeth zu.

Mach das nicht, Schlampe, ich habe schon Ritter von den Füßen gehoben, die mit Pferd und Rüstung fast das Doppelte wogen.

Taschas Befähigung, seine Gedanken zu lesen, war bei ihr genauso ausgeprägt wie hübsch auszusehen. Gefolgt von lautem Kreischen und den Anfeuerungsrufen der übrigen Damen preschte sie auf Baazlabeth zu wie eine Furie. Baazlabeth behielt die Ruhe und wich keinen Zoll zur Seite. Wenn er sich jetzt schon von seiner Konkurrenz einschüchtern ließ, bekäme er hier sicherlich keinen Fuß mehr auf den Boden. Außerdem war ihm ein richtiges Gefecht auch viel lieber als ein Wortgefecht. Wozu tausend Worte, wenn ein einziger Hieb alles klären konnte?

Eine angetrunkene Hure war kein Ritter hoch zu Ross, das musste auch Tascha feststellen, als Baazlabeth ihr mit der Faust einen gezielten Schlag auf den Kehlkopf verpasste. Der Dämon schob es auf die stämmigen Beine der Frau, dass sie nicht in sich zusammensackte. Sie stand nur da mit weit aufgerissenen Augen, röchelte nach Luft und umklammerte ihren Hals. Baazlabeth packte sie am Arm, wie es freundliche Menschen taten, wenn sie Älteren halfen, und führte sie zum Brunnen. Tascha leistete kaum Gegenwehr. Sie benötigte all ihre Kraft, um nicht ohnmächtig zu werden.

»Oh, meine Beste, Ihr scheint Euch verschluckt zu haben. Kommt mit, ein Schluck frisches Wasser wird Euch bestimmt guttun.«

Fast bereitwillig ließ sich Tascha führen. Um die beiden herum war es still geworden. Mit entsetzten Mienen starrten die anderen Frauen auf das Schauspiel, das sich ihnen bot. Baazlabeth geleitete Tascha bis zum Rand des Brunnens. Ein Tritt von hinten in die Kniekehlen ließ die Matrone einknicken wie einen morsch gewordenen Baum. Baazlabeth zögerte nicht, packte Tascha bei den strohigen Haaren und tauchte ihren Kopf in das eiskalte Wasser. Dreimal drückte und zog er sie am Schopf durch das übel riechende Nass.

»Oh, seht nur, Eure Frisur hat durch das Bad etwas gelitten. Wartet, ich werde Euch helfen, sie neu zu richten. Ihr werdet sehen, im Nu seht Ihr wieder aus wie eine feine Dame.«

Baazlabeth pflückte eine der Kerzen vom Brunnenrand und hielt sie unter einen von Taschas weit ausladenden Rüschenärmeln, der vom Bad verschont geblieben war. Fast schien es so, als bedanke sie sich mit einigen gekeuchten, unverständlichen Worten und einem zustimmenden Tätscheln von Baazlabeths Unterarm. Diese endeten jedoch sofort, als die Flammen an ihr hochkrochen. Mit wild um sich schlagenden Armen wälzte sich die schwergewichtige Frau am Boden und versuchte so, das Schlimmste zu verhindern. Bevor sie jedoch das Feuer löschen konnte, hatten das Rüschenhemd, die grobmaschige Strickweste und die linke Hälfte ihrer Frisur bereits stark gelitten. Mit letzter Kraft schleppte sich die Dirne zum Brunnen und sackte erschöpft zusammen. Kräuselnde Rauchfäden stiegen von ihr auf, wurden vom Wind erfasst und lösten sich in Wohlgefallen auf.

Baazlabeth machte sich noch nicht einmal die Mühe, sein Werk weiter zu beachten. Dies war keins seiner Kunstwerke, nur eine Fingerübung. Noch während Tascha wie in Trance die letzten glühenden Reste von ihrer Kleidung klopfte, hatte der Dämon bereits seinen Platz an der Mauer eingenommen. Die anderen Huren hielten gebührenden Abstand und wagten es lediglich, ihm einige verstohlene Blicke zuzuwerfen und leise miteinander zu tuscheln.

Vom Brunnen hatte Baazlabeth sich eine der Kerzen geschnappt, die er nun ganz ungeniert vor sich platzierte. Was die anderen versuchten, mit Schatten zu kaschieren, zeigte er unverhohlen vor.

Endlich hatte er die Gelegenheit, seine Konkurrenz näher zu begutachten. Tascha wurde von zwei ihrer Freundinnen auf ihren Platz zurückgeführt und mit geheucheltem Mitgefühl überschüttet. Beruhigt stellte Baazlabeth fest, dass jede der Damen auf die eine oder andere Weise vom Leben gezeichnet war. Nur eine der Frauen schien auf den ersten Blick Baazlabeths neuem Körper ebenbürtig zu sein – natürlich nur im Hinblick auf ihre Befähigung zur Hure.

Den leisen Gesprächen zwischen ihr und ihrer Freundin, die er dank seines übernatürlichen Gehörs dennoch hören konnte, entnahm er, dass es sich um Molly handelte. Molly war recht groß und schlank. Ihr langes lockiges Haar fiel ihr über die Schultern. Ihre Bewegungen waren anmutig und ihr Körper durchtrainiert. Entfernt erinnerte sie Baazlabeth an eine Amazone. Aus der geflüsterten Konversation konnte er zudem heraushören, dass sie gebildet und bei Weitem nicht so vulgär war wie die anderen. Baazlabeth spürte, wie Aversion gegen die Frau sowie Neid in ihm hochstiegen. Fast schon überlegte er sich, was er ihr antun könnte, um sich ihrer Konkurrenz zu entledigen. Doch dann, als sie sich zur Seite drehte und der Schein des Kerzenbrunnens ihre linke Gesichtshälfte beschien, sah er die Narben. Die linke Seite ihres Gesichtes war von tiefen Furchen entstellt. Die Wunden waren schon lange verheilt, aber von ihrer Gesichtshälfte war nicht mehr übrig als eine Grimasse.

»Hey, willst du hier nur herumstehen und glotzen?«

Das schrille Zetern weckte Baazlabeths Neugier. Die Stimme der aufgebrachten Frau kam aus der Nähe des Außentores. Im Halbdunkel erkannte Baazlabeth die Dirne und den Freier, den sie am Kragen gepackt hatte, um dessen Aufmerksamkeit zu gewinnen. Der schlanke Mann mittleren Alters mit schütterem Haar versuchte, sich loszureißen. Er trat nach der Frau mit dem Fuß und konnte sich so aus ihrem Griff befreien. Verwirrt wich der Mann zurück, vor den Spuckeattacken seiner Angreiferin flüchtend. Sein ganzes Verhalten wirkte dabei jedoch irgendwie halbherzig und verträumt. Auch als die Dirne hinter ihm herhechtete und ihm erneut ins Gesicht spuckte, nahm er dies kaum wahr, sondern begnügte sich damit, den Rotz mit dem Ärmel aus dem Gesicht zu wischen. Die Erklärung seines Verhaltens ergab sich aus der Tatsache, dass er wie gebannt auf Baazlabeth starrte, besser gesagt, auf Lis.

Eigentlich war Baazlabeth daran gewöhnt, dass man ihn so ansah, doch schien der Mann weniger geschockt, als mehr gebannt. *Wie in der Kneipe*, dachte sich der Dämon. Er nahm es als Kompliment und lockte den schüchternen Freier mit dem Finger. Wie an einer Schnur gezogen, folgte dieser dem Fingerzeig. Endlich angekommen, stand Baazlabeth der Mann gegenüber und starrte verlegen zu Boden.

Baazlabeth hatte aufgepasst, wie es hier lief. Im Grunde genommen war es ganz einfach und das Schema immer dasselbe.

»Na mein Süßer, was kann ich denn für dich tun?«, fragte er.

Der Satz war ihm gar nicht so fremd, nur das Angebot war diesmal ein anderes. Der Mann zeigte immer noch keine wirkliche Reaktion, und antworten tat er auch nicht. Seine einzige Äußerung war ein leichtes Schaukeln von einem Bein aufs andere. Vielleicht war er taub, aber mit etwas Glück konnte er von den Lippen lesen. Baazlabeth setzte ihm den Zeigefinger unter das Kinn und hob den Kopf des Mannes ein Stück an, sodass sie sich ansahen.

»Was ist mit dir, du magst mich doch, oder, Süßer?«

Es war ungewöhnlich für Baazlabeth, einen Mann mit »Süßer« anzusprechen, doch es zeigte Wirkung. Süßer nickte schüchtern.

»Darf ich sie anfassen?«, flüsterte er.

Baazlabeth verstand nicht. Was wollte der Kerl anfassen? Als sich jedoch der Blick des Freiers wieder senkte und er wie hypnotisiert auf Baazlabeths Brüste starrte, die eigentlich Lis gehörten, begriff auch der Dämon.

»Ein Witwergold«, platzte es aus Baazlabeth heraus, ohne darüber nachzudenken, ob das viel oder wenig war für die Leistung. Immerhin gab es Leute, die dafür einen halben Tag arbeiten mussten. Bereitwillig zupfte der Mann ein Goldstück aus der Tasche und hielt es Baazlabeth hin. Fast schon ärgerte der Dämon sich, nicht das Doppelte verlangt zu haben.

»Darf ich dein Hemd aufknüpfen«, wisperte Süßer erneut.

»Es ist eiskalt hier. Glaubst du, ich habe mir nur aus Spaß etwas angezogen?«, schnaubte Baazlabeth ärgerlich. »Das kostet noch eine Münze.«

Diesmal kostete es den Freier schon mehr Überwindung, aber er zückte das Goldstück und legte es zu dem anderen in Baazlabeths Hand.

»Mach schon«, drängelte Baazlabeth, »sonst willst du mir gleich auch noch die Schuhe ausziehen und das kostet richtig.«

Süßer begnügte sich aber vollkommen mit dem Hemd. Vorsichtig hob er die Hände und öffnete einen Knopf nach dem anderen. Als er fertig war, betrachtete er sein Werk zufrieden und holte tief Luft. Baazlabeth sah sich währenddessen um. Niemand schien sich wirklich dafür zu interessieren, was sie machten. Ein paar verärgerte Blicke der Konkurrentinnen, das war schon alles.

Die Berührung der eiskalten Hände holte ihn zurück ins Hier und Jetzt. Keuchend musste er feststellen, wie enorm sensibel seine zwei dazu gewonnenen Körperteile auf Kälte reagierten. Von einem Moment auf den anderen veränderten sich die Spitzen seiner Brüste.

Süßer begann zu kneten. Mit jeder Hand bearbeitete er eine Brust. Zwischendurch nahm er immer wieder die Brustwarzen zwischen Zeigefinger und Daumen, drückte sie und zog an ihnen. Schnell war die Kälte vergessen, und ein anderes Gefühl zog in Baazlabeth hoch. Es war ein Kribbeln, das von Innen zu kommen schien, ein völlig neues und unbekanntes Gefühl, das er, nachdem er es jetzt kannte, gern zurück gegen die Kälte getauscht hätte. Die Berührung durch einen Menschen war für ihn sehr ungewohnt, mit Ausnahme der verzweifelten Versuche seiner Opfer, sich festzuklammern oder ihn fortzustoßen. Einem Menschen gegenüberzustehen, der es genoss, diesen Körper zu betasten und sogar dafür bezahlte, war mehr als befremdlich für Baazlabeth. Sein Freier schien gar nicht genug von den weiblichen Rundungen zu bekommen. Immer kräftiger wurde sein Griff, und immer wilder die Bewegungen. Zu guter Letzt überkam Baazlabeth ein Gefühl der aufsteigenden Hitze trotz aufgeknüpfter Bluse. Sein Fuß begann zu tippeln, und ein Bein drohte einzuknicken. Er spürte, wie sein Körper versuchte, Gewalt über seinen Geist zu erlangen, um selbstbestimmt zu agieren. Was genug war, war genug. Baazlabeth stieß seinen Freier zurück und hielt sich mit einer Hand die aufgeknöpfte Bluse zu.

»Das sollte reichen für zwei lumpige Goldstücke«, krächzte er, weil seine Stimme zu versagen drohte.

»Aber ich dachte, wir ...«, stotterte der Freier.

»Es gibt kein ›wir‹«, fuhr Baazlabeth den Mann scharf an. »Du siehst jetzt zu, dass du wegkommst, sonst werde ich dafür sorgen, dass deine Frau für die zwei Witwergold auch einen Gegenwert bekommt.«

»Ich habe keine Frau«, kam die traurige Antwort.

»Was stehst du dann hier noch herum, lauf los und such dir eine. Hopp! Hopp!«

Ähnlich eingeschüchtert wie er gekommen war, trotte der Mann wieder von dannen. Diesmal wurde er von keiner der Damen belästigt, wozu auch, seine Taschen waren schließlich leer.

Der nächste Freier ließ nicht lange auf sich warten. Nachdem er einmal an der Mauer mit den aufgereihten Damen entlangstolziert war, kehrte er schnurstracks zu Baazlabeth zurück. Die Auswahl seiner Gespielin schien ihm leicht zu fallen. Wer aß schon gerne Trockenobst, wenn er einen knackigen Apfel haben konnte?

Zu Baazlabeths Erstaunen stellte auch dieser Mann nur geringe Erwartungen an ihn, rückte aber dennoch nur zögerlich eine Goldmünze heraus. Außerdem erwies sich die Verhandlung als unerwartet schwierig, denn mehr als ein aufbrausendes Lallen war aus dem Freier nicht herauszubringen. Doch mittels Zeichensprache und großen Gesten kamen sie dennoch relativ schnell miteinander überein. Der Mann zeigte in kurzen Abständen abwechselnd auf die Vorderseite seiner Hose und auf den sinnlichen Mund von Baazlabeth, der ja eigentlich Lis gehörte. Baazlabeth hob fünf Finger und wartete auf eine Reaktion. Der Mann knickte zwei der Finger seines Gegenübers weg und ließ drei stehen. Baazlabeth presste die Lippen schmollend aufeinander und packte den Freier im Schritt und hoffte, damit der demütigenden Verhandlung ein Ende zu setzen. So schnell ließ sich der volltrunkene Mann aber nicht unterkriegen. Er knüpfte seine Hose auf und versuchte, die schlanke Frauenhand auf seiner Männlichkeit zu postieren, während er zwei weitere Finger von Baazlabeth in die Handfläche zurückdrängte.

»Für ein Goldstück gibt es bei mir entweder eine Titte oder einen neuen Haarschnitt«, hauchte er dem Freier ins Ohr.

Energisch zog Baazlabeth die Hand zurück, brachte die Hose wieder in ihren Ursprungszustand und platzierte seine Hand von außen auf das Gemächt des Mannes. Baazlabeth deutete dessen Grunzlaute als Zustimmung. Wie jemanden, den er an der Kehle gepackt hatte – einer dünnen Kehle – drückte Baazlabeth mal fester, mal weniger fest zu. Dieses Spiel ging einige Minuten so, bis ihn der Mann mit seinem weingeschwängerten Atem anhauchte:

»Olla!«

Baazlabeth machte es sich einfach und interpretierte das Genuschel als »doller«. Diesmal drückte er wirklich fest zu. Das Quieken und Stöhnen seines Freiers nahm er als Zeichen, dass es ihm gefiel, so hielt Baazlabeth es auch bei seinen sonstigen Besuchern, wenn ihm das Gestöhne auf die Nerven ging. Nach wenigen Augenblicken war es vollbracht. Der Kopf des Mannes senkte sich auf die Brust, und er taumelte wie ein altersschwaches Pferd, an einer Trense geführt, um Baazlabeth herum. Nach wenigen Schritten stieß er mit der Mauer zusammen und sackte erschöpft in sich zusammen.

»Den hast du ganz schön fertiggemacht!«, brüllte eine der Huren zu Baazlabeth herüber.

Fertiggemacht sieht bei mir eigentlich anders aus.

Plötzlich wurde es ruhig auf dem Hof. Die Damen des nächtlichen Gewerbes rückten ihre Mieder zurecht und strichen sich die Haare glatt. Fast gleichzeitig ließen die Damen ihre Blusenärmel übers Gesicht wandern, um zu retten, was zu retten war, oder wegzuwischen, was dort nicht hingehörte.

»Jetzt wirst du fertiggemacht« kicherte eine Frau die Baazlabeth gegenüber stand. »Nicknick mag keine Schlampen, die in unserem Gebiet wildern. Stimmt es, Molly?«

»Lass mich in Ruhe, Peggy«, antwortete die Frau, mit dem zerschnittenen Gesicht.

Im Haus am Ende des Hofes entflammte plötzlich Licht in dem breiten Treppenturm, der sich aus der Fassade herauszudrücken schien. Jemand kam von oben herunter und entzündete nacheinander die Öllampen in den Fenstern. Knarrend öffnete sich ein Flügel der schweren Doppeltür. Aller Augen waren auf den Eingang gerichtet, und jede der Dirnen schien die Luft anzuhalten.

Baazlabeth wusste nicht genau, wen oder was er erwartet hatte, doch mit Sicherheit keine dralle, blonde Frau mit dicken Zöpfen, eingehüllt in ein dunkelbraunes Cape, die gerade einmal bis zur Türklinke reichte. Es war eine Dverga, die mit einer Laterne bewaffnet die Stufen der Treppe in den Innenhof heruntergewatschelt kam. Ihre Schritte waren zu kurz für die breiten Stufen, und ihr Gang wirkte irgendwie unbeholfen. Abrupt löste sich die Anspannung unter den Huren, und ein allgemeines Tuscheln und Kichern machte sich breit.

Die zu klein geratene Frau machte ihre Runde an den Huren vorbei wie ein Laternenanzünder in den Straßen der Stadt. Mit einigen der Huren wechselte sie wenige Worte und zog dann weiter zur nächsten. Als sie bei Tascha und den anderen beiden Huren vorbeikam, hielt sie einen Moment inne. Anklagend zeigten die beiden Huren auf Baazlabeth, während Tascha am Boden saß, sich den Arm hielt und wie in

Trance hin und her wippte. Die kleine Frau zog ein Fläschchen aus ihrem Mantel und begann, Tascha notdürftig zu verarzten. Danach setzte sie ihren Rundgang fort, und wenig später stand sie vor Baazlabeth. Matronenhaft, die Hände auf die Hüften gestemmt. Übellaunig schaute sie hoch. Baazlabeth versuchte es erst einen Moment mit Nichtbeachtung, doch dann fehlte ihm die Geduld, und er blickte zu ihr herunter.

»Na Kleine, so spät noch unterwegs? Dies ist doch kein Platz für so ein süßes Kind wie dich. Solltest du nicht bei deinen Eltern in der Kanalisation hocken?«

Die Dvergafrau besaß mehr Humor, als Baazlabeth ihr zugetraut hätte, jedenfalls lächelte sie.

»Ich bin kein Kind mehr«, erwiderte sie. »Ich bin siebenundvierzig. Mein Name ist Myrcella, aber alle hier nennen mich nur die Zwergin.«

»Irgendwie passend, finde ich«, gestand Baazlabeth, noch immer nicht an den hohen Tonfall seiner neuen Stimme gewöhnt.

»Ich will dir kurz etwas von mir erzählen, bevor ich dir etwas über dich erzähle«, sagte die Zwergin und gewann damit Baazlabeths Aufmerksamkeit. »Ich bin nicht so stark wie die meisten meines Volkes. Lord Brackenmoore gab uns unsere Freiheit zurück, und wir konnten nichts damit anfangen. Wir haben es zwar versucht, doch wir waren zu schwach. Die Dverga, die immer noch kämpfen, weil sie sich ihre Schwäche nicht eingestehen können oder wollen, hausen dort unten in der Kanalisation. Die anderen sind zurück in die Sklaverei gekrochen. Als Sklave verhungert man wenigstens nicht, und wer so viel Glück hat wie ich, schafft es sogar, sich einen Namen zu machen, wenn auch nur einen zweifelhaften.«

Myrcella öffnete ihr Cape und legte ihre rechte Schulter frei. Die Zwergin drehte ihren Kopf und reckte Baazlabeth den Hals entgegen. Kurz über der Schulter waren zwei fast schwarze, ineinander verschlungene Kettenglieder eintätowiert.

»Und, was soll mir das sagen?«, entgegnete Baazlabeth. »Ich habe schon Kinder mit dem gleichen Mal gesehen.«

»Das gleiche Mal, ja. Das gleiche Schicksal, nein«, erklärte die Dverga. »Die Kinder, die du gesehen hast, nennen wir die ›Totgeschwiegenen‹. Sie sind halb Mensch, halb Dverga – Bastarde. Lord

Brackenmoore hat mit Neptrotot, dem Sklavenhändler vor der Stadt, eine Übereinkunft getroffen. Für jeden Bastard, der geboren wird, bekommt Neptrotot fünfhundert Goldstücke, und dafür entlässt er die Kinder in die Freiheit. Zuerst wurden sie von Familien aufgenommen, die selbst keine Kinder zeugen konnten, doch mittlerweile werden sie auch an Händler und reiche Kaufleute vergeben, die aus ihnen billige Arbeitskräfte machen. Nach außen hin sind sie freie Menschen, doch Abhängigkeit kann ebenso eine Kette sein, wie die aus Eisen geschmiedeten.«

»Äußerst nobel von diesem Lord Brackenmoore«, musste Baazlabeth zugeben. »Doch wie kommt es, dass du noch in der Sklaverei bist, obwohl diese Stadtmauern dich davor bewahren sollten?«

»In dieser Stadt existiert noch eine weitere Stadt, und die wird von Twinkel Lostface, dem Meister der Finstergilde kontrolliert.«

»Dem Blinzler?«

»Richtig«, bestätigte Myrcella. »Er kontrolliert die Unterwelt in Brisenburg. Nicknick, mein Herr, arbeitet für ihn. Nicknick kontrolliert alle Huren in dieser Stadt, und was er überhaupt nicht mag, sind solche Wildkatzen wie du, die in seinem Territorium herumstreunen. Siehst du Molly dort drüben? Sie war einst genau wie du, schön und begehrenswert, bis Nicknick ihr gezeigt hat, wo sie hingehört. Jetzt kann sie von Glück sagen, wenn noch jemand einen Silberling für sie bezahlt.«

Langsam begann sich das Bild dieser Stadt in Baazlabeths Kopf zu formen. Doch immer noch war ihm unklar, welche Rolle er in diesem Spiel spielte, oder besser gesagt, welche Rolle Nemrothar im zugedacht hatte. All diese Verwicklungen und dunklen Machenschaften waren guter Stoff für einen Geschichtenerzähler, doch immer noch zu wenig, um einen Dämon wirklich erheitern zu können.

»Warum erzählst du mir das alles?«

»Hörst du mir nicht zu? Es ist mir egal, ob du Tascha verprügelt hast. Sie ist ein Miststück. Doch ich würde nur ungern jeden Abend in deine traurigen Augen sehen, so wie ich in die von Molly blicke. Dieser Hinterhof hat nichts mit der Welt zu tun, die du kennst. Hier gelten andere Gesetze. Hier kann dir kein Lord Brackenmoore und auch keine Stadtwache helfen. Wenn der Blinzler will, dass du stirbst, stirbst du. Wenn sie dich versklaven wollen, werden sie auch dies tun.

Glaube mir, wenn ich dir sage, dass sie noch weitaus schlimmere Dinge mit dir machen können, als dich zu töten oder dich für sie arbeiten zu lassen.«

Klingt ganz nach Zuhause. Wenn sie weiterredet, fühle ich mich noch richtig wohl hier.

»Pass auf«, sagte Myrcella und zupfte an dem grauschwarzen Rock von Baazlabeth. »Siehst du da vorn den alten Mann mit den Reiterhosen und dem krummen Zylinder? Er sucht Mädchen für seinen Herrn, genau solche wie dich. Ich werde zu ihm hinüber gehen und ihm dich schmackhaft machen. Wenn er dich zu seinem Herrn bringt, verdienst du fünf Mal so viel wie mit jedem anderen Freier. Gehe mit ihm, behalte das Gold und komme nicht wieder.«

Baazlabeth war recht angetan von der Vorstellung, endlich einmal Nicknick oder diesen mysteriösen Twinkel Lostface kennenzulernen, doch die Möglichkeit, seine kleine Holztruhe mit etwas mehr Gold zu füllen, war momentan wichtiger. Er stimmte dem Angebot der Zwergin zu und ließ sie gewähren. Morgen war schließlich auch noch ein Tag, um neue Bekanntschaften zu machen.

Der alte Mann mit dem krummen Rücken und seinen dünnen schwarzen Haaren, die unter seinem Zylinder hervorkrochen, schien schnell überzeugt zu sein. Was Myrcella ihm erzählt hatte, wusste Baazlabeth nicht, aber er war sich sicher, diese Versprechen auch erfüllen zu können. Der Alte winkte ihm zu, und Baazlabeth folgte gehorsam. Myrcella blieb am Tor stehen, um sich zu vergewissern, dass er den Hinterhof auch wirklich verließ. Ihr Gesichtsausdruck verriet, dass sie für ihre Bemühungen gern ein »Danke« entgegengenommen hätte, doch Baazlabeth konnte ihr etwas Besseres bieten.

»Wir sehen uns dann morgen«, sagte er trocken.

Myrcella schüttelte nur den Kopf.

Der alte Mann wirkte auf Baazlabeth ein wenig merkwürdig, wenn so etwas überhaupt möglich war. Er hetzte leicht humpelnd, mit gebeugtem Rücken voraus, blieb dann plötzlich stehen und winkte Baazlabeth zu, damit der sich beeilte, wieder zu ihm aufzuschließen. Das Ganze exerzierten sie ein halbes Dutzend Mal durch, ohne auch nur ein Wort gewechselt zu haben. Der Alte führte ihn im Zickzack durch mehrere enge Gassen, bis sie plötzlich vor einer dunklen Kutsche mit schwarzen Vorhängen standen. Zwei braune Pferde waren vor den Bock gespannt. Die aufgeblähten Nüstern der Rösser deuteten darauf hin, dass sie Baazlabeths wahres Wesen erkannten. Wieder einmal zeigte sich, dass Tiere selbst mit Scheuklappen besser sahen als die Menschen, welche sie lenkten.

Der alte Mann klopfte zweimal gegen die Kutschtür. Von innen wurde ein Riegel zurückgezogen, dann öffnete sich leise knarrend die Tür. Der Kutscher schwang sich auf seinen Bock und nahm die Zügel in die Hand.

In dem mit schwarzem Samt ausgekleideten Kutscheninneren saß ein fülliger Mann mit wallenden Gewändern, ebenfalls in dunklen Farben gehalten. Ein schwerer süßlicher Duft schlug Baazlabeth entgegen, als er den Kopf in das Innere steckte.

»Komm herein, schönes Kind«, sagte der Mann mit einer heiseren, für ihn eigentlich zu hohen Stimme. »Du brauchst keine Angst zu haben. Die beiden Pferde sind wesentlich bissiger als ich und der alte Karl dort vorne.«

Die beiden Pferde werde ich zum Schluss fressen, wenn das, was ich hier rieche, Lavendel ist.

»Verzeiht mein Zögern, Herr. Mich hat der Geruch irritiert«, erklärte Baazlabeth und bestieg die Kutsche.

»Weihrauch mit etwas Rosmarin und einer winzigen Spur von Vanille«, gab der dicke Mann mit Stolz zurück. »Es ist meine eigene Kreation. Ich hoffe, sie gefällt dir.«

Baazlabeth zog die Tür hinter sich zu und nahm dem Mann gegenüber Platz.

»Ein wenig zu schwer für meinen Geschmack, aber jedenfalls kein Lavendel«, gestand er.

Immer noch saßen sie in absoluter Finsternis. Der dicke Mann begann albern zu kichern.

»Ich mag junge Dinger, die sich trauen, ihre Meinung zu sagen. Dennoch musst du entschuldigen, dicke Männer brauchen einen schweren Geruch, um von ihrer Körperfülle abzulenken.«

In dem Fall vielleicht doch lieber etwas mehr Vanille.

Der dicke Mann schien sich trotz der Dunkelheit nicht wirklich sicher zu fühlen. Er zog den Stoff vor den kleinen Fenstern beiseite und spähte angestrengt auf die Straße hinaus. Dann wiederholte er die Prozedur auf der anderen Seite der Kutsche. Zu guter Letzt lehnte er sich zurück und schlug mit der Faust gegen die Rückseite des Kutschbockes. Das Gefährt setzte sich in Bewegung. Baazlabeths Gegenüber nahm ein Stückchen Glut aus der Räucherschale und entzündete eine Laterne, die in der Mitte des Wagens hing.

Bei Licht beschienen, wurde der Mann auch nicht schlanker. Was sich jedoch herausstellte war, dass es sich um einen Priester handelte. Nun erkannte Baazlabeth das Gewand des Mannes als langen dunkelblauen Ornat, mit der verzierten Stickerei desselben Baumes auf der Brust, den Baazlabeth schon im Tempel gesehen hatte.

Spontan musste Baazlabeth an eine der vielen Schöpfungsgeschichten denken, die er kannte. Diese eine besagte, dass die Götter die Kinder der Welt aus einem Klumpen Lehm geformt und diese dann mit ihrem Atem belebt hatten. Augenscheinlich traf die Geschichte bei diesem Mann zu, die Götter hatten nur etwas zu viel Lehm verwendet und ihn zu stark in die Sitzbank gepresst. Sein Haupthaar war das Ergebnis einer Mischung aus gegebenen Zwängen und Unvermögen. Der kurz geschorene Kranz um seinen Kopf wirkte wie ein abgestürzter Heiligenschein, dem es an Leuchtkraft fehlte. Auffällig an seinem Gesicht waren außer der Birnenform die großen glasigen Augen und die vollen blassrosa Lippen.

»Nimm etwas frisches Obst, wenn du willst«, sagte er galant und hielt Baazlabeth eine Schale mit Weintrauben und Kirschen hin. »Nimm ruhig, so etwas kannst du bestimmt nicht jeden Tag kosten.«

Den Göttern dieser Welt sei Dank, dass sie mich mit diesem Fraß verschonen.

»Danke, das ist zu freundlich von Euch«, heuchelte Baazlabeth und pflückte sich vorsichtig eine der Trauben vom Stängel.

Optimal positioniert legte er sie auf seine Zunge und schluckte sie unzerkaut herunter.

»Greif ruhig zu. Nicht so schüchtern«, bot der Priester erneut an.

Baazlabeth hätte gern einige freundliche Worte gefunden, um abzulehnen, doch er musste feststellen, dass die Kehle einer jungen Frau um Einiges zarter und schmaler war als die von Sil, und erst recht als seine eigene. Die Frucht steckte in seinem Schlund wie ein Korken auf einer Phiole. Er spürte, wie ihm die Tränen in die Augen schossen und die Luft langsam knapp wurde. Er schaffte es nur noch, den Kopf zu schütteln.

Dahingerafft von einer Weintraube. Das bringt mir tausend Jahre Spott der Meinen ein. Den Obstteller-Dämon werden sie mich nennen und sich einen Spaß daraus machen, mein Reich mit Erdbeeren, Kirschen und Weintrauben zu schmücken.

»Ach, meine Süße, was sehe ich da? Tränen der Rührung in deinen Augen für so eine geringe Geste? Dir muss es wirklich schlecht gehen. Es betrübt mich, so viel Leid unter den Menschen Bisenburgs zu sehen.«

Warte noch einen Augenblick, bis ich an diesem verdammten Stück erstickt bin, und du siehst in meinen Augen noch ganz andere Dinge, die dich das Leid der Menschen in Brisenburg vergessen lassen.

Erleichtert merkte Baazlabeth, wie die kleine eierförmige Frucht unter dem Druck seines Kehlkopfes zerplatzte und den Schlund hinabglitt. Es bedurfte eines weiteren Augenblicks, um wieder zu Atem zu kommen und die Fassung zurückzugewinnen, doch diese Zeit gewährte ihm der Priester gern, der sie nutzte, um seine Mitleidsbekundungen weiter auszuführen. Dann hatten sich beide – Baazlabeth und der Priester – wieder gefasst.

»Du weißt, wer ich bin, oder?«, fragte der dicke Mann.

»Der nette Obsthändler von nebenan«, frotzelte Baazlabeth.

Natürlich konnte er es sich denken. Der Ornat, die eigene Kutsche mit Kutscher und die Erlaubnis, während der Ausgangssperre draußen zu sein, sprachen für sich. Er war ein Priester, ein Verkünder der Worte der Götter und einer der kleinen Giftzähne, die sich ihm in jeder Welt in den Weg stellen konnten. Aber momentan war er vorrangig ein Freier, der ihn einige gute Goldstücke verdienen ließ.

»Ich mag es, wenn jemand verschwiegen sein kann, verstehst du?«

Das beruht auf Gegenseitigkeit. Halt das Maul, gib mir das Gold, und wir trennen uns als Freunde. Wenn du jedoch weiter hier herumdruckst und meine Zeit stiehlst, wirst du dir wünschen, selbst an einer Weintraube erstickt zu sein.

Baazlabeth nickte schüchtern.

Der Priester zog einen Beutel hervor und hielt ihn am ausgestreckten Arm hin. Baazlabeth musste sich zusammenreißen, ihn nicht zu packen wie ein Raubvogel seine Beute. Seine Tarnung stand ohnehin auf wackligen Beinen, sodass ein Fehler ihn schnell entlarven konnte.

Etwas zu ungeschickt für Baazlabeths Geschmack ließ sein Gegenüber den Beutel aus seinen Fingern gleiten und zu Boden fallen, bevor er ihn greifen konnte. Nach dem Gewicht zu urteilen, befanden sich wenigstens zehn Goldmünzen darin. Egal, was der fette Priester auch von ihm verlangen mochte, die Bezahlung wäre ausreichend. Als Baazlabeth den Beutel vom Boden wieder aufgehoben hatte und hochsah, wurde er eines Besseren belehrt.

Der Priester musste die Gunst des Augenblicks genutzt haben, um seine Robe abzustreifen. Darunter war er so, wie ihn die Götter geschaffen hatten – zuzüglich der eigenen Verfehlungen der letzten Jahrzehnte. Seine Männlichkeit wurde großzügig von den angesammelten Speckmassen verdeckt, wofür Baazlabeth dankbar war. Alles, was der Priester jetzt noch an sich trug, waren zwei Ringe an seiner rechten Hand und eine Kette um den Hals mit dem Symbol des Baumes. In seiner Hand hielt er eine neunschwänzige Lederpeitsche von zwei Fuß Länge.

»Ich habe gesündigt«, keuchte er.

Vergeben sei dir in meinem Namen, und zu neuen Missetaten soll es dich anspornen.

Baazlabeth war überaus belustigt. Was konnte ein menschlicher Priester einer guten Gottheit schon beichten? Wahrscheinlich lauter Lappalien, von denen alle zusammen nicht gereicht hätten, einen der Lemuren in den nächsthöheren Rang zu heben. Baazlabeth hatte sich mit dem Glauben dieser Welt noch nicht wirklich auseinandergesetzt, aber er ging davon aus, jetzt von Dingen zu hören wie sündigen Gedanken, Fehldeutungen von Schriften, unerlaubtem Fernbleiben von Messen, essen während der Fastenzeit und illegal hinzugemischten Substanzen zum Weihrauch.

Mit alledem hielt der Priester hinterm Berg. Erst einmal schwang er sich von seiner Sitzbank und ging vor Baazlabeth zu Boden. Auf Knien und Ellenbogen gestützt, reckte er Baazlabeth sein rosiges Hinterteil entgegen.

Oink, Oink! Wenn dir das Priesteramt zu viel wird, wüsste ich eine prima Bleibe für dich.

»Am Hof von Lord *Brackenmoore* ist diese junge Frau«, begann der Priester zu winseln.

Ich wusste es, unzüchtige Gedanken.

»Sechella ist ihr Name. Sie reicht immer den Wein, wenn der kleine Rat tagt. Ich habe sie gesehen. Sie arbeitet für den Blinzler. Ich müsste sie eigentlich den Wachen melden, aber ich kann es nicht tun. Ich weiß, im Grunde ihres Herzens ist sie ein guter Mensch. Die Verfehlung lautet: Verschweigen der Wahrheit. Die Strafe dafür sind zwei Schläge. Erschaffer, verzeihe mir.«

Mit diesen Worten streckte er Baazlabeth die neunschwänzige Katze hin. Das war zu schön, um wahr zu sein. Wenn man mit Menschen zu tun hatte, musste man Vorsicht walten lassen, besonders, wenn man Gold von ihnen bekam. Wenn alles schieflief, würde der Fettwanst nach dem ersten Schlag nach den Wachen rufen, und die würden Baazlabeth sein hart verdientes Gold wieder abnehmen. Zögerlich griff der Dämon nach der Peitsche. Anscheinend spürte der Priester seine Zweifel.

»Schlag zu, ich habe es verdient!«, keifte er Baazlabeth an.

Ein zweites Mal brauchte er sich nicht zu wiederholen. Dennoch war Baazlabeth unwohl bei dem Gedanken, einen seiner direkten Gegenspieler dafür zu schlagen, dass er in seinem Sinne gehandelt hatte. Wenig beflügelt, ließ Baazlabeth die neunschwänzige Katze auf das rosa Hinterteil knallen. Einmal, zweimal. Dem dicken Priester schien es zu gefallen. Schmerzerfüllt und dennoch voller Wonne, quiekte er auf.

»Ich habe Münzen aus dem Spendenstock genommen und sie unter den Dverga verteilt«, quoll es aus ihm heraus. »Ich habe den Tempel bestohlen. Als Strafe dafür sind fünf Hiebe vorgesehen. Erbauer, vergib mir.«

Leicht verdientes Gold, überlegte Baazlabeth, während er die fünf Hiebe austeilte. Seine Gedanken schweiften ab zum Konzept der Vergebung. Vielleicht war es ihm möglich, die fünftausend Goldstücke einfach zu stehlen und sich anschließend dafür einfach ein wenig auspeitschen zu lassen. Wenn man für seine Sünden bezahlte, wurde einem verziehen – so lief das doch, oder nicht? Mit etwas Glück würde so aus gestohlenem Gold ehrlich verdientes. Baazlabeth verwarf den Gedanken jedoch wieder, da er der Ansicht war, dass Nemrothar so ein Schlupfloch nicht übersehen hätte.

Der Fettsack kam richtig in Wallung.

»Ich habe einen Exorzismus eigenmächtig durchgeführt, ohne den Inquisitoren davon zu erzählen. Ich weiß, Herr, das ist gegen die Statuten, doch die Hoheitlichen hätten viel Leid über die Familie gebracht. Es sind gute Menschen. Ich habe selbst dafür gesorgt, dass der unreine Geist für immer vernichtet ist. Ich habe ihn in geweihter Pottasche in den Gräbern der Heiligen gebettet. Meine Verfehlung ist das Brechen der heiligen Statuten. Die Strafe dafür ist ein Schlag.«

Die Strafe dafür sind eine Million Schläge und ewiges Rösten über glühenden Kohlen. Du schwindsüchtiges fettes Schwein hast keinen Dämon getötet, sondern ihn mit ewigem Warten gestraft. Er wird so lange in der Urne verweilen müssen, bis Grabräuber ihn befreien oder dem Heiligen seine Heiligkeit abgesprochen wird.

Von anderen Wesen Besitz zu ergreifen war für einen Dämon so etwas wie Entspannen vom schweren Alltag der Folter. Es war recht einfach und ungefährlich – normalerweise. Der Dämon lenkte mit seinem Geist das von ihm besessene Wesen. Bevor ein Exorzismus an ihm durchgeführt werden konnte, blieb in der Regel genug Zeit, sich wieder zurückzuziehen – es sei denn, der Dämon wurde überrascht von einem übereifrigen Priester im Alleingang.

»Was ist? Mach schon, Kindchen, gib mir einen Schlag, habe ich gesagt.«

Baazlabeth tastete nach dem Beutel mit Gold. Er hing in sicherer Verwahrung an seinem Gürtel. Er nahm die Peitsche und warf sie dem Priester locker auf den Rücken.

»Viel zu lasch«, quiekte der Fettsack und sah zu seinem Züchtiger auf, da traf ihn die Faust wie ein Zaunpfahl im Gesicht.

Baazlabeth spürte voller Genugtuung, wie der Kiefer des Priesters unter der Wucht des Schlages splitterte. Zwei Tritte in den Bauch rundeten die Sache ab, und um dem Ganzen noch ein wenig Heiterkeit zu verleihen, steckte Baazlabeth den Knauf der Neunschwänzigen in die einzig verbleibende nicht ramponierte Öffnung des nackten Mannes.

Mit der Faust hämmerte Baazlabeth zwei Mal gegen den Kutschbock und rief: »Der ehrwürdige Priester ist geläutert. Bitte setzt mich in der Nähe des *Einsamen Wanderers* ab.

Der Kutscher spornte die Pferde erneut an.

12
Leben heißt nehmen und stehlen

An einem wunderbaren Morgen, als man feststellen musste, dass es einfach nicht reichte, der Böse zu sein, weil es immer noch jemanden gab, der böser war als man selbst.

Jemand klopfte zögerlich an der Tür. »Seid Ihr da?«

Baazlabeth zog sich die dünne, muffige Decke über den Kopf. Wenn er richtig mitgezählt hatte, war das bereits der dritte Versuch des Wirtes, sich nach seinem Wohlbefinden zu erkundigen. Die ständigen Störungen von Dumpf sorgten auf jeden Fall dafür, dass Baazlabeth sich noch schlechter fühlte als ohnehin schon. Es war verwunderlich: Noch vor wenigen Tagen hatte er sich überhaupt nicht dran gewöhnen können, dass sein Körper Ruhe brauchte. Und heute war allein der Gedanke daran, aufstehen zu müssen, eine Tortur.

Erst als Baazlabeth sich im Gesicht kratzte, wurde ihm aufgrund der Bartstoppeln bewusst, dass er sich nicht mehr im Körper einer Frau befand, sondern schon wieder im Körper von Lis' Bruder Sil. Dieser Wechsel von einem Körper in den anderen würde sich von nun an bei jeder Morgen- und Abenddämmerung wiederholen. In diesem Fall hatten Alkohol und Müdigkeit dafür gesorgt, dass die Verwandlung unbemerkt an ihm vorüberging. Wieder in Sils Körper zu sein erklärte natürlich auch die Erschöpfung sowie die Schmerzen in der Wade und auf der Brust. Baazlabeth hatte gehofft, sein Ausflug in Lis würde Sil genug Zeit geben, damit dieser neue Kraft schöpfen und seine Wunden auskurieren konnte.

Langsam drehe ich durch. Ich tue schon so, als ob ich mit meinen besten Freunden unterwegs bin. Sil, Lis – Lis, Sil! Wenn man da nicht langsam die Orientierung verliert, weiß ich auch nicht. Diese ganze Herumspringerei ist doch ein einziges Flickwerk. Ich fühle mich wie ein Schluck Wasser, der von einem zerlöcherten Eimer in den nächsten springt.

Im Moment hatte Baazlabeth aber nicht viel übrig fürs Springen. Vielleicht war es besser, sich einfach einen Tag frei zu nehmen und die Stadt weiter zu erkunden. Mit etwas Glück ergab sich die eine oder andere Möglichkeit zur Entspannung, Spielgefährten gab es ja genug.

Es klopfte abermals an der Tür. Diesmal noch zögerlicher als zuvor. Baazlabeth wusste nicht, was ihn mehr störte – dass jemand klopfte, oder dass es so jämmerlich eingeschüchtert klang.

»Äh, hallo!«

Sätze, die so begannen, kamen meist von Dumpf und hatten die Eigenheit, auch nicht mehr an Aussagekraft dazuzugewinnen.

»Sil? Lis? Ich wollte nur sehen ... äh.«

Baazlabeth konnte dem begriffsstutzigen Mann kaum vorwerfen, verunsichert zu sein. Er selbst hatte ja auch Schwierigkeiten, sich daran zu gewöhnen, immer jemand anderes im Spiegel zu sehen. Im Moment war er Sil, und das würde er auch bleiben, bis die Nacht heranbrach, wenn alles gut lief, schließlich wurde er des Mordes beschuldigt. Wenn man es jedoch einmal genau betrachtete, was alles gut gelaufen war, seitdem er in Brisenburg angekommen war, musste man damit rechnen, dass er sich beim Rasieren selbst die Kehle durchschnitt. Vielleicht war es besser, heute einfach unrasiert das Haus zu verlassen.

»Geht es Euch gut?«, fragte Dumpf, der immer noch vor der Tür stand wie ein Hund im Regen. »Ich mache mir Sorgen um Euch. Euer Fenster ist aufgebrochen, und ich befürchtete, Euch könnte etwas zugestoßen sein.«

Zugestoßen, so kann man es nennen. Bin ich Sil, dann haben die Stadtwachen nichts Besseres zu tun, als mir ihre Klingen in den Körper zu stoßen, und bin ich Lis, ist die ganze Männerwelt in dieser Stadt erpicht darauf, mich mit ganz anderen Dingen zu stoßen. Es wird Zeit, dass ich mal ernsthaft zurückstoße.

»Alles ist gut. Ihr braucht Euch keine Sorgen zu machen. Das Fenster habe ich selbst aufgebrochen. Lasst mich bitte wieder in Ruhe«, rief Baazlabeth unter seiner Decke hervor.

Beim Sprechen schmerzte immer noch die Wunde in seinem Gesicht. Anscheinend erholte sich der Körper nicht so schnell, wie Baazlabeth es gehofft hatte. Als Dämon hätte er schon am Ende des Kampfes keinen Schmerz mehr verspürt, und seine Wunden wären verheilt gewesen, bevor er sich an seinen Opfern gütlich getan hätte.

Gequält kroch er unter der Decke hervor. Ein kalter Schauer durchlief ihn. Seine Kleidung, die durch Blutflecken, Löcher und Schmutz ohnehin schon einem gebrauchten Totenhemd glich, war durchgeschwitzt, was dessen Aussehen noch eine ganz spezielle Note gab. Mühsam schleppte Baazlabeth sich zu dem dreigeteilten Spiegel und nahm auf dem Hocker davor Platz. Sein Gesicht war alles andere als das eines Gewinners. Kalter Schweiß stand ihm auf der Stirn, und er zitterte. Seine Haut war bleich, und Übelkeit kroch in ihm hoch. Sein Spiegelbild zeugte von mehr Leid, als der Dämon in tausend Jahren seiner Herrschaft zwischen den Welten erfahren hatte.

So wie er jetzt aussah, konnte er höchstens als Bettler am Straßenrand sitzen und darauf hoffen, dass man ihm ein paar Kupferstücke als Almosen hinwarf.

Fünftausend Goldstücke, das sind umgerechnet fünfhunderttausend Kupferstücke. Wenn ich vielleicht zehn Kupferstücke am Tag erbetteln kann, müsste ich fünfzigtausend Tage lang am Straßenrand hocken und mich dem Spott der Leute stellen. Wenn ich dann die Hälfte verbrauche für Essen und Trinken, sitze ich schon hunderttausend Tage, bis ich die Truhe gefüllt habe. Wenn ich dann noch damit rechne, dass mich irgendjemand reinlegt, was in dieser Zeitspanne natürlich passieren kann . . . dann brauche ich vielleicht hundertfünfzigtausend Tage. Das wären dann ungefähr vierhundert Jahre.

Eine lächerliche Vorstellung, und vollkommen inakzeptabel. Außerdem mochte Sil zwar am Ende sein, aber Lis brachte noch gutes Gold nach Hause. Auf sie und ihre Talente musste er setzen. Wenn sich Sil dann erholt hatte, konnte er zum Endspurt ansetzen. Und wenn er dann endlich mit Nemrothar abrechnen konnte und wieder zu Hause war, würde er bereits über Brisenburg und seine Bewohner lachen.

Um seinen kleinen Erfolg des gestrigen Abends etwas zu genießen, schnürte er das prallgefüllte Ledersäckchen von seinem Gürtel und breitete dessen Inhalt vor sich auf der Schminkkommode aus. Genießerisch stapelte er die Münzen zu einem Turm. Fünfzehn Goldstücke waren es genau. Mit den acht Witwergold, die er schon in der Truhe hatte, besaß er nun dreiundzwanzig Goldmünzen. Vier Kupfer- und drei Silbermünzen klimperten ebenfalls noch lose in seiner Tasche –

Geld, das er dazu verwenden würde, sein leibliches Wohl mit Hauswein zu pflegen.

»Aller Anfang ist schwer, dafür wird das Ende umso besser, stimmt's, Sil?«, flüsterte er seinem Spiegelbild zu. »Für die vielen Strapazen, die du erleiden musstest, werde ich dir den Vortritt lassen, wenn wir uns von dem alten Nemrothar verabschieden.«

Das hämische Grinsen, das Sil zeigte, war nur ein schwaches Abbild von dem, das Baazlabeth innerlich durchfuhr. Er nahm den Stapel Münzen zwischen drei Finger und ließ sie Goldstück für Goldstück in seine andere Hand rutschen. Das Gefühl, dass ihm diese fünfzehn Münzen gaben, war besser als jeder Reichtum, den er zuvor in seinem Dämonenleben hatte ergattern können. Eingestehen wollte er sich diese urtümliche Freude aber nicht. Feierlich und aufgeregt wie eine Jungfrau vor der Hochzeitsnacht, schritt er auf das Bettende zu, wo seine Kiste stand oder – hätte stehen sollen.

Baazlabeth verharrte einen Moment und starrte gelangweilt auf den Platz, wo gestern Abend noch die Kiste gestanden hatte. Er sah sie noch vor sich, wie der Homunkulus auf ihr gesessen und mit den Beinen gezappelt hatte. Bevor Baazlabeth vollkommen durchdrehte, um dann metzelnd und schlachtend in seiner wahren Gestalt durch die Straßen Brisenburgs zu rennen, schaute er sicherheitshalber noch einen Moment gelassen auf den leeren Platz.

Vielleicht ist sie nur schlecht zu sehen? Sicher hat Nemrothar sie unsichtbar gemacht, um mich zu ärgern. Nein, jetzt hab ich es, das Teigmännchen hat sie woanders hingeschoben, damit nicht jeder Fremde gleich darüber fällt.

Nachdem sich Baazlabeth noch ein weiteres halbes Dutzend mögliche und unmögliche Ursachen für das Verschwinden der Kiste überlegt und wieder verworfen hatte, begann er dann doch unruhig zu werden. Dieser Zustand hielt gerade einmal einen Herzschlag an, um dann die Phase des wütend Werdens komplett zu überspringen und gleich in wilde Raserei zu verfallen. Er packte sein Bettzeug, schleuderte es quer durch den Raum, zog die Sicheln aus seinem Hosenbund und hackte wie im Rausch auf die strohgefüllte Matratze ein. Er bearbeitete sie so lange, bis er ein kreisrundes Loch aus ihr gerissen hatte. Überall flogen Stofffetzen und Stroh umher. Mit einem Aufschrei packte er den Lattenrost darunter und riss ihn aus dem Gestell.

Seine Wut wollte sich nicht abkühlen. Er spürte, wie seine Stirn erneut anschwoll und Hörner drohten, aus seinem Kopf hervorzubrechen. Sein Mund fühlte sich ungewohnt voll an. Mit Entsetzen stellte er fest, dass hinter den kantigen Zähnen, die Sils einmaliges Lächeln ausmachten, weitere Reihen mit nadelspitzen Beißern hervorstachen. Baazlabeth stürmte zum Spiegel und betrachtete sein Gesicht. Seine Wangen sahen aus, als ob er einen ganzen Apfel im Mund hatte, und die Haut über der gewölbten Stirn war dünn und glasig wie Pergament. Am meisten würde ein menschlicher Betrachter sich aber sicherlich vor Baazlabeths gelben Augen mit der schwarzen Iris, die vertikal verlief, erschrecken.

In diesem Zustand sein dämonisches Ich zu leugnen war genauso überzeugend wie zu behaupten, er sei unsichtbar und röche nach Lavendel. Aber Baazlabeth musste raus. Das Zertrümmern von Mobiliar würde sein kochendes Blut nicht abkühlen. Hälse, die er zusammendrücken, und Körper, denen er den letzten Atemzug aus der Brust prügeln konnte, würden da schon eher helfen.

Ich sollte mir auch ein paar von diesen kleinen Sklaven kaufen, alle in einen Käfig sperren, und immer wenn es mir danach gelüstet, sie nach und nach zu Tode quälen.

Leider waren keine Hälse, Brustkörbe geschweige denn Sklaven zu Diensten. Der Einzige, an den er sich halten konnte, war Dumpf, der stumpfsinnige Gastwirt. Ihn zu töten wäre nicht klug, dennoch war er alles, worauf Baazlabeth zurückgreifen konnte.

Er verließ sein Zimmer und folgte der Treppe hinunter in den Schankraum. Er spürte, wie seine Hand sich in das Treppengeländer krallte und seine Nägel tiefe Riefen im Holz hinterließen. Ein Bein schien zu lang, und Baazlabeth fühlte, wie sein Fuß drohte, aus dem Schuh zu rutschen.

Beulen an der Stirn, gelbe Augen, Zähne wie ein Schwarm Fledermäuse, und als wenn das alles noch nicht reichen würde, dann eben noch einen Huf, damit mich jeder hört, wenn ich komme.

Um diese Katastrophe abzurunden, befanden sich auch noch drei redselige Tuchhändler im Schankraum, die Baazlabeth lediglich einen mitleidigen Blick zuwarfen, da sie sein Aussehen anscheinend einer entstellenden Krankheit zuschrieben. Dumpf stand wie gewohnt hinter seinem Tresen und schabte mit einem kurzen Messer die Hinterlassenschaften der letzten Jahre vom Tresen. Baazlabeth hielt schnurstracks auf den Gastwirt zu, ohne nach links oder rechts zu sehen. Dumpf musste etwas von seinem Wutausbruch mitbekommen haben, denn er war peinlich darauf bedacht, nicht nach oben zu schauen. Stattdessen schabte er weiter auf dem Holz herum. Baazlabeth hatte keine Zeit zu verlieren. Er riss dem Wirt den kurzen Dolch aus der Hand und rammte die Klinge bis zur Hälfte in den Tresen.

»Hallo«, war alles, was Baazlabeth in seinem Gemütszustand herauspressen konnte, und selbst das hörte sich an, als ob er jemanden verfluchte.

Dumpf hielt seinen Kopf immer noch gesenkt, schielte aber unter seinen Augenlider hervor zu seinem Gegenüber auf. »Ihr seht schlecht aus«, heuchelte der Schankwirt voller Freundlichkeit.

»Mag wohl daran liegen, dass ich noch keine Zeit gefunden habe, mich zu kämmen«, gab Baazlabeth steif zurück.

»Seid Ihr ansonsten zufrieden mit Eurem Zimmer?«

Wenn du geistig zurückgebliebener Sohn einer Zimmerpflanze willst, dass ich hier ein Blutbad anrichte, mach nur so weiter.

»Ja, mit dem Zimmer ist alles bestens, an das Essen habe ich mich gewöhnt, und von dem Hauswein kann ich gar nicht genug bekommen.«

Dumpf nahm dieses Kompliment als Anlass, einen Becher zu füllen und ihm Baazlabeth hinzustellen. In einem Zug leerte Baazlabeth das Gefäß.

»Man hat mich bestohlen.«

Dumpf füllte den Becher ohne Aufforderung erneut.

»Ich habe mir schon gedacht, dass so etwas passiert ist, als ich das aufgebrochene Fenster gesehen habe«, bemerkte Dumpf.

Baazlabeth winkte ab. »Das Fenster hat meine Schwester aufgebrochen, als sie gestern Nacht zurückkam. Sie wollte Euch nicht unnötig wecken, und ich habe schon zu fest geschlafen.«

»Eure Schwester bestiehlt Euch?«, fragte Dumpf unsicher.

Noch eine von diesen Bemerkungen, und ich werde mir die Metallplatte in deinem Schädel einmal von der anderen Seite anschauen. Was ist nur los mit dir? Ich erfinde eine fadenscheinige Ausrede, warum ich in mein eigenes Zimmer einbreche, und alles, was dir dazu einfällt, ist, die Integrität meiner nicht existierenden Schwester anzuzweifeln? Nicht mal ein Kind würde mir diese Geschichte abnehmen.

Baazlabeth stürzte den zweiten Becher hinunter.

»Nein, meine Schwester hat mich nicht bestohlen. Es muss jemand anderes gewesen sein«, erwiderte Baazlabeth angestrengt. »Jemand, der sich das offene Fenster zunutze gemacht hat.«

»Habt Ihr mit ihr gesprochen? Vielleicht hat sie etwas gesehen?«, folgerte Dumpf pflichtbewusst.

Der Einwand war berechtigt, wenn auch überflüssig.

»Lasst meine Schwester aus dem Spiel, sie hat nichts damit zu tun und nichts gesehen. Jemand anderes muss in mein Zimmer eingedrungen sein. Ich vermisse eine Kiste von ungefähr einem Fuß Länge.«

»Was war denn darin?«, fragte Dumpf, ohne seine Neugier verstecken zu können.

»Was hat das damit zu tun, dass sie verschwunden ist?«

»Vieles«, erwiderte Dumpf und schenkte Baazlabeths Becher ein weiteres Mal randvoll. »Vieles«, wiederholte er, als wenn er den Klang des Wortes noch einmal genießen wollte. Mehr sagte er nicht.

»Bitte, bitte«, rief Baazlabeth flehend, wobei die Worte mehr zynisch klangen. »Klärt mich über die tiefen und dunklen Geheimnisse von verschwundenen Kisten auf.«

Dumpf bemerkte nicht, dass Baazlabeths Aufforderung sarkastisch gemeint gewesen war, und Baazlabeth war mit dem Leeren des Bechers zu beschäftigt, um dem Wirt ins Wort zu fallen.

»War sie voll mit schmutziger Wäsche, würde ich sagen, es war ein Kinderstreich. War sie gefüllt mit Gold, tippe ich auf bestimmte Personen aus der Finstergilde.«

»Da ich alle schmutzigen Sachen anscheinend angezogen habe, bleiben ja nicht viele Möglichkeiten. Es war vielleicht keine ganze Truhe voll, aber es war alles, was ich besaß.«

»Dann bleibe ich bei meiner zweiten Vermutung«, sagte Dumpf und schenkte den Becher abermals voll.

Eigentlich wollte Baazlabeth nichts mehr trinken, er musste einen klaren Kopf behalten. Jedoch musste er feststellen, dass der Hauswein ihm dabei half, seine menschliche Gestalt wieder in den Griff zu bekommen. Was nützte ihm ein klarer Verstand, wenn sein Körper drohte zu platzen? Da war es ihm lieber, zwar angeheitert, aber ohne Pferdehuf in Brisenburg umherzulaufen. Diese Meinung fand sicherlich auch Zustimmung bei den Bürgern der Stadt. Somit leerte er einen weiteren Becher auf Kosten des Hauses.

Dumpf danach zu fragen, wo er diese gewissen Leute aus der Finstergilde finden konnte, hielt Baazlabeth für einen Fehler. Erstens wusste er nicht genau, ob er dem Gastwirt wirklich trauen konnte, und zweitens befürchtete er, die minderbemittelten Antworten könnten die beruhigende Wirkung des Hausweines wieder rückgängig machen. Er musste allein losziehen und herausfinden, wer seine Kiste gestohlen hatte, und er wusste auch schon, wie.

Zurück in seinem Zimmer, vergewisserte sich Baazlabeth erst einmal, dass seine Gestalt auch dem entsprach, was die Menschen auf der Straße erwarteten. Beruhigt stellte er fest, dass gewisse Merkmale, die ihn als Dämon kennzeichneten, verschwunden waren. Dennoch musste er zugeben, dass sein Aussehen nicht gerade vorzeigbar war. Aber es war alles, was er zu bieten hatte.

Von dem Homunkulus gab es weiterhin keine Spur. Alles andere hätte Baazlabeth aber auch verwundert. Schließlich waren seine Anweisungen an das Teigkerlchen, nämlich die Kiste im Auge zu behalten, einfach und unmissverständlich, wenn man nicht als Zwiebackmehl auf dem Boden landen wollte. Die Bindung zwischen Baazlabeth und seinem Diener verriet ihm, dass dieser noch am Leben war. Leider war dieses Band nicht stark genug, um herauszufinden, wo der kleine Kerl sich befand. Der Teigmann würde also zappelnd und schreiend an der Kiste hängen oder bereits als Hühnerfutter auf irgendeinem Hinterhof liegen. Von ihm war somit wenig Hilfe zu erwarten. Doch es gab ganz andere Personen in dieser Stadt. Solche, die alles beobachteten, was um sie herum geschah. Zwar wussten diese Leute noch nicht von ihrer Hilfsbereitschaft, aber Baazalbeth würde sie schon überzeugen.

Als der Dämon den *Einsamen Wanderer* verließ, hatte er den Mantel eng um sich geschlungen und den Kragen hochgestellt, damit man das blutige Hemd und sein zerschundenes Gesicht nicht sah. Immer noch humpelte er wegen der Wunde an seiner Wade, aber alles in allem erweckte er den passablen Eindruck eines ganz normalen Bettlers. Das sollte für den Moment reichen. Schräg gegenüber der Taverne tummelte sich eine kleine Gruppe von Prophetenfreunden. Baazlabeth hatte sich mittlerweile an sie gewöhnt. Mehr noch, er mochte sie, auf seine ganz spezielle Art und Weise. Die sechs jungen Menschen –

auch eine Frau hatte sich inzwischen zu den Männern gesellt – standen herum, palaverten, zitierten ihre auswendig gelernten Unheilsverkündungen und hoben die Arme zum Gebet.

Ihr seid wie Fliegen auf der Scheiße. Wollen wir doch mal sehen, ob ihr bemerkt, wann die Kuh von der Weide trottet.

Baazlabeth wandte sich Richtung Osten und lief die Götterstiege entlang, auf der Suche nach einem Platz, der ihm für sein Vorhaben geeignet erschien. Nemrothars Turm war nicht weit entfernt, aber er machte einen Bogen darum. Es war besser, wenn ihn der Magier in seinem jetzigen Zustand nicht sah. Es hätte den falschen Eindruck erwecken können, und das wollte Baazlabeth auf keinen Fall.

Die Götterstiege beschrieb einen Bogen und verlief weiter Richtung Norden. Baazlabeth überquerte eine der Brücken, die über den Tauwasser führte. Nicht weit entfernt ergoss sich das Gewässer ins Meer, wo das klare Bergwasser sich mit den salzigen Fluten verband. Viele der Menschen, denen Baazlabeth begegnete, machten einen Bogen um ihn oder wechselten ganz die Straßenseite. Anders als Süß- und Salzwasser, die sich vermischten, würde er auf immer und ewig ein Fremdkörper unter den Menschen bleiben. Ob er nun angeschlagen war, als stolze Hure sein Gold verdiente oder als Dämon zwischen den Bürgern wütete, es machte keinen Unterschied, er war eben anders. Baazlabeth konnte gut damit leben. Um genauer zu sein, war er sogar froh darüber, keiner von ihnen zu sein. Wenn es in den Augen des Dämons wirklich eine Strafe gab, war es die, als Mensch weiter herumvegetieren zu müssen. Alles, was er von diesen armseligen Kreaturen erwartete, war, dass sie starben, wenn ihm der Sinn danach stand, und dass sie ihm ansonsten aus dem Weg gingen.

Die Götterstiege führte direkt an der Hafenmauer entlang. Viele der kleinen Fischerboote hatten die Leinen losgemacht, Segel gesetzt und hielten auf das offene Meer zu. Die wenigen Menschen, die zurückblieben, hatten alle Hände voll damit zu tun, Tauwerk, Kisten und Säcke wieder zu ordnen und auf Karren zu verstauen. Baazlabeth verfolgte das bunte Treiben an der Mole und beobachtete interessiert, was jeder Einzelne von ihnen trieb und wohin sie verschwanden. Nach einer Weile kehrte Ruhe ein. Die Fischerboote waren nur noch als kleine Punkte am Horizont zu erkennen. Der Fang der Nacht war entweder bereits verkauft oder verschwand in einer der Lagerhallen zum Pökeln oder Trocknen. Die Händler hatten ihre Stände bereits abgebaut, und Netzflicker, Segeltuchmacher und Hafenarbeiter verschwanden dorthin, woher sie gekommen waren.

Baazlabeth stand in dem schmalen Gang zwischen zwei Lagerhallen am südlichen Ende des Hafens. Mittlerweile hatte er sich jemanden ausgeguckt, der ihm bei seinem Vorhaben, die Kiste wiederzubekommen, helfen sollte. Es war ein großer, kräftiger Mann mit langsamen und behäbig wirkenden Bewegungen, den der Dämon in sein Herz geschlossen hatte. Bedächtig raffte der Mann die am Boden liegenden Netze zusammen und verstaute sie auf einem Handkarren. Als er damit fertig war, warf er sich zwei kegelförmige Flechtkörbe über den Rücken und begann, alles auf einen nahen Hinterhof zu bringen.

Baazlabeth gab acht, den Mann auf keinen Fall aus den Augen zu verlieren. Wenn er plötzlich in einem der Häuser verschwand, war alles umsonst. Doch soweit kam es nicht. Der Bursche tat genau das, was Baazlabeth von ihm erwartete. Er breitete die Netze auf dem Hinterhof aus und hängte die Korbgeflechte zum Trocknen auf. Was aber am wichtigsten war, er arbeitete allein und unbeobachtet – fast jedenfalls. Einige Minuten ließ Baazlabeth sich noch Zeit, den Mann weiter bei seiner Arbeiten zu betrachten. Dann folgte er ihm auf den Hinterhof.

»Na, ich hoffe Ihr hattet einen guten Fang«, begrüßte Baazlabeth den Fremden.

»Wenn Ihr ein halbes Dutzend zerrissene Maschen, zwei fehlende Schwimmtöpfe und eine zerschlissene Korbreuse einen guten Fang nennt, dann ja«, antwortete der Mann, ohne von der Arbeit aufzusehen und sein Gegenüber in Augenschein zu nehmen.

»Verzeiht, ich dachte, Ihr seid Fischer«, entschuldigte sich Baazlabeth.

»Sitze ich auf einem Schemel oder in einem Boot? Ist das ein gepflasterter Hinterhof oder das Meer? Und halte ich in meiner Hand ein Ruder oder eine Netznadel? Jetzt denkt mal nach, dann fällt es Euch vielleicht von selbst ein. Und bevor Ihr fragt: Ich brauche keinen Gehilfen.«

Selten hat jemand mehr darum gebettelt, dass ich mich um ihn kümmere. Zeig mir ruhig deine Abneigung, umso besser wirst du verstehen, warum ich dich so sehr brauche, und wofür du gut bist.

»Verzeiht meine Unwissenheit. Ich bin nicht von hier und will auch nicht bleiben, und das Letzte, was ich sein will, ist Euer Gehilfe.«

Die letzte Bemerkung erweckte die Aufmerksamkeit des Mannes für seinen Gesprächspartner. Er ließ die Netznadel und den gespannten Zwirn kurz sinken und betrachtete sein Gegenüber eindringlich. Anscheinend jedoch ließ Baazlabeth Aussehen das aufflammende Interesse des Mannes wieder verlöschen.

»Mein Name ist Guntgar«, sagte er und widmete sich wieder seiner Arbeit.

Noch bevor die Nacht anbricht, wirst du deinen Namen vergessen haben.

»Mein Name ist Sil. Verzeiht meine Neugier, ich habe nur versucht, ein wenig freundlich zu sein und so meine Umgangsformen etwas zu verbessern.«

Guntgar fing an zu lachen und legte abermals sein Werkzeug nieder. »Euer Aussehen lässt zwar darauf schließen, dass Ihr es beileibe nötig habt, doch ich bezweifle, dass ich Euch eine große Hilfe sein werde.«

Baazlabeth hob einen überdimensionierten dreigeteilten Fischhaken vom Boden auf und drehte ihn vor seinem Gesicht hin und her, während er Guntgar über die gezackten Spitzen anvisierte.

»Es sind weniger Eure Umgangsformen, an denen ich interessiert bin, als mehr der Umgang mit Euch. Wenn Euch der Sinn nach einem Krug Milch steht, würdet Ihr auch nicht mit der Kuh sprechen, sondern sie einfach melken, oder?«

Guntgar begriff sicherlich nicht, wovon Baazlabeth redete, doch die Drohung in den Worten des Dämons war unmissverständlich.

»Leg den Haken wieder hin und mach, dass du wegkommst, Bettler, sonst wirst du nie wieder einen Krug Milch trinken«, fauchte Guntgar.

Baazlabeth liebte leere Versprechungen und die Personen, die sie vollmundig zum Besten gaben, obwohl jeder ihre Angst riechen konnte. Immer weiter formte sich in ihm die Überzeugung, die richtige Wahl getroffen zu haben. Natürlich legte er den Haken nicht wieder zurück.

»Wofür benutzt man dieses wundervoll geschmiedete Stück Eisen?«, fragte er stattdessen.

Guntgar wollte sich seine Unsicherheit nicht anmerken lassen und versuchte, zu kontern: »Normalerweise benutzen es die Seeleute für große Fische, um sie über die Bordwand zu hieven, doch man kann damit auch aufdringlichen Schnorrern den rechten Weg weisen.«

»Seid Ihr ein großer Fisch, Guntgar?«

»Jetzt reicht es«, knurrte Guntgar und erhob sich von seinem Schemel. »Wenn du nicht gleich in das Loch zurückkriechst, aus dem du gekommen bist, werde ich gezwungen sein, im Tempel des Sohnes der Barmherzigkeit am Sonntag eine Kerze zu entzünden und den Erschaffer für den Frevel, den ich zu tun gedenke, um Verzeihung zu bitten.«

Juhu, ein Mann der Götter. Er wird sie schneller anlocken, als ich es in meiner wahren Gestalt könnte, während ich in einem Tempel säße und am Bein einer Jungfrau nagte.

»Kommt ruhig her, Ihr erspart mir damit einen Weg«, spornte Baazlabeth Guntgar an.

Der kräftige Netzflicker stampfte über die ausgebreiteten Fischernetze hinweg und hielt mit ausgebreiteten Armen auf Baazlabeth zu. Trotz seiner offensichtlichen Unsicherheit verzichtete Guntgar auf eine Waffe oder irgendetwas, mit dem er sich verteidigen konnte. Vielleicht glaubte er, seinem Gegner körperlich überlegen zu sein, oder er dachte, die Drohung allein würde reichen, Baazlabeth zu vertreiben. Wahrscheinlicher war es aber, dass er überhaupt nicht dachte.

Baazlabeth wartete nicht ab, bis Guntgar ihn erreicht hatte. Er machte einen Schritt auf seinen Gegner zu und tauchte unter dessen Armen hindurch. Mit zwei Schritten stand er in Guntgars Rücken und verpasste ihm einen Fußtritt in den Hintern. Baazlabeth liebte diese Spielchen, die seine Überlegenheit zeigten. Guntgar ließ sich davon dennoch nicht beeindrucken. Er wirbelte herum und schlug mit den Fäusten zu. Baazlabeth zuckte zurück und tänzelte vor seinem Gegner wie ein Preisboxer. Die Wunde an seiner Wade schmerzte grauenvoll, aber sie brachte ihn in die richtige Stimmung.

»Verschwinde«, brüllte Guntgar, »bevor ich dir eine Tracht Prügel verpasse. Ich habe keine Zeit für solche Spielchen, ich muss für meinen Lebensunterhalt schwer arbeiten und lebe nicht davon, zu betteln und zu schmarotzen.«

Baazlabeth täuschte einen Schlag an, ging in die Hocke und verpasste Guntgar einen Tritt gegen den Oberschenkel. Fast schon zu einfach schien es, den behäbig wirkenden Mann auszutricksen. Auf allen vieren versuchte Baazlabeth, zwischen dessen Beinen hindurchzukrabbeln. Doch dieses Mal hatte der Dämon nicht so viel Glück. Guntgar griff mit einer Hand hinter sich und packte seinen Gegner an den Haaren. Baazlabeth blieb nichts anderes übrig, als sich emporziehen zu lassen wie ein ungezogener Bengel, der versuchte, sich der Schelte seines Vaters zu entziehen. Guntgar holte mit dem Handrücken aus und verpasste Baazlabeth eine schallende Ohrfeige, dann stieß er ihn zurück.

»Das sollte reichen, Bettler. Zieh Leine und schlaf deinen Rausch aus.«

Baazlabeth ließ den Fischhaken am Tau zu Boden sinken und schaute vermeintlich verlegen nach unten.

»Ihr habt recht, vielleicht sollten wir mit diesem Unsinn aufhören«, gestand er übertrieben reumütig. »Auch meine Zeit ist kostbar, obwohl ich wesentlich mehr davon habe als Ihr.«

Mit einer Drehung um die eigene Achse schwang er den Haken am Seil und ließ ihn dann über dem Kopf kreisen. Als das kleine ankerähnliche Metall genügend Schwung besaß, ließ er das geflochtene Seil durch seine Hand gleiten. Der Haken schnellte nach vorne und traf Guntgar am Kopf. Benommen taumelte der Netzflicker im Hinterhof umher und hielt sich schützend die Hände vor das Gesicht. Leise stöhnend und wimmernd versuchte er, sich auf den Beinen zu halten. Blut rann zwischen seinen Fingern hindurch und färbte die Ärmel des grauen Hemdes rot. Baazlabeth hüpfte und tanzte um sein Opfer herum wie ein aufgeregtes Kind. Schrill klirrend zog er den Haken am Seil hinter sich her. Ein Fußtritt in Guntgars Rücken ließ diesen gegen eine Hauswand prallen. Vor Schmerzen fast ohnmächtig, drohte der Netzflicker zusammenzubrechen.

»Halt, stopp, mein fleißiger Freund, ich bin noch nicht fertig mit dir«, lachte Baazlabeth und packte den Mann am Kragen. »Ein Köder hat seine Aufgabe erst getan, wenn er von den Fischen geschluckt wurde.«

Baazlabeth zog den Haken am Seil heran, stellte Guntgar mit dem Rücken zu sich in Position und schlug ihm über dessen Schulter hinweg zwei der Widerhaken in die Brust. Guntgar versuchte, zu schreien, doch da hatte Baazlabeth bereits das Seil, an dem der Haken hing, um den Kopf des Mannes und quer über dessen Mund gespannt. Vor

Schmerz stöhnend, biss der Netzflicker auf den Hanfstrang. Baazlabeth schubste den Kerl zurück gegen die Wand und verstaute ihn an einem Eisendorn, der dort hervorragte und zum Aufhängen der Netze gedacht war.

»So, der Köder zappelt, jetzt wollen wir doch mal sehen, wen er alles so anlockt«, schnaubte Baazlabeth und ging über den Hof, um einige Sachen zusammenzusuchen. Er stülpte Guntgar einen Leinensack über den Kopf und behängte ihn mit mehreren Netzen, damit sein Opfer vor neugierigen Blicken geschützt war. Zufrieden setzte er sich anschließend auf den Schemel des Netzflickers. Mit einem Griff unter den Mantel und in seinen Rücken holte er eine der Sicheln hervor und begann gelangweilt, eines der Netze zu zerschneiden.

Zeit war für Dämonen etwa wie Luft für Steine. Sie umgab sie, doch es existierte nichts, was sie weniger interessierte. Wenn man nahezu ewig lebte und der natürliche Prozess der Alterung außer Kraft gesetzt war, bedeutete es wenig, hundert Jahre mit einer Tätigkeit zu verbringen, an der man Freude empfand. Genauso wenig konnte man einen Dämon damit bestrafen, ihn tausend Jahre in ein Verlies zu sperren. Und der Verlust von dreißig oder vierzig Jahren durch einen außerplanmäßigen Ebenenwechsel ließ einen Dämon sich nicht lange grämen. Es gab jedoch etwas, dass man mit einem Dämon auf gar keinen Fall tun durfte – ihn warten lassen. Einmal abgesehen davon, dass Dämonen ohnehin alle lebenden Völker hassten, konnte man ihren ganz persönlichen, beispiellosen, alles andere in den Schatten stellenden Groll auf sich ziehen, indem man sie hinhielt. Dies konnte sogar dazu führen, dass ein Dämon freiwillig sein Reich verließ, um Jagd auf die Erwarteten zu machen.

Es war das vierte Mal innerhalb weniger Stunden, dass Baazlabeth sich erhob und zu Guntgar hinüberging. Ein Blick unter den Hanfsack zeigte ihm, dass Guntgar noch am Leben war. Eine recht ansehnliche Pfütze Blut hatte sich unter dem Mann gesammelt. Hemd und Hose hatten sich bereits vollgesogen, und somit blieb dem Lebenssaft nichts anderes übrig, als sich in den einfachen Lederschuhen zu sammeln, um dann wie durch einen Trichter durch die zusammengenähten Spitzen auf den Boden zu tropfen.

»Was ist los mit dir, Guntgar?«, fluchte Baazlabeth. »Bist du der ungeliebte Sohn der Götter? Keine verfluchte Seele scheint es zu kümmern, dass du hier langsam krepierst. Ich gebe mir so viel Mühe, und was machst du? Du blutest hier den Boden voll und schaffst es noch nicht einmal, Mitleid bei deinen Artgenossen zu erregen.«

Baazlabeth war außer sich vor Wut. Erst musste er stundenlang warten, und jetzt sollte er noch nicht einmal dafür belohnt werden?

»Das Böse hat Brisenburg heimgesucht und treibt sein Unwesen in den Straßen dieser Stadt. Hütet euch vor den dunklen Mächten, die versuchen, nach euch zu greifen.«

Über Baazlabeths Gesicht huschte ein Lächeln. Die zaghaften Stimmen drangen vom Hafen her in den kleinen Hinterhof. Baazlabeth packte Guntgars Kinn und hob den Kopf des bewusstlosen Mannes an.

»Ich bin stolz auf dich, Guntgar«, flüsterte er dem Gepeinigten zu. »Du machst deine Sache gut. Ich kann mir keinen besseren Köder vorstellen. Schade, dass sich unsere Wege hier trennen werden.«

Baazlabeth zog Guntgar den Sack wieder über den Kopf und klopfte ihm zum Abschied freundschaftlich auf die Schultern. Dann versteckte er sich hinter einem Stapel Kisten und wartete ab. Sein Plan schien aufzugehen. Trotz des ungewohnten Auftrages, den schwer berechenbaren Menschen in dieser Stadt sowie den Widrigkeiten, die sich dem Dämon in dieser Welt gestellt hatten, gab es doch noch Dinge, auf die man sich verlassen konnte. So sicher, wie die Sonne am Morgen aufging, ebenso sicher rief man die Prophetischen auf die Bühne, wenn die Qual und das Leid am größten war. Ein einziges Menschenopfer langte, damit sie um einen herumschwirrten wie Fliegen um einen Kuhfladen.

Langsam schlichen zwei Männer und eine Frau in den Hinterhof. Mit unsicheren Blicken erkundeten sie die Arbeitsstätte des Netzflickers. Einen der Männer hatte Baazlabeth bereits zuvor vor dem *Einsamen Wanderer* gesehen. Es war ein hagerer Bursche, der nicht den Eindruck machte, als Bettler zu leben, sondern eher aus reichem Hause stammte. Baazlabeth fühlte sich zwar geschmeichelt, nicht nur vom sogenannten Bodensatz willkommen geheißen zu werden, doch so ein Mann barg auch Gefahr in sich. Ein Sohn reicher Händler vermochte wesentlich schneller, Leute davon zu überzeugen, dass sich jemand wie Baazlabeth in der Stadt befand, als zwanzig volltrunkene Bettler zusammen. Die Propheten waren noch kein Problem, doch sie konnten im Nu zu einem werden. Momentan wurden sie belächelt, doch ihre Gemeinde konnte durch den Einfluss von anerkannten und wohlhabenden Bürgern schnell anwachsen und zu einer ernsthaften Bedrohung werden.

Baazlabeth trat aus seinem Versteck hervor.

»Na ihr drei, habt ihr euch verlaufen?«

Baazlabeth baute sich so in dem schmalen Zugang zum Hinterhof auf, dass sich die Frage nach einem schnellen Rückzug der Propheten gar nicht erst stellte. Die beiden Männer sahen sich unsicher an, während die Frau Baazlabeth ängstlich fixierte.

»Was denn, was denn, plötzlich so wortkarg? Ich hatte euch irgendwie gesprächiger in Erinnerung.« Baazlabeth hob die Arme und wiegte seinen Körper hin und her wie eine Ähre im Wind. »Uhuhu, hütete euch vor dem Bösen, sonst beißt es euch in den Allerwertesten«, ahmte er ihre Weissagungen nach.

Nicht sonderlich von seinem eigenen Mut überzeugt, trat einer der Männer einen Schritt vor. »Verzeiht unser Eindringen, wir hatten nicht vor, Euch bei der Arbeit zu stören. Wir wussten nicht, dass es Euch unrecht ist, wenn wir hier entlanggehen. Bitte verzeiht uns.«

»Ach, wie niedlich. Zu gütig von dir«, gestand Baazlabeth. »Leider muss ich euch enttäuschen, meine Arbeit ist bereits getan, denn sie war es, die euch hierher gebracht hat. Ihr seid ganz und gar nicht unwillkommen. Ihr seid hier, weil ich es wollte, und ihr werdet erst wieder gehen, wenn ich es euch erlaube.«

»Guter Mann, wir wollen keinen Ärger mit Euch«, erklärte der Sprecher in einem fast flehenden Tonfall.

Baazlabeth zog die Sicheln aus seinem Hosenbund hervor und präsentierte sie stolz. »Auch in diesem Fall muss ich euch enttäuschen. Den Ärger habt ihr bereits. Alles, was ihr jetzt noch entscheiden könnt, ist, ob er zu einem schnellen oder langsamen Ende führt.«

Erschrocken flüchtete sich der Mann zurück in die Geborgenheit schenkende Nähe seiner zwei Mitstreiter für das Gute.

»Was wollt Ihr von uns?«

»Jetzt kommen wir der Sache langsam näher«, grinste Baazlabeth.

»Wer von euch dreien hat sich gestern Nacht vor dem *Einsamen Wanderer* herumgetrieben?«

Der Sohn aus reichem Hause fühlte sich als Einziger verpflichtet zu antworten, während die anderen beiden von Furcht erstarrt waren.

»Die Ausgangssperre verbietet es uns, nachts auf den Straßen zu sein. Wir waren alle zu Hause und haben uns erst heute Morgen wiedergetroffen.«

»Schwöre es!«, brüllte Baazlabeth den Jungen an.

Zögerlich hob er die Hand auf Kopfhöhe, zur Faust geballt.

»Schwöre es!«, wiederholte Baazlabeth.

Ein Finger nach dem anderen spreizte sich ab und streckte sich dem Himmel entgegen.

»Eure Schwüre taugen auch nicht mehr als eure Götter«, schnaufte Baazlabeth und wirbelte eine der Sicheln dem Mann entgegen. Zum Reagieren waren die Reflexe des Prophetenjüngers zu langsam. Doch die Sichel sauste an seinem Kopf vorbei und streifte sein Ohr. Wie gebannt drehte der Mann seinen Kopf und sah erst jetzt die vier Stümpfe seiner Finger. Ungläubig folgte sein Blick dem Rinnsal Blut, das an seinem Ärmel herunterlief und vom Ellenbogen auf den Boden tropfte, wo es sich zu den abgetrennten Gliedmaßen gesellte. Der Schock saß zu tief. Er schrie nicht, geschweige denn dass er versuchte, die Blutung zu stillen. Erst als sein Freund ihm zu Hilfe kam, lösten sich die ersten wimmernden Laute aus seinem Mund.

»Und was ist mit dir, hast du auch nichts gesehen?«, fauchte Baazlabeth den anderen Mann an.

Wortlos schüttelte der den Kopf.

»Schwöre es bei dem Leben deines Freundes.«

Zitternd hob der junge Mann seine Faust.

»Nein, nicht!«, schrie die Frau an ihrer Seite mit erstickter Stimme. »Sie sprechen die Wahrheit, nur ich war da. Sie wissen nichts. Aber ich habe die ganze Nacht vor dem Gasthaus gestanden.«

Ehrlichkeit sollte belohnt werden. Dich töte ich zuletzt.

»Du weißt, wer ich bin, oder?«

Die Frau nickte ängstlich. »Ihr habt ein Zimmer im Gasthaus. Ihr gehört zu den Gauklern, glaube ich. Eure Schwester wohnt momentan auch dort – im selben Zimmer. Wenn Ihr in der Stadt seid, ist Eure Schwester auf dem Zimmer und umgekehrt.«

Sie ist gut. Sie hat ihre Hausaufgaben gemacht. Das, was sie weiß, ist etwas mehr, als sie wissen sollte, und doch noch weniger, als sie durfte.

»Richtig! Dann kannst du mir sicher auch sagen, wer gestern Nacht in mein Zimmer eingebrochen ist und mich bestohlen hat.«

»Ich habe nicht gesehen, wer Euch bestohlen hat, aber ich habe gesehen, wie jemand etwas aus dem Fenster in den Innenhof geworfen hat. Wenig später kamen zwei Huren hinter dem Gasthof hervor. Eine von ihnen trug so etwas wie eine Kiste. Ich konnte es nicht genau erkennen, sie hatte ein Tuch darüber geworfen.«

Zufrieden verschränkte Baazlabeth die Arme vor der Brust. »Gutes Kind. Jetzt sagst du mir nur noch, wohin sie die Kiste gebracht haben.«

Baazlabeths Bitte wurde untermalt vom Geheul eines Wolfes. Es war ein hohl klingendes, unwirkliches Geräusch.

Baazlabeth war kein Tierkundiger. Sein Wissen über die Fauna der Welten, die er besuchte, war nur minimal größer als jenes der Flora, und beides zusammen hätte nicht gereicht, eine Seite Papier damit zu füllen. Alles, was er über die wenigen Tiere, die er kannte, sagen konnte, war, wie sie schmeckten – niemals gut. In diesem Fall wusste Baazlabeth jedoch mit Sicherheit, dass das Geheul nicht von einem Wolf stammte, selbst wenn es solche in Städten gäbe.

Die starren, ausdruckslosen Gesichter der Propheten sollten eigentlich reichen, um Baazlabeths Befürchtung zu bestätigen, doch das zweite Zeichen ließ nicht lange auf sich warten. Noch während das nächste Heulen anhielt, verschwanden die drei Menschen vor ihm. Sie lösten sich einfach in Luft auf. Baazlabeth wusste nur zu gut, dass es nicht nur diese drei betraf, sondern jeden in dieser Stadt – vielleicht sogar jeden auf dieser Welt. Der Grauwarg rief zur Jagd auf – die Jagd auf ihn.

Baazlabeth beeilte sich, seine weggeworfene Sichel wieder an sich zu bringen. Jede Waffe, die er in die Finger bekommen konnte, würde ihm gute Dienste leisten gegen die Kämpfer des Guten. Er fand die Sichel verkeilt unter einer Kiste. Als er sich bückte, ertönte bereits das dritte Heulen. Diesmal kam es direkt aus der kleinen Gasse vor dem Hof und ließ Baazlabeths menschlichen Körper schaudern. Der Dämon blieb in der Hocke und bereitet sich darauf vor, in die Welt einzutreten, wie sie die Götter ursprünglich erschaffen hatten, bevor die Menschen sie bearbeitet und umgestaltet hatten. Doch anstatt in einer zerklüfteten Felsenlandschaft am Hang eines Gebirges zu stehen und seinen Blick über das Meer schweifen zu lassen, verfinsterte sich allein der Himmel und nahm ein dunkles Violett an.

Mit einem tiefen Grollen löste sich die Gestalt des Wargs aus der Gasse. Die dämonische Bestie hielt den Kopf tief und fletschte die Zähne. Das aufgestellte Nackenfell ließ ihn noch mächtiger aussehen, als der Grauwarg ohnehin schon war. Seine Augen hatten sich zu glühenden Kohlen verwandelt und brannten sich tief in Baazlabeths Innerstes.

»Was ist los, mein Freund«, knurrte Baazlabeth den Warg an, »sind die Geschichten um dich doch nicht mehr als nur ein Mythos? Es heißt doch, du jagst in der Welt, wie sie von den Göttern erschaffen wurde. Kein sterbliches Wesen und keine von Menschenhand gebaute Mauer sollten sich zwischen dich und mich stellen. Sieh dich um, willst du mir sagen, dass diese Gebäude von Götterhand errichtet wurden, oder ist an dir doch weniger dran, als man sich erzählt?«

Baazlabeth grub eine der Sichelklingen tief in die sandigen Fugen des Pflasters und hebelte einen der kantigen Steine heraus. Zufrieden wog er den Stein in der Hand.

»Wahrscheinlich auch von den Göttern gemacht«, lästerte er. »Ihnen scheint recht langweilig geworden zu sein, wenn sie sich jetzt schon als Steinmetze versuchen.« Baazlabeth zeigte auf die dunklen Häuserwände um sich herum. »Oder fehlt dir etwa die Gunst der Götter, dass du gezwungen bist, in den Revieren der Sterblichen zu jagen?«

Der Warg antwortete mit einem tiefen Knurren, das Baazlabeth aber nicht mehr verunsicherte als das, was er sah. Er erkannt, dass von den Häusern nicht mehr geblieben war als Rohbauten. Vielleicht hatten die Götter tatsächlich diese Stadt erbaut, und die Menschen hatten diese Gebäude nur bezogen und wohnlich gemacht. Egal wie es war, der Warg würde versuchen, zu verhindern, dass er es herausfand.

Vorsichtig richtete sich Baazlabeth auf, die zwei Sicheln in der einen Hand, den Pflasterstein in der anderen.

»Was ist, du Mistvieh, wartest du darauf, dass ich mich selbst in einen Fressnapf setzte, oder hat dich der Mut verlassen?«

Baazlabeth schleuderte den Stein voller Wucht dem Warg entgegen. Natürlich stellte sich ihm die Frage nicht, ob er träfe, fraglich war nur, was der Warg tun würde. Die Antwort ließ nicht lange auf sich warten. Die göttliche Bestie schnappte nach dem Stein wie nach einem Leckerbissen. Mit einem Knacken schlossen sich die Kiefer des Wargs um den Stein, und mit einem Knirschen biss er ihn in zwei Hälften, die er aus seinem Maul fallen ließ wie ein Jagdhund seine Beute.

Ein zweiter Warg sprang unvermittelt mit einem Satz auf die Verbindungsmauer zwischen zwei Häusern und funkelte Baazlabeth bösartig an. Auf dem Gebäude hinter sich hörte er, wie scharfe Krallen über die Schindeln des Daches schabten und versuchten, Halt zu finden.

»Jagt ihr jetzt schon im Rudel?«, schrie Baazlabeth die beiden Grauwarge an. »Wenn ihr denkt, ihr könnt mich zu Tode hetzen wie ein Rotwild, muss ich euch enttäuschen. Ich laufe ungern weg, aber auf keinen Fall vor etwas, das Fell hat. Kommt ruhig her, ich werde eure Häute auf dem Markt verkaufen und aus euren Zähnen eine Kette machen und mir umhängen.«

Die Warge schienen seine Worte zu verstehen und kamen seiner Aufforderung nach. Der Erste näherte sich mit tief gebeugtem Haupt und einem sonoren Grollen, während der Zweite mit einem weiten Sprung über mehrere Kisten hinweg von der Mauer auf den Dämon zusprang. Baazlabeth wich einige Schritte vor den geifernden Bestien zurück. Über sich hörte er, wie der Letzte aus dem Rudel versuchte, sich anzupirschen, was gehörig misslang. Wie Kreide auf einer Schiefertafel schrammten die Krallen des Grauwargs über die blanken Schindeln. Die ersten Bruchstücke lösten sich, schlitterten polternd die Schrägung hinunter und schlugen neben Baazlabeth auf das Kopfsteinpflaster.

Baazlabeth saß in der Falle. Sein sorgsam ausgewählter Platz hatte dafür gesorgt, dass ihm jetzt selbst kein Fluchtweg mehr offen stand. Jede Mauer, die er erklimmen, und jedes Fenster, durch das er springen konnte, würde für die Warge noch weniger ein Hindernis sein als für ihn selbst. Diese Bestien abzuhängen war schwieriger, als sie zu töten, und das war schon so gut wie unmöglich. Ihre Sinne ließen sich niemals betrügen. Sie hatten sich ganz auf ihre Beute fixiert, und die hieß Baazlabeth. Sie sahen ihn selbst bei Dunkelheit auf eine Meile Entfernung. Sie hörten ihn, auch wenn er nur atmete, und sie konnten riechen, wo er vor Tagen entlanggegangen war. Nur schmecken konnten sie ihn noch nicht, doch daran arbeiteten sie bereits.

Langsam aber unaufhaltsam näherten sich die beiden im Hof befindlichen Bestien. Baazlabeth war sich sicher, dass auch der Warg auf dem Dach nicht von ihm abgelassen hatte. Sie lauerten darauf, dass er eine unachtsame Bewegung machte, ihnen den Rücken zukehrte, um zu flüchten, oder vielleicht sogar stolperte. Es war verwunderlich, wie viele von Baazlabeths Feinden ihr Leben verloren hatten, weil sie stürzten und er ihnen somit den Todesstoß hatte geben können. Eigentlich sollte man meinen, ein Krieger habe genug Erfahrung, um auch rückwärts gehen zu können, ohne dabei ständig auf seine Füße achten zu müssen, doch Angst und Anspannung konnten einem schon den Boden unter den Füßen wegziehen. Baazlabeth wollte sich diese Blöße auf keinen Fall geben. Er blieb stehen, wo er war. Einen halben Schritt weiter hinten konnte es unmöglich wesentlich sicherer sein. Dieser halbe Schritt zurück würde seinen Feinden aber zeigen, dass ihm schauderte – was es tat.

Es mochte schon viele Hundert Jahre her sein, da hatten sich ein Magier und sein Schüler durch einen überhasteten Teleportationsspruch in Baazlabeths Reich verirrt. An den beiden war eigentlich nichts Besonderes gewesen, doch etwas, was der Alte zu seinem Schüler gesagt hatte, war dem Dämon dauerhaft in Erinnerung geblieben: *Wenn du Angst hast, lasse es keinen merken. Du kannst dich nass machen, wenn es keiner sieht, aber fang niemals an zu jammern.*

Zu dieser Zeit hatte Baazlabeth nicht gewusst, was mit »nass machen« gemeint war, doch sein menschlicher Körper räumte gerade alle Unwissenheit aus.

Alles hätte Baazlabeth auf sich genommen, um dieser Situation zu entkommen. Er hätte seine Tarnung fallen lassen, sich dem Pöbel der Stadt gestellt und sich mit bloßer Hand durch die Reihen von Stadtwachen geschlagen. Auch die Schmach, eine der zahlreichen Welten nie mehr betreten zu können, hätte er in Kauf genommen, und, wenn es sein musste, würde er sogar Nemrothar verschonen und sich der Lächerlichkeit Preis geben. Ein Kampf mit Grauwargen war ungleich gefährlicher als alles andere.

Diese Bestien vermochten ihn auszulöschen. Sie machten nicht

Halt vor seinem jetzigen Körper, und auch vor keinem anderen. Sie würden Sil töten und darauf warten, dass Baazlabeth sich ihnen in seiner wahren Gestalt zeigte. Dann würden sie erbarmungslos wieder angreifen und versuchen, ihn in Stücke zu reißen.

Die Grauwarge jagten einen nicht auf irgendeiner Welt, sie jagten auf »der Welt«. Dies war der Geburtsort von allem: von Göttern, Menschen und Dämonen. Wer auf dieser Ebene seinen letzten Atemzug aushauchte, brauchte sich keine Gedanken mehr um das Abendessen zu machen.

Für ihn stand alles auf dem Spiel, und es gab nichts zu gewinnen. Er hätte sich einreden können, ungeahnten Ruhm, die Aufmerksamkeit der höheren Dämonen oder vielleicht sogar ein Platz im Zirkel zu erlangen, wenn es ihm gelänge, drei Grauwarge zu bezwingen, doch die Wahrscheinlichkeit war verschwindend gering, falls überhaupt vorhanden. Er hätte eher mit dem Hintern Fliegen fangen können, als auch nur einen der Warge zu töten.

Die beiden Grauwarge vor Baazlabeth hatten ihn eingekeilt. Mit einer fensterlosen Hauswand im Rücken standen sie knurrend und Geifer triefend vor ihm, bereit, ihre langen Hauer in seine Kehle zu schlagen. Jede Bewegung der Bestien zeigte das Spiel ihrer festen Muskelsträngen unter ihrem Fell, die scheinbar an ihrem Kiefer zusammenliefen. Die Hinterläufe der beiden wolfsähnlichen Geschöpfe knickten ein und bereiteten sich auf den finalen Sprung vor. Baazlabeth hielt die Klingen der Sicheln dem unwirklichen Nachthimmel entgegen, bereit, seine letzte Wut gegen die Bestien des Guten zu wenden und ihnen zumindest eine bleibende Erinnerung an ihn zu verpassen. Das Knurren der Warge verstummte. Baazlabeth sah, wie die Zehen der Hinterpfoten sich unter dem nach hinten verlagertem Gewicht der Bestien spreizten. Dann sprang der erste Warg.

Doch noch bevor sich die Vorderbeine vom Boden lösen konnten, prasselten weitere Schindelsplitter vom Dach und trafen den Warg an der Schnauze. Steine waren nichts, was diese magischen Bestien verletzen konnte, aber sie reichten, um den Angriff zu unterbrechen. Das Schaben der Krallen auf dem Dach wurde heftiger und ging in ein hektisches Kratzen über, gepaart mit einem ungestümen Knurren. Immer mehr und immer größere Bruchstücke regneten herunter und zerplatzten auf dem Pflaster. Ganze Pfannen lösten sich und stürzten zur Erde. Ein Schatten löste sich vom Rand des Daches und verdunkelte für den Bruchteil einer Sekunde das violette Firmament. Zu spät begriff Baazlabeth, dass es der dritte Warg war, der seinen Halt auf den losen Schindeln verloren hatte und zu Boden stürzte. Zu gern hätte er dem hilflosen Tier eine seiner Sicheln in den Leib gerammt.

Doch Fortuna war auf Baazlabeths Seite.

Der Grauwarg stürzte mit dem Rücken voran zwischen seine beiden Rudelgefährten, die mit einem Sprung zu unterschiedlichen Seiten hechteten. Unbeholfen versuchte der Warg, wieder auf die Beine zu kommen.

Jetzt oder nie!

Baazlabeth stürmte vor, die Sicheln zur Abwehr in Kopfhöhe haltend. Er setzte zu einem weiten, tiefen Sprung über den am Boden liegenden Warg an. Im Flug ließ er die Sicheln herabfahren und streifte mit einer der Klingen den Hinterlauf, während die andere genau über die Kehle der Bestie lief. Jedes normal sterbliche Wesen hätte dieser Angriff niedergestreckt, doch am Körper des Wargs glitten die Sicheln ab wie ein Holzschwert an einem Reisigbesen.

Baazlabeths Hoffnungen auf einen glücklichen Ausgang des Gefechtes schwanden. Er sah einzig und allein sein Heil in der Flucht, auch wenn ihm das ähnlich unwürdig wie der Tod vorkam. Mit weiten Schritten hielt er auf die schmale Gasse zwischen den Fischerhäusern zu.

Das Erste, was Baazlabeth auffiel, als er aus der Gasse hetzte, war, dass der Hafen nicht mehr als eine Befestigung gegen Ebbe und Flut darstellte. Einzig und allein eine Mauer hatte man den breiten Küstenstreifen entlang errichtet. Von Molen und Anlegestellen, geschweige denn einer Hafeneinfahrt, gab es keine Spur. Ohne nachzudenken, rannte er weiter Richtung Norden. Hinter sich hörte er, wie die Krallen eines Wargs über den Stein schabten und nach Halt suchten.

Baazlabeth holte alles aus Sils Körper heraus, was noch in ihm steckte. Immer noch behinderte ihn die Wunde an der Wade, doch er zollte ihr keine Beachtung. Die Warge würden ihm Schlimmeres zufügen als eine Fleischwunde.

Aus dem Augenwinkel erkannte er schemenhaft einen Schatten, der mit weiten Sprüngen über die niedrigen Verbindungsmauern zwischen den Häusern hechtete und an ihm vorbeizog.

Das Mistvieh will mir den Weg abschneiden.

Baazlabeth sah seine einzige Chance in einem schnellen Richtungswechsel. Er kreuzte die Spur des Wargs, der ihm vorauseilte, und verschwand in einer Seitenstraße. Die hohen Mauern von Lagerhallen tauchten die Gasse in Dunkelheit.

Keine Lichter, keine Laternen! Die Götter scheinen es sich einfach gemacht zu haben beim Bau der Stadt. Alles, was auch nur ein wenig Fingerfertigkeit bedurfte, haben sie die Menschen machen lassen.

Jetzt erst fiel es ihm auf, dass auch sämtliche Türen und Fensterläden in den Häuserfassaden fehlten. Damit starb auch die Möglichkeit für ihn, in einem Gebäude Schutz vor den Bestien zu suchen.

Baazlabeth war schneller, als ihm lieb war, am Ende der Gasse angelangt. Sie führte zurück auf die Götterstiege. Unwillkürlich rannte er Richtung Süden, zurück zum *Einsamen Wanderer*. Was er dort zu finden gedachte, war selbst ihm schleierhaft, aber er rannte. Die Straßenzüge glichen einer längst verlassenen Geisterstadt, mit dem kleinen Unterschied, dass keines der Gebäude wirklich eine Ruine war. Abermals kam er sich fremd vor. Ohne die Menschen, die feilgebotenen Waren, die Lichter und den Lärm war Brisenburg nur eine leblose Hülle.

Die Warge kamen näher. Es waren zwei, die ihm dicht auf den Fersen waren. Er hörte ihre Krallen auf dem Pflaster und das Knurren, wenn sie sich gegenseitig ins Gehege kamen auf der Jagd nach ihm. Er spürte, wie seine Wunde an der Wade erneut aufriss und den Stoff seiner Hose mit Blut tränkte.

Dreh dich nicht um. Schau einfach weiter auf die Straße und lauf, solange du noch kannst.

Er lief, aber mit jedem Schritt, den er tat, stieg seine Unsicherheit. Irgendetwas war falsch.

Die Brücke! Wo ist die verdammte Brücke hin?

Westlich von ihm konnte er die Ausläufer des Berghangs aus den Augenwinkeln sehen, dort wo das Boenviertel begann. Östlich von ihm lag die Hafenbucht. Auch die Häuser der Händler direkt an der Straße und die schmalen hohen Gebäude dahinter kannte er. Hundert, vielleicht zweihundert Schritt vor ihm müsste sich also das steinerne Gerippe der Brücke, hoch beladen mit Dutzenden von skurrilen Bauwerken, über den Fluss erstrecken. Doch es gab keine Brücke.

Im letzten Moment hörte Baazlabeth die zuschnappenden Kiefer des Wargs in seinem Rücken. Er versuchte, einen Haken zu schlagen. Sein Bein sackte weg. Er stürzte aufs Knie und konnte sich gerade noch mit den Armen abfangen, um nicht einen Moment später hilflos am Boden zu liegen. Der Warg schlitterte auf dem rutschigen Straßenbelag an ihm vorbei. Die Krallen kratzten über den Stein und hinterließen tiefe Furchen, während die Fänge der Bestie weiterhin die Luft durchschnitten.

Baazlabeth spürte den Schatten über sich mehr, als dass er ihn sah. Einen Moment war es, als ob die Zeit stehen bliebe und ihn ins Dunkel tauchte. Der zweite Warg sprang ihn von hinten an und landete auf seinem Rücken. Das Gewicht des Tieres hätte ihn beinahe umgeworfen, doch der Dämon schaffte es, sich mit den Armen hochzustemmen. Die Kiefer der Bestie schnappten zu und verfehlten Baazlabeths linke Gesichtshälfte nur um Haaresbreite. Geifer spritzte ihm ins Gesicht. Die Krallen an den Hinterläufen des Wargs zerschnitten seinen Mantel wie Papier. Die Hornsicheln an den Vorderpfoten bohrten sich schmerzhaft in seine Schulter.

Baazlabeth versuchte, den Kragen seines Mantels zwischen sich und das Maul der Bestie zu bekommen. Dabei taumelte rückwärts auf einen offenen Fensterdurchbruch zu. Er stieß so heftig mit dem Fenstersims zusammen, dass das Gewicht seines Oberkörpers ihn beinahe von den Füßen riss und er befürchten musste, ihm bräche das Rückgrat. Der Warg verlor den Halt und stürzte durch das offene Fenster.

Baazlabeth stieß sich von der Mauer ab und stürmte auf das andere Tier zu, das bereits wieder zum Sprung ansetzte. Im letzten Moment tauchte er unter dem Warg hinweg, bekam einen Hinterlauf zu packen und riss so stark daran, wie er konnte. Der Ruck ließ Baazlabeths Schulter aus dem Gelenk springen, und er schrie mit einer Stimme, die nicht mehr viel Menschliches an sich hatte. Der Warg überschlug sich im Flug und prallte gegen die Hauswand. Baazlabeth stemmte sich mit letzter Kraft auf seinem heilen Arm hoch und kämpfte sich auf die Beine. Wieder rannte er. Die Grauwarge würden sich schnell gefangen haben und ihn erneut einholen. Dann würden sie ihre Beute bekommen.

Baazlabeth lief weiter Richtung Süden die Götterstiege entlang. Ein paar Dutzend Schritt vor ihm tauchte die Stelle auf, wo eigentlich die Brücke über den in den Felsen geschliffenen Gebirgsfluss führen musste, doch es gab keine Brücke. Die Straße endete wie abgerissen an der dunklen Kluft, die sich weit nach unten in den Felsen erstreckte. Zwei rot glühende Augen tauchten aus dem Nichts auf und funkelten ihn bösartig an. Der dritte Grauwarg hatte sich genau vor dem Abgrund auf die Lauer gelegt und wartete darauf, dass seine beiden Gefährten den Dämon in seine Fänge hetzten.

Ich kann nicht fliegen, du aber auch nicht. So etwas nennt man Schicksal, oder vielleicht Pech. Wenn die Götter schon vergessen, eine Brücke über eine Schlucht zu spannen, werden sie sicher Verständnis dafür haben, dass ich nicht umhin kann, sie mit Fell und Knochen zu füllen. Vielleicht seid ihr Warge wirklich so zäh, wie man sagt, dann wirst du unten im Dunkel der Schlucht endlich das Vergnügen haben, mich in meiner wahren Gestalt zu sehen. Wollen wir doch mal sehen, wie viel Göttlichkeit wirklich in dir steckt.

Baazlabeth hielt auf den Warg zu. Zähnefletschend erwartete ihn die Bestie. Wie gleißendes Licht brannten sich die glühenden Augen in Baazlabeths Seele. Er spürte, dass sein Ende zum Greifen nahe war. Der Schmerz in seiner Schulter war nur noch ein tauber Schatten. Die Wunde an seiner Wade fühlte sich an wie Eis auf nackter Haut. Ein letztes Mal stieß er sich vom Boden ab. Frei, fast schwerelos fühlte er sich.

Der Warg bäumte sich auf. Baazlabeth empfing ihn mit ausgebreiteten Armen. Ihre Körper stießen zusammen und umklammerten sich. Krallen bohrten sich tief in Baazlabeths Schenkel, aber er spürte keinen Schmerz. Der faulige Atem der Bestie schlug ihm ins Gesicht, aber keine Übelkeit stieg in ihm auf.

Gemeinsam wagten sie einen Sprung, der vielleicht selbst für einen Gott zu weit gewesen wäre. Ineinander verschlungen, stürzten sie ins Dunkel der Schlucht. Das Letzte, was Baazlabeth sah, war eine kleine Gestalt, eingehüllt in einen dunkelgrünen Umhang vor einem violetten Himmel, die auf der anderen Seite der Schlucht stand und seinen Sturz traurig verfolgte.

Schade, dass wir uns jetzt nicht mehr kennenlernen. Du hast gewonnen, diese Welt gehört dir.

13

Ist das Leben ruiniert, tötet man ganz ungeniert

Als man zu der Einsicht kam, dass sich selbst ein Ende endlos hinziehen konnte, wenn man nicht gewollt war, sang- und klanglos dahinzuscheiden, wie es die anderen von einem erwartet hätten.

»Dort unten, Papa! Da, zwischen den Pfeilern des Stegs«, rief ein Kind aufgeregt. »Ich hab es dir ja gesagt, da ist etwas.«

»Ja, jetzt sehe ich es. Ich glaube, das ist eine Frau«, antwortete eine kräftige Männerstimme.

Lasst das Weib liegen, in dem eiskalten Wasser ist sie ohnehin schon erfroren. Rettet lieber mich. Hier bin ich, seht ihr mich denn nicht?

»Hol den Bootshaken, Junge. Ich versuche sie damit aus dem Wasser zu ziehen.«

Lasst die Schlampe aufs Meer treiben. Wahrscheinlich hat sie es sogar verdient. Helft mir, ich bin auch hier im Wasser. Ich kann euch hören. Ihr müsst mich doch sehen.

Baazlabeths Gedanken flossen taub und müde dahin. Sein Körper, wenn er überhaupt noch einen besaß, reagierte nicht. Er schaffte es noch nicht einmal, die Augen zu öffnen. Träge wie eine klebrige Masse hüllte ihn sein fleischliches Ich ein und machte alle Bemühungen, auf sich aufmerksam zu machen, zunichte. Jedenfalls war er nicht tot – noch nicht.

Irgendetwas musste ihn gerettet haben. War Sils Körper vielleicht an den Felsen zerschellt, und hatte er sich dem Warg in seiner wirklichen Gestalt gezeigt und die Bestie zur Strecke gebracht? Hatte das Wesen mit dem grünen Umhang etwas mit seiner Rettung zu tun? Er konnte sich nicht mehr erinnern. All die Fragen brachten nichts ein, wenn es ihm nicht gelang, sich aus dieser hilflosen Lage zu befreien. Seine Gedanken verschwammen vor Baazlabeths innerem Auge und er versank in Dunkelheit.

Er kam wieder zu sich, als er spürte, dass jemand an ihm zerrte. Waren es bereits Stunden später, waren es vielleicht sogar Tage oder nur Sekunden? Er konnte nicht sagen, wie lange er weg gewesen war. Sein Kopf lag auf etwas Hartem. Der Rest seines Körpers schwebte schwerelos und war kalt wie Eis.

»Komm her, Junge, hilf mir die Frau auf den Steg zu ziehen.«

Was habt ihr bloß immer mit dieser blöden Schlampe? Ich bin hier!

Wieder zerrte jemand an ihm. Er stieß mit dem Kopf irgendwo gegen.

»Sei vorsichtig, ich glaube sie lebt noch!«

Jemand packte Baazlabeth unter den Armen und hievte ihn aus der eisigen Kälte heraus. Hilflos musste er mit anfühlen, wie sein Körper auf der Erde abgelegt wurde. Jemand legte ihm eine Hand auf den Mund. Die fremde Körperwärme war so angenehm. Nie zuvor in seinem dämonischen Leben hatte er so gefroren, und nie zuvor hatte er sich so nach menschlicher Wärme gesehnt.

»Pack sie bei den Beinen. Wir werden versuchen, sie ins Haus zu tragen. Wir müssen sie abtrocknen und in warme Tücher hüllen.«

Ich bin nicht ich selbst. Und auch nicht Sil. Ich bin Lis, wurde Baazlabeth plötzlich klar.

Irgendwann zwischen dem Sturz in den Fluss und dem Zeitpunkt, an dem er treibend im Meer gelandet war, musste er sich von Sil in Lis verwandelt haben. Entweder hatte der Warg zwischen den felsigen Steinen des Ufers den Tod gefunden, oder er hatte die Spur verloren, als Baazlabeth in seinen weiblichen Körper geschlüpft war. Warge wurden zwar angezogen von der Aura des Chaos', ähnlich wie die selbsternannten Propheten, doch folgen konnten sie nur dem Körpergeruch, so wie es auch eine Meute Wölfe tat – in seinem Fall Sils Körpergeruch. Bei Anbruch des Tages würde er es herausfinden. Mit etwas Glück jagten dann nur noch zwei und im besten Fall gar keine der Bestien mehr hinter ihm her.

Baazlabeth ließ alles über sich ergehen, was Vater und Sohn mit ihm anstellten. Er konnte ohnehin nichts tun. Immer noch schaffte er es nicht einmal, die Augen zu öffnen.

Er hörte, wie man ihn in ein Haus trug. Es konnte nicht weit vom Hafen entfernt sein. Wohlige Wärme schlug ihm entgegen, und es roch nach geräuchertem Fisch.

»Sag Ava, sie soll eine heiße Fischbrühe machen. Und wirf noch ein paar Scheite ins Feuer.«

Baazlabeths Beine fielen zu Boden. Jemand zog ihn unter den Achseln haltend durch einen Raum und setzte ihn in einen Stuhl. Direkt vor ihm musste ein Feuer brennen. Er hörte das Knacken des Holzes und spürte die heißen lodernden Flammen auf seinem Gesicht.

Jemand trocknete ihm das Gesicht ab und strich seine Haare zurück. Zittrige Hände begannen, seine Bluse aufzuknüpfen.

»Wer ist das?«, fauchte eine barsche Frauenstimme.

»Eine Frau. Sie lag im Wasser«, antwortete der Mann unsicher. »Rubert hat sie zuerst gesehen. Wir haben sie herausgefischt und hierher getragen. Sie ist unterkühlt, und ich glaube, ihre linke Hand ist gebrochen. Außerdem hat sie eine lange Schnittwunde am Bein.«

Eine Hand griff Baazlabeth unter das Kinn und hob seinen Kopf an.

»Sie sieht aus wie eine Hure«, sagte die Frau, von der Baazlabeth vermutete, dass es sich um besagte Ava handelte.

»Sie trieb hilflos und halbtot im Wasser. Was hätte ich tun sollen, sie ertrinken lassen?«, ereiferte sich der Mann.

»Du hättest die Stadtwachen und einen Heiler rufen können. Aber nein, du musstest sie ja hierher bringen und anfangen, an ihr herumzufummeln.«

»Sie ist klitschnass. Sie braucht neue Sachen und muss sich ausruhen. Was wäre wohl passiert, wenn ich die Stadtwachen gerufen hätte? Wie hätte ich erklären sollen, dass ich nach Anbruch der Ausgangssperre noch draußen bin. Sie hätten uns niemals geglaubt, dass Rubert vergessen hatte, das Boot anzubinden. Wäre es dir lieber gewesen, sie hätten uns eingekerkert?«

Darauf schien auch die Frau keine Antwort mehr zu wissen. Für einen Augenblick, den Baazlabeth genoss wie keinen anderen, kehrte Ruhe ein, und der Dämon schöpfte etwas Kraft. Gerade genug um seine Augen zu öffnen. Leider war der Augenblick schnell vorbei und die menschliche Welt, wie er sie kennengelernt hatte, brach erneut über ihn herein und das Lamentieren ging weiter.

»Meine Liebste, was habt Ihr Euch nur dabei gedacht? So ein Dummerchen, bei der Eiseskälte im Fluss baden zu gehen, und das mitten im Herbst, nicht wahr?«

Baazlabeth war die Sicht auf das wärmende Feuer sowie den Mann und seinen Sohn durch ein pausbäckiges rotes Gesicht versperrt. Der Stimme nach konnte es sich nur um Ava handeln, die plötzlich ihre Freundlichkeit wiedergefunden hatte, eine Freundlichkeit, die an Anmaßung grenzte.

»So dumm, dumm, dumm, wie kann man nur. Habt Ihr denn nicht nachgedacht? Ihr hättet Euch den Tod holen können. Ihr habt wirklich Glück, dass Rubert Euch gefunden hat. Was habt Ihr Euch nur dabei gedacht?«

Es war bereits das dritte Mal, dass die mondgesichtige Frau mit den strohigen Haaren Baazlabeth gegen die Nase tippte. Und wenn ihn nicht alles täuschte, roch sie obendrein auch noch nach Lavendel.

»Ich ...«, keuchte er. »Ich muss ...«

»Ihr müsst gar nichts, meine Liebe. Ihr bleibt schön hier sitzen und wärmt Euch vor dem Feuer. Ein warmes Süppchen wird Eure Lebensgeister schnell wieder wecken. Mit trockenen Kleidern kann ich leider nicht dienen. An Euch ist ja weniger dran als an einem Schilfrohr. Aber macht Euch nichts draus, mit den Jahren werdet auch Ihr ein wenig Fraulichkeit entwickeln. Gebärfreudig werdet Ihr wahrscheinlich niemals sein, aber das wäre ja auch nur hinderlich für Eure, äh, – Arbeit.«

Geh mir einfach aus dem Licht und hol mir etwas von dieser warmen Suppe mit den Fischen. Keine Sorge, ich will deine doofen Kleider gar nicht. Eh du dich versiehst, bin ich weg von hier. Ach übrigens, wenn dir daran liegt, nicht als triefendes Fettauge in deiner eigenen Suppe zu enden, solltest du mich nie wieder dumm nennen oder mir auf die Nase tippen.

»Ist schon gut«, wisperte Baazlabeth. Die Zurückhaltung fiel ihm schwer. Er war es nicht gewohnt, dass jemand ihm ständig über den Mund fuhr, während er versuchte, Worte über die Lippen zu pressen.

Die Frau des Hauses trat empört einen Schritt zurück, und Baazlabeth war froh, ihrer Aufdringlichkeit ein Stück weit entkommen zu sein. Viel mehr freie Sicht und Wärme vom Kamin bekam er dennoch nicht. Die Frau hatte nicht übertrieben, als sie andeutete, sie hätten nicht dieselbe Kleidergröße. Unter dem ausladenden Rock der Fischersfrau hätte eine ganze Dvergafamilie Platz gefunden, und ihre Bluse hätte Baazlabeth als knöchellanges Kleid tragen können. Abgesehen davon vermutete er, dass in all ihren Sachen entweder ein Duft von Fisch oder Lavendel hing. Er hätte sich lieber ein Fell wachsen lassen, als etwas von dieser Ava anzuziehen.

»Ist schon gut – was soll das heißen?«, schnaubte sie. »Nichts ist gut, meine Liebe. Ihr Mädchen von der Straße werdet aus Schaden einfach nicht klug. Die Männer behandeln euch wie Dreck, und ihr lauft ihnen auch noch hinterher. Du solltest mit deinem Leben etwas Besseres anfangen, als deinen Körper zu verkaufen.«

Du solltest deinen Körper verkaufen, pfundweise, dann hättet ihr ausgesorgt.

»Dumm, dumm, dumm«, mit diesen Worten stampfte Ava davon, nachdem sie Baazlabeth ein weiteres Mal auf die Nase gestupst hatte. Sie gab ihrem Mann Anweisung, das Feuer neu anzuheizen. Den Jungen schickte sie los, ein paar Decken holen.

Erneut war Baazlabeth ein Moment der Ruhe vergönnt. Er genoss die Wärme des prasselnden Feuers im Kamin und horchte in sich hinein – besser gesagt, in Lis. Mit der Wärme kamen auch die Schmerzen zurück. Schmerzen waren gut. Sie zeigten einem, dass man noch lebte, und verwiesen einen gleichzeitig darauf, wo seine Grenzen lagen. Baazlabeths Grenzen waren momentan recht eng gesteckt, wenn man bedachte, dass er halb erfroren, mit gebrochenen Knochen, hilflos in einer Fischerhütte saß und sich von der Frau des Hauses belehren lassen musste. Wie hilflos er war, zeigte sich allein schon daran, dass Ava immer noch lebte.

Baazlabeth tat das, was in seiner Macht stand – er sah sich um. Ein hagerer Mann schleppte einen Stapel Holz von draußen herein. Wenn das der Fischer war, der ihn aus dem Wasser gezogen hatte, dankte er den Göttern, dass sie ihm die Kraft dazu verliehen hatten. Der Mann sah aus, als wenn ein Windstoß ihn hätte umpusten können. Selbst die fünf Holzscheite auf seinem Arm zu tragen schien schon all seine Kräfte zu beanspruchen.

Ein ebenso zierlicher Junge mit dunkeln Haaren kam aus der Küche und trug einen Stapel Decken vor sich her.

»Fühlt Ihr Euch schon besser?«, erkundigte sich der Mann.

»Ja, danke«, flüsterte Baazlabeth.

Soweit er das beurteilen konnte, bestand das ganze Haus aus nur drei Räumen: dem Hauptraum, in dem er saß, einer Küche und einem Schlafzimmer. Das Mobiliar war von einfachster Machart und anscheinend schon mehrfach repariert. Ein Buch hätte man im ganzen Haus wahrscheinlich vergeblich gesucht, und wenn Baazlabeth sich nicht vollkommen irrte, besaß er mehr Goldmünzen in seiner Kiste, als diese Familie jemals gehabt hatte.

Meine Kiste! Ich brauche sie wieder, bevor der Tag anbricht.

»Habe ich mich irgendwie unmissverständlich ausgedrückt?«, keifte Ava, die ebenfalls aus der Küche gewackelt kam. »Hatte ich irgendwas davon gesagt, dass ihr euch ruhig bis morgen Zeit lassen könnt, um mit euren überaus schwierigen Aufgaben fertig zu werden? Kommt in die Hufe, ihr beiden, die Frau friert und ist verletzt.«

Als Ava mit der Schüssel dampfender Suppe neben ihrem Mann stand, drängte sich Baazlabeth die Frage auf, ob die beiden wirklich derselben Art angehörten. Unterschiedlicher konnten Menschen wirklich nicht sein.

Ava hielt Baazlabeth mit einem aufgesetzten Lächeln die Schüssel hin. Einen Löffel gab es nicht – die waren in diesem Haushalt anscheinend genauso rar wie Bücher. Baazlabeth streckte die Arme aus und nahm die Mahlzeit dankbar entgegen. Doch die Enttäuschung folgte auf dem Fuße. Hatte er bislang gehofft, so etwas wie einen Fisch oder zumindest Teile davon in der Suppe zu finden, wurde er jetzt eines Besseren belehrt. Auf der fast klaren, leicht gelblichen Flüssigkeit tummelten sich lediglich vereinzelte Fettaugen, und wenn er es richtig erkannte, trieb ein Stück zerkochte Mohrrübe auf dem Grund.

»Trink schon, Liebchen, sie wird dir guttun«, spornte Ava ihn an, sich zu überwinden.

Baazlabeth wollte ihre Gastfreundschaft nicht zurückweisen und kostete. Ava sollte recht behalten, die Suppe weckte wirklich seine Lebensgeister, wenn man von dem tranigen Geruch, der Übelkeit in ihm aufsteigen ließ, einmal absah. Baazlabeth hatte keine Zeit, sich um den Inhalt eines Tellers Suppe und dessen Verzehr zu streiten, aber genau das würde Ava tun, wenn Baazlabeth nicht aufaß. Das verriet der Blick der Fischersfrau, und so schlürfte der Dämon die Suppe aus.

»Ben hier ist zwar kein Heiler, aber er kann deine Wunden verbinden und versuchen, den Arm zu schienen«, sagte Ava. »Heute Nacht bleibst du erst einmal hier, Kindchen, morgen sehen wir dann weiter.«

Ganz bestimmt nicht, aber dennoch danke für das Angebot. Ich habe heute Nacht noch eine Verabredung mit einigen diebischen Elstern.

Baazlabeth nickte stumm und reichte die Schüssel zurück. Ben, der Fischer, verstand sich tatsächlich auf das Verbinden von Wunden, und auch die provisorische Schiene, die er um das Handgelenk legte, konnte sich sehen lassen. Wichtig war Baazlabeth nur, seine Wunden erst zu inspizieren, bevor Ben sie mit Paste bestrich und mit Stofffetzen umwickelte. Beruhigt stellte er fest, dass der Schnitt am Bein und auch die anderen Schürfwunden und Prellungen nicht die Handschrift eines Wargs trugen. Ben ließ sich Zeit, und seine Handgriffe waren gekonnt, obwohl sein Blick die ganze Zeit auf der durchnässten Bluse seiner Patientin lag. Hypnotisch fixierte er die harten Brustwarzen, wie sie sich an der Innenseite des Stoffes rieben. Irgendwann jedoch hatte er sich satt gesehen und folgte seiner Frau und dem Jungen ins Schlafgemach. Baazlabeth blieb allein in seinem Stuhl zurück.

Nach kurzer Zeit schon rührte sich hinter dem Vorhang zum Schlafgemach der Fischerfamilie nichts mehr, und auch das quengelige Grunzen von Ben wurde durch ein monotones Schnarchen ersetzt. Baazlabeth warf die Decken und Tücher zurück, in die man ihn eingewickelt hatte, setzte die Füße fest auf den Boden und verlagerte vorsichtig das Gewicht nach vorne. Seine Beine schienen ihn zu tragen, und sein rechter Arm war auch in Ordnung. Er erhob sich langsam und wagte einige zögerliche Schritte.

Für eine Schlacht reicht es noch nicht, aber ich will auch nur meine kleine Holzkiste zurückholen. Lieber einarmig ein paar Hälse würgen, als sich wieder den Grauwargen stellen zu müssen. Bevor es hell wird, muss ich die Kiste zurückhaben. Wer weiß, in welchem Zustand sich Sils Körper befindet. Es wird besser sein, ich verstecke mich einige Tage in der Kanalisation und schöpfe neue Kraft.

Baazlabeth schlurfte zum windschiefen Fensterladen an der Vorderseite und drückte ihn einen Spalt auf. Die Nacht war noch finster. Vielleicht blieben ihm noch vier oder fünf Stunden, bevor es hell wurde. Unwillkürlich tastete er in seinem Rücken nach den Sicheln.

Mist!

Die beiden Klingen mussten irgendwo auf dem Grund des Flussbetts liegen, oder vielleicht steckten sie im Körper des Wargs, der mit ihm hinabgestürzt war. Auf jeden Fall brauchte Baazlabeth eine neue Waffe, um sich Gehör zu verschaffen. Als Frau und in seinem Zustand würde ihm niemand Rede und Antwort stehen, wenn es darum ging, sein Eigentum zurückzubekommen.

Baazlabeth schaute sich abermals in der dunklen Fischerhütte um. Doch auch jetzt barg sie nicht mehr Geheimnisse als vorher. Missmutig schlich er in die Küche. Neben einer Handvoll schmutziger Schüsseln und einigem hölzernen Essgeschirr lag ein kurzes Filettiermesser für Fische. Die Klinge war kaum länger als ein Finger, aber fast doppelt so breit und sichelförmig.

Der kleine Bruder wird es auch tun. Für eine Kehle reicht er allemal, und er ist gut zu verbergen.

Mit einer Waffe in der Hand, auch wenn sie noch so winzig war, fühlte sich seine Lage schon etwas weniger hoffnungslos an. Nichtsdestotrotz gab es keine Zeit zu verlieren. Er musste seine Spuren verwischen und sein Hab und Gut wiederbesorgen. Behutsam zog Baazlabeth den Vorhang zum Schlafgemach der Fischerfamilie zurück. Mit steifen Fingern umklammerte er den fettigen Griff seines neuen Dolches. Ava, Ben und Rubert lagen zu dritt in einem jämmerlich heruntergekommenen Bett, welches man tagsüber gegen die Wand klappen konnte, um so Platz zu schaffen. Vater und Sohn wurden von Avas massigem Körper an links und rechts an den Rand gedrängt und drohten, jeden Moment herauszufallen. Rubert klammerte sich an das Nachthemd seiner Mutter, und Ben stützte sich mit einem Bein am Boden ab.

Baazlabeth tat etwas, was er sonst nicht tat – er zögerte. Er nahm sich einen Moment Zeit, die drei schlafenden Menschen zu betrachten. Rubert, der kleine dürre Junge, hatte ihn treibend im Wasser entdeckt und dem Dämon damit wahrscheinlich das Leben gerettet, zumindest in dieser Welt. Es war angebracht, sich erkenntlich zu zeigen. Baazlabeth beschloss, den Jungen zu verschonen.

Ben zu töten, den geknechteten Fischer, der mit seiner Frau ein wahrhaftiges Martyrium durchlebte, wäre hingegen so etwas wie eine Erlösung. Barmherzigkeit gehörte aber in die Zuständigkeit von Sept, dem Herrn des Lichts. Also würde auch der Fischer leben, entschied der Dämon.

Mit Ava hatte der Dämon jedoch ein Hühnchen zu rupfen. Dennoch hatte die dicke Fischersfrau etwas ganz Besonderes an sich. Sie war mit Sicherheit ein Mensch, das bedeutete aber nicht, dass sie für das Reich des Chaos' unwichtig war. Von ihrer Sorte fand man nicht viele. Insgeheim – und wahrscheinlich ohne es zu wissen – brachte sie eine kleine Prise Unordnung, Erniedrigung und Bosheit in diese Welt. Wenn man es genau betrachtete, war sie so etwas wie ein Dämon auf Zeit, Bosheit in einem menschlichen Körper, ein freier Diener des Chaos'. Ihr Tod wäre so etwas wie ein Verlust, ein kleiner Rückschlag, ein Seitenstich für die Anhänger des Chaos'.

Baazlabeth zog den schweren muffigen Stoff wieder zurück und kehrte dem Schlafgemach den Rücken. Seine Talente würde er anderen Menschen zuteilwerden lassen. Menschen, deren Tode ihn weiterbrachten, und wo es ihm eine Genugtuung war, sie quälen zu können und sterben zu sehen.

Baazlabeths gebrochenes Handgelenk schmerzte. Er öffnete zwei Knöpfe in der Mitte seiner Bluse und steckte die behelfsmäßig geschiente Hand hinein. Den dunklen Mantel, der immer noch klamm war vom Bad im Hafen, warf er sich lose über die Schultern. Er verließ die Fischerhütte und machte sich auf zu dem Ort, von dem er glaubte, etwas über den Verbleib seiner Kiste herausfinden zu können.

Das Ziel seines nächtlichen Spaziergangs war nicht weit entfernt, nur etwa eine Meile nördlich. Beruhigend stellte er fest, dass die Stadt sich wieder in ihrem normalen Zustand zeigte. Vereinzelte Lichter hinter geschlossenen Fensterläden, laut lachende Menschen und die üblichen Gerüche zeigten ihm, dass alles wieder in Ordnung war. Dieses »in Ordnung« bedeutete aber auch, sich nachts, während der Ausgangssperre, nicht auf den Straßen herumzutreiben. Lebhaft konnte er sich vorstellen, wie ihn die Stadtwachen aufgriffen, verhafteten und in den Kerker steckten. So wie er Hauptmann Celest kennengelernt hatte, wäre es ihm ein Vergnügen gewesen, Baazlabeth hinter Gittern zu sehen. Die Anklagepunkte würden von Nichtbeachtung der Ausgangssperre über verbotenes Schwimmen im Hafenbecken bis hin zum Mitführen von lächerlich kleinen Waffen lauten und hätten ihn dreiundzwanzig Gold-, vier Kupfer- und drei Silberstücke gekostet. Falls er diese Summe nicht aufbringen konnte, drohten ihm tausend Jahre Haft. Baazlabeth musste lächeln. Diese Welt war so albern und doch mit all seinem Wissen kaum zu durchdringen.

Ehe er sich versah, stand er wie schon am Abend zuvor vor dem halbrunden Holztor zur Schwalbenburg, und wie am Abend zuvor wartete er einen Augenblick, um zu lauschen.

»Denkst du, dass du auch nur einen Freier anlockst, so wie du aussiehst?«, brüllte jemand mit einer kräftigen Männerstimme. »Ein bisschen Puder und eine Spange im Haar wären wohl nicht zu viel verlangt. Du bist eine Schande für unsere Zunft. Wenn ich es genau betrachte, schuldest du mir die Bezahlung für Unterkunft und Essen von einem Tag sowie den Preis der verkohlten Klamotten. Sei froh, dass ich dir nicht noch was abknüpfe für die Zeit, die die Zwergin in dich investiert hat, um dich wieder zusammenzuflicken.«

»Es war nicht meine Schuld«, jammerte eine Frau.

Wenn Baazlabeth die Stimme richtig wiedererkannte, war es Tascha, die um Nachsicht bettelte.

Eine schallende Ohrfeige hallte über den Hof. Danach herrschte betretenes Schweigen. Genau der richtige Moment für einen Dämon, um die Bühne zu betreten. Baazlabeth drückte die Klinke herunter und stieß die Tür auf. Bevor er sie wieder schließen konnte, hatte Tascha ihn bereits entdeckt.

»Das ist die Schlampe. *Die* hat mir das angetan.« Zur Veranschaulichung griff sie sich in die versengten Haare. »Die sollte dafür bezahlen.«

Baazlabeth hatte immer noch keine Lust, sich mit der Frau auseinanderzusetzen. Er kehrte ihr den Rücken zu und schloss betont gelassen die Tür. Was er auf diesem Hof zu klären hatte, ging niemand Außenstehenden etwas an.

Als Baazlabeth sich umdrehte, ruhten aller Augen auf ihm. Ein Dutzend Huren und ein untersetzt aussehender Mann mit Lederkappe und Weste widmeten ihm ihre volle Aufmerksamkeit. Tascha hatte sich vorsichtshalber hinter ihrem Zuhälter in Deckung gebracht. Jeder schien darauf zu warten, was Baazlabeth als Nächstes tat.

Der Dämon wollte es langsam angehen lassen, nicht zu langsam, aber langsam genug, um einige Informationen herauszubekommen. Ohne den gaffenden Blicken Beachtung zu schenken, suchte er sich einen Platz vorne zwischen den Huren. Stück für Stück wurde die Lücke zwischen ihm und den beiden Frauen links und rechts größer.

Tascha hatte wieder etwas Mut gefasst, jedenfalls so viel, um ihren Aufpasser gegen den Neuankömmling aufzustacheln.

»Mach schon, worauf wartest du, Nicknick? Zeig es der Schlampe und verpass ihr einen Denkzettel, den sie nicht so schnell vergisst. Am besten etwas Bleibendes, du verstehst?«

Um ihrer Forderung Nachdruck zu verleihen, stupste sie Nicknick in kurzen Abständen gegen die Schulter und versuchte, ihn so vorwärtszutreiben.

Nicknick war nicht so begeistert davon, sich von einer Hure antreiben zu lassen, erst recht nicht, wenn sie so hässlich war wie Tascha. Ohne eine Ankündigung drehte er sich auf der Ferse um und verpasste Tascha mit dem Handrücken einen mächtigen Schlag ins Gesicht. Benommen ging die Hure in die Knie und hielt aus Selbstschutz die Hände vor das Gesicht.

»Sag mir nie wieder, wann ich etwas zu tun habe«, knurrte Nicknick sie an und stieß sie mit dem Fuß zurück.

Er ist schnell und kräftig. Ich muss aufpassen, dass er mich nicht in ein Geplänkel verstrickt. Ich kann es mir nicht erlauben, weitere Wunden davonzutragen.

Nicknick hatte zwar Ärger über Taschas Anmaßung empfunden und dieser Luft gemacht, dennoch folgte er nun ihrer Forderung. Baazlabeth konnte sich denken, was in dem Luden vorging. Es war leicht, eine Frau mit Gewalt in ihre Schranken zu verweisen – keine große Leistung. Und doch war es notwendig. Schnell konnte einem Untätigkeit als Schwäche ausgelegt werden, und Frauen wussten dies zu nutzen. Tascha hatte er bestraft, nun musste er zeigen, dass er *alles* im Griff hatte. Erhaben und ganz von sich überzeugt, stolzierte er wie ein Gockel über den Hof, direkt auf Baazlabeth zu. Er baute sich vor dem Dämon auf, stützte eine Hand in die Hüfte und tippte sich mit dem Zeigefinger der anderen gegen die Oberlippe.

»Du hast entweder ganz schön Mumm, oder du bist vollkommen verblödet, hier wieder aufzutauchen. Was hast du dir gedacht, dass du hier Nacht für Nacht herkommen und dir ein Stück vom Kuchen abschneiden kannst? Alle Huren, die hier stehen, arbeiten für mich, und ich arbeite für Lostface. Das Prinzip ist ganz einfach. Von jedem Witwergold, den du kassierst, gehen sieben Silberlinge an den Boss. Von den übrigen drei Silberlingen gehen zwei an mich, und einen kannst du behalten. Dafür erhältst du Essen, Unterkunft und Kleider. Das alles bekommst du von mir.«

Nicknick wartete ab, wie die junge Frau ihm gegenüber reagierte.

»Tja, ich weiß nicht recht«, antwortete Baazlabeth. »Eigentlich esse ich immer im *Einsamen Wanderer*. Dort habe ich auch ein Zimmer, ein sehr günstiges übrigens. Was das mit den Kleidern angeht, muss ich gestehen, sollte ich vielleicht auf Euer Angebot eingehen, solange meine noch trocknen müssen. Doch wenn ich richtig darüber nachdenke, muss ich vermutlich ablehnen. Das Geschäft scheint mir wenig profitabel zu sein. Vielleicht sollte ich lieber Kisten aus fremden Zimmern stehlen, so wie Ihr und Eure Huren das tun.«

Nicknick ließ sich sofort anmerken, dass ihm die Antwort nicht schmeckte. Erneut bewies er Schnelligkeit und Kraft. Baazlabeth hatte dem Angriff kaum etwas entgegenzusetzen, da der Lude ihn von links anging, dort wo seine gebrochene Hand unter dem Mantel ruhte. Nicknicks Hand packte Baazlabeths Kehle und drückte ihn gegen die Steinmauer.

»Du scheinst mich nicht verstanden zu haben!«, schrie er Baazlabeth an und versprühte dabei seinen Speichel. »Du hast dich bereits entschieden, für wen du arbeitest! So wie es aussieht, schuldest du Lostface und mir bereits den Anteil von zwanzig Freiern. An deiner Stelle würde ich mich also beeilen, deine Schulden schnell zu begleichen, sonst ergeht es dir wie Molly da drüben. Sie war genauso wie du, ein ungehobeltes Stück Dreck. Ich habe sie zurechtgeschnitzt, und jetzt ist sie ein zahmes Kätzchen. Was sagst du nun?«

Baazlabeth musste nach Luft ringen. Nicknicks Hand zerquetschte förmlich seinen Kehlkopf, und außerdem stemmte sich der Lude mit seinem gesamten Körpergewicht gegen die gebrochene Hand des Dämons.

»Ihr solltet Alchemist werden«, keuchte Baazlabeth »Wer es schafft, aus Dreck ein Haustier zu formen, dem fällt es sicher nicht schwer, aus Blei Gold zu machen.«

Nicknicks Griff lockerte sich ein wenig. Baazlabeth sah in den Augen des Mannes, wie der überlegte, ob dies eine Beleidigung war. Nicknick entschied sich dagegen und begann zu lachen. Abermals besprühte er Baazlabeth mit seiner Spucke.

»Ich würde Euch Euren Anteil ja sofort geben, wenn ich könnte, doch leider vermisse ich meine kleine hölzerne Kiste, in der mein ganzes Hab und Gut war«, erklärte Baazlabeth. »Ein Vögelchen hat mir gezwitschert, dass Ihr und Eure Huren sie gefunden habt und sie hier für mich aufbewahrt. Ich wäre Euch dankbar, wenn Ihr sie mir zurückgeben würdet.«

Nicknick schien wenig davon zu halten, wenn seine Belegschaft unaufgefordert sprach. Erneut drückte er Baazlabeths Kehle zu und stieß dabei den Kopf des Dämons gegen die Steinmauer.

»Die einzige hölzerne Kiste, die du brauchst, wenn du für mich arbeitest, bekommst du, wenn deine Zeit abgelaufen ist. Jetzt wirst du erst einmal ohne auskommen müssen. Für den Anfang wird es reichen, wenn du mir eine Kostprobe deines Könnens bietest.«

Nicknicks freie Hand legte sich auf Baazlabeths Knie und wanderte langsam an der Innenseite seines Schenkels nach oben.

»So mag ich es«, hauchte er. »Du bist ja schon ganz feucht. Ist das die Vorfreude?«

»Nein, Hafenwasser«, erwiderte Baazlabeth trocken.

Nicknicks Druck gegen Baazlabeths Kehle ließ langsam nach. Ein Fehler, den der Lude kein zweites Mal machen würde. Blitzschnell rammte der Dämon dem Aufpasser der Huren sein Knie in die Weichteile und bekam so etwas mehr Spielraum. Schnell zog er das Fischmesser unter seinem Mantel hervor und stieß zu. Die kurze Klinge verschwand bis zum Heft in Nicknicks Brust. Sofort zog Baazlabeth sie wieder heraus und ließ Hand und Messer unter dem Mantel verschwinden. Die Hand des Zuhälters lag immer noch auf dem Hals des Dämons, doch anstatt zuzudrücken, hielt er sich jetzt eher fest. Kraftlos fiel der Arm nach unten.

Die Frauen auf dem Hof hatten von der Attacke nichts mitbekommen und deuteten Nicknicks Lethargie anders.

»Na, macht sie dich geil, Nicknick?«, brüllte eine der Huren über den Hof.

»Er ist wohl schon fertig«, kicherte eine andere.

Tascha schien mit dem Ergebnis nicht richtig zufrieden zu sein. Aufgebracht stampfte sie drei Schritte näher, hielt dann aber inne.

»Verpass ihr eine Lektion!«, keifte sie. »Zeig ihr den kleinen Nicknick. Lass sie nicht so einfach davonkommen.«

Baazlabeth fragte sich, was der kleine Nicknick wohl war. Entweder hatte der Zuhälter seinem Dolch einen liebevollen Kosenamen gegeben, oder er nannte sein bestes Stück so. Baazlabeh würde es wohl nicht mehr in Erfahrung bringen.

Nicknick versuchte zu sprechen, doch anstatt Laute mit seinem Mund zu formen, stiegen aus dem breiten Einstich in seiner Lederweste Blutblasen hervor.

»Oh, lasst mich Euch helfen«, sagte Baazlabeth bedauernd und drückte den Finger auf die Wunde.

»Schlampe«, röchelte Nicknick mit der wenigen Luft, die ihm verblieben war, ohne die Lippen zu bewegen.

»Na, na, ich bin eben nicht billig zu haben« spottete Baazlabeth. »Meinen Preis bezahlt man mit Blut.«

Nicknick hielt sich immer noch auf den Beinen, aber langsam schwand die Kraft aus seinem Körper.

»Ich glaube, ich kann meine Kiste auch ohne Euch finden. Wenn Ihr sie nicht habt, wird sie wahrscheinlich bei diesem Lostface sein. Ihm werde ich wohl auch noch einen Besuch abstatten müssen, schließlich soll er nicht ganz leer ausgehen.«

Nicknicks Augen wurden trübe, und seine Beine begannen zu zittern. Die Blutblasen, die aus seiner rechten Brusthälfte blubberten, sahen aus wie eine Rosenblüte, die er sich an das Revers gesteckt hatte.

»Ihr seht irgendwie traurig aus. Vielleicht muntert ein Kuss Euch wieder auf«, flüsterte Baazlabeth dem Luden ins Ohr. »Der ist natürlich auch nicht umsonst.«

Sanft liebkoste er Nicknicks Wange. Dann zog er abermals den Dolch unter dem Mantel hervor und stieß ihn mit Wucht in die Stirn des Zuhälters. Als er die Klinge wieder herauszog, brach sein Opfer zusammen.

Es folgten Geschrei, Entsetzen und Panik – etwas, von dem Baazlabeth nicht geglaubt hatte, es noch auf dieser Welt erleben zu dürfen. Genugtuung für all die Erniedrigung, die er in den letzten Tagen hatte erfahren müssen, stieg in ihm auf, aber damit auch das Bewusstsein, dass sein Auftrag kaum noch zu erfüllen war. Kreischend und zeternd rannten die Frauen durcheinander, versuchten zu flüchten oder suchten ihr Heil im Gebet. Baazlabeth hätte Stunden damit zubringen können, ihnen zuzusehen, doch seine Zeit wurde knapp. Auftrag hin oder her, er wollte auf keinen Fall vor Nemrothar treten und zugeben müssen, auch noch die Kiste verloren zu haben.

Zwischen all den wehenden Unterröcken, Rüschenblusen und Stolen sah Baazlabeth ein vertrautes Gesicht, dessen Kinn auf zwei gefalteten Händen ruhte. Tascha hockte zusammengesunken auf der Erde und betete. Jetzt hatte der Dämon Lust, mit ihr zu sprechen. Vielleicht wusste sie etwas über den Verbleib seiner Kiste.

Tascha betete mit geschlossenen Augen, deshalb sah sie Baazlabeth nicht kommen. Mit seiner gesunden Hand packte er sie am Haar und zog sie hinüber zum Brunnen. Er zog ihren Kopf nach hinten und sah in ihre flehenden Augen. Tränen rannen über das Gesicht der Hure.

»Zwei von euch haben gestern Nacht Schmiere gestanden, als man mir eine Kiste aus dem Zimmer gestohlen hat. Die beiden haben die besagte Kiste irgendwo hingebracht. Ich frage dich jetzt ein einziges Mal: *Wohin* haben sie die Kiste gebracht?«

Baazlabeth sah in Taschas Augen Angst, Beklommenheit und Wut, aber noch etwas blitzte für einen kurzen Moment auf: Unwissenheit. Sie hatte keine Ahnung, wovon er sprach.

»Wer bist du?«, presste sie heraus.

Baazlabeth hörte diese Frage nicht zum ersten Mal, und immer antwortete er etwas anderes: »Ich bin jemand, dem es nicht egal ist, ob du lebst oder stirbst.«

Er packte sie erneut am Schopf und zog sie auf die Beine. Wie in der Nacht zuvor tauchte er ihren Kopf in den Brunnen, nur diesmal zog er ihn nicht wieder heraus. Er stemmte ihr sein Knie in den Rücken, zog das blutige Fischmesser hervor und durchschnitt ihr die Kehle. Einen Augenblick lang versuchte Tascha, sich zu befreien, doch je weiter sich das Wasser im Schein der Kerzen rot färbte, desto mehr schwand auch ihre Gegenwehr. Als Baazlabeth von ihr abließ, war es nur noch ein Fuß, der seltsam verdreht gegen den Brunnenrand trat.

Der Innenhof war wie leergefegt, als Baazlabeth von seinem Blutwerk aufschaute. Die Tür zur Straße stand offen, genau wie der Eingang zur Schwalbenburg. Der dreistöckige Bau war hell erleuchtet. Eine der Huren zog eilig die Läden an einem der Fenster zu.

Sie sind gackernd davongelaufen wie Hühner, zu denen der Fuchs kam. Es wird nicht lange dauern, dann weiß die Finstergilde, wo sie mich finden können – ebenso wie die Stadtwachen. Wenn die Hühnchen noch ein biss-

chen weiterflattern, werden sie sicherlich auch die Inquisitoren aufscheuchen. Das wird ein wirklich feierliches Wiedersehen. Hauptsache, ich habe bis dahin meine Kiste zurück. Es stirbt sich einfach besser mit etwas in der Hand.

Das zweite Mal in dieser Nacht musste Baazlabeth lächeln. Sein sehnlichster Wunsch sollte in Erfüllung gehen. Wie lange hatte er davon geträumt, ganz allein eine Burg einzunehmen. Gut, zugegeben, es war nicht ganz so wie in seiner Vorstellung, ein paar kleine Schönheitsfehler hatte das Ganze. Diese Burg war ein Hurenhaus. Das Burgtor war im Grunde nur eine Holztür. Die stattlichen Ritter waren Weiber. Der breite Burggraben hatte sich in einen Zierbrunnen verwandelt, und der Geschosshagel löste sich in einen Duft von Lavendel auf. Nichts war perfekt, aber seiner jetzigen Gestalt angemessen.

Mit ausgebreiteten Armen stellte er sich vor das Haus, dass alle unter dem Namen Schwalbenburg kannten.

»Ihr nennt es Burg, ich nehme sie ein«, brüllte er, dann erklomm er die Stufen zum Eingang.

Oben, hinter dem letzten Fenster des vorgebauten Treppenturmes sah er die Zwergin stehen. Traurig sah sie zu ihm hinab und schüttelte verzweifelt den Kopf.

Sie wusste bestimmt von der Kiste, wenn die Huren etwas mit deren Verschwinden zu tun hatten. Außerdem würde die Loyalität der Zwergin nicht weit genug reichen, um sich für ein wenig Diebesgut umbringen zu lassen. Schließlich war sie eine Dverga und verdankte den Menschen ihr leidvolles Schicksal.

Als *Baazlabeth* das Foyer der Schwalbenburg betrat, wurde ihm bewusst, dass das Haus mehr in sich barg, als von außen zu sehen war. Der untere Flur erstreckte sich über hundert Fuß quer durch mehrere Gebäude und besaß ein halbes Dutzend Türen auf jeder Seite. Ganz im Gegensatz zu vielen anderen Gebäuden in Brisenburg hatte man hier aus vielen kleinen Häusern ein großes geschaffen. Baazlabeth erinnerte sich an das Heim des Alchemisten *Aleister Bretozek* auf der Südbrücke. Was damals wie ein riesiger Palast, schwebend über der Furt, auf ihn gewirkt hatte, entpuppte sich als Ansammlung von einzelnen Ladengeschäften, Laboratorien und muffigen Zimmern. Die Schwalbenburg war das genaue Gegenteil. Viele Türme, ausgebaute Erker und verschachtelte Anbauten verbargen hinter ihren tristen Mauern einen wahren Palast.

Weiter hinten im Flur streckte eine Frau ihren Kopf zur Tür hinaus. Als sie Baazlabeth sah, fuhr sie erschrocken zurück, knallte die Tür zu und schob den Riegel vor.

Es würde Stunden dauern, alle Flure abzuklappern, Türen einzutreten und sich jeden Einzelnen vorzunehmen, nur um ein paar dahingewimmerte Informationen herauszubekommen. Es gab zwar weitaus unangenehmere Aufgaben, als sich gewaltsam Zutritt zu verschaffen, Menschen zu quälen und ihnen ihre Geheimnisse zu entlocken mit dem Versprechen, sie am Leben zu lassen, um sie dann doch später zu töten. Doch solche Unternehmungen brauchten Zeit, die er nicht besaß. Er musste sich an jemanden halten, von dem er sich schnelle Antworten versprach. An jemanden, der Bescheid wusste, der sich hier auskannte und der ihm unter Umständen wohlwollend gesonnen war – jemanden wie die Zwergin.

Er kehrte dem Flur den Rücken und wandte sich der gewundenen Treppe zu, die über mehrere Etagen reichte. Die steinernen Stufen schmiegten sich eng an die Wände des runden Turmes und hinterließen mittig einen Schacht, der bis hinauf ins Dach reichte. Baazlabeth wagte einen Blick nach oben. »Ich hab sie, Timbus!«, schrie ein Mann von oben herab. »Sie ist unten bei den Huren am Eingang zum Hof.«

Ein dunkel gekleideter Scherge, dessen Gesicht sich hinter einer Kapuze verbarg, stierte zu ihm herunter. Mit einem Griff an die Seite zog er ein Kurzschwert blank und zeigte mit der Spitze auf Baazlabeth.

»Die hol ich mir!«, rief er und rannte mit gezückter Waffe die Treppe hinunter.

Baazlabeth wollte den freundlichen Mann auf keinen Fall warten lassen und entschloss sich, ihm entgegenzugehen. Mit dem Rücken zur Wand erklomm er die Stufen, immer wieder einen schnellen Blick nach oben erhaschend. Die Schritte des Wächters hallten durch das Treppenhaus. Er schien es nicht für nötig zu halten, auf seinen Kumpanen zu warten. Mit weiten Schritten nahm er mehrere Stufen auf einmal und hastete hinunter. Kurz bevor Baazlabeth die erste Etage erreichte, hielt er inne. Die Schritte näherten sich schnell. Mit einem eleganten Sprung über den Schacht hinweg landete der schwarz gekleidete Mann einige Stufen vor ihm. Selbstsicher schlug er sich mit der Breitseite der Klinge in die offene Handfläche.

»Es war nicht klug von dir, hier herzukommen«, grunzte er.

Damit mochte der Mann sogar recht haben, doch Baazlabeth stand auch nicht der Sinn nach klugen Dingen. Es reichte ihm vollkommen, ein paar Hälse zu durchtrennen, Panik zu verbreiten und mit seiner Kiste wieder zu verschwinden. Für kluge Sachen waren die anderen zuständig, er tat, was ihm Spaß bereitete. Kühn zückte er sein Fischmesser und präsentierte es stolz.

»Du musst verrückt sein, Schlampe«, lachte der Fremde angesichts des Größenunterschiedes ihrer Waffen.

Das klang schon besser. Verrückt war schließlich der erste Schritt auf die richtige Seite. Chaos war verrückt, und Ordnung nur etwas für Sterbliche.

Um zu zeigen, was er konnte, schwang der Mann die Klinge vor Baazlabeth hin und her und endete mit einem zielgerichteten Stoß auf die Brust des Dämons zu, dem jedoch in letzter Konsequenz ein Fuß Länge fehlte. Baazlabeth stand nicht der Sinn nach solchen Spielchen. Nicht solange er in den Resten dieses Körpers steckte und eine Waffe trug, die gerade einmal dafür gut war, einen Apfel zu schälen. Er duckte sich unter der ausgestreckten Klinge hinweg und schwang den Dolch. Die Schneide strich über den Oberschenkel des Mannes, durchtrennte den Stoff der Hose und hinterließ einen blutigen Kratzer auf dessen Bein.

»Warte, du Miststück«, keuchte er zornig und schlug zu. Die Klinge sauste im Zickzack vor Baazlabeths Gesicht hin und her. Nach jedem dritten Schlag machte sein Gegner einen Ausfallschritt und stach zu. Baazlabeth blieb nichts anderes übrig, als zurückzuweichen. Mit einem Dolch konnte man keine Schwertschläge parieren.

Baazlabeth setzte alles daran, sich nicht in den offenen Flur treiben zu lassen, doch die Attacken wurden immer heftiger. Kreischend schabte die Spitze des Kurzschwertes an der Wand entlang. Abermals zuckte die Klinge kurz vor Baazlabeths Gesicht hin und her.

Eins, zwei, drei und ein Ausfallschritt.

Die Schwertspitze zuckte vor. Baazlabeth drehte sich zur Seite und ließ den blanken Stahl zwei Finger breit entfernt von seinem Hals ins

Leere stoßen. Sein Dolch fuhr hoch und rammte sich unter die Achsel des Fremden. Das Kurzschwert löste sich aus dessen Hand und fiel klirrend auf die steinernen Stufen. Baazlabeth duckte sich und verpasste seinem Widersacher einen zweiten Hieb in die Kniekehle. Das Bein des Mannes knickte weg, und er versuchte sich an Baazlabeth festzuhalten, doch ein Schnitt über seine Handfläche ließ ihn von der Umklammerung des Mantels ablassen. Er taumelte rückwärts und stürzte durch den offenen Treppenschacht hinunter. Es waren nicht mehr als zehn Fuß bis zum Boden, aber der Mann blieb reglos unten liegen.

Zufrieden grinste Baazlabeth das Kurzschwert zu seinen Füßen an.

Wer hat noch gesagt, es käme nicht auf die Größe an? Egal, wahrscheinlich liegt derjenige von einem Langschwert durchbohrt in seinem muffigen Grab und ärgert sich. Jedenfalls wäre er stolz auf mich.

Baazlabeth bückte sich und wollte gerade nach der Klinge greifen, da durchzuckte ihn ein Schmerz von der Schulter her und drückte ihn zu Boden. Für einen kurzen Moment verschwamm alles vor seinen Augen. Er ließ sich rückwärts gegen die Wand fallen und keuchte.

Ein Bolzen ragte vorne aus seiner Schulter. Von dem hölzernen Schaft war nicht mehr zu sehen als die schwarz eingefärbten Federn am Ende. Baazlabeth hatte Glück im Unglück, da es sich um die linke Schulter handelte, die Seite, an der auch schon seine Hand in Mitleidenschaft gezogen war. Mit schmerzverzerrtem Gesicht stemmte er sich an der Wand hoch.

Irgendwo über ihm hockte jemand, der nur darauf wartete, dass Baazlabeth seinen Kopf vorstreckte. Der Treppenschacht war eng und ein Kopf leicht zu treffen, wenn man in Ruhe zielen konnte. Baazlabeth reizte die Herausforderung. Sich das Gesicht des anderen vorzustellen, wenn der Bolzen verschossen war und er mit gezückter Klinge auf den Schützen zustürmte, motivierte ihn. Um so ein Unterfangen jedoch zu wagen, musst er näher heran. Dicht an die Wand gepresst, erklomm er Stufe um Stufe. Von dem Schützen war nichts zu sehen.

Baazlabeth erreichte die nächste Etage. Hier erwartete ihn kein Flur, sondern ein großer prunkvoll eingerichteter Saal. Eine hufeisenförmig angelegte Tafel in der Mitte des Raumes bot ungefähr fünf Dutzend Gästen Platz. Schwere, eiserne Kronleuchter hingen von der zwanzig Fuß hohen Decke, dazu gemacht, jeden Winkel zu erhellen.

An den Wänden prangten Gemälde mit vergoldeten Rahmen und schwere Wandteppiche mit Jagdszenen. Von hier aus führte keine Tür in einen anderen Teil des Gebäudes – eine Sackgasse. Der Armbrustschütze musste sich somit irgendwo über ihm befinden und auf ihn lauern.

Baazlabeth schlich zurück in das Treppenhaus und tastete sich vorsichtig weiter. Er hatte gerade den ersten Absatz erreicht, da sprang aus dem Durchbruch zum Saal, den er vor wenigen Augenblicken inspiziert hatte, eine Kapuzengestalt mit gespannter Armbrust hervor. Baazlabeth blieb keine Zeit, sich in Deckung zu bringen. Der Mann feuerte seinen Bolzen ab. Baazlabeth wirbelte herum und spürte, wie das Geschoss seinen Oberschenkel durchbohrte. Die kurze Distanz des Schusses ließ den Bolzen durch Fleisch und Muskeln gleiten, auf der Vorderseite seines Schenkels wieder austreten und an der Wand zerbersten. Baazlabeth spürte, wie sein Bein nachgab. Blut färbte die grauen Streifen seines Kleides dunkel.

Das soll es also gewesen sein? Gespickt mit Bolzen und gebrochenen Knochen im Treppenhaus eines Hurenpalastes elend verendet? Ich habe es nicht geschafft, auch nur annähernd meine Aufgabe zu erfüllen. Eine Aufgabe, mit der sich jeder Mensch tagtäglich herumschlagen muss. Sie werden mich verspotten bis ans Ende aller Tage.

Komm schon, Menschlein, leg noch einen Bolzen ein und beende es, dann zeige ich dir, mit wem du dich angelegt hast.

Die Aussicht, in seiner wahren Gestalt Rache zu nehmen, war ein schwacher Trost im Vergleich zu der Schmach, gescheitert zu sein. Baazlabeth hockte zusammengesackt am Boden und wartete darauf, von seinem Widersacher erlöst zu werden.

Der Mann hatte jedoch anderes im Sinn. Er legte die Armbrust vorsichtig zu Boden und zog einen Dolch mit Knochengriff.

»Ich werde dir die Haut vom Leib ziehen, Schlampe. Du wirst darum flehen, dass ich dich endlich erlöse, aber ich werde mir Zeit lassen«, sagte er und ging auf Baazlabeth zu.

Mit einem Fußtritt in die Rippen versicherte er sich, dass sein Opfer wirklich am Ende war. Baazlabeth nahm den Schmerz hin und richtete kraftlos das Fischmesser auf sein Gegenüber. Ein weiterer Fußtritt, und das Messer fiel zu Boden.

»Dachtest du, du kannst hier herkommen und uns alle töten?«

»Meine Kiste«, keuchte Baazlabeth. »Ich will nur meine Kiste zurück.«

»Wovon redest du?«

»Ihr habt meine Kiste gestohlen. Ich will sie wiederhaben«, lallte er kaum noch verständlich.

»Du meinst das dämliche Ding, dass die Huren gestern gebracht haben? Hä, da war dein Weg umsonst. Wir haben sie nicht aufbekommen, und Lostface hat beschlossen, sie zu *Peregrinus* zu bringen, damit er sie mit Magie öffnet. Sie nennen ihn *Meister Siegel*, weil er alles öffnen kann. Du Miststück wolltest gar nicht hierher. Du bist einfach nur verkehrt abgebogen. Doch jetzt bist du hier in meinem Reich und gehörst mir. Du bist am Arsch.«

Wollte ihn das Schicksal verhöhnen oder nur dieser Mann hier? Unmöglich konnte diese niedere Kreatur wissen, was er war. Falsch abgebogen? In seinem Reich? Am Arsch? Das war doch sonst Baazlabeths Text. Sein Kampfgeist erwachte erneut. Niemals würde er aufgeben, solange er auch nur den kleinen Finger bewegen konnte.

Baazlabeth ließ sich nach vorne fallen und umklammerte die Beine seines Peinigers, um diesen aus dem Gleichgewicht zu bringen. Zweimal stach der Mann noch auf seinen Rücken ein, bevor er die Balance verlor. Gemeinsam stürzten sie in die Tiefe.

Baazlabeth musste einen kurzen Augenblick weggetreten gewesen sein, denn als er erwachte, lag er auf den beiden Männern am Fuße der Treppe. Der zuerst Gestürzte war entweder tot oder bewusstlos. Bei dem anderen war das Ergebnis eindeutig. Er hatte sich beim Aufprall seinen eigenen Dolch von unten durch den Kiefer gebohrt und nicht mit Blut gegeizt.

Baazlabeth packte eine Stufe und zog sich daran hoch. Völlig erschöpft, versuchte er auf einem Bein stehend das Gleichgewicht zu halten.

»Wer ist jetzt am Arsch?«, keuchte er.

Aus der oberen Etage hörte er Schritte.

»Timbus, Locwell, wo seid ihr?«, rief jemand von oben herab. »Habt ihr sie erwischt?«

Zu gern hätte Baazlabeth geantwortet, doch der Preis dafür wäre zu hoch. Er wusste jetzt, wo er nach der Kiste suchen musste. In seinem momentanen Zustand jedoch würde er es nicht schaffen, sie sich zu holen. Er musste sich in Sicherheit bringen und seine Wunden versorgen, solange er noch Zeit dazu hatte. Sobald er sich bei Tagesanbruch wieder in Sil verwandelte, würden ihn ganz andere Probleme erwarten. Mehr auf einem Bein hinkend als laufend, überquerte er den Hof.

Er hatte Glück, der Hof war immer noch verlassen und die meisten Kerzen im Brunnen bereits verloschen. Unbemerkt schaffte er es zum Tor und weiter auf die dunkle Gasse.

So lädiert, wie er war, würde er den Weg zum *Einsamen Wanderer* nicht schaffen, und die Aussicht, bei Nemrothar Hilfe zu bekommen, erschien ihm äußerst gering. Außerdem gönnte er dem alten Magier nicht, ihn so zu sehen.

Ich werde wieder zurückschleichen ins Haus der Fischerfamilie. Mit etwas Glück schlafen sie noch. Dann können sie erst Lis wieder zusammenflicken und sich danach um Sil kümmern. Der Plan ist perfekt, besser noch – dämonisch gut.

Baazlabeth schöpfte wieder Hoffnung, ein Wort, das ihm überhaupt nicht gefiel, aber es beschrieb seinen Gemütszustand genau. Solange es Einfaltspinsel gab, die hofften, sich mit guten Taten einen Platz im Götterreich zu sichern, würde der Dämon einen Unterschlupf in der Not finden. Sozusagen profitierte er vom Glauben – mehr als den Göttern lieb sein dürfte.

Doch die Götter wussten sich zu wehren. Als Baazlabeth endlich den Hafen erreichte, wusste er nicht, welches Bein mehr schmerzte, das durchbohrte oder das, auf dem er den ganzen Weg gehüpft war. Er fühlte sich schwach, sein Arm war taub, seine Kleidung rot gefärbt vom Blut, und er fror noch heftiger als nach dem unfreiwilligen Bad im Fluss. Aber als wenn das noch nicht genug wäre, zeigte sich über dem Horizont am Ende des Meeres eine schillernd rotblaue Achatscheibe. Der Tagesanbruch nahte, und somit auch seine Verwandlung in Sil. So war die Bedingung des Zaubers: Tagsüber Sil und nachts Lis.

Tag und Nacht, Tag und Nacht, wozu ist dieser Mist gut? Der einzige Sinn darin ist, den Sterblichen zu zeigen, wie ihre Zeit langsam aber sicher verrinnt.

Baazlabeth schien zu vergessen, dass es gerade dieser Wechsel am Firmament war, der ihm bereits einmal das Leben gerettet hatte.

Ohne weiter auf seinen Körper Rücksicht zu nehmen, humpelte er zum Haus der Fischerfamilie. Die ersten Fenster im Hafenviertel waren bereits erhellt, das Leben in Brisenburg erwachte langsam. Stimmen wurden laut, aber Baazlabeth achtete nicht auf sie.

Er hatte es fast geschafft. Die Hütte lag ruhig und dunkel vor ihm. Seine Schmerzen waren fast vergessen. Keine zehn Schritte trennten ihn mehr von der Fürsorge der Fischerfamilie, da schwoll in ihm eine Eiseskälte an und füllte seine Brust. Seine Atmung stockte, die Augen fühlten sich an, als ob sie aus ihren Höhlen springen wollten. Baazlabeth streckte den Arm aus. Der Knauf der Tür war zum Greifen nahe, doch mit jedem Schritt schien er sich weiter davon zu entfernen. Er fühlte, wie seine Knochen brachen, die Haut sich spannte, seine Kleidung von Meerwasser getränkt wurde und das Blut herausspülte. Halb betäubt und dem Erstickungstod nahe, brach er vor der Tür zusammen, lag auf dem Rücken und starrte in den Himmel.

Typisch Frau, immer etwas zu spät. Jetzt tausche ich diesen durchlöcherten Körper gegen einen, der nur noch Matsch ist. Tolle Idee!

Er wartete darauf, dass sich ihm der Tod zeigte. Sollte er ihn doch endlich von diesen hilflosen menschlichen Körpern befreien, allen beiden. Dann würde er dieser Stadt endlich sein wahres Antlitz zeigen können. Doch anstatt dass sich ein trüber Schleier über seine Augen legte und das Blut in seinen Adern aufhörte zu fließen, schob sich ein Gesicht, gehüllt in eine dunkelblaue Kapuze, über ihn.

»Dachtest du, wir finden dich nicht?«, verhöhnte ihn die kräftige Männerstimme. »Du magst vielleicht den Wargen entkommen sein, doch die Inquisition findet dich, egal, unter welchen Stein du auch kriechen magst.«

Mit dem Absatz seines Stiefels trat der Mann Baazlabeth auf die Brust. Ein Schmerz durchzog den Dämon, als die Rippen hörbar brachen, aber es verschaffte ihm auch Erleichterung. Blut und Wasser schossen fontänenartig aus seiner Kehle. Ein salziger Geschmack lag in seinem Mund, salziger als es das Blut der Menschen je sein konnte. Baazlabeth hustete, röchelte und wand sich am Boden, doch er konnte wieder atmen.

Bevor Baazlabeth zum Gegenschlag ansetzen konnte, hatte der

Inquisitor ihm ein ledernes Halsband umgelegt und verband es mit einer sechs Fuß langen Stange, einem so genannten »Sklavenfänger«. Wie einen Sklaven zog er Baazlabeth daran ins Haus des Fischers. Unfähig, seinen Kopf zu heben, umklammerte Baazlabeth mit beiden Händen das Lederband um seinen Hals, dass ihm wie ein glühendes Stück Metall vorkam. Ein kurzer Blick über den Boden zeigte ihm drei weitere paar Schuhe zu denen seines Peinigers. Die Inquisitoren waren also zu viert. Die Fischerfamilie hockte zusammengekauert am Boden im Schlafgemach.

»Setzt ihn auf den Stuhl«, befahl jemand. »Dann gebt dem Großinquisitor Bescheid, dass wir ihn haben.«

Der Mann mit der Stange zwang Baazlabeth auf die Beine und drückte ihn auf den Stuhl, in dem er Stunden zuvor schon als Lis gesessen hatte. Einer der Inquisitoren verließ die Hütte, die übrigen drei bauten sich vor Baazlabeth auf. Nur verschwommen konnte er sie sehen. Der glühende Riemen um seinen Hals ließ ihm die Tränen in die Augen schießen.

Was für einen Zauber haben sie auf mich gelegt, damit ich diese Qualen durchleide?

»Du fragst dich, welchen Bann wir dir auferlegt haben?«, wiederholte einer der drei Inquisitoren Baazlabeths unausgesprochene Frage. »Ja, da staunst du, was? Uns zwei verbindet jetzt etwas ganz Besonderes, so eine Art heiliger Bund fürs Leben. Leider funktioniert es nur in eine Richtung, aber das sollte dich für den Moment nicht stören. Solange ich dich in meinem Griff halte, kann ich deine Gedanken lesen, dir Schmerzen zufügen und dich Dinge tun lassen, die dir zutiefst abscheulich vorkommen. Wir haben noch etwas Zeit, bis der Großinquisitor kommt, deswegen kann ich dich schon einmal auf das vorbereiten, was noch kommen wird. Der Großinquisitor wird über dein Schicksal entscheiden, aber das ist reine Formsache. Wenn es dann so weit ist, werde ich unser Band auflösen.

Wenn du jetzt schon denkst, dass hier sei Folter, dann warte ab, bis ich die Stange von dem magischen Siegel entferne. Die Schmerzen werden nachlassen, und auch deine Gedanken kann ich dann nicht mehr lesen, dafür wird aber etwas viel Besseres passieren. Das Band um deinen Hals wird dich an deinen menschlichen Körper fesseln. Du wirst die wenige Zeit, die dir noch bleibt, gefangen sein im Körper dieses Mannes, ohne deine Kräfte. Wenn du dann endlich der göttlichen Gerichtsbarkeit überstellt wirst, wird nicht nur dein menschlicher Körper zerstört, sondern auch dein dämonisches Wesen. Und ich meine das nicht nur für diese Welt, sondern auch für jede andere.«

In diesem Moment stieß jemand die Tür zur Hütte auf und warf etwas auf den Boden. Baazlabeth sah nur eine massige unförmige Gestalt mit einer Fackel in der Tür stehen, sein Blick immer noch verschwommen.

»Du Frevler, dafür wirst du büßen«, schrie einer der Inquisitoren.

Der Mann in der Tür begann zu singen. Es war nicht das erste Mal, dass Baazlabeth diese hohe heisere Stimme hörte.

»Vier kleine Tempeljünger betrieben Fischerei,
den einen hab ich abgefackelt, da war'n es nur noch drei.«

Molloch, mein Bruder, du kommst im rechten Moment.

Der schwergewichtige Molloch stieß die Fackel vor und setzte den bewusstlos vor ihm liegenden Mann in Brand. Er zwängte sich durch den Eingang in die Hütte. Wenn Baazlabeth es richtig sah, trug Moloch ein kleines Fass geschultert. Zwei der Inquisitoren stürmten auf ihn zu, doch das Schwergewicht war vorbereitet und vergoss die tranig riechende Flüssigkeit aus dem Fass über die Angreifer. Mit zwei Fackelhieben hatte er die Männer in Brand gesetzt. Schreiend taumelten die Männer in der kleinen Hütte umher und versuchten, mit ihren Händen ihre brennenden Leiber zu löschen. Der Inquisitor, der Baazlabeth an der Stange hielt, bekam es mit der Angst zu tun. Von Panik ergriffen, ließ er die Stange fallen und trat die Flucht an. Bevor er den Ausgang erreicht hatte, hatte Molloch ihn jedoch gepackt und zu Boden geworfen. Dann zog der Koloss den Inquisitor wie einen Feudel über den Boden und tränkte ihn in Fischtran und setzte ihn ebenfalls in Brand, einen Fuß auf dessen Brust gestemmt.

Die Stange an dem Riemen um Baazlabeths Hals rutschte aus der Verankerung und fiel zu Boden. Im gleichen Moment endete der Schmerz, den der Dämon durch die Magie empfunden hatte, doch sein Körper wurde bleiern, die Geräusche und Schreie um ihn herum dumpf und seine Sinne taub. Er sah, wie Molloch auf ihn zukam und ihn packte. Das Schwergewicht zog ihn heraus aus der brennenden Hütte und legte ihn unsanft auf der Straße ab. Mit einem Griff hob Moloch das Gitter zu einem Kanalschacht an und schleuderte es von sich. Er packte Baazlabeth am Arm und schleifte ihn hinüber zum offenen Schacht, dann stieß er ihn hinunter.

Baazlabeth landete in einer Zisterne und brachte kaum die Kraft auf, sich an den Rand zu retten. Am Ende seiner Kräfte, brach er an der gemauerten Stufe zusammen und blieb liegen. Direkt vor ihm stand eine kleine Gestalt, die in eine dunkelgrüne Kutte gehüllt war. Dennoch hätte Baazlabeth sie mit Sicherheit übersehen, wenn sie nicht einen Schritt auf ihn zu gemacht hätte.

»Bist du mein Vater?«, fragte sie mit kindlicher Stimme.

14
Wissen ist die Krücke der Weisheit

Als man zu Boden ging, das Gesicht in Dreck und Erde gepresst. Denn nur aus dieser Lage heraus erkannte man die Dinge, die einem sonst verborgen geblieben wären.

Baazlabeth erwachte. Er konnte nicht sagen, ob er geschlafen hatte oder bewusstlos gewesen war. Wenigstens fühlte er sich etwas erholter. Er lag in einem dunklen, feuchten Gemäuer. Jemand musste ihn auf einem Tisch oder Ähnlichem abgelegt haben, jedenfalls nicht auf dem Boden, denn seine Finger ertasteten eine Kante und griffen dann ins Leere.

Nur bruchstückhaft erinnerte er sich an die kleine, in grün gekleidete Gestalt, die ihn in der Kanalisation empfangen hatte. Es hatte sich dabei um ein Kind gehandelt, oder zumindest um etwas, das sich anhörte und aussah wie ein Kind – ein kleines Mädchen. Baazlabeth fragte sich, wie er aus der Zisterne in dieses Gemäuer gelangt war, wer ihn hierher gebracht hatte. Weder Moloch noch das Mädchen schienen ihm wahrscheinlich. Molloch war zu dick, um durch einen Kanalschacht zu passen, und das Kind hätte nicht genug Kraft gehabt, ihn fortzutragen. Dennoch, irgendetwas verband diese beiden miteinander, und mindestens einer von ihnen hatte etwas mit dem Ort zu tun, an dem Baazlabeth sich gerade befand.

Baazlabeth drehte vorsichtig den Kopf hin und her, um einem möglichen Beobachter zu suggerieren, dass er noch schliefe oder sich sogar in einem Fiebertraum befände. Er musste die Zeit, die ihm blieb, dazu nutzen, herauszufinden, wo er war und was man von ihm wollte. Vorsichtig blinzelte er durch die halb geöffneten Augenlider.

Er lag in einem Gewölbe, die Wände halb aus Fels und halb aus gebrannten Ziegeln errichtet. Prunkvolle Säulen aus grauem Granit stemmten die in ein Dutzend Kuppeln unterteilte Decke. Mehrere vergitterte Schächte von einem Schritt Durchmesser führten an einer der Seitenwände zehn Fuß und tiefer durch die Felsen und ließen ein unwirkliches Licht in das Gemäuer fallen. In gleichen Abständen hatte man Nischen mit Rundbögen in den Stein geschlagen und darin Kerzen aufgestellt und entzündet. Das ganze Gemäuer war mit viel Aufwand und Mühe errichtet worden, dennoch fehlte es an einer gewissen Behaglichkeit.

Baazlabeth rollte den Kopf auf die andere Seite, um auch von dort einen Eindruck zu gewinnen. Keine fünf Fuß neben ihm stand ein Sarkophag, der mit Steinmetzarbeiten aufwendig verziert war. Der Deckel bestand aus einer einfachen Steinplatte, aus dem man den Körper einer Frau herausgearbeitet hatte, die aussah, als würde sie im Granit versinken. Auf ihren steinernen Füßen hockte zusammengekauert eine Gestalt in dunkelgrünem Samt, die zwar unbeweglich dasaß, aber genauso wenig aus Stein war wie Baazlabeth. Die Kutte verbarg ihre Hände ebenso wie das Gesicht, nur Strähnen ihres schwarzen, glatten Haares fielen aus der Kapuze hervor und umschmeichelten ihre angezogenen Beine. Lichtschein aus einem der Schächte umschmeichelte sie, wie für sie gemacht.

Ich sitze in einer verdammten Gruft mit diesem grünen Kobold. Was im Namen der dämonischen Brut erwartet mich noch in dieser Stadt – sprechende Tiere, laufende Bäume oder zur Abwechslung vielleicht mal eine Goldmünze, die sich selbst vermehrt? Das wäre doch noch mal was.

»Du hast mir noch nicht geantwortet«, flüsterte die Gestalt.

Es war wirklich eine Kinderstimme, die sich an Baazlabeth wandte. Die eines kleinen Mädchens, kränklich, schwach, fast säuselnd. Keine Bewegung ging von der Figur aus, noch nicht einmal der grüne Samt bewegte sich, als sie sprach. Baazlabeth hatte Kinder irgendwie anders in Erinnerung. Klein, aber fröhlicher und quirliger. Auf keinen Fall balancierend wie ein Artist auf zwei steinernen Fußspitzen einer Skulptur.

Baazlabeth entschloss sich, ruhig liegen zu bleiben, solange er nicht wusste, wie intakt sein Körper war.

»Verzeih, Kleines, aber ich muss irgendwie eingenickt sein und deine Frage vollkommen vergessen haben«, sagte er, obwohl er genau wusste, was sie von ihm wissen wollte.

»Bist du mein Vater?«, wiederholte sie ihr Anliegen.

Baazlabeth fühlte sich geschmeichelt. Solche Fragen wurden ihm selten gestellt. Meistens verglich man ihn mit einem Teufel, einem Unhold, dem Grauen, und ab und zu kam es sogar vor, dass jemand genau ins Schwarze traf und »Dämon« schimpfte.

»Tut mir leid, Kleines, doch dein Vater bin ich mit Sicherheit nicht. Zugegeben, ich habe neuerdings einige körperliche Eigenschaften errungen, die darauf schließen lassen, dass ich Kinder zeugen könnte, doch sei gewiss, der Schein trügt in diesem Fall.«

Baazlabeth warf einen kurzen Blick auf seine Hand, um sicher zu gehen, dass er im Körper von Sil steckte, und so war es auch.

»Es wäre vielleicht besser, du würdest deine Mutter fragen. Ich habe gehört, dass die meisten Frauen wissen, von welchem Mann sie ein Kind bekommen. Ich kann dir nicht weiterhelfen.«

Das Mädchen ließ sich nach vorne fallen und stützte sich mit den Händen im Beckenbereich der Skulptur ab. Sie streckte ihren Körper durch, blickte in das Gesicht der steinernen Frau und sah dabei aus wie eine Raubkatze, die eine Fährte witterte.

»Ist dieser Mann mein Vater?«, fragte sie und kicherte. »Mutter ist immer wie erstarrt, wenn ich mit ihr spreche. Vielleicht willst du es einmal probieren?«

Die Stimme des Mädchens war immer noch leicht säuselnd, nur schwang diesmal ein Unterton von Wahnsinn mit. Baazlabeth maß ihrem Tonfall nur wenig Bedeutung zu. Die meisten seiner Besucher waren verrückt oder geistesgestört – oft bereits beim Eintreffen in seinem Reich, spätestens aber, nachdem sie ein wenig Zeit mit ihm verbracht hatten. Vielmehr faszinierten ihn die Hände des Mädchens. Ihre Haut war weiß wie Alabaster, durchzogen von wenigen blauen Adern. Die Fingernägel liefen spitz zu wie Krallen und hatten die Farbe von Onyx.

Mit Sicherheit war sie kein Kind – kein Menschenkind jedenfalls, oder zumindest keins mit zwei menschlichen Elternteilen.

»Wer oder was bist du?«, fragte Baazlabeth und war sich sicher, dass sie diese Frage schon öfter gehört hatte.

»Mein Name ist Lilith. Ich bin auf der Suche nach meinem Vater und hatte gehofft, alles Übrige könntest du mir erzählen.«

Sie ging wieder in die Hocke und drehte sich Baazlabeth zu. Mit ihren eisig aussehenden Händen griff sie nach den Seiten ihrer Kapuze und warf sie nach hinten.

Sie war kein Kind. War nie eins gewesen, würde niemals eines sein oder selbst eines bekommen. Sie war eine Berührte, ein Zwitterwesen, halb Dämon, halb Mensch. Ihr hageres Gesicht glich einer Elfenbeinschnitzerei. Die makellos glatte Haut betonte ihre hohen Wangenknochen. Ihre Züge und Mimik ließen sie schon mit so jungen Jahren wie eine alterslose Schönheit wirken. Eine Schönheit für die Kreise, in denen Baazlabeth sich aufzuhalten pflegte. Denn etwas an ihr ließ ihre Anmut in den Augen der Menschen mit Sicherheit verblassen: die zwei schwarzen, wie Onyx schimmernden Augen, die leblos aus ihren Höhlen stachen.

Wenn in dem Sarkophag dort tatsächlich die Mutter des Zwitterwesens lag, dann stellte diese mit höchster Wahrscheinlichkeit den menschlichen Part dar. Ihr Vater konnte somit sonst wer sein, aber mit Sicherheit nicht von dieser Welt. Die Kleine war aufgewachsen, ohne zu wissen, was sie war und welche Macht man ihr vererbt hatte.

Baazlabeth kannte nicht viele Berührte. Erst zweimal war er solch Zwitterwesen begegnet. Eines von ihnen war ein hochrangiger Magier gewesen, der es verstand, sein wahres Ich zu verbergen. Das andere war dem Wahnsinn nahe gewesen und hatte als Eremit weit ab von jeder Zivilisation hoch oben in den Bergen gelebt. Nur die wenigsten, die so waren wie sie, wurden überhaupt so alt wie Lilith, die meisten tötete man bereits kurz nach der Geburt. Was die Frage aufwarf, wie dieses kleine Mädchen es geschafft hatte, in einer Stadt wie Brisenburg so lange unerkannt zu bleiben. Doch Liliths Blick verriet, dass sie ihm keine Rede und Antwort stehen würde, bevor er ihr nicht Einiges erzählt hatte.

»Du bist eine Berührte«, begann er, während er sich aufsetzte. »Weißt du, was das ist?«

Lilith schüttelte aufgeregt den Kopf.

»Du bist das Kind eines Menschen und eines Dämons. Dein Vater ist ein Incubus, ein Dämon, der sich mit den Wesen anderer Völker vereinen und Nachfahren zeugen kann. Deine Mutter starb wahrscheinlich bei deiner Geburt, habe ich recht?«

Lilith nickte traurig. »Ja, mein Ziehvater spricht nur wenig über sie. Er sagt, ich sei noch zu jung, um das zu verstehen.«

Nicht zu jung, nur zu unwissend.

»Wahrscheinlich hat er recht«, sagte Baazlabeth dennoch. »Aber genauso wahrscheinlich ist es, dass keiner von euch beiden je sein Wissen mit dem anderen teilen wird. Genauso wenig werdet ihr ergründen, welche Macht in dir schlummert.«

»Macht?«, wiederholte Lilith ungläubig. »Ich habe keine Macht, über mir schwebt nur ein schrecklicher Fluch. Sieh nur, wie ich aussehe. Wenn du wüsstest, welch abscheuliche Dinge ich schon getan habe, dann würdest du anders reden.«

Wenn du wüsstest, wie ich *in Wirklichkeit aussehe, und was ich schon alles getan habe, würdest du dich wieder als kleines Mädchen fühlen und wahrscheinlich schreiend davonlaufen.*

»Du bist schön, und was du getan hast, war nicht böse«, sagte er aus Überzeugung, nicht nur um sie wieder zu beruhigen.

»Wie kannst du so etwas sagen, wo du nichts über mich weißt?«, ereiferte sie sich.

Baazlabeth hob beschwichtigend die Hand. »Ich habe einige Kostproben deiner Taten gesehen, wie du wohl weißt. Schließlich hast du dafür gesorgt, dass ich die Überbleibsel finde. Lass dir gesagt sein: Was du tust, hat genauso wenig mit Bosheit zu tun wie das Vorhaben einer Katze, die ihr blutiges Spiel mit einer Maus treibt.«

»Ich spiele aber nicht mit den Menschen, die ich töte«, erwiderte das Mädchen beleidigt.

»Nein, du demonstrierst deine Macht. Was du tust, hat nichts mit Böswilligkeit zu tun, sondern mit dem Chaos. Du musst es tun, sonst würdest du verhungern. Es ist die Gier, die dich treibt.«

»Wenn du nicht mein Vater bist, woher weißt du dann all diese Dinge?«

»Ich bin viel herumgekommen«, antwortete Baazlabeth. »Ich habe viel gesehen und gehört, und deswegen weiß ich auch, dass es nicht gut ist, in deiner Nähe zu sein. Das Beste wird sein, wenn wir beide unserer Wege ziehen. Ich danke dir für deine Hilfe, und auch für die von Molloch, was immer du auch mit ihm zu schaffen hast. Sollten sich unsere Wege mal wieder kreuzen, versuche ich, mich zu revanchieren. Auch wenn das nicht gerade meine Stärke ist. Nochmals danke.«

Er stützte sich auf seine Arme und sprang vom Deckel des namenlosen Sarkophages, auf dem er gelegen hatte. Immer noch fühlte sich sein Körper merkwürdig behäbig an, als würde er eine Last mit sich herumtragen.

Lilith sprang auf die Beine und stand nun auf dem Bauch der liegenden Skulptur ihrer Mutter. Von diesem Punkt aus überragte sie Baazlabeth um einen Kopf und schien zu hoffen, sich so Gehör zu verschaffen.

»Du kannst nicht einfach so gehen und mich hier zurücklassen. Du bist der Erste, der etwas über mich erzählen kann. Seit Jahren warte ich darauf, dass jemand kommt und mir hilft, mich von meinem Fluch zu befreien.«

Als sie merkte, dass Baazlabeth auf ihr Flehen nicht reagierte, griff sie zu härteren Mitteln. »Ich werde dich töten wie all die anderen, wenn du mir nicht helfen willst.«

Auch diese Drohung ließ Baazlabeth kalt. Er hatte sie schon so oft gehört, dass sie ihm fast wie eine tägliche Floskel vorkam. *Guten Tag, auf Wiedersehen, wie geht es dir? Ich werde dich töten.* Alles leere Worte ohne Bedeutung.

Er schaute sich nach einem Ausgang aus der Gruft um und fand ihn am hinteren Ende der Halle, versteckt zwischen zwei Säulen: einen Tunnel und eine Treppe, die nach oben führte. Er zeigte in die Richtung und sah Lilith fragend an, als wenn sie ihm verraten würde, ob dies der richtige Weg war. Doch sie verschränkte nur bockig die Arme, wagte es aber auch nicht, ihn anzugreifen.

»Sie werden dich jagen und töten«, sagte Baazlabeth, während er die Halle durchquerte. »Irgendwann werden sie dir auf die Schliche kommen und das tun, was sie immer tun, wenn die Menschen etwas nicht verstehen und Angst haben. Unter anderen Umständen würde ich dir vielleicht helfen.« Baazlabeth hielt einen Moment inne und überlegte. »Naja, wahrscheinlich nicht, aber ich könnte es. Leider habe ich wichtigere Dinge zu tun, die es mir nicht erlauben, zusammen mit dir und deinem Ziehvater auf dem Scheiterhaufen zu enden. Das wird nämlich passieren.«

»Niemals!«, kreischte Lilith. »Das wird er nicht zulassen. Mein Vater wird mich beschützen. Niemand wagt es, sich seinem Befehl zu widersetzten. Er ist der Herrscher dieser Stadt. Mein Vater ist Lord Brackenmoore.«

Ich liebe diese Stadt.

Baazlabeth blieb erneut stehen und drehte sich mit Schwung auf dem Absatz seines Stiefels herum. Sein Sinneswandel zauberte sogar ein Lächeln auf sein Gesicht.

»Wenn man es genau nimmt, bin ich so etwas wie dein Onkel. Verwandte sollten sich auf keinen Fall im Stich lassen. Natürlich helfe ich dir, Kleines.«

»Mein Name ist Lilith, Onkel«, sagte das dunkelhaarige Mädchen grinsend.

Es war doch immer wieder schön mit anzusehen, wie sich die Dinge zum Bösen wandten. Gerade eben noch dachte Baazlabeth, er sei an seiner Aufgabe gescheitert, und im nächsten Moment reichte man ihm eine helfende Hand. Wenn es die Götter waren, die solche Fügungen des Schicksals arrangierten, fragte man sich doch, was sie im Schilde führten. Auf der einen Seite setzten sie alles daran, ihren Dienern einzubläuen, die Gegenseite zu bekämpfen, wo immer sie diese antrafen. Doch sobald es zum Kräftemessen kam, öffneten sie dem Feind ein Hintertürchen, damit er entwischen konnte.

»Lilith, ich schlag dir einen Handel vor«, erklärte Baazlabeth euphorisch.

Lilith runzelte die Stirn. »Ich dachte, ich bin deine Nichte? Solltest du mir nicht einfach so helfen, weil wir verwandt sind und du mich lieb hast? Innerhalb der Familie macht man keine Geschäfte, sagt Vater immer.«

Baazlabeth blieb angewidert der Mund offen stehen.

»Ich sehe schon, mit ein wenig Nachhilfe in Dämonologie ist es nicht getan. Wir müssen ganz vorne beginnen. Pass auf, was ich dir sage. Ein Handel ist zu vergleichen mit einem Pakt oder einem Schwur. Ein Handel wird grundsätzlich zwischen Familienmitgliedern getätigt, und er ist nie umsonst. Etwas, was nichts kostet, hat auch keinen Wert. Geschäfte macht man mit Außenstehenden. Wenn irgendetwas schiefgeht, kann man den Geschäftspartner töten und sich an dessen Verwandte halten. Ein Handel wird durch die Ehre geregelt, ein Geschäft durch die Gesetze. Verstehst du das?«

Lilith nickte, aber ihr Gesicht verriet, dass es nicht so war.

»Wir schließen einen Pakt«, sagte sie unsicher. »Doch ich habe nichts, womit ich dich bezahlen könnte. Müssen wir dann auch einen Blutsschwur machen, so mit In-den-Finger-schneiden?«

»In den Finger schneiden?«, höhnte Baazlabeth. »Das ist etwas für kleine Kinder. Wir hacken uns jeder einen Arm ab und pressen die Stümpfe aufeinander.«

Baazlabeth sah die Panik in Liliths Gesicht. Ihre schwarzen Augen wirkten wie zwei dunkle Sonnen am Himmel.

»War nur Spaß«, beruhigte er sie. »Solchen Firlefanz brauchen wir nicht. Und was die Bezahlung angeht, brauchst du dir keine Sorgen zu machen. Bringst du mir etwas bei, bring ich dir etwas bei. Ich erkläre dir alles über das Leben eines Dämons, und du erzählst mir, was du weißt über die Menschen in Brisenburg. Bei uns Dämonen gibt es folgendes Sprichwort: *Haust du meine Oma, hau ich deine Oma*. Und so sollten wir es auch halten.«

Leider schien auch diese bildhafte Beschreibung nicht alle Zweifel bei dem Kind auszuräumen. Lilith stand da wie vor einer mit alchemistischen Formeln beschriebenen Tafel – sie sah die Zahlen, verstand aber die Gleichung nicht. Dennoch war sich Baazlabeth sicher, dass sie schnell lernen würde. Sie war noch jung und unverdorben, und was das Wichtigste war: Sie gierte nach Wissen genau wie nach der Lebenskraft der Menschen.

»Erzähl mir etwas über meinen Vater, diesen Incubus. Wo kam er her, was wollte er, und wohin ist er wieder verschwunden? Warum hat er uns verlassen?«

»Langsam, langsam«, beruhigte Baazlabeth Lilith. »Ich werde dir alles erzählen, doch nicht sofort. Erst einmal sag mir, wo wir hier sind, und wie ich hierher gekommen bin.«

Baazlabeth sah die Enttäuschung in ihrem Gesicht. Lilith schien nicht viel Geduld zu haben, ein Wesensmerkmal, dass sie mit vielen anderen ihrer Art teile, wie auch mit Baazlabeth selbst.

Schnaubend nahm sie die Worte des Dämons hin, jedoch, ohne ihm eine seiner Fragen zu beantworten. Sie warf sich die Kapuze über und schlurfte zwischen den Säulen hindurch, weg von Baazlabeth zu einem der seitlichen Lichtschächte.

Baazlabeth hörte, wie sie sich an einer Kette zu schaffen machte. Rasselnd fielen die Glieder zu Boden, und Lilith zog zwei schwere, eiserne Riegel zurück. Weiteres Licht durchflutete die Gruft, und ein Windstoß blies Baazlabeth entgegen.

»Sieh es dir selbst an«, rief sie ihn.

Neugierig wagte sich Baazlabeth vor. Lilith stand in einem offenen Türrahmen, der direkt in den Himmel führte, so sah es jedenfalls für Baazlabeth aus. Wolken zogen an der Silhouette des Mädchens vorüber, die Strahlen der teils verhangenen Sonne stahlen sich an ihr vorbei, und der Wind riss an ihrem Umhang, als ob er sie wie auf Flügeln davontragen wollte.

Baazlabeth trat hinter Lilith und warf einen Blick über sie hinweg. Sie standen unmittelbar an einer steil abfallenden Bergwand. In der Tiefe schlängelte sich ein tosender Gebirgsbach und suchte sich seinen Weg durch die schroffen Felsen hindurch. Etwa eine halbe Meile schräg unter ihnen lag Brisenburg. Sofort erkannte Baazlabeth die mit Bauwerken überfüllten Brücken, die eleganten Tempelanlagen und das Hafengebiet. Von den Menschen auf der Straße war nicht mehr zu erkennen als bunte Punkte, die sich scheinbar ziellos durcheinander bewegten.

Zum ersten Mal konnte Baazlabeth sich einen Gesamtüberblick von der Stadt verschaffen. Sie war größer, als er vermutet hatte. Im Osten und Nordosten sah er die gewaltige Stadtmauer, die sich vom Meer bis hoch hinauf zu den Tempelanlagen zog. Ein breites Tor mit hohen Wachtürmen im Osten verband die Stadt mit den dahinter liegenden Ländereien. Ein schier endloses Waldgebiet reichte bis zum Horizont und darüber hinaus.

»Über uns liegt Schloss Sturmfels, der Sitz von Lord Brackenmoore und seinem Gefolge«, sagte Lilith gelassen.

Baazlabeth bemerkte, das sie dieses Mal von Lord Brackenmoore nicht als ihrem Vater sprach. Lilith stand barfuß auf der Schwelle zum Abgrund. Ihre Zehen krallten sich in das Holz des Türstocks, aber ansonsten schien sie es nicht für nötig zu erachten, sich Halt zu suchen.

»Was ist denn das für eine Gruft?«, spottete Baazlabeth. »Hier gibt es einen extra Ausgang mit einem halb fertigen Balkon und einer versteckten Eisentür, die von innen verriegelt ist. Außerdem hat man sich die Mühe gemacht und Lichtschächte in den Fels eingelassen. Werfen eure Toten gern mal einen Blick über die Stadt, wenn ihnen langweilig ist?«

Lilith drängte sich an Baazlabeth vorbei wieder in die Halle zurück.

»Die Toten nicht, aber ich. Seitdem mein Vater entdeckt hat, dass ich anders bin als andere Kinder, lebe ich hier unten, versteckt vor den Augen der Welt. Er ließ die Gruft umbauen, sodass ich ein klein wenig am Leben teilhaben konnte. Die Tür ist aber nicht nur da, um durch sie auf die Stadt sehen zu können. Ich glaube, insgeheim wartet er darauf, dass ich mich entscheide durch sie hindurchzugehen. Deshalb steht wohl auch immer noch mein Sarkophag hier. Er wünscht sich, ich wäre tot, das fühle ich.«

»Den Gefallen werden wir ihm nicht tun – und warum nicht?«

Lilith überlegte einen Moment. Dann drehte sie sich um und grinste. Ein Grinsen, das nicht für Menschen bestimmt war. »Weil etwas, das nichts kostet, auch nichts wert ist.«

»Gutes Kind«, brummte Baazlabeth. »Aber nun erkläre mir noch, wie du es geschafft hast, mich hier hochzubringen.«

»Gar nicht. Ich habe es versucht, aber du warst nicht zu bewegen. Molloch hat mir geholfen. Er hat dich den ganzen Weg hoch zur Schlucht getragen, bis dorthin, wo die Kanalisation endet. Er musste weit gehen, um überhaupt einen Einstieg zu finden, durch den er passte. In der nächsten Nacht hat er mir dann geholfen, dich dort herauszuholen und hier hochzubringen.«

»In der nächsten Nacht?«, keuchte Baazlabeth. »Wie lange bin ich schon hier?«

Lilith wirkte etwas verlegen, was sie fast menschlich erscheinen ließ. »Hier bist du erst einen Tag, aber das Herbringen hat auch einen ganzen Tag gedauert.«

»Zwei Tage also«, schloss Baazlabeth.

»Drei«, berichtigte Lilith ihn. »Einen Tag habe ich dich Magister Treuthwin überlassen. Du warst besinnungslos, und Molloch hat dich zweimal fallen lassen, als er dich aus der Kanalisation heben sollte. Ich hatte Angst, du stirbst. Da habe ich Vater gefragt, ob sich der Magister um dich kümmern könnte.«

Dies war eigentlich so ein Moment, in dem Baazlabeths Stirn sich spannen sollte, die Augen ihr natürliches Gelb zeigten und er das Gefühl bekam, innerlich mit dem Huf auf die Erde stampfen zu müssen. Doch all dies blieb aus, stattdessen spürte er Beklommenheit. Was war nur los mit ihm, vergiftete diese Welt ihn langsam mit ihrer Unfähigkeit?

»Molloch, dein Ziehvater, der Magister«, zählte er auf. »Gibt es noch mehr, die wissen, dass ich hier bin?«

Lilith schüttelte den Kopf.

»Gut.«

Ob es wirklich gut war oder nicht, sollte sich noch herausstellen. Drei Tage lang hatten diese Menschen Zeit gehabt, seine dunkelsten Geheimnisse zu ergründen und zu erforschen. Dass er tagsüber ein Mann und nachts eine Frau war, war dabei nur das Offensichtliche. Wenn dieser Treuthwin als Magister im Dienste eines Lords stand, war er bestimmt ein fähiger Mann und hatte Baazlabeths wahre Natur gewiss erkannt. Sicherzustellen, dass er sein Wissen nicht weitertrug, war jetzt die vorrangige Aufgabe.

»Dieser Magister Treuthwin, kannst du nach ihm schicken lassen?«, fragte Baazlabeth.

Lilith zögerte. »Fühlst du dich nicht wohl? Ich kann dich zu ihm bringen, wenn du willst.«

»Nein, es geht mir gut, aber ich möchte, dass er zu uns herunterkommt«, erklärte Baazlabeth. »Ich möchte ihm einige Fragen stellen und dir wie versprochen die erste Lektion erteilen.«

Jetzt schien Lilith begeistert. Wie ein unbeschwertes Mädchen hüpfte sie durch die Gruft ihrer Mutter in Richtung der Treppe, die nach oben führte. Stolz präsentierte sie drei bestickte Klingelzüge an der Wand, die bis hinauf zur Decke verliefen und dann zwischen den Steinen verschwanden.

»Der rote ist für die Palastwachen«, erklärte sie. »Der blaue für meinen Ziehvater, und wenn ich an dem grünen ziehe, vergeht eine Weile und Magister Treuthwin kommt hier herunter. Bei ihm dauert es immer etwas länger. Er sucht erst seine Tasche zusammen, in der er eine Menge Instrumente, Salben und Pülverchen mit sich führt. Außerdem ist er nicht mehr der Jüngste.«

»Dann verlieren wir am besten keine Zeit, denn es gibt noch viel, was du lernen musst.«

Lilith griff nach dem grün bestickten Brokatstreifen, zögerte aber, an ihm zu reißen.

»Wir tun ihm doch nicht weh, oder? Er ist ein liebenswerter alter Mann, der meinem Vater gute Dienste leistet.«

Hm, die Kleine wird noch Ärger machen. Durch dieses ganze gefühls-

duselige Geschwafel übers »nett«, »lieb« und »gut« sein, welches die Menschen ihren Kindern angedeihen lassen, hat sie ihren Instinkt verloren. Man hat sie dazu erzogen, mit ihrem Essen zu sprechen und es zu fragen, ob es roh gegessen oder gekocht werden möchte. Was will sie denn, etwa freundlich den Tod servieren?

»Niemandem wird wehgetan, wenn du die Lektionen, die ich dir beibringe, genau beachtest«, sagte Baazlabeth und bemerkte Liliths Erleichterung.

Wie ich befürchtet habe. Sie hört meine Worte, aber versteht deren Bedeutung nicht. Es wird schmerzhaft für sie, der Wahrheit in die Augen zu sehen. Sie ist wie ein Bauernmädchen, das sich in ein niedliches Ferkel verliebt hat. Erst wenn das Schwein zum Metzger geht, wird sie erkennen, dass es ein Fehler war, es zu mögen.

»Komm her, Lilith«, rief er sie. »Über die Menschen brauche ich dir nichts mehr beizubringen. Sie haben dir schon mehr über sich erzählt, als von Nöten ist. Ich erzähle dir einiges über Dämonen: Wo sie herkommen, was sie tun, und was sie besser lassen. Dann wirst du auch deine Rolle in dieser Welt verstehen können.«

Baazlabeth setzte sich zurück auf den schmucklosen Sarkophag, und Lilith nahm ihm gegenüber, auf dem ihrer Mutter Platz. Sie setzte sich auf ihre Hände und ließ die Beine baumeln wie ein ganz normales Kind.

»Alles begann mit Licht und Dunkelheit«, erklärte Baazlabeth. »Es gab nichts anderes außer endlosen Schatten, die sich durch einen Schleier aus gleißendem Licht zogen. Sept war das Licht und Amez der Schatten. Sie waren die ersten Brüder. Doch im Laufe der Äonen wurden sich die beiden überdrüssig. Sept entschloss sich, die Welten zu schaffen. Er formte eine und dann noch eine, bis er Tausende von ihnen besaß. Fein säuberlich ordnete er sie nebeneinander und betrachtete sie, aber er empfand keine Freude.

Amez sagte ihm, er dürfe nicht nur Klumpen aus Lehm nehmen, sondern er müsse auch Steine, Sand und Wasser mit hineingeben. Doch Sept schüttelte den Kopf.

Um seinem Bruder zu zeigen, dass er sich nicht einzumischen hatte, schob er die Welten alle zu sich auf die Seite des Lichtes. Sept nahm ein Staubkorn, durchflutete es mit Licht und erweckte es zum Leben. So machte er es viele Male, bis er in jeder Welt ein Leben geschaffen hatte. Sept besah sich seine Schöpfung, aber er empfand immer noch keine Freude.

Amez riet ihm, er solle nicht nur ein Leben in jede Welt setzen, sondern verschieden viele, und er solle dem einen etwas mehr und dem anderen etwas weniger Bestehen einhauchen. Aber Sept schüttelte den Kopf.

Und um seinem Bruder zu zeigen, dass er im Recht war, legte Sept jede der Welten so weit weg, dass man, egal bei welcher man stand, die anderen nicht sehen konnte. Sept lief von einer Welt zur nächsten und sah sich an, was er geschaffen hatte, aber er empfand auch jetzt keine Freude. Die Welten begannen, ihn zu langweilen, genau wie sein Bruder ihn langweilte. Er beschloss, sich auszuruhen und etwas zu schlafen. Er schlief lang und tief, denn sein Bruder Amez umhüllte ihn mit Schatten.

Als Sept erwachte, packte ihn die Wut, denn Amez hatte alle Welten verschoben, und mehr noch. Er hatte sie größer oder kleiner werden lassen, einige von ihnen ins Licht gelegt, die anderen im Schatten versteckt. Manchmal tummelten sich Hunderte von Leben auf ihnen, manchmal keine. Sept brüllte und fluchte, rannte umher und betrachtete voller Zorn, was Amez seinem Werk angetan hatte. Doch sein Zorn verebbte schnell, als er die Vielfalt und Abwechslung erkannte. Er spürte Freude in sich, doch er war nicht bereit sie mit seinem Bruder zu teilen.

Er zog so viele Welten wie möglich zurück ins Licht und befahl seinem Bruder, keine von ihnen je wieder zu berühren oder sie auch nur anzusehen. Andernfalls würde Sept sie zertreten. Nur die, welche er noch nicht gefunden hatte und jene, die im Schatten lagen, sollten dem Bruder gehören. Amez willigte ein, denn ihm reichten die paar, die sein Bruder nicht wollte.

So verging eine lange Zeit, und jeder der Brüder versuchte, aus seinen Welten das Beste zu machen. Sept hatte Tausende von ihnen, Amez hingegen waren nur fünf geblieben. Sept blieb nur wenig Zeit, sich um jede einzelne Welt zu kümmern. Mal nahm er hier ein paar Leben weg und tat dort einige dazu, aber je länger er sie betrachtete, desto weniger Freude empfand er.

Amez beschäftigte sich lange mit seinen Welten im Schatten. Immer wieder formte er sie neu und ordnete sie anders. Sie gediehen prächtig und brachten immer neues Leben hervor. Sept sah, wie viel Freude sein Bruder an den Welten hatte und wurde zornig. Er trat mit Füßen nach den Welten seines Bruders und zerstampfte sie am Boden. Die meisten der Wesen auf den Welten wurden vernichtet, aber einige wenige konnten sich im Schatten verstecken und dem Zorn Septs entgehen. Sept befahl seinem Bruder, nie wieder eine Welt zu erschaffen, und er selbst dürfe nie wieder einen Fuß in das Licht setzen. Amez willigte ein.«

Lilith hatte aufgehört mit den Beinen zu schaukeln. Sie sah Baazlabeth gebannt an und schien auf das Ende der Geschichte zu warten.

»Wie ging es weiter?«, fragte sie. »Dieser Sept ist damit doch wohl nicht durchgekommen? Warum ist er so gemein zu seinem Bruder? Was hat Amez dann getan, erzähl schon.«

»Bis jetzt nichts, die Geschichte endet hier.«

Lilith schüttelte den Kopf. »Wie, die Geschichte endet hier? Sie muss doch irgendwie weitergehen.«

Baazlabeth lächelte. »Wie es weitergeht, entscheidet jeder von uns selbst Tag für Tag.«

»Das verstehe ich nicht«, gestand Lilith.

»Sept ist der, den ihr auf dieser Welt den Erschaffer nennt, den Vater der Tugend, und Amez ist der Zerstörer, der Vater der Sünde. Auf anderen Welten werden sie Ordnung und Chaos genannt, Gott und Teufel, oder manchmal auch Licht und Schatten. Sept gehören diese Welten, und er bestimmt die Regeln. Bei ihm muss alles eine Ordnung haben. Ohne den Einfluss von Amez würde jedes Wesen gleich sein, alle gleich lang leben und sich durch ihr Wissen und ihr Handeln nicht von den anderen unterscheiden. Alles wäre geprägt von Ordnung.«

»Wie hat Amez es denn geschafft, doch noch seinen Einfluss geltend zu machen?«

»Du erinnerst dich an die zerstörten Welten im Schatten, die Wesen, die außerhalb der Welten in der Dunkelheit leben mussten?«

Lilith nickte.

»Das sind wir, die Dämonen. Weil Fürst Amez keine von Septs Welten betreten kann, schickt er uns als Gesandte. Wir haben es uns zur Aufgabe gemacht, das Chaos in die Welt der Ordnung zu bringen.

Durch uns entstehen Vielfalt, Unvorhersehbarkeit und Abwechslung. Deine Existenz verdankst du den Dämonen.«

Lilith schien zu überlegen, ob ihr die Vorstellung behagte, oder ob sie ihr einige der Fragen beantwortete, die sie seit ihrer Geburt mit sich herumtrug.

»Woher weißt du das alles?«, fragte sie erstaunt.

»Bei meiner Geburt hatte ich einen Zettel um den Hals, da stand alles drauf.«

»Wieder ein Scherz?«

»Kluges Kind«, brummte Baazlabeth zufrieden. »Jeder Dämon trägt dieses Wissen in sich. Es gibt nicht mehr viele, die den Beginn der Welten miterlebt haben, aber wenn einer von ihnen stirbt, bleibt das Licht, das ihm einst eingehaucht wurde, bestehen und schwirrt im Schatten umher wie ein Irrlicht. Dieses Licht trägt das Wissen um Amez und Sept in sich. Wenn Amez eines dieser Lichter einfängt, formt er einen neuen Dämon daraus, mit dem Wissen darum, wie alles begann.«

»Wie alt bist du, und wie viele von euch gibt es?«, wollte Lilith wissen.

»Ich bin ein Dämon der ersten Stunde«, verkündete Baazlabeth stolz. »Ich war dabei, als Sept die Welten zerstörte und uns in die Dunkelheit verbannte. Leider sind wir nur wenige gemessen an der Zahl von Welten und den Wesen, die darauf leben. Doch unser Einfluss ist stark und allgegenwärtig. Der Herr aller Dämonen ist Fürst Amez. Sein Name bedeutet ›viele‹ und steht für die unendliche Zahl von Namen, die ihm die Sterblichen gegeben haben. In manchen Welten gilt er als Gott. In anderen wiederum gab man jedem seiner Wesenszüge einen eigenen Namen und verehrte oder fürchtete sie. Da Fürst Amez selbst keine der Welten betreten kann, die im Licht liegen und unter der Herrschaft von Sept stehen, schickt er uns, damit wir seine Arbeit fortführen. Unsere Aufgabe ist es, die Welten in den Schatten zu ziehen, damit auch wir wieder eine Heimat bekommen. Es gibt fünf verschiedene Arten von Dämonen, drei Arten von Niederen und vier der sogenannten Gänger. Alle zusammen bilden sie die Armee des Chaos'.

Zu den Dämonen gehören die Horden, zu denen ich gehöre. Wir sind die Krieger, die Ritter und Schlächter. Sobald wir eine Welt betreten, ringt sich um uns der Tod. Wir führen Armeen in die Schlacht, zetteln Aufstände an und rotten ganze Landstriche aus. Unsere Aufgabe ist es, der Übermacht, die uns Sept entgegenstellt, Herr zu werden.

Die Reiter sind Dämonen, die ihre Körper in der Ebene zurücklassen, aus der sie kommen. Sie ergreifen Besitz von ihren Opfern, zwingen sie, Dinge zu tun, oder versetzen sie in Angst und Schrecken. Ihre Macht ist die Beeinflussung, und sie agieren aus dem Verborgenen heraus. Sie erscheinen ihrem Wirt meist als Alp, Nachtmahr oder als Vettel.

Mehrer sind Dämonen wie dein Vater. Wir unterscheiden Succubi, die weibliche Form, und Incubi, die männliche. Sie erscheinen meist in einer Form, die der Gestalt des zur Paarung Auserwählten ähnelt. Sie bezirzen, hypnotisieren oder verzaubern ihre Partner, um mit ihnen Nachfahren zu zeugen – Abkömmlinge wie du, die wir eben Berührte nennen. Das Kind eines Succubusses wird meist im Schatten geboren, von ihr unterrichtet und als Kuckuckskind zurück in die Lichtwelt geschickt. Die Kinder eines Incubusses bekommen ihren Vater nie zu Gesicht. Die schwangeren Frauen bleiben zurück in ihrer Welt, gebären ihre Kinder, und häufig sterben sie bei der Geburt. Die Neugeborenen bleiben dann, ohne von ihrem Schicksal zu wissen, allein zurück. Die Sterblichkeit unter den Berührten ist hoch, wie du dir vorstellen kannst. Viele Väter töten den Nachwuchs, sobald sie die Kräfte der Kinder erkennen und – was noch schlimmer ist – sie setzen alles daran, um Rache an den Mehrern zu nehmen. Auch ihnen ist häufig der Tod beschert.

Flüsterer haben es da schon wesentlich einfacher. Niemand zwingt sie, ihre Ebenen zu verlassen. Es reicht, wenn sie einen persönlichen Gegenstand von einer Person besitzen. Das Opfer hört dann die Stimme des Dämons, und dieser versucht fortan, mit Beharrlichkeit seine Ziele zu erreichen. Diese Form der Beeinflussung ist nicht so mächtig wie eine Besessenheit, aber sie birgt auch kaum Gefahren für den Dämon.

Als Letztes haben wir dann noch die Former. Sie können überall auftauchen und jede Gestalt annehmen. Ähnlich wie die Horden brauchen sie keine Bezugsperson in der Welt, in die sie gehen. Sie erscheinen als riesige Bestien wie Drachen, Basilisken, Hydras oder Gargylen und verbreiten Furcht und Schrecken.

Die Niederen unterteilen sich in Bedienstete wie die Imps und Homunkuli, die den Dämonen als Diener zur Seite stehen. Dann gibt es noch die Geister und die Larven, zu denen die Lemuren und die Laveas gehören. Sie sind so etwas wie Amez' Nachzuchten. Aus ihnen werden irgendwann richtige Dämonen.

Zum Schluss bleiben nur noch die Heerscharen, zu denen auch du gehörst. Sie sind unsere Krieger für die Zeit der Bekundung – das ist der Zeitpunkt, wenn eine Welt sich entscheidet, ob sie auf die Lichtseite gehört oder in den Schatten. Die Heerscharen setzen sich zusammen aus entseelten Körpern, den sogenannten Golems, verfluchten Wesen, die ruhelos umherstreifen und darauf warten, erlöst zu werden, sowie Widergängern und eben den Berührten, wie du eine bist.

Jetzt kennst du alle Wesen, die Fürst Amez dienen, und kannst dir eine Vorstellung davon machen, welche Rolle du in diesem Gefüge hast.«

Baazlabeth merkte, dass Lilith all das Wissen aufsog wie ein Schwamm. Sie war unter Menschen aufgewachsen, und mit Sicherheit hatten diese versucht, dem Mädchen ihre Idee von Gut und Böse beizubringen, doch Lilith hatte sich in ihren Geschichten nicht wiedergefunden – wie sollte sie auch? Sie war wie ein Luchs unter Hühnern. Und was tat das dumme Geflügel? Es versuchte, dem Luchs zu erzählen, dass Hafer viel besser schmeckte als ihresgleichen. Ein kühnes Unterfangen, das aber durch Sinnlosigkeit und Dummheit nur zu einer Blamage führen konnte.

Leises Schluchzen brachte Baazlabeth aus dem Konzept. Verstört beugte er sich vor und sah zu Lilith hinüber. Er hatte es nicht für möglich gehalten, dass die glänzend schwarzen Augen in dem geisterhaften Gesicht irgendetwas anderes hervorbringen konnten als eine Gänsehaut, doch so war es. Tränen, funkelnd wie Diamanten, sammelten sich am Rande der onyxgleichen Augen, rannen über die weiße Haut und tropften von Liliths Kinn. Etwas in Baazlabeth empfand Ekel, doch ebenso empfand er den tiefen Wunsch, Lilith in den Arm zu nehmen und zu trösten. Ohne es zu merken, streckte er den Arm aus, um sie zu streicheln.

»Geh weg von mir!«, kreischte ihn Lilith an und wich vor seiner Berührung zurück. Zusammengekauert hockte sie auf dem Sarkophag ihrer Mutter.

Aufgeschreckt von dem Schrei und entsetzt von seinem Verlangen ihr zu helfen, unterdrückte Baazlabeth seinen Wunsch und kam Liliths Geheiß nach.

Die ganze Zeit über hatte er sich gefragt, wie sie es anstellte, den Menschen ihr Leben zu entreißen, und es immer noch schaffte, neue Opfer zu finden, obgleich alle in Brisenburg gewarnt waren. Ein paar Tränen und ein Schluchzen lösten das Rätsel.

»Du hast die Kraft einer Banshee«, keuchte Baazlabeth. »Du steckst im Körper eines Kindes und verteilst den Kuss des Todes. Ich habe schon Dinge gesehen, von denen ich nicht gedachte hätte, dass ich sie je erleben würde. Und lass dir gesagt sein, so etwas aus dem Munde eines Unsterblichen zu hören, kommt nicht oft vor. Aber diesmal hat sich Fürst Amez selbst übertroffen. Was sage ich? König Amez müsste ich ihn nennen.«

Baazlabeth war ganz aus dem Häuschen. Er selbst brauchte sich nicht zu verstecken, wenn es darum ging, neue Methoden der Folter zu erfinden oder Hinterlisten auszuhecken, um die Wesen des Lichtes in die Irre zu führen. Amez aber war ein wahres Genie, was die Erschaffung neuer Wesen anging und deren Schwächen in Stärken zu verwandeln.

»Was ist eine Banshee?«, fragte Lilith.

»Du weißt nicht, was eine Banshee ist?«, rief Baazlabeth aus. »Womit haben deine Eltern dir versucht, Angst zu machen, wenn du etwas Verbotenes getan hast – mit Hausarrest?«, plapperte er heraus, ohne nachzudenken.

»Mein Vater hat gesagt, die Inquisitoren werden kommen und mich mitnehmen. Hausarrest habe ich erst seit drei Jahren.«

»Hm, wäre meine zweite Wahl gewesen«, erklärte Baazlabeth, um seinen Fehler zu überspielen. »Die Inquisitoren sollte man wirklich nicht unterschätzen. Sie haben Zugriff auf Magie und Riten, die uns sehr schaden, ja sogar den Tod bringen können. Genau aus diesem Grund musst du auch vorsichtiger werden. Die Spur, die du hinterlässt, ist zu deutlich. Irgendwann werden sie dich und mich finden, und das wollen wir doch vermeiden.

Du fragst, was eine Banshee ist? Das werde ich dir sagen. Sie ist eine der Niederen, eine Geisterfrau. Sie schleicht nachts durch die Straßen und singt ihr Klagelied. Wer es hört, folgt dem Wimmern und Flehen.

Einmal in ihrem Bann, gibt sie ihren Auserwählten den Kuss des Todes und saugt ihnen ihr Leben aus. Dennoch ist die Zahl ihrer möglichen Opfer stets begrenzt. Du musst wissen, eine Banshee erscheint eigentlich immer als weißhaarige Greisin, nur bekleidet mit einem Totenhemd. Ein Aussehen, das ich persönlich sehr schätze, das aber nicht sonderlich hilfreich ist, um Mitleid oder den Beschützerinstinkt zu wecken. Der Zauber einer Banshee schlägt immer fehl, wenn die Opfer sie erblicken, bevor sie in den Bann gezogen wurden. Du jedoch, im Körper eines Kindes, machst all die Schwächen einer Banshee wett. Alles, was ich dir jetzt noch zeigen muss, ist, wie man unauffällig bleibt.«

Natürlich war das alles etwas viel für ein Wesen, das man wie ein kleines Mädchen erzogen hatte. Wahrscheinlich wollte Lilith lieber mit den anderen Kindern auf der Straße spielen, ein Holzpferd zwischen die Beine geklemmt, und den Bettlern Grimassen schneiden. Es gab nur einen kleinen Fehler in diesem Bild: Lilith war kein kleines Mädchen, sondern ein dämonisches Wesen: ein Zehrer, ein Seelenfresser und Soldat des Schattens. Je eher sie dies begriff, desto besser standen ihre Chancen, noch etwas älter zu werden.

Noch immer hockte Lilith auf dem Sarkophag ihrer Mutter. Mit den Armen umklammerte sie ihre angezogenen Beine und zitterte wie Espenlaub.

»Du hast doch keine Angst vor mir, oder?«, erkundigte sich Baazlabeth.

»Nein, natürlich nicht«, antwortete sie. »Es ist diese Kälte. Sie wird immer schlimmer, wenn ich nicht – esse. Seitdem wir dich hierher gebracht haben, war ich nicht mehr draußen. Wenn ich längere Zeit niemanden … – du weißt schon –, kriecht diese Kälte in mir hoch und fängt an, mich zu lähmen.«

»Das sollte sie nicht«, brummte Baazlabeth wie der nette Onkel von nebenan. »Du ernährst dich falsch.« Baazlabeth zuckte zusammen. »Bei den Käfigschmieden der Horden, ich höre mich tatsächlich schon an wie dein Vater. Verzehre niemanden, der zwei verschiedene Augen hat, hüte dich vor Lachenden, wenn das Leid am größten ist, und traue keinem, der mit geschlossenen Augen betet. Was soll's, ich bin schließlich hier, um dir etwas beizubringen. Hör mir gut zu, und du wirst nie wieder frieren.«

Baazlabeth erkundigte sich zuerst nach ihrem Vorgehen, wenn sie auf die Jagd ging. Lilith erzählte ihm, was Baazlabeth bereits vermutet hatte. Sie schlich sich nachts heimlich vom Schloss Sturmfels durch die Kanalisation, um dann irgendwo in Brisenburg wieder aufzutauchen. Schluchzend hockte sie dann in eine der dunklen Gassen, wartete darauf, dass jemand ihr Wehklagen erhörte und versuchte, sie zu trösten. Wenn ihr Opfer dann nahe genug heran war, schenkte Lilith ihm den Kuss des Todes, woraufhin sie alles Leben aus dem Körper ihres Opfers saugte.

»Der Kuss ist nicht dafür gedacht, deinen Hunger zu stillen«, erklärte er. »Er dient allein dazu, die Wesen Septs zu dezimieren oder spezielle Feinde zu töten. Du musst versuchen, deine Gier unter Kontrolle zu bringen. Wenn die Kälte in dir hochkriecht, reicht es völlig, wenn du mit den Lippen deine Fingerspitzen berührst und den Kuss aus der offenen Hand zu jemandem hinüberhauchst. Du tötest die Menschen dann nicht, aber ernährst dich trotzdem von ihnen. Dein Weinen ist, wie du bereits festgestellt hast, ein Zauber, der jeden anlockt und in deinen Bann schlägt. Als Letztes gibt es dann noch deine Tränen. Wer sie berührt, wird vom Siechtum befallen. Eine hervorragende Art, jemanden aus dem Weg zu räumen, ohne viel Aufsehen zu erregen, und bei seinem Ableben noch nicht einmal in der Nähe zu sein. Amez hat dich geschaffen, damit du unter den Wesen des Lichtes leben kannst, ohne aufzufallen und ihm trotzdem zu dienen.«

Baazlabeth hätte sein Wissen noch gern etwas weiter ausgeführt, doch eine tattrige Männerstimme unterbrach sein Vorhaben.

»Lilith, habt Ihr geläutet?«

Die Stimme kam vom oberen Ende der Treppe und war so zaghaft und unsicher, dass sie zu schreien schien: *Ich will da nicht hinunter!*

Baazlabeth hielt den Zeigefinger auf die Lippen. »Psst! Versteck dich hinter den Pfeilern und zeige mir, was du gelernt hast«, trug er Lilith flüsternd auf.

Gehorsam verschwand die Kleine hinter einer der Granitsäulen in der Nähe der Treppe. Baazlabeth blieb zwischen den Sarkophagen stehen und erwartete den Magister voller Ungeduld.

»Lilith, seid Ihr hier unten?«, hallte die Stimme des Magisters erneut durch die Halle.

»Lilith. Unten«, krächzte eine andere Stimme, die ebenfalls von der Stiege zu kommen schien.

Der Treppenaufgang wurde vom Schein einer Fackel erhellt. Lange, unwirkliche Schatten wanderten von einer Seite zur anderen. Mit jedem schlurfenden Schritt, der durch das Treppenhaus hallte, wurde der Schatten kräftiger und nahm mehr an Gestalt zu, bis er zuletzt förmlich aus dem Durchbruch zu kriechen schien. Kurz darauf zeigte sich ein Paar unsicherer Beine, die jeden Schritt auf den engen Stufen genau abpassten.

»Ihr wisst doch, wie schwer es mir fällt, die vielen Stufen hinabzusteigen. Und dann diese Kälte hier unten. Meine Gicht wird von Tag zu Tag schlimmer.«

Ich habe eine gute Nachricht für dich, alter Mann: Du wirst die Stufen nicht wieder hinaufgehen müssen, und an die Kälte wirst du dich gewöhnen.

»Hier, Magister Treuthwin ...«, sagte Baazlabeth, verschluckte aber die restlichen Worte. Aus irgendeinem Grunde hörte sich seine Stimme immer noch wie die von Sil an und nicht wie geplant wie Liliths hohes, kehliges Zischen.

Der Gelehrte betrat die Gruft, konnte jedoch die fremde Stimme genauso wenig zuordnen, wie den Fremden vor sich erkennen. Sein Augenlicht schien nicht mehr das Beste zu sein, deshalb wohl auch die hoch erhobene Fackel in seiner Hand. Unsicher starrte er Baazlabeth an und schlurfte langsam auf diesen zu.

Magister Treuthwin trug eine hellbraune Leinencotte und darüber einen blassblauen Surcot, der auf Höhe der Taille von einem Ledergürtel unterteilt wurde. Die Kopfbedeckung des Alten ließ Baazlabeth darüber nachdenken, ob zwischen dem Grad des Gelehrten und der Schäbigkeit seiner Kopfbedeckung wohl ein Zusammenhang bestand. Wenn es so war, musste er sich vor Treuthwin vorsehen. Die einfache Wollkappe mit dem Goldsaum war erstens viel zu groß und sah zweitens aus, als hätte sie Sept und Amez noch persönlich gekannt. Was Baazlabeth jedoch noch mehr faszinierte war der über einen Fuß große schwarze Rabe auf Treuthwins Schulter. Neugierig wandte der Vogel den Kopf hin und her, fast als ob er vermutete, jemand würde sich zwischen den Pfeilern verstecken.

»Ihr?«, stöhnte Treuthwin, als er nahe genug heran war, um Baazlabeth zu erkennen.

»Ja, ich. Wen habt Ihr erwartet?«, antwortet Baazlabeth. »Etwa ein kleines Mädchen namens Lilith, das Ihr seit Jahren hier unten wie eine Aussätzige haltet?«

»Für Euch immer noch Lady Lilith«, fauchte Treuthwin. »Sie ist hier unten zu ihrem eigenen Schutz. Sie ist sehr, sehr krank.«

»Krank, krank«, krächzte der Rabe.

Baazlabeth schüttelte enttäuscht den Kopf. Wie konnte dieser alte Mann es wagen, ihn für dumm verkaufen zu wollen. Niemand mit ein bisschen Sachverstand würde Liliths Verhalten als Krankheit sehen, außer vielleicht einige verblendete Priester.

»Die Kleine ist genauso wenig krank, wie ich ein Frosch mit Sommersprossen bin, Magister Treuthwin.«

»Sie hat Euch erzählt, wer ich bin?«, fragte der Magister erstaunt. »Dennoch, ich muss darauf bestehen, dass Ihr die Form wahrt. Bitte sprecht sie nur mit Lady Lilith an. Am besten wäre es allerdings, Ihr würdet sie gar nicht mehr ansprechen, von hier verschwinden und kein Wort darüber verlieren. Man würde Euch ohnehin nicht glauben, einem Gaukler, einem Bettler, jemandem, der sich des Frevels schuldig gemacht hat. Ja, da staunt Ihr, was? Natürlich habe ich Euch ausgiebig untersucht, bevor ich Eure Wunden kuriert habe. Und natürlich habe ich auch die Geißel der Exkommunizierung um Euren Hals gefunden. Die meisten der Zeichen auf dem Leder waren mir bekannt, doch einige wusste ich nicht zu deuten. Dies lässt mich vermuten, dass Euer Verrat am Glauben keine kleine Verfehlung war.«

»Verrat, Verrat, Verrat«, wiederholte der Rabe und tippelte aufgeregt auf Treuthwins Schulter umher.

Baazlabeth mochte den Vogel nicht. Er mochte eigentlich überhaupt keine Tiere. Die meisten von ihnen waren in der Lage, sein abnormes Wesen zu spüren, und versuchten alles, um auf sich aufmerksam zu machen und jeden in ihrer Umgebung zu warnen. Bei Wölfen, Hunden und Raubkatzen reichte ein Blick in ihre Augen, damit sie ihn angingen oder winselnd davonliefen. Menschen dagegen waren leichter zu täuschen. Wo sonst ein Blick reichte, bedurfte es bei ihnen schon einiger Beleidigungen, einem über ihnen ausgeschütteten Krug Bier oder dem Niederschlagen des besten Freundes. Menschen waren eben schwer von Begriff.

Treuthwin hatte mit Sicherheit auch keine übersinnlichen Fähigkeiten, doch seine Studien ließen ihn mehr sehen als andere. Baazlabeth bezweifelte zwar, dass man ein Studium brauchte, um zu erkennen, dass sich ein Mann in der Nacht zu einer Frau verwandelte. Da er dem Alten aber auch nicht zutraute, ein brillanter Schauspieler zu sein, ging Baazlabeth davon aus, dass an seinem neuen Halsband mehr dran war als ein wenig klerikaler Hokuspokus.

Als Baazalbeth sah, wie Lilith hinter einem der Pfeiler hervortrat und sanft ihre Fingerspitzen küsste, tat es ihm schon fast leid, Treuthwin seine Fürsorge so heimzuzahlen. Aber was tat man nicht alles, um der Jugend etwas beizubringen. Aus dem Augenwinkel sah Baazlabeth, wie Lilith ihrer Geste Atem einhauchte und sie auf die Reise schickte, während er den Alten unschuldig anlächelte.

Einen Herzschlag später plusterte sich das Gefieder des Raben wie durch einen Windstoß auf, und er krächzte gequält. Er zog ein Bein an, drehte den Kopf zur Seite und klapperte mit dem Schnabel. Seine Augen färbten sich weiß, und das Gefieder wurde stumpf und matt.

Bevor Treuthwin den Vogel greifen konnte, rieselten die ersten Daunen aus seinem Gefieder. Der Griff des Alten ließ den Körper des Vogels zusammenfallen wie einen leeren Kokon.

»Der Vogel machte schon die ganze Zeit so einen kränklichen Eindruck«, sagte Baazlabeth und heuchelte eine Unschuldsmiene.

Treuthwin erkannte natürlich Liliths Handschrift. Verärgert schaute er sich um, doch das Mädchen hatte sich bereits wieder versteckt.

»Ihr werdet Schloss Sturmfels nicht verlassen«, keuchte Treuthwin. »Lord Brackenmoore wird mit Euch sprechen wollen. Soll er entscheiden, was mit Euch passiert.« Er blickte sich noch einmal um und rief in die Halle hinein: »Und mit Euch auch Lady Lilith!«

Dann stapfte er davon.

15
Adel verzichtet

Als man sich gewahr wurde, dass bei Hofe zwar alles glänzte, doch sobald man an der Oberfläche kratzte, Fäule darunter zum Vorschein kam.

Wie Magister Treuthwin es versprochen hatte, wurden Lilith und Baazlabeth zu Lord Brackenmoore gerufen. Gleich nachdem der Gelehrte gegangen war, hatte er zwei Wachen am oberen Eingang zur Gruft postiert. Baazlabeth verstand diese Einladung nicht als Drohung, auch wenn Treuthwin versucht hatte, diese so klingen zu lassen. Brackenmoore war nicht der erste Landesfürst, vor den er treten sollte, und er würde sicherlich auch nicht der letzte sein. In diesem speziellen Fall versprach sich Baazlabeth sogar außerordentlich viel von einer Audienz. Mit wem ließ sich schließlich mehr Gold verdienen als mit dem Lord eines Landes, der um das Wohl seiner Tochter bangte?

Es war bereits Abend, als Treuthwin erneut erschien, diesmal in Begleitung der Wachen, und Lilith und Baazlabeth aufforderte, mit ihm zu kommen, um Lord Brackenmoore »Rede und Antwort zu stehen«, wie er es ausdrückte.

Baazlabeth hatte sich von der persönlichen Garde eines Dämonenmädchens mehr versprochen als zwei alternde Palastwachen, gezwängt in Waffenröcke mit dem Emblem des Lords. Treuthwin stellte die zwei als Cünel und Elgast vor. Von den beiden selbst kamen nur Brummlaute und ein zögerliches Kopfnicken. Sie schienen ihre ganze Aufmerksamkeit allein dem Abstand zwischen sich und Lilith zu widmen. Egal ob das Mädchen stehen blieb, langsam schlenderte oder abrupt losrannte, die Wachen hielten immer eine Distanz von mindestens zehn, aber höchstens zwanzig Fuß. Dieses Spielchen schien schon älter zu sein, denn obwohl Lilith sich sehr anstrengte, einem von ihnen nahe zu kommen oder sie abzuhängen, reagierten die Palastwachen souverän, auch wenn sie etwas genervt wirkten.

Magister Treuthwin ließ sich von den Albernheiten nicht aus dem Tritt bringen und fiel nach wenigen Augenblicken zurück. Auch Baazlabeth sah keinen Anlass, dem Hetz- und Jagdspiel beizuwohnen, denn der Preis für den Sieger war mit Sicherheit nicht das Leben einer der Wachen. Außerdem war der Dämon der Meinung, auf dieser Welt schon genug gerannt zu sein. Baazlabeth nutzte die Gunst der Stunde, um noch einige Informationen aus Treuthwin herauszubekommen. Er hoffte, dass der Magister über den Verlust seines Vogels bereits hinwegsehen konnte – Lilith schien es nicht zu können. Seitdem das Federvieh seine letzte Mauser beendet hatte, war aus ihrem Mund kein einziges Wort mehr gekommen. Schmollend hatte sie sich an eines der Fenster gestellt und in den Himmel gestarrt, bis man sie abholte.

Baazlabeth vermutete, dass sie sich schämte, weil ihr Zauber nicht Treuthwin, sondern den Vogel getroffen hatte. Ein Umstand, den auch der Dämon im ersten Moment nicht hatte gutheißen können, doch im Nachhinein sehr belustigend fand. Die Befürchtung, der Magister könnte über Baazlabeths wahre Identität Bescheid wissen, hatte sich schließlich als grundlos erwiesen. Auch aufgrund dieses Umstandes war der Vogel zugegebener Maßen die bessere Wahl gewesen. Außerdem war es äußerst lustig gewesen, mit anzusehen, wie der Piepmatz sich in Wohlgefallen aufgelöst hatte. Sicherlich ein Spektakel, dem man nicht allzu oft beiwohnen konnte, solange es Banshees weiter auf Menschen abgesehen hatten.

Baazlabeth hatte gehofft, Treuthwin würde von allein zu ihm aufschließen, um das Wort an ihn zu richten, doch entweder quälte den Gelehrten die Gicht mehr als es den Anschein hatte, oder er verspürte nicht das Bedürfnis, mit Baazlabeth zu sprechen.

Die kargen und tristen Wände im Schloss machten es dem Dämon schwer, noch langsamer zu werden und dabei nicht offensichtlich auf sein Verlangen hinzuweisen, mit dem Alten zu sprechen. Überhaupt empfand Baazlabeth das ganze Schloss als äußerst merkwürdig. Er hatte schon viele dieser Herrschersitze betreten, und das nicht nur, nachdem man sie niedergebrannt hatte. Aber selbst bei denen, die man zerstört hatte, war immer noch mehr Glanz zu sehen gewesen als in Burg Sturmfels. Schmale dunkle Gänge führten entlang an prunklosen Türen. Gemauerte Einbuchtungen, in denen sonst vergoldete Statuetten standen, besaßen hier den natürlichen Charme eines Kerkers. Anscheinend hielt man es noch nicht einmal für notwendig, in regelmäßigen Abständen Halterungen für Lampen oder Fackeln anzubringen. Die einzige Abwechslung in dem tristen Gemäuer stellten die kleinen Fensteröffnungen dar, die in Richtung Norden auf das Gebirge mit den schneebedeckten Gipfeln gerichtet waren.

Ein eher zufälliger Blick aus einem der Fenster ließ Baazlabeth innehalten. Es begann gerade zu dämmern. Er sah sich um. Lilith war mit den Wachen bereits weit voraus und in einem der Quergänge vor ihm verschwunden. Treuthwin war noch immer ein Stück zurück und schlurfte gichtgebeugt auf ihn zu. Gebannt beobachtete Baazlabeth seine Hand, die er ausgestreckt ins Fenster hielt, während die letzten Sonnenstrahlen auf den Gipfeln von den emporkriechenden Schatten verschluckt wurden. Genau jetzt sollte die Zeit gekommen sein, wo Sil seinen Körper mit Lis tauschte. Nur noch wenige Herzschläge, dann verdrängte die Nacht den Tag. Doch nichts geschah.

»Ihr kommt nicht von hier«, stellte Treuthwin fest, als er näher kam.

Und Ihr wart kurz davor, von uns zu gehen. Dankt Eurem einfältigen Gott, dass meine Verwandlung in Lis nicht stattfindet. Sicherlich wäre ihr Anblick Euch lieber gewesen als der meine, doch ich bezweifle, dass Ihr diesen mit dem Leben hättet bezahlen wollen. Denkt ruhig weiter, ich wäre ein Bettler oder Gaukler. Solange Ihr das tut, werde ich Euch nicht töten müssen.

Baazlabeth ließ den Augenblick verstreichen und besann sich darauf, nicht zu tun, wonach ihm der Sinn stand. Dafür blieb er Magister Treuthwin die Antwort hinsichtlich seiner Herkunft schuldig.

Der Alte wollte die Unterhaltung dennoch nicht abbrechen.

»Sie mag Euch«, stellt er fest.

»Wer mag wen?«, sagte Baazlabeth wenig freundlich.

»Lady Lilith mag Euch.«

»Wie kommt Ihr darauf?«

Treuthwin schnaubte belustigt. »Ihr seid noch am Leben«, gestand er. »Ich hätte nicht gedacht, dass ich auf meine alten Tage so etwas noch erleben darf.«

Baazlabeth wandte sich dem Gelehrten zu. »Euch scheint sie somit auch zu mögen.«

»Diesen überaus glücklichen Umstand verdanke ich sicher nicht unserer innigen Freundschaft. Lady Lilith hat in den Jahren gelernt, dass es Menschen gibt, denen sie vertrauen muss und auf die sie nicht verzichten kann. Als Kleinkind hat sie die getötet, die sie liebte. Danach kam eine Zeit, da hat sie sich ihre Opfer unter denen gesucht, die sie hasste. Jetzt ist sie fast erwachsen und lässt ihren Verstand die auswählen, welche die Nacht nicht überstehen werden.«

»Das nenne ich Entwicklung«, sagte Baazlabeth.

»Mit Sicherheit«, bestätigte Treuthwin. »Doch früher ließ es sich einfacher bestimmen, woran man war. Lächelte sie jemanden an, mochte sie ihn. Streckte sie die Zunge heraus, mochte sie ihn nicht. Heute lächelt sie ihr Gegenüber wieder an, aber man weiß nicht, ob es nicht vielleicht zum Abschied ist.«

»Lächelt einfach zurück.«

»Das soll helfen?«, lachte Treuthwin verzweifelt.

»Nein, natürlich nicht, aber es stirbt sich leichter mit einem Lächeln auf den Lippen.«

Jetzt schien Magister Treuthwin genug von der Unterhaltung zu haben. Schlurfend setzte er seinen Weg fort. Um den Gelehrten nicht aus diesem emotionalen Tief davonschleichen zu lassen, imitierte Baazlabeth seinen schlurfenden Gang und krächzte wie ein Rabe: »Lächeln, lächeln.« Dieses Spiel trieb er noch einige Zeit mit wachsender Begeisterung und freute sich darüber, wie sich die Miene des Magisters mit jedem Krächzen weiter verfinsterte. Drei ebenso triste Flure weiter schlossen sie wieder zu den anderen auf, und Baazlabeth gab Ruhe.

Der letzte Gang endete in einer kleinen, fensterlosen Halle. Cünel und Elgast hatten sich an der gegenüberliegenden Wand vor einem mit Schnitzereien versehenen Doppelportal aufgestellt und verzogen keine Miene. Gestützt auf Hellebarden, sahen sie aus wie die letzten Wächter zu einem verlassenen Paradies. Lilith saß auf einem der Stühle, die rund um die Wände aufgestellt waren und ein wenig von dem schmucklosen Raum ablenkten. Baazlabeth nahm ihr gegenüber Platz, während Magister Treuthwin sich an Cünel vorbeidrängte, einen der Türflügel einen Spalt aufzog und hindurchschlüpfte. Danach schloss er ihn hinter sich wieder.

Baazlabeth fielen die aufwendigen Schnitzereien im rotbraunen Holz der Türflügel ins Auge. Augenscheinlich handelte es sich um eine Darstellung von Brisenburg. Einige Gebäude waren übergroß abgebildet worden, während andere drohten, im Hintergrund zu verschwinden. Die Straßen waren angefüllt mit Menschen, und auf dem Dach eines Tempels kämpften zwei Männer miteinander. Das Land um Brisenburg herum verlor sich in einem Meer, was die Stadt wie eine Insel aussehen ließ.

»Du hast mich belogen.«

Baazlabeth hörte die Stimme von Lilith, brauchte aber einen Moment, um zu verstehen, dass er gemeint war. Nur widerwillig löste er seinen Blick von den Schnitzereien. Mit hochgezogenen Augenbrauen sah er das blasse Geschöpf fragend an, in der Hoffnung, dass sie ihre Anschuldigung weiter erklärte.

»Ich lüge niemals«, sagte er nach einem Augenblick des Schweigens. »Es gibt nur zwei Gründe, zu lügen. Der erste ist Angst vor der Wahrheit und der andere Angst vor Vergeltung. Beide Emotionen sind bei mir nur wenig ausgeprägt, wie du vielleicht weißt.«

»Du hast gesagt, Magister Treuthwin würde nichts passieren«, erklärte Lilith trotzig.

Baazlabeth wusste natürlich, worauf Lilith hinaus wollte, doch manchmal war es besser, sich dumm zu stellen.

»Für mich sah der alte Kauz noch ganz gut aus. Naja, gut vielleicht nicht, aber seinem Alter entsprechend. Außerdem scheint er mir putzmunter zu sein, bis auf seine leichte Verstimmung wegen des Vogels.«

»Traxas ist tot, aber nur weil ich ihn an Stelle des Magisters für meinen Zauber gewählt habe«, fauchte sie ihn an.

Lilith war wirklich wütend auf ihn, was nicht sonderlich gut war. Wenn es stimmte, was Baazlabeth vermutete, dann raubte ihm das Lederband um seinen Hals die dämonischen Kräfte. Solange dies so war, konnte ihn das Mädchen ohne große Mühe in einen Aschehaufen verwandeln. Und damit sogar – wenn der Priester die Wahrheit gesprochen hatte – seine gesamte dämonische Identität auslöschen. Ein Gedanke, der ihm gar nicht behagte. Baazlabeth musste ihr Vertrauen zurückgewinnen, und zwar bevor sie das nächste Mal Hunger bekam.

Junge Mädchen konnte man nur mit forschem Auftreten oder Schmeicheleien beikommen. Die Wahl fiel Baazlabeth leicht – er folgte einfach seinem Naturell –, auch wenn damit seine Sorge stieg, in wenigen Minuten vom Fußboden aufgefegt zu werden.

»Ihr habt dem schwarzen Körnerpicker einen Namen gegeben?«

»Er war ein sprechender Rabe, die sind äußerst selten. Magister Treuthwin hat gesagt, er habe sogar Schriftzeichen lesen und einfache Zahlen zusammenrechnen können. Er war einzigartig«, konterte Lilith.

»Einzigartig heißt für einen Vogel nichts anderes, als allein zu sein. Jetzt ist er in guter Gesellschaft, tote Raben gibt es ewig viele. Schuld an seinem Tod bist aber immer noch du. Du hast nicht auf das gehört, was ich dir gesagt habe. Wenn ich *dir* einen Stapel Papier auf den Kopf schlage, passiert nichts, aber wärest du eine Fliege, sähe das schon anders aus.«

Lilith schien zu verstehen, was Baazlabeth ihr damit sagen wollte, doch bevor sie die richtigen Worte für eine Entschuldigung gefunden hatte, öffnete sich bereits die Tür zum Ratssaal. Magister Treuthwin hatte eine ernste Miene aufgelegt und bat die beiden einzutreten. Cünel und Elgast folgten ebenfalls in die Halle, jedoch nicht ohne den Sicherheitsabstand zwischen sich und Lilith außer Acht zu lassen.

Die Halle, in der sie sich wiederfanden, konnte von der Größe mit jedem Thronsaal konkurrieren, von der Ausstattung aber glich sie eher einer Gruft. Die Wände, kahl und feucht, bildeten einen stimmigen Übergang zu dem abgenutzten Dielenboden und der unverzierten Decke. Auf überflüssiges Mobiliar hatte man zu Gunsten des tristen Ambientes verzichtet. Als Blickfang diente allein der ovale Tisch, der zwei Dutzend Personen Platz bot, und an dessen Ende der thronähnliche Sitz von Lord Brackenmoore stand. Als Lichtquelle diente ein bronzener Kerzenleuchter, dessen Arme wie die Schlangen auf einem Medusenhaupt miteinander verknotet waren. Im dämmrigen Licht der Halle saß Lord Brackenmoore vor einem Krug Wein und einem halb gefüllten Glas in seinem Herrschersitz.

»Schenkt unserem Gast bitte auch ein Glas ein, Magister Treuthwin«, sagte er. Dann wandte er sich Baazlabeth zu. »Nehmt bitte Platz. Verzeiht, doch in diesen Hallen werden zu so später Stunde nur wenig Gäste empfangen, deshalb kann ich Euch kein reichhaltiges Mahl anbieten, sondern muss Euch mit dem nur mittelmäßigen Wein abspeisen.«

»Macht Euch keine Umstände, mein Appetit ist noch durch die kürzlich erlittenen Verletzungen gezügelt. Ein wenig Wein ist vollkommen ausreichend.«

Baazlabeth war erstaunt von Lord Brackenmoore. Er hatte sich Brisenburgs Herrscher als schmächtigen Mann mit einer heiseren Stimme vorgestellt. Nach dem, was andere ihm erzählt hatten, war er davon ausgegangen, zumindest einen schwachen, gebrochenen Herrscher vorzufinden, der von Zweifeln geplagt wurde, zusammengesackt in einem zu großen Thron, doch so war es nicht. Brackenmoore hatte schulterlanges lockiges Haar, ein breites Gesicht, umrahmt von Bartstoppeln, und zwei strahlend blaue Augen, die einen zu durchbohren schienen. Er war groß, muskulös, und das silberne Langschwert an seiner Seite war ohne Zweifel nicht nur zur Zierde gedacht. Der Anblick des Lords ließ Baazlabeths Enttäuschung über den entgangenen Auftrag, diesen Mann zu töten, neu erblühen.

Wir beide hätten einen wunderbaren Kampf ausgetragen. Du in einer silbernen Rüstung, bewaffnet mit dem Langschwert, und ich mit brennender Klinge und in meiner wahren Gestalt. Wir hätten ein schönes Paar abgegeben. Ich sehe uns auf der Brücke zum Schloss miteinander kämpfen. Funken sprühen, wenn sich unsere Klingen treffen, der Aufprall hallt wie Donner über der Stadt. Vor Angst erstarrt, sehen uns die Bürger Brisenburgs von den Straßen aus zu und fürchten, dass mein Sieg sie in die Finsternis treiben wird.

»Hier bitte, Euer Wein«, sagte Treuthwin und stellte ein gefülltes Glas vor ihm ab.

Diese Unterbrechung seiner Gedanken kam einem Waffenstillstand gleich. Während Tausende von Bürgern zu ihnen aufsahen und verfolgten, wie sich Silber und Feuer miteinander duellierten, trat dieser törichte alte Mann dazwischen und bot ihm etwas zu trinken an. Baazlabeth konnte nicht einmal mehr die Vorstellung, Treuthwin den Arm samt Becher vom Körper zu trennen und ihn in die Schlucht stürzen zu lassen, in Ruhe auskosten. Doch anstatt die Fassung zu verlieren, wie er es sonst zu tun pflegte, antwortete er mit einem einfachen »Danke«.

Warte Treuthwin, ich bin noch nicht ganz fertig mit dir.

Platsch!

»Wie ich gehört habe, hat meine Tochter einen regelrechten Narren an Euch gefressen«, fuhr Lord Brackenmoore fort, während Baazlabeth den Magister in Gedanken kopflos vor sich zusammenbrechen sah.

Baazlabeth nahm zuerst einen Schluck des Weines, um seinen Ärger hinunterzuspülen. Außerdem lag in der Geste, den Lord auf eine Antwort warten zu lassen, auch ein Hauch von Rebellion. Jeder Krieg begann schließlich mit dem Geruch nach Feuer, und seinen Krieg würde er noch bekommen, dieses Versprechen gab sich Baazlabeth.

»Da ich hier vor Euch sitze, hat sie wohl eher keinen Narren an mir gefressen, sondern es vorgezogen, mich als unverdaulich anzusehen«, antwortete Baazlabeth kühn.

Cünel und Elgast wechselten hektische Blicke miteinander, um sich darüber einig zu werden, ob sie solch provokanten Worte durchgehen lassen konnten, doch eine beschwichtigende Handbewegung von Lord Brackenmoore ließ die beiden Wachen verharren.

»Ihr seid ein wahrer Wortklauber in der Verkleidung eines Gauklers. Bislang war ich fest davon überzeugt, dass die meisten Menschen danach streben, etwas mehr Wert auf den eigenen äußeren Schein zu legen, als wirklich hinter der Fassade zu finden ist. Ihr überrascht mich.«

Ich kann dir gern meine richtige Fassade zeigen. Und ich verspreche dir, in dem Falle trügt der Schein nicht.

»Verzeiht, wenn ich ein wenig undurchsichtig auf Euch wirke, doch ich kann Euch versichern, dass dieser Umstand nicht von mir, sondern von anderen heraufbeschworen wurde. Ich selbst präsentiere mich sonst als genau das, was ich bin.«

»Das müsst Ihr mir erklären«, bat Lord Brackenmoore, ohne dabei auf irgendeine Art energisch zu wirken.

Baazlabeth nahm abermals einen Schluck aus dem Glas, diesmal jedoch, um Zeit zu gewinnen, sich seine Worte zurechtzulegen. Ganz nebenbei musste er feststellen, dass der Wein auch nicht für mehr gut war, als seinen Ärger hinunterzuspülen oder sich eine Denkpause zu erschleichen.

Dumpf würde nicht einmal seinen Tresen mit diesem Gesöff abwischen, geschweige denn, es seinen Gästen anbieten. Aber wer weiß, vielleicht bin ich auch in diesen Hallen kein Gast.

»Ich kam nicht freiwillig in diese Stadt, sondern gezwungen durch äußere Umstände, auf die ich hier nicht näher eingehen möchte«, begann Baazlabeth. »Von zwei Stadtwachen wurde ich am ersten Tag rüde darauf aufmerksam gemacht, dass es verboten ist, unter Bäumen zu schlafen. Nachdem ich mich erfolgreich um eine Arbeit bemüht hatte, musste ich erfahren, dass einem selbst noch der geringe Lohn missgönnt wird. Ich kam nur knapp mit dem Leben davon. Doch ich musste feststellen, dass die Wachen dieser Stadt mehr daran interessiert waren, mich eines Verbrechens anzuklagen, mit dem ich nichts zu tun hatte, als mein Hab und Gut wiederzubeschaffen. Um diese Posse nicht abreißen zu lassen, verfolgten mich aus heiterem Himmel plötzlich Tempeldiener, nahmen mich gefangen und schnürten mir dieses Band um den Hals, um mich damit zu strangulieren. In letzter Sekunde rettete mich ein Mann aus den Klauen meiner Häscher, warf mich in die Kanalisation, wo ich ohnmächtig zusammenbrach. Als ich wieder erwachte, hungrig, durstig, mit abgewetzter Kleidung und übersät mit Narben und Flecken, befand ich mich in einer Gruft. Doch damit immer noch nicht genug: Ich sah mich Eurer Tochter gegenüber, die wirklich alles andere als vertrauenswürdig wirkt. Als dieser alte Mann hinzukam«, Baazlabeth zeigte auf Magister Treuthwin, »gab er ganz unverblümt zu, sich darüber zu wundern, dass mich Eure Tochter bisher am Leben gelassen hat. Jetzt frage ich Euch: Ist es verwunderlich, dass mein Aussehen nach diesen ganzen Torturen nicht mit meinen wahren Befähigungen übereinstimmt?«

Lord Brackenmoore lachte auf und setzte sein Weinglas mit Schwung zurück auf den Tisch.

»Anscheinend hält diese Stadt für jeden das gleiche Schicksal bereit. Auch ich kam nicht ganz freiwillig hierher. Mein Onkel, König Bellington der Dritte, hat mich in diese Stadt geschickt. Seit Ewigkeiten hatte sich niemand mehr hier niederlassen wollen. Selbst die Dverga machten einen Bogen um diese Stadt. Brisenburg war eine Ruinenstadt ohne Ruinen. Niemand weiß, wer hier in Vorzeiten gewohnt hat. Wer diese Stadt einst erbaut hat. Doch mein Onkel glaubte, dieses Land, das keiner haben wollte, für sich beanspruchen zu müssen. Ich sollte es gegen Feinde verteidigen, die es nicht gab.

Ich kam hierher und versuchte, Gutes zu tun, ein Land zu schaffen mit blühendem Handel, zufriedenen Bürgern und frei von Sklaverei. Aber anstatt mich zu unterstützen, wurde ich hintergangen und bestraft. Mein Onkel nahm mir das Land um Brisenburg herum wieder ab und kerkerte mich in dieser Stadt ein. Er schickte Söldner und Sklavenhändler, sperrte meine Handelsrouten und verwehrte mir jegliche Unterstützung des Reiches. Doch all das schien den Göttern als Demütigung noch nicht genug. Meine Frau starb, meine Tochter verfiel dem Wahnsinn, und auf mich setzte man gedungene Mörder an, um sich meiner zu entledigen.

Seht Ihr, auch ich kann mitleidige Geschichten über mein Leben erzählen, aber wenn wir ehrlich sind, müssen wir zugeben, dass die Münze immer zwei Seiten hat.«

Lord Brackenmoore grinste selbstsicher. Ihm schien es zu gefallen, sich auf ungewohntem Territorium mit anderen zu messen. Die gleiche Vorliebe besaß auch Baazlabeth, nur zermürbte es ihn, als Verlierer aus einem Wettstreit hervorzugehen.

»Mit Münzen, die nur eine Seite haben, kennt Ihr Euch mit Sicherheit besser aus«, befand Baazlabeth und spielte damit auf die Goldstücke an, die auf der einen Seite die verstorbene Frau des Lords zeigten und auf der anderen nur blank poliertes Metall.

»Eine kleine emotionale Schwäche von mir«, gestand Brackenmoore. »Ich hoffe, sie ist nicht zu verräterisch, was den vorgespielten Verlust meines Kindes angeht?«

»Nein, das nicht. Die Menschen sind leicht zu täuschen. Sie glauben, das fehlende Gesicht auf der Münze deutet auf den Verlust eines ungeborenen Kindes hin, mehr nicht. Ihr scheint Euch aber auch selbst etwas vorzugaukeln, denn Ihr behandelt Eure Tochter so, als wäre sie gestorben, oder glaubt Ihr, sie lebt gern in einer Gruft?«

»Das ist eine Unverschämtheit!«, rief Magister Treuthwin erzürnt. »Ihr vergesst, mit wem Ihr sprecht.«

»Mit wem spreche ich denn?«, erkundigte sich Baazlabeth förmlich. »Vor mir sehe ich einen Lord, den man seiner Ländereien entledigt, auf einen kahlen Felsen verbannt und aller Rechte beraubt hat.«

»Genug!«, brüllte Brackenmoore und erhob sich. »Ihr seid nicht hier, um meinen Titel oder meine Befehlsgewalt anzuzweifeln. Ihr seid hier, weil Ihr eines der bestbehüteten Geheimnisse Brisenburgs gelüftet habt. In jeder anderen Stadt würde man Euch die Kehle durchtrennen und in die Gosse werfen lassen. Euer Leben habt Ihr allein meiner Barmherzigkeit zu verdanken. Ich biete Euch dreihundert Goldstücke gegen das Versprechen, niemals wieder ein Wort über meine Tochter zu verlieren, alles zu vergessen, was Ihr hier gesehen und gehört habt, und mit dem nächsten Schiff aus der Stadt zu verschwinden. Vielleicht bin ich nicht der Herr über ausgedehnte Ländereien, und ich habe auch keine Schatzkammer, die bis zum Bersten mit Gold gefüllt ist, aber seid versichert, der Herr über Euren Hals bin ich allemal.«

Die Drohung ließ Baazlabeth unberührt, denn zwei altersschwache Leibgarden und ein Magister, der mit Vögeln sprach, konnten ihm selbst in seiner jetzigen Gestalt nicht ängstigen. Was er aber mit Entsetzen aufnahm, war die Aussage über die nicht bis zum Bersten gefüllte Schatzkammer. Wenn noch nicht einmal der Lord eines Landes wohlhabend war, wie war es dann erst um die Bevölkerung bestellt?

Er will sich mein Schweigen erkaufen, um die größte Lüge dieser Stadt aufrechtzuerhalten, und das für lumpige dreihundert Goldstücke. Wenn ich das auf die Bevölkerung umrechne, komme ich gerade einmal auf ein Kupferstück pro Kopf. Betteln würde mehr einbringen.

»Es tut mir leid, doch Euer Angebot beschämt mich. Ihr behandelt mich wie einen Erpresser. Auch wenn ich in Euren Augen nicht aussehe wie ein ehrbarer Bürger, muss ich Euch sagen, dass ich auf dem Pfad der Gerechtigkeit wandle. Gold nehme ich nur für eine erbrachte Gegenleistung an. Ich muss Euer Angebot also ausschlagen, so leid es mir auch tut.«

Baazlabeth sah, wie die Zornesröte in Lord Brackenmoores Gesicht stieg. Seine Nasenflügel bebten, und die Augen verengten sich zu Schlitzen.

»Ihr würdet lieber sterben, als mein Schweigegeld zu nehmen? Was seid Ihr für ein Mann?«, fragte der Lord, sichtlich bemüht, seine Stimme unter Kontrolle zu halten.

»Jemand, der für Bestechung nicht empfänglich ist. Nehmt es als Lobpreisung Eurer Stadt hin, denn sie war es, die mich auf den Pfad der Tugend gebracht hat. Unter anderen Umständen und zu anderen Zeiten hätte ich Euer Gold genommen, wäre hinausspaziert und hätte

Euer kleines Geheimnis dennoch jedem erzählt. Danach wäre ich wiedergekommen, hätte Euch die Kehle durchgeschnitten und mir Euer restliches Gold angeeignet. Und das alles, ohne auch nur einen Gedanken daran zu verschwenden, ob es recht und unrecht gewesen wäre.«

»Der Mann ist größenwahnsinnig«, krächzte Magister Treuthwin. »Eure Lordschaft, lasst ihn in Ketten legen und im Kerker verrotten.«

»Eure ganze Welt würde verrotten, bevor ich auch nur die ersten Schwielen am Arsch hätte«, konterte Baazlabeth.

»Ruhe!«, brüllte Lord Brackenmoore erneut und beendete damit einstweilen den Zwist. »Ihr würdet mir nicht so offen ins Gesicht spucken, wenn Ihr nicht ein Gegenangebot zu machen hättet. Lasst hören, was Ihr wollt.«

»Ich *will* nichts. Ich schlage Euch lediglich ein Geschäft vor. Ich bringe Eurer Stieftochter bei, ihr Verlangen in den Griff zu bekommen. Ich werde es ihr abgewöhnen, nachts in den Straßen jagen zu gehen, und ihr zeigen, wie man unbemerkt bleibt. Außerdem werde ich sie darauf vorbereiten, von hier fortzugehen. Diese Stadt ist kein Ort für sie. Sie würde verwelken wie eine geschnittene Blüte. Und das alles für nur fünftausend Goldstücke.«

»Er ist verrückt«, japste Treuthwin.

Lord Brackenmoore hob beschwichtigend die Hand. Er musterte Baazlabeth erneut und schien unter all dem Schmutz und Schorf jemanden zu suchen, der seine Ziehtochter bändigen konnte.

»Will ich wissen, wer Ihr seid?«, flüsterte er.

Baazlabeth antwortete mit einem Kopfschütteln, das nur so hauchzart angedeutet war, dass es außer Lord Brackenmoore niemand bemerkte. Der Lord senkte den Kopf und schien in sich zu gehen. Nach einem Augenblick des Schweigens beförderte er eine Kiste mit dem Fuß unter dem Tisch hervor. Die kleine Truhe war kaum größer als jene, die Baazlabeth besaß – nein, besessen hatte.

»Eure Lordschaft, Ihr könnt doch nicht wahrlich annehmen, ...«

Ein einziger Blick des Lords reichte, um Magister Treuthwin zum Schweigen zu bringen. Mit dem Fuß lupfte Brackenmoore den Deckel der Kiste an und stieß diesen ganz auf. Baazlabeth empfand Achtung für dieses Offenlegen der Karten und wagte einen Blick in die Kiste. Neben einem bronzenen Stirnreif, einem kurzen Elfenbeinzepter, einer Flasche Wein und einigen Schreibutensilien befand sich nur noch ein einfacher Lederbeutel in der Kiste, der nur halbherzig mit einer silbernen Kordel zugeschnürt war. Kraftlos beugte sich Brackenmoore vor, ohne sich wirklich zu erheben, und griff nach dem Beutel. Er ließ das Bündel vor sich auf den Tisch fallen, als ob er sagen wollte: *Bedient Euch, das ist alles, was von mir übrig ist.*

»Das sind etwas über fünfhundert Goldmünzen«, sagte der Lord. »Sie waren eigentlich dazu bestimmt, ein Mischlingskind von Neptrotot zu kaufen und ihm die Freiheit zu schenken. Wenn ihr es jedoch schafft, meine Tochter davon abzuhalten, ihrer Begierde weiter nachzugehen, rette ich dadurch mehr Leben, als ich mit diesem Gold erkaufen könnte.«

Er ist so grauenvoll darauf bedacht, barmherzig zu sein und Gutes zu tun, dass sein Fleisch wahrscheinlich so süßlich schmeckt wie eingemachter Kürbis. Amez würde einen Jubelschrei ausstoßen, wenn ich diesen Kerl aus dem Antlitz des Lichtes reißen würde. Doch anders herum wird er ein ewiger Quell sprudelnden Goldes sein, wenn ich ihn verschone und er jemanden findet, der bereit ist, ihm etwas zu leihen. Durch ihn werde ich meinen Auftrag erfüllen können. Fürst Amez, sagt mir, was ich tun soll – sein Geruch lässt mir das Wasser im Munde zusammenlaufen.

»Abgemacht«, knurrte Baazlabeth, als ob er sich eine Seele erkauft hätte. »Ich werde Lilith unterweisen.«

Magister Treuthwin entgleisten die letzten Gesichtszüge, die er krampfhaft versuchte hatte, ausdruckslos zu halten. Von einer Sekunde auf die andere alterte er um ein Jahrzehnt, und das alles ohne das Zutun von Lilith. Beschämt und niedergeschlagen schlurfte er an die Seite seines Lords. Mit gichtgekrümmtem Rücken flüsterte er seinem Herrn etwas ins Ohr.

»Auch das lässt sich regeln«, antwortete Brackenmoore. »Gebt mir Papier, Feder und Siegel.«

Treuthwin kramte alles aus der Truhe zu seinen Füßen und legte es fein säuberlich auf den Tisch. Brackenmoore kritzelte einige Worte auf das Pergament und faltete es. Er zog sich den Kerzenleuchter heran, erwärmte etwas Wachs über der Flamme und ließ es auf das überlappende Ende des Pergaments tropfen. Zuletzt setzte er sein Siegel darauf und sah Treuthwin fragend an. Der Alte brauchte einen Moment, bevor er begriff, dann stotterte er: »Boenviertel, Gipfelgasse 11.«

Brackenmoore schrieb die Worte außen auf das Pergament und schob Baazlabeth Brief und Goldsack zu.

»Begebt Euch umgehend zu dieser Adresse. Der Mann, den Ihr dort antrefft, wird Euch von dem Band um Euren Hals befreien. Er ist uns noch etwas schuldig. Es wäre nicht gut, wenn man Euch in Schloss Sturmfels anträfe, solange die Inquisitoren nach Euch suchen. Ich bin zwar kein Freund dieser Folterer, die meinen, ihr Handeln würde vom Erschaffer gutgeheißen, doch ich möchte mir weiteren Ärger mit dem Königshaus ersparen. Wenn Euch die Stadtwache anhält, zeigt ihnen das Siegel, und sie werden Euch passieren lassen.«

Mit dieser Anweisung war das Gespräch beendet. Lord Brackenmoore erhob sich, entschuldigte sich und verließ die Halle durch eine Seitentür. Auch Magister Treuthwin brabbelte etwas davon, Vögel dressieren zu müssen, und verschwand durch das Portal, durch das sie gekommen waren. Als Baazlabeth sich zu Lilith umdrehte, hatten auch die Wachen bereits das Weite gesucht.

Lilith saß immer noch auf ihrem Stuhl und starrte verloren ins Leere. Baazlabeth war aufgefallen, dass sie während der Audienz kein einziges Wort gesagt und auch niemanden angesehen hatte.

»Weiß du, wo die Gipfelgasse ist?«, fragte er sie.

»Ja, es ist nicht weit, ganz im Norden der Stadt«, antwortete sie, immer noch halb abwesend.

»Das ist gut, denn es wird Zeit für deine zweite Lektion.«

»Und die wäre?«

»Nachts durch die Straßen zu gehen und niemanden zu töten.«

Lilith setzte ein gekünsteltes Lächeln auf. »Mir ist nicht nach Lachen«, gab sie offen zu.

»Mir auch nicht«, erwiderte Baazlabeth. »Ich bin seit etlichen Tagen in der Stadt, und mir ist es immer noch nicht gelungen, auch nur ein einziges Mal herzlich zu lachen.« Lehrerhaft hob er den Finger. »Aber wer weiß, vielleicht stehen die Sterne heute günstig.«

»Schade, dass es nicht regnet. Dann wäre nämlich niemand auf der Straße, den wir umbringen könnten.«

»Fürst Amez, ich bitte dich, lass es Schweineärsche regnen!«, rief Baazlabeth mit hoch erhobenen Armen und schaffte es mit dieser Geste, doch noch ein Lächeln aus Lilith hervorzulocken.

Als sie durch einen Seitentor Schloss Sturmfels verließen und ins Freie traten, regnete es weder Wassertropfen noch irgendwelche Körperteile von Nutztieren.

»Fürst Amez scheint dich nicht erhört zu haben«, stellte Lilith fest.

»Er hat mich sicher gehört, aber wahrscheinlich empfand er meinen Wunsch als unpassend, was ich ihm nicht verdenken kann. Schweine gehören immerhin zu der Schöpfung von Sept, und deren Ärsche gibt es auf dieser Welt schon zur Genüge.«

Lilith hatte ihm gezeigt, wie man sich durch das Schloss bewegte, ohne von Dienstboten, Wachen oder Bittstellern gesehen zu werden. Baazlabeth musste sich eingestehen, dass er eine Niete darin war, unauffällig zu bleiben. Sein Talent lag eher darin, niemanden übrig zu lassen, der ihn gesehen hatte, wenn er wieder ging.

Lilith zeigte ihm eine Reihe von versteckten Gängen, die sich wie ein Labyrinth zwischen all den Fluren, Kammern und Hallen erstreckte. Wenn man es genau betrachtete, besaß Lilith hier ihr eigenes Reich – keinen Schritt entfernt von der Welt der Menschen, und dennoch weit weg. Ähnlich wie Baazlabeth.

Als Lilith diese Geheimgänge zuerst erwähnt hatte, war in dem Dämon die Hoffnung aufgekommen, doch noch auf Prunk und Luxus in Schloss Sturmfels zu treffen. Ein kurzer Blick in die Eingangshalle und das Foyer des Schlosses zerstörte jedoch alle Hoffnungen auf einen großzügigen Fürsten, der ihn mit Gold für seine Arbeit überschüttete. Lord Brackenmoore war augenscheinlich der ärmste adlige Landesfürst aller Welten, die Baazlabeth bislang betreten hatte. Er kannte tote Monarchen, die ein Vielfaches von Brackenmoores Besitz als Grabbeigaben neben sich in der Gruft liegen hatten.

Nach der Besichtigung der Gänge überquerte er zusammen mit Lilith die Brücke zwischen Schloss Sturmfels und dem Boenviertel. Das steinerne Konstrukt führte über eine zweihundert Fuß tiefe und ebenso breite Schlucht. Tief unten schlängelte sich das silberne Band des Tauwassers im Mondlicht entlang, um sich weiter im Süden mit andern Bächen zu vereinen. Baazlabeth und Lilith befanden sich am höchsten Punkt von Brisenburg. Von hieraus war die nördliche Stadtmauer nicht weit entfernt, die sich vor dem Hintergrund der Berge wie eine blasse Ader durch den Fels zog. Angreifer waren aus dieser Richtung nicht zu erwarten, da das Gebirge mit den weißen Gipfeln ein unüberwindbares Hindernis darstellte. Aus diesem Grunde hatte man auch auf Wachtürme verzichtet und die Mauer ohne Patrouillengang gebaut. Die ersten wirklichen Wehranlagen begannen eine halbe Meile südöstlich, wo das Massiv in eine karge Landschaft überging. Doch auch von dort drohte nur wenig Gefahr, da feindliche Truppen kaum oder gar keine Schutzmöglichkeiten fanden. Wenn Brisenburg angegriffen würde, dann nur von See aus. Mit Katapulten ausgestattete Schiffe konnten direkt in den natürlichen Hafen segeln und die Stadt bis weit ins Zentrum mit Geschossen traktieren. Truppen fanden dort einen guten Platz, um anzulanden.

»Es sind gleich die Türme da vorn«, sagte Lilith und zeigte auf ein Dreiergespann von schlanken Steintürmen. Der höchste von ihnen maß über einhundertundfünfzig Fuß und überragte die umliegenden Gebäude. Die anderen beiden standen je zu einer Seite schräg dahinter. Ein einziges Licht erhellte ein Fenster im mittleren Turm, zur Nordseite hingewandt. Der Rest des Bauwerks erhob sich wie ein dunkler, drohender Schatten über die Tempelanlagen und Herrenhäuser.

»Das ist das Heim eines Magiers«, erkannte Baazlabeth. »Kennst du ihn?«

»Nein, Lord Brackenmoore hat immer versucht, mich von allen Magiewirkern fernzuhalten. Selbst im Schloss sieht man nur selten welche von ihnen. Wenn mein Ziehvater etwas braucht, schickt er Unterhändler zu ihnen.«

»Was für ein weiser Mann. Ich halte es ebenso, leider bin ich dabei nicht ganz so erfolgreich. Aber was soll man machen, wenn jeder Quacksalber, der ein paar Kreidestriche zu einem Pentagramm verbinden kann, Gäste wie mich zu sich einladen kann?«

Baazlabeth wusste, dass es nicht ganz so einfach war, aber es kam dem schon nahe.

»Oder er lässt den alten Nemrothar kommen«, fügte Lilith hinzu.

Baazlabeth hatte das Gefühl, ihm stecke ein ganzer Apfel in der Kehle fest, und einen zweiten versuchte man hinterherzuschieben.

»Nemrothar?«, keuchte er. »Du kennst ihn, und er geht im Schloss ein und aus?«

»Ganz so ist es nicht«, gestand sie. »Ich belausche manchmal den kleinen Rat, wenn er sich im Schloss zusammenfindet. Nemrothar ist eines der Ratsmitglieder. Ich finde, er ist ein lustiger alter Mann. Persönlich wurden wir einander aber noch nicht vorgestellt.«

»Lustiger alter Mann«, knurrte Baazlabeth. »Ich kann mich vor Lachen auch immer kaum halten, wenn ich ihn sehe.«

Baazlabeth versuchte, in Gedanken die Puzzlesteine zusammenzufügen, doch sie wollten einfach kein Bild ergeben, dass nicht wie eine hässliche, grinsende Fratze aussah, die zu ihm sagte: *Du bist noch nicht einmal nah dran.*

Das Puzzle musste warten, denn sie standen bereits vor der schmalen Eingangstür des Turmes, die nicht mehr als eine Metallluke war, aus Bronze gegossen und mit groben Schmiedehämmern bearbeitet. Große Menschen müssten den Kopf einziehen, wenn sie hindurch wollten, und solche wie Molloch wären stecken geblieben. Baazlabeth hatte schon zu viele Türen passiert, um nicht gewarnt zu sein, wenn eine von ihnen anders aussah. Nicht jede Tür, durch die man ging, führte lediglich auf die andere Seite. Ein Hinweis darauf, dass man sich hüten sollte, hier unerlaubt einzudringen, steckte in dem Türklopfer: Den ebenfalls aus Bronze gegossenen Ring zierte am unteren Ende ein Gargylengesicht. Ausgestattet mit Fledermausohren und einem breiten Grinsen, das die messerscharfen Zähne zeigte, hatte dieser hier mit Sicherheit nicht die Aufgabe, Wasser zu speien.

Baazlabeth hob den Ring und ließ ihn zurück gegen die Bronzetür fallen. Das Geräusch, das sich durch den Turm zog, klang wie ein lang anhaltender Gong.

Lilith trat erschrocken einen Schritt zurück und versteckte sich neben dem Eingang zum Turm an der Mauer. Baazlabeth war verblüfft. Das Mädchen war zwar in Brisenburg aufgewachsen, doch die Stadt schien ihr fremder zu sein als dem Dämon.

»Welch Begehr führt Euch zu mir?«, dröhnte Baazlabeth eine hohl klingende Stimme entgegen.

Der Ursprung der Stimme war zweifelsohne der Türklopfer. Baazlabeth kam sich etwas dumm vor, mit einem Stück geformten Metall zu sprechen, doch er gab sich selbstsicher. Immerhin hatte er auch schon Ratschläge von Brotteig entgegengenommen.

»Ich habe mich unfreiwillig mit einem Priester verlobt und möchte diesen Bund annullieren lassen.«

Der Gargylenkopf riss das Maul auf und zeigte tief im Schlund einen kleinen malachitfarbenen Knopf.

Baazlabeth überlegte nicht lange und steckte einen Finger in die Öffnung. Gargylen wagten es in der Regel nicht, sich mit einem Dämon anzulegen – dieser Türklopfer jedoch schon, musste er feststellen. Die nadelspitzen Reißzähne schlossen sich um Baazlabeths Zeigefinger und bohrten sich schmerzhaft in den Knöchel.

»Wenn du nicht sofort deine kleinen Mausezähnchen aus meinem Finger ziehst, werde ich morgen früh mit einer glühenden Esse, einem Hammer und einer Zange vor dir stehen und dich in einen bronzenen Kuhfladen umgestalten«, fauchte Baazlabeth.

Die Drohung zeigte Wirkung: Der Mund öffnete sich und gab den Finger wieder frei. Darüber hinaus sprang die Tür einen Spaltbreit auf, ohne dass Baazlabeth überhaupt auf den Knopf gedrückt hatte.

»Geht doch«, knurrte er und trat ein.

Das untere Stockwerk des Turmes diente allein als Eingangshalle. Ein runder Tisch mit mehreren Stühlen, eine alte Kommode und eine Vitrine mit ausgestopften Tieren und getrockneten Pflanzenresten wurden vom Licht mehrerer Fackeln eindrucksvoll ausgeleuchtet. Zusammen mit den kahlen Steinwänden und dem muffigen Geruch ergab sich ein düsterer und geheimnisvoller Eindruck. Dieser Magier schien seine Lektion gelernt zu haben. Ein Zauber war immerhin nur so eindrucksvoll wie der Magier, der ihn wirkte, und der Ort, an dem er gewirkt wurde. Baazlabeth stellte sich auf ein wahres Spektakel ein. Während er dem roten Teppich folgte, der zur einzigen weiteren Tür des Foyers führte, betrachtete er die winzigen Bissspuren an seinem Finger.

»Der nächste sprechende Türklopfer bekommt von mir den Ring durch die Nase gezogen«, beklagte er sich.

Erst jetzt stellte er fest, dass er allein war. Die Tür stand immer noch offen, doch von Lilith fehlte jede Spur.

»Hey, Kleine, wo bist du hin?«, rief er, und seine Stimme hallte durch den Raum.

Liliths Gesicht zeigte sich nur für einen Augenblick im Türrahmen. »Mein Name ist Lilith, nicht Kleine«, zischte sie, dann verschwand sie wieder.

Baazlabeth starrte noch einige Sekunden auf den offenen Eingang in der Hoffnung, sie würde sich doch noch entschließen, ihm zu folgen – vergeblich.

»Zugegeben, sie *ist* merkwürdig«, sagt er zu sich selbst und ging zurück, um sie zu holen.

Lilith stand, wie ein Meuchelmörder in den Schatten gedrückt, neben der Tür.

»Höhenangst kann es nicht sein, und der muffige Geruch auch nicht«, schnaubte Baazlabeth. »Erwarten wir Reiterei von der Flanke oder gibt es einen anderen Grund, warum du den Rückweg sichern willst?«

Lilith zuckte zusammen, als der Dämon sie ansprach, und sah mit einem ertappten Gesichtsausdruck zu ihm hoch.

»Er ist ein Magier, er wird mich sofort durchschauen«, flüsterte sie. »Er kann meine Aura sehen«, fügte sie geheimnisvoll hinzu.

Baazlabeth konnte sich nicht zurückhalten, er musste kichern. »Er ist ein Magier, ein alter, tattriger Greis, dem die Gelenke wehtun, wenn er nur aufstehen muss. Glaub mir, das Letzte, worauf er acht geben wird, ist ein kleines Mädchen. Wärest du zehn Jahre älter, könntest du dir Hoffnung machen, dass er dir ins Dekolleté glotzt, aber darauf wetten würde ich nicht. Und wer hat dir den Mist von der Aura erzählt? Die meisten alten Magier sind froh, wenn sie überhaupt noch etwas erkennen können. Aura! Wenn ich das schon höre, wird mir übel. Würde es so etwas tatsächlich geben, hätte ich mit Sicherheit nicht durch diese Tür gepasst. Komm schon mit, wenn der Schrumpfkopf da oben dein Geheimnis lüften sollte, werden wir mal sehen, ob er zusammen mit seiner Aura durch das Fenster passt.«

Unsicher folgte Lilith Baazlabeth in die Halle. Sie hielten auf die kleine Tür zu, die ins Zentrum der drei Türme führte. Erleichtert stellte Baazlabeth fest, dass sie weniger gesichert war. Ein einfacher Riegel, den man von beiden Seiten bedienen konnte, hielt die Tür zu. Als er sie öffnete, stockte ihm der Atem.

»Hat man in dieser Welt die Erfindung eines Lastenaufzuges ausgelassen? Jedes Primatenvolk besitzt solch technische Hilfsmittel. Aber nein, die Menschen in Brisenburg bauen Türme, die so hoch sind, dass man den Göttern in die Füße beißen könnte. Doch leider ist noch nie jemand dazu gekommen, weil er auf dem Weg entweder an Erschöpfung oder Altersschwäche gestorben ist. Von einem Magier hätte ich wirklich mehr erwartet!«, grölte Baazlabeth die gewundene Treppe hinauf.

»Nimm eine Fackel mit, und eine in Reserve«, bat er Lilith. »Hier ist es dunkel wie in einem Bärenarsch.«

Der Aufstieg in dem engen Gemäuer war nichts, was Baazlabeths Zustimmung oder gar Wertschätzung fand. Die Enge war bedrückend, und es ging nach oben – kein guter Start, falls etwas schiefliefe. Er besänftigte sich damit, dass sie nur einen alten Mann besuchten, der ihm helfen sollte. Dennoch stieg das Unwohlsein mit jeder Windung, die der Dämon emporklomm. Er spürte das Gewicht seines Körpers. Seine Atmung beschleunigte sich, und er begann zu schwitzen.

Dieses dämliche Band um meinen Hals macht aus mir tatsächlich noch einen Menschen. Wie schaffen diese Wesen es nur, sich den ganzen Tag auf den Beinen zu halten und dabei noch zu lachen? Wenn das so weitergeht, fange ich bestimmt noch an, die Schankmädchen in den Gaststuben zu begrapschen und mich mit Lavendelduft einzusprühen.

Bevor man ihm den Bannzauber um den Hals gelegt hatte, hatte Baazlabeth seinen Körper als so leicht wie eine Feder empfunden. Normale Anstrengungen hatten ihn nicht wirklich ermüdet, und wenn, dann nur kurzzeitig. Auch war er in der Lage gewesen, jedes Flüstern zu hören, jede noch so schwache Berührung zu fühlen und einen Vogel im wolkenverhangenen Himmel zu erkennen. All das schien der Zauber des Inquisitors zu unterdrücken, genau wie seine Verwandlung von Sil in Lis.

Ich sollte zurück in den Einsamen Wanderer *gehen und mich volllaufen lassen, dass würde ein billiger Abend werden.*

Irgendwann erreichten Baazlabeth und Lilith dann doch das Ende der Treppe. Auf dem ganzen Weg nach oben hatte sich ihnen nicht eine Tür gezeigt. Diese, vor der sie jetzt standen, musste ungefähr auf der Höhe des beleuchteten Fensters sein, das von außen zu sehen war. Baazlabeth verspürte nicht die geringste Lust, irgendwelche »Türgeheimnisse« zu lüften. Die körperliche Erschöpfung hatte sich auch auf seinen Entdeckergeist gelegt. Alles, was er wollte, war, dieses Ding um seinen Hals loswerden, und ein Glas Hauswein.

Auf das Anklopfen verzichtete er. Drehte einfach den Knauf und öffnete die Tür. Ein klein wenig hoffte er, auf Unverständnis und Aggression bei dem Magier zu treffen, damit Baazlabeth ihm noch einmal deutlicher zeigen konnte, was er vom Treppensteigen hielt. Zudem hätte er unter diesen Umständen eine Ausrede, wenn er den Stadtwachen später erklären musste, warum wieder einmal ein Toter in seiner Nähe gefunden wurde.

»Kommt herein, kommt herein und macht die Tür hinter Euch zu, sonst kriecht diese lähmende Kälte die Treppe hinauf«, rief ein alter Mann aus dem entfernten Teil des Raumes, hinter einem Stapel Papier verschanzt.

Noch nicht einmal die Kälte würde es hier hinaufschaffen, ohne ins Schwitzen zu kommen.

Baazlabeth trat ein, und er hörte, wie Lilith hinter ihm die Tür schloss. Der Raum, der die ganze Etage des Turmes einzunehmen schien, wurde zwar von einer Wand in zwei Hälften geteilt, diese waren jedoch durch einen torbogenartigen Durchbruch miteinander verbunden, sodass sie wie eine Einheit wirkten. Der Teil, in dem sich Baazlabeth befand, schien der Arbeitsraum des Magiers zu sein. Der hintere Teil diente als Bibliothek, wie unschwer an den deckenhohen Regalen, gefüllt mit ledergebundenen Folianten, zu erkennen war.

Was in Schloss Sturmfels an Prunk und Mobiliar fehlte, schien man hierher gebracht zu haben. Oder der Alte war ein erneuter Beweis für die Sammelleidenschaft von Magiern. Im Gegensatz zur Behausung von Nemrothar fanden sich hier jedoch kostbare Leuchter, prunkvolle Spiegel und vergoldete Flakons anstatt Spinnenbeinen und Feldermausflügeln, wie Baazlabeth die Ingredienzien der Magier immer zu nennen pflegte. Der Raum wurde erhellt von leuchtenden Kristallen, die wie Fackeln an der Wand angebracht waren.

»Das nenne ich einen Antagonismus«, sagte Baazlabeth laut genug, dass der Alte ihn verstehen konnte. »Ihr habt Euch dieses Rattenloch schön eingerichtet, doch wenn Ihr Euch endlich mal wieder hinauswagen würdet, wäre Euch sicherlich aufgefallen, dass Euch tausend steinerne Stufen vom Leben in der Stadt trennen. Ich wette, Ihr wart noch nie selber einkaufen auf dem Markt. Wozu auch, die Sachen würden vergammeln, bevor Ihr wieder hier oben seid.«

Der Alte schob einen Stapel Bücher und Papier beiseite und warf einen Blick auf seine Besucher.

»Könntet Ihr zählen, wäre Euch aufgefallen, dass es lediglich zweihundertvierundfünfzig Stufen sind«, konterte er. »Aber wenn ich ehrlich bin, wären mir eintausend lieber. Was soll ich auf dem Markt? Da treiben sich nur Beutelschneider wie Ihr herum. Das Leben in der Stadt kümmert mich keinen Deut.«

Baazlabeth konnte ihn verstehen. Ihm ging es ebenso, doch zugegeben hätte er das vor dem Alten nicht.

»Kommt näher!«, rief der Magier von seinem Platz aus. »Ich will Euch sehen können, damit Ihr nicht auf die Idee kommt, vielleicht den einen oder anderen Gegenstand in Euren Taschen verschwinden zu lassen. Ich will Euch aber gleich sagen, dass ein heiliger Bund keine Kette mit einem Schloss ist, das man einfach öffnen und ablegen kann. Die Tür hat Euch nur hereingelassen, weil Ihr dumm genug wart, die Wahrheit zu sagen. Diese Audienz kostet Euch drei Goldmünzen, selbst für den Fall, dass ich Euch nicht helfen kann. Wenn Ihr zahlen könnt, kommt näher, ansonsten verschwindet Ihr besser.«

Baazlabeth besaß keine drei Goldstücke – jedenfalls keine, die er hätte hergeben wollen. Er hoffte, das Schreiben von Lord *Brackenmoore* würde die Frage nach der Bezahlung klären. Mit Sicherheit wollte der alte Magier für seine erfolgreiche Hilfe ein Vielfaches von dem haben, was eine Audienz kostete. Baazlabeth begab sich mit Lilith im Schlepptau zu dem schweren Arbeitstisch, an dem der Magier angestrengt einige Schriftrollen studierte. Unzählige Papiere lagen vor ihm ausgebreitet, einige beschrieben mit Runen, andere leer. Eine Schreibfeder steckte in einem Tintenfass, eine weitere hinter dem Ohr des Alten.

»Setzt Euch dorthin«, sagte der Magier und zeigte, ohne aufzublicken, auf einen einfachen Holzstuhl, wie man ihn in jeder Schänke finden konnte.

Baazlabeth wollte sich zwar nicht häuslich niederlassen, aber die Kletterpartie steckte ihm noch immer in den Knochen, deshalb nahm er das Angebot gerne an.

Der alte Magier unterbrach seine Arbeit nicht, sondern übertrug einige der Runen von einer Schriftrolle auf ein anderes Blatt. Er erfüllte alle Klischees, die Baazlabeth zu einem Magier einfielen. Er besaß buschige Augenbrauen, langes graues Haar, eine für sein Gesicht zu große Nase, ein spitzes Kinn, das durch den Ziegenbart noch länger wirkte, und müde Augen, in denen sich ein kurzes Funkeln zeigte, wenn ihn etwas interessierte. Vor allem aber erfüllte der Alte die beiden Grundvoraussetzungen, die jeder Magier mitbringen musste: ein hohes Alter und ein alberner Hut. Die Kopfbedeckung dieses Kerls erinnerte Baazlabeth an eine Schlafmütze mit Trotteln an der Seite, wie man sie bei Vorhängen fand.

Hoffentlich ist der Alte nicht wie sein Hut – eine Schlafmütze und ein Trottel –, sonst werde ich gezwungen sein, ihn zur letzten Ruhe zu betten.

Der Stuhl war mehr als unbequem, doch Baazlabeth sah darüber hinweg, schließlich konnte man nie wissen, wie diese verschrobenen Käuze reagierten, wenn man ihre gut gemeinten Angebote bemängelte.

Baazlabeth räusperte sich, um den Alten daran zu erinnern, dass er nicht allein war. Menschen wurden meist merkwürdig im Alter. Die unterschiedlichsten Gebrechen plagten sie, und die verbreitetste aller Beeinträchtigungen war mit Sicherheit Vergesslichkeit. Baazlabeths Räuspern zeigte Wirkung, denn plötzlich ließ der Magier seine Schreibfeder sinken und fixierte den Dämon für einen unangenehm langen Augenblick. Lilith würdigte er keines Blickes, obwohl sie genau vor dem Schreibtisch stand.

»Wollt Ihr es mir verraten, oder hegt Ihr die Hoffnung, dass ich Gedanken lesen kann?«, fragte der Magus unfreundlich.

Baazlabeth starrte einen Augenblick lang zurück und überlegte sich, was ihm wichtiger war: ein toter Magier oder das Brechen des Bannes um seinen Hals. Er entschied sich dafür, das lederne Band loszuwerden, verwarf den anderen Gedanken aber nicht vollends. Er packte den Kragen seines Hemdes und zog ihn zur Seite.

»Das Ketzerband der Inquisitoren«, stellte der Magus fest. »Ihr glaubt doch nicht im Ernst, dass ich mich gegen den Willen der Götter stellen werde. Ich müsste verrückt sein, Euch zu helfen. Am besten, Ihr verschwindet ganz schnell wieder. Sobald mein Verlangen, über einem Feuer auf dem Marktplatz geröstet zu werden, zu groß werden sollte, werde ich Euch wieder rufen lassen.«

Baazlabeth warf ihm den versiegelten Brief von Lord Brackenmoore auf den Tisch. Angewidert betrachtete der Magus das Papier.

»Lasst mich raten, ein Vetter, Neffe zweiten Grades oder Cousin dritten Grades?«

»Lest selbst«, erwiderte Baazlabeth, ohne zu wissen, was in dem Schreiben stand.

Der Alte brach das Siegel und entfaltete den Brief. Seine Augen huschten über das Papier und zeigten diesen besonderen Glanz.

»Von mir aus könnt Ihr der Vater der Sünde persönlich sein«, gestand er. »Es gibt Angebote, die kann man einfach nicht ausschlagen.«

Doch, aber eben nur einmal.

Der Magus kramte in einigen Schubladen und holte verschiedene Gegenstände hervor, die er auf den Tisch legte. Darunter waren ein in Silber gegossenes Pentagramm, einige Tinkturen, ein in Leder gebundenes Buch und ein Stilett mit Knochengriff und Runen auf der Klinge. Aus einem Regal hinter sich zog er einige geschnittene Kräuter aus einer Vase und ein Seidentuch. Dann kam er hinter seinem Tisch hervor, schob Lilith beiseite und drückte ihr den Strauß Kräuter in die Hand.

»Das ist Weihrauch«, erklärte er. »Du musst deinem Vater damit die ganze Zeit Luft zufächeln. Es wird den Bann schwächen.«

Lilith antwortete nicht – anscheinend war sie immer noch verblüfft, dass der Alte nicht sah, was sonst niemandem verborgen geblieben wäre.

Der Magus drückte Baazlabeth das silberne Pentagramm in die Hand und nahm sich selbst den Rest der Utensilien.

»Habt Ihr versucht, es selbst abzunehmen?«, fragte er.

»Was wäre, wenn ich es versucht hätte?«, stellte Baazlabeth die Gegenfrage.

»Es hätte Euch stranguliert.«

»Warum fragt Ihr dann?«, sagte Baazlabeth ungeduldig. »Ich würde wohl nicht vor Euch sitzen, hätte ich es getan.«

»Ich wollte nur feststellen, ob Ihr mir die Wahrheit erzählt.«

Der Magus träufelte einige Tropfen einer Tinktur auf das Seidentuch und knotete es an das Lederband um Baazlabeths Hals. Dann blätterte er in dem Folianten hin und her.

»Ihr wisst doch, wie es geht, oder?«, erkundigte sich Baazlabeth.

»Nicht umsonst nennt man mich Meister Siegel. Ich kann jedes Schloss öffnen und jeden Bann lösen«, antwortete der Magus.

Meister Siegel – der Meister Siegel? Peregrinus, der für die Finstergilde fremde Truhen öffnet. Seid gegrüßt, welch Ehre.

Kurzerhand packte Baazlabeth den Alten an der Kehle und drückte zu. »Wo ist meine Kiste?«, grollte er.

»Was für eine verdammte Kiste?«, keuchte Peregrinus überrascht.

Die Frage war einfach zu beantworten, doch Baazlabeth genoss es noch einen Augenblick, dem Magus die Luft abzuschnüren. Außerdem wollte er sichergehen, dass Peregrinus ihn ernst nahm und die richtigen Antworten gab.

»Ihr habt eine kleine Holzkiste vom Blinzler oder einem seiner Lakaien erhalten. Sie ist verschlossen, und er bekommt sie alleine nicht auf. Ich will sie wiederhaben.«

»Sind in der Kiste, die ihr meint, dreiundzwanzig Goldmünzen und ein vertrocknetes Brot?«, erkundigte sich Peregrinus.

»Ihr habt sie geöffnet«, stellte Baazlabeth verärgert fest.

»Nein, ich hatte noch keine Zeit. Ich prüfe nur vorher, was in den Kisten, Kästen und Truhen ist, die man mir bringt. Nachdem ich ... Eure Kiste überprüft hatte, entschied ich, dass sie noch warten konnte. Dringendere Aufgaben warteten auf mich.«

»Wo ist sie?«, knurrte Baazlabeth.

Peregrinus streckte seinen Arm aus und zeigte hinüber zur Wand, wo er Kisten und Truhen aufgestapelt hatte. Es war nur ein kurzer Augenblick, nur ein Herzschlag lang, den Baazlabeth über die Freude, seine Kiste wiedergefunden zu haben, unachtsam war, doch der reichte dem Magier. Peregrinus riss sich los und schnippte mit dem Finger. Wie von unsichtbarer Hand legten sich feste Lederriemen, die aus dem Holz des Stuhles zu wachsen schienen, um Baazlabeths Hand- und Fußgelenke. Ein weiterer Gurt schlängelte sich von hinten um seine Brust. Bevor er reagieren konnte, war er verschnürt wie ein Paket.

»Haha, ihr einfältiges Bauernvolk, hattet ihr gedacht, mich überrumpeln zu können?«, triumphierte der Alte. »Ich bin Peregrinus, Meister der Siegel. Ich kann sie öffnen und schließen, sie entstehen genauso wie verschwinden lassen. Wenn ich es will, kann ich dir ein Vorhängeschloss durch die Lippen ziehen, ohne dass du es merkst, bevor du den Mund öffnen willst.«

In seiner Euphorie vergaß Peregrinus ganz, auf Lilith acht zu geben. Noch immer wedelte sie mit dem Bund Weihrauch umher. Blitzschnell packte sie den alten Mann an seinem Ziegenbart und zog seinen Kopf zu sich herunter.

»Lass mich los, du kleines Miststück!«, fluchte Peregrinus. »Aua, das tut weh!«

Der Magus verharrte in einer für ihn unliebsamen Position. Halb gebückt und das Gesicht schmerzverzerrt vom Ziehen an seinem Bart und den gichtgeplagten Knochen, stand er reglos vor Baazlabeth und versuchte, mit rollenden Augen einen Blick auf Lilith zu erhaschen. Lilith hielt ihm das Bund Weihrauch vors Gesicht und hauchte das Kraut fast liebvoll an. Sofort kräuselten sich die grünen und weißen Blätter zusammen wie eine Blüte, die vom eisigen Hauch des Frostes geküsst wurde, und verfärbten sich schwarz. Die saftigen Stängel verwandelten sich innerhalb eines Herzschlages in dunkle spinnenbeingleiche Halme, die versuchten, sich der Last der leblosen Blätter zu entledigen.

»Euch mag man Meister Siegel nennen«, sagte Baazlabeth, dem nichts anderes übrig blieb, als sich gelassen zurückzulehnen und das Schauspiel zu beobachten, »doch lasst mich Euch Lady Welk vorstellen. Ein Kuss von ihr lässt die Zeit wie im Fluge vergehen, so zart und sinnlich sind ihre Lippen. Möchtet Ihr sie vielleicht einmal kosten?«

Peregrinus schüttelte den Kopf hin und her, obwohl Lilith nicht nachließ, an seinem Bart zu ziehen.

»Sagt mir, was Ihr wollt«, keuchte der Magier.

»Euer Alter scheint Euch zu schaffen zu machen. Ihr wisst längst, was wir wollen. Ihr sollt den Bann lösen und mir meine Kiste wiedergeben. Zwei Dinge, die Euch nach Euren eigenen Aussagen nicht schwerfallen dürften. Wenn Euch meine kleine Freundin gleich wieder loslässt, vergesst bitte nicht, sie kann Euch die Zukunft zwar nicht zeigen, aber sie kann sie Euch bringen.«

Peregrinus schien verstanden zu haben. Eine einzige Handbewegung genügte, und die Lederriemen um Baazlabeth öffneten sich. Wie Schlangen, durch Flötenspiel hervorgelockt und wieder in den Korb zurückgetrieben, krochen die Riemen zurück ins Holz.

Baazlabeth sprang vom Stuhl hoch und stieß diesen mit einem Fußtritt um. Seine Hand packte erneut die Kehle von Peregrinus und zog den Magier langsam hoch, während Lilith den Bart des Alten durch ihre Hände gleiten ließ. Als sie merkte, dass sie nicht mehr gebraucht wurde, senkte sie den Kopf und vergrub ihr Gesicht tief in der dunkelgrünen Kapuze ihres Umhangs.

»Ihr habt Glück, alter Mann«, sagte Baazlabeth. »Wir hatten heute schon Geflügel zum Mittag, doch glaubt nicht, dass wir einen Nachtisch ablehnen würden. Tut, wonach ich verlangt habe, und wir überlassen Euer Dahinwelken weiterhin den Göttern. Macht noch so einen Fehler, und Ihr fallt zu Boden wie ein Blatt im Herbst.«

Peregrinus tat, was man von ihm verlangt hatte. Eine kurze Formel, zitiert aus dem Buch, einige Handgriffe an dem Band, das um Baazlabeths Hals lag, und der Zauber war gewirkt. Der Magus löste das Seidentuch, ließ es durch seine Finger gleiten und hielt es an eines der Tischbeine. Wie eine kleine Natter schlang sich das Tuch von selbst um das Holz und zog sich immer enger zusammen.

Peregrinus griff nach dem Dolch mit dem Elfenbeingriff. Baazlabeth erhöhte den Druck um den Hals des Magus'.

»Was ist mit dem Weihrauch? Nur so etwas wie Hokuspokus?«

»Nicht ganz«, röchelte Peregrinus. Baazlabeth lockerte seinen Griff. »Der Zauber ist jetzt gebrochen, doch wenn ich das Band durchtrenne, wird Euer Körper all das nachholen, was der Bann unterdrückt hat. Ich nehme zwar nicht an, dass Ihr ein Gestaltwandler seid, oder ein böser Geist, doch auch ohne ein Geschöpf der Finsternis zu sein, haben die Götter dem Körper einige, sagen wir mal, Verhaltensmuster auferlegt. Ihr würdet sie alle innerhalb weniger Augenblicke durchleben. Der Weihrauch ist nicht mehr als eine heilige Salbung, um Euch den Weg etwas zu vereinfachen und Eure Sinne zu benebeln.«

»Wenn ich mich benebeln will, trinke ich Hauswein«, knurrte Baazlabeth. »Gebt mir den Dolch. Ich werde das Band zur rechten Zeit selbst durchtrennen.«

Insgeheim stellte sich Baazlabeth vor, wie er sich vor den Augen des Magus' in Sekundenschnelle vom Mann zur Frau und wieder zurück verwandelte. Der Schock hätte sicherlich das gleiche Ergebnis gebracht wie ein Kuss von Lilith.

»Ich bringe Euch den Dolch zurück, wenn ich ihn nicht mehr benötige«, sagte er und nahm Peregrinus die Klinge aus der Hand.

»Nicht nötig, Ihr könnt ihn behalten«, keuchte der Magus.

»Auch gut, dann werde ich ihn nur zurückbringen, wenn Ihr mich belogen habt. Denkt immer daran, es sind nur zweihundertvierundfünfzig Stufen zu Euch. Jetzt zu meiner Kiste. Wo ist sie?«

»Sie steht gleich dort vorn. Nehmt sie Euch, und dann geht bitte und lasst mich in Ruhe. Ich habe nichts Unrechtes getan. Ich wusste nicht, dass man sie Euch gestohlen hat.«

Lilith war schon hinübergegangen und hatte die Kiste selbst ausfindig gemacht. Anscheinend wusste sie, wonach Baazlabeth suchte.

»Mir ist es egal, ob Ihr Unrechtes tut oder nicht. Wenn Ihr mir noch einmal unter die Augen kommt, werdet Ihr Euch wünschen, Ihr wäret heute geküsst worden. Jetzt kniet Euch hin, mit dem Rücken zur Tür, dankt den Göttern, dass ich gute Laune hatte, und zählt bis zweihundertvierundfünfzig.

Peregrinus war bei neun, als Baazlabeth und Lilith den Raum verließen.

16
Einen Feind schlägt man mit Rat, nicht mit Tat

Als es an der Zeit war, ein Schäfer zu werden, anstatt den Schafen hinterherzujagen, um sie nachts in aller Heimlichkeit zu reißen.

Ein weiterer Tag in der Welt der Menschen ging vorbei. Baazlabeth konnte nicht sagen, der wievielte genau es für ihn gewesen war, aber es waren eindeutig zu viele. Die letzten drei von ihnen hatte er jedenfalls auf Schloss Brisenburg verbracht, jedoch ohne große Fortschritte zu machen, was seinen Auftrag anging. Die Unendlichkeit war ihm bislang immer zu kurz erschienen. Doch seit er Brisenburg betreten hatte, wusste er, was die Menschen mit einem erfüllten Leben meinten, bevor sie auch nur ein Jahrhundert unter ihresgleichen verweilt hatten. Ihr Leben war geprägt von ständiger Ruhelosigkeit, dem Hetzen von einem Ort zum anderen und dem ewigen Kampf, gerüstet zu sein für den nächsten Tag. Von außen betrachtet, war ihr Leben eher gefüllt statt erfüllt. Es war irgendwie lauwarm, farblos, unförmig und stumpf. Nichts, was man tat, zog irgendwelche wirklichen Konsequenzen im Gefüge zwischen Chaos und Ordnung nach sich, jedenfalls keine, so vermutete Baazlabeth, die auch von den Göttern wahrgenommen wurden. Jedes Handeln verebbte zu Nutzlosigkeit oder entwickelte sich selbst zurück. Zerstörte Dinge wurden wieder aufgebaut, Personen durch andere ersetzt, Gesetze erlassen und wieder aufgehoben. Natürlich konnte man jemanden töten, und derjenige blieb auch tot. Wahrscheinlich wurde man dafür in den Kerker geworfen, oder vielleicht sogar hingerichtet. Es war dasselbe wie auf jeder anderen Welt, und doch war es anders.

Entweder war es die Stadt selbst, vielleicht ihre Bürger oder unter Umständen sogar die Götter, auf jeden Fall schien es so, als wenn nichts einen wirklichen Effekt hatte. Eine Kleinigkeit konnte sonst große Auswirkungen haben, doch anscheinend nicht in Brisenburg. Die Stadt schien auf etwas zu warten.

Das Leben der Menschen war eine klebrige Masse. Schlug man eine Kerbe hinein, wurde sie von klebriger Masse gefüllt. Durchbohrte man sie, schloss sich auch dieses Loch wieder mit klebriger Masse, und formte man aus ihr etwas anderes, wurde es nach kurzer Zeit wieder zu klebriger Masse. Wenn etwas so war wie ein Menschenleben, dann konnte man damit nur eines tun – es zum Kochen bringen und hoffen, dass es nicht übel roch.

Baazlabeth schob seine Schwermütigkeit darauf zurück, nicht nur in seinem menschlichen Körper gefangen zu sein, sondern jetzt auch noch fernab vom Trubel in den Straßen auf Schloss Sturmfels zu hocken und die Amme für Lilith zu spielen. Die Entlohnung, die er von Lord Brackenmoore erhalten hatte, war angemessen und auf jeden Fall mehr, als er hätte als Tagelöhner verdienen können, doch ansonsten hatte sich nichts weiter ergeben.

Baazlabeth hatte sich entschlossen, von nun an etwas überlegter und feinfühliger vorzugehen. Bislang war er ein Krieger auf dem Schlachtfeld gewesen, der auf jeden einschlug, der sich ihm in den Weg stellte. Doch so konnte er seine Aufgabe in dieser Welt nicht erfüllen. Er musste den Kragen umschlagen, die Haare hochstecken, Maß nehmen und erst dann mit der Axt eines Scharfrichters zuschlagen, um den Kopf vom Körper zu trennen. Ohne Frage dauerte es länger, sich derart durch die Reihen der Feinde zu kämpfen, doch die Schnittflächen, die er hinterließ, würden sauberer und tödlicher sein.

Lilith hatte ihm viel über Lord Brackenmoore und den kleinen Rat erzählt. Der Rat war so etwas wie eine Gemeinschaft von mächtigen und einflussreichen Bürgern der Stadt. Sie wurden vom Lord zusammengerufen und entschieden über wirtschaftliche und politische Belange. Es gab sieben Mitglieder. Ob ihre Anzahl zufällig gewählt war oder etwas mit den sieben Kindern der Götter zu tun hatte, konnte auch Lilith nicht beantworten. Auf jeden Fall befand sich unter ihnen der Älteste der Handwerksgilde, ein gewisser Nortel Pentbrook, und Horrest Limewall, einer der reichsten Händler von Brisenburg. Weiterhin gehörte dem kleinen Rat ein heiliger Abt namens Theon an, der Kommandant der Stadtwachen Horius Blank, der Hafenmeister Jost Blackbell und eben Lebuin Nemrothar. Der Letzte in der Runde und die alles entscheidende Stimme war Lord Brackenmoore. Diese

Sieben berieten darüber, wer in Brisenburg zu etwas kam, und wer nicht. Sie verabschiedeten Gesetze oder hoben alte auf und bestimmten, welche Gilde wofür zuständig war. Falls jemand eine Beschwerde hatte, bat man ihn, diese vor dem kleinen Rat vorzutragen. Wenn sie gerechtfertigt war, fand man eine Lösung im Sinne aller Beteiligten. Zu guter Letzt war es die Aufgabe des kleinen Rates über schwere Verbrechen Gericht zu halten, die nicht von den Stadtwachen geahndet werden konnten, weil die Schuldfrage geklärt werden musste. Dank Andor Celest, dem Hauptmann der Stadtwachen, kam dies aber nur selten vor.

Was Baazlabeth aber wesentlich interessanter fand als die Mitgliederliste des Kleinen Rates war die Liste derer, die nicht Teil dieser Institution waren. Lilith erzählte ihm, dass Twinkel Lostface schon seit Jahren versuchte, seine Stimme mit einzubringen, jedoch immer wieder an dem Mehrheitsprinzip scheiterte. In regelmäßigen Abständen sprach er beim Rat vor und stellte seine Bitte, als weiteres Mitglied aufgenommen zu werden, und jedes Mal wies man ihn zurück. Der einzige Fürsprecher von Lostface im Rat war Horius Blank, der Hafenmeister, der von diesem für seine Unterstützung gerüchteweise belohnt wurde.

Auch König Bellington III. versuchte, auf den kleinen Rat Einfluss zu nehmen, indem er verlangte, dass einer seiner Inquisitoren aufgenommen wurde, doch auch dies hatte man abgelehnt mit der Begründung, ein geistliches Mitglied würde reichen.

Als Letzter in der Reihe der Bewerber stand ein alter Bekannter auf der Liste, nämlich *Aleister Bretozek*, der blinde Alchemist, den die Finstergilde auserkoren hatte, das zu Ende zu bringen, was eigentlich Baazlabeths Aufgabe hätte sein sollen. Gerüchten zufolge war dem alten Querkopf ein Missgeschick passiert, dass ihm beinahe das Leben gekostet hätte. In letzter Sekunde hatte er es allerdings geschafft, sich doch noch mit einem seiner Allheilmittel aus den Klauen des Todes zu stehlen, berichtete Lilith.

Baazlabeths nahm es gelassen hin, von der überraschenden Gesundung des Alchemisten zu hören. Mit Sicherheit würde der blinde Quacksalber ihn nicht anklagen, denn das bedeutete, gleichzeitig zuzugeben, an einem Komplott gegen Lord *Brackenmoore* beteiligt gewesen zu sein.

Verschwörungen gab es aber nicht nur *gegen* den kleinen Rat, sie gingen auch von ihm aus. Lord Brackenmoore hatte bereits in mehreren Sitzungen angedeutet, dass es mit der sogenannten Belagerung Neptrotot nicht so weitergehen konnte. Der Sklavenhändler hatte sich vor den Stadtmauern Brisenburgs eingenistet und profitierte schamlos von dem Abkommen, dass jedem Bastard in die Freiheit erkaufen werden sollte. Es hatte nicht lange gedauert, und eine regelrechte Schwemme an Mischlingskindern durchschritt die Tore von Brisenburg. Neptrotot fand anscheinend mehr Gefallen daran, eine Art Zucht aufzubauen, als entlaufene Dvergas zu jagen und einzufangen.

Ihm hilfreich zur Seite stand dabei Twinkel Lostface, der den Freiern in seinem Hurenhaus die kleinwüchsigen Damen unentgeltlich anbot. Jede Frucht, die aus so einer Liaison hervorging, wurde an Brackenmoore verkauft und der Gewinn zwischen Lostface und Neptrotot brüderlich geteilt, hieß es. Genau diese Machenschaften waren es auch, die den Lord an den Bettelstab gebracht hatten. Er hatte nicht nur sein ganzes Vermögen an den Sklavenhändler verloren, sondern musste sich auch noch Gold bei *Nortel Pentbrook* und *Horrest Limewall* leihen und darauf hoffen, dass sie ihm das kleine Vermögen stundeten.

Lilith hatte bislang noch nicht gehört, dass ihr Ziehvater offen über die Ermordung von Neptrotot gesprochen hatte, doch seine Andeutungen schienen eindeutig genug, sogar für ein kleines Mädchen. Trotzdem hatte Brackenmoore keine Unterstützung im Rat gefunden. Selbst Horius Blank lehnte jedes Vorgehen gegen den Sklavenhändler ab. Seine Aufgaben beschränkten sich auf die Stadt selbst, hatte der Kommandant der Wache gemeint. Was außerhalb dieser vor sich ging, stünde allein in der Verantwortung des Königs oder der Götter.

Die wahren Gründe hatten jedoch nichts mit Stadtmauern und Verantwortlichkeiten zu tun, sondern gestalteten sich wesentlich eigennütziger. Es war nicht schwer zu durchschauen, dass die Ratsmitglieder entweder zu gut an Neptrotot verdienten, Angst vor Vergeltung durch Twinkel Lostface hatten oder in der Verschuldung des Lords ihren Einfluss auf diesen steigen sahen. Auf jeden Fall waren die Bemühungen des Lords, sich des Sklavenhändlers zu entledigen, bisher nicht von Erfolg gekrönt gewesen.

All diese Informationen brachten Baazlabeth nur wenig, Nemrothars Kiste füllten sie jedenfalls nicht, doch der Dämon war nach wie vor bestrebt, zu erkennen, was hinter alldem im Verborgenen lag. Informationen mussten vorsichtig wie rohe Eier behandelt werden – wenn man sie lange genug hütete, schlüpfte daraus vielleicht ein kleines gelbes Küken mit dem Namen »Gelegenheit«.

Baazlabeth erhob sich mühsam von der unbequemen Pritsche. Lord Brackenmoore hatte ihm zugestanden, in Schloss Sturmfels zu übernachten. Da es Anstand und Sitte aber nicht zuließen, gemeinsam mit einer heranwachsenden Jungfer in deren Gemächern zu verweilen, hatte man ihm einen Wachraum unweit der Gruft überlassen. Baazlabeth war das nur recht gewesen, da Lilith die Angewohnheit besaß, bis spät in die Nacht mit ihrer toten Mutter zu sprechen oder irgendwelche Lieder zu singen. Dennoch hatte er es sich nicht nehmen lassen, den Lord darauf aufmerksam zu machen, dass seine Ziehtochter immer eine Jungfer bleiben würde, es sei denn, sie fand jemanden, der bereit war, den Akt der Liebe mit dem Leben zu bezahlen.

Baazlabeth empfand das ganze Gerede über Anstand und Sitte als Farce. Die Moralvorstellungen im Hause Sturmfels schienen ihm leicht verschroben. Schließlich war Lilith eine für tot erklärte Dämonenbraut, die hinter sich verblichene Knochen und Asche zurückließ. Was konnten ihr da Gerüchte über Unzucht und fehlende Etikette noch anhaben?

Der Wachraum maß gerade einmal drei mal drei Schritte und beherbergte einen Tisch, zwei Stühle und eine Pritsche, wie man sie in jeder Zelle fand. Baazlabeth gab sich damit zufrieden, auch wenn er eine Streckbank, ein Schafott oder wenigstens ein paar Eisenketten an der Wand als angenehmes Mobiliar empfunden hätte. Aber zumindest besaß dieses Zimmer nicht die gleiche weibliche Note, wie es bei seiner Unterkunft im *Einsamen Wanderer* der Fall gewesen war. Aus der Gaststätte vermisste er nur den guten Hauswein und die ermüdenden Gespräche mit Dumpf.

Als Baazlabeth die Stufen zur Gruft hinunterstieg, hörte er, wie Lilith zu ihrer Mutter sprach. Sie behauptete immer noch steif und fest, ihre Mutter würde ihr antworten, doch der Dämon tat dies als Liliths Einbildung ab. Priester behaupteten, die Stimme ihrer Götter zu hören, armselige Bauern deuteten den Tod eines Schweins als Zeichen für drohendes Unheil, und leichtgläubige Menschen hängten sich Symbole um den Hals und vertrauten darauf, damit gegen das Böse gewappnet zu sein. Somit war es nur recht, das Lilith meinte, die Stimme ihrer Mutter zu hören.

»Ich fühle mich irgendwie sicher bei ihm. Alles, was er mir erklärt, scheint einen Sinn zu ergeben. Ich hoffe, er kann mir meinen Platz in dieser Welt zeigen«, hörte er sie sagen.

Sie vertraut mir, vielleicht ist es auch an der Zeit, ihr zu vertrauen.

Unwillkürlich betastete er den ledernen Riemen um seinen Hals. Magister Treuthwin war so freundlich gewesen und hatte ihm ein Halstuch überlassen, um das Band der Inquisitoren damit zu verdecken. Baazlabeth hatte sich bisher noch nicht dazu entschließen können, seinen Halsschmuck abzulegen. Irgendwie verlieh es ihm Sicherheit, perfide wie das klang. Solange der Bann bestand, war er nichts weiter als ein Mensch. Keiner der Propheten folgte ihm mehr, und selbst die Warge hatten seine Spur verloren. Er konnte tun und lassen, was er wollte. Er war ein Mensch und wurde auch als solcher behandelt. Ein Vergehen konnte höchstens von den Stadtwachen geahndet werden, rief aber nicht mehr alle Werkzeuge der Götter zu Gericht. Natürlich musste er aufpassen, denn seine menschliche Hülle war verletzlich und zerbrechlich. Wenn es stimmte, was der Inquisitor ihm erzählt hatte, musste er damit rechnen, sterblich zu sein, solange er das Band trug. Um das Risiko möglichst gering zu halten, trug er den Dolch mit dem Elfenbeingriff stets bei sich. Sobald er in Bedrängnis geriet, würde er ihn hervorholen und das lederne Band um seinen Hals durchtrennen. Was dann geschehen würde, wusste er im Detail selbst nicht. Er rechnete nicht damit, dass das Durchleben seiner körperlichen Verhaltensmuster, die er angeblich innerhalb weniger Augenblicke nachholen sollte, ihn vollkommen außer Gefecht setzen würde. Er würde es ja erleben. Und er liebte Überraschungen, sie waren immerhin ein wesentlicher Bestandteil des Chaos'.

In seinem jetzigen Zustand hatte er vor allem darunter zu leiden, dass seine Sinne ebenfalls die eines Menschen waren. Immer noch sah, hörte und roch er wie ein Sterblicher. Mittlerweile war ihm das Gewicht seines Körpers vertrauter, auch wenn es ihm immer noch vorkam, als würde er durch Gelee wandern. Er musste verschnaufen, sich ausruhen und schlafen, Schwielen an den Händen ertragen und damit leben, dass sein Körper nicht in dem Maße regenerierte wie sonst. Dies alles hatte er auch schon zuvor ertragen müssen, doch erst seitdem er das Band um seinen Hals trug, waren die Anstrengungen und Gebrechen für ihn zur Qual geworden. All das brachte eine Menge Unbequemlichkeiten mit sich, aber es ließ ihn die verstehen, unter denen er gezwungen war zu leben.

Verstehe deinen Feind, und du kannst ihn töten, rief er sich in Erinnerung. *Obwohl man wenig Verständnis braucht, um eines Menschen habhaft zu werden. Meistens reicht ein Sprint vollkommen aus.*

Als Baazlabeth die Gruft betrat, saß Lilith im Schneidersitz auf dem für sie vorgesehenen Sarkophag. Vor sich hatte sie Baazlabeths Kiste stehen, die Hände wie zum Gebet darauf gefaltet.

»Na, na, keine obszönen Gesten am frühen Morgen«, ermahnte er sie.

»Oh, verzeih mir, diese blöden Tischmanieren sitzen tiefer, als ich dachte«, entschuldigte sie sich und entfaltete die Finger. »Du hast mir versprochen, dass wir sie heute öffnen.«

Ihr scheint diese Kiste mittlerweile wichtiger zu sein als mir. Immerhin ist es nicht ihr Leben, das davon abhängt, ob sich das verdammte Ding füllt oder nicht. Mir reicht es, die Kiste allein in meinem Besitz zu wissen und sie mit Goldstücken zu füttern. Sie aber ist ganz vernarrt darauf, das Ding zu öffnen. Sie sollte sich besser im Griff haben und nicht wie ein Kind vor Aufregung platzen, wenn sie irgendwo eine Überraschung vermutet. Ihr Leben wird voll von Überraschungen sein. Hoffentlich ist sie nicht enttäuscht, wenn der Deckel sich hebt.

Baazlabeth befürchtete, dass von dem Homunkulus nicht mehr übrig sein würde als einige Brotkrumen, dennoch hatte sein Zauber die letzten Tage immer noch Bestand gehabt. Die dienstbaren Geister der Dämonen besaßen einige nützliche Fähigkeiten, darunter auch den Verriegelungszauber. Er war einfach, aber wirkungsvoll. Einmal ausgesprochen, verschloss er jede Schatulle, Kiste oder Tür für die Zeit von neun Tagen, genauso lange, wie es dauerte, bis die dunkle Sonne in der Schattenwelt wieder am gleichen Punkt stand. Heute sollten diese neun Tage rum sein, wenn Baazlabeth richtig gerechnet hatte.

»Wie kann man eine Kiste verschließen, die gar kein Schloss hat«, hatte Lilith immer wieder gefragt.

»Mit Brotteig«, hatte Baazlabeth irgendwann geantwortet, um sie auf den Inhalt vorzubereiten.

Nun stand er davor, die Kiste endlich zu öffnen, und hoffte, dass ihre Enttäuschung nicht zu groß sein würde. Er zog die Kiste zu sich heran und umfasste den Deckel. Was all die Tage zuvor ausgesehen hatte wie aus einem Stück Holz, ließ sich jetzt wieder ohne Schwierigkeiten öffnen. Der Deckel schwang auf und Lilith schob ihren Kopf über die Öffnung, sodass Baazlabeth selbst keinen Blick hineinwerfen konnte.

»Oh, ein kleiner Kobold«, rief sie begeistert.

»Es ist ein Homunkulus«, berichtigte Baazlabeth sie. »Und ein überaus hässlicher noch dazu.«

»Aber einer, der Euch den Arsch gerettet hat«, meldete sich eine dritte Stimme aus dem Inneren der Schatulle. »Wenn Ihr diese Anmerkung erlaubt, Eure Hoheit, äh ... Meister, Lord der Horden und äh ... mein Gebieter, oder so.«

Lilith zuckte erschrocken zurück. »Er kann sprechen«, staunte sie.

»Ja, besser als alles andere«, gestand Baazlabeth. »Mir wäre es lieber, er würde sein Maul halten und nur ab und zu mal etwas Nützliches hinzufügen.«

Er sah die traurige Gestalt des Homunkulus zwischen all den Münzen liegen. Ein Arm, ein Bein und beide Flügel waren abgebrochen. Am meisten schien der Dienstbare unter der Austrocknung zu leiden, doch er rang sich ein gequältes Lächeln ab, als er seinen Herrn sah.

»Du hast dir ja wirklich ein Bein für mich ausgerissen«, sagte Baazlabeth höhnisch und hob den Homunkulus aus der Kiste.

Außer direkt um Mund und Augen herum war der Teig hart und brüchig. Bewegen konnte sich das kleine Wesen nicht mehr, es reichte allenfalls für ein Lächeln oder Augenzwinkern.

»Nun lass mal hören, was passiert ist«, forderte ihn sein Herr auf.

»Was passiert ist?«, wiederholte der Homunkulus. »Wie soll ich das wissen? Jemand kam in das Zimmer, und es wart nicht Ihr, soviel konnte ich sehen. Ich dachte mir, den größten Dienst würde ich Euch erweisen, wenn ich den Inhalt der Kiste vor dem Dieb schütze. Ich hatte gehofft, er würde sie stehen lassen, wenn er bemerkt, dass sie verschlossen ist und sich dem Geräusch nach nur wenige Münzen in ihr befinden. Leider habe ich mich da geirrt. Aber ich habe alles getan, was in meiner Macht stand.«

»Du hättest sie aufhalten sollen«, knurrte Baazlabeth, »und nicht darüber philosophieren, was in deiner Macht steht.«

»Oh, verzeiht Eure Herrlichkeit, dass ich Euch Kummer und Gram gebracht habe. Leider war es so, dass meine Zuckerstange, die ich immer als Lanze benutze, und mein Schlachtross aus Pfefferkuchen noch in dem kleinen Stall aus Brotscheiben standen. Somit konnte ich den dunklen Ritter nicht herausfordern, um ihn Euch zu Füßen zu legen.«

»Spar dir deinen Hohn, er geht auf deine Kosten. Ich will dir deine ausfallende Art noch einmal vergeben, da du dich wenigstens als ein kleines bisschen nützlich erwiesen hast. Aber treib es nicht zu weit.«

Baazlabeth warf den Homunkulus zurück in die Kiste.

»Wie wäre es mit einer kleinen Belohnung für meine Dienste?«, jammerte dieser.

»Lass mich raten: Buttermilch zum Einstippen?«, lachte Baazlabeth.

»Ein neuer Körper würde vollkommen reichen.«

»Du brauchst keinen neuen Körper für deine nächste Aufgabe«, erwiderte der Dämon.

»Und wie lautet die, Eure durchlauchteste Entfrömmlichkeit?«

»Zähl die Münzen«, sagte Baazlabeth, während er den Inhalt des Beutels von Lord Brackenmoore in die Kiste schüttete und den Deckel zuschlug.

»Warum hilfst du ihm nicht?«, fragte Lilith entsetzt. »Kannst du es nicht?«

»Doch natürlich, es wäre nicht einmal besonders schwer«, sagte er und stützte sich mit einer Hand auf den Deckel, als ob er sagen wollte: *Finger weg!*

»Warum tust du es dann nicht?«

»Wenn ich es täte, würde ich nach den Grundsätzen der Ordnung handeln. Das Teigmännchen hat mir geholfen, weil er erwartete, dass ich ihm dann einen neuen Körper gebe. Eine Erwartung zu erfüllen heißt, sein Handeln vorhersehbar zu machen. Sinn und Zweck des Chaos' ist es, dies zu vermeiden. Mal hält man sich an die Ordnung, mal nicht. Das macht es für jeden undurchschaubar, was du als nächstes tun wirst. Verstehst du das?«

Lilith nickte traurig.

»Du kannst das Teigmännchen herausholen und mit ihm reden, wenn ich nicht da bin. Er kann dir vieles erklären und dir die Zusammenhänge zwischen Ordnung und Chaos aufzeigen. Es ist wichtig, dass dir spontanes Handeln in Fleisch und Blut übergeht. Du darfst nicht nachdenken müssen, bei dem, was du als Nächstes tun willst. Wenn du über deinen nächsten Schritt nachdenkst, wird es dein Feind auch tun und diesen vorhersehen.«

»Was tun wir als Nächstes?«, fragte Lilith provokant, um zu sehen, ob Baazlabeth sich an seine eigenen Regeln hielt.

»Wir gehen einkaufen.«

Baazlabeth wusste nicht, was Lilith sich unter Einkaufen vorgestellt hatte, doch ihre anfängliche Euphorie schien mit jedem Schritt weiter zu schwinden. Sie passierten gerade die Brücke zum Windviertel, als das Mädchen ihren Umhang so dicht um sich zog, dass man hätte meinen können, sie leide an Lepra oder einer ähnlich entstellenden Krankheit und wolle den Bürgern ihren Anblick ersparen. Im Dunkel der überbauten Brücke zog er sie in einen Hauseingang und beugte sich zu ihr herunter.

»Was soll das Theater?«, flüsterte er. »Du benimmst dich, als wenn das Tageslicht deine Haut verbrennen würde. Du musst lernen, dich unter den Bürgern Brisenburgs zu bewegen, ohne so ein Spektakel zu veranstalten.«

»Du hast gut reden, du sieht aus wie ein Mensch«, erwiderte Lilith. »Mir braucht nur einer ins Gesicht zu sehen, und er weiß, was ich bin.«

»Dafür, dass du vor ein paar Tagen selbst noch nicht wusstest, was du bist, hast du jetzt anscheinend die Weisheit mit Löffeln gefressen. Du solltest mir vertrauen. Mach genau das, was ich dir gesagt habe. Halte deinen Blick auf die Erde gerichtet und steck die Hände in die Manteltaschen, dann wird niemand Verdacht schöpfen.«

Lilith versuchte, Baazlabeths Rat zu befolgen. Solange sie im Schatten der Brücke wanderten, hielt sie sich an das, was ihr Lehrer ihr geraten hatte. Als sie jedoch aus dem Schutz der Gebäude traten, begann das Mädchen, den gesenkten Kopf hin und her zu werfen.

»Zappel nicht so herum«, ermahnte Baazlabeth sie ein letztes Mal, als sie zwei Stadtwachen passierten.

Jetzt würde sich zeigen, ob seine guten Ratschläge wirklich so gut waren, wie er behauptete. Mit Sicherheit standen die beiden nur hier, um Gesindel fernzuhalten oder Diebe vor allzu dreisten Raubzügen zu warnen. Sollte jemand so dumm sein, sich bei einem Diebstahl erwischen zu lassen, würden sie ihn hier am besten abfangen können, bevor er sich im Schutz der Häuser davonstehlen konnte.

Die beiden Stadtwachen sahen gelangweilt aus, dennoch hatten sie Augen im Kopf. Sollte der Hauptmann immer noch nach Sil suchen lassen, würde jede Wache mit seiner Beschreibung – blonde Haare, gestreifte Hosen und ein gelbgrün kariertes Hemd – ausgestattet sein.

Dies könnte der Tag eurer Beförderung werden. Natürlich nur, falls der Hauptmann sich dazu entschließt, sie post mortem auszusprechen.

Den Wachen blieb ihre letzte Beförderung erspart. Anstatt nach Dieben, Mördern und Dämonen Ausschau zu halten, richteten die schlaksigen Männer ihr ganzes Augenmerk auf die jungen Marktbeschickerinnen, die Körbe voll Obst, Käse und Fleisch zu den Ständen brachten.

Lilith hatte sich weitestgehend im Griff, als sie den Markplatz erreichten, lediglich ihre Bewegungen wirkten irgendwie hölzern. Baazlabeth hatte ein Nachsehen mit ihr und legte dem Mädchen die Hand auf die Schulter. Aber anstatt dass sich ihre Anspannung löste, zuckte sie unter der Berührung zusammen. Baazlabeth konnte der Kleinen ihre Angst nicht übel nehmen. Es musste schon Ewigkeiten her sein, dass sie jemand in den Arm genommen hatte. Doch auch für ihn war es ungewohnt.

Ich bin kein Kindermädchen und Waisentröster. Was verlangt sie? Ich bin normalerweise der Kerl, der sich darum kümmert, dass es immer genügend Waisen auf der Welt gibt. Die einzig zärtliche Berührung, mit der ich mich auskenne, ist die, wenn ich meinen Opfern die Augen zum letzten Mal schließe.

Doch gerade, als Baazlabeth seine Hand wieder von ihrer Schulter nehmen wollte, spürte er, wie Lilith sich an ihn schmiegte.

»So wie du jetzt aussiehst, ist das deine wahre Gestalt?«, flüsterte sie ihm zu.

»Nein.«

»Würden die Menschen dich als Dämon erkennen, wenn sie dich so sehen könnten, wie du wirklich bist?«

»Ja.«

»Wirst du ihnen irgendwann deine wahre Gestalt zeigen?«

»Vielleicht.«

Baazlabeth hoffte, mit seiner Einsilbigkeit ihre Fragenflut zu ertränken, und sein Plan schien aufzugehen. Entweder war dies der Grund, dass Lilith verstummte, oder sie konzentrierte sich darauf, die auf sie zuströmende Menschenmasse heil zu überstehen. Zusammen mit ihr drängte Baazlabeth sich zwischen den Ständen hindurch. Händler, Handwerker, Bedienstete und Hausfrauen schoben sich eng an eng durch die schmalen Gassen zwischen den Verkaufsständen. Niemand nahm die zwei wirklich wahr. Sie wurden Hunderten von Berührungen ausgesetzt, aber keine von ihnen hatte etwas zu bedeuten. Sobald man sich nach einem Rempler umdrehte, bekam man schon den nächsten Stoß verpasst. Baazlabeth spürte, wie Liliths Selbstsicherheit zunahm. Anstatt sich von den Massen in eine Richtung schieben zu lassen, begann sie, sich ihren Weg zu suchen. Sie lernte – lernte den Umgang mit ihrer Beute, ihrer Nahrung. Baazlabeth umrundete mit ihr zweimal dieselben Stände, bis er sicher war, dass sie verstanden hatte.

Vor einem Käfig mit einer Handvoll Hühnern blieben sie stehen.

»Sie sollen besser schmecken als sprechende Raben«, versicherte Baazlabeth.

»Ich kann doch nicht hier, vor allen Menschen ...«

»Du kannst!«, sagte Baazlabeth bestimmt. »Niemand schert sich um ein kleines Kind, das mit ein paar Hühnern spielt, weil es sie so niedlich findet. Du musst lernen, deinen Hunger zu stillen, ohne viel Aufmerksamkeit zu erregen. Und glaube mir: Kinder, die sich nachts aus dem Schloss schleichen und während der Ausgangssperre in dunklen Gassen umherirren, fallen auf.«

»Ich bin kein Kind«, erwiderte Lilith trotzig.

»Wenn du es keinem verrätst, tue ich es auch nicht. Mach schon, sonst gehst du heute wieder ohne Abendbrot ins Bett.«

Lilith beugte sich hinunter zu dem Bastkäfig. Baazlabeth sah, wie sie den Kopf hin und her bewegte und die Füße der um sie herumstehenden Leute beobachtete. Die Hühner gackerten aufgeregt, drängten sich an die Korbwand, in der Hoffnung, einige Körner zu ergattern, und versuchten, ihre Köpfe durch das engmaschige Gitter zu stecken. Lilith hielt sich eine Hand an die Lippen, von der darüber fallenden Kapuze verdeckt, und sandte ihren tödlichen Kuss dem aufgeregten Federvieh entgegen. Sie erhob sich wieder, und vier der fünf Hühner taten genau das, was Hühner immer taten – aufgeregt gackernd das Federkleid plustern. Nur ein Huhn hockte regungslos am Boden wie eine gluckende Henne und ließ den Kopf verdächtig weit zur Seite hängen.

Baazlabeth legte Lilith erneut die Hand auf die Schulter und zog sie mit sich. Unauffällig schlenderten sie zum nächsten Stand und sahen sich eine Reihe von Bernsteinketten an, die der Ladenbesitzer auf blauen Samttüchern präsentierte.

»Und was hast du jetzt daraus gelernt?«, fragte Baazlabeth.

»Wie ich mich unauffällig benehme?«

»Das wäre etwas verfrüht. Aber auf jeden Fall weißt du jetzt, wie ein Hühnerleben schmeckt, und dass Federvieh nicht alt genug wird, um große Dinge zu verbringen. Wenn du dir Lebenszeit stiehlst, ist es besser, du suchst dir etwas aus, was langlebiger ist. Ein Pferd oder ein Bulle wird nur selten daran sterben, wenn du ihm zehn Jahre nimmst, und außerdem wird man die Veränderung an dem Tier kaum sehen können.«

Lilith hörte ihm zwar zu, aber es war ein kleines Stück Bernstein, dass ihre Aufmerksamkeit erregte. Baazlabeth spürte, wie sie überlegte, die Hand auszustrecken, um nach dem Schmuckstück zu greifen. Baazlabeth beugte sich vornüber und kam ihr zuvor. Er drehte den Klumpen Baumharz in der Hand und sah, wie sich das Licht in ihm brach. Darin eingeschlossen schwebte ein kleines Insekt.

Wahrscheinlich sind wir beide gleich alt, doch du bist gefangen in dieser einen Welt, während ich Tausende von ihnen bereisen kann.

»Es ist wie ich, eingeschlossen in einem goldenen Käfig«, flüsterte Lilith.

Baazlabeth legte das Schmuckstück wieder zurück auf den Tisch.

»Nein, du bist ein goldener Vogel, eingeschlossen in einer Gruft. Ich vernehme nicht die Stimme von Prinz Amez und kenne auch nicht seine Pläne, aber ich will verdammt sein, wenn du nicht ein Teil davon bist.«

Auch Baazlabeth wusste, dass er Lilith mit ein paar Erklärungen und einigen netten Worten nicht zu dem machen konnte, was sie eigentlich sein sollte. Seit ihrer Geburt wurde sie behandelt wie ein krankes Kind. Priester, Heiler und Magister hatten mit ihr sonst etwas angestellt, nur um zu erreichen, dass sie sich niemals zu Hause gefühlt hatte. Worte konnten das nicht mehr richten. Was sie brauchte war eine Welt, in der sie neu beginnen konnte. Baazlabeth würde sie in diese Welt führen, doch erst, wenn sie bereit war, zu gehen. Im Moment galt es, sie erst einmal sicher über einen Marktplatz zu geleiten, bevor sie sich eine fremde Stadt als Speisekammer erwählte.

Baazlabeth stellte mit Freude fest, dass der Markt jeden Tag etwas anderes zu bieten hatte. Einmal abgesehen von den Lebensmitteln und Gebrauchsgegenständen des täglichen Bedarfs, gab es immer wieder Händler, die versuchten, mit neuen Ideen Gold zu verdienen. An einem Stand verkaufte eine junge Frau bunte Seidentücher und versprach, dass in den gebatikten Mustern die Zukunft des Trägers zu finden sei. Zwei wohlbeleibte Waschfrauen probierten verschiedene Tücher aus und versuchten, bekannte Gesichter in den formlosen Mustern zu erkennen.

Ein anderer Händler bot lauthals das Fleisch eines Riesenkraken an und versprach eine potenzsteigernde Wirkung durch den Verzehr. Die Auslage selber fand nur wenig Beachtung, aber aus irgendeinem Grund umringte eine kleine Schar älterer Männer den Händler und versuchte, Desinteresse zu heucheln.

Der bärbeißig aussehende Mann hinter dem einfachen Tisch, vor dem Baazlabeth Halt gemacht hatte, schien Käufer nicht sonderlich zu mögen. Griesgrämig missachtete er Baazlabeths Interesse an den ausgestellten Waffen. Sofort war dem Dämon die lederne Peitsche ins Auge gefallen, die eine Länge von fünfzehn Fuß aufwies, und deren entzwirbeltes Ende mit neun filigran geschmiedeten Silberdornen verziert war. Dahinter stand ein Schild, auf dem stand: *Dämonenpeitsche*. Zu gern hätte Baazlabeth gewusst, ob die Namensgebung sich auf den Besitzer oder das vermeintliche Opfer bezog.

»Was soll das gute Stück kosten?«

Der Händler verweigerte Baazlabeth die Antwort und griff zu einem plump geformten Kriegshammer, den er vor dem Dämon auf den Tisch legte.

»Sechs Witwergold. Nimm ihn oder troll dich, aber verplempere nicht meine Zeit mit deinem Größenwahn.«

Einen Moment lang starrte Baazlabeth den Händler nur an, während er vor seinem inneren Auge zusah, wie er Hände und Knie des Mannes mit dem Hammer zertrümmerte und ihn dann mit der Peitsche erwürgte.

»Ich überlege es mir ...«

..., noch einmal wiederzukommen und dir mit dem Ding die Zähne einzuschlagen, das Rückgrat zu brechen und es dir durch den Arsch herauszureißen.

Er wandte sich ab und zog Lilith, die gelangweilt neben ihm stand, mit sich fort. Nach wenigen Schritten hörte er eine bekannte Stimme über den Platz hallen. Ark Tadelius suchte wieder einmal Tagelöhner aus, die er zuvor erniedrigen konnte.

»Dir steht die Dummheit ins Gesicht geschrieben. Sag nichts. Solche wie dich kenne ich. Wahrscheinlich war dein Vater auch dein Bruder. Verschwende nicht meine und deine Zeit, sondern krieche zurück in die dreckige Spelunke, aus der du gekommen bist, und ertränke deine Nutzlosigkeit in einem Krug Met. Von mir bekommst du keine Arbeit, nicht einmal, wenn man einen toten Körper für ein herrenloses Grab suchen würde.«

Ark schien wirklich der richtige Mann für diese Aufgabe zu sein. Wer es schaffte, auch sein letztes bisschen Stolz noch herunterzuschlucken und sich selbst zum Narren machte, indem er für ein Almosen arbeitete, dem trat Ark noch einmal in den Rücken. Kaum einer der Anwärter wagte es, sich ein zweites Mal hier blicken zu lassen, um noch mehr Erniedrigung zu erfahren. Die meisten von ihnen verdienten mehr, indem sie bettelten oder stahlen. Nichtsdestotrotz, Baazlabeth mochte den Mann. Er würde sich gut als Willkommensheißer in Baazlabeths Reich machen.

In dem ganzen Stimmengewirr und Geklapper von Töpfen und Pfannen sowie dem aufgeregten Blöken, Gackern und Schnaufen des Viehs hörte Baazlabeth ein dumpfes Klatschen heraus, das sich süß wie Zuckerguss auf sein Gemüt legte.

»Komm mit«, sagte er zu Lilith. »Auch wenn es nicht deiner Ausbildung dient, ein wenig Unterhaltung kann nie verkehrt sein.«

Lilith hatte Schwierigkeiten, den ausholenden Schritten ihres Lehrers zu folgen, insbesondere weil ihr Blick immer noch beharrlich zu Boden gerichtet war. Baazlabeth eilte einige Schritte voraus, sah sich um und streckte ihr die Hand entgegen, als wenn er sagen wollte: *Kommt, meine Liebste, das wollen wir uns nicht entgehen lassen.* Dieses Spiel trieben sie einige Male, bis Baazlabeth einsehen musste, dass Lilith nicht darauf ansprang.

Sie passierten eine Gruppe von jungen Männern, die um einen Zuchtbullen feilschten, zwei Kartenmacher, die darüber stritten, wer von ihnen die Küste um Brisenburg besser getroffen hatte, und eine Bauchtänzerin, die trotz der kühlen Witterung nicht davor zurückschreckte, ihre Künste dem dankbaren Publikum vorzuführen. Schließlich erreichten sie einen Menschenauflauf, der sich im Halbkreis um eine niedrige Tribüne versammelt hatte. Mit entsetzten Gesichtern folgten die Brisenburger dem Schauspiel, das sich ihm darbot. Baazlabeth hatte Schwierigkeiten, sich durch die Reihen von Schaulustigen zu drängeln, doch ein Ellbogenstoß hier und da half. Im Schlepptau zog er Lilith mit sich.

Auf dem Podest, das sich ihnen letztlich offenbarte, standen drei Inquisitoren in ihren dunkelblauen Ornaten. Zwei von ihnen hatten sich neben einem Mann und einer Frau postiert, die mit Ketten an einen Holzrahmen gefesselt waren. Beiden hatte man die Schuhe ausgezogen und sie oben herum entkleidet. Ihre Schädel waren kahl geschoren und ihre Körper mit blauen Flecken übersät. Die Frau schien bewusstlos. Ihr ganzes Gewicht hing an den Handgelenken, und ihr Kopf ruhte auf der Brust. Ihr Gesicht konnte Baazlabeth nicht sehen, aber von ihrem Körper her schätze er sie auf etwa zwanzig Jahre.

Der Mann war wesentlich älter und immer noch bei Bewusstsein, obwohl auch er schon eine Menge eingesteckt hatte.

Vor den beiden stolzierte der dritte Inquisitor auf und ab und hantierte aufgeregt mit einem Mangelbrett herum, das Waschfrauen dazu benutzten, um Feuchtigkeit aus der nassen Wäsche zu schlagen. Die Kapuze seines Ornates hatte er zurückgeschoben und die Ärmel hochgezogen. Der Inquisitor schien nur unwesentlich älter als das Mädchen hinter ihm zu sein. Sein schwarzes glattes Haar hatte eine einheitliche Länge und hing ihm bis in den Nacken. Um die Haare aus seinem Gesicht zu halten, schlug er von Zeit zu Zeit den Kopf zur Seite.

Vor dem Podest saß ein Kleriker in dunkelroter Samtrobe mit weißem Fellbesatz auf einem prunkvoll geschnitzten Stuhl mit hoher Lehne. Er saß mit dem Rücken zum Publikum und beobachtete wie alle anderen, was auf dem Podium vor sich ging. Auf eines seiner Handzeichen hin zog einer der Inquisitoren den Kopf des alten Mannes zurück und zwang ihn so, den Kleriker anzuschauen.

»Du willst uns also allen Ernstes weismachen, nichts davon gewusst zu haben, das Böse in deinem Haus zu beherbergen?«, fragte der Kleriker.

Der angekettete Mann versuchte zu nicken, doch konnte er sich des energischen Griffs des Inquisitors nicht entziehen. Er versuchte, sich zu erklären, doch sein Gestammel ging im Lärm der aufgeregten Menge unter. Stattdessen ließ der junge Inquisitor das Mangelbrett auf den Bauch des Gefesselten klatschen und trieb ihm das letzte bisschen Luft aus dem Körper. Zurück blieb ein roter Abdruck auf der nackten Haut.

»Es will mir einfach nicht in den Kopf gehen, wie jemand ungehindert auf Eurem Hof einen hinterhältigen Mord begehen kann, während Ihr in aller Seelenruhe im Bett liegt und schlaft. Angeblich hat noch nicht einmal Euer Wachhund angeschlagen, der sonst bei jedem Fremden zu bellen beginnt, selbst wenn er nur an Eurem Hof vorbeigeht.«

Der keuchende, halbnackte Mann streckte aus Angst, geschlagen zu werden, dem Inquisitor die gefesselten Hände entgegen. Dank seines schwächlichen Zustands wirkte diese Geste eher wie ein lächerliches Abtun der Vorwürfe.

Erneut klatschte das Mangelbrett auf ihn nieder. Diesmal traf es ihn auf den Oberschenkel und ließ seine Beine wegsacken.

»Sie schlagen immer nur mit der flachen Seite zu«, beschwerte sich Baazlabeth flüsternd bei Lilith. »Würde der Inquisitor das Brett nur ein wenig verkanten, wäre der Schmerz wesentlich effektiver und die Haut würde sich nicht nur röten, sondern auch bluten. Dem Zuschauer muss schließlich etwas geboten werden.«

»Sie wollen ihn nicht töten, sie wollen sein Geständnis, oder zumindest einen weiteren Namen, damit die Inquisitoren ein nächstes Opfer haben«, mischte sich eine Frau ein, die hinter Baazlabeth stand.

Nach ihrem Aussehen zu urteilen und dem von Lauge verblichenen Kleid, das sie trug, gehörte sie den Waschfrauen an. Es hätte Baazlabeth nicht verwundert, wenn es ihr Mangelbrett war, das der Inquisitor dort vorne voller Hingabe benutzte. Ein buntes Kopftuch verdeckte fast vollständig ihr graues Haar, doch ihr sonnengegerbtes Gesicht und die schwieligen Hände verrieten ihr Alter und die harte Arbeit, die sie tagein tagaus vollbrachte.

»Das eine schließt das andere nicht aus«, erwiderte Baazlabeth mit einem fast entsetzten Unterton.

»Wenn er gesteht – was er ohne Zweifel früher oder später tun wird –, werden sie ihn im Keller eines Tempels ohne viel Aufsehen richten, doch mit Sicherheit nicht hier auf dem Markplatz. Die Hoheitlichen wollen die Menschen Brisenburgs einschüchtern und sie dazu verleiten, sich gegenseitig zu denunzieren. Eine gequälte Seele in einer öffentlichen Schau zu töten würde die Menschen nur gegen sie aufbringen.«

Was denkt die Alte, wer sie ist – die Weisheit in Person? Die ganzen Gaffer sind doch nicht gekommen, um sich eine Tracht Prügel anzusehen. Das wäre so, als würde man den letzten Akt eines Theaterspiels weglassen.

Als Baazlabeth sich umschaute und die Minen der Menschen beobachtete, musste er feststellen, dass er so ziemlich der Einzige war, der so dachte. Die meisten der Zuschauer wirkten angeekelt, eingeschüchtert oder verängstigt. Viele von ihnen wandten den Blick immer wieder ab und murmelten empört von Folter und Verrat.

Baazlabeth hatte Hinrichtungen gesehen, auf denen es zugegangen war wie bei einem Volksfest. Die Zuschauer hatten gejubelt, gesungen und bei jedem durchtrennten Hals und jeder Hand, die abgehackt wurde, applaudiert. Publikumslieblinge waren stets die Scharfrichter mit ihren schwarzen Kapuzen und Henkersbeilen. Baazlabeth versuchte, sich einen Reim aus dem abweichenden Verhalten der Bürger Brisenburgs zu machen, und kam zu dem Schluss, dass es Angst sein musste, die für diese bedrückende Stimmung verantwortlich war.

Bei einer Hinrichtung machte sich niemand darüber Gedanken, dass ihm dasselbe passieren konnte. Die Menschen, die ein ehrliches Leben führten, glaubten an die Gerechtigkeit und verließen sich darauf, von der Arbeit des Scharfrichters verschont zu bleiben. Sie empfanden eine Hinrichtung als Genugtuung und Zeichen dafür, dass jemand über sie wachte und die Bösen ihr gerechtes Urteil empfingen.

Die Folter der Inquisitoren und die erpressten Geständnisse hingegen erinnerten die Menschen daran, dass man ihnen immer etwas nachsagen konnte, egal ob sie sich schuldig gemacht hatten oder nicht.

Baazlabeth war es egal, ob diese armseligen Kreaturen nun jubelten oder nicht, und ob die Hingerichteten und Gefolterten sich schuldig gemacht hatten oder brave Lämmer waren, Hauptsache er wurde nicht um das Finale betrogen.

Eines wurde Baazlabeth jedoch langsam bewusst: Es tötete sich wesentlich einfacher, wenn man ein paar Fürsprecher auf seiner Seite hatte. Auf einem Schlachtfeld war es leicht. Die Kerle vor einem waren die Feinde, die hinter einem Freunde, meistens jedenfalls. Man tötete aus Prinzip und Überlebenswillen, und zum Töten war er ja schließlich hierher gekommen, auch wenn seinem persönlichen Ansinnen, Chaos unter die Menschen zu bringen, immer noch rund viertausendfünfhundert Goldmünzen im Weg standen.

Warum eigentlich nicht? Warum versuche ich nicht einfach, das eine mit dem anderen zu verbinden? Eines nach dem anderen ist schließlich die Regel der Ordnung, und nicht die des Chaos'.

Er musste die von Nemrothar gestellte Aufgabe gar nicht erfüllen, um dann anschließend einige Seelen zurück zu Sept zu schicken. Er musste lediglich einen Weg finden, mit dem Töten Geld zu verdienen, und das auf ehrliche Weise. Dies wäre nur der Fall, wenn er Recht und Gesetz auf seiner Seite hätte. Er hatte ja sogar schon einmal darüber nachgedacht, als Stadtwache anzuheuern, hatte sich von dem geringen Lohn, den man dort verdiente, jedoch schnell abschrecken lassen. Ein Henker würde sicherlich auch nicht mehr verdienen. Er musste etwas Größeres anstreben, etwas wirklich Beeindruckendes – vielleicht gar einen Krieg, bei dem jedes Opfer mit barer Münze beglichen wurde.

Der angekettete Mann auf dem Podium gab ein letztes kraftloses Stöhnen von sich.

»Leugnen wird Euch nichts mehr helfen«, rief der Kleriker von seinem Stuhl aus. »Wir haben Beweise gesammelt. In dem Schweinedung in Eurem Stall haben wir Fingerknochen, Schädelfragmente und

Zähne gefunden. Gebt zu, dass Ihr den Mann getötet und an die Schweine verfüttert habt. Oder gebt zu, dass Ihr wissentlich dem Bösen Zutritt zu Eurem Haus gewährt habt.«

Jetzt erst erkannte Baazlabeth die arme angekettete Kreatur vor sich. Es war Nevil Brick, der Reetbauer, in dessen Scheune er Holz und Trunkenbolde zerkleinert hatte. Irgendwie war es den Inquisitoren gelungen, Baazlabeths Spur zu verfolgen, und die hatte sie direkt zu Nevil geführt. Dem Dämon war es egal, was die Kirchenmänner mit dem Alten machten, aber wenn sie ihn gefunden hatten, konnten sie es auch schaffen, Nemrothar aufzustöbern. Zwar würden es die Inquisitoren nicht wagen, einen hochrangigen Magier und Mitglied des kleinen Rates öffentlich zu foltern, doch der Klerus hatte auch andere Möglichkeiten, jemanden zum Sprechen zu bringen. Wenn sie erst wussten, welchen Auftrag Baazlabeth hatte, und welche Möglichkeiten ihm zur Verfügung standen, würden sie ihn aufspüren.

Nur zufällig sah Baazlabeth, wie Liliths Hand unter der Kapuze verschwand. Er packte das Mädchen am Arm und umklammerte ihr Handgelenk.

»Sie hätten uns getötet, bevor du dich umgedreht hast«, sagte er.

»Sie suchen nach dir und mir«, flüsterte Lilith, »und solange sie keinen von uns beiden erwischen, werden sie weiter die Menschen Brisenburgs foltern und töten. Irgendwann werden sie jemanden finden, der uns gesehen hat, und sie werden ihn zum Sprechen bringen.«

Lilith hatte recht, aber solange die Inquisitoren noch suchten, war alles gut. Erst wenn das Foltern und Morden aufhörte, mussten sie sich in Acht nehmen.

Baazlabeth tötete lieber selbst, doch er wusste auch, dass es zu viel Leben im Licht gab, um alles selbst zu erledigen. Er war auf Hilfe angewiesen, egal, ob sie nun von seiner Seite kam oder der anderen. Bis dato akzeptierte er die Inquisitoren als Feinde, die am selben Strang zogen. Dass Lilith das auch so sah, bezweifelte er jedoch. Für sie waren die Bürger der Stadt so etwas wie Vieh im Stall. Sie schlachtete eines, wenn sie Hunger verspürte, doch sie versuchte auch, es gegen Wilderer zu schützen. Mit Sicherheit spielte bei ihr auch immer noch Zuneigung für die Menschen eine Rolle, doch das stellte nicht mehr als eine schlechte Angewohnheit dar, die sich im Laufe der Zeit legen würde.

Dennoch wollte Baazlabeth nicht, dass seine junge Schülerin enttäuscht war.

»Bleib hier stehen und behalte die Inquisitoren im Auge«, sagte er. »Rühr dich nicht von der Stelle, solange ich nicht zurück bin, egal was passiert.«

Baazlabeth ließ Lilith in der vordersten Reihe der Schaulustigen zurück und bahnte sich seinen Weg zwischen den Menschen hindurch, zurück zu den unzähligen Ständen und Tischen der Marktschreier. Dort drehte er eine Runde über den Markt und verschwand als Mensch unter Menschen, wobei nur er wusste, dass es nicht so war.

Baazlabeth wäre nicht ein Schlächter Amez', ein Mitglied der Horde, ein Krieger des Chaos' gewesen, wenn sein Können nur darin bestanden hätte, mit einer blutverschmierten Waffe auf einem Schlachtfeld zu stehen. Er wusste um die Taktiken, die Hinterhalte und die subtile Seite des Krieges. Und er konnte sein Wissen auf diese Situation übertragen. Es galt, Chaos zu stiften, ohne dass es zu einer ausgewachsenen Panik kam.

Es begann mit einem Hühnerkäfig, der umgestoßen wurde und aufbrach, sodass das Federvieh gackernd und glucksend in die Freiheit flüchtete. Dann folgte ein Stand mit eisernen Pfannen und kupfernen Töpfen, dessen Strebe nachgab, und der daraufhin in sich zusammenstürzte. Ein scheinbar achtlos weggeworfener glühender Holzspan steckte die Tücher der Seidenmalerin in Brand, die sich wie ein Vogelschwarm in die Lüfte erhoben. Ein Topf mit dem Sud von ausgekochten Knochen und Wildkräutern ergoss sich in ein Schmiedefeuer und setzte eine ekelerregende Dampfwolke frei. Eine alte Frau schien grundlos zu stolpern und riss zwei junge Mädchen mit sich – zusammen fielen sie in einen Tisch mit filigranem Silberschmuck. Ein Zuchtbulle schrie ohne offensichtlichen Grund auf, stampfte mit den Hufen, riss sich von seinem Pfosten los und hielt auf die in Panik flüchtenden Menschen zu.

Als das Chaos am größten war und die Marktbesucher sich kaum entscheiden konnten, ob sie gaffen oder doch lieber flüchten sollten, stand Baazlabeth wieder hinter Lilith. Das Mädchen verharrte immer noch am selben Fleck wie eine Statue, den Blick auf ihre Füße gerichtet. Baazlabeth beugte sich über sie und flüsterte ihr ins Ohr.

»Verschicke so viele Küsse wie du kannst, aber niemals zwei an denselben Ort. Höre nicht auf, bis ich es dir sage.«

Lilith reagierte wie ein bissiger Hund, den man von der Leine gelassen hatte. Sofort hauchte sie ihren tödlichen Atem dem Inquisitor mit dem Waschbrett entgegen. Im nächsten Moment stand sie bereits hinter Baazlabeth und schickte weitere Grüße von Amez zu den Menschen und Tiere auf dem Platz.

Sie umkreiste Baazlabeth wie eine Fliege das Licht, und ihr Hunger schien grenzenlos. Sie verteilte ihre grausigen Liebkosungen so schnell, dass Baazlabeth kaum die Zeit hatte, jede einzelne zu verfolgen. Tiere brüllten jämmerlich, Menschen flehten um Hilfe, brachen zusammen oder suchten ihr Heil in der Flucht. Bald vermochte der Dämon nicht mehr zu unterscheiden, was sein oder was Liliths Werk war – so war es schließlich auch gedacht gewesen.

In all dem Tumult fiel ihm ein einzelner Mann ins Auge, jemand, der sonst niemandem auffiel. Seine Kleidung war gewöhnlich, sein Aussehen unauffällig. Sein Gang war anmutig, und seine Bewegungen schienen zielgerichtet. Das war es auch, was ihn in diesem Moment des Choas' von allen Menschen auf dem Marktplatz unterschied und was Baazlabeths ungeteilte Aufmerksamkeit auf sich gezogen hatte. Die Hände des Mannes bewegten sich so schnell in Taschen, Röcke und Kisten, dass ein unaufmerksamerer Beobachter als Baazlabeth annehmen konnte, er suche nur Halt im Tumult.

Gerade noch rechtzeitig bemerkte Baazlabeth, dass Lilith sich wieder der Tribüne der Inquisitoren zugewandt hatte. Ihre Handfläche zeigte auf den Kleriker in dem throngleichen Stuhl, der mit seinen Augen wie ein Greifvogel die Menschenmenge absuchte. Auf dem Podest war Liliths erstes Opfer auf ein Knie gebeugt zu Boden gegangen und griff sich fassungslos in die ergrauten Haare.

»Nicht ihn«, ermahnte Baazlabeth seine Schülerin. »Er ist zwar unser ärgster Feind, obwohl er nur ein Mensch ist – doch ihn anzugreifen würde unseren Tod bedeuten. Wenn du ihn erwählst, musst du sicherstellen, dass er stirbt. Die Zeit wird kommen, wo wir uns um ihn kümmern, doch nicht heute. Du hast deine Sache gut gemacht. Geh jetzt zurück ins Schloss und warte dort auf mich. Ich habe noch etwas zu erledigen.«

Lilith zögerte keinen Moment. Sie drückte sich an ihm vorbei und verschwand in der Menge. Dieses Glück hatte der Taschendieb nicht. Es dauerte nur wenige Augenblicke, bis Baazlabeth ihn wieder erspäht hatte und nicht mehr aus den Augen ließ. Der Mann bereicherte sich so lange an den Habseligkeiten der anderen, wie das Chaos anhielt, dann schien seine Raffgier befriedigt. Er rannte nicht davon, versuchte nicht unterzutauchen oder sich in irgendeinen dunklen Hauseingang zu drücken, er ging wie jemand, der seine Einkäufe erledigt hatte. Das machte es für Baazlabeth auch nicht schwer, ihn zu verfolgen – in etwa so leicht, wie es war, Baazlabeth zu folgen.

»Ich hab sie gesehen«, krächzte eine Stimme zwischen seinen Beinen, und eine Hand packte sein Hosenbein.

Baazlabeth begriff nicht sofort und machte noch zwei Schritte, bis er bemerkte, dass er etwas hinter sich herzog.

»Du hast Sie das machen lassen. Du hast Sie beschützt und gelenkt wie eine Marionette. Was ich gesehen habe, würde die Hoheitlichen bestimmt sehr interessieren.«

Baazlabeth sah an sich hinab und in die zusammengekniffenen Augen eines Bettlers. Der Mann besaß keine Beine mehr, stattdessen kauerte er auf einem Brett mit Rollen. Seine Hände waren übersät mit Warzen, und die Haare fielen ihm büschelweise aus.

Darin lag die eigentliche Macht der Inquisitoren. Menschen wurden dazu angehalten, alles zu beobachten und ihre Erkenntnisse an den Klerus weiterzugeben, nur um ihre eigene Haut zu retten. Dieses stinkende Geschöpf zu Baazlabeths Füßen hätte einen Mann auch vorher schon für einen Teller warme Suppe an den Pranger geliefert, doch er würde nicht der Einzige bleiben. Bald würden sich Nachbarn ausspionieren, Freunde gegenseitig verraten und zu guter Letzt Kinder ihre Eltern den Inquisitoren ausliefern.

Leider hatte Baazlabeth keine Zeit, sich diesem ersten Opfer des Glaubens gebührend zu widmen, deshalb machte er es kurz. Einem Krüppel schenkte niemand Aufmerksamkeit. Ein Stück Webleinen, das jemand in der allgemeinen Panik verloren hatte, sollte reichen. Baazlabeth hob es auf, schlang es um den Hals des Bettlers und zog ihn daran in den Schutz eines robusten Verkaufsstandes, auf dessen Tisch sich Kürbisse türmten. Bevor der beinlose Bettler auch nur schreien konnte, hatte Baazlabeth die Schlinge so weit zugezogen, dass sein Entsetzen nur noch als ein gequältes Röcheln hervorbrach. Mit wenigen Handgriffen band Baazlabeth den Mann an einem der Stützbalken fest und beugte sich zu ihm hinunter. Mit einer Hand förderte der Dämon seine letzten Kupfermünzen und Silberlinge hervor, mit der anderen zog er das schmale Stilett aus der Tasche.

»Du hast dir eine schöne Belohnung versprochen, wenn du den Priestern von mir und dem Mädchen erzählst, stimmt's? Oder hast du gedacht, dass ich dich für dein Schweigen bezahle? Ich will deinen Glauben an die Menschheit nicht erschüttern, deswegen bin ich bereit, dich großzügig zu entlohnen.«

Münze für Münze schnippte Baazlabeth in den Becher des Bettlers. Mit jedem Klirren stieß der Dämon mit dem Stilett zu. Nachdem die siebte Münze seine Hand verlassen hatte und in den Becher gewandert war, schlossen sich die Augen des Bettlers zum letzten Mal.

»Wenn das kein gutes Geschäft war«, flüsterte Baazlabeth ihm zu.

Während er sich erhob, leerte er das Bettelgefäß mit einem einzigen Griff und betrachtete die Münzen in seiner Hand.

»Das ist nicht genug für zwei Beine und ein Leben, aber dir schien es zu reichen.«

17
Kurze Überraschungen werfen lange Schatten

Manchmal war es besser, anstatt zehn seiner Feinde zu töten, einen einzigen von ihnen genauer kennenzulernen, um dann mit einem Streich Hunderte auszulöschen.

Die Inquisitoren hatten mit ihrer kleinen Demonstration an Nevil ganze Arbeit geleistet. Wo früher die Menschen unbeschwert ihren Tätigkeiten nachgegangen waren und sich einen Dreck darum geschert hatten, was andere taten oder die Nachbarn von ihnen dachten, hatte man Misstrauen und Trübsal gesät. Ein Funke war entzündet worden, und so klein dieser Funke noch war, er reichte aus, um das Verhalten der Menschen zu ändern. Verstohlene Seitenblicke, geheimnisträchtiges Flüstern und Fensterläden, die sich einen Spalt breit öffneten, folgten einem auf Schritt und Tritt.

Eine der wenigen Personen, an denen der dunkle Schatten der Inquisition anscheinend spurlos vorübergegangen waren, lief nur wenige Schritte vor Baazlabeth. Auf dem Markt war bereits wieder Ordnung eingekehrt, nachdem Baazlabeth vor knapp einer halben Stunden versucht hatte, ihm seine eigene Note zu geben. Der Taschendieb schlenderte unverhohlen an den Auslagen der Händler und ihren mit Obst und Gemüse gefüllten Körben vorbei. Er strich, Interesse heuchelnd, über die Seidenstoffe eines Kaufmanns und probierte eine Pflaume, die ihm von einer jungen Marktfrau angeboten wurde. Er pfiff einer Magd hinterher, erntete dafür einen bösen Blick, und einen Moment später warf er einigen spielenden Kindern einen aus aufgerolltem Sisal gefertigten Ball zurück. Sein ganzes Gehabe war das eines normalen Menschen in einer normalen Stadt.

Doch im Falle des Taschendiebs war es antrainiert und deshalb auch nicht einfach wieder abzulegen. Was ihn sonst so unauffällig machte, ließ den Mann jetzt in Baazlabeths Augen wie jemanden wirken, der inmitten einer Schlacht am Lagerfeuer sitzt und ein Kaninchen röstet.

Baazlabeth hatte kaum Schwierigkeiten, dem Mann zu folgen. Er ließ den Abstand zwischen ihnen mal größer, mal geringer werden. Wenn der Kerl stehen blieb, machte auch Baazlabeth Halt und tat so, als ob er auf jemanden wartete oder sich für die Waren in einem der Geschäfte interessierte. Die oberste Priorität lautete, dass der Mann der Finstergilde keinen Verdacht schöpfte. Wenn das passierte, wäre die Verfolgung beendet. Mit Sicherheit kannte der Mann sich in den engen Gassen und Hausfluren besser aus als der Dämon. Ein kurzer Sprint, ein schneller Richtungswechsel oder das Eintauchen in eine Menschenmenge, und Baazlabeth hätte den Dieb aus den Augen verloren.

Der Dämon war nicht daran interessiert, den Dieb zu fassen, geschweige denn, sich des Diebesgutes zu bemächtigen. Alles, was er wollte, war zu sehen, wohin der Finstergildling verschwand, und wem er seinen Fang übergab. Mit etwas Glück würde er denjenigen treffen, dem er es zu verdanken hatte, hier auf dieser Welt zu schmoren. Jenen Mann, der versucht hatte, ihm seine Kiste zu rauben, und der schon mehrfach alles daran gesetzt hatte, ihn zu töten: Twinkel Lostface.

Der Gildenmeister täte gut daran, einige Antworten für Baazlabeth parat zu halten und ihn bei seinem neuen Plan hilfreich zur Seite zu stehen. Normalerweise legte Baazlabeth nicht viel Wert drauf, dass jemand die eigenen Verfehlungen erklären konnte, sich entschuldigte oder sich verpflichtete, alles zu tun, was in Zukunft von ihm verlangt wurde. Doch heute wollte er eine Ausnahme machen ... vielleicht ... unter Umständen ... wenn es gar nicht anders ging. So sehr juckte es ihn in den Fingern, schon einmal mit dem Hauptverantwortlichen seiner unfreiwilligen Einladung in diese Welt abzurechnen, dass er in Gedanken den Namen des Schuldigen wieder und wieder vor sich hinsprach.

Twinkel Lostface, Twinkel Lostface, Twinkel Lostface! Wer so einen wunderbaren Namen trägt, sollte ihn unbedingt zur Ehre gereichen. Wie würde es dir gefallen, wenn ich aus deinen Fingern, deinen Augen, den Ohren und der Nase ein schönes Süppchen koche, sie dir vorsetze und zuschaue, wie du versuchst, den Löffel mit den Stümpfen zu halten. Das wäre doch wirklich mal ein Gesichtsverlust, Herr Lostface!

Baazlabeth musste sich zügeln, um nicht allzu sehr in seine Gedankenwelt abzutauchen. Er trug noch immer den Bann der Inquisitoren um seinen Hals. Nicht alles, was er sich vornahm, würde er mit diesem Körper auch realisieren können. In Dämonengestalt stand zwischen seinen Vorstellungen und der eigentlichen Ausführung nur Baazlabeths eigene Trägheit. In dieser Welt, in diesem Körper würde zusätzlich noch ein Dutzend schwer bewaffneter Wachen versuchen, ihn daran zu hindern, und wahrscheinlich wären sie auch erfolgreich. Noch war es jedoch zu früh, um sich von dem Bann zu befreien und das schäbige Lederband von seinem Hals zu lösen. Solange Baazlabeth als Mensch agieren konnte, würden ihn die Priester mittels Magie und dem Spürsinn ihrer Warge nicht ausfindig machen können. Erst wenn es gar nicht mehr anders ging, würde der Dämon seine Maske fallen lassen.

Der Mann der Finstergilde, den Baazlabeth verfolgte, hielt auf die Brücke zum Boenviertel zu und tauchte in das tunnelartige Konstrukt aus Gebäuden ein. Schon nach wenigen Schritten verschwand er zwischen den Passanten, die in den dunklen Schatten schwer auseinanderzuhalten waren. Baazlabeth tat es ihm gleich und hoffte, dass der Dieb in keinem der Hauseingänge verschwand. *Aleister Bretozek* hatte auf dieser Brücke sein Labor, aber neben ihm lebten oder arbeiteten hier noch mindestens zwei Dutzend andere Leute. Baazlabeth verspürte wenig Lust, zu erforschen, was sich hinter jeder einzelnen Tür verbarg, wobei er sich eingestehen musste, dass dieser Ort ein perfektes Versteck für Diebe war. Die Menschen drängen sich in dem Tunnel zusammen wie Körnchen, die durch eine Sanduhr rannen.

Ein Hauch von Lavendel zog an Baazlabeth vorbei und schürte in ihm einen Brechreiz, den er nur schwerlich zu unterdrücken vermochte. Um sich etwas Luft zu verschaffen, stieß er den Ellenbogen zur Seite und traf jemanden im Gesicht, der daraufhin zurücktaumelte und mit jemand anderem zusammenstieß. Die Vorstellung, aus dem Verborgenen zu agieren und jede Tat ungesühnt zu überstehen, erweckte in ihm ein Gefühl des »Zuhauseseins«. Ein Gefühl, von dem er gern noch einen Nachschlag hätte. Ein zweites Mal verschaffte er sich mit dem Ellenbogen Platz.

Diesmal stieß er von oben herab. Er konnte nicht sagen, ob es ein Kind, eine kleine Frau oder ein alter Mann war, den er zu Boden schickte. Sein Ellenbogen streifte am Ohr seines Opfers vorbei und krachte mit voller Gewalt auf dessen Schlüsselbein. Die kleine Gestalt versuchte, sich an Baazlabeths Mantel festzuhalten, doch mit einem Kniestoß befreite sich der Dämon von der verzweifelten Umklammerung. Abermals schien niemand zu bemerken, was unmittelbar neben ihnen vorging. Als Baazlabeth die Brücke wieder verließ, stellte er erleichtert fest, dass der Mann der Finstergilde immer noch vor ihm war. Außerdem schien der Dieb das Gedränge und die Dunkelheit der Tunnelbrücke ebenfalls genutzt zu haben. Zufrieden pfeifend hielt er einen Lederbeutel von der Größe einer Faust in der Hand und tastete mit zwei Fingern den Inhalt seines Beutezuges ab.

Er ist genauso unermüdlich wie ich, stellte Baazlabeth fest. *Jede Gelegenheit, die sich ihm bietet, nimmt er auch wahr. Er stiehlt Münzen und bringt sie seinem Herrn, ich stehle Ordnung und verwandle sie in Amez' Namen in Chaos*.

Der Langfinger folgte noch ein kurzes Stück der Götterstiege und bog dann unverhofft Richtung Osten in eine Gasse ab. Der schmale, uneben gepflasterte Weg führte ihn direkt zu einer heruntergekommenen Schänke. Über dem Eingang baumelte ein windschiefes Holzschild mit der Aufschrift *Die Blutige Träne*. Von unterhalb des Schriftzuges stierte einen ein katzenhaftes Auge an, aus dem sich eine rote Träne löste.

Brisenburg war keine Stadt, in der man weit gehen musste, um etwas zu trinken zu bekommen. In jeder Straße gab es Schänken, Gasthäuser oder Tavernen, die mit hervorragendem Essen, den besten Weinen oder den stärksten Bieren warben. Wem das noch nicht reichte, der orientierte sich einfach an silbernen Kerzenleuchtern, gepolsterten Stühlen oder den reichhaltig gefüllten Dekolletés der Schankmaiden. Wer Augen und Ohren offen hielt, fand, wonach er suchte, und würde mit Sicherheit niemals in *Die Blutige Träne* gelangen. Wen das heruntergekommene Äußere oder der fischige Gestank aus dem Hinterhof nicht abschreckte, für den hielt die Schänke noch etwas anderes bereit. Vor dem Eingang standen zwei Prachtexemplare menschlichen Abschaums. Zum einen sahen sie aus, als könnten sie einem jeden Knochen im Leibe brechen, ohne sich großartig anzustrengen, zum anderen verströmten sie Rohheit und Brutalität, die besagte, dass sie es auch jederzeit gerne taten.

All dies schien den Langfinger vom Besuch der *Blutigen Träne* nicht abzuhalten. Unter den finsteren Blicken der beiden Wachposten und einem kurzen Kopfnicken verschwand er im Eingang der Schänke. Allem Anschein nach nutzte die Finstergilde dieses Etablissement als Treffpunkt. Mit etwas Glück fand man hier auch Twinkel Lostface, oder wenigstens einen direkten Kontaktmann.

Baazlabeth machte sich nichts vor, die Türsteher würden ihn zerpflücken wie ein gar gekochtes Huhn. Solange er als Mensch unterwegs war, musste er sich damit abfinden, dass sein Können beschränkt war – ähnlich beschränkt wie die geistigen Fähigkeiten der beiden Männer dort am Eingang.

Wie pflegte schon meine Mutter zu sagen, wenn ich eine gehabt hätte? Kannst du deinem Feind das Schwert nicht durch die Brust treiben, reicht es vollkommen, ihm die Klinge in den Rücken zu stoßen.

Ein Stapel alter Kisten und zwei niedrige Steinmauern später stand Baazlabeth im Hinterhof der *Blutigen Träne*. Dicht an die Hauswand gepresst, beobachtete er den Mann, der den Eingang zur Küche bewachte. Der Kerl saß gelangweilt auf einem Fass Bier und schnitzte an einem Stück Holz herum. Die Späne am Boden ließen vermuten, dass der Mann schon seit den frühen Morgenstunden dort saß und an seinem Speer herumschnitzte. Inzwischen war nur noch ein kurzer Pflock übrig geblieben. Im Gegensatz zu den beiden Männern am Vordereingang war das Beeindruckendste an diesem hier sein kümmerlicher Dolch. Baazlabeth hatte nichts wesentlich Imposanteres zu bieten, doch ohne Risiko gab es schließlich auch keinen Spaß. Er trat aus seinem Versteck hervor und baute sich vor dem Schnitzmeister auf.

Der hagere Mann mit den strähnigen Haaren und den ausgelatschten Schaftstiefeln nahm Baazlabeth erst wahr, als dieser sich räusperte.

»Ich bin die neue Küchenhilfe«, sagte Baazlabeth, um einigen unnötigen Fragen vorzubeugen.

Der Wachmann wusste nicht, was er zuerst tun sollte. Er sprang auf, wie von der Tarantel gestochen. Sein Kopf drehte sich in alle Richtungen, um zu erkunden, von wo Baazlabeth gekommen war. Seine Lippen versuchten, eine Frage zu formen, doch außer einigen Stotterlauten brachte er nichts hervor. Außerdem schnitt er sich mit dem Messer in den Handrücken.

»Mist«, fluchte er und leckte sich das Blut von der Hand. Mit der anderen steckte er das Messer zurück in seine lederne Scheide. Ärgerlich zeigte er mit dem angespitzten Pflock auf Baazlabeth.

»Wir brauchen keine Küchenhilfe, und als Schankmaid bist du zu hässlich. Also verschwinde lieber, bevor ich dir Beine mache.«

»Wieso denken alle in dieser verdammten Stadt, sie müssten mir Befehle erteilen? Ich frage nach einer Arbeit, und du Schwachkopf bietest mir neue Beine an, obwohl meine alten noch gut in Schuss sind.«

Der Wachmann haderte noch mit sich, ob Baazlabeths Erwiderung als Beleidigung oder als Witz zu werten war. Er entschloss sich, verschmitzt zu lächeln. Das Lächeln gefror, als Baazlabeth ihm den Holzpflock entriss und in den Brustkorb rammte.

»Wie kann man nur so blöd sein, seine einzige Waffe wegzustecken und mich dann mit einem jämmerlichen Stock zu bedrohen?«

Der Mann hatte andere Probleme, als Baazlabeths Frage zu beantworten. Mit weit aufgerissenen Augen starrte er auf den hölzernen Schaft, der aus seiner Brust ragte. Mit einer Hand umklammerte er ihn und zerrte kraftlos daran.

»Na, na, nicht rausziehen«, ermahnte Baazlabeth ihn. »Deine Lunge würde zusammenfallen wie ein Hefekloß bei Kälte. Du würdest sterben, bevor deine Freunde einen Heiler rufen könnten. Komm, wir gehen jetzt hinein und sehen, was wir für dich tun können.«

Er packte den Mann an den Schultern und drehte ihn in Richtung Eingang. Die Hand der Wache umklammerte den Türgriff, aber ihm fehlte die Kraft, die Klinke zu drücken.

»Lass mich das machen«, sagte Baazlabeth und legte seine Hand auf die des anderen.

Die Tür schwang nach innen auf, und dem Mann drohten die Beine wegzusacken. Baazlabeth packte ihn unter den Achseln.

»Du bekommst ja gar nicht richtig Luft«, bemerkte er. »Warte, ich helfe dir.«

Mit einer Hand öffnete er den Knoten des dunklen Seidentuchs, welches der Mann um den Hals trug. So ein Tuch war genau das Richtige, um das Halsband der Inquisitoren zu verbergen, und jenes, das Baazlabeth von Magister Treuthwin in Sturmfels bekommen hatte, war grässlich lavendelfarben. Wahrscheinlich wusste ohnehin kaum jemand, was es mit diesem Lederriemen auf sich hatte, doch sicher war sicher.

Ein kleiner Schubs beförderte die Wache stolpernd in den Schankraum der *Blutigen Träne*. Drei Schritte weit trugen ihn seine Beine, bis er eine Garderobe zu packen bekam und sich daran festklammerte. Baazlabeth folgte dem sterbenden Mann, die Deckung ausnutzend, die dieser bot. Dennoch blieb dem Dämon nicht einmal die Zeit, sich sein neues Halstuch umzubinden, bevor ein weiterer Mann in sein Sichtfeld sprang. Bewaffnet mit einem Krug Bier und etwas, das aussah wie ein Stück angekautes Pökelfleisch, schien der Kerl davon überzeugt zu sein, gegen ein Seidentuch bestehen zu können.

Baazlabeth wusste um alle Einzelheiten, die einen Kampf beeinflussen konnten. Es gab Gegner, die durfte man nicht unterschätzen, und es gab solche, für die brauchte man noch nicht einmal eine Waffe. Unzählige Schlachten hatte er geschlagen. Er hatte gesehen, wie Bauern Ritter töteten, Unbewaffnete sich gegen Barbaren mit riesigen Streitäxten zur Wehr setzten und heilige Männer vor ihren eigenen Schatten davonrannten. Es kam nicht darauf an, wie stark jemand war, welche Waffe er führte, oder wie viele Männer in seinem Rücken standen. Das Kämpfen hatte etwas mit Freiheit und Willensstärke zu tun. Nur wer sich dessen bewusst war, konnte einen Kampf überleben. Man zwang seinen Gegner zu Boden, weil man es selbst wollte, nicht weil jemand anderes es befohlen hatte. Wer nicht aus eigenem Interesse tötete, würde im entscheidenden Moment zögern. Das Warten auf ein Signal, die Zustimmung des Feldherrn oder die Bestätigung, das Richtige zu tun, konnte zum tödlichen Fehler werden. Eines konnte Baazlabeth also mit Bestimmtheit sagen: Bauern, die für ihren eigenen Besitz und das Leben ihrer Familien kämpften, konnten wesentlich gefährlicher sein als Finsterlinge, die nur daran interessiert waren, ihre Taschen schnell zu füllen. Töten gehörte nicht zum alltäglichen Geschäft einer Diebesgilde. Wenn jemand sterben sollte, gab der Gildenmeister einen Befehl, und das immer erst nach einer genauen Abschätzung der Risiken, schließlich war man gezwungen, ohne großes Aufsehen zu agieren. Kurz gesagt: Beutelschneider, bewaffnet mit Pökelfleisch, waren leichte Gegner, insbesondere, wenn sie sich einem Dämon entgegenstellten, der mit einem Seidentuch bewaffnet war.

Ein Tritt mit voller Wucht zwischen die Beine des Mannes würde dessen Kampfeswillen schon brechen. Als der Kerl vor ihm in die Knie ging, schlang Baazlabeth sein neu erworbenes Tuch um dessen Hals und zog zu. Auch das Würgen eines Opfers wollte gekonnt sein. Nur ein wenig Nachlässigkeit und der Gegner würde sich losreißen oder die Kraft besitzen, seine Waffen einzusetzen. Man musste den Strang am unteren Ende des Halses ansetzen, um möglichst viel Druck auf den Kehlkopf ausüben zu können. Nur so konnte man sicher sein, sein Opfer voll im Griff zu haben. Baazlabeth hatte schon zu oft getötet, um bei solch einfachen Strangulationen einen Fehler zu machen, und er wusste, dass man keinen Kampf auf die leichte Schulter nehmen durfte. Auf keinen Fall wollte er sich mit einem Stück Dörrfleisch angreifen lassen. Jedoch schien auch keiner der beiden Männer, die gerade mit gezogenen Kurzschwertern auf ihn zustürmten, dies vorzuhaben.

»Lasst ihn«, zischte eine scharfe Stimme durch den Raum. »Er ist nur sauer, weil wir seine Schwester getötet haben. Leider scheint er nicht viel schlauer als sie zu sein.«

Die beiden Angreifer reagierten sofort und gaben den Blick auf einen Tisch in einer Nische frei, an dem der Langfinger saß, der ihn in die *Blutige Träne* geführt hatte, sowie Myrcella, die Dvergafrau, die sich selbst »die Zwergin« nannte.

Das Innere der *Blutigen Träne* hatte genauso viel mit einer Schänke zu tun wie Liliths Gruft mit einem gemütlichen Zuhause. Der abgedunkelte Raum wurde mit auf den Tischen stehenden Kerzen dürftig erhellt. Zwei Wände, die das Untergeschoss ehemals in drei Räume unterteilt hatten, waren herausgerissen worden, genauso wie der Tresen. Eine Küche fand sich ohnehin nicht. Was früher vielleicht eine Gaststube gewesen sein mochte, war heute nur noch eine ausgehöhlte Ruine – ein Unterschlupf für Diebespack.

»Schön habt ihr es hier«, sagte Baazlabeth. »Der Einrichtungsstil kommt mir sehr gelegen. Dann muss ich mir keine Sorgen darum machen, etwas in Unordnung zu hinterlassen, wenn ich mit euch fertig bin.«

Baazlabeths Überheblichkeit zeigte wenig Wirkung. Die Erfahrung mit seinen Opfern und aus anderen Welten hatte den Dämon gelehrt, dass viele Leute mit einem unsicheren Lachen auf seine Dreistigkeiten reagierten, doch diesmal schien er an einen Haufen humorloser »Finsterdreinblicker« geraten zu sein.

»Ich wäre Euch verbunden, wenn Ihr aufhören könntet, den armen Clymke zu würgen, und Ihr Euch zu mir gesellen würdet«, bat die Zwergin.

Baazlabeth heuchelte Entsetzen über seine eigene Rüpelhaftigkeit und stieß den Mann mit dem Knie von sich.

»Wie ungehörig von mir«, strafte er sich selbst.

Nach Luft japsend, krabbelte sein Opfer auf allen vieren davon und zog sich an einer Stuhllehne hoch. Baazlabeth kam der Einladung der Zwergin gut gelaunt nach. Er faltete das Seidentuch in seiner Hand ordentlich zusammen und hängte es über den Pflock, der seinem ersten Opfer aus der Brust ragte. Der Mann war noch immer am Leben, aber seine Atmung wurde von Moment zu Moment schneller und flacher.

»Dunkelbraun stand mir noch nie gut«, sagte er im Vorbeigehen.

Die anderen beiden, mit den Kurzschwertern bewaffneten Männer machten nur widerwillig Platz, aber eine erneute Ermahnung der Zwergin ließ sie abermals einen Schritt zurücktreten.

»Husch, husch ins Körbchen, ihr habt eure Herrin gehört«, machte sich Baazlabeth über sie lustig.

Er trat an den Tisch der Zwergin, zog sich einen Stuhl heran und nahm Platz. Mit einem zufriedenen Lächeln strahlte er zuerst Myrcella, dann den Langfinger an.

»Es war nicht ganz einfach, Euch ausfindig zu machen, obwohl man Euren Namen an jeder Straßenecke hört. Ich muss sagen, ich habe mir Euch größer vorgestellt. Und was diese Unterkunft angeht, naja, ich will Euch nicht zu nahe treten, aber Ihr wisst es wahrscheinlich selbst.«

Die Zwergin schob Baazlabeth einen Becher hin und füllte ihn mit Wein aus einer Karaffe.

»Es ist derselbe, den Ihr immer im *Einsamen Wanderer* trinkt – und er ist nicht vergiftet. Was dieses Haus und meine Wenigkeit angeht, so mag es sein, dass sie nicht Euren Vorstellungen entsprechen, doch kommt es darauf an, wonach Ihr gesucht habt«, sagte die Dverga.

Baazlabeth räusperte sich. »Nach Euch natürlich, Twinkel Lostface, Meister der Finstergilde.«

Die Zwergin schlug mit der flachen Hand auf den Tisch, woraufhin die Trinkbecher zu tanzen begannen. Einen Herzschlag lang herrschte bedrückendes Schweigen, dann begann die kleine Dvergafrau aus vollem Halse zu lachen.

»Twinkel Lostface? Sehe ich etwa aus wie jemand, der so einen bescheuerten Namen trägt? Clymke dort drüben sieht eher aus wie Twinkel, oder sollte ich besser sagen, Twinkel sieht aus wie er? Ihr habt Euch auf eine Suche begeben, die Euch ins Nichts führt. Ihr hättet besser daran getan, Euch in Eurem Zimmer im *Einsamen Wanderer* einzuschließen, um Eure Schwester zu trauern und darauf zu hoffen, dass wir den Namen Sil vergessen.«

Diesmal stimmten auch die Männer in das Gelächter der Zwergin ein, mit Ausnahme des Mannes mit dem Pflock in der Brust.

»Ihr sucht nach Twinkel Lostface? Der da ist Twinkel.« Sie zeigte auf einen der beiden Männer mit dem Kurzschwert. »Und der da ist auch Twinkel.« Sie zeigte auf seinen Kumpanen. »Manchmal darf sogar Clymke Twinkel sein, es kommt immer darauf an, wer mit ihm zu sprechen wünscht.«

Diesmal schlug Baazlabeth mit der Faust auf den Tisch – zwei der halb gefüllten Becher kippten um, und der Wein ergoss sich über die rissigen Bretter, sickerte durch die Ritzen wie Wasser durch ein leckgeschlagenes Schiff.

»Und mit wem muss ich sprechen, wenn *ich* Twinkel Lostface sehen will?«

Myrcella war das Lachen vergangen, und auch die anderen hatten wieder ihre grimmigen Mienen aufgesetzt.

»Wölfel, kommst du bitte, hier wünscht jemand mit Twinkel Lostface zu sprechen!«, rief die Zwergin.

Einen Augenblick später öffnete sich die Vordertür der Schänke, und einer der Männer, die den Eingang bewachten, trat ein. In seiner Hand hielt er einen gekrümmten Dolch, der ohne Weiteres auch als Kurzschwert hätte durchgehen können. Zum Beweis seiner Überlegenheit ließ er die Oberarmmuskeln spielen.

»Ihr könnt den Affen zurückrufen, Primaten machen mir keine Angst«, sagte Baazlabeth wenig beeindruckt.

»Und doch seid Ihr nicht durch den Vordereingang gekommen, sondern von hinten, wo nur eine Wache stand«, erwiderte Myrcella ruhig.

»Meine Schwester hat mir schon berichtet, dass in Eurem kleinen Körper ein großer Verstand weilt. Somit sollte Euch auch klar sein, dass ein Mann, der es wagt, hier hereinzukommen, sich auch darüber Gedanken gemacht hat, wie er wieder herauskommt. Was würdet Ihr sagen, wenn ich Euch erklärte, dass ich einfach aufstehen werde, Eurer ersten Wache seinen eigenen Dolch durch den Hals treibe, dem anderen vor der Tür die Achillessehnen durchtrenne, ihm das Genick breche, und das alles, ohne mich wirklich anstrengen zu müssen?«

Die Zwergin stellte ihren umgekippten Becher wieder auf und schenkte sich aus dem Krug nach.

»Ich würde sagen, Eure Pläne sind genauso schlecht wie die Eurer Schwester und werden Euch ebenfalls das Leben kosten. Ihr werdet die *Blutige Träne* nicht wieder verlassen, jedenfalls nicht ohne Hilfe, wenn Ihr versteht, was ich meine. Alles, was ich Euch noch anbieten kann, ist ein Glas Hauswein, und wenn Ihr klug seid, trinkt Ihr ihn schnell, denn Euch bleibt nicht mehr viel Zeit.«

Baazlabeth schüttelte enttäuscht den Kopf, nahm die Einladung zu einem Gläschen aber dennoch gern an. Er prostete der Zwergin zu und tat einen großen Schluck.

»Was muss ich tun, um Euer Vertrauen zu gewinnen?«, fragte er.

»Bei Menschen, die ich mag, genügt es schon, wenn sie mir ihre Loyalität beweisen und mir ein gutes Geschäft vorschlagen. Zu denen gehört Ihr aber nicht. Eurer Sorte traue ich nur, wenn sie tot vor mir auf dem Boden liegt.«

»Oh«, stöhnte Baazlabeth enttäuscht. »Ihr müsst verstehen, dass ich Euch diesen Gefallen nicht tun kann. Doch können wir für den Moment einmal davon ausgehen, ich würde zu der ersten Gruppe Menschen gehören?«

»Warum sollte ich das tun?«, fragte Myrcella übertrieben fassungslos.

»Weil Ihr diejenige ward, die mich gerufen hat.«

»Ich darf Euch wohl daran erinnern, dass Ihr es ward, der in dieses Haus eingedrungen ist und meine Freunde angegriffen hat. Gerufen habe ich Euch bestimmt nicht.«

»Oh doch, es ist nur schon ein paar Tage her. Wie bereits erwähnt, war es nicht ganz einfach, Euch zu finden. Ihr ward leider nicht zugegen, als Nemrothar mich aus meinem Reich gerissen und in seinen

Zirkel gerufen hat. Seiner Aussage zufolge habe ich diese Reise Euch zu verdanken. Flinkfinger und Jammerlappen – ihre richtigen Namen weiß ich leider nicht – haben sich viel Mühe gegeben, den alten Magier von der Notwendigkeit Eures Vorhabens zu überzeugen, doch er hat sie reingelegt. Anstatt mich auf Lord Brackenmoore anzusetzen, schickte er mich auf diese Odyssee durch Brisenburg, aber nicht, bevor ich mich von Jammerlappen und Flinkfinger persönlich verabschieden konnte. Ich wette, sie haben sich nicht wieder bei Euch gemeldet, genauso wenig wie der finstere Typ, der mir am ersten Abend aus dem *Einsamen Wanderer* folgte und mich des Einzigen berauben wollte, was ich besaß: einer kleinen Holzkiste.«

Die Augen der Zwergin verengten sich, und ihr Blick sprangen von einer Seite zur anderen. Baazlabeth konnte regelrecht fühlen, wie ihr Mund trocken wurde und sich das letzte bisschen Spucke ihren Hals hinunterquälte.

»Ihr seid ...«

»Richtig«, stimmte er zu, bevor sie es aussprechen konnte. »Ihr habt mich gerufen, und da bin ich! Jetzt aber muss ich mit Enttäuschung feststellen, dass Ihr mich nicht zu Euren Freunden zählt und mir droht, mich lieber tot sehen zu wollen. Von dem kleinen Missverständnis mit meiner Kiste einmal ganz abgesehen.«

»Beweist es«, krächzte Myrcella halblaut.

Baazlabeth hatte angefangen mit dem Bluff, jetzt einen Rückzieher zu machen hieße, Bekanntschaft mit dem riesigen Dolch des Hünen zu machen. Seine Geschichte selbst war nichts anderes als die Wahrheit, doch das, was er nicht gesagt hatte, hätte Bände sprechen können. Wenn auch nur der Funken eines Anscheins aufkam, dass seine Kraft, Kondition und Verletzlichkeit genau dem entsprachen, was die Augen der Diebesmeute sahen, würden sie ihn auf die letzte aller Proben stellen. Es steckten aber immer noch Fähigkeiten in Baazlabeth, die sein Körper zu verbergen vermochte, die man ihm aber nicht genommen hatte. Darunter waren maßlose Selbstüberschätzung, eiserne Gefühllosigkeit, überragende Intelligenz und an Skrupellosigkeit grenzende Arroganz. Alles zusammengenommen war fast ebenso gut wie eine Breitaxt und richtig eingesetzt um einiges schärfer.

»Ich muss gar nichts beweisen!«, brüllte er und sprang auf.

Innerhalb eines Herzschlages hatte er das Stilett aus seiner Tasche gezogen und es der Zwergin an den Hals gesetzt. Mit seinen Oberschenkeln drückte er den Tisch weiter in die Nische und klemmte den Langfinger zwischen Sitzbank und Tischplatte ein. Der Mann, dem er bis zur *Blutigen Träne* gefolgt war, hatte die ganze Zeit noch keinen Ton von sich gegeben, und er blieb seinem Motto auch jetzt treu. Vor ihm auf dem Tisch lagen eine versilberte Brosche, zwei Armbänder besetzt mit Halbedelsteinen, ein goldener Siegelring und ein filigran gearbeiteter Silberkamm.

Am Frösteln der Zwergin erkannte Baazlabeth, dass sein schauspielerisches Talent nicht gelitten hatte. Die kleine Dvergafrau wäre in der Gilde aber nicht lange akzeptiert worden, wenn sie es nicht verstanden hätte, ihre Gefühle im Zaum zu bringen. Sie hob den Kopf und entblößte ihren kräftigen Hals. Sie stemmte sich leicht gegen die nadelfeine Spitze des Dolches und ließ die Klinge die Haut ritzen. Ein feines Rinnsal Blut rann an ihrem Hals herunter und zwischen ihre Brüste. Mit eingefrorenem Lächeln sagte sie: »Das nennt man wohl ein Patt.«

Baazlabeth fühlte, dass jemand hinter ihn trat. Nach dem Knarren der Bodenbretter zu urteilen, konnte es sich nur um den Hünen handeln. Als jemand die Klinge eines schweren Dolchs an seiner Kehle entlangschaben ließ, bestätigte sich sein Gefühl.

»Patt heißt es, wenn die Könige sich gegenüber stehen und sich nicht mehr bewegen können. In diesem Raum gibt es nur einen wirklichen König, nämlich mich, und mein Spielfeld ist größer als Eures. Wenn Ihr mich in die Ecke treibt, besitze ich immer noch ein ganzes Reich, in das ich zurückkehre. Euch bleibt nur ein feuchtes Grab.«

Baazlabeth spürte den Atem des Mannes in seinem Nacken. Der Hüne schob seinen Kopf an dem des Dämons vorbei, wobei das unrasierte Kinn des Mannes über Baazlabeths Schläfe scheuerte.

»Wenn ich meine Klinge über deine Kehle ziehe, wirst du in deinem Reich ohne Kopf herumirren«, knurrte der Mann mit einem fremdländischen Akzent.

Baazlabeth wandte sich wieder an Myrcella: »Ihr habt mich gerufen, Ihr wisst, wer ich bin. Erklärt Eurem Affen, was passiert, wenn er es wagen sollte.«

Natürlich wusste sie nicht, was geschehen würde, sie hatte wahrscheinlich noch nicht einmal eine Ahnung davon, was hätte passieren sollen, ohne das Band der Inquisitoren um seinen Hals. Doch Baazlabeth wusste, dass Myrcella keine Wahl hatte. Sie war eine kleinwüchsige Frau unter lauter Halsabschneidern. Wenn sie zugäbe, keine Ahnung zu haben, würde sie innerhalb kürzester Zeit einen Kindersarg bewohnen.

»Lass ihn in Ruhe«, wies sie den Hünen an.

Der Mann tat widerwillig, wie ihm geheißen, und trat zwei Schritte zurück.

»Jetzt wäre es schön, wenn Ihr Eure Klinge von meinem Hals nehmen würdet«, bat sie.

»Sind wir denn jetzt Freunde?«, erkundigte sich Baazlabeth.

Die Zwergin nickte zögerlich.

»Das ist gut«, gestand Baazlabeth. »Dann ist es jetzt an mir, Euch meine Loyalität zu beweisen und ein gutes Geschäft vorzuschlagen.«

Baazlabeth setzte das Stilett mit der Spitze auf der Tischplatte ab und drehte die Klinge zwischen den Fingern.

»Wie geht Ihr mit einem Dieb um, der Euch bestiehlt?«, fragte er.

Myrcella schien verdutzt. »Bei kleineren Vergehen schneiden wir ihm einen Finger ab. Die meisten Menschen stehlen, um der Armut zu entgehen. Wenn der Diebstahl ungerechtfertigt hoch ist, haben wir auch schon mal eine ganze Hand abgeschlagen.«

Noch bevor sie es ausgesprochen hatte, packte Baazlabeth das Handgelenk des Langfingers am Tisch und rammte die Klinge des Stiletts durch den Handrücken des Mannes und nagelte sie so auf der Platte fest. Bevor der Hüne in seinem Rücken ihn erneut bedrohen konnte, zog der Dämon den Tisch wieder vor, schwang sich über die Ecke des Möbels und nahm neben dem Langfinger Platz, ihm freundschaftlich den Arm über die Schulter legend, wobei er höhnisch grinste.

»Was macht Ihr da, seid Ihr verrückt?«, rief Myrcella erschrocken aus.

Der letzte Teil ihrer Frage schien ihr unbeabsichtigt herausgerutscht zu sein, doch sie bat nicht um Verzeihung. Diebe baten niemals, sie nahmen sich einfach, was sie brauchten. Baazlabeth sah es ihr nach. Sie war nicht die Erste, die ihn des Wahnsinns beschuldigt hatte, und sie würde auch nicht die Letzte sein. Für die Wesen des Lichts war es schwierig, die Beweggründe Andersdenkender zu verstehen.

Der Langfinger hatte sein Schweigen gebrochen, doch anstatt mit dem typischen Wehklagen der Menschen zu beginnen, drangen nur Krächzlaute aus seinem Mund. Mit der unversehrten Hand versuchte er, das Stilett wieder frei zu bekommen, doch die Klinge hatte sich zu tief in das Holz des Tisches gebohrt und saß fest. Der Dieb bewegte die Klinge hin und her, doch der Schmerz ließ ihn immer wieder davon ablassen.

Behutsam ließ Baazlabeth eine Hand in die Jackentasche des Mannes gleiten und zog einen Beutel hervor. Er ließ ihn auf den Tisch fallen und deutete mit der Hand darauf.

»Er scheint verschwitzt zu haben, Euch seine ganze Beute zu präsentieren. Entweder leidet er unter Vergesslichkeit, oder er teilt einfach nur nicht gern. Ihr könnt es auslegen, wie Ihr wollt. Am besten hört Ihr Euch erst einmal seine Entschuldigung an, sobald er seine Stimme wiedergefunden hat; die scheint im Moment jedoch noch weiter weg zu sein als sein Erinnerungsvermögen. Nun schulde ich Euch nur noch ein gutes Geschäft, dann sollten wir endlich Freunde sein. Mir würde es missfallen, wenn wir uns nicht als solche trennen könnten. Und ich bin mir sicher, dass dies auch in Eurem Sinne ist. Wenn Ihr versteht, was *ich* meine«, wiederholte er die erste Drohung der Zwergin.

Myrcella sah unzufrieden aus. Ob dies nun daran lag, von einem ihrer Männer hintergangen worden zu sein oder sich Baazlabeths Drohung anhören zu müssen, konnte er nicht sagen. Verdrossen kniff sie die Augen zusammen und verzog den Mund. Ihre Überlegungen dauerten für Baazlabeths Geschmack etwas zu lange.

»Er ist stumm«, sagte sie und meinte vermutlich den Langfinger. »Doch auch wenn er sprechen könnte, würde ihm eine Entschuldigung nicht helfen. Unsere Gesetze sind eindeutig.«

Myrcella wandte sich an den Hünen, dem die Situation über den Kopf gewachsen zu sein schien. Seine Augen bewegten sich sprunghaft zwischen Baazlabeth, der Zwergin und dem Langfinger hin und her. Sein Gesicht war zerfurcht von Ratlosigkeit.

»Wölfel, nimm Jost und Sadrik und bring sie zum Heiler im Tempel der Barmherzigkeit. Jost soll sich bei ihnen auskurieren, bis er vollends genesen ist. Sie sollen sich um die Stichwunde in Sadriks Hand kümmern – und den Fingerstumpf verbinden. Hast du das verstanden?«

Wölfel nickte zufrieden, und Sadrik stieß ein jämmerliches Stöhnen aus.

»Nimm die anderen mit«, wies Myrcella den Hünen an. »Ich und …«

»Sil«, half Baazlabeth ihr.

»Sil und ich, wir haben noch etwas Geschäftliches zu besprechen.«

Keiner der Männer wagte es, ihr zu widersprechen. Anscheinend waren sie alle heilfroh, das Versteck endlich verlasen zu können und noch auf den Beinen zu stehen. Wölfel zeigte wenig Rücksicht mit Sadrik. Er hebelte das Stilett aus der Tischplatte und hinterließ in der Handfläche des Langfingers eine Wunde, die dreimal so breit war wie die Klinge selbst. Sadrik keuchte und quiekte wie ein angestochener Keiler, doch Wölfel hatte die Situation unter Kontrolle. Eine Hand legte er dem stummen Mann von hinten über den Mund, mit der anderen packte er ihn am Kragen und zog ihn von der Sitzbank herunter. Die anderen beiden Wachen griffen Jost unter den Armen und schleppten ihn hinaus. Im Nu war der Schankraum der *Blutigen Träne* leer, und nur noch Baazlabeth und die Zwergin saßen sich am Tisch gegenüber.

»Ihr wollt mir ein Geschäft vorschlagen?«, fragte Myrcella unsicher.

»Genau das«, erklärte Baazlabeth.

»Würdet Ihr mich einweihen in den Handel, den Ihr mir vorschlagen wollt, oder soll ich Euch alles einzeln aus der Nase ziehen?«

Die Zwergin schien ihr Selbstvertrauen schnell zurückgewonnen zu haben, was eigentlich unerklärlich war, da ihre Männer das Haus bereits verlassen hatten. Von ihnen war keine Hilfe mehr zu erwarten.

»Zu mir hat einmal jemand gesagt, dass egal wie viel Mühe ich mir geben würde, ich ihm keine Informationen aus der Nase ziehen könnte. Alles, was er dort verborgen hätte, wäre Rotz.«

»Und?«, fragte Myrcella wenig interessiert.

»Er hatte recht«, erklärte Baazlabeth, »doch er war schier fassungslos, als ich ihm zeigte, welche Organe man alles durch die Nase hindurch aus dem Körper ziehen konnte. Denkt Ihr, ich könnte Euch auch mit etwas überraschen?«

»Ganz sicherlich nicht mit albernen Geschichten über Folter«, sagte die Zwergin keck.

Irgendetwas war geschehen, seit ihre Männer die *Blutige Träne* verlassen hatten. Die Zwergin schien wie ausgewechselt. Wo vorher Angst und Unsicherheit gewesen waren, fand Baazlabeth jetzt Stolz und Aufmüpfigkeit.

»Was spielt Ihr für ein Spiel, Zwergin?«, knurrte er. »Erst wollt Ihr mir weismachen, Ihr seid nur eine Befehlsempfängerin, und heuchelt Furcht, obwohl Ihr Eure Männer im Rücken habt. Im nächsten Moment gebt Ihr Euch respektlos mir gegenüber, obwohl ich Euch auspressen könnte wie eine überreife Orange.«

»Ich habe keine Angst zu sterben, wenn es das ist, was Ihr hören wollt«, gestand Myrcella. »Dennoch hänge ich an meinem Leben. Genau aus diesem Grund bin ich, wie ich bin. Ihr habt meine Brüder und Schwestern gesehen. Sie fristen ein Leben in der Kanalisation, müssen betteln, um etwas zu Essen zu bekommen, und leben nur, weil man sie duldet. Ich wollte dieses Schicksal nicht teilen, und deswegen habe ich mich auf gewisse Weise – angepasst. Ich gebe jedem, was er braucht, nicht zu viel und nicht zu wenig. Ich überzeuge große Männer davon, auch groß zu sein, und ich gebe den kleinen das Gefühl, zu ihnen zu gehören. Das Wichtigste daran ist, nie jemanden zu unterschätzen und ihnen immer das Gefühl zu geben, keine Gefahr für sie zu sein. Ich bin nicht die Meisterin der Finstergilde, aber ich bin auch keine Marionette, sondern der Faden, der sie tanzen lässt.«

Baazlabeth lächelte zufrieden.

»Erinnert mich daran, wenn meine Aufgabe vorüber ist und mir noch etwas Zeit auf dieser Welt bleibt, ein paar Unterrichtsstunden bei Euch zu nehmen. Doch jetzt zu meinem Angebot: Ich möchte, dass Ihr mir Eure Stimme im kleinen Rat gebt, dafür gebe ich Euch die Freiheit zurück, des Nachts wieder auf den Straßen von Brisenburg Eure Geschäfte zu tätigen. Holt Euch das Einverständnis von Eurem Herrn. Ich werde hier warten.«

»Es kann bis morgen dauern, bis ich zurückkehre«, gab Myrcella zu bedenken.

»Zurzeit wohne ich in einer Gruft mit einer toten Frau und einer leeren Grabstätte. Glaubt Ihr wirklich, das Warten hier würde mir etwas ausmachen?«

Die Zwergin verschwand durch die Hintertür.

Baazlabeth blieb am Tisch sitzen und schenkte sich erneut einen Becher Wein ein. Hätte ein Grinsen Lärm verursacht, hätte man denken können, die *Blutige Träne* habe wieder eröffnet ob all des Gejohles.

18
Wer kauft schon die Fratze im Sack?

Als die Erkenntnis kam, dass es manchmal hundert Jahre dauerte, bevor sich ein Stein vom anderen löste, es unter Umständen aber nur eine Nacht bedurfte, um ein Fass damit zum Überlaufen zu bringen.

Baazlabeth hatte festgestellt, dass Menschen dazu neigten, es mit Zeitangaben nicht allzu genau zu nehmen, zum Beispiel wenn sie behaupteten, dies oder jenes würde hundert Jahre dauern oder sogar eine ganze Ewigkeit. Myrcella blieb ihrer Ansage jedoch treu – Baazlabeth hatte bis zum Morgen gewartet, bevor er wieder von ihr hörte.

Anstatt selbst zu kommen, hatte sie Wölfel mit der Nachricht gesandt. Der große Mann mit dem kleinen Geist schien nicht wirklich verstanden zu haben, wem er diese Nachricht überbrachte. Wie auswendig gelernt, brabbelte er seinen Text hinunter, achtete aber darauf, Augenkontakt zu halten, um jedenfalls etwas Rückgrat zu zeigen. Zu gern hätte Baazlabeth seine Hände um den Hals des Mannes gelegt, um zu sehen, ob seine eingeschränkten Fähigkeiten ausreichten, einen Menschen dieser Größe zu töten. Er nahm jedoch Abstand von diesem Gedanken, weil es ein schlechtes Licht auf ihn geworfen hätte und seinen Pakt mit der Finstergilde in Gefahr brächte.

Menschen sind so empfindlich, wenn man ihre Freunde tötet, dachte er. *Sie tun so, als ob die wenigen Jahre, die man dem Ende ihrer Freundschaft vorgreift, irgendeine Bedeutung hätten. Dabei ist eine Freundschaft beileibe nicht so persönlich wie das, was Opfer und Täter verbindet, wenn sie einander in die Augen sehen. Kann es etwas Bewegenderes geben, als dabei zuzusehen, wenn der Glanz aus den Augen eines Mannes weicht? Das allein ist es, was Leben ausmacht. In diesem Moment stehe ich ihnen näher, als jeder Freund es könnte.*

»Ich soll Euch ausrichten, eine Stimme ist Euch sicher, solange Ihr mit der Zunge der Finstergilde sprecht«, hatte Wölfel gesagt.

Die Antwort war knapp und bündig. Wahrscheinlich hatte Myrcella ihren Wortlaut den geistigen Fähigkeiten ihres Boten angepasst, um Missverständnissen vorzubeugen. Baazlabeth versuchte erst gar nicht, den Hünen nach weiteren Informationen auszufragen. Wahrscheinlich wusste er eh nicht mehr, und wenn doch, dann würde man sicherlich schnell anfangen müssen, unfreundlich zu werden, um etwas zu erfahren. Die Geheimnisse der Finstergilde lagen sicherlich nicht unter der Haut verborgen, sondern tief in den Eingeweiden. Wollte man etwas herausfinden, gelang einem dieses am besten, indem man ein Teil von ihr wurde. Für den Moment würde es reichen, Myrcella als Oberhaupt der Gilde anzusehen, so wie es die meisten ihrer dunklen Kameraden taten.

Mittlerweile war bereits der halbe Vormittag um. Baazlabeth überquerte gerade die Brücke zum Boenviertel. Es war sicherer, um diese Zeit im Gewimmel der Handwerker, Händler und Marktfrauen unterzutauchen, als in den frühen Morgenstunden mit den wenigen Fischern und Marktbeschickern durch die Straßen zu laufen. Baazlabeth war ein Mensch, zumindest in den Augen seiner Betrachter, dennoch konnte man ihn nicht als unauffällig bezeichnen. Wer genau hinsah, konnte die blutverschmierten Ränder seiner ohnehin auffälligen Kleidung erkennen. Baazlabeth befürchtete weniger, von einer der Stadtwachen angehalten zu werden als von einem der Inquisitoren, die bereits dieselben Rechte wie die Mannen des Lords besaßen, wenn nicht noch mehr. Während die Wachen nur auf Langfinger achteten, richteten die Kirchenmänner ihren Blick auf alles, was außergewöhnlich schien, und dazu würde man Baazlabeth auf jeden Fall zählen.

Im Moment tummelten sich aber so viele merkwürdige Gestalten in den Gassen und Straßen, dass Baazlabeth sich die Frage stellte, ob er der Einzige war, der ein Menschenkostüm trug. Ihm kam Molloch in den Sinn, der behäbige Fleischberg mit der Stimme eines Eunuchen, und Myrcella, die Dvergafrau, die Sklavin und Meisterin der Finstergilde zugleich schien. Wenn man sich genau umsah, war Brisenburg voll zwielichtiger Gestalten.

Baazlabeth trat aus dem Schatten der Brücke und hielt vor einem Bettler inne. Der Mann kauerte in einem Hauseingang vor einem Becher, dessen Henkel abgebrochen war. Eine einzelne Kupfermünze auf dem Grund des Gefäßes zeugte von wenig Mitleid der Passanten.

Baazlabeth besah sich den Mann genauer. Ein Bein war auf Höhe des Knies amputiert worden, und durch den Hieb einer Klinge hatte er das linke Auge, die Hälfte der Nase und ein Stück seiner Oberlippe eingebüßt. Da waren die drei zusammengewachsenen und einen unförmigen Klumpen bildenden Finger seiner rechten Hand, den er wenig beweglich von Daumen und kleinem Finger abspreizte, kaum noch erwähnenswert. Mitleid zu erregen war nur eine Masche, um etwas von dem Wohlstand abzubekommen, den andere besaßen. Die meisten Bettler hatten es darin bis zur Perfektion gebracht, doch dieser hier schlug dem Fass den Boden aus. Sein ganzes Erscheinungsbild war grotesk. Baazlabeth ließ eine Kupfermünze in den Becher fallen.

»Kennst du Nemrothar, den Zauberer?«, fragte Baazlabeth.

Nur zögerlich hob der Bettler den Kopf, der wackelte, als hätte man ihn nur provisorisch angenäht.

»Die sieben Tugenden werden es Euch danken«, keuchte er seinen auswendig gelernten Satz.

Eigentlich sollte ich dir den Schädel eintreten, doch vielleicht bist du einer meiner Brüder, den Nemrothar auf dieselbe Art und Weise hereingelegt hat wie mich. Wer weiß, es könnte sein, dass du schon seit hundert Jahren hier sitzt, und das dies die letzte Münze war, die du brauchst, um wieder zurückzukehren.

»Wenn ich morgen wieder hier vorbeikomme und du sitzt immer noch hier, werde ich dich von deinem Fluch befreien«, versprach Baazlabeth.

»Ihr seid zu gütig, gnädiger Herr«, stammelte der Bettler.

Warte ab, bis wir uns wiedersehen.

Es war nicht einfach, über die Brücke zu gelangen, die zum Schloss führte, ohne dabei beobachtet zu werden. Es dauerte fast eine Stunde, bis sich die Gelegenheit bot: Ein Pferdegespann mit Baumaterial auf dem Weg zu den Gesindehäusern verschaffte Baazlabeth ausreichend Schutz. Und falls ihn doch jemand beobachtete, wie er im Schatten des Karrens vorbeischlich, so hatte derjenige augenscheinlich kein Interesse daran, ihn aufzuhalten oder preiszugeben.

Die Stadt stand nicht im Kriegszustand, und die Schatzkammern des Lords waren längst geleert. Dementsprechend unaufmerksam waren auch die Wachen, die Schloss Sturmfels bewachten. Auch ins Schloss selbst zu gelangen war nicht schwer. Der geheime Tunnel, den Lilith ihm gezeigt hatte, und den sie ebenfalls für ihre nächtlichen Ausflüge nutzte, stand immer offen. Für einen Spion oder Dieb war das mit Sicherheit eine nützliche Information, die Baazlabeth zu gegebener Zeit vielleicht noch verwenden konnte.

Ungesehen verschwand Baazlabeth hinter den Mauern des Schlosses und gelangte so zu dem Tunnel, der zur Gruft führte. Obwohl sich die Gruft und die schmale Treppe, die den Zugang zur Kaverne bildete, außerhalb des eigentlichen Schlosses befanden, konnten sie mittels schweren Eisentoren und Fallgittern genauso sicher verteidigt werden wie der Rest von Schloss Sturmfels. Momentan hatte man jedoch darauf verzichtet, sich zu verbarrikadieren, und so gelangte Baazlabeth ungehindert zurück zu der toten Mutter und ihrer Tochter.

»Mach es mir nicht schwerer, als es ohnehin schon ist!«, hörte er Lord *Brackenmoore* brüllen. »Die ganzen Jahre habe ich versucht, dich zu schützen. Ich habe dir all deine Ungehorsamkeiten verziehen, und selbst als du angefangen hast, dich des Nachts in den Straßen von Brisenburg herumzutreiben, um deinen Opfern in den dunklen Gassen aufzulauern, stand ich hinter dir. Ich habe den Zorn der Finstergilde auf mich gezogen, die Bürger der Stadt belogen und sie dir zum Fraß vorgeworfen. Ich habe mehr für dich getan, als ein Vater seinem Kind zugestehen sollte. Doch jetzt ist endgültig Schluss damit! Vor den Toren der Stadt hockt dieser Blutsauger Neptrotot und versucht, auch die letzte Kupfermünze aus mir herauszupressen. In der Stadt reißen die Inquisitoren die Macht an sich, und ich muss zusehen, wie unsere Stadtwachen hilflos daneben stehen, wenn sie einfache Menschen foltern und hinrichten. Und zu guter Letzt sind mir Berichte zu Ohren gekommen, dass die Finstergilde gedungene Mörder auf mich und die Mitglieder des Kleinen Rates angesetzt haben, weil ich die Ausgangssperre verhängen ließ.«

Als *Baazlabeth* die Gruft betrat, schien niemand Notiz von ihm zu nehmen. Lilith wurde von ihrem Ziehvater und *Cünel* auf ihrem eigenen Sarkophag festgehalten. Cünel hatte ihre Fußgelenke gepackt und verhinderte, dass sich das Mädchen aus der Umklammerung von Lord Brackenmoore winden konnte. Der Lord selbst presste seiner Ziehtochter einen Umhang ins Gesicht und versuchte, sie zu ersticken. Offensichtlich gehörte das Kleidungsstück Elgast, der anderen Leibgarde des Mädchens, der vertrocknet, ausgelaugt und um hundert Jahre gealtert am Fuß des Sarkophages von Lady Brackenmoore lag. Lilith schien sich nicht sonderlich zu wehren, was aber ihren Ziehvater nicht davon abhielt, sich mit seinem ganzen Gewicht auf sie zu pressen.

»Ich befürchte, Eure Tochter zu ersticken, könnte sich als etwas langwieriger herausstellen, als Ihr denkt«, sagte Baazlabeth, um auf sich aufmerksam zu machen. »Wenn es Euch unangenehm ist, dass ich zuschaue, würde ich später noch einmal wiederkommen. Ich könnte solange hinunter zum Hafen gehen und versuchen, ein paar Fische zu ertränken.«

Lord Brackenmoore warf den Kopf herum und starrte Baazlabeth hasserfüllt an.

»Durch Euch ist alles noch viel schlimmer geworden«, kreischte er, dem Weinen nahe. »Cünel, zeigt doch dem Lehrmeister meiner Tochter den Balkon und die herrliche Aussicht auf den Fluss.«

Lord Brackenmoore schien sich zu scheuen, klare und eindeutige Befehle zu erteilen, wenn es darum ging, sich jemanden vom Hals zu schaffen. Doch seine Mannen wussten nach all den vielen Jahren Dienst im Schloss, wie die Anweisungen ihres Herrn zu deuten waren. Cünel ließ von dem Mädchen ab und zog sein Kurzschwert blank. Die zurückgewonnene Bewegungsfreiheit brachte Lilith dennoch dazu, zu versuchen, sich von ihrem Stiefvater loszureißen. Sie lag da, wie zur letzten Ruhe gebettet, und streichelte den kalten Stein, auf dem sie lag.

Die Aussicht darauf, einen Menschen zu töten, ließ Cünel keinen Moment zurückschrecken. Baazlabeth wusste zu unterscheiden zwischen Feinden, die ihrer Klinge das erste Mal Blut zu schmecken gaben, und denen, die routiniert an solche Aufgaben herangingen. Dieser alte Mann hatte schon öfter den letzten Atemzug eines Feindes genossen. Was Baazlabeth aber gelassen stimmte war, dass sein Gegner davon ausging, es mit einem Menschen aus Fleisch und Blut zu tun zu haben, was der Dämon im Grunde momentan auch war. Doch tief in ihm drin schlummerte etwas, das so vielen Menschen seit Tausenden von Jahren den Tod gebracht hatte, und das ihm das Töten eines Einzelnen so leicht fallen ließ wie ein Augenzwinkern. Außerdem hatte

Cünel schon einige Jahre auf dem Buckel, die ihn abgebrüht erscheinen, aber auch alt aussehen ließen, denn den durch Erfahrung wachsenden Verstand bezahlte der menschliche Körper immer noch mit Muskelkraft und Schnelligkeit.

Cünel bewegte sich dem Kampfstil einer Palastwache entsprechend: Geradlinig, zielgerichtet und ohne aufwendige Ablenkungsmanöver hielt er auf Baazlabeth zu. Im Grunde genommen gab es nur zwei Arten von Kämpfen: Entweder waren sich zwei Gegner ebenbürtig und beharkten sich so lange mit ihren Waffen, bis einer von ihnen die Oberhand gewann und zum tödlichen Stoß ansetzte, oder der Kampf war von vornherein ungleich und vorherbestimmt. In solch einem Fall lief der Unterlegene in der Regel davon, um dann mit Fleh- und Bettelattacken zu kontern, wenn er gestellt wurde. Danach hing es davon ab, wie skrupellos sein Gegner war. Palastwachen gehörten im Allgemeinen nicht zu den Personen, die kaltblütig töteten, aber Cünel wirkte nicht, als würde er im entscheidenden Augenblick zögern.

»Nicht Eure Tochter ist schuld an der Misere, in der Ihr steckt, Lord *Brackenmoore*«, dröhnte Baazlabeth. »Eure Probleme sowie deren Lösung haben ein und denselben Ursprung.«

Es war schon fast zu einfach. Man musste nur einige Schlüsselworte von sich geben, und schon hatte man das Gehör seines ärgsten Feindes. Sobald man von Problemen und Lösungen sprach, schien die Zeit für einen kleinen Augenblick stillzustehen, während alle Anwesenden einem ihr Gehör schenkten.

Lord Brackenmoore hatte aufgehört, seiner Stieftochter die Luft abzudrücken, die sie ohnehin nicht brauchte, und beschränkte sich darauf, sie festzuhalten. Selbst Cünel ließ sein Schwert sinken und bedachte seinen Herrn mit fragenden Blicken.

Der Anfang eines derartigen Ablenkungsmanövers war einfach, doch leider schrumpfte der Gehalt einer solchen Rede schnell aufgrund der geringen Anzahl der vorhandenen Schlüsselworte. Für gewöhnlich machte sich irgendwann Unlogik breit, die einen dann an den Ausgangspunkt zurückwarf.

»Ich kann dafür sorgen, dass Eure ständigen Zahlungen an diesen Neptrotot aufhören und sich Eure Schatzkammer wieder langsam mit Gold füllt.«

Baazlabeth machte zwei Schritte auf den Lord zu.

»Die Inquisitoren werden nicht finden, wonach sie suchen, und nach kurzer Zeit Brisenburg wieder verlassen. Die Menschen können wie vorher unbeschwert durch die Straßen der Stadt ziehen und müssen keine Angst mehr davor haben, gefoltert oder getötet zu werden.«

Die Hälfte der Strecke zu Lord Brackenmoore war überwunden, doch befürchtete Baazlabeth, dass sich seine Beteuerungen wegen Textschwächen jeden Moment in Wohlgefallen auflösen würden.

»Mit meiner Hilfe werdet Ihr zum König gekrönt und unermesslichen Reichtum und Macht erfahren. Die Frauen des ganzen Landes werden Euch zu Füßen liegen, und die Sänger und Barden werden Eure Geschichte für alle Zeiten unvergesslich machen.«

Cünel war etwas schneller von Begriff als sein Lord. Ein kurzes Stirnrunzeln war das Einzige, was das Umschlagen seiner Stimmung ankündigte. Baazlabeth war vorbereitet, als die Palastwache die Klinge am ausgestreckten Arm in die Höhe riss, um dieser Possenreißerei ein Ende zu setzen.

Baazlabeths reagierte sofort. Mit einem Satz war er bei dem alten Kämpen. Ohne das Stilett aus der Manteltasche zu ziehen, stieß er ihm die feine, dünne Klinge in den Bauch, durch Innenfutter und Wollstoff seines Umhangs hindurch. Die Waffe bohrte sich mühelos durch das gehärtete Lederwams der Wache. Zwei weitere Male versenkte der Dämon die Klinge im Körper seines Gegners, bevor dieser seinen kraftlosen Schlag ausführen konnte. Mühelos fing Baazlabeth den Hieb ab, indem er das Handgelenk des Mannes packte und den Schlag zur Seite lenkte. Cünel sah seinen Peiniger traurig an.

»Ich kann dich leider nicht in meine Pläne einweihen«, flüsterte Baazlabeth ihm ins Ohr. »Du bist zu unwichtig und spielst in dem Spiel zwischen Ordnung und Chaos eine zu geringe Rolle. Gräm dich nicht, du hast nichts verkehrt gemacht, du standest einfach nur zu dicht am Schatten. Ich könnte sagen, dass es mir leid tut, doch das wäre eine Lüge.«

Baazlabeth stieß zwei weitere Male mit der Klinge zu, während Cünel versuchte zu verstehen, was sein Mörder ihm ins Ohr geflüstert hatte. Kraftlos brach er vor Baazlabeth zusammen, der dem Krieger im Fallen das Kurzschwert aus der Hand nahm. Die Einstiche in Wams der Palastwache waren kaum größer als Abdrücke von Fingernägeln, doch ungleich tiefer.

Als Baazlabeth sich umdrehte, hatte Lord Brackenmoore von Lilith abgelassen und stand keuchend und fassungslos vor dem Sarkophag und starrte den Dämon an.

»Ihr seid einer dieser Meuchler, die man auf mich angesetzt hat«, sagte er. »Ihr habt meine Tochter benutzt und meinen Magister getäuscht, nur um in meine Nähe zu kommen. Worauf wartet Ihr? Kommt und holt Euch Euer Blutgeld ab. Ich verspreche Euch, es wird leicht verdientes Gold sein.«

Bis auf ein paar Schönheitsfehler in der Geschichte lag der Lord nicht ganz verkehrt. Er wusste anscheinend, was um ihn herum und in der Stadt vor sich ging, dennoch besaß er nicht die Macht, dagegen vorzugehen. Baazlabeth hasste Schwächlinge, doch er entschloss sich, ausnahmsweise ein Auge zuzudrücken. Falls die Hilfe, die er sich von Brackenmoore versprach, nicht reichen würde, um seine Aufgabe zu erfüllen, würde er zwei Augen zudrücken, nämlich die des Lords.

Lilith erhob sich von dem Deckel ihrer letzten Ruhestätte und thronte über ihrem Ziehvater wie der dunkle Schatten eines Engels. Tränen füllten ihre großen schwarzen Augen. Sie bewegte sich wie in Trance, während ihre Hände über seinem Haupt schwebten, ohne es zu berühren.

»Untersteh dich, ihn anzurühren«, fauchte Baazlabeth sie an. »Er hat dein Leben lang versucht, dich zu schützen. Willst du es ihm damit danken, dass du ihn tötest?«

»Er wollte mich umbringen«, wisperte sie.

»Er hat Angst«, erklärte Baazlabeth ihr. »Angst ist unser Freund, er lässt die Menschen vom Pfad der Ordnung abweichen und Dinge tun, die sonst nur das Chaos bewerkstelligen könnte. Willst du ihn jetzt dafür bestrafen, dass er in unserem Sinne handelt, auch wenn es diesmal gegen dich gerichtet war?«

Lord Brackenmoores Blick wanderte zwischen den beiden hin und her, bis er begriff, dass ein Fremder mit seiner Tochter um sein Leben feilschte. Er vergrub das Gesicht in den Händen und brach weinend am Sarkophag seiner Frau zusammen.

»Kümmere dich um Cünel«, wies Baazlabeth Lilith an. »Aus ihm kannst du noch einige Jahre herauspressen, um den größten Hunger zu stillen. Eine Vorspeise hattest du ja bereits.« Er deutete auf die Überreste von Elgast.

Widerwillig sprang Lilith von ihrer Grabstätte und tapste barfuß hinüber zu dem sterbenden Cünel.

Baazlabeth legte das Kurzschwert auf die Erde. Das Stilett verfrachtete er von der zerfetzten Manteltasche in die andere. Mit wenigen Schritten war er bei Lord Brackenmoore und zog ihn hoch. Fast fürsorglich klopfte Baazlabeth die Robe des Lords ab. Dann packte er unvermittelt dessen Kinn und zwang den Herrscher, im ins Gesicht zu sehen.

»Normalerweise bin ich nicht der richtige Ansprechpartner für gute Ratschläge, doch Eure Lage ist so desaströs, dass selbst ein schlechter Rat Eure Situation nur verbessern könnte.«

Lord Brackenmoore versuchte, seinen Blick abzuwenden und schaffte es auch, den Kopf gerade so weit zu drehen, dass er sah, wie sich seine Stieftochter über Cünel beugte.

»Ihr solltet Euch weniger Sorgen um den alten Mann machen, denn um Euch selbst. Wenn Ihr nicht sein Schicksal teilen wollt, wäre es besser, Ihr würdet mich anhören.«

Angewidert wandte sich der Lord von Lilith ab und starrte wieder auf Baazlabeth.

»So ist es gut. Was Eure Annahme über die Finstergilde angeht, habt Ihr recht, und auch die Befürchtungen, die Ihr über die Inquisitoren geäußert habt, werden in naher Zukunft eintreffen. Ihr lagt sogar richtig, mich als Meuchler zu bezichtigen, der Euch nach dem Leben trachtet. Wenn ich mich nicht entschieden hätte, auf den Pfaden der Tugend zu wandeln, wäret Ihr bereits tot.«

Lord Brackenmoores Augen wurden groß und dunkel, fast als ob er versuchte, seiner Tochter nachzueifern.

»Seht mich nicht so an«, fauchte Baazlabeth. »Es reicht mir schon, wenn einer aus Eurer Familie mich mit diesem treuen Hundeblick anstarrt. Mittlerweile denke ich, dass selbst Eure Frau mich mit denselben Augen aus ihren toten Höhlen anstarren würde, wenn ich sie aus ihrem Sarkophag zerren würde.«

»Lasst meine Frau aus dem Spiel«, keuchte Lord Brackenmoore wie von Sinnen. »Ihr habt sie nicht gekannt, also urteilt nicht über sie.

Tut, was Ihr tun müsst, aber verschont mich mit Eurem Geschwätz und Euren Beleidigungen.«

Baazlabeth ließ von Lord Brackenmoore ab und trat einen Schritt zurück.

»Was ich Euch jetzt sagen werde, wird Euch nicht gefallen, aber dennoch solltet Ihr Euch damit abfinden. Eure Frau ist schon seit vielen Jahren aus dem Spiel, und wenn Ihr nicht dasselbe Schicksal teilen wollt, wäre es besser, mir zuzuhören. Ihr seid mittellos. Schlimmer noch, Ihr seid verschuldet bei Leuten, die *Euch* verpflichtet sein müssten. Twinkel Lostface setzt alles daran, Euch aus dem Weg räumen zu lassen, sich für die Ausgangssperre zu bedanken. Dieser Sklavenhändler Neptrotot sitzt vor der Stadt und saugt Euch aus, bis Ihr nur noch eine leere Hülle seid. Außerdem sind die Priester dabei, Eure Stadtwachen zu entmachten, die Bürger Brisenburgs in Angst und Schrecken zu versetzen und Euch das Kommando zu entziehen, um selbst zu regieren. Und alles, was Euch dazu einfällt, ist, Eure Ziehtochter zu töten. Ihr müsst zugeben: Der Plan scheint ein wenig lückenhaft und überhastet.«

Lord Brackenmoore gewann langsam seine Fassung zurück.

»Was erdreistet Ihr Euch, mir Dinge vorzuhalten? Glaubt Ihr, Ihr seid schlauer als ich und meine Berater, und wüsstet, was zu tun ist? Eine Stadt zu regieren ist nicht einfach, und auch ich weiß nicht immer eine Lösung, aber von Euch brauche ich sicherlich keine Ratschläge. Wo würden wir da hinkommen, wenn ich auf jeden dahergelaufenen Reisenden und Geschichtenerzähler hören würde?«

»Mit Sicherheit nicht in der Lage, in der Ihr Euch gerade befindet«, gab Baazlabeth zurück. »Ihr könnt mich ruhig als dahergelaufenen Reisenden betrachten. Im Grunde bin ich es auch. Trotzdem solltet Ihr Euch anhören, was ich vorzuschlagen habe.«

»Ihr habt Cünel getötet und meine Tochter gegen mich aufgehetzt, Ihr solltet froh sein, wenn ich Euch nur einkerkere und nicht gleich am nächsten Baum aufknüpfen lasse.«

Mit Drohungen wusste Baazlabeth nicht richtig umzugehen, jedenfalls wenn sie gegen ihn gerichtet waren. Mit einem Sprung hechtete er auf den Lord zu, packte ihn an den Haaren, zog mit der anderen Hand das Stilett und schabte mit der Klinge wie ein Barbier an dem adeligen Hals entlang.

»Ihr schreit so laut danach, Eurer Frau zu folgen, dass ich mich fast erbarmen könnte, dem Flehen nachzugeben. Öffnet endlich die Augen, und Ihr werdet feststellen, dass Ihr mittel- und machtlos seid. Warum sträubt Ihr Euch so, meinen Vorschlag anzuhören und meine helfende Hand zu ergreifen? Ihr habt nichts zu verlieren.«

»Wie könntet Ihr mir helfen?«, keuchte Lord Brackenmoore.

Der Stadtherr war mit seiner Kraft am Ende. Selbst wenn er ein Schwert in Händen gehalten hätte, wäre es ihm nicht gelungen, sich Baazlabeths Attacke zu erwehren.

Er ist jetzt schon eine leere Hülle, stellte der Dämon fest. *Er hat aufgegeben, zu kämpfen. All die Anfeindungen, das Intrigenspinnen und das Geheimhalten von Liliths Existenz haben ihn zu dem gemacht.*

»Sagt, was Ihr von mir wollt, und dann tötet mich oder lasst mich und meine Tochter in Ruhe.«

So schicksalsergeben gefallt ihr mir, Lord Brackenmoore. Wenn alle anderen Euch schon tanzen lassen wie eine Marionette, warum ich dann nicht auch. In kürzester Zeit werdet Ihr denken, Ihr habt nur noch einen einzigen Freund, mich.

Jetzt kam es darauf an, die richtigen Worte zu finden. Lord Brackenmoore musste davon überzeugt werden, einen Freund und Mitstreiter vor sich zu haben. Sich mit Gewalt und Erpressung in den Kleinen Rat zu befördern war sicherlich ein äußerst schmackhafter Gedanke, doch nicht vereinbar mit der Aufgabe, die ihm Nemrothar auferlegt hatte. Man musste Baazlabeth mit offenen Armen empfangen und seine Dienste entsprechend wertschätzen, am besten mit Gold. Gold, das er sich rechtmäßig erworben hatte.

»Ich möchte Euch bitten, den Kleinen Rat einzuberufen und mich als Anwärter im Namen der Finstergilde vorzustellen. Wenn mich der Rat wählen sollte und mich als vollwertiges Mitglied aufnimmt, schwöre ich Euch, Eure Probleme in kürzester Zeit zu lösen.«

Das war einfach und unverfänglich. Durch den Wortlaut konnte sich niemand genötigt fühlen, und dennoch beschrieb er alles, was nötig war.

Wenn ich so weitermache, werde ich der erste Fürst der Horden sein, der ein politisches Amt übernimmt. Vielleicht sollte ich meine Streitaxt gegen einen Federkiel eintauschen. Wenn der stabil genug ist, könnte ich sogar damit töten, falls mir die Argumente ausgehen.

Leider nahm Lord Brackenmoore Baazlabeths Offerte wenig wohlwollend auf. Er schien mehr belustigt als beeindruckt. Zuerst verzog sich sein Gesicht zu einem bedauernswerten Lächeln, das schnell zu einem höhnischen Grinsen wurde. Dann platzte es aus ihm heraus, und er krümmte sich regelrecht vor Lachen. Erneut standen ihm Tränen in den Augen, doch diesmal nicht vor Kummer.

»Was findet Ihr so lustig?«, fragte Baazlabeth in betont ruhigem Ton.

Ausgelacht zu werden war eine ganz neue Erfahrung für den Dämon. Unter normalen Umständen wäre sein menschlicher Körper ganz einfach von ihm abgeplatzt und hätte sich über Wände, Boden und Decke verteilt. Baazlabeth wäre bereit gewesen, sich ein Horn auszureißen, nur um zu sehen, ob Lord Brackenmoore dann immer noch gelacht hätte. Zu seinem Bedauern verhinderte das Lederband um seinen Hals, dass es dazu kam. Es einfach abzureißen wäre eine zu große Einbuße gewesen. Das Band machte ihn zwar verletzlich, ja sogar sterblich, doch es sorgte auch dafür, dass er für die Augen der Inquisitoren so gut wie unsichtbar war.

»Mein Vater glaubt, dass dein Verhandlungsgeschick nicht ausreicht, um auch nur eines der Mitglieder des Rates zu überzeugen, dich aufzunehmen«, erklärte Lilith. »Aber selbst, wenn du es schaffst, würde weder er noch jemand anderes aus dem Rat jemals einen Vorschlag von dir annehmen.«

Lord Brackenmoore war sein Lachen inzwischen vergangen. Apathisch starrte er auf die Überreste von Cünel, die Lilith liegen gelassen hatte wie ein liebloses Spielzeug. Zusammengekrümmt wie ein Embryo lag er am Boden, zusammengefallen und nicht mehr als Staub und Knochen.

»Vierzig Jahre lang hat er meinen Weg begleitet. Ich habe meine Tochter unter seinen Schutz gestellt, und sie hat es ihm gedankt, indem sie ihm auch noch den Rest seines Lebens ausgesaugt hat«, flüsterte Lord Brackenmoore gedankenverloren.

»Vierzig Jahre sind lang genug auf dieser Welt. Es wurde Zeit, dass er seinen eigenen Weg einschlägt«, erwiderte Baazlabeth.

Der Lord beachtete ihn gar nicht.

»Er hat mir als Junge das Kämpfen mit dem Schwert beigebracht. Er hat mein erstes Pferd ausgesucht und mir erklärt, wie man eine Frau für sich gewinnt.«

»Tja, wie gewonnen, so zerronnen«, gab Baazlabeth wenig mitfühlend von sich. »Ihr seid Witwer, das Pferd ist sicherlich auch nicht mehr am Leben, und wenn er ein besserer Schwertkämpfer gewesen wäre, würde er vielleicht noch unter uns weilen. Ich muss sagen, er hat Euch nicht viel Beständiges hinterlassen.«

Lord Brackenmoore zog seine Robe von den Schultern und schleppte sich hinüber zu Cünels Überresten. Er deckte ihn zu wie ein Vater sein Kind vor dem Schlafengehen.

»Lilith hat recht, niemand würde Eurem Rat folgen«, sagte er, nachdem er die Fassung wiedererlangt hatte.

»Ich bin auch nicht sonderlich gut darin, Ratschläge zu erteilen«, gab Baazlabeth zu.

»Worin seid Ihr denn gut? Im Unterrichten von Kindern, Geschichten erzählen oder Lügen verbreiten?«

»Nein, nichts von dem, ich habe mich auf das Töten von Menschen spezialisiert«, gab Baazlabeth unumwunden zurück. »Normalerweise nehme ich keine Kleinaufträge an, doch um Eurer Tochter Willen mache ich mal eine Ausnahme.«

»Wir beteiligen uns nicht an Mord«, erklärte Lord Brackenmoore empört. »Der Kleine Rat, hat sich dem Wohl des Volkes verschrieben.«

Der Mann war wirklich stur. Die Welt um ihn herum geriet aus den Fugen, und er machte sich Sorgen um seinen Ruf. Es schien ihm weniger auszumachen, seine eigene Tochter zu opfern, als jemand Fremden aus dem Weg räumen zu lassen. Baazlabeth schob diesen Irrsinn des Lords auf den gerade erlebten Verlust seines langjährigen Freundes.

»Ihr seht es also als das Wohl Eures Volkes an, duldsam in diesem Schloss zu hocken und auf Euch herumtrampeln zu lassen. Was für ein bravouröser Einsatz! Ihr müsst in Eurem letzten Leben eins dieser lustigen Tiere gewesen sein, das sich mit seinem ganzen Volk zusammen die Klippen herunterstürzt.«

»Das sind Lemminge«, kam Lilith ihm zur Hilfe.

»Richtig, so hießen sie. Ihr wollt also ein Lemming sein, Lord Brackenmoore? Dann habe ich eine gute Nachricht für Euch. Ihr braucht nicht weit zu laufen, der Balkon ist gleich hier drüben. Stellt Euch vor die Brüstung und springt. Vielleicht findet Ihr ja noch ein paar

Getreue, die Euch folgen. Glaubt mir, Eure Feinde werden es Euch danken. Ist es das, was Ihr wollt?«

Baazlabeth erwartete keine Antwort. Von seinen langjährigen Experimenten wusste er, dass Menschen nur eine gewisse Menge an Rückschlägen kurz hintereinander verkraften konnten. Irgendwann neigten sie dazu, lethargisch in den Ecken zu sitzen, monoton zu wippen, unsinniges Zeug vor sich hinzustammeln und zu sabbern. Lord Brackenmoore hatte dieses Endstadium zwar noch nicht erreicht, doch er bedurfte dringend einer Aufmunterung.

»Ich werde Euch helfen, das Problem zu erledigen«, erklärte Baazlabeth. »Ich werde mich den Weisungen des Kleinen Rates unterwerfen, doch erlaubt mir, den Mitgliedern die Vorzüge meiner Vorgehensweise zu erklären, und lasst sie erst dann entscheiden, ob ihnen meine Dienste zusagen.«

Letzteres kam ihm nur schwer über die Lippen. Er tröstete sich damit, dass es der Aufgabe dienlich war, denn schließlich gab es ohne die Zustimmung des Rates kein ehrlich erworbenes Gold, und darauf kam es schlussendlich an. Baazlabeth nahm sich erneut vor, diese Demütigungen und untertänigen Entgleisungen seiner Wortwahl, zu der man ihn zwang, nicht zu vergessen, wenn er sich von Nemrothar verabschiedete.

Lord Brackenmoore wusste seine Unterwürfigkeit dennoch nicht zu schätzen.

»Ihr sprecht davon, Menschen unter meiner Regentschaft ermorden zu lassen. Wenn Ihr glaubt, dass auch nur eines der Mitglieder des Kleinen Rates dem zustimmen würde, habt Ihr Euch getäuscht.«

Da täuscht Euch mal nicht. Ich kenne Eure Ratsmitglieder wahrscheinlich besser als Ihr. Jeder Mensch wünscht sich insgeheim den Tod irgendeines anderen. Die meisten von ihnen haben nur nicht den Mut, den Wunsch umzusetzen. Jemand wie ich ist in Ihren Augen so etwas wie eine böse Fee mit guten Absichten.

»Ich töte Eure Feinde. Die Feinde Brisenburgs. Im Krieg macht Ihr nichts anderes«, sagte Baazlabeth.

»Wir sind nicht im Krieg!«, schrie Lord Brackenmoore, wobei sich seine Stimme fast überschlug.

»Weiß das Neptrotot, der Sklavenhändler, vor Eurer Stadt auch? Für mich sieht es so aus, als ob er Euch belagert und aushungert.«

Lord Brackenmoore stand auf und ging auf den kleinen Balkon hinaus. Er ließ seinen Blick über die Dächer der Häuser schweifen und seufzte tief.

Jetzt habe ich dich, kleiner Lord.

Der Lord kehrte zurück und sah zuerst auf Lilith, dann zu Baazlabeth.

»In meiner Position wird man von vielen Leuten angefeindet. Nicht alle wollen einem Gutes tun. Diese Menschen gilt es rechtzeitig zu erkennen und sich vor ihnen zu schützen«, erklärte er, doch in seiner Stimme klang ein Unterton mit, der sagte, dass er es leid war.

Das Gespräch lief in die richtige Richtung. Der Lord hatte sich in Baazlabeths Territorium gewagt. Hier kannte der Dämon sich aus, und niemand konnte ihm das Wasser reichen.

»Schutz ist nie verkehrt«, sagte Baazlabeth und hoffte, einen möglichst einfühlenden Tonfall zu treffen. »Sich zu schützen ist der Anfang eines jeden Gefechtes, doch damit ist noch nichts entschieden. Mit einer guten Rüstung werdet Ihr keinen Kampf gewinnen, Ihr braucht auch ein Schwert.«

»Und Ihr glaubt, dieses Schwert zu sein?«

»Ich wäre dankbar, wenn Ihr meine Dienste in Anspruch nehmen würdet«, presste Baazlabeth heraus.

Wenn ich mich noch mit einem einzigen weiteren Wort anbiedern muss, werde ich meine Meinung ändern, Euch zu Eurer Gemahlin betten und mit Eurer Tochter die Stadt in Schutt und Asche legen.

Lord Brackenmoore stand regungslos da, und sein Blick schien durch Baazlabeth hindurchzugehen. Abrupt drehte er sich um, ging hinüber zu Cünels Überresten, nahm seinem Freund den Schwertgurt ab und steckte die Klinge zurück in die Scheide. Dann erhob er sich, wobei er Baazlabeth und Lilith den Rücken zukehrte.

»In zwei Tagen versammelt sich der Kleine Rat in Schloss Sturmfels. Ich werde Eure Anwartschaft bekannt geben. Ich gebe Euch mein Wort, dass meine Stimme nicht ausschlaggebend für Eure Zurückweisung sein wird.«

Damit verließ Lord Brackenmoore die Gruft.

Das nenne ich das Versprechen eines Feiglings. Doch ich weiß damit umzugehen, kleiner Lord. Macht nur nicht den Fehler, Euer Wort zu vergessen.

Baazlabeth wartete, bis Lord Brackenmoore außer Sicht war, dann wandte er sich Lilith zu. Die junge Ziehtochter des Lords kam ihm jedoch zuvor.

»Ist es das, was du dir gewünscht hast?«, fragte sie unschuldig. »Sie werden dich bestimmt in den Rat aufnehmen, wenn sich erst herumgesprochen hat, wie viel Freude du am Töten hast. Wenn sie es nicht aus Überzeugung tun, dann wenigstens aus Angst davor, so zu enden wie Cünel.«

»Versuch nicht abzulenken, junges Fräulein«, fuhr Baazlabeth sie ärgerlich an. »Was ist hier geschehen, während ich weg war?«

»Elgast hat mich angegriffen. Ich musste mich irgendwie wehren. Ehe ich mich versah, waren Cünel und mein Ziehvater da. Zusammen haben sie mich überwältigt und festgehalten, den Rest hast du selbst miterlebt. Sie hätten mich getötet, wenn du nicht gekommen wärst.«

Baazlabeth kannte diese Art von Rechtfertigungen nur zu gut. In dieser Welt versuchte man ständig, ihn für dumm zu verkaufen. Die Possen, die man ihm schmackhaft machen wollte, waren unvollständig, einseitig und teilweise gelogen. Er war ein Krieger, aber nicht blöd. Warum versuchte man ihn dennoch immer wieder hinters Licht zu führen?

»Sie wollten dich ganz ohne Grund töten?«, fragte Baazlabeth weiter nach.

»Nein, wegen Elagst, das hab ich doch schon gesagt«, gab Lilith zickig zurück.

»Und Elgast hat dich angegriffen, weil er des Wahnsinns fette Beute geworden ist?«

»Nicht direkt«, sagte Lilith verlegen. »Er war sauer wegen der Katze.«

»Du hast eine Katze getötet, weil du Hunger hattest, war es so?«

»Nein, ich brauchte sie für ein Experiment.«

Baazlabeths Geduldsfaden war von Natur aus nicht dafür gedacht, um daran zu ziehen. Falls es doch jemand tat, hielt er mit Sicherheit das kürzere Ende in der Hand.

»Wenn ich noch ein einziges Mal nachfragen muss, wirst du in deiner letzten Ruhestätte schon einmal eine Woche Probe liegen. Vergiss nicht, Lord Brackenmoore hat mich als deinen Lehrer engagiert. Ich glaube, er würde einer erzieherischen Maßnahme nicht abgeneigt sein.«

Lilith fügte sich wie ein braves Kind. Dennoch wusste Baazlabeth, dass er dem äußeren Schein nicht trauen durfte, besonders weil er für ihre Künste momentan recht anfällig war. Einem Baazlabeth konnten hundert Jahre Alterung wenig anhaben, Sil dagegen würde einen Kuss von ihr nicht ganz so gut verkraften. Der Dämon glaubte nicht, dass Lilith ihn vorsätzlich verletzen oder gar töten wurde, aber sie war ein kleines Mädchen, und ihre Reaktionen somit kindlich. Mit beleidigter Miene führte Lilith ihn auf die andere Seite des Sarkophages ihrer Mutter und zeigte auf den Boden.

»Das ist ein Pentagramm«, sagte sie stolz. »Ich habe es selber gemacht.«

Baazlabeth bückte sich, befeuchtete einen Finger und tippte damit in die feinen weißen Linien des magischen Symbols. Vorsichtig kostete er davon und spukte angewidert aus.

»Das ist Salz«, stellte er fest.

»Ich weiß«, erwiderte Lilith. »Ein Pentagramm streut man normalerweise aus Knochenstaub, doch den einzigen, den ich hätte auftreiben können, verbirgt sich unter dieser massiven Steinplatte.« Sie legte die Hand auf den Sarkophag ihrer Mutter. »Ich war nicht kräftig genug, sie beiseite zu schieben, deshalb musste das Salz herhalten.«

Baazlabeth bezweifelte, dass es ihr nur an Kraft gefehlt hatte, um den Deckel zu lüften. Vielmehr brauchte es Mut, das Grab seiner eigenen Mutter zu öffnen. Außerdem waren den Menschen ihre Toten heilig. Sie machten einen richtigen Kult daraus und verehrten und betrauerten die Verblichenen über Jahre hinweg. Deshalb sträubten sie sich auch, aus den zu Staub zerfallenen Gebeinen magische Symbole für unheilige Rituale auf den Boden zu zeichnen.

»Das ist kein Pentagramm, das ist ein Pentakel«, berichtigte Baazlabeth seine Schülerin. »Ein Pentagramm ist ein fünfzackiger Stern, sobald du einen Kreis darum ziehst, nennt man es Pentakel. Man benutzt es ...«

»... für eine erzwungene Reinkarnation«, fiel Lilith ihm ins Wort. Die Worte wirkten auswendig gelernt.

»Unter anderem auch dafür«, bestätigte Baazlabeth. »Was mich interessiert ist, woher du dieses Ritual kennst, und wen du reinkarnieren wolltest?«

»Es gibt Bücher«, erwiderte Lilith schnippisch.

Natürlich gab es diese Bücher. Baazlabeth kannte viele von ihnen. Jede Welt hatte ihre eigenen dunklen Rituale gesammelt und festgehalten. Manchmal in dicken ledergebundenen Folianten, gelegentlich auch in losen Pergamentsammlungen. Aber es gab Schriftzeichen in Höhlen oder auf Haut tätowierte Formeln, die in Rahmen gespannt wurden und sich in Kellern befanden, die nie ein Lebender betreten hatte. Man nannte sie in jeder Welt anders. Sie hießen »Das namenlose Buch«, »Die Schriften des Paath«, »Höhle der Vergessenheit« oder »Das Necronomicon« – die Namen waren immer anders, der Inhalt immer gleich.

»Es gibt diese besagten Schriften, von denen du sprichst, doch bezweifele ich, dass sich auch nur eine davon in Brisenburg befindet. Doch selbst wenn dem so wäre, wärest du nicht in der Lage, die alte Sprache zu lesen. Sag mir also: Wer hat dir dies beigebracht?«

Lilith presste die Lippen aufeinander, als ob sie Angst hatte, der Name könnte ihr entfleuchen.

»Lass mich nicht noch einmal fragen«, drohte Baazlabeth.

»Igniphascellanius der Dritte«, gestand sie.

»Igni- wer? Etwa noch so ein altersschwacher Magister deines Ziehvaters?«

Lilith schüttelte ungläubig den Kopf und deutete auf die Kiste, in der Baazlabeth sein Vermögen hortete.

»Igniphascellanius der Dritte ist dein Homunkulus«, erklärte sie. »Er bat mich, ihm einen neuen Körper zu beschaffen. Die ganze Nacht haben wir das Ritual geprobt. Ich glaube, es ist ganz gut gelungen, er schien jedenfalls zufrieden, bis Elgast ihm einen Sack über den Kopf stülpte und ihn in die Kiste sperrte.«

Baazlabeth betrachtete ungläubig die Kiste vor sich.

Da kann ich ja richtig froh sein, dass die Kiste nicht groß genug ist, um einen Wolf oder Bären zu beherbergen. Wer weiß, welchen Körper sich das Teigmännchen ausgesucht hätte, wenn es hätte frei entscheiden können und nicht auf das hätte zugreifen müssen, was eine Stadt wie Brisenburg zu bieten hatte. Eine vorlaute Ratte mit Flügeln ist noch zu verkraften, ein besserwisserischer Höhlenbär nicht.

Homunkuli waren dienstbare Geister, das stand außer Frage, doch man musste ihnen ihre Grenzen aufzeigen. Wenn man sie schalten und walten ließ, stellten sie schnell alles auf den Kopf. Ehe man sich versah, erteilten sie unaufgefordert gute Ratschläge und wollten einem Befehle erteilen. Würde man ihnen erlauben, sich ihre Körper selbst auszusuchen, hätte man bald eine Armee mit muskelbepackten und klauenbesetzten Unholden, die den Horden in nichts nachstehen würde. Fürst Amez selbst hätte nicht mehr unterscheiden können, wer Diener und wer Herr war.

»Hat er dir eingeredet, er bräuchte einen neuen Körper?«

Lilith schüttelte energisch den Kopf. »Er war ganz auseinandergebrochen. Sein Gesicht war schon so weit ausgetrocknet, dass er kaum noch den Mund bewegen konnte. Ich konnte fast kein Wort verstehen, wenn er zu mir sprach. Ich dachte, du würdest dich freuen, wenn ich ihm helfe.«

Baazlabeth konnte sich lebhaft vorstellen, wie das Teigmännchen in der Kiste lag und all sein schauspielerisches Talent dafür nutzte, möglichst jämmerlich auszusehen. Der Homunkulus würde unbeholfen mit dem Bein strampeln, versuchen, sich mit dem verbliebenen Arm am Kistenrand hochzuziehen, und einige unverständliche Worte vor sich herstammeln. Welches kleine Mädchenherz würde da nicht weich werden?

»Du hattest Mitleid mit ihm«, erkannte Baazlabeth.

»Er sah so hilflos aus«, gestand Lilith.

Baazlabeth konnte es ihr nicht verdenken. Sie war ein Kind, wenn auch von der Herkunft nicht alltäglich und sicherlich mit einigen bemerkenswerten Fähigkeiten ausgestattet. Der Homunkulus hingegen hatte schon fünfhundert und mehr Jahre auf dem Buckel, auch wenn sein Körper mehr oder weniger neu war. Das Kerlchen kannte alle Tricks und Kniffe und war mit allen Wassern gewaschen.

»Dann lass uns deine neue Schöpfung mal genauer ansehen«, sagte Baazlabeth und öffnete den Deckel der Kiste.

Darin verborgen lag ein strampelnder Jutesack, den man am Ende einfach zugebunden hatte. Der Inhalt des Beutels schien ihm etwas zu groß für einen Katzenkörper, stellte Baazlabeth unzufrieden fest, doch das konnte auch daran liegen, dass er selbst momentan etwas kleiner war, als in seiner natürlichen Gestalt. Er löste den Knoten des

Sacks und sah zu, wie sich das Wesen darin selbst in die Freiheit kämpfte.

Zwei fellbesetzte, schwarzweiß gemusterte Klauen von der Größe einer Münze erschienen unter dem Rand des Stoffes. Dann schnellte ein Katzenkopf hervor und fauchte Baazlabeth an. Mit einem Satz war das Wesen frei. Nur in der ersten Schrecksekunde konnte der Homunkulus den Eindruck einer Katze vermitteln. Sobald man genauer hinsah, erkannte man das überbreite Maul mit Hunderten von nadelspitzen Zähnen. Die Ohren waren zu groß geraten und glichen denen einer Fledermaus. Die Nase sah aus wie eine Rosine, und darüber funkelten zwei Augen von grüngelber Farbe. Außerdem besaß das Wesen zwei Flügel, die der Nackenpartie entsprangen, jedoch mit Fell besetzt waren und kaum groß genug schienen, um damit zu fliegen. Einer oberflächlichen Betrachtung würde dieses Kostüm standhalten, doch wenn man genauer hinsah, erkannte man einen zu klein geratenen Drachen mit Fell und Knuddelbonus.

Baazlabeth war daran gewöhnt, von einem Homunkulus erst einmal angefaucht zu werden. Wenn man so klein war und so aussah, musste man alles daran setzen, nicht gleich getreten zu werden. Ein abschreckendes Fauchen konnte da schon abschreckend wirken.

»Fünfhundertdreiundvierzig«, verkündete Igniphascellanius der Dritte stolz, als er mit dem Fauchen fertig war. »Ich sollte sie zählen, ich hab es getan. Ein wirklich guter Tag für uns, Eure Hoheit, Prinz der Horden. Ich konnte nicht umhin, Euer Gespräch mit Lord Brackenmoore mit anzuhören. Ich bin mir sicher, dass Ihr in den Kleinen Rat aufgenommen werdet. Niemand von Weitblick würde sich Euch entgegenstellen.«

»Lass die Schleimerei, Fellbeutel«, knurrte Baazlabeth seinen Diener an. »Und hör auf, mit den Flügeln zu wippen, wenn du nicht willst, dass ich sie dir abschneide. Du kannst es dir aussuchen, entweder bleibst du unauffällig, oder ich mache aus dir eine Mütze.«

Dann wandte er sich wieder Lilith zu.

»Du hast dein Haustier dafür hergegeben, diesem Grützbeutel einen neuen Körper zu geben?«, fragte Baazlabeth Lilith.

»Nicht wirklich«, gestand sie. »Rachus war nicht meine Katze.«

»Zu wem gehörte sie?«

»Elgast?«, gab Lilith zögerlich Antwort.

Baazlabeth schüttelte verständnislos den Kopf. »Und da wundert ihr beide euch, dass er auf euch losgeht. Ich hätte nicht anders gehandelt.«

»Aber Ihr wärt bei dem Versuch nicht gestorben, Meister«, unterbrach der Homunkulus ihn.

»Noch ein Ton von dir, und ich lass dein Fell von den Waschfrauen unten am Fluss durchrubbeln, aber ohne den Inhalt.«

»Du hast noch nicht gesagt, wie er dir gefällt«, sagte Lilith trotzig.

»Er sieht aus wie eine Biberfelltasche mit Gesichtslähmung«, antwortete Baazlabeth. »Ich habe noch etwas zu erledigen. Wenn ich wiederkomme, habt ihr die Überreste von Cünel und Elgast in den leeren Sarkophag geschafft, oder ich werde das Ding mit einem unehelichen Kind und einer Mietzekatze füllen. Haben wir uns verstanden? Und schrubbt das Pentakel vom Boden, sonst glaubt noch jemand, wir hätten etwas mit dunklen Künsten zu tun, und das wollen wir schließlich nicht.«

19
Gute Freunde kauft man sich, oder auch zwei

Als man sich zwischen zwei Übeln entscheiden musste, und man dazu neigte, jenes zu wählen, welches behauptete, das andere sei wahrhaftig übel.

Baazlabeth warf einen flüchtigen Blick aus dem Fenster. Die Kammer, die man ihm zugewiesen hatte, war nicht größer als sein Zimmer im *Einsamen Wanderer*, jedoch war der Ausblick wesentlich verheißender. Wo er im Flautenviertel auf den tristen Hinterhof des Gasthauses gesehen hatte mit all den Kisten, Säcken und dem sonstigen Gerümpel, beschied ihm seine neue Unterkunft einen Blick auf die Brücke zum Schloss und dem dahinter liegenden Tempel. Wenn die Aussicht eines Gemaches ein Indiz für den Rang in der Gesellschaft darstellte, den man einnahm, hatte er es geschafft. Einen besseren Ausblick konnte man nur noch mit Flügeln erlangen.

Dummerweise war der Weg an die Spitze der menschlichen Gesellschaft keineswegs so trivial und einfach. Es gab Völker, die bestimmten den Stärksten unter ihnen als Anführer. Baazlabeth zweifelte keinen Moment daran, dass er sich bei solch einem einfachen Prozedere durchgesetzt hätte. In anderen Welten wählte man die Weisesten, um sie zu Oberhäuptern zu krönen. Auch hier hätte niemand Baazlabeth mit seinen tausend Jahren Erfahrung das Wasser reichen können. Aber es gab auch Völker, die nicht nach Kraft, Intelligenz oder Aussehen urteilten, wenn es darum ging, sich jemandem zu unterwerfen. Stattdessen galt: Wer am skrupellosesten war, regierte. Häufig fand man solche Mechanismen im Reich von Amez, unter den Völkern des Schattens. Auch bei den Menschen setzte sich dies ab und zu durch, wenn Geburtsrecht oder Befähigung versagten. Brisenburg war leider keine dieser Ausnahmen. Doch nicht einmal das stupide Einhalten von Traditionen fand hier Anwendung. Man praktizierte etwas viel Schlimmeres und veranstaltete eine Wahl.

Baazlabeth hatte noch nie an einer Wahl teilgenommen und hätte auch nicht geglaubt, sich jemals zu einer aufstellen zu lassen. Er war Ausleseverfahren gewöhnt, die nicht nach Stimmrecht, sondern nach Blutrecht entschieden wurden. Das war einfach wie effektiv. Wer zuletzt noch stand, hatte gewonnen. Mit Wahlen hatte er somit keinerlei Erfahrungen.

Dieser Wissenslücke nahm sich Magister Treuthwin an, indem er Baazlabeth in die Geheimnisse einer rechtmäßigen Abstimmung einweihte. Dem alten Gelehrten schien es zu gefallen, einem Fremden von der wohl disziplinierten und seiner Ansicht nach äußerst gerechten Form der Wahlen zu berichten. Immer wieder betonte er, wie es jeder Bürger aus Brisenburg schaffen könnte, in den Rat gewählt zu werden, oder eines der anderen Ämter zu erlangen, wenn er genügend Stimmen bekam.

Genau darin lag jedoch Baazlabeths Problem. Der Dämon empfand diese Vorgehensweise als Beleidigung. Was zählte eine Stimme, die man freiwillig von einem Menschen bekam? Nichts. Wieso sollte man sich darüber freuen, wenn man auf großzügig verschenkte Unterstützung angewiesen war? Das Ganze war mit einem Kampf zu vergleichen, in dem sich der Feind in sein eigenes Schwert stürzte und man sich danach auf die Schulter klopfte, weil alles so gut gelaufen war.

Was man jedoch tat, wenn es nicht so gut lief, konnte ihm auch Magister Treuthwin nicht beantworten. Baazlabeth hätte es dem Gelehrten gerne demonstriert, doch der Alte machte immer noch einen angeschlagenen Eindruck und schien um seinen plappernden Vogel zu trauern. Und Lord Brackenmoore würde wenig Verständnis zeigen, wenn ein weiterer Toter in Baazlabeths Dunstkreis auftauchte, auch wenn dessen Ableben durchaus auf ein schwaches Herz zurückgeführt werden könnte. Dennoch konnte Baazlabeth nicht umhin, Treuthwin zu erklären, dass eine Stimme, die er sich mit Gewalt erzwang, für ihn mehr wert war als zehn, die man ihm freiwillig schenkte.

Der Magister hatte Baazlabeths Geständnis mit einem verständnislosen Kopfschütteln abgetan und tief Luft geholt. Dann ging er sichtlich deprimiert dazu über, von dem Prozedere der Abstimmung zu erzählen. Schnell hatte er seine Fassung wiedererlangt. Mit jeder Erwähnung der Statuten schien Treuthwin an Kraft und Euphorie zu gewinnen, bis Baazlabeth ihn mit der Imitation einer Rabenstimme wieder auf den Boden zurückholte:

»Langweilig.«

Nur Weniges blieb bei Baazlabeth haften; weder hatte er den Nerv noch die Lust, sich alles zu merken. Dreh- und Angelpunkt war immer noch die Anzahl der Stimmen, die gegen oder für seine Aufnahme in den Rat waren. Die Rechnung war einfach: Bekam er drei Stimmen, und die anderen drei entschieden sich gegen ihn, würde Lord Brackenmoore die entscheidende Stimme innehaben. Laut dessen Versprechen würde der Lord sich im Falle eines Unentschiedens nicht gegen Baazlabeth stellen.

Er brauchte also mindestens drei Stimmen. Mit demselben Kalkül, mit dem er sich in eine Schlacht stürzte, ging er auch gegen die Bürokratie von Brisenburg vor – ein Gegner nach dem anderen. Wenn er dem Wort der Finstergilde glauben schenken durfte, konnte er hier mit seinem ersten Verbündeten rechnen. Einen zweiten Fürsprecher hatte er sich schon ausgesucht, fragte sich nur, wie hartnäckig dieser Widerstand leisten würde. Und die letzte Stimme hoffte Baazlabeth einfach nur durch seinen Charme zu gewinnen. Schließlich konnte er ungemein charmant sein.

Laut der reichlich langweiligen Ausführung des Magisters würde er in den Saal des Kleinen Rates gerufen werde, um von dort aus in den Audienzzimmern der einzelnen Mitglieder vorstellig zu werden. Dies Prozedere war genau nach Baazlabeths Geschmack. Es war einfacher, mit jedem allein zu sprechen, da sich Herdentiere, zu denen auch Menschen gehörten, fügsamer zeigten, wenn sie von ihresgleichen getrennt wurden, frei nach dem Motto: Zwei Dumme ergeben einen Störrischen.

Am Nachmittag war es soweit. Baazlabeth stand vor dem Doppelportal zum Ratssaal. Er hatte sich daran gewöhnt, warten zu müssen. Im Schloss tickte die Zeit anders. Ständig wartete man auf etwas. Läutete man eine Glocke, um etwas zu trinken oder zu essen zu bestellen, dauerte es einige Zeit, bis die Diener erschienen. Pflichtbewusst und untertänig nahmen sie die Wünsche entgegen, um dann wieder davonzueilen. Erneut dauerte es einige Zeit, bevor sie mit Speisen und Trank zurückkehrten. Fast alles im Schloss wurde über die Dienerschaft abgewickelt. Baazlabeth hatte bereits ein halbes Dutzend von ihnen kennengelernt. Nach den Aussagen von Lilith gab es aber mehr als dreißig, wobei viele von ihnen in der Küche oder in den Stallungen arbeiteten. Auch gab es welche, die sich allein um das Wohl von Lord Brackenmoore kümmerten und nie zur freien Verfügung der Gäste standen.

Für Baazlabeth war ein Diener wie der andere, so etwas wie die Lemuren in seinem Reich, nur dass sich die menschlichen Diener niemals zu etwas anderem weiterentwickeln würden.

Erneut nahm er sich die Zeit, die Schnitzereien in dem Portal zum Ratssaal zu betrachten. Im Großen und Ganzen stellte die Abbildung das dar, was man auch sah, wenn man durch die Straßen von Brisenburg lief. Die meisten Gebäude waren mehr oder weniger detailgetreu herausgearbeitet worden. Wichtige Häuser und Türme hatte der Künstler hervorgehoben, indem er sie größer abgebildet und zusätzlich beschriftet hatte. Auffallend war, dass die Brücken über den Fluss nur schlichte Brücken waren und keine architektonischen Meisterleistungen, überfrachtet mit Gebäuden. Insgesamt wirkte die Stadt nicht ganz so überfüllt wie in der Wirklichkeit. Entweder hatte sich der Künstler Arbeit ersparen wollen, oder die fehlenden Brückenanbauten waren erst später entstanden.

Abermals blieb Baazlabeths Blick auf dem Tempel des Erschaffers hängen. Die Abbildung des Gotteshauses war fast doppelt so groß wie die der anderen Tempel. Der Bildhauer musste einen ähnlichen Blickwinkel auf die Stadt gehabt haben wie Baazlabeth, wenn er aus seinem Zimmer sah. Ohne Zweifel hatte er etwas von seinem Handwerk verstanden, mehr jedenfalls als von der alten Sprache. Alle Beschriftungen, Himmelsrichtungen und die Legende waren in der alten Sprache verfasst. Die meisten Bezeichnungen waren korrekt, aber gerade über dem Tempel von Sept stand in großen Buchstaben »Temblum de padrii«, was so viel hieß wie »Haus der Vater« und somit falsch war. Wahrscheinlich hatte Sept dem Künstler längst verziehen, wie er es immer tat mit seinen Kreaturen. Wäre es nach Baazlabeth gegangen, hätte er dem Mann das alte Alphabet in die Haut geritzt – mit Hilfe einer glühenden Spitzhacke, damit der Kerl nicht noch einmal auf die Idee käme, den Namen seines Gottes zu verunglimpfen.

Das Portal öffnete sich einen Spalt breit, und Magister Treuthwin steckte seinen Kopf heraus.

»Kommt bitte herein, Herr Sil, die Ratsmitglieder erwarten Euch«, keuchte er in seiner üblichen angespannten Weise.

Der Saal war menschenleer, der ovale Tisch in der Mitte mit Weinkrügen und Kelchen gedeckt. Magister Treuthwin eilte voraus, als wenn der Fußboden glühend heiß wäre und er befürchtete, zu verbrennen, wenn er stehen bliebe. Baazlabeth folgte ihm, aber nicht ohne einen genaueren Blick auf die Ratstafel zu werfen.

Es sind nur sieben Becher, stellte er verärgert fest. *Heißt das, die Wahl ist schon entschieden, bevor sie begonnen hat? Falls diese Kurzlebigen es gewagt haben sollten, mich hereinzulegen, kann ich ihnen schon prophezeien, dass sie sechs Kelche zu viel gedeckt haben.*

Magister Treuthwin hielt auf eine dunkel vertäfelte Wand zu, blieb direkt vor ihr stehen und zog eine Tür auf, die verborgen in der Wand lag. Der Magister hielt Baazlabeth die Tür auf und zeigte in den schmalen Gang dahinter.

»Ihr fangt am besten mit der Tür hier vorn zu Eurer Linken an. Dort werdet Ihr Nortel Pentbrook, den Meister der Handwerksgilde, finden. Folgt dann einfach weiter dem Gang, die Namen der Ratsmitglieder sind an den Türen angebracht. Lesen werdet Ihr ja wohl können. Die Tür am Ende des Ganges führt Euch zum Zimmer des Lords. Er wird Euch nach den Gesprächen zurück in den Ratssaal führen, wo jedes Ratsmitglied seine Entscheidung verkündet.«

»Gibt es irgendetwas, das ich selbst entscheiden darf? Oder hat die Reihenfolge, in der ich mit den Ratsmitgliedern spreche, auch etwas mit Ritualen und Vorschriften zu tun?«, fragte Baazlabeth missmutig.

»Nein, mit Pentbrooks Blasenschwäche«, gab Treuthwin zurück. »Der Gildenmeister leidet schon seit Jahren daran und ist froh, wenn die Wartezeiten für ihn so kurz wie möglich gehalten werden.«

»Ich hab mir das Pissen gerade erst angewöhnt, kann ihn aber jetzt schon verstehen«, knurrte Baazlabeth.

Treuthwin ging über die Bemerkung hinweg, wie er es bei fast allem tat, was Baazlabeth sagte. Anscheinend zweifelte der Magister am Geisteszustand seines Gesprächspartners, ein Umstand, der aber auf Gegenseitigkeit beruhte. Mit einer eleganten Bewegung entließ ihn Treuthwin in die Gefilde des Kleinen Rates. Bevor der Alte jedoch die

Tür hinter sich zuziehen konnte, hatte Baazlabeth seinen Fuß dazwischen gestellt.

»Ich zähle fünfzehn Türen«, stellte er fest und ließ die ungestellte Frage in der Luft hängen.

Treuthwin versuchte, zuerst die Tür frei zu bekommen, bevor er antwortete, doch es gelang ihm nicht.

»Wir haben jahrelang nach mehr fähigen und unbestechlichen Leuten für das Amt des Ratsmitgliedes gesucht. Leider ohne Erfolg, und wenn Ihr mich fragt, sind wir heute auch keinen Schritt weiter. Die Türen zu Eurer Rechten sind verschlossen, die Räume dahinter leer, also versucht gar nicht erst, sie zu öffnen, um etwas zu stehlen.«

»Schickt schon einmal nach Handwerkern, die einige Durchbrüche machen. Ich liebe große Räumlichkeiten.«

Magister Treuthwin wandte sich ab und überließ es Baazlabeth, die Tür zu schließen.

Seid lieber vorsichtig, ich könnte mich daran gewöhnen, hinter Euch die Türen zu schließen. Irgendwann wird es vielleicht eine sein, die nirgendwo hinführt.

Baazlabeth verwarf seine düsteren Gedanken. Er rang sich sogar dazu durch, anzuklopfen, bevor er Nortel Pentbrooks Arbeitszimmer betrat. Er erwartete von dem Gildenmeister keine große Unterstützung, dennoch wollte er sich nicht durch fehlende Etikette schon im Voraus disqualifizieren.

Pentbrook war ein kräftiger Mann Mitte sechzig, die Haut braun gebrannt und das weiße Haar kurz geschoren. Wenn Übellaunigkeit ein Gesicht besessenen hätte, wäre es das von Pentbrook gewesen. Die eng stehenden Augen des Ratsherrn wurden durch dessen zusammengewachsene Brauen noch hervorgehoben. Seine Stirn lag in Falten, und die Mundwinkel hingen herab wie geschmolzenes Wachs.

Beruhigt stellte Baazlabeth fest, dass auch die Arbeitszimmer der Ratsmitglieder nicht größer waren als seine jetzige Unterkunft im Schloss. Er nahm auf dem Stuhl gegenüber von Pentbrook Platz, schlug die Beine übereinander und verschränkte die Arme vor der Brust. Die Hände des Gildenmeisters lagen auf dem Tisch, mit den Zeigefingern trommelte er nervös auf dem Holz herum.

»Habt Ihr mich ›herein‹ sagen hören, oder gab es irgendein Anzeichen dafür, dass es mich erfreuen würde, wenn Ihr an meinem Tisch Platz nehmt, bevor wir uns einander vorgestellt haben?«

Baazlabeth riss seinen Blick von Pentbrooks riesigen Händen los und lenkte ihn auf das Gesicht des Gildenmeisters. Er suchte nach dem Ansatz eines Lächelns, konnte jedoch keines finden. Zögerlich reichte Baazlabeth eine Hand über den Tisch.

»Mein Name ist Sil.«

Nortel Pentbrook zog seine Hände zurück und steckte sie unter den Tisch.

»Der erste Eindruck entscheidet über Sympathie oder Antipathie«, sagte der Gildenmeister. »Mit einer gelangweilten Geste werdet Ihr diesen nicht aus der Welt schaffen können.«

Ich habe schon ganz andere Dinge mit einer Geste aus der Welt geschafft. Lehnt mein Entgegenkommen noch ein einziges Mal ab, und ich werde einen Eindruck bei Euch hinterlassen, den selbst die besten Heiler dieser Welt nicht wieder richten können.

Baazlabeth stand einfach auf, schob den Stuhl zurück an seinen Platz und schritt zur Tür.

»Wohin wollt Ihr?«

Im Türrahmen drehte Baazlabeth sich noch einmal um.

»Ihr habt recht, der erste Eindruck ist ganz entscheidend. Ich mochte Euch schon nicht, als ich durch diese Tür hereinkam, und es hat sich daran auch nichts geändert.«

Nortel Pentbrook sprang hinter seinem Schreibtisch auf und fuchtelte mit seinem Zeigefinger herum, als sei dieser ein Schwert.

»Ihr könnt mich nicht einfach übergehen. Ihr braucht meine Stimme, wenn Ihr in den Rat gewählt werden wollt. Jemand sollte Euch erst einmal Manieren beibringen, bevor Ihr Euch für ein öffentliches Amt bewerbt«, keuchte er und schlug mit der anderen Hand auf den Tisch.

Vielleicht brauche ich Eure Stimme. Im Moment würde es mir jedoch reichen, wenn Ihr blutend und mit gebrochenen Knochen am Boden liegen und um Gnade winseln würdet.

»Ihr könnt jetzt pissen gehen. Vielleicht sehe ich auf dem Rückweg noch einmal bei Euch vorbei«, sagte Baazlabeth und zog die Tür hinter sich zu.

Das erste Gespräch war nicht gerade von Erfolg gekrönt gewesen, musste er sich eingestehen. Aber aller Anfang ist schwer, munterte er sich auf. Immerhin blieben ihm noch einige Versuche, bevor er seine Taktik überdenken musste.

Auf der nächsten Tür stand »Horrest Limewall, Tuchhändler« in ein Bronzeschild eingraviert.

Baazlabeth klopfte an und wartete ab.

»Nicht so schüchtern«, hallte eine Stimme durch die Tür. »Immer herein, wenn es nicht der Schnitter ist.«

Baazlabeth stockte. Schnitter, den Ausdruck hatte er schon lange nicht mehr gehört. Bei vielen Völkern wurde so der Tod bezeichnet. Der Schnitter war derjenige, der einem das letzte Gewand anlegte. Sollte das jetzt heißen, dass Baazlabeth lieber draußen bliebe? Wahrscheinlich war es nur so eine Floskel der Menschen und er konnte sie mit Gelassenheit übergehen. Schließlich war Horrest Limewall kein Priester, sondern nur ein Tuchhändler, also konnte Baazlabeth davon ausgehen, nicht direkt in einen Bannzirkel zu stolpern, wenn er die Tür durchschritt.

»Ah, da seid Ihr ja, Herr Sil«, begrüßte ihn der füllige Kaufmann und eilte dem Dämon auf kurzen Beinen entgegen. Horrest Limewall war klein, untersetzt und ziemlich dick. Sein Mondgesicht wurde umrahmt von schütteren braunen Haaren, die er mit viel Pomade so gelegt hatte, dass sie die kahlen Stellen bedeckten.

»Ich war gespannt darauf, Euch kennenzulernen, Herr Sil. Normalerweise sind uns die Bewerber, die sich um einen Sitz im Kleinen Rat bemühen, wohl bekannt, doch Ihr scheint wirklich aus dem Nichts gekommen zu sein. Auf die meisten von uns wirkt das richtig mysteriös, ja geradezu unheimlich, wenn ich das so sagen darf.«

Limewall begrüßte Baazlabeth mit einem kraftlosen, feuchtkalten Händedruck.

Er fühlt sich an wie ein toter Fisch, und sein Körper sieht aufgedunsen aus, stellte Baazlabeth fest.

»Setzt Euch, Herr Sil.«

»Sil reicht vollkommen. Danke.«

»Auch gut«, entschied Limewall. »Nur ein Name macht Euch noch geheimnisvoller. Darf ich Euch einen Schluck Wein anbieten?«

»Einem Gläschen Roten wäre ich nicht abgeneigt«, erklärte Baazlabeth und schaute sich in dem Zimmer um.

Der Raum hatte den typischen Charme einer Lagerhalle und barg zugleich die Schätze eines Königsgrabes. Überall standen und hingen Kunstgegenstände aus fernen Ländern, soweit Baazlabeth das sagen konnte. Hohe, schlanke Vasen mit filigranen Malereien konkurrierten mit Wandbehängen aus reinster Seide. Neben einem Dutzend geschnitzter Totenmasken, die Gargylengesichtern ähnelten, standen zwei gläserne Röhren von drei Fuß Länge, gefüllt mit kleinen bunten Kristallen.

»Ihr müsst mir unbedingt erzählen, was Euch nach Brisenburg verschlagen hat. Ich liebe es, die Geschichten anderer Menschen zu hören und etwas über ihre Schicksale zu erfahren. Sagt schon, welchem Umstand haben wir Euren Aufenthalt zu verdanken?«

Baazlabeths Gedanken wanderten zu Nemrothar. *Der Alte ist eher ein Zustand als ein Umstand. Obwohl ... Umstand kommt von umständlich – das passt.*

Baazlabeth wollte gerade nach dem Weinkelch greifen, um seine Zunge zu lockern, da stockte ihm der Atem. Direkt neben seinem Begrüßungstrunk stand ein länglicher Glaskasten. Der hölzerne Boden war mit Samt ausgelegt, und darauf ruhte ein Horn, besser gesagt, das letzte Ende eines Horns. Weder hübsch anzusehen, noch nach menschlichen Vorstellungen wertvoll. Baazlabeth fühlte sich wie gelähmt. Seine Hand ruhte vor dem Kelch, und seine Augen starrten auf den Glaskasten.

Im Hintergrund plauderte Horrest Limewall fröhlich weiter, doch die Worte prallten an Baazlabeth ab. Irgendwann schien auch der Händler Baazlabeths Abwesenheit zu bemerken.

»Ein schönes Stück, nicht wahr?«, fragte er. »Ich habe es im Hafen von einem alten Kapitän erworben. Ein Teil meiner Seidenstoffe hat die Überfahrt in seinem Frachtraum nicht unbeschadet überstanden. Als Wiedergutmachung überließ er mir dieses Horn. Er schwor, dass es echt ist. Soweit ich verstanden habe, gehörte es zu einem grauenvollen Ungeheuer, halb Tier, halb Mensch – einem Hord.«

»Einem Horden, das ist ein Dämon«, berichtigte Baazlabeth Horrest Limewall wie in Trance.

»Wie auch immer, jedenfalls einer übernatürlichen Monstrosität«, tat der Händler die Belehrung ab. »Leider hat sich herausgestellt, dass es nicht sonderlich wertvoll ist, und so habe ich mich entschieden, es hier als Andenken aufzubewahren. Wenn Ihr wollt, könnt Ihr es mir abkaufen.«

Baazlabeth starrte Horrest Limewall mit hohlen Augen an.

Nein danke, ich habe schon zwei eigene. Aber seid versichert, dass ich meinen Brüdern Bescheid geben werde, dass in Brisenburg ein Händler sitzt, der sich damit brüstet, den Körperteil eines unserer Verwandten in einer Vitrine liegen zu haben und ihn als wertlos zu bezeichnen.

Baazlabeth schob den Kelch zurück und stand auf.

»Bitte seid so gut und stimmt gegen mich in der Ratswahl«, sagte Baazlabeth kühl. »Es wäre für mich unverzeihlich, wenn ich in irgendeiner Weise in Eurer Schuld stünde oder Euch etwas zu verdanken hätte. Wir beide werden uns mit Sicherheit wiedersehen, und dann möchte ich nicht, dass etwas wie Verbindlichkeiten zwischen uns stehen.«

Mit diesen Worten verließ Baazlabeth den Raum des Händlers. Erfolglos, wie auch schon zuvor. Horrest Limewall war zu beschäftigt damit, verdutzt und empört dreinzuschauen, um noch etwas zu erwidern.

So eine Wahl in ein öffentliches Amt stellte sich als schwieriger heraus, als Baazlabeth angenommen hatte. Das erste Mal seit Tagen schien ihm das Band um seinen Hals ein Segen zu sein. Ohne dieses kleine Accessoire hätte sich die Prozedur bereits in ein Blutbad verwandelt und Baazlabeth in ein grauenvolles Ungeheuer, halb Tier, halb Mensch, um es einmal mit den Worten von Horrest Limewall auszudrücken.

Seine Laune besserte sich jedoch schnell wieder, als er den Namen an der nächsten Tür las. Er war bei Jost Blackbell angelangt, dem Hafenmeister, der von der Finstergilde bezahlt wurde, damit er im richtigen Moment nickte.

Das Vorsprechen in dem kahlen Zimmer, das nur mit einem Tisch sowie zwei schlichten Stühlen eingerichtet war, verlief ähnlich wie die Freiersuche in der Schwalbenburg. Das Ergebnis stand bereits fest, nur der Preis musste verhandelt werden. Anscheinend hatten sich die Zwergin und der düster dreinschauende Hafenmeister mit dem breiten Backenbart und der Stirnglatze erfolgreich geeinigt. Das Treffen dauerte keine Minute, und schon stand Baazlabeth vor der Tür des nächsten Ratsmitgliedes.

Das kleine, auf Hochglanz polierte Bronzeschild mit der Aufschrift »Major *Horius Blank*, Kommandant der Stadtwache« verhieß wenig Gutes. Der Befehlshaber einer Stadtwache war der oberste Hüter der Ordnung, und somit der direkte Gegenspieler aller Schattenstreiter, oder besser gesagt: der Erzfeind des Chaos'. Dennoch nahm Baazlabeth sich vor, diesmal etwas mehr Entgegenkommen zu zeigen. Feind oder nicht Feind, er brauchte die Stimme des alten Soldaten, sonst würde es knapp werden.

Selbstsicher klopfte er gegen die Tür – dreimal, genau wie es sich gehörte, und wartete auf eine Reaktion.

»Ja!«, rief jemand in einem schneidigen Tonfall.

Baazlabeth trat ein, schloss die Tür und positionierte sich hinter dem Stuhl für Besucher, die Hände hinter dem Rücken verschränkt. Dann räusperte er sich, damit der Major wusste, dass er bereit war. Hundert Mal und öfter hatte Baazlabeth dieses Spiel beobachten können, und jedes Mal empfand er es als lächerlich. Er hatte mit ansehen müssen, wie junge Offiziere blutüberströmt vom Schlachtfeld kamen, nur um vor ihren Generälen zu salutieren und ihre Niederlage einzugestehen. Danach brachen sie tot zusammen. Es galt nicht, den Krieg zu gewinnen, sondern einen ordnungsgemäßen Bericht abzugeben. Niemand musste sich rechtfertigen, weil die Truppen zurückgeschlagen worden waren, aber wehe dem, der keine anständige Meldung machte, bevor er ins Gras biss.

Wie es sich für einen Kommandanten gehörte, schenkte Horius Blank seinem Gegenüber keine Aufmerksamkeit, sondern kritzelte einige Zahlen und Linien auf ein Stück Papier, um mürrisch festzustellen, dass ihn jemand dabei störte.

Baazlabeth nutzte die Gunst des Momentes, um seinen Blick wandern zu lassen, ohne dabei den Kopf zu bewegen. Links an der Wand befand sich ein Waffenständer, der bestückt war mit einem Kurzschwert, einem Langschwert und einer Hellebarde. Gegenüber davon hatte man eine Holzpuppe aufgestellt, die Waffenrock, Schild und Helm trug. Alle Teile schienen wenig gebraucht und dem normalen Standard der Stadtwachen zu entsprechen. An der Wand hinter dem Kommandanten hing ein Ölgemälde in einem mit Blattgold beschlagenen Rahmen, das einen ranghohen Offizier auf einem Pferd darstellte. Ähnlichkeiten mir Horius Blank konnte Baazlabeth keine feststellen. Der Major selbst war das, was Baazlabeth als alten Haudegen bezeichnete. Ein großer, kräftiger Mann mit leicht ergrautem Haar und einem dunklen Vollbart. Der Zahn der Zeit hatte auch an ihm genagt, doch vermittelte er immer noch den Eindruck, dass man sich besser nicht mit ihm anlegte.

»Mein Hauptmann, Andor Celest, ein überaus gewissenhafter Mann, wenn ich das einmal betonen darf, berichtete mir vor einigen Tagen von einem Flüchtigen. Jener Mann sollte von uns bezüglich einiger mysteriöser Todesfälle befragt werden, zog es jedoch vor, Reißaus zu nehmen. Seit dieser Zeit hat sich weder der Flüchtige noch das Dutzend Wachen, das ihm auf den Fersen war, wieder eingefunden. Zuletzt wurden sie gesehen, als sie über die Dächer der Stadt turnten und kurz danach in der Kanalisation verschwanden. Ihr müsst wissen, die Kanalisation ist kein Ort, der gern wieder etwas ausspuckt. Was einmal dort unten verschwand, bleibt meist verschwunden. Was jedoch nicht verschwunden ist, ist der Bericht von meinem Hauptmann, Andor Celest, einem wirklich vorbildlichen Mann, wenn ich das so sagen darf. Nun ratet mal, was in diesem Bericht über den flüchtigen Mann steht, der mit sechs meiner Stadtwachen in der Kanalisation verschwand.«

Aus irgendeinem Grund hatte Baazlabeth das Gefühl, dass dieses Gespräch nicht viel besser verlaufen würde als die ersten beiden. In solchen Situationen gab es nur zwei Möglichkeiten: Entweder alles zuzugeben und auf Gnade zu hoffen, oder zielsicher alles abzustreiten und Unschuld zu heucheln. Da ihm die erste Variante nicht sonderlich gut zu Gesicht stand, entschied er sich für die zweite.

»So wie ich Brisenburg und seine Bürger kennengelernt habe, würde ich sagen, Ihr sucht nach einem sieben Fuß großen Zwerg mit roten Haaren und Glatze. Jemand, der von Weitem größer wirkt, als er ist. Vielleicht ein einbeiniger Tagelöhner, der versucht, als Drahtseilartist über die Runden zu kommen. Oder vielleicht doch eine holde Jungfrau mit drei Kindern und Vollbart?«

Horius Blank fand die Bemerkung offensichtlich nicht sonderlich erheiternd, dennoch rang er sich ein verkniffenes Lächeln ab. Abrupt schlug er mit der Faust auf den Tisch. Erschrocken zuckte Baazlabeth zurück, was den Kommandanten wesentlich mehr zu freuen schien.

»Euer Sinn für Späße wird Euch bald vergehen«, knurrte er. »In dem Bericht von Andor Celest, dem ich mehr traue als Euch, steht etwas von einem Sil und dessen Schwester namens Lis. Ehrlich gesagt sind die Namen so albern, dass ich eine Verwechslung ausschließen möchte. Außerdem passt Euer Aussehen und Eure auffällige Kleidung so gut zu der Beschreibung des Flüchtigen, dass ich meinen Männern, die vor dem Schloss warten, bereits gesagt habe, sie könnten die Suche einstellen, ich hätte den Mann gefunden. Was habt Ihr dazu zu sagen, Herr Sil?«

Baazlabeth kaute auf einem seiner Fingernägel herum und spuckte den Span auf den Boden.

»Alberne Klamotten, sagt Ihr? Meint Ihr meine gestreifte Hose und das bunte Hemd? Da, wo ich herkomme, tragen alle so etwas. Vielleicht stammen der Sil, nach dem Ihr sucht, und seine Schwester aus derselben Gegend wie ich. – Jedenfalls kenne ich beide nicht. Aber wenn ich einen von ihnen sehe, seid Ihr der Erste, der es erfährt.«

Der Major lehnte sich entspannt in seinem Stuhl zurück und faltete die Hände. Von seinem Zorn war nicht mehr übrig als das nervöse Zucken eines Augenlids.

»Macht Euch nur ruhig weiter lustig. Euch wird das Lachen noch vergehen. Ich habe bereits Lord Brackenmoore von der Sache unterrichtet. Wenn Euer Gesuch, dem Kleinen Rat beizutreten, erst abgelehnt ist – und das wird es zweifelsohne werden, da bin ich mir sicher –, werdet Ihr in meine Obhut übergeben. Dann wollen wir doch mal sehen, ob sich Euer Gedächtnis im Kerker erholt. Genießt den Rest Eures Ausflugs in die Welt der Reichen und Mächtigen. Schon bald werdet Ihr nur noch davon träumen können, ein warmes Bett zu haben. Ihr könnt jetzt gehen.«

Baazlabeth schob den Stuhl, auf dem er nicht Platz genommen hatte, weiter an den Tisch heran, drehte sich um und ging. Bevor er die Türklinke drückte, drehte er sich noch einmal zu Horius Blank um.

»Kann ich davon ausgehen, dass Ihr mir Eure Stimme nicht geben werdet?«, fragte er verunsichert. »Ich frage nur, weil es für mein neues Amt recht wichtig ist, wer auf meiner Seite steht, und wer nicht.«

Der Major antwortete nicht, sondern kritzelte wieder auf dem Blatt Papier herum. Sein Auge zuckte immer noch nervös.

Baazlabeth trat auf den Flur und sah die Reihe von Türen hinunter, die er schon hinter sich gelassen hatte. Dann drehte er sich um und schaute zu den letzten drei verbleibenden Kammern. Es war noch nicht alles verloren, aber er fragte sich, ob er es überhaupt so weit kommen lassen sollte. Er könnte hier und jetzt mit dieser Welt abschließen. Er würde einfach noch einmal an der ersten Tür beginnen und seinen Standpunkt anders formulieren – schärfer und blutiger. Bei all der Schmach, die man ihm bisher zugefügt hatte, wäre das eine viel versprechende Abwechslung. Er wäre wieder frei, Herr seiner selbst und würde bis auf ein paar Blessuren an seinem Ego nichts einbüßen.

Doch das war leider nicht die ganze Wahrheit, wie er sich eingestehen musste. Im Handumdrehen konnte er sechs der sieben Ratsmitglieder ins Jenseits befördern und sie dafür büßen lassen, dass sie ihn hier versuchten, zu demütigen. Um keinen der sechs würde es ihm leid tun. Sie waren arrogant, dekadent und nicht würdig, dieselbe Luft zu atmen wie er, doch sie waren nicht mehr als eine Dreingabe. Der jedoch, auf den es ankam, würde ungeschoren davonkommen. *Lebuin Nemrothar* war derjenige, an dem Baazlabeth sich rächen wollte, und er würde seine Rache nur bekommen, wenn er dessen Aufgabe zu einem glücklichen Ende führte.

Als wenn das Schicksal ihm etwas vor Augen führen wollte, hatte es ihn zu der Tür geführt, an der ein kleines Bronzeschild hing, auf dem in mit Patina angelaufenen Buchstaben der Name seiner Nemesis stand. Es hätte natürlich auch Zufall sein können – so viele Türen waren schließlich nicht übrig –, doch wer glaubte schon an Zufälle?

Diesmal klopfte Baazlabeth nicht an. Er brauchte sich nicht einzuschmeicheln, um die Stimme des Magus' zu bekommen. Er wusste bereits, wie es ablaufen würde. Jetzt blieb ihm nur noch, sich am Gesichtsausdruck des alten Flim-Flam-Flunkel zu ergötzen, wenn er es ihm erklärte.

Nemrothars Miene verdunkelte sich, als Baazlabeth den Raum betrat. Es war herrlich mit anzusehen, wie es dem Magier missfiel, den von ihm beschworenen Dämon hier und unter diesen Umständen zu sehen. Baazlabeth genoss diesen Augenblick, während er sich an den schäbigen Tisch auf den ungepolsterten Stuhl setzte. Es hätte ihm nichts ausgemacht, auf einem Nagelbrett inmitten eines Lavendelfeldes zu liegen, solange er nur diesen Moment miterleben durfte. Einige

Sekunden saßen sich Mann und Dämon schweigend gegenüber, und keinen der beiden hätte es verwundert, wenn der eine im nächsten Augenblick mit gezückter Waffe über ihn hergefallen wäre.

Nemrothar brach als Erster das Schweigen.

»Du scheinst immer noch der Ansicht zu sein, es dir einfach machen zu können. Ich habe dir schon gesagt, die Welt der Menschen ist für einen Außenstehenden nicht leicht zu durchschauen.«

Baazlabeth hasste die arrogante Art des Magiers.

»Sie ist einfach zu durchschauen, glaube mir, alter Mann, schließlich sitze ich vor dir und habe es bis an die Spitze der Brisenburger Gesellschaft geschafft.«

Nemrothar wurde von einem Hustenanfall geschüttelt und hob die Hand, um eine kurze Unterbrechung zu erbitten.

»Geht's wieder, Alterchen?«, erkundigte sich Baazlabeth, als der Anfall vorüber war. »Ich würde es bedauern, wenn du mir unter den Händen wegstirbst, bevor ich mich für die wundervolle Reise ins Land der Menschen erkenntlich zeigen konnte.«

Nemrothar nickte und nahm einen Schluck aus dem Glas vor sich.

»Tut mit leid, aber ich konnte nicht umhin, mittels ein paar kleiner Tricks das letzte Gespräch mit Horius Blank mit anzuhören. Die Wände des alten Gemäuers sind zwar aus massivem Stein, aber dennoch versteht man jedes Wort, das hinter ihnen gesprochen wird, wenn man sich einiger einfacher Utensilien bedient. Lord Brackenmoore hat uns natürlich schon im Vorwege kundgetan, worum es in dieser Anhörung gehen wird, doch meine Neugier, was die Ansichten meiner Kollegen betrifft, ließ mich über die Grenzen der Etikette hinwegsehen und ein wenig lauschen. Selbst nüchtern betrachtet, würde ich sagen, auf seine Stimme kannst du nicht hoffen. Wenn ich mir dann die ersten drei Ratsmitglieder, mit denen du gesprochen hast, vor meinem inneren Auge betrachte, muss ich davon ausgehen, dass du auch dort nicht viel erreicht hast. Nortel Pentbrook ist jemand, der andere Menschen nicht mag, insbesondere junge fremde Emporkömmlinge, und als genau solchen wird er dich gesehen haben. Horrest Limewall ist ein recht umgänglicher Mensch, der aber jede Art von Gewaltanwendung verabscheut. Er ist jemand, der mit Verhandlungsgeschick und Gold alles zu regeln vermag. Es sollte mich wundern, wenn er einen Meuchler der Finstergilde im Rat akzeptieren würde. Zu dem guten Jost Blackbell brauche ich nicht viel zu sagen. Seine Stimme bekommt man nur, wenn man sie sich leisten kann. Nun weiß ich jedoch aus verlässlicher Quelle, dass es mit deinem Vermögen nicht weit her ist. Somit scheidet auch er als Fürsprecher aus. Bleiben nur noch ich, Abt Theon und Lord Brackenmoore. Theon ist ein Mann Gottes. Er sieht das Gute in allem. Ihm missfällt jede Art von Bestrafung, die nicht von Gottes Hand oder einem seiner Priester kommt. Immer wieder predigt er, dass wir aufhören sollten, die Menschen der irdischen Gerichtsbarkeit zu unterstellen. Was, glaubst du also, sagt er zu einem Assassinen im Auftrag des Kleinen Rates? Soll heißen: Es mag dir gelungen sein, Lord Brackenmoore für dich zu gewinnen. Doch das wird nicht reichen, selbst nicht, wenn er dich aus eigener Tasche bezahlt. Es ist dir bestimmt schon aufgefallen, dass Lord Brackenmoore am Bettelstab geht. Dein neuer Weg scheint eine Sackgasse zu sein, in die du dich selbst manövriert hast.«

Baazlabeth hatte die Ansprache des alten Magiers ruhig über sich ergehen lassen. Dessen Arroganz, Zurechtweisungen und gute Ratschläge hatten in ihm Übelkeit aufsteigen lassen. Bevor er also auf die Rede Nemrothars einging, atmete er zweimal tief durch, um sicherzustellen, dass er sich nicht übergeben musste.

»Ich liebe Sackgassen«, entgegnete er dann. »Da weiß man jedenfalls, wo man steht, und man kennt den Weg, der einen wieder herausbringt, nur zu genau. Aber du hast recht, es ist traurig, mit anzusehen, auf wie viel Respektlosigkeit, Unvermögen und Unverständnis meine neuen Pläne in Brisenburg stoßen. Da kann ich ja richtig von Glück sagen, einen Freund wie dich zu haben. Einer, der mein Ansinnen versteht, und dessen Stimme mir gewiss ist. Selbst wenn ich hier und heute eine Niederlage erleiden werde, werden mir deine Stimme und unsere Freundschaft besonders am Herzen liegen.«

»Meine Stimme werde ich dir auch nicht geben, nicht einmal um die Schmach deiner Niederlage etwas zu mindern«, fuhr Nemrothar ihm ins Wort.

Baazlabeth legte einen Finger auf seine Lippen und schloss die Augen.

»Psst! Du vergisst den Eid, der uns beide verbindet. Ich darf diese Welt nicht verlassen, bis ich die von dir gestellte Aufgabe erfüllt habe.

Und im Gegenzug dafür darfst du mir keine Steine in den Weg legen. Solltest du dich nicht daran halten, ist unser kleines Geschäft geplatzt, und wir können sofort abrechnen. Kein Zauber mehr, der sich zwischen uns drängt.«

»Du glaubst doch nicht im Ernst, dass die Beschwörungsgesetze hinfällig werden würden, nur weil ich dir meine Stimme in der Ratswahl nicht gebe. Das ist ja lächerlich. Ein plumper Versuch von dir, mich einzuschüchtern!«, empörte sich Nemrothar.

Jetzt habe ich ihn, serviert auf einem silbernen Tablett mit einem Apfel im Mund. Oink, Oink!

»Da fällt mir die Geschichte von Donythal und Ankhthal ein, zwei kleinen Dörfern in einer Welt ganz ähnlich dieser. Die Dörfer lagen seit vielen Jahren im Streit, nur weil ein Mädchen aus Donythal einen Jungen aus Ankhthal liebte. Das Mädchen war dem Dorfältesten als dritte Frau versprochen. Sie widersetzte sich der Hochzeit und floh zu ihrem Geliebten. Seit dieser Zeit herrschte Krieg zwischen den beiden Dörfern. Irgendwann schickte der Dorfälteste von Donythal nach einem Schamanen, der ihm helfen sollte, Ankhthal dem Erdboden gleichzumachen. Der Schamane rief einen Former in der Gestalt eines brennenden Stieres und befahl ihm, ganz Ankhthal mit all seinen Bewohnern in der kommenden Nacht zu zerstören. Was jedoch niemand wusste war, dass der Dorfälteste einen Mann losschickte, die junge Frau aus Ankhthal zu entführen, um sie so vor ihrem tödlichen Schicksal zu retten. In dieser Nacht brannten beide Dörfer bis auf die Grundmauern nieder, und keiner der Bewohner, weder aus Ankhthal noch aus Donythal, wurde je wieder gesehen.

Die Legende berichtet von einem brennenden Stier, auf dessen Rücken eine Jungfer sitzt, und der Hunderte von Männern, Frauen und Kindern an Ketten gefesselt hinter sich herschleift. In der Abenddämmerung kann man sie manchmal am Horizont sehen, wo sie nach einem kleinen Dorf suchen, dass niemand vermisst. Siehst du, was ich meine, Nemrothar? Manchmal reicht es, ein einziges Leben verschonen zu wollen, um den Bann zu brechen. Willst du das Risiko eingehen und mir deine Stimme verwehren?«

Nemrothar war zu versiert, um sich seine Unsicherheit anmerken zu lassen. Etwas steif erhob er sich von seinem Platz und nickte Baazlabeth zu.

»Du solltest den Abt nicht warten lassen«, sagte er und wandte sich ab.

Das war Stimme Nummer zwei. Jetzt muss ich nur noch den Mann des Glaubens auf meine Seite bringen, wobei mir unter die Erde bringen besser gefallen würde. Doch solange er für etwas gut ist, soll es so sein.

Das Amtszimmer von Abt Theon glich einer Apsis im Tempel. Im vorderen Bereich standen vier Stühle, dahinter, auf einem niedrigen Podest, der altarähnliche Tisch, der fast gänzlich von einem goldfarbenen Tischläufer bedeckt wurde. Darauf befanden sich eine Anzahl von klerikalen Gegenständen, unter anderem ein dickes in Leder gebundenes Buch, das in Bronze gegossene Symbol eines Baumes und eine flache Schale mit Wasser. Im hinteren Bereich hing eine Reihe von Bildern, die stark an eine Ahnengalerie erinnerte. Baazlabeth war heilfroh, dass Abt Theon nicht von einer Kanzel zu ihm sprach, sondern auf einem prunkvollen Stuhl hinter dem Tisch Platz genommen hatte.

Der Mann des Glaubens begrüßte Baazlabeth mit einer einladenden Handbewegung, die der Dämon mit einem Lächeln annahm, obwohl es ihm schwerfiel. Baazlabeth hatte gerade erst zwei Schritte in den Raum gemacht, da spürte er ein leichtes Prickeln in Füßen und Oberschenkeln.

Dieser Verrückte hat sogar sein Arbeitszimmer geweiht, stellte er verärgert fest.

Was ihn jedoch beruhigte war die Tatsache, dass die göttliche Segnung nicht denselben unangenehmen Effekt hatte wie sonst. Anscheinend bewirkte das Band um seinen Hals auch, dass ihm heilige Orte beim Betreten keine Schmerzen mehr zufügten, sondern nur ein leichtes Kribbeln.

Der Raum war recht dunkel, und die Luft roch nach erkaltetem Weihrauch, vermischt mit Vanille und Rosmarin – ein Duft, der ihm irgendwie bekannt vorkam. Baazlabeth nahm Platz und legte die gefalteten Hände in den Schoß. Mehr Frömmigkeit wollte und konnte er nicht an den Tag legen. Abt Theon war ein äußerst dicker Mann mit wenig Sinn für gute Kleidung. Er hatte einen kurz geschorenen Haarkranz, Schweinsaugen und dicke rosa Lippen. Aber das Beste war, dass Baazlabeth ihn kannte.

Sieh mal an, der nette Obsthändler von gegenüber, diesmal als Mann Gottes unterwegs. Heute scheint mein Glückstag zu sein.

Zuletzt hatte er diesen Mann in einer Kutsche gesehen, mit gebrochenem Kiefer und einer neunschwänzigen Katze im Hintern. Die untere Gesichtshälfte des Abts war immer noch blau und grün verfärbt, eine Lippe geschwollen und der Hals bandagiert. Anscheinend ging der Heilungsprozess selbst bei Priestern nur langsam vonstatten, oder aber er hatte sich erneut züchtigen lassen – von einem kräftigen Handwerksgesellen.

»Ich weiß natürlich, warum Ihr gekommen seid, und auch, was Euer Handwerk ist«, nuschelte Abt Theon, als ob er noch den Mund voller Weintrauben hätte. »Ich kann Euch, egal welche Beweggründe Ihr habt, meine Stimme nicht geben. Es ist nichts Persönliches, aber das Töten von Menschen, egal wie schlecht sie auch sein mögen, ist unvereinbar mit meinem Glauben. Über Leben und Tod entscheidet immer noch der Erschaffer.«

Erstens will ich deinen Segen weniger als Krätze am Arsch, und zweitens solltest du noch einmal in dem großen Buch nachschlagen, was den Tod betrifft. Dort wirst du auf den Herrn des Chaos', den Zerstörer stoßen, oder wie ihr ihn auch immer genannt habt. Dein Gott lässt die Menschen lediglich ableben. Töten, dass kann nur meiner.

Baazlabeth brauchte Abt Theon nichts von den Vorzügen oder der Notwendigkeit eines Meuchlers zu erzählen, er hatte etwas viel Besseres und Wirkungsvolleres in petto. Einen Priester davon zu überzeugen, gegen die Wahrheiten seines Glaubens zu handeln, schien so gut wie unmöglich, egal wie dekadent und weich er ansonsten auch war. Ihm eine Wahrheit zu zeigen, die er noch nicht kannte, öffnete aber einige Türen. Es war schön, mit anzusehen, wie sich ein Mann des Glaubens entschied, wenn man ihn vor die Wahl stellte, seinem Glauben eine Ohrfeige zu geben oder selbst eine zu bekommen.

Baazlabeth hielt die Hände wie zum Gebet vor der Brust verschränkt und ließ sie im Takt seiner Worte wippen.

»Mein Besuch soll nicht bezwecken, Euch von der Dringlichkeit meines Gesuches zu überzeugen, sondern er ist ausschließlich das Zeichen meines Respekts.«

Bei diesen Worten überfiel ihn doch eine leichte Übelkeit.

»Ich möchte Euch danken für alles, was Ihr in dieser Stadt für die

Menschen tut. Sie brauchen Euren Beistand, gerade in diesen schweren Zeiten. Es wäre kaum auszudenken, wenn die Kirche auf jemanden wie Euch verzichten müsste. Es würde eine Wunde reißen, die nur schwerlich wieder zu heilen wäre. Meine Schwester sagt immer, Abt Theon ist ein Mann, der über jeden Zweifel erhaben ist. Selbst die Inquisitoren müssten vor seiner Standhaftigkeit in Fragen des Glaubens erblassen.«

Theon legte die Stirn in Falten und schien zu überlegen, welches süße Wesen er so beeindruckt haben mochte.

»Ach übrigens, ich soll Euch recht herzlich von ihr grüßen und ausrichten, dass ihr selten ein Abend so viel Vergnügen bereitet hat wie der mit Euch.«

Jetzt schien der Priester vollkommen irritiert zu sein, doch seine Augen zeigten, dass er ahnte, in welche Richtung das Gespräch führte.

»Ach natürlich«, sagte Baazlabeth und fasste sich gegen die Stirn, »Ihr habt so viele Schäfchen zu betreuen, da erinnert Ihr Euch nicht an jedes Einzelne. Meine Schwester Lis hat einen ähnlichen Kleidungsstil wie ich und ist mir mehr oder weniger wie aus dem Gesicht geschnitten. Wir sind Zwillinge, müsst Ihr wissen. Besonders auffallend sind ihr langes blondes Haar und die überaus weiblichen Rundungen sowie ihre Einfühlsamkeit. Die mag auch der Grund dafür gewesen sein, dass sie sich dazu entschlossen hat, den Menschen zu helfen, wenn sie in ›Not‹ geraten sind – vorzugsweise Männern. Sie hat mir berichtet, wie freundlich Ihr sie empfangen und ihr Früchte angeboten habt. Sie schwärmt immer noch von der Fahrt in Eurer Kutsche durch die nächtlichen Straßen. Wenn dieser Mann doch nur kein Zölibat abgelegt hätte, pflegt sie immer zu sagen, könnte ich mich in ihn verlieben. Aber was schwatze ich hier herum, Ihr werdet sicherlich überhäuft mit Schmeicheleien. Ich will Euch nicht in Verlegenheit bringen.«

Baazlabeth erhob sich, während der Abt nicht zu erfassen versuchte, was gerade passiert war. Irritiert nickte er Baazlabeth zu.

»Dann wollen wir die anderen nicht länger auf die Folter spannen«, sagte Baazlabeth. »Lord Brackenmoore wartet bestimmt schon auf mich. Wir sehen uns dann gleich im Ratssaal wieder. Mal sehen, ob sich das Schicksal für oder gegen uns entscheidet.«

Priester waren oft nicht sensibel genug, wenn es darum ging, Zeichen zu deuten, die nicht von ihrem Gott stammten, doch Baazlabeth war sich sicher, dass der Abt verstanden hatte, worum es ihm ging. So zufrieden, wie man nur sein konnte, verließ er das Zimmer.

Lord Brackenmoore erwartet Baazlabeth bereits ungeduldig und fing ihn im Flur ab. Theon zwängte sich an den beiden vorbei. Er wirkte wie ein gescholtener Knabe, wahrend er den Gang hinunterschlurfte, um ins Ratszimmer zu gelangen. Brackenmoore zeigte sich nur kurz irritiert, tat das merkwürdige Verhalten des Priesters dann aber mit einem verständnislosen Kopfschütteln ab. Den langen Gang hinunter, durch die halb geöffnete Tür, sah Baazlabeth, dass die andern schon am Ratstisch Platz genommen hatten.

»Wie ist es Euch ergangen?«, erkundigte sich Lord Brackenmoore. »Alte Männer können oft störrisch sein, wenn es darum geht, neue Wege zu beschreiten.«

Baazlabeth lächelte.

»Das stimmt«, erwiderte Baazlabeth, »aber stellt man an das eine Ende eine Jungfrau und an das andere einen wütenden Stier, wird man sich wundern, wie rüstig die müden Knochen noch sein können.«

Lord Brackenmoore lachte.

»Lasst mich raten: Abt Theon ist vor der Jungfrau geflohen und hat sich an den Stier herangemacht?«

»Nein, ich glaube eher, er hat sich unter die Rockzipfel der Dame geflüchtet und wartet darauf, dass der Stier an ihm vorbeiprescht. Aber last uns selbst sehen, wie die ehrenwerten Herren entschieden haben. Ich hoffe, Ihr habt nur Gutes über mich berichtet.«

»Ich wüsste nicht, was.«

Baazlabeth konnte diese Bemerkung nur schwerlich einordnen, schob die Ablehnung des Lords aber auf seine angestrebte Aufgabe im Rat. Dennoch wollte er nicht ins offene Messer laufen und hielt den Lord, kurz bevor sie den Ratssaal betraten, zurück.

»Ihr steht doch noch zu Eurem Wort?«, fragte er.

Lord Brackenmoore sah ihn mit versteinerter Miene an.

»Ich bin zwar ein verarmter Adliger, aber kein Heuchler.«

Als die beiden den Raum betraten, schenkte Sechella, eine der Dienerinnen, den Mitgliedern des Kleinen Rates gerade Wein ein. Abt Theon beobachtete jede ihrer Bewegungen und versuchte, einen verstohlenen Blick in ihr Dekolletee zu werfen. Als Baazlabeth neben ihm auftauchte, räuspert er sich und schaute gebannt auf den Grund des Kelches vor ihm. An was er in Wirklichkeit dachte, wussten nur er und die Götter – doch der Dämon hatte so eine Ahnung.

Baazlabeth nahm auf dem freien Stuhl neben dem Priester Platz und flüsterte: »Die Gedanken sind frei, im Gegensatz zu ertappten Sündern.«

Lord Brackenmoore blieb am Ende des ovalen Tisches stehen und sah sich ein Ratsmitglied nach dem anderen an.

»Ihr alle wisst, warum wir hier sind. Vertrödeln wir also keine Zeit, stimmen wir ab. Sechella, wir brauchen dich im Moment nicht mehr. Ich lasse dich rufen, wenn wir etwas haben wollen.«

Die Bedienstete machte einen Knicks und eilte hinaus. Lord Brackenmoore wartete, bis sie die Tür hinter sich zugezogen hatte, und fuhr dann fort.

»Ich bitte jeden, der dafür ist, dass Sil dem Rat beitritt, seinen Kelch in die Mitte des Tisches zu schieben.«

Abt Theon rutschte nervös auf seinem Platz umher und klammerte sich an seinen halbvollen Kelch.

»Sollten wir nicht lieber in einer geheimen Wahl abstimmen«, gab er zu bedenken.

»Was soll diese Farce«, fauchte Horius Blanck und schlug seinen Kelch auf den Tisch, um zu zeigen, wo er stehen würde. »Zeigen wir diesem Mann, was wir von gemeinen, hinterhältigen Meuchlern halten.«

»Major, ich möchte Euch bitten, die Regeln des Rates einzuhalten, genauso wie die der Gastfreundschaft«, ermahnte Brackenmoore Blanck.

»Gastfreundschaft, dass ich nicht lache!«, empörte sich Nortel Pentbrook und zog seinen Kelch an sich heran.

Der Erste, der seinen Becher in die Mitte schob, war Jost Blackbell.

»Na, das war ja klar«, mokierte sich der Major, verstummte jedoch, als auch Nemrothar seinen Kelch in die Mitte stellte. Zu guter Letzt schob auch noch Abt Theon sein Trinkgefäß mit einem Finger vor sich her, bis es an die beiden anderen stieß.

Horrest Limewall ergriff den seinen und nahm einen kleinen Schluck, dann klammerte er sich daran fest wie ein Kind, das seine Puppe nicht hergeben will.

Aller Augen ruhten auf Lord Brackenmoore. Seine Stimme würde darüber entscheiden, ob man Baazlabeth aufnahm oder nicht. Auch er führte den Kelch an den Mund, nahm einen Schluck und stellte ihn in die Mitte des Tisches.

»Das kann nicht Euer Ernst sein!«, schrie Horius Blanck, stieß seinen Kelch um und sah zu, wie sich der Rotwein über den Tisch ergoss. »Er ist ein Assassine. Er hat es Euch gegenüber selbst zugegeben. Dieser Mann tötet für Gold. Wie lange dauert es, bis er uns ans Messer liefert, frage ich Euch?«

»Haltet den Mund, Major Blanck, Ihr vergesst Euch!«, schrie Lord Brackenmoore zurück. »Die Wahl ist entschieden, und Ihr werdet Euch mit dem Ergebnis abfinden.«

Ihr alle müsst Euch damit abfinden. Ihr habt den Tod in Euer Haus eingeladen, nun solltet Ihr es auch ertragen, wenn er neben Euch sitzt.

Jetzt erst setzte sich Lord Brackenmoore, zog seinen Kelch zu sich heran und schenkte sich aus der Karaffe nach, sichtlich bemüht, souverän zu wirken. »In den vergangenen Monaten haben wir oft darüber diskutiert, wie wir uns gegen die Erpressungsversuche von Neptrotot wehren können. Anscheinend legt er es regelrecht darauf an, Mischlingskinder in die Welt setzen zu lassen, um sie uns dann zu verkaufen und unsere Truhen zu leeren.«

»Er hat eine richtige Mischlingszucht gegründet«, brummte Nortel Pentbrook.

»Wie wir bereits feststellen mussten, waren uns bislang die Hände gebunden. Neptrotot wird vom Gesetz des Königs geschützt, solange er vor der Stadt bleibt. Ein Einsatz unserer Stadtwachen vor den Stadtmauern könnte als Übergriff auf das königliche Reich gewertet werden. Die Gesetze den Handel mit Sklaven betreffend geben ihm recht mit dem, was er tut. Und zu meiner Schande muss ich gestehen, dass er immer noch genügend Unterstützung von einigen Bürgern Brisenburgs bekommt. Der Vorschlag von Major Blanck, den Vertrag mit Neptrotot aufzuheben und die Mischlingskinder ihrem Schicksal zu überlassen, wurde vom Kleinen Rat bei unserem letzten Treffen abgelehnt. Die heutige Entscheidung, Sil in diesen Rat aufzunehmen, versetzt uns in die Lage, einen anderen Weg einzuschlagen. Manchem von Euch mag es als abnorm oder sogar pervertiert vorkommen, die Probleme auf diese Art zu lösen, doch möchte ich allen Anwesenden versichern, dass dies nicht der erste Rat ist, der einen solchen Posten einführt. Selbst der König bedient sich gesichtsloser Männer, die dorthingehen, wo sein Einflussbereich endet. Kurzum möchte ich den Antrag stellen, dass Sil sich um das Problem mit dem Sklavenhändler Neptrotot kümmert. Die Vorgehensweise sei ihm überlassen.«

Beeindruckende Ansprache, Eure Lordschaft. Ihr habt nicht einmal das Wort »meucheln«, »töten« oder »umbringen« benutzt und Euch dennoch klar ausgedrückt. Ein Ehrenplatz in der Hölle des heißen Breis ist Euch sicher.

Lord Brackenmoore warf einen abgewetzten Lederbeutel auf den Tisch.

»Die Abstimmung wird geheim durchgeführt, um von äußeren Zwängen frei zu bleiben. Die Vorgehensweise ist wie sonst auch. Wer dafür stimmt, dass sich Sil unseres Problems annimmt, wirft eine Silbermünze in den Beutel, wer dagegen ist, eine Kupfermünze. Die Mehrheit bestimmt das Vorgehen.«

Lord Brackenmoore nahm sich das Recht, als erster eine Münze in den Beutel zu befördern. Dann reichte er ihn unter dem Tisch weiter zu Horrest Limewall, und so machte die Börse ihre Runde durch den Kleinen Rat.

Baazlabeth war erleichtert, als er feststellte, dass sich in seiner Tasche noch eine Silbermünze befand. Es wäre ihm peinlich gewesen, sich lauthals eine von Nemrothar leihen zu müssen.

In kürzester Zeit fand der Beutel seinen Weg zurück zu Lord Brackenmoore. Der zog das Lederband auf und schüttete die Münzen auf den Tisch.

»Damit steht die Entscheidung fest«, verkündete er sichtlich erleichtert. »Sechs stimmen dem Antrag zu, zwei entscheiden sich dagegen.«

»Wir haben noch gar nicht darüber gesprochen, wie Herr Sil für die Dienste entlohnt werden soll«, erhob Horrest Limewall seinen Einwand.

»Diese Entscheidung habe ich bereits gefällt, ohne den Rat zu befragen. Ein Menschenleben kann man nicht mit Gold abwiegen, dass sollte jedem von uns bewusst sein«, erklärte Lord Brackenmoore.

Ihr hängt Euch weit aus dem Fenster, dachte Baazlabeth. *Wer Kinder von einem Sklavenhändler kauft und sich die Freiheit seiner Tochter mit dem Tod von braven Bürgern ergaunert, kennt den Preis für ein Menschenleben – fünfhundert Goldstücke und ein Glas Hauswein, um sein schlechtes Gewissen herunterzuspülen. Wäre ich nicht gezwungen, meinen Auftrag erfüllen zu müssen, würde mir der Wein genügen.*

»Tausend Goldmünzen«, verkündete Lord Brackenmoore.

Man konnte die Anspannung im Raum regelrecht spüren. Verstohlene Blicke wurden gewechselt, die sagten: *Dafür hätte ich es auch gemacht.* Horrest Limewall sog scharf die Luft ein und tat so seine Meinung kund, dass er die Summe für zu hoch hielt.

»Ich habe die Summe absichtlich so hoch gesetzt, um zu verhindern, dass wir leichtfertig über das Schicksal eines Menschen entscheiden«, rechtfertigte Brackenmoore seinen Beschluss.

Gerne hättet Ihr die Ehrfurcht vor dem Leben auch noch höher ansetzen können – 4457 Goldstücke hätte ich für angemessen erachtet.

»Sil, seid Ihr mit dem Vorschlag und Eurer Bezahlung einverstanden?«

»Ich halte die Summe für angemessen«, sagte Baazlabeth. »Falls die edlen Herren sich jedoch entschließen sollten, dass ich nächste Woche König Bellington einen Besuch abstatten soll, müsste die Summe noch einmal nachverhandelt werden.«

Das Entsetzen stand den Ratsherren ins Gesicht geschrieben. Abt Theon verschluckte sich an seinem Wein, Horrest Limewall wechselte mehrfach die Gesichtsfarbe und Blank, Pentbrook und Blackbell beschränkten sich darauf, mit offenem Mund und aufgerissenen Augen dämlich dreinzuschauen. Nur Lord Brackenmoore und Lebuin Nemrothar schienen die Bemerkung überhört zu haben, oder darüber nachzudenken.

»Damit schließe ich die Ratssitzung für heute«, verkündete der Lord.

20
Im Schweiße meiner Angesichter

Als man zu der Einsicht kam, dass es immer wieder seltsam war, mit anzusehen, wie eine Seite der Medaille von der anderen abwich, und es dann umso überraschender war zu sehen, wie sich zwei Menschen ein Gesicht teilten.

Der Tag war noch nicht angebrochen, doch die Sonne kündete bereits von ihrem baldigen Erscheinen durch ein flammendes Band, das sich über die Gipfel der fernen Berge zog. Baazlabeth war bereits aufgestanden und wartete auf sein Frühstück. Er konnte es selbst nicht glauben, aber er hatte sich tatsächlich an das Essen der Menschen gewöhnt – nicht an alles, aber es gab einige spezielle Leckereien, die er vermissen würde, wenn er diese Welt verließ. Es war aber nicht das gute Essen, das ihn so früh aus dem Bett geholt hatte, sondern schlicht und ergreifend die Aufregung.

Um sich nicht eingestehen zu müssen, dass er so etwas wie Aufregung überhaupt empfinden konnte, redete er sich ein, langes Schlafen würde seinen Körper schwächen. Jeden Tag konnte er miterleben, wie Lilith mit ein oder zwei Stunden Schlaf auskam, während er sich nach acht Stunden immer noch fühlte wie gerädert. Sein menschlicher Leib forderte ihm alles ab. Die Leichtigkeit, mit der er seinen um ein Vielfaches schwereren dämonischen Körper bewegte, war mit dem Bannzauber um seinen Hals wie weggeblasen. Jede Anstrengung führte dazu, dass er keuchte und schwitzte sowie zu schmerzenden Muskeln. Der menschliche Körper war Restriktionen unterworfen, die er in seiner Welt als Dämon nicht kannte. Wehmütig erinnerte er sich an eine Schlacht vor Hunderten von Jahren, in der er sich gegen gepanzerte Krieger auf schweren Schlachtrössern hatte zur Wehr setzen müssen. Mit einem flammenden Schwert hatte er sich auf sie gestürzt. Er hatte sich gegen die Brust eines auf ihn zustürmenden

Reittiers geworfen, es auf den Hinterbeinen tänzeln lassen und die Klinge mit einem Streich durch Ross und Reiter gebohrt. In seiner jetzigen Gestalt fiel es ihm schon schwer, ein Pferd am Zügel zu halten, wenn es drohte, durchzugehen. Eins beruhigte Baazlabeth bei all diesen Unzulänglichkeiten jedoch. Alle anderen, die ihn umgaben, hatten mit denselben Schwierigkeiten zu kämpfen, mit Ausnahme von Lilith.

Es klopfte zaghaft an der Tür. Frühstück wurde serviert.

»Immer herein, wenn es kein Lavendelduft ist«, brummte er halblaut.

Die Tür wurde einen Spalt breit aufgeschoben, und Sechella steckte den Kopf verstohlen hindurch.

»Ihr seid schon auf, Herr Sil?«, stellte sie überrascht fest. »Ich hatte gehofft, Ihr würdet noch Zeit finden, Euer Frühstück einzunehmen. Die Köchin hat Euch Ziegenwurst gemacht, so wie Ihr sie am liebsten mögt. Es ist schließlich Euer letzter Tag auf Schloss Sturmfels. Ihr seid bestimmt schon aufgeregt.«

Sechella wurde von den meisten Menschen mit Sicherheit nicht als Gefahr empfunden. Sie war ohne Zweifel hübsch anzusehen, immer freundlich und äußerst geschickt in dem, was sie tat. Aber niemand, vor dem man sich fürchten musste. Abt Theon schien an ihr einen Narren gefressen zu haben und lüsterne Gedanken zu hegen, wenn er sich in ihrer Nähe befand. Diesen Zustand teilte er ohne Zweifel mit vielen anderen Männern. Aber abgesehen davon, dass sie die Männer zu sündigen Gedanken verleitete, ging von ihr nichts Böses aus – wenn man ein Mensch war.

Aus Sicht eines Dämons besaß Sechella jedoch eine kleine Fähigkeit, die sie nicht nur lästig, sondern auch gefährlich machte: Sie erkannte den Gemütszustand einer jeden Person, sobald sie diese erblickte. Ein Umstand, den man auf keinen Fall unterschätzen durfte, da Dämonen eigentlich dauerhaft eine Maske trugen, was ihre Gefühle anging.

»Wenn ich aufgeregt bin, dann nur Euretwegen, Sechella«, schleimte Baazlabeth. »Ziegenwurst zum Frühstück ist einfach grandios. Wenn ich könnte, würde ich Euch und die Köchin ohne zu zögern mit in mein neues Heim nehmen.«

Das meinte Baazlabeth ausnahmsweise einmal ernst. Zu gern hätte er gewusst, ob der Geschmack des Fleisches einer holden Jungfer mit dem einer genialen Köchin hätte mithalten können, oder ob die Menschen aus Brisenburg alle gleich schmeckten.

Sechella schob den hölzernen Servierwagen in die Kammer und machte sich sogleich daran, die Vorhänge zurückzuziehen und das Bett aufzuschütteln. Die restlichen Arbeiten würde sie vermutlich verrichten, sobald Baazlabeth sein Zimmer verlassen hatte. Mit einem Knicks und einem leicht frivolen Lächeln verließ sie Baazlabeth wieder.

Ich soll verdammt sein, wenn dein Fleisch nicht zehnmal besser schmeckt als das der talentiertesten Köchin des Landes. Quatsch, verdammt bin ich ja ohnehin schon, aber ich würde in Lavendel baden, wenn es nicht so ist.

Baazlabeth zog die silberne Haube, die über den Frühstücksteller gestülpt war, hoch. Fünf Ziegenwürstchen verbreiteten einen Duft, der ihm das Wasser im Munde zusammenlaufen ließ. Die Wurst wurde von der Köchin kurz in heißem Fett geschwenkt – nur bis die Pelle leicht glasig war, auf keinen Fall braun. Die Zubereitung, vor allem aber die Anordnung entsprachen genau Baazlabeths Wünschen. Diese mochten zwar etwas merkwürdig anmuten, auf keinen Fall waren sie aber so verräterisch, dass sie die Natur des Dämons preisgeben würden. Die fünf kleinen, leckeren Happen stießen mit den Enden zusammen und waren auf dem Teller drapiert wie ein Fächer – Baazlabeth stellte sich vor, es wären die abgehackte Finger einer Hand. Geschmacklich entsprach die Ziegenwurst dem Fleisch von Gnomen, mit Ausnahme des leichten Hauchs von Rosmarin.

Baazlabeth wollte gerade zulangen, da sah er, wie sich der Kopf des Homunkulus' unter der weißen Decke des Wagens hervorschob.

»Mit einer dieser Köstlichkeiten werdet Ihr doch sicherlich Euren ergebenen Diener erfreuen wollen, Eure Fingerfertigkeit, Höchster aller Horden und Überbringer des Chaos'«, sagte Igniphascellanius der Dritte.

»Essen sollte man sich verdienen«, fauchte Baazlabeth den Homunkulus an.

Er hatte sich noch immer nicht an die neue Gestalt des kleinen Dieners gewöhnt. Homunkuli sollten, seinen Vorstellungen entsprechend, fledermausartigen Gargylen gleichen und ansonsten unsichtbar bleiben. Dieses aufdringliche Exemplar, das sich selbst Igniphascellanius der Dritte nannte, schien nicht nur den Körper, sondern auch noch die Angewohnheiten der Katze übernommen zu haben. Tagsüber rekelte er sich auf der Fensterbank und genoss die warmen Sonnenstrahlen. Sobald ihn Baazlabeth zurück in die Kiste verbannte, machte er im Inneren brummende und kratzende Geräusche wie ein winziger Bär. Würde Lilith nicht so an dem dämonischen Diener hängen, hätte Baazlabeth ihm schon lange das Fell abgezogen und es auf dem Markt an den Meistbietenden verkauft.

»Womit habt Ihr Euch denn heute schon diese kleinen Leckerbissen verdient, Eure Fürchterlichkeit?«, spottete Igniphascellanius. »Habt Ihr schon jemanden über die Klinge springen lassen?«

Blitzschnell packte Baazlabeth zu und drückte die Kehle des Homunkulus' zu, während die Flügel in Panik flatterten.

»Ich habe einem kleinen einsamen Mädchen den Spielgefährten geschenkt, den es haben wollte. Vielleicht freut sie sich aber über eine Schildkröte noch viel mehr. Hast du dir darüber schon einmal Gedanken gemacht?«

»Nein«, krächzte Igniphascellanius.

»Das solltest du aber tun, bevor du eines von den Würstchen verdrückst.«

Dann setzte Baazlabeth den Homunkulus am Rand des Servierwagens ab.

Vorsichtig tastete sich eine kleine Kralle über den Rand des Tellers und versuchte eines der Würstchen heranzuziehen.

»Nicht den Zeigefinger!«, blaffte Baazlabeth seinen Diener an.

»Die sind alle gleich groß«, erwiderte Igniphascellanius entschuldigend.

»Nur optisch betrachtet. Du siehst schließlich auch aus wie eine Katze, bist aber trotzdem zu dämlich, um dir das Frühstück selbst zu fangen. Nimm dir ein Würstchen von der Seite. Nicht von der, du elender Schnorrer. Von der anderen Seite. Das ist der Daumen.«

In Windeseile zerrte der Homunkulus die Wurst vom Teller und verschwand im Sturzflug unter dem Bett.

Kleiner gieriger Nimmersatt, verlass dich nicht darauf, dass ich keine Katzen esse, nur weil sie so zäh sind. Wenn man lange genug darauf herumklopft, wird jedes Fleisch mürbe.

Baazlabeth ließ sich seine gute Laune durch den kleinen Zwischenfall nicht verderben. Heute war immerhin der Tag, an dem er sein neues Heim beziehen durfte. Endlich konnte er die engen, muffigen Räumlichkeiten im Schloss verlassen und war nicht mehr von der Gastfreundschaft anderer abhängig. Der Rat hatte entschieden, dass Baazlabeth nicht von Schloss Sturmfels agieren durfte. Jeder Verdacht bezüglich der erwarteten Todesfälle sollte von Lord Brackenmoore ferngehalten werden. Baazlabeth war das nur recht. Ein eigenes Haus war ein Schritt in Richtung Unabhängigkeit, auch wenn er immer noch in dieser Welt festhing. Das richtige Objekt schien schnell gefunden. Nemrothar hatte vorgeschlagen, ihm ein altes Theater zu überlassen. Als Baazlabeth den Magier gefragt hatte, warum er sich plötzlich so engagiert zeigte und sich sogar darum bemühte, dem Dämon zu helfen, hatte sich Nemrothar mit den Worten abgewandt: »Wozu etwas leugnen, was vorherbestimmt ist. Was deines ist, soll auch deines bleiben.«

Baazlabeth verstand kein Wort – Altersschwachsinn war eine ganz neue Seite an dem ohnehin schon merkwürdigen Kauz. Und dass dessen Macken ihm irgendwann einmal zugutekommen würden, damit hatte Baazlabeth nicht gerechnet.

Laut Aussage von Lord Brackenmoore befand sich das Theater am südlichen Rand des Marktplatzes im Windviertel. Baazlabeth war dieses Gebäude bei seinen Ausflügen bislang noch nicht aufgefallen. Das war aber auch nicht ungewöhnlich, da ein Horde niemand war, den die Musen zu küssen pflegten. Das Handwerk eines Horden war eher von handfester Natur. Theater hin oder her, es war auf jeden Fall standesgemäßer als diese winzige Bedienstetenkammer, in der man ihn bisher untergebracht hatte. Mit ein wenig handwerklichem Geschick konnte man aus der Bühne vielleicht sogar eine Art Arena schaffen, auch wenn so eine nicht in das Bild einer Stadt wie Brisenburg passte – zu ihm würde sie es umso besser.

»Wo willst du hin?«, rief Lilith ihm nach, als Baazlabeth durch einen der kargen Gänge des Schlosses schlich, der ihn zum Seitenausgang brachte. Er war bepackt mit seiner Kiste, einigen Vorräten aus der Küche, zwei Flaschen rotem Wein und dem, was er am Leib trug.

Baazlabeth zuckte zusammen, und beinah hätte er eine der Flaschen fallen gelassen.

Sie ist wirklich leise wie die Pest, und außerdem scheint sie immer zu riechen, was ich vorhabe. Ich sollte vorsichtig mit dem sein, was ich ihr beibringe, sonst züchte ich mir meine eigene Konkurrenz heran.

»Hattest du vor zu verschwinden, ohne mir auf Wiedersehen zu sagen?«, fragte seine Schülerin in einem vorwurfsvollen Ton.

»Ich verschwinde doch nicht, ich habe nur endlich eine Bleibe gefunden, die meiner angemessen ist.«

Erst jetzt drehte sich Baazlabeth zu dem kleinen Mädchen, das keines war, um.

»Ich komme jeden Tag hierher zurück. Dein Unterricht ist noch nicht beendet. Ich habe versprochen, dich der Bestimmung zuzuführen, die Amez für dich vorgesehen hat. Was ich verspreche, das halte ich auch – immer.«

Lilith stützte die Arme provokant in den Hüften ab und setzte den grimmigsten Blick auf, den ein Mädchen ihres Alters von sich geben konnte – nur noch etwas düsterer.

»Wenn du immer dein Versprechen hältst, wie du sagst, hat das dann nicht auch etwas mit Ordnung zu tun?«

Ertappt!

Das Lächeln, das die Schülerin ihrem Lehrer zeigte, war ebenso provokant, aber diesmal alles andere als düster.

»Man muss sich vor dir ja richtig in Acht nehmen. Wenn Fürst Amez von dir erfährt, könnte er auf die Idee kommen, dich als Spitzel in unsere Reihen zu schicken, damit du uns denunzierst.«

»Ich weiß zwar nicht, was denunzieren heißt, aber glaubst du, wir wären dann immer noch Freunde?«

Diesmal war es an Baazlabeth, seiner Schülerin ein Lächeln zu schenken. In seinem Gesichtsausdruck lag jedoch keine Güte, Freude oder gar Erheiterung, sondern nur kühle Berechnung. »Versprochen!«

Ich muss vorsichtiger werden mit dem, was ich zu ihr sage, und wie ich mich ihr gegenüber verhalte. Sie ist kein tausend Jahre alter Dämon, der kühl und berechnend reagiert. Sie ist eine Stichflamme, die sich vom Leben anderer ernährt, mit dem Gemüt eines bockigen Kindes. Sie würde bedenkenlos eine Kleinstadt ausrotten, nur weil ihr jemand ihren Lieblingsteddy weggenommen hat.

Daran fand Baazlabeth noch nichts Verwerfliches, allerdings würde er auch eines dieser Opfer sein, solange er in seinem jetzigen Körper steckte und sich dem Fluch der Inquisitoren unterwarf. Momentan war er genauso wenig unsterblich, wie Cünel und Elgast es gewesen waren. Lilith war unberechenbar, und deswegen tat man gut daran, sie bei Laune zu halten.

»Willst du mitkommen?«, fragte er sie. »Ich bin schon richtig gespannt, was mein neues Heim für mich so bereithält. Ein Theater, ist das nicht aufregend?«

Lilith hüpfte vor Freude und klatschte in die Hände. Jetzt war sie wieder ein kleines Mädchen.

»Ich war noch nie in einem Theater. Magister Treuthwin hat mir aber davon erzählt. Er sagt, die Schausteller verkleiden sich und erzählen Geschichten aus alten Zeiten von der Bühne herab, über Helden, Drachen und Jungfrauen. Es muss toll sein, so eine Aufführung zu sehen.«

»Das ist es«, versicherte Baazlabeth.

Er selbst hatte auch noch nie eine Theateraufführung besucht, doch dafür hatte er die Geschichten von Drachen und Rittern selbst miterlebt. Jungfrauen kamen darin so gut wie nie vor, und auch der Auftritt der Ritter war meist so kurz, dass sich dessen Erwähnung kaum lohnte.

Gemeinsam verließen Baazlabeth und seine Schülerin das Schloss. Lilith bewegte sich schon um Einiges sicherer zwischen all den Menschen. Ihre Angst, entdeckt zu werden, schrumpfte im gleichen Maße, wie sich ihr Wissen um ihre Kraft erweiterte. Was geschehen würde, wenn sie begriff, wie mächtig sie war, vermochte selbst Baazlabeth nicht zu sagen. Er hoffte nur, dann nicht mehr in Brisenburg zu sein.

»Komm schon mit, du Quälgeist«, sagte er und setzte seinen Weg fort.

Das Wetter am heutigen Tage war nicht dazu gemacht, Bettler auf die Straße zu locken oder junge Frauen an den reichhaltigen Auslagen der Tuchhändler und Goldschmieden flanieren zu lassen. Seit den frühen Morgenstunden regnete es ununterbrochen. Der Sommer war zwar immer noch nicht vorbei, doch der Herbst ließ es sich nicht nehmen, sich schon einmal anzukündigen.

Baazlabeth zog den Mantel enger um sich und klappte seinen Kragen hoch. Er fühlte, wie sich das Wasser in seinen Haaren fing und langsam auf die Kopfhaut sickerte. Der Wind ließ seinen nassen Wollmantel bei jedem Schritt gegen die Beine klatschen. Alles in allem ein ungemütlicher Tag. Etwas Gutes hatte das Wetter jedoch: Liliths merkwürdig gedrungene Körperhaltung passte dazu und ließ sie aussehen wie jeden anderen, der auf den Straßen zu sehen war.

Der Marktplatz war wie leergefegt. Bis auf zwei Verkaufsstände, die sich durch ein schweres Tuchdach vor dem Regen schützten, hatten keine anderen Händler ihre Tische aufgebaut. Einsam und verlassen stand das Podest der Inquisitoren am östlichen Ende des Platzes. Einsam und verlassen mit Ausnahme der beiden geschundenen Körper, die man an zwei Pranger gekettet hatte.

Baazlabeth tippte Lilith auf die Schulter und deutete in Richtung des Podests.

»Vielleicht jemand, den wir kennen?«, fragte er und zog seine Schülerin hinter sich her, um sich die beiden Büßer genauer anzusehen.

Bei den beiden handelte es sich um einen älteren Mann und eine ältere Frau. Den blau angelaufenen Fingern und der aufgeweichten Haut nach zu urteilen, standen sie schon einen Tag oder länger auf dem Blutgerüst. Der Frau waren bereits die Beine weggesackt, und ihr Gewicht wurde vom Hals und den Handgelenken gehalten, die bereits blutig gescheuert waren. Sie war ohnmächtig, und Baazlabeth gab ihr höchstens noch einen weiteren halben Tag, bis sie es hinter sich hatte. Der Mann würde länger durchhalten. Auch er hatte Abschürfungen an den Handgelenken und dem Nacken, doch er war immer noch bei Bewusstsein und versuchte, den Kopf so weit zu verrenken, dass er die Frau neben sich beobachten konnte.

Baazlabeth trat auf das Podest und packte den Alten am Schopf.

»Ist das deine Frau, Opa?«

»Gebt ihr etwas Wasser, damit sie wieder zu Kräften kommt«, flehte er keuchend.

»Das wird sie auch nicht mehr retten«, erwiderte Baazlabeth. »Außerdem regnet es schon seit den frühen Morgenstunden. Wasser gibt es also genug, Euer Mund zeigt nur in die falsche Richtung.«

»Bitte, wir haben doch nichts getan.«

Baazlabeth wusste nicht, wie oft er diesen Satz schon gehört hatte, aber wenn er für jedes Mal eine Goldmünze bekommen hätte, wäre sein Auftrag bereits mehr als erfüllt. Geholfen hatte diese Beteuerung aber den wenigsten.

»Welchen Unrechts beschuldigt man Euch?«

»Sie haben behauptet, meine Frau braue Zaubertränke, um die Menschen zu verhexen. Sie sagen, sie sei ein Dämonenweib, und ich ihr Helfer.

»Und, stimmt das?«

Der Alte schüttelte den Kopf. »Nein, meine Frau und ich stellen Salben zur Linderung bei Verbrennungen und gegen Gicht sowie verunreinigte Haut und Schweinsbeulen her. Wir sind alt, aber die Kräuter sind einfach zu finden. Wir versuchen nur, über die Runden zu kommen.«

»Du kannst beruhigt sein. Ihr seid bereits in der letzten Runde, so wie ich das sehe.«

Baazlabeth ließ den Alten los, und der Kopf des Mannes sackte erschöpft nach unten.

»Ich will nicht mit ansehen, wie sie stirbt, bitte«, wimmerte er.

»Dann dreh den Kopf zur anderen Seite, es ist bald vorüber, und hör mit dem Gejammer auf.«

Als Baazlabeth vom Podest stieg, sah er, wie Lilith dem Alten einen ihrer Handküsse zuwarf. Im selben Moment knickten dem Mann die Beine weg, das graue Haar färbte sich weiß, und seine Muskeln erschlafften.

»Du bist immer noch zu weich«, ermahnte er sie. »Du darfst dich von ihrem Betteln und Flehen nicht kleinkriegen lassen, sonst wirst du im entscheidenden Moment zögern, und sie werden dir eine Klinge in den Leib stoßen.«

»Ich habe es nicht für ihn getan«, erklärte Lilith. »Es wäre nur schade gewesen, sein restliches Leben einfach so vergehen zu lassen.«

»Und was ist mit ihr?«, fragte Baazlabeth und deutete auf die Frau. »Vielleicht noch eine kleine Nachspeise?«

Lilith schüttelte den Kopf. »Mein Ziehvater hat mir beigebracht, dass es sich nicht gehört, am Tisch den Teller abzulecken. Und mehr als ein fader Geschmack ist von ihr nicht über. Soll sich Sept über die Reste hermachen.«

So, so, sie sieht dies hier also schon als die Tafel an, von der sie speist. Es wird Zeit, bald von der Tischkante zu springen, bevor sie Messer und Gabel hervorholt und sich eine Serviette um den Hals bindet.

»Komm schon, bevor jemand Verdacht schöpft«, sagte er zu ihr. »Wollen wir doch mal sehen, wo dieses Theater ist.«

Die Suche stellte sich als schwieriger heraus, als Baazlabeth gedacht hatte. Schließlich war er gezwungen, einen der Händler zu fragen, der ihm nur missmutig Auskunft gab. Es stellte sich heraus, dass das Theater mit der Rückseite zum Marktplatz lag und dort nur seine fensterlose Front zeigte. Um zum Haupteingang zu gelangen, musste man durch eine enge, schmutzige Gasse gehen. Anscheinend standen Theatervorstellungen nicht hoch im Kurs bei den Bürgern von Brisenburg. Das Gässchen mit dem Namen »Mimengang« führte auf einen weiteren Platz, der nur ein Bruchteil von der Größe des Marktes besaß. Im Zentrum dieses Platzes stand ein Springbrunnen. Inmitten des gemauerten Beckens ragte eine in Bronze gegossene Hydra auf, die ihre Köpfe in alle Richtungen wandte. Das gute Stück war schwarz angelaufen, und Efeu breitete sich bereits über dem Rücken der Bestie aus. Als wenn der Schwermut dieser Szenerie noch nicht gereicht hätte, hockte ein alter Mann auf dem Brunnenrand. Er war durchnässt vom Regen, trug einen dunkelblauen Umhang und einen furchtbar albernen Hut, der vorne die Krempe hängen ließ und ihm die Sicht raubte.

»Es regnet gar nicht«, rief Baazlabeth dem Alten zu. »Es ist Euer Gott, der Erschaffer, der weint, weil er es in Tausenden von Jahren nicht geschafft hat, solch albern aussehende Magier wie dich aus seiner Welt zu verbannen, Nemrothar.«

Der Magier hob den Kopf, was zur Folge hatte, dass ein Schwall Wasser aus der hinteren Krempe seinen Rücken hinablief.

»Er hat schon angefangen, seinen Fehler zu korrigieren. Er plagt mich mit Gicht, lässt meine Knochen porös werden, und manchmal fühlt es sich an, als würde er nach meinem Herzen greifen. Und wo er gerade dabei ist, überdenkt er auch noch einige andere Dinge. Es sollte selbst dir nicht entgangen sein, dass es Zeichen und Symbole gibt, die darauf hindeuten, das etwas Großes geschehen wird.«

Diesmal verzichtet Baazlabeth darauf, sich das Platzen des Kopfes vorzustellen, wie er es sonst tat, wenn man ihn langweilte. Schließlich wollte er dem wahren Vergnügen nicht vorgreifen und es durch eine billige Illusion zunichte machen.

»Lilith, geh schon mal hinein. Du kannst dir das Foyer anschauen, aber bleib dort, fasse nichts an und warte auf mich.«

»Aber ich wollte doch ...«, begann sie, wurde aber von Baazlabeth unterbrochen.

»Tue, was ich dir gesagt habe!«, fauchte er sie an.

Bockig stampfte sie davon und tat, was ihr Lehrer ihr befohlen hatte.

Nemrothar sah ihr interessiert hinterher.

»Wer ist das, wenn ich fragen darf?«

»Darfst du nicht, du alter Lustmolch, aber ich werde es dir trotzdem sagen. Ich habe das arme Ding von der Straße aufgesammelt. Sie zeigt mir ein wenig von der Stadt und bekommt dafür ein paar Münzen.«

»Sie ist gekleidet wie ein Mädchen aus gutem Hause«, wandte Nemrothar ein.

»Und du bist gekleidet wie ein Hofnarr, und trotzdem bist du nicht lustig. Was geht es dich an, wofür sie ihr Gold ausgibt. Komm zur Sache, warum bist du hier?«

»Ich sehe schon, du bekommst ein weiches Herz. Früher hätte es dich kalt gelassen, wenn jemand hungernd und frierend auf der Straße krepiert wäre. Anstatt ihm zu helfen, hättest du ihn mit Füßen getreten oder ihm sogar Schlimmeres angetan.«

Baazlabeth schnaubte. »Ein weiches Herz? Ich bekomme ein weiches Hirn, wenn du weiterhin solch einen Schwachsinn von dir gibst. Was ist nun?«

Nemrothar erhob sich schwerfällig vom Brunnenrand und wischte sich das Wasser aus dem Nacken.

»Ich wollte nur sehen, wie dir dein neues Zuhause gefällt, und sichergehen, dass du unbeschadet hier ankommst. Die Inquisitoren haben jeglichen Sinn für Humor verloren, so sie jemals einen besessen haben. Seitdem irgendjemand oder irgendetwas auf dem Marktplatz gewütet hat und auch zwei ihrer Leute diesen Angriffen zum Opfer gefallen sind, fahren sie einen harten Kurs. Mit aller Macht versuchen sie, den Verantwortlichen zu finden. Was uns die Geschichte aber lehrt ist, dass wenn der Klerus versucht, seine Kinder zu schützen, diese häufig auch die Leidtragenden sind. Nicht nur das Wetter ist schuld daran, dass so wenig Menschen auf der Straße sind. Sie haben Angst, hinauszugehen, weil man sie der Ketzerei beschuldigen könnte.«

»Dann würde ich mich schnell auf den Weg machen, Nemrothar«, sagte Baazlabeth. »Du würdest nämlich für die Inquisitoren ein gefundenes Fressen abgeben. Und wie ich am eigenen Leib erfahren durfte, lägen sie mit ihren Anschuldigungen gar nicht so verkehrt. Was meinst du?«

Der Alte kniff die Augen zusammen, schüttelte seinen Hut aus und verabschiedete sich mit einem freundlichen Nicken. Nachdem er ein paar Schritte gegangen war, drehte er sich noch einmal um.

»Welten verändern sich, und manchmal werden aus Königen Bettler, und aus Göttern Sagengestalten.«

Langsam ging Baazlabeth das Geschwafel des alten Magiers auf die Nerven. Nichts von dem, was er sagte, ergab für ihn einen Sinn, auch wenn Baazlabeth dies niemals zugegeben hätte.

Er will mich nur verunsichern. Er glaubt, er könne mich mit seinen Weissagungen aus der Fassung bringen, doch da hat er sich geschnitten – mit einer Breitaxt in den Rücken.

»Und manchmal wird aus Licht Schatten!«, rief Baazlabeth ihm hinterher.

Nemrothar stapfte weiter durch den Regen, ohne etwas zu erwidern oder sich umzudrehen. Wenige Augenblicke später verschwand er im Mimengang.

Baazlabeth wandte sich seinem neuen Heim zu. Das Theater wich architektonisch vom Baustil der meisten Gebäude in Brisenburg ab, und dennoch wirkte es nicht deplatziert. Es besaß ein beeindruckendes Kuppeldach und maß beinahe drei Stockwerke – somit war es nicht viel niedriger als die umstehenden Gebäude. Zum Eingang gelangte man über fünf breite, bogenförmige Stufen. Auf der untersten verteilten sich gleichmäßig vier Säulen, die ein schweres Vordach hielten. Der helle Stein der runden Säulen war großporig und von der rauen Witterung ausgespült worden, was darauf schließen ließ, dass der Bau des Theaters nicht wesentlich später stattgefunden hatte als jener der Stadt selbst. Die Fassade des Hauses war komplett fensterlos, und als einziger Eingang diente eine schwere doppelflüglige Eichentür. Anstatt der in Brisenburg überwiegend verbreiteten gebrannten

Ziegel und dem Fachwerkstil war das Gebäude mit gut verputzten Felssteinen errichtet worden und glich so von der Bauart dem Schloss oder vielen der hohen Türme wie dem von Nemrothar.

Lilith streckte den Kopf zur Tür hinaus, um zu sehen, wo ihr Lehrer blieb.

»Ich dachte immer, nichts riecht schlimmer als eine Gruft«, sagte sie und rümpfte die Nase. »Doch das hier ist wirklich Ekel erregend.«

»Mir ist der Geruch von Moder und Dreck immer noch lieber als der von Lavendel«, brummte Baazlabeth und versuchte, sich damit selbst etwas Mut zu machen.

Als er durch den Eingang trat, wusste er, was Lilith meinte. Es roch wie in einer abgebrannten Ruine, nach kaltem Rauch und dem typischen Geruch von in Salzlake getränktem und verkohltem Holz, der entfernt an brutzelnden Speck in einer Pfanne erinnerte. Baazlabeth nahm es gelassen hin, alles war besser als Lavendel.

Das kleine Foyer, in dem sie standen, war düster und kahl. Die nackten Wände zeigten wenig vom Glanz einer Schaustellertruppe und hätten genauso gut zum Wachraum eines Kerkers gehören können. Einen Teilbereich, kaum mehr als eine Nische, hatte man abgetrennt und einen Durchbruch von der Größe eines Fensters geschaffen. Dahinter, vermutete Baazlabeth, waren die Eintrittskarten verkauft und ausgegeben worden, wenn es tatsächlich jemanden gegeben haben sollte, der sich für das Gehopse, Gesinge und das übermäßig theatralisch gespielte Ableben von drittklassigen Mimen interessiert hatte. Baazlabeth bevorzugte die Originale.

»Hier sieht es aus wie in den Gemächern deines Ziehvaters. Bist du sicher, dass er nicht, bevor er Lord geworden ist, einer fahrenden Schaustellertruppe angehört hat? Das Theater macht den Anschein, als wenn er hier für die Verarmung des Adels geprobt hätte. Vielleicht hat er zusammen mit den Ratsmitgliedern in diesem jämmerlichen Loch das Stück ›Hungernder Lord‹ gespielt. Ich finde, er ist sehr überzeugend in seiner Rolle – zu überzeugend, um nicht vorher geprobt zu haben.«

»Du bist doch jetzt auch eines der Ratsmitglieder«, gab Lilith keck zurück. »Was für ein Stück würdest du denn aufführen?«

»›Tod eines Magiers‹, in drei Akten«, grunzte er gehässig. »Vielleicht auch vier oder fünf, kommt auf die Kondition meines Hauptakteurs an. Komm, wir sehen uns einmal im Theatersaal um, der wird hoffentlich nicht so heruntergekommen sein.«

Baazlabeths Hoffnungen wurden schnell zerschlagen. Der Saal war in einem katastrophalen Zustand. Um es genau zu sagen, befand sich hier die Ursache des Gestanks, den sie schon im Foyer gerochen hatten. Alles in dem Raum war mit einer dicken schwarzen Rußschicht bedeckt. Angefangen mit den einfachen Holzbänken, die für rund hundert Personen Platz boten, den Wänden, der Bühne bis hin zu den schweren, einst roten Vorhängen sah alles aus, als wenn man es in schwarzes Pech getränkt hätte.

»Was ist denn hier passiert?«, keuchte Lilith, hielt sich die Hand vor den Mund und drückte mit Daumen und Zeigefinger die Nase zu.

»Es hat gebrannt, und auch wieder doch nicht«, erklärte Baazlabeth seiner Schülerin.

»Wie das?«

»Feuer braucht Nahrung und Luft. Enthält man ihm die Luft vor, indem man zum Beispiel die Türen fest schließt, kann es keine Flamme mehr entwickeln und schwelt vor sich hin. Das Resultat siehst du hier. Bauern stellen so in luftdichten Lehmöfen Holzkohle her.«

»Ein Bauer hat das getan?«, fragte Lilith ungläubig.

»So in etwa, ich würde ihn aber eher als Sensenmann, Schnitter oder den Mann mit dem Pflug bezeichnen. Das würde auch erklären, wo die Schaustellertruppe geblieben ist.«

»Glaubst du, sie liegen hier noch irgendwo herum?«

»Schon möglich, Räucherfleisch hält sich lange. Wir werden es aber nicht herausfinden, indem wir hier herumstehen. Lass uns mal sehen, ob wir von dem ganzen Plunder noch irgendetwas gebrauchen können.«

Baazlabeth und Lilith schritten die Reihen der Bänke ab. Zwei Drittel des länglichen Saals nahm der Zuschauerraum ein, das restliche Drittel war der Bühne vorbehalten. Das fast drei Fuß hohe Podium erinnerte Baazlabeth an das Schafott der Inquisitoren. Er stellte sich vor, was man hier alles veranstalten konnte, und das ganz ohne nass zu werden.

»Hier ist was!«, rief Lilith. Sie war bereits auf eine der Bänke gestiegen und von dort aus auf die Bühne gekrabbelt. Ein Tisch und vier Stühle standen auf der Bühne und waren ebenfalls vom Ruß nicht verschont geblieben. Lilith stand vor einigen hölzernen Paravents, die den Schauspielern als Kulisse gedient haben mussten. Auf einen von ihnen war die Silhouette eines Baumes gemalt, deren grüne Farbe unter dem Ruß hervorschimmerte. Auf einem anderen prangte ein Turm aus dünnem Sperrholz, der die sieben Fuß hohe Stellwand noch um zwei Fuß überragte.

»Hier führen ein paar Stufen hinunter!«, rief Lilith, als ob sie einen Schatz gefunden hätte.

»Pass bloß auf«, warnte Baazlabeth Lilith, »das Ganze hier ist marode wie ein altersschwacher Sargdeckel. Wenn du dein hübsches Kleidchen dreckig machst, muss ich mir von deinem Ziehvater wieder eine Standpauke anhören.«

In Wahrheit war es ihm nur nicht recht, dass sie sein neues Heim erkundete, bevor er es tun konnte.

Baazlabeth erklomm die Bühne und ließ seinen Blick durch den Saal schweifen. Die Rußschicht hatte vor nichts Halt gemacht, selbst die gewölbte Decke und jede noch so kleine Ritze waren wie schwarz getüncht.

Das ist ihre Art, sich daran zu rächen, dass ich meine Besucher in einen Käfig stecke.

»Da unten sieht es nicht anders aus als hier«, beschwerte sich Lilith. Sie klopfte ihren Mantel ab, wobei sie den Ruß nur weiter in den Stoff rieb. »Ein schmaler Gang und ein paar Nischen, in denen zu Bruch gegangenes Mobiliar steht. Ich dachte immer, schäbiger als mein Zuhause ginge es nicht, doch das hier ist schauderhaft. Da würde ich es mir lieber in der Kanalisation gemütlich machen.«

Mit einer eleganten Bewegung fuhr Baazlabeth herum. Sein langer Wollmantel wirbelte Staub und Ruß auf. Mit ausgebreiteten Armen stand er vor Lilith.

»Dein Heim, es soll dich schützen vor Gefahr,
auf dass es dich vor Ungemach bewahr.
Wohlfühlen sollst du dich in seinen Wänden
und schützen vor des Schattens dunklen Händen.
Ein Ort, an dem du jede Zeit willst sein,
behütet vor der Schmach und größter Pein.
Ich habe solchen Ort schon lange inne,

drum sag ich dir in diesem Sinne:
Ganz leicht und jederzeit ist er zu finden,
du musst dich einfach aus dem Leben winden.
Getragen auf dem schmalen Sehnsuchtspfad
steigst du hinab in das modrige Grab.«

Ein einsames Klatschen hallte durch den Saal. Baazlabeth brauchte einen Augenblick, um zu ergründen, woher dieser unvermutete Applaus kam. Die fünf düster gekleideten Gestalten am Eingang waren schwer gegen den rußverschmierten Hintergrund auszumachen. Schnell erkannte er jedoch Myrcella, die Zwergin, gefolgt von drei klobig und brutal aussehenden Kriegern und einer weiteren kleinwüchsigen Frau. Die fünf Neuankömmlinge verharrten dort oben und schienen Baazlabeths kleine Aufführung genossen zu haben.

»Ein äußerst passendes Gedicht, wenn man Eure Herkunft betrachtet«, rief Myrcella. »Stammt es aus Eurer Feder?«

Baazlabeth ließ es sich nicht nehmen, eine tiefe Verbeugung in der Weise, wie er sie bei Schauspielern gesehen hatte, zu machen. Dann wandte er sich einem imaginären Publikum zu und warf die Arme – Küsse werfend – von sich.

»Ich muss Euch enttäuschen, Myrcella, dieses Kleinod stammt von dem ›Roten Poeten‹, wie er sich selbst nannte. Er hat es auf meine Bitte hin gedichtet, um mein Wohlwollen zu erlangen.«

»Ein wahrhaft großer Künstler«, gestand sie. »Wisst Ihr, was aus ihm geworden ist?«

»Er starb kurze Zeit danach«, gab Baazlabeth bedauernd zu.

»Oh, sehr schade. War er alt oder krank?«

»Nein, nur unwillkommen«, grinste Baazlabeth.

Diese ernüchternde Wahrheit brachte etwas Bewegung in die Neuankömmlinge. Sie betrachteten Baazlabeths neues Heim mit Verwunderung und schritten den Mittelgang zur Bühne hinab. Nur die Augen der fremden Dvergafrau ruhten unentwegt auf Baazlabeth. Sie schien ihm bei keinem Schritt außer Acht zu lassen.

Baazlabeth wandte sich an Lilith. Seine Schülerin hatte sich hinter ihm postiert, um so den neugierigen Blicken zu entgehen.

»Du gehst am besten zurück ins Schloss. Ich habe mit den Herrschaften etwas Geschäftliches zu besprechen. Es ist besser, ich ziehe dich nicht mit in meine und ihre dunklen Machenschaften hinein.«

»Ich bin im Schloss aufgewachsen, zwischen all den Magistern, Adligen und Höflingen, und du glaubst, mich vor deinen Kunkeleien mit der Finstergilde schützen zu müssen?«

Das Kind weiß mehr, als es wissen dürfte. Wenn ich sie nicht so fest im Griff hätte, würde ich sie zu ihrer Mutter schicken. Doch anscheinend vergisst sie immer wieder, wer hier der Lehrer und wer der Schüler ist. In meiner wahren Gestalt würde sie nicht wagen, so mit mir zu sprechen.

»Du tust, was ich dir gesagt habe, sonst wirst du eine Seite an mir kennenlernen, von der nur wenige berichten können. Sofort!« In Baazlabeths Stimme lag etwas, dass keinen Widerspruch duldete.

Wütend stampfte Lilith auf die Bretter, die sonst die Welt bedeuteten, und rannte davon. Mit einem Satz sprang sie von der Bühne und lief den Seitengang hoch bis zum Ausgang. In der Tür drehte sie sich um und stemmte die Arme in die Hüften, wie Baazlabeth es schon oft bei ihr gesehen hatte, wenn sie wütend war.

»Ich hoffe, sie tun dir weh!«, schrie sie und rannte davon.

»Ich hoffe, davon können wir heute einmal absehen«, sagte er, die Worte an Myrcella gerichtet. »Kommt hinauf auf meine Bühne und setzt Euch. Ich muss mich entschuldigen. Wenn ich gewusst hätte, dass mich heute noch jemand besucht, hätte ich einmal durchgewischt.«

Je einer der großen stämmigen Krieger hob die beiden Dvergafrauen zu Baazlabeth hinauf, dann schwangen sie sich selbst auf die Bühne. Baazlabeth nahm am Tisch Platz und bot seinen Besuchern mit einer Geste die restlichen Stühle an. Dass es zu wenig für alle waren, scherte ihn nicht.

»Welchem Umstand verdanke ich Euren Besuch?«, fragte er.

Die beiden Frauen setzten sich links und rechts neben Baazlabeth, und einer der Krieger hockte sich gegenüber von ihm an den Tisch. Die anderen beiden stellten sich wie Requisiten hinter ihren Kameraden, nahe der Paravents.

Myrcella und die drei Krieger schauten sich erneut verwundert um, während die andere Dvergafrau Baazlabeth immer noch unentwegt anstarrte, nur sah sie ihm nicht in die Augen, sondern einen Fuß über ihn hinweg. Baazlabeth konnte nicht anders, er versuchte, ihren indirekten Blick irgendwie zu erwidern, indem er sich streckte und auf die Zehen stellte, doch es reichte alles nicht. Anstatt durch die Verrenkungen ihres Gesprächspartners irritiert zu sein, schien ihn die Dvergafrau überhaupt nicht wahrzunehmen. Erst jetzt bemerkte Baazlabeth einen bleichen Schleier in den sonst so lebhaft wirkenden Augen.

»Ihr seid blind«, stellte er verwundert fest.

Die Dvergafrau nickte nur, und dennoch bewegten sich ihre Augen keinen Zoll weit von dem imaginären Punkt über Baazlabeth.

»Ihr Name ist Lemura, sie ist eine Seherin«, erklärte Myrcella. »Vor ihrem geistigen Auge sieht sie die Dinge, wie sie in Wahrheit sind. Außerdem verfügt sie über die Gabe, in die Zukunft zu sehen.«

»Lemura«, wiederholte Baazlabeth, »welch entzückender Name. Lemuren sind Geisterwesen auf dem Weg in eine andere Daseinsform. Auf welchem Weg befindet Ihr Euch?«

Lemura antwortete nicht, dafür ergriff Myrcella erneut das Wort: »Verzeiht, die Seherin spricht nur mit dem Herrn, dem sie dient. Ihre Worte sind filigran und schwer zu deuten. Alles, was sie sagt, ist von Gewicht, und deswegen geht sie mit ihren Worten vorsichtig um.«

»Hm, eine gute Vorgehensweise, die auch andere in Betracht ziehen sollten«, gab Baazlabeth zu. »Worte können schärfer sein als jede Klinge, und dennoch muss man sich eingestehen, dass es im Endeffekt wieder das Metall ist, das jemanden tötet und nicht das Wort. Aber lasst mich raten, Lemura spricht nur mit Twinkel Lostface.«

»So ist es, und ich bitte noch einmal dafür um Entschuldigung.«

»Entschuldigt Euch nicht ständig, sondern sagt, warum Ihr gekommen seid«, grollte Baazlabeth und hoffte, damit ein wenig Schwung in die Unterhaltung zu bringen.

Allmählich langweilten ihn die Gespräche mit all den Gildenangehörigen, Magiern und Ratsmitgliedern. Sie stahlen ihm seine Zeit, und das war unverzeihlich. Die einzig akzeptable Wiedergutmachung in so einem Fall hieß, langsam und blutig vor ihm zu krepieren oder seine Kiste mit Münzen zu füllen.

Eines davon werden sie getan haben, bevor sie mein Theater wieder verlassen, schwor er sich.

Myrcella schien Baazlabeths Gedanken lesen zu können und gab sich alle Mühe, dem Dämon zu gefallen.

»Wir sind gekommen, um Euch zu danken. Die Ausgangssperre wurde aufgehoben und unsere nächtlichen Aktivitäten konnten somit wieder ohne große Umstände aufgenommen werden. Ihr könnt Euch gar nicht vorstellen, welches Ungemach und welche Einbußen uns der ursprüngliche Erlass von Lord Brackenmoore eingebracht haben.«

»Kann ich schon«, unterbrach Baazlabeth die Zwergin, »schließlich war das der Grund dafür, dass ich diese wunderbare Welt, in der ihr lebt, kennenlernen durfte.«

»Auch dafür bitte ich um …« Sie brach den Satz ab. »Weiterhin möchte ich Euch in der Finstergilde willkommen heißen, dessen Mitglied Ihr geworden seid und ihre Vertretung im Rat innehabt. Unser Bündnis wird Euch gute Einnahmen garantieren, das verspreche ich. Auch wir waren in den letzten Jahren nicht ganz untätig, was Euren Geschäftszweig angeht. Einige der besten Assassine des Landes haben bereits für uns Aufträge erledigt und unseren eigenen Männern einen kleinen Einblick in dieses Handwerk gegeben. Dennoch bezweifle ich, dass sie an Euer Können auch nur annähernd heranreichen.«

»Kümmerer«, sagte Baazlabeth.

»Wie meint Ihr?«

»Lord Brackenmoore widerstrebt der Begriff Assassine. Er hat vorgeschlagen, meiner Tätigkeit den Namen ›Kümmerer‹ zu geben. Dies klingt weniger verfänglich, fand er.«

»Kümmerer ist gut gewählt«, gestand Myrcella. »Dennoch wollen wir hoffen, dass Ihr einen guten Beitrag in der Finstergilde leisten werdet und nicht nur Lord Brackenmoore und dem Kleinen Rat zu Diensten seid.«

Baazlabeth lehnte sich in seinem Stuhl zurück und verschränkte die Arme vor der Brust. Myrcellas Worte waren gut gewählt, doch irgendwie wurde er das Gefühl nicht los, tiefer in die Machenschaften der Finstergilde eingebunden zu werden, als ihm lieb war.

»Ich glaube, Ihr verkennt die Lage etwas. Das Geschäft lautete: Eure Stimme im Rat gegen die Aufhabung der Ausgangssperre – das habe ich gehalten. Darüber hinaus habe ich drei der Stimmen, die mich in den Rat gewählt haben, ohne Euer Zutun bekommen. Somit schulde ich der Finstergilde also überhaupt nichts. Ich habe es als richtig empfunden, euch in euren Aktivitäten zu unterstützen, und ich werde auch weiterhin das Sprachrohr der Finstergilde sein, aber seid gewiss, wenn mein Auftrag in Brisenburg beendet ist, werde ich meine Sachen packen und verschwinden. Solange ich Mitglied des Kleinen Rates bin, werde ich Euch vertreten. Wollt Ihr aber, dass ich jemanden aus dem Weg räume, bezahlt Ihr den Preis, den jeder mir gibt. Tausend Goldstücke halte ich für angemessen.«

»Ihr habt bereits einen Auftrag vom Rat bekommen?«, fragte Myrcella verwundert. »Wir wurden gar nicht informiert.«

Baazlabeth lächelte vergnügt.

»Ihr meint Sechella, die Dienstmagd in Schloss Sturmfels. Ich habe mir gestattet, sie durch eine andere Magd zu ersetzen. Ich konnte nicht mehr mit ansehen, wie der ehrwürdige Abt Theon durch die Anwesenheit dieses äußerst verführerischen Dings fast um den Verstand gebracht wurde. Außerdem gefiel es mir nicht, jemanden bei mir zu wissen, der alles, was ich tue, an Euch berichtet. Tausend Goldmünzen ist der Preis, den ich für ...«

Der Krieger am Ende des Tisches schlug mit der Faust auf den Tisch und funkelte Baazlabeth verärgert an.

»Ihr steht im Dienst der Finstergilde!«, brüllte er. »Ihr mögt ein Dämon, Teufel, Gott oder sonst etwas sein, doch solange Ihr in dieser Stadt seid, werdet Ihr tun, was ich befehle! Glaubt nicht, dass ich oder jemand anderes aus der Finstergilde vor Euch kuschen wird. Ihr werdet so lange in meinen Diensten stehen, wie ich es für nötig halte. Wenn ich bestimme, dass Ihr jemanden für uns tötet, werdet Ihr das tun, und zwar ohne über einen Preis zu verhandeln, ist das klar?«

Baazlabeth saß da und staunte. Er war beeindruckt von so viel Euphorie und Größenwahn. Es würde noch einen Moment dauern, bis er sich entschlossen hätte, ob er lachen oder dem Mann am Ende des Tisches das Herz herauszureißen sollte – unter Umständen vielleicht sogar beides. Für den Augenblick reichte es ihm, sich den Mann genauer anzusehen. Sein breites Kinn und die hohen Wangenknochen deuteten darauf hin, dass er nicht von hier stammte. Größe und Statur hatten etwas von einem Barbaren, und eine Narbe, die quer über seine Wange verlief, verstärkte diesen Eindruck noch. Mit seiner etwas zu dunklen Haut und den vollen braunschwarzen Haaren schien er weniger in diese Stadt zu gehören als Baazlabeth.

»Wer ist diese Eiterbeule?«, fragte er, deutete auf den Krieger und sah dabei Myrcella an.

Für einen Augenblick glaubte Baazlabeth, den Anflug eines Lächelns im Gesicht der Zwergin zu erkennen, doch er konnte sich auch täuschen.

»Das ist Twinkel Lostface«, erklärte sie.

»Noch ein Twinkel Lostface«, stöhnte Baazlabeth. »Die Stadt ist voll von denen. Man muss richtig Glück haben, um endlich mal mit jemandem zu sprechen, der nicht schon mal Twinkel Lostface war. Diesmal scheint Ihr Euch extra jemanden gesucht zu haben, der nicht so schnell kaputt geht.«

Der bullige Mann schien kurz vor dem Platzen zu stehen. Baazlabeth bemerkte, wie sein Kinn zu zittern begann und sich seine Augen bei jedem Wort weiter verengten.

»Nein, nein«, sagte Myrcella und versuchte, alle Beteiligten etwas zu beruhigen. »Ich glaube, ich sollte etwas richtig stellen. Dies hier ist wirklich Twinkel Lostface. Er tritt nur innerhalb der Stadt niemals selbst in Erscheinung, weil er kein Bürger von Brisenburg ist. Außerhalb der Stadt kennt man ihn unter dem Namen Neptrotot.«

Juchhe! Es regnet Goldmünzen. Man muss sich gar nicht mehr bewegen. Die kleinen glitzernden Goldtaler laufen hinter mir her wie Lemminge.

Baazlabeth gab sich alle Mühe, seine Freude nicht offen zu zeigen. Wenn das hier kein Zufall war, musste das Schicksal es wirklich gut mit ihm meinen. Seit Tagen machte er sich darüber Gedanken, wie er es schaffen konnte, an diesen Mann heranzukommen, der sich außerhalb der Mauern von Brisenburg in einem Zeltlager verschanzte und von einem Dutzend schwer bewaffneter Söldner bewacht wurde – und nun kam der Mann zu ihm.

Das hier muss das Land sein, wo einem gebratene Tauben in den Mund fliegen und Milch und Honig von den Bergen fließen. Anders kann ich mir das nicht erklären. Amez liebt mich, ganz sicher.

Jetzt galt es, erst einmal Ruhe zu bewahren, Neptrotot wieder zu beschwichtigen und die anderen in Sicherheit zu wiegen.

»Entschuldigt mein barsches Auftreten, Herr«, heuchelte er, wobei ihm das letzte Wort fast körperliche Schmerzen zufügte. »Ich habe mich im Ton vergriffen. Ihr müsst verzeihen, aber dieses Versteckspiel um Eure Person macht mich noch ganz verrückt. Ich empfinde es als sehr verwirrend für einen Außenstehenden. Anscheinend nennen sich alle Mitglieder der Finstergilde irgendwann einmal Twinkel Lostface, dafür nennt sich Twinkel Lostface Neptrotot. Das ist äh – sehr lustig, versteht Ihr?«

Anscheinend verstand Neptrotot nicht. Er sah nicht aus, als wenn er jemals lachte, doch die Züge in seinem Gesicht verrieten, dass er Baazlabeths Untertänigkeit zu schätzen wusste.

Neptrotot war ein großer, kräftiger Mann, der in seinem Leben schon viele Auseinandersetzungen miterlebt haben musste und sicherlich auch keiner aus dem Weg gegangen war, doch mit Dämonen schien er sich nicht auszukennen. Wie konnte er nur so vermessen sein und glauben, er könnte einem Weltengänger drohen? Las der Mann nicht, oder hatte er noch nie mit einem Priester gesprochen? Seine Mutter musste ihm doch am Kindbett von dem bösen Mann, den Teufeln und Monstern erzählt haben. Er zeigte keinerlei Respekt. Nicht einmal Nemrothar würde sich so eine Anmaßung erlauben, obwohl er sie sich hätte leisten können. Es war unmöglich, dass Neptrotot von dem Bann der Inquisitoren wusste und Baazlabeths Schwäche erkannt hatte. Aber selbst wenn, müsste Neptrotot damit rechnen, dass er das lederne Band einfach von seinem Hals riss und wieder zu dem wurde, was er schon seit ewiger Zeit war: ein Henker und Folterer zwischen den Welten, ein Dämonenfürst, ein Horde und somit für einen Menschen unüberwindlich.

»Ihr müsst verstehen, unser Herr, Neptrotot, ist vom Reich gesandt worden, um den Missachtungen der Gesetze durch Lord Brackenmoore Einhalt zu gebieten«, sagte die Zwergin. »Wenn noch mehr Städte dem schlechten Vorbild von Brackenmoore folgen, könnte dies zu einem Krieg führen.«

Hört sich erstmal gut an.

»Welche Missachtungen?«, fragte Baazlabeth.

»Die Sklavengesetze«, erklärte Myrcella. »Immer mehr freie Städte weigern sich, den Sklavenhandel aufrecht zu erhalten. Dies kann sich der König nicht gefallen lassen.«

Und alles aus dem Mund einer Sklavin, staunte Baazlabeth.

»Der Handelsposten für Sklaven liegt genau vor den Stadtmauern«, fuhr Myrcella fort, »doch der Einfluss, den unser Herr von dort aus auf die Stadt geltend machen konnte, war vergleichsweise gering. So entschloss er sich, die Finstergilde in Brisenburg zu erschaffen, und mit ihr Twinkel Lostface. Dieses Doppelspiel wäre schnell aufgedeckt worden, wenn man ihn in Brisenburg erkannt hätte. So kam es zu diesem Mummenschanz, oder wie immer Ihr es nennen wollt.«

Es war zwar aufschlussreich, mehr über das Leben des Sklavenhändlers zu erfahren, doch genau genommen interessierte sich Baazlabeth nur für den Tod dieses Mannes. Er würde ihn auf keinen Fall gehen lassen. Solch eine Chance bot sich wahrscheinlich so schnell nicht wieder.

Baazlabeth versuchte, im Kopf durchzuspielen, was passieren würde, wenn er unvermutet zu den Waffen griff. Die andern beiden Krieger hatten bislang immer noch keinen Ton von sich gegeben, dennoch traute er ihnen nicht zu, dass sie nur dastehen und zuschauen würden, wenn er ihren Anführer abschlachtete. Bei Myrcella war er sich nicht ganz so sicher. Es würde Baazlabeth verwundern, wenn die Zwergin nicht wusste, welchen Auftrag ihm der Rat erteilt hatte. Sechella, die Spitzelin aus der Finstergilde, hatte er zwar von den geheimen Sitzungen ausschließen lassen, doch es gab immer noch Jost Blackbell, den Hafenmeister, und der wurde auch von ihr bezahlt.

Was die blinde Seherin betraf, so konnte er ihre Fähigkeiten schwer einschätzen. Sollte sie wirklich die Zukunft vorhersagen können, musste sie von Baazlabeths gerade gefassten Plan wissen. Da sie aber keine Anstalten machte, eine Warnung auszusprechen, kam das einem Verrat gleich. In wenigen Augenblicken würde Baazlabeth wissen, wer seine Feinde waren, und wer nicht. In seiner Dämonengestalt hätte er sich wenig Gedanken darüber gemacht, als Sil jedoch musste man an die Sache mit etwas mehr Vorsicht herangehen.

Baazlabeth schob seinen Stuhl zurück und erhob sich. Er begann, unzulängliches Zeug zu brabbeln, ein wenig zu gestikulieren und dabei um den Tisch herumzugehen. Niemand schien Verdacht zu schöpfen. Baazlabeth redete einfach weiter, und den Männern und Frauen der Finstergilde schien es zu gefallen oder sie wenigstens nicht zu langweilen. Baazlabeth positionierte sich zwischen Neptrotot und seinen zwei Schergen.

Verdammt, ich habe mir immer noch keine richtige Waffe zugelegt! Wenn ich mein dämliches Stilett ziehe, werden sie mich wahrscheinlich auslachen.

Baazlabeth schätzte die Abstände zu den Männern ein. Vier Fuß waren es auf den Sklavenhändler zu, acht Fuß zu seinen Söldnern. Die zwei Dvergafrauen ließ er erstmal außer Acht. Wenn sie sich in den Kampf einmischten, würde er auch dafür eine Lösung finden – immerhin waren sie Frauen und eine von ihnen blind.

Normalerweise bot es sich an, den Anführer zuerst zu töten, denn meist waren sie ihren eigenen Männern weit überlegen, und wenn man sie tötete, schwächte das die Moral. Auch Neptrotot schien kräftiger zu sein als seine beiden Begleiter, doch diese machten nicht den Eindruck, als wenn sie sich schnell demoralisieren lassen würden. Außerdem standen sie bereit und würden dementsprechend schnell zu den Waffen greifen können. Baazlabeth befand, sie nicht im Rücken haben zu wollen, solange er sich mit dem Sklavenhändler beschäftigte.

Beide Krieger hatten ihre Schwertschlaufen bereits gelöst oder gar nicht erst zugezogen. Feine, gekrümmte Säbel hingen an ihren Seiten, mit denen sie sicherlich verstanden umzugehen. Ein Krummsäbel war für den Kampf auf einer Bühne wie geschaffen. Baazlabeth hatte sich schon lange gewünscht, so eine Waffe im Kampf führen zu können – jetzt ergab sich diese Gelegenheit. Er hörte sich sagen: »Die Geschäfte der Finstergilde in allen Ehren, doch durch die Aufgabe, die mir gestellt wurde, kommt es zu einigen Reibungspunkten, die ich zuerst aus dem Weg räumen muss.«

Mit einem weiten Sprung erreichte Baazlabeth den ersten Krieger. Die Hand des Dämons fuhr zum Griff des Säbels, während der Mann noch erschrocken die Luft einsog. Baazlabeth zog die Klinge aus der Scheide und rammte das Heft unter das Kinn seines Gegners. Der Krieger spuckte Blut und drei seiner Vorderzähne aus, doch noch bevor sie den Boden erreichten, drehte sich Baazlabeth um die eigene Achse, riss die Klinge in die Höhe und ließ sie über den Hals seines Gegners gleiten.

Der Krummsäbel fuhr erneut herab, dieses Mal auf den Mann daneben zu. Im letzten Moment riss der Krieger seine eigene Waffe aus der Scheide und blockte den Hieb mit der Parierstange. Der Hüne verschaffte sich Luft, indem er Baazlabeth zurückstieß wie ein kleines Kind. Der Dämon taumelte rückwärts und stieß mit dem Tisch zusammen. Jetzt hatte auch Neptrotot begriffen, was vor sich ging. Als er aufsprang, riss er den ganzen Tisch mit sich und hätte Baazlabeth beinahe darunter begraben. In seinen Händen funkelten ein Krummsäbel und ein langes, schartiges Entermesser. Baazlabeth stürzte zu Boden und rollte sich zweimal um die eigene Achse. Direkt vor seinem Gesicht bohrte sich eine Klinge in den Boden. Neptrotots Leibgarde stand bereits breitbeinig über ihm. Baazlabeth hieb mit seiner Klinge wild um sich und traf seinen Gegner auf Knöchelhöhe. Der Schlag war jedoch zu nachlässig und das Leder des Stiefels zu fest, um den Mann wirklich zu verletzen. Dennoch reichte die Attacke, um ihn einen schreckhaften Sprung zurück machen zu lassen.

Im Nu stand Baazlabeth wieder auf den Beinen und parierte den ersten Schlag des Sklavenhändlers. Die Wucht, mit der die Klingen aufeinander trafen, zeigte, welche Kraft in dem fremdländischen Mann steckte. Baazlabeths Handgelenk schmerzte, und er spürte den wuchtigen Schlag bis hinauf in die Schulter. Er musste sich schnellstens eines Gegners entledigen, sonst würden die zwei ihn auseinanderpflücken wie ein Hühnchen. Baazlabeth sprang einen weiteren Schritt zurück und riss den auf der Seite liegenden Tisch zwischen sich und Neptrotot. Der Sklavenhändler prügelte auf das Möbelstück ein, als ob es sich dabei um seinen erbittertsten Erzfeind handelte. Er trat mit den Füßen immer wieder gegen die massive Platte, packte eines der Tischbeine und hackte es mit einem einzigen Schlag entzwei. Beidhändig führte er den Krummsäbel gegen das Holz und schlug fingerlange Kerben in die fast zwei Zoll starke Platte.

Entweder hat dieser Spinner zu viel überschüssige Kraft, oder er und der Tisch kennen sich aus früheren Zeiten.

Es war nicht das erste Mal, dass Baazlabeth solch irrationales Verhalten im Kampf sah. Schon in früheren Zeiten hatte er Krieger auf Schlachtfeldern beobachtet, die ihre Wut an allem ausließen, was sich ihnen in den Weg stellte, ob es nun ein zu Fall gebrachtes Pferd, ein besiegter Gegner oder wie in diesem Fall ein hölzernes Hindernis war. *Kochendes Blut* hatten sie es genannt.

Neptrotots Scherge hegte anscheinend keine Aversionen gegen irgendwelche Möbelstücke, er konzentrierte sich voll und ganz auf Baazlabeth. Mit einer regelrechten Salve an Schlägen attackierte er den Dämon, der nur noch blocken konnte. Es schien, als wenn jeder Schlag mehr Wucht besaß als der vorangegangene. Die Klinge in

Baazlabeths Hand vibrierte, und er spürte, wie der Griff ein unangenehmes Kribbeln hinterließ. Als er erneut einen Schlag blockte, drohte ihm die Waffe aus den Händen zu gleiten.

Gleich hat er mich, erkannte er. *Entweder schlägt er mir den Säbel aus der Hand, oder die Klinge bricht.*

Baazlabeth spielte mit dem Gedanken, sich das Lederband vom Hals zu reißen. Es war nur ein kurzer Ruck, doch der würde Einiges ändern.

Was mache ich hier? Ich setze mein wahres Leben aufs Spiel, nur um diesen dämlichen Auftrag zu erfüllen. Wie war das noch: Wenn du alles verlierst, rette wenigstens dein Leben. Das ist bestimmt keine Dämonenweisheit, doch das muss nicht heißen, dass sie verkehrt ist.

Baazlabeth blockte den nächsten Schlag nur mit einer Hand am Griff. Die Wucht der Attacke riss seinen Schwertarm zu Boden und stieß die Spitze seines Säbels in die Dielenbretter. Er hatte bereits den dünnen ledernen Riemen gepackt, der um seinen Hals lag wie eine Galgenschlinge.

Neptrotot hatten seinen Wutausbruch fast unter Kontrolle gebracht. Der Tisch sah bereits aus, als wenn ein Riese von ihm abgebissen hätte. Mit einem letzten Tritt teilte er die Platte in zwei Hälften. Die eine rutschte von der Bühne, die andere traf seinen Mitstreiter an der Hacke des Fußes. Es war nicht Großes, der Zwischenfall hatte den Krieger nicht verletzen oder gar von den Füßen heben können, er hatte lediglich einen winzigen Augenblick der Unachtsamkeit zur Folge sowie eine kleine Unsicherheit in der Bewegung des Kerls.

Baazlabeth ließ die Klinge im Boden stecken, sprang nach vorn und zielte mit der geballten Faust auf den Kehlkopf seines Gegners. Reflexartig beugte sich der Mann nach hinten, um dem Schlag zu entgehen, und es gelang ihm auch. Baazlabeths Faust streifte ihn nur. Der Söldner riss die Klinge hoch, um diese anmaßende und hochnäsige Attacke zu ahnden. Er schwankte leicht, ruderte mit dem freien Arm, suchte nach Halt, fand aber keinen. Es war der kleine Absatz, die Kante des Tisches, die ihn nach hinten überstürzen ließ.

Baazlabeth hielt noch nicht einmal eine Waffe in der Hand, mit der er hätte nachsetzen können, doch die brauchte er auch nicht. Die aufragende Hälfte des abgehackten Tischbeines bohrte sich durch den

Rücken des Söldners und trat aus der Brust zwischen den Schuppen seiner Rüstung wieder aus.

Mein erster Gegner, den ich mit einem Tischbein umbringe, das ich noch nicht einmal in Händen halte. Etwas absonderlich, aber ich sollte es unbedingt mit in mein Repertoire aufnehmen.

Leider blieb Baazlabeth keine Zeit, um sich an der Szenerie weiter zu ergötzen. Neptrotot stürmte auf ihn zu, hechtete über den Sterbenden hinweg und sprang ihn an wie eine Raubkatze. Baazlabeth hatte dem Gewicht und der Kraft seines Gegners nichts entgegenzusetzen. Neptrotot riss ihn von den Füßen, packte ihn an den Schultern und schlug Baazlabeths Kopf mehrmals hart auf den Boden. Dem Dämon dröhnte der Schädel, und das verzerrte Gesicht des Mannes, der über ihm hockte, verschwamm langsam. Er spürte, wie die Klinge seines Gegners sich auf seinen Hals legte. Im letzten Moment packte er Neptrotots Hand und drehte mit aller Kraft. Er schaffte es gerade so, sich die geschliffene Klinge vom Hals zu halten, doch Neptrotot gab nicht auf. Sein Gegner nahm die andere Hand zu Hilfe, und Baazlabeth spürte, wie sich der kühle Stahl mit der flachen Seite auf seinen Hals legte und ihm die Luft abdrückte. Er hatte diesem Mann nichts entgegenzusetzen – nicht in dieser Welt.

Verbissen hielt Baazlabeth mit der anderen Hand dagegen. Schmerzhaft schnitt sich die Klinge in seine Hand und drohte ihm die Finger abzutrennen.

»In deiner Welt magst du ein Dämon sein, doch hier bin ich es, der Angst und Schrecken verbreitet«, keuchte Neptrotot ihm entgegen. »Wer es wagt, mich zu hintergehen, schmort in der Hölle, die ich für ihn bereithalte.«

Ein letztes Mal drückte der Sklavenhändler mit aller Macht zu. Baazlabeths Kehlkopf drohte, zerquetscht zu werden, doch dann ließ plötzlich der Druck nach.

Fühlt es sich so an, wenn man starb? *Jämmerlich! Seit ewigen Zeiten erzähle ich meinen Opfern, welch Schmerz und Leid sie ertragen müssen, wenn ich sie ins Jenseits befördert habe. Ich habe ihnen ewige Qualen versprochen, doch stattdessen fühlt es sich wie eine Befreiung an. Ich hätte sie nicht töten, sondern auf ewig in meinen Käfigen quälen und foltern sollen.*

Etwas Warmes tropfte Baazlabeth ins Gesicht und benetzte seine

Lippen. Unwillkürlich leckte er es mit der Zunge ab. Es schmeckte warm und metallisch – Blut.

Neptrotot glitt die Klinge aus den Fingern. Baazlabeth stieß sie beiseite. Der Sklavenhändler drohte, vorn überzukippen. Baazlabeth packte ihn am Arm und hielt ihn aufrecht. Blut tropfte aus dem halb geöffneten Mund des Mannes, und aus seinem Rachen stach ein Armbrustbolzen hervor. Baazlabeth stieß Neptrotot von sich und befreite sich von der Last. Unweit von ihm hockte Myrcella mit einer kleinen Armbrust in der Hand. Sie hatte den Bolzen abgefeuert. Sie zitterte. In ihren Augen war Erleichterung zu sehen, aber auch immer noch Angst.

21
Kleinvieh ist auch Mist

Als man zu der Einsicht kam, dass es einfacher war, um Hilfe zu bitten, als sie zu bekommen. Doch wirklich schwierig wurde es, wenn man Hilfe bekam, die man nicht wollte.

Alles ist besser, als in einem Kampf Mann gegen Mann Zweiter zu werden, dachte Baazlabeth jetzt schon zum sicherlich hundertsten Mal. Er fühlte sich wie ein Verlierer, obwohl das Wort eigentlich nicht in seinem Wortschatz existierte – zumindest nicht ihn selbst betreffend.

Auf dem Schlachtfeld kam es nicht selten vor, dass ein Gegner, auf den man gerade eindrosch, durch die Klinge eines anderen oder einen fremden Bolzen bezwungen wurde. Man machte sich einfach keine Gedanken darüber und suchte sich das nächste Opfer. In einem Zweikampf war es anders. Man stellte sich einem bestimmten Gegner und verteidigte seine Ehre mit dem Leben. Jede Einmischung von außerhalb brachte das ganze Geschehen durcheinander. Man versuchte, sich einfach des Störenfrieds zu entledigen, und widmete sich wieder seinem Hauptanliegen. Niemand hatte Baazlabeth jedoch darauf vorbereitet, dass es auch anders kommen konnte. Was, wenn man drohte, getötet zu werden, und jemand anderes sich in den Kampf einmischte – was war dann? Man kam zwar mit dem Leben davon, verlor aber die Ehre.

Für Baazlabeth gab es nur eine Möglichkeit, diesen düsteren Gedanken zu entfliehen: Er musste sich ablenken. Das war einfacher gesagt, als getan, wenn man nicht konnte, wie man wollte.

Myrcella und Lemura hatten ihn gebeten, im Theater zu bleiben, bis sie zurückkehrten – das war gestern gewesen. Sie hatten sich darum kümmern wollen, die Leichen verschwinden zu lassen. Baazlabeth war ihnen behilflich dabei gewesen, die drei Körper auf einen Karren zu verfrachten. Er hatte versprochen, auf sie zu warten, obwohl er normalerweise nie etwas versprach – außer vielleicht, jemanden zu töten –, doch er fühlte sich der Zwergin verpflichtet. Auch das war für einen Dämon noch kein Grund, sich an sein Versprechen zu halten, doch in diesem Falle hatte er eine Ausnahme machen wollen.

Myrcella hatte beteuert, ihm alles erklären zu wollen, wenn sie zurückkehrte. Sicherlich ein nettes Angebot, doch darum ging es Baazlabeth gar nicht. Ihm hätte es gereicht, wenn sie behauptet hätte, der Schuss mit dem Bolzen wäre ein Unfall gewesen und hätte eigentlich Baazlabeth treffen sollen. In diesem Fall wäre alles gut gewesen, und er hätte das Schicksal für seinen unrühmlichen Kampf mit Neptrotot verantwortlich machen können. Dem Schicksal schuldete man nichts.

Baazlabeth hatte gewartet, wenigstens zwei Stunden. Dann hatte er es nicht mehr ausgehalten und sich etwas Zerstreuung gesucht. Jene Art Zerstreuung, die auch bei Dämonen versprach, zu helfen.

Jetzt saß Baazlabeth im dunklen Theater. Er hatte es sich in einer Ecke auf der Bühne gemütlich gemacht, sich auf einen Stuhl gesetzt, die Beine ausgestreckt und einen der Feuerkörbe von den Wänden vor sich aufgestellt und entzündet. Zu gern hätte er die Szene von einem Platz in den Rängen beobachtet. Er musste wirklich dämonisch aussehen, auch ohne Hörner und Hufe. Auf gewisse Art und Weise faszinierte ihn die Vorstellung, seine Künste auf einer Bühne zu präsentieren.

Kommt und seht den einmaligen, großartigen, unvergleichbaren, beängstigenden und über alles erhabenen Baazlabeth. Eintritt nur eine Goldmünze. Schwangere Frauen, Menschen mit schwachem Herzen und Kinder sollten vom Besuch der Vorstellung absehen.

»Hör auf zu jammern und nimm es wie ein Mann«, grollte Baazlabeth. »Wir alle machen Fehler, und deiner hat dich eben hierher gebracht. Kommen wir zurück zu meiner Frage: Hast du in den letzten Tagen einen Zaubertrank zu dir genommen, oder stehst du unter einem Bannzauber?«

Baazlabeth machte eine kurze Pause und horchte in die Dunkelheit.

»Warum ich das alles wissen will? Hast du schon einmal von jemandem abgebissen, der unter einem Verjüngungszauber steht?«

Wieder lauschte er.

»Nein? Na siehst du. Ich kann dir sagen, da hast du ganz schön die Schnauze voll. Stell dir vor, du hältst einen schönen, knackigen Apfel in der Hand. Du magst doch Äpfel, oder?«

Ein Moment herrschte Stille.

»Gut, dann stell dir weiter vor, du beißt hinein, erwartest den süßen, fruchtigen Geschmack dieses Apfels, und was passiert? Du musst feststellen, dass er vergammelt und wurmstichig ist. Grauenvoll kann ich dir sagen. Das kann dir den Appetit auf alle anderen Äpfel für immer versauen. Was?«

Baazlabeth versuchte, in der Dunkelheit etwas zu erspähen.

»Wie, du bist kein Apfel? Das war auch nur eine Metapher, du bist schließlich auch nicht wurmstichig.«

Ein zaghaftes Klopfen brachte Baazlabeth aus dem Konzept, und er unterbrach seinen Monolog. Mit Blicken suchte er die vordere Kante der Bühne ab, dort, wo er den Ursprung des Klopfens vermutete.

Ein goldgelockter Haarschopf verriet ihm, dass er nicht alleine war.

»Ich habe mir schon Sorgen gemacht«, sagte er. »Hattet Ihr nicht gesagt, es dauert nicht lange?«

Myrcella zog sich eine der Bänke aus der ersten Reihe an die Bühne und kletterte darüber zu Baazlabeth hinauf. Lemura folgte ihr wie ein dunkler Schatten.

»Ihr braucht Euch um uns keine Sorgen zu machen, wir sind doch schon groß«, lächelte sie.

»Ich habe mir keine Sorgen um Euch gemacht, sondern um meine gute Laune«, erwiderte Baazlabeth. »Habt Ihr alles klären können? Ich würde nämlich gern meine Belohnung vom Kleinen Rat einfordern.«

Erneut schlich die bittere Erkenntnis in ihm hoch, dass nicht er es war, dem das Gold gebührte. Er schüttelte den Gedanken wieder ab.

Was soll's, der Auftrag ist erledigt. Das ist, was zählt.

»Ihr seid noch immer verletzt?«, rief Myrcella bestürzt aus. »Ich war davon ausgegangen, dass Eure dämonischen Kräfte Euch binnen kürzester Zeit heilen würden.«

Baazlabeth hob seine verletzte Hand und drehte sie hin und her. Die Fetzen Leinen, mit denen er versucht hatte, seine Wunde zu verbinden, hatten sich mit Blut vollgesogen. Er winkte gelangweilt ab.

»Ach das«, stöhnte er, »das ist nur ein Kratzer. Ich dachte mir, es passt gut zu meiner neuen Rolle, und habe es deswegen so gelassen.«

Warum soll ich sie mit dieser absoluten Nebensächlichkeit belasten, dass von mir nicht mehr übrig ist als ein faulendes Stück Fleisch. Vielleicht würde sie das nur auf die Idee bringen, mir auch einen Bolzen durch den Kopf zu jagen und das Gold selbst einzustreichen.

»Lasst mich Euch einen Trank geben, er wird die Wunde schnell heilen lassen. Aleister Bretozek hat ihn extra für uns gebraut – für den Notfall«, sagte Myrcella und kramte in ihrem Lederbeutel.

Was für einen Notfall meint sie wohl? Falls irgendjemand Twinkel Lostface einen Bolzen durch den Kopf jagt vielleicht?

»Gebt her«, sagte Baazlabeth extrem gelangweilt. »Ich werde ihn aufheben, falls Euch etwas zustoßen sollte. Schließlich verdanke ich Euch mein – Erfolgshonorar.«

Myrcella warf ihm eine kleine grüne Phiole zu, und er fing sie mit der gesunden Hand und ließ sie in der Tasche verschwinden.

Lemura wankte ungeduldig von einem Bein auf das andere und ließ ihre blinden Augen immer wieder in die Dunkelheit hinter sich wandern. Sie zupfte Myrcella am Gewand und zeigte auf die andere Seite der Bühne.

»Was ist dort?«, fragte Myrcella und wandte sich an Baazlabeth, der desinteressiert mit den Schultern zuckte. Die Zwergin nahm einen brennenden Span aus dem Feuerkorb und tastete sich langsam durch die Dunkelheit.

»Bei den Göttern, was habt Ihr getan!«, rief sie aus. »Er ist ein alter wehrloser Mann, ein Bettler, der niemandem etwas getan hat.«

Baazlabeth lehnte sich in seinem Stuhl nach vorn und tat so, als ob er den Mann zum ersten Mal sah.

»Was soll schon sein?«, fragte er, nachdem er ihn einen Moment inspiziert hatte. »Er sitzt in einem Kreidekreis, und sein Verstand scheint einen kleinen Ausflug gemacht zu haben. Mit etwas Glück kommt er bald zurück. Jedoch muss ich Euch gleich sagen, dass sich sein Zustand dadurch nicht sonderlich verbessern wird. Was regt Ihr Euch eigentlich so auf, gestern habt Ihr einen Mann mit einer Armbrust hingerichtet, und heute macht Ihr Euch Sorgen um einen Bettler?«

»Mit welchen dämonischen Kräften habt Ihr das getan?«, fragte sie entsetzt.

Mit den dämonischen Kräften scheint sie es ja zu haben.

»Mit zwei Flaschen gutem Hauswein«, gestand Baazlabeth.

Wie auf Kommando kippte der Bettler zur Seite, und eine Flasche Rotwein rollte über die Bühne.

Myrcella kümmerte sich um den Alten, nachdem sie sich vergewissert hatte, dass er nur betrunken war. Sie beträufelte ihren Unterrock mit etwas Wasser aus einer Feldflasche, die von ihrem Gürtel hing, und tupfte die Stirn des Bettlers ab. Danach tätschelte sie sein Gesicht und versuchte, ihn zur Besinnung zu bringen. Als der Alte einige quengelnde Laute von sich gab, bat sie Lemura, bei ihm zu bleiben und aufzupassen, dass sich sein Zustand nicht verschlechterte. Sie selbst stampfte auf Baazlabeth zu wie eine Furie, verlor aber mit jedem Schritt, den sie auf ihn zu machte, an Mut. Als sie vor ihm stand, reichte es nur noch dafür, die Hände in die Hüften zu stemmen und energisch zu schnauben.

»Warum tut Ihr so etwas? Von ihm ging keine Gefahr aus. Er ist nur ein alter Mann, der versucht, nicht den Hungertod zu sterben.«

»Ich habe überhaupt nichts getan«, grollte Baazlabeth. »Und selbst wenn, ginge Euch das nichts an. Ich habe Euch gesagt, was ich bin. Glaubt Ihr, ich mache mir Gedanken darüber, ob jemand eine Gefahr ist oder nicht, ob es gut oder schlecht ist, wenn er stirbt? Ich bin ein Horde, ein Dämon aus dem Reich zwischen den Welten. Sterblichkeit ist für mich nur ein Zustand, den die meisten schneller erreichen, wenn ich bei ihnen bin. Jedes Leben, das ich aushauche, ist für mich wie ein gutes Glas Wein für Euch. Es versüßt das Leben.«

»Vielleicht …«

Weiter kam Myrcella nicht, denn Baazlabeth hatte sie an der Kehle gepackt und zog sie zu sich heran.

»Vielleicht?«, fauchte er sie an. »Zweifelt nie wieder an, was ich tue und wie ich es tue, und sprecht nie wieder in diesem Ton mit mir. Dann entschließe ich mich vielleicht dazu, dass Ihr mir lebend mehr nützt als tot. Was meint Ihr dazu?«

Myrcella nickte, und Baazlabeth stieß sie von sich, woraufhin sie zu Boden stürzte und dort benommen sitzen blieb. Mit erstickter Stimme sagte sie: »Verzeiht Herr, ich werde es nie wieder tun.«

»Dann ist ja gut«, schnaubte Baazlabeth. »In diesem speziellen Fall hatte ich wirklich nicht vor, ihm etwas zu tun. Ich brauchte nur jemanden, um zu proben. Ich will nicht aus der Übung kommen. Den halben Tag bin ich durch die Stadt gelaufen und habe versucht, einen Käfig aufzutreiben – alles vergebens. Ein Schmied hat mir angeboten, einen zu bauen. Könnt Ihr Euch vorstellen, was der Wucherer dafür von mir haben wollte?«

Myrcella schüttelte den Kopf und schien nicht zu verstehen, was Baazlabeth ihr erzählte.

»Zwölf Goldstücke. Ihn hätte ich töten sollen. Doch stattdessen saß dieser alte Bettler vor meiner Tür. Ich fragte ihm, ob er mir helfen würde, ein neues Stück zu proben, und er willigte ein. Die Striche auf dem Boden sollten den Käfig darstellen, und er sollte so tun, als wenn er ungewollt in mein Reich geraten wäre. Plötzlich fing er an zu feilschen. Von wegen, dem Hungertod entkommen! Er wollte sich nur volllaufen lassen. Ein paar Szenen sind wir durchgegangen, und nach zwei Flaschen vom Roten hat sein Geist dann schlappgemacht. So, das war jetzt das letzte Mal, dass ich mich Euch gegenüber rechtfertige. Nun erzählt mir lieber, was Ihr gemacht habt, und was Ihr nach Neptrotots Ableben jetzt vorhabt.«

Myrcella hatte sich von dem Schock noch immer nicht wieder erholt. Nach wie vor saß sie am Boden und starrte Baazlabeth mit großen Augen an. Erst das Röcheln des Bettlers ließ sie die Fassung zurückgewinnen. Doch anstatt Baazlabeth zu antworten, kroch sie hinüber zu dem Mann. Lemura berührte ihren Arm und streichelte sie beruhigend.

»Alles, was wir getan haben, taten wir für die Dverga«, erklärte Lemura. Sie stand auf und ging einige Schritte auf Baazlabeth zu. »Seit Langem verfolgten wir den Plan, Neptrotot zu töten. Ihr stelltet die erste wirklich Erfolg versprechende Chance dar. Wir wussten von Blackbell, dem Hafenmeister, wie Euer Auftrag lautete, und lockten Neptrotot hierher. Wie bei fast allem, was er tat, ließ Neptrotot mich auch für dieses Treffen eine Weissagung machen, und ich erzählte ihm, was ich sah.«

»Er ist hierher gekommen, obwohl er wusste, dass er sterben würde?«, fragte Baazlabeth verwundert.

»Das ist nicht ganz korrekt«, gab Lemura zögerlich zu. »Meine Vision war lückenhaft und verschwommen. Ich habe ihm erzählt, dass es zum Streit kommen würde, auch, dass ein blutiger Kampf bevorstünde, aber das Letzte, was ich sehen konnte, war, wie er über Euch hockte, seine Klinge an Eurem Hals, und Blut färbte Euer Hemd rot. Danach brach die Vision abrupt ab. Neptrotot hat nicht gefragt, was das Ende der Vision bedeuten könnte, und ich fühlte mich nicht verpflichtet, es ihm zu sagen.«

Baazlabeth zog eine Grimasse, bis ihm bewusst wurde, dass dies bei einer Blinden wenig Zweck hatte.

»Wenn ich jemals in den Genuss Eurer hellseherischen Dienste kommen sollte, würdet Ihr mich dann bitte noch einmal auf Euer marodes Pflichtbewusstsein hinweisen? Ein Siegerlächeln bekommt nämliche eine ganz andere Bedeutung, wenn einem vorher der Kopf vom Hals abgetrennt wurde. So etwas fände ich schon erwähnenswert, meint Ihr nicht auch?«

»Ich mache die Zukunft nicht, ich sehe sie nur voraus«, rechtfertigte sich Lemura.

Ich mache sie auch nicht, ich beende sie nur.

Baazlabeth beobachtete, wie Myrcella ihre kurze Strickjacke auszog, sie zusammenrollte und dem betrunkenen Bettler unter den Kopf legte. Er verstand es nicht. Wie konnte sie einen Tag zuvor jemanden kaltblütig ermorden und jetzt die Fürsorgliche spielen? Wusste diese Zwergin nicht, wohin sie gehörte? Für welche Seite sie kämpfte? Immerhin war der Mann, um den sie sich jetzt so rührend kümmerte, ein Mensch. Er war einer von denen, die die Dvergas in die Sklaverei getrieben hatten. Hasste sie ihn gar nicht? Baazlabeth tat es, obwohl ihm die Menschen in der Vergangenheit wenig angetan hatten. Erst seitdem er in Brisenburg aufgetaucht war, schienen sie alles daran zu setzen, sich an die Spitze von Baazlabeths persönlicher »Groll-Liste« emporzuschwingen – mit einigem Erfolg.

»Es ist gleich so weit«, sagte Lemura aus heiterem Himmel. »Wenn Ihr wollt, führe ich Euch zur östlichen Mauer. Dann werdet Ihr sehen, welchen Plan wir in den letzten Stunden verfolgt haben.«

»Was ist dort an der Mauer?«, fragte Baazlabeth.

»Kommt selbst, und Ihr werdet es erfahren«, antwortete die Seherin und tastete sich mit der Fußspitze bis zum Rand der Bühne vor. Dort streckte sie Baazlabeth Hilfe suchend den Arm entgegen.

Wie interessant, die Dverga überlassen den Menschen nicht kampflos das Feld. Sie kämpfen darum, zu meiner Lieblingsspeise zu werden. Ich kenne nur eine Handvoll von ihnen, doch die paar wissen, wie man sich Feinde macht.

Baazlabeth sah den beiden Frauen ihre Unverschämtheiten des heutigen Tages nach, vielleicht brauchte er die Dverga noch.

Er half der Seherin von der Bühne und führte sie nach draußen. Auch Myrcella gesellte sich zu ihnen, strafte Baazlabeth aber mit einem Blick, der einer erneuten Anmaßung gleichkam. Baazlabeth erinnerte sich daran, wie sie gezittert hatte, und welche Angst ihr ins Gesicht geschrieben gestanden war, als sie die Hand gegen Neptrotot erhoben hatte. Was an dem Sklavenhändler war so furchterregend gewesen, und was fehlte Baazlabeth im Vergleich dazu? Schließlich hatte er zwei der besten Krieger Neptrotots getötet, und ihn selbst beinahe auch.

Bevor ich diese Welt verlasse, werde ich meinen Namen in blutigen Buchstaben quer über die Stadt schreiben, damit sie ihn nie vergessen werden. Ich soll verdammt sein, wenn es einem Sklavenhändler, der sich nur an Kleinwüchsige herangetraut hat, gelungen wäre, sich den Namen zu machen, der mir eigentlich zusteht.

Die Sonne musste schon vor Stunden untergegangen sein. Kleine Öllampen brannten an den Eingängen der Häuser, und hinter den geschlossenen Fensterläden erloschen die ersten Lichter und kündeten die Nachtruhe an. Trotz der späten Stunde trieben sich immer noch zahlreiche Bürger in den Gassen herum. Wer nicht geschäftig wirkte, drückte sich abseits der zahlreichen Lampen in den Hausschatten herum, um möglichst nicht gesehen zu werden. Eigentlich war es lustig anzusehen, befand Baazlabeth. Bei seiner Ankunft war es genau umgekehrt gewesen: Tagsüber überlaufen und nachts wie leergefegt. Seitdem die Inquisitoren ihre Macht demonstrierten, waren die Straßen und Plätze tagsüber wie ausgestorben, dafür tummelten sich nachts umso mehr Menschen darauf.

Anscheinend verließ immer nur eine Hälfte der Brisenburger zur selben Zeit das Haus – entweder die Anständigen oder die anderen. Baazlabeth war es so, wie es jetzt lief, lieber. Sein neuer Zuständigkeitsbereich des Kümmerns erforderte Arbeit, die man im Schatten ausführte.

Myrcella übernahm die Führung und wackelte einige Schritte voraus. Sie durchquerten das komplette Windviertel, ohne auch nur ein einziges Mal auf eine der breiteren Straßen zu treffen. Sie passierten kleine Gassen, Hinterhöfe und nahmen Stiegen, welche direkt zwischen den Häusern hindurchführten. Manchmal glaubte Baazlabeth, sie seien in eine Sackgasse geraten und müssten umkehren, doch die Zwergin fand immer wieder ein Schlupfloch, das sie weiter Richtung Osten führte.

Je tiefer sie sich in das Windviertel bewegten, und je düsterer und enger die Gassen wurden, desto finsterer schienen auch die Typen zu sein, die sich dort herumdrückten. Ihre düsteren Blicke, die Hand am Dolch, folgten dem ungewöhnlichen Dreiergespann. Anfangs vermutete Baazlabeth, es sei seine Aura, die sie davor schützte, nicht ausgeraubt und niedergestochen zu werden, doch schon bald musste er erkennen, dass dies allein das Werk von Myrcella war. Fast jedem Mann und jeder Frau, so zerlumpt diese auch waren, warf die Zwergin ein kleines, fast unmerkbares Nicken zu, und ihr Gegenüber antwortete auf dieselbe Weise.

»Ihr seid anscheinend wohl bekannt in Brisenburg. Sind alle Männer und Frauen, die sich nachts in den Gassen herumtreiben, Euch verpflichtet?«

Myrcella hielt kurz inne und drehte sich zu Baazlabeth um.

»Nur die wenigsten von ihnen sind Mitglieder der Finstergilde, allen anderen stand ich aber irgendwann schon einmal hilfreich zur Seite.«

»Also sind sie Euch auch verpflichtet«, befand Baazlabeth.

»Nein«, erwiderte Myrcella mit einer Kälte in der Stimme, die er bislang nur von Lilith kannte. »Meine Hilfe kostet nichts.«

Lord Brackenmoore sollte um ihre Hand anhalten, gemeinsam könnten sie das ganze Land in den finanziellen Ruin stürzen und zu einem einzigen Wohltätigkeitsfest machen.

»Das würde ja heißen, ich stünde wegen des abgeschossenen Bolzens auch nicht in Eurer Schuld.«

»So ist es«, sagte Myrcella und setzte ihren Weg fort.

Baazlabeth fühlte sich trotzdem nicht besser. Ehe er sich versah, liefen sie bereits an den lang gestreckten Lagerhallen im Norden des Hafens vorbei, und wenig später hatten sie die Stadtmauer erreicht. Eine schmale Stiege führte hinauf zum Wehrgang. Ein geschmiedeter Feuerkorb, um einiges größer als der im Theater, beleuchtete eines der

Wachhäuser auf der Mauer. Oben angekommen, musterte sie ein Wachsoldat. Er ließ die beiden Frauen anstandslos passieren, versperrte aber Baazlabeth den Weg, als er diesen erblickte.

»Er gehört zu uns«, sagte die Zwergin, woraufhin der Mann noch einmal einen prüfenden Blick auf Baazlabeth warf und dann zustimmend knurrte: »Ist gut, Ihr könnt passieren.«

So langsam imponierte ihm die kleine Frau. Hatte man bisher geglaubt, dass der Lord oder wenigstens der Hauptmann der Stadtwachen das Sagen über Brisenburg hatten, war man spätestens jetzt eines Besseren belehrt worden. Dieses kleine Wesen schien so viele Fäden in der Hand zu halten, dass man daraus ohne Probleme einen Tampen hätte flechten können. Ihr Einfluss erstreckte sich über alle Schichten der Bevölkerung. So langsam fragte sich Baazlabeth, wie eigentlich der Plan der Finstergilde, Lord Brackenmoore zu töten, überhaupt hatte schiefgehen können.

Nemrothar. Der alte Greis hält zwar nicht viele Fäden in der Hand, aber er bringt durch sein altersschwaches Zittern die Fäden der Marionetten so durcheinander, dass sie kaum noch zu lenken sind. Entweder ist er senil oder überaus gerissen.

Die drei folgten der Mauer eine Viertelmeile weiter Richtung Norden. Sie überquerten den Eiswein, den Fluss der sich von weit oben aus den Bergen bis in die Stadt hinunterschlängelte, um dort im Meer zu münden. Der Fluss führte unter der Stadtmauer hindurch. Das Loch in der Mauer hatte man mit einem schweren Fallgitter gesichert. Nach einer weiteren Viertelmeile auf der Mauer waren sie fast am Stadttor angelangt.

»Von hier aus hat man den besten Blick«, verkündete Myrcella und postierte sich zwischen zwei Zinnen.

»Blick worauf?«, fragte Baazlabeth leicht gereizt.

Myrcella deutete auf einige kleine Lichter knapp eine Meile vor der Stadt.

»Die Feuer des Sklavenlagers.«

Baazlabeth musste sich anstrengen, um überhaupt etwas erkennen zu können. Schemenhaft sah er einige Zelte, wenn der Wind in die Lagerfeuer fuhr und diese auflodern ließ.

»Sie sind zu weit entfernt, um sie auszupissen«, grunzte er.

»Jetzt geht es los«, verkündete Lemura feierlich.

Ihr Blick war genau gegen eine der Zinnen gerichtet, was jedoch ohne Belang für sie war.

Wie frisch entzündete Signalfeuer blitzten Flammen im Lager auf. Ein dumpfer Signalton erklang kurz, brach dann aber wieder ab. Weitere Flammen breiteten sich über das Lager aus und kräuselten sich in beachtliche Höhe. Zeltwände fielen dem Feuer zum Opfer. Ein hölzernes Gestell wurde in Brand gesetzt, knickte kurz darauf ein und brach in sich zusammen. Für einen kurzen Moment dachte Baazlabeth, er sähe Menschen durchs Lager rennen, doch Rauch und Funken verschlangen ihre Abbilder sofort wieder. Nach wenigen Minuten lag alles in Flammen.

»Das alles, um ein paar Dutzend Eurer Landsleute zu befreien?«, fragte Baazlabeth.

»Dreiundsechzig! Es sind dreiundsechzig, denen wir die Freiheit geschenkt haben«, berichtigte Myrcella ihn steif.

»Die Freiheit werden sie nicht lange genießen können«, sagte Baazlabeth. »Ein anderer Sklavenhändler wird sie wieder einfangen oder auf der Flucht umbringen.«

»Vielleicht, vielleicht aber auch nicht«, sagte Lemura. »Wichtig ist, dass wir ein Zeichen gesetzt haben. Mit etwas Glück folgen noch andere unserem Beispiel, und wenn es genügend sind, werden eines Tages alle Sklaven frei sein.«

Und wenn es Schweineärsche regnet, muss keiner mehr Hunger leiden.

»Die ganze Befreiungsaktion war nur möglich, weil ich Neptrotot getötet habe?«, stieß Baazlabeth verständnislos hervor. »Ein Mann mehr oder weniger hätte bei dem Kampf dort unten im Lager keinen Unterschied gemacht. Ihr habt so viele Beziehungen in der Stadt. Wenn ich das richtig sehe, befehligt Ihr sogar insgeheim einige Stadtwachen.«

Myrcella wirbelte herum und packte Baazlabeth bei seinem Mantel.

»Ein Mann mehr oder weniger, sagt Ihr?«, keifte sie ihn an. »Wenn man Euch in eine Schlacht ruft, macht es dann einen Unterschied, auf welcher Seite Ihr kämpft?«

»Ich bin ein Dämon und kein gewöhnlicher Mann«, zischte er sie an und packte ihre Handgelenke.

»Das war er nach unserem Verständnis auch«, keuchte sie, und Tränen liefen über ihre Wangen.

Baazlabeth ließ Myrcella los, und Lemura zog sie zu sich herüber und legte den Arm um sie.

»All unsere Freundschaften – die Spione, Mittelsmänner und Handlanger – waren wenig dienlich, solange Neptrotot lebte. Die meisten hörten genauso auf ihn wie auf uns. Mit der einen Hand hätten sie uns geholfen, um die andere Hand aufzuhalten und sich für den Verrat bezahlen zu lassen. Solange Neptrotot lebte, konnte man nichts vor ihm geheim halten. Wir brauchten jemanden der nicht in diesem Netz aus Lügen und Intrigen gefangen war, jemanden, von außerhalb, jemanden wie Euch.«

Baazlabeth brauchte einen Moment, um das alles zu verarbeiten. Warum war er hier? Hatte man ihn gerufen, um Lord Brackenmoore zu töten, um die Ausgangssperre aufzuheben, um Lilith Einhalt zu gebieten, um fünftausend Goldstücke zu verdienen, um die Stadt von einem Sklavenhändler zu befreien, um den Dvergas zu helfen, oder gab es noch etwas, von dem er nichts wusste?

Wenn er nicht selbst der Spielball gewesen wäre, hätte er herzlich darüber gelacht, doch so fühlte er sich wieder einmal hintergangen und ausgenutzt – von Menschen und halben Menschen.

»Ihr hattet unter all diesen Menschen niemanden, dem Ihr vertrauen konntet?«, fragte er.

Myrcella wischte sich die Tränen aus dem Gesicht und sah ihn traurig lächelnd an.

»Habt Ihr jemanden in der Stadt gefunden, dem Ihr vertraut?«

Gern hätte Baazlabeth noch etwas dazu gesagt, wie er es mit dem Vertrauen in seine Nahrung hielt, doch jemand kam ihm zuvor.

»Unser ehrenwertes Ratsmitglied, Meister Sil, genießt das Vertrauen der reputabelsten Bürger der Stadt. Seine Integrität ist über jeden Zweifel erhaben. Seine Fürsprecher würden die Hand für ihn ins Feuer legen und seine Tadellosigkeit vor dem Erschaffer bezeugen. Dies lässt ihn selbst vor der Anklage des mehrfachen Mordes als makellos erscheinen.

Baazlabeth brauchte sich nicht umzudrehen, die Stimme und der leichte Moschusgeruch hatten seinen Lobredner bereits verraten.

»Hauptmann Celest, welchem Umstand verdanken wir Eure

Gesellschaft? Ich will doch nicht hoffen, dass das Verschwinden Eurer Männer Euch in die Bedrängnis gebracht hat, selbst auf der Mauer Wache laufen zu müssen. Habt Ihr schon etwas über den Verbleib der Männer in Erfahrung bringen können?«

Celests Miene wirkte wie erstarrt. In seinem Gesicht erkannte Baazlabeth, dass der Hauptmann nur zu gern seine Klinge blankgezogen hätte.

»Wie ich sehe, haltet Ihr Euch gern in der Gesellschaft von Bürgern auf, die eine gewisse Bekanntheit besitzen, auch wenn deren Ruf eher zweifelhaften Charakter besitzt. Ich muss jedoch zugeben, dass diese Art Gesellschaft Euch besser zu Gesicht steht als die der Mitglieder des Rates.«

»Was soll ich sagen«, erklärte Baazlabeth, »das Schauspiel vor der Stadt hat uns hier oben mehr zufällig zusammengebracht. Ihr müsst zugeben, dass die Feuersbrunst im Sklavenlager etwas ist, was gar nicht genug Schaulustige anlocken kann. Man sollte dem Beispiel dieser kleinen tapferen Dvergas folgen, findet Ihr nicht auch?«

Das Feuer vor der Stadt war schwerlich zu übersehen, doch der Blick des Hauptmannes zuckte noch nicht einmal in die Richtung des brennenden Lagers. Seine Augen waren stur auf Baazlabeth gerichtet, und der Schein der entfernten Flammen spiegelte sich in seinen dunklen Pupillen.

»Unrecht sollte immer mit dem Schwert oder der Flamme gesühnt werden«, sagte er wie aus dem Lehrbuch.

»So ist es recht, Hauptmann Celest. Immer die Gerechtigkeit im Sinn. Ihr seid ebenso wie ich über jeden Zweifel erhaben. Aber Ihr seid doch sicherlich nicht hier heraufgekommen, um den Damen von meinem und Eurem tadellosen Charakter vorzuschwärmen.«

Celest legte die Hand auf den Schwertknauf.

»Lord Brackenmoore hat den Kleinen Rat einberufen. Es ist etwas geschehen, das Eure Anwesenheit dort erforderlich macht. Er bat mich, Euch zu finden und ins Schloss zu geleiten.«

Baazlabeth missfiel die Art und Weise, wie der Hauptmann sein Anliegen vortrug, es klang nicht nach einer Bitte. Aber er gönnte dem Hauptmann diese kleine Genugtuung.

»Dann lasst uns keine Zeit verlieren, Herr Hauptmann. Vielleicht warten schon Aufgaben auf mich, die Ruhm und Ehre versprechen.«

Gutbezahlte Aufgaben. »Meine Damen, Ihr müsst verzeihen, die Pflicht ruft, und ich werde eilen, wie immer. Meine Aufopferung kennt wirklich keine Grenzen.«

Mit diesen Worten verabschiedeten sich die beiden von den Dvergafrauen.

Hauptmann Celests unterkühlte Art blieb auf dem ganzen Weg zurück ins Schloss beständig. Baazlabeth hatte sich erhofft, dass Celest ihm etwas über den Grund des überstürzten Zusammentreffens des Rates verraten konnte, doch genauso gut hätte er eine der finsteren Gestalten, die sich in den Gassen herumdrückten, fragen können, ob sie etwas Gold gaben. Der Hauptmann mochte ihn nicht, und er verstand es, Baazlabeth das auch zu zeigen. Mit langen Schritten eilte er stets einige Schritt voraus und drehte sich mit einem vorwurfsvollen Blick um, wenn der Dämon zurückfiel. Baazlabeth gönnte ihm dieses bisschen Gehabe, dass er krampfhaft versuchte, zur Schau zu stellen. Eines musste man Celest jedoch zugestehen, hinsichtlich des Respekts, dem ihm die Bürger zollten, stand er der Zwergin in nichts nach. Was Myrcella mit einem Kopfnicken zustande brachte, gelang dem Hauptmann mit einem einzigen kalten Blick. Die meisten Finsterlinge auf der Straße hielten seinem Starren keinen Herzschlag lang stand, grüßten mehr oder minder freundlich und drückten sich tiefer in den Schatten der angrenzenden Gebäude, bis Celest außer Sicht war.

Das erste Mal seit seinem Aufenthalt in Brisenburg durfte Baazlabeth Schloss Sturmfels durch den Haupteingang betreten. Bereitwillig öffneten die Wachen das breite Tor und traten, die Hand an die Stirn zum Gruß erhoben, beiseite. Es war ein erhabenes und gleichzeitig befremdliches Gefühl für Baazlabeth, ein Schloss auf diese Weise zu betreten, doch er hätte sich daran gewöhnen können. Leider blieb dieser bittere Nachgeschmack, von Hauptmann Celest begleitet zu werden. Baazlabeth bemühte sich, jeden Anschein von Gefangennahme zu vermeiden. Er lief gut gelaunt neben dem Hauptmann her und nickte den Wachen freundlich zu.

Ihr Weg führte sie quer durchs Schloss, durch Hallen, Gänge und Foyers, die nur wenig mehr den Glanz von Herrschaft zeigten als die

Gänge, die Baazlabeth zuvor gesehen hatte. Nur das Nötigste zierte den öffentlichen Teil des Schlosses: eine Ahnengalerie, schwere Wandbehänge mit Jagdszenen, klobige Vasen und allerlei schmucklose Möbelstücke.

Zwei weitere Wachen standen vor dem Audienzsaal. Hier war der Ort, an dem jeder, der ein Problem hatte, vor Lord Brackenmoore sprechen und darauf hoffen konnte, dass seine Bitten erhört wurden. Wer jedoch die ganzen trostlosen Gänge und Hallen zuvor durchschritten hatte und mit offenen Augen durchs Leben ging, dem wurde bewusst, dass ihm außer Verständnis nicht viel Hilfe zuteilwerden würde.

»Hauptmann Celest, Lord Brackenmoore bittet darum, Euch vor der Ratsversammlung noch einmal unter vier Augen zu sprechen«, sagte einer der Männer steif. »Lord Brackenmoore bat ausdrücklich um dieses Gespräch.«

Das klang gar nicht gut. Baazlabeth fragte sich erneut, ob er tatsächlich ins Schloss gebeten oder doch vielmehr verbracht worden war. Für Hautmann Celest stand dies zweifelsohne außer Frage.

»Ihr wartet hier, bis ich zurückkehre«, verkündete er in einem selbstsicheren Befehlston, den Baazlabeth nicht das erste Mal hörte.

Würde ich ja gern tun, aber Ihr zahlt zu schlecht für meine Zeit. Falls sich ein lukrativeres Geschäft ergibt, werdet Ihr wohl auf meine Anwesenheit verzichten müssen.

»Wie Ihr wünscht.«

»Ich wünsche es nicht, ich befehle es Euch als Hauptmann der Stadtwachen«, knurrte Celest ihn an.

Baazlabeth schenkte ihm ein gewinnendes Lächeln.

»Und ich vernehme Euren Befehl als Bürger Brisenburgs und vergebe Euch diese Anmaßung als Mitglied des Kleinen Rates. Für die Zukunft würde ich es aber lieber sehen, wenn Ihr nur die ankläfft, die Ihr auch beißen könnt. Jetzt solltet Ihr Euch beeilen, schließlich lässt man den Lord nicht warten.«

Baazlabeth hatte entschieden, dass er keine Rücksicht mehr auf Hunde nehmen musste, die an der Leine geführt wurden. Egal, was der Hauptmann wusste oder zu wissen glaubte, er war einer dieser Hunde, denen man mit einem Stock ruhig einmal auf die Schnauze schlagen konnte und nur einen Schritt zurückzutreten brauchte. Die Kette, an der sie lagen, war einfach nicht lang genug.

Celest hatte begriffen, wie das Spiel lief, und fügte sich. Die Wache öffnete die Tür zum Audienzsaal, und der Hauptmann verschwand durch den schmalen Spalt.

»Wir kommen eigentlich gut miteinander klar«, erklärte Baazlabeth den Wachen, als er ihre fragenden Blicke sah. Anscheinend waren sie es nicht gewohnt, dass man so mit ihrem Hauptmann sprach. »Wir wären fast Freunde geworden, wenn ihm nicht jemand den Floh ins Ohr gesetzt hätte, ich würde Stadtwachen aus Langeweile töten und in der Kanalisation versenken. Ungeheuerlich, findet Ihr nicht auch?«

Die beiden äußerst robust aussehenden Männer entzogen sich einer Antwort durch unsicheres Starren auf ihre Füße.

»Schade!«, gestand Baazlabeth, nachdem er einen Augenblick ihrem Schweigen gelauscht hatte. »Ich dachte, ich würde in Euch ein paar Fürsprecher finden, aber Ihr scheint Eurem Hauptmann bedingungslos ergeben zu sein. Dann werden wir eben keine Freunde.«

Das Gespräch zwischen Lord Brackenmoore und Hauptmann Celest dauerte länger, als Baazlabeth erwartet hatte. Von Zeit zu Zeit dachte er, er würde noch weitere Stimmen hinter den geschlossenen Audienzsaaltüren hören, doch immer, wenn er genau hinhörte, waren sie wieder verklungen. Baazlabeth war es eigentlich nicht gewohnt, zu warten. Normalerweise war er es, der andere warten ließ, und wenn es auch nur auf den Tod war. Er musste feststellen, dass eine Stunde lang sein konnte, selbst wenn man praktisch ewig lebte. Zu gern hätte er sich die Zeit mit etwas Ablenkung vertrieben, doch angesichts des ohnehin schon bestehenden Zwistes mit Hauptmann Celest begnügte er sich damit, die beiden Wachmänner im Vorraum nur zu beobachten.

Nach über einer Stunde kam Celest dann zurück. Sein Gesichtsausdruck verriet, dass das Gespräch nicht so verlaufen war, wie er es sich erhofft hatte.

»Ihr seid an der Reihe«, sagte er steif. »Lord Brackenmoore erwartet Euch.«

Hauptmann Celest wollte davoneilen, doch so ungeschoren sollte er Baazlabeth nicht davonkommen.

»Hauptmann Celest!«, rief der Dämon ihm hinterher.

Andor Celest hielt einen Moment inne und drehte sich dann mit einem gezwungenen Lächeln um.

Platsch!

»Ach nichts, Hauptmann, danke.«

Baazlabeths kurzer Ausflug in die Welt der platzenden Köpfe konnte seine Stimmung nicht lange heben. Als er den Audienzsaal betrat, sah er, wie Jost Blackbell und Horius Blank eilig den Saal durch eine der hinteren Türen verließen. Zurückgelassen stand Lord Brackenmoore vor dem langen Ratstisch und schob hastig einen Haufen Papiere zusammen.

»Ah, da seid Ihr ja, Sil«, sagte er. »Wir haben schon auf Euch gewartet. Dann kann unsere Sitzung ja beginnen. Kommt bitte mit, die anderen sind schon da. Es gibt einige unerfreuliche Neuigkeiten, aber darüber wisst Ihr sicherlich bereits Bescheid.«

Baazlabeth erwiderte nichts. Was er hier an Neuigkeiten sehen konnte, reichte ihm vollends aus, da brauchte er keine weiteren Geschichten aus der Stadt.

Du hast auf mich gewartet, kleiner Lord? Für mich sieht es aus, als wenn du mich hast warten lassen, um mit der Ratssitzung schon einmal ohne mich zu beginnen. Was hattest du denn so Wichtiges mit dem Hauptmann und den altersschwachen Ratsmitgliedern zu besprechen, dass ich nicht dabei sein durfte? Macht ihr euch schon Gedanken, wie ihr mich wieder loswerden könnt? Ich sage euch was, wenn ihr mir mein Gold nicht zahlt oder versucht, mich meines neuen Amtes zu entheben, werde ich es sein, der heute die Sitzung schließt – und zwar endgültig. Ich werde euch zerstückeln, die Gliedmaßen untereinander vertauschen, alles wieder zusammennähen und das größte Mobile aller Welten aus euch machen.

Lord Brackenmoore führte ihn durch dieselbe Tür, durch die Blackbell und Blank verschwunden waren.

»Kommt, wir wollen keine Zeit verlieren, die Lage scheint sehr bedrohlich zu sein, und die Schlinge zieht sich immer enger um unsere Hälse.«

Um eure Hälse, meiner ist damit beschäftigt, die Übelkeit herunterzuschlucken, die ich empfinde, wenn ich deinen Schleimereien zuhören muss.

Baazlabeth nahm am Tisch Platz, auf seinem gewohnten Sitz neben Abt Theon, der seinen aufdringlichen Gestank gerade nachgebessert zu haben schien, und gegenüber von Lebuin Nemrothar, dessen Sitz leer war. Baazlabeth sah der Reihe nach in die mitleidig lächelnden

Gesichter – nicht einer besaß den Mut, ihm in die Augen zu sehen. Er kannte die Menschen gut genug, um zu wissen, dass dieses Mienenspiel darauf hindeutete, dass man vorhatte, ihm einen Dolch in den Rücken zu stoßen.

Das passt ja. Die Mitglieder des Kleinen Rates bereiten meinen Abgang vor, und Nemrothar lässt sich entschuldigen, weil ihn der Zauber zur Treue verpflichtet. Nemrothar, du weißt gar nicht, was dir heute entgehen wird, aber keine Angst, wir werden uns wiedersehen, bevor ich diese Welt verlasse.

Baazlabeth ertappte sich dabei, wie er sich überlegte, in welcher Reihenfolge er die Ratsmitglieder töten wollte. Seine erste Wahl fiel auf Horius Blank, immerhin war der mit Abstand Kampferprobteste. Danach sollte Blackbell sterben, und dann ging es weiter in der Reihenfolge ihrer Sitzverteilung.

»Verehrte Ratsmitglieder, ich muss mich noch einmal für die überstürzte Zusammenkunft entschuldigen, doch bestimmte Umstände erlauben keinen weiteren Aufschub«, verkündete Lord Brackenmoore förmlich. »Mit einigen der ehrenwerten Ratsmitglieder habe ich bereits ein vertrauliches Gespräch führen können, die anderen werden bereits wissen oder wenigstens ahnen, welcher Vorfall uns hier zusammenkommen lässt. Brisenburg ist nicht mehr lange ein Ort, in dem wir Sicherheit genießen. Der Schutz, den wir uns selbst und unseren Freunden und Familien geschworen haben, existiert nicht mehr. Eine fremde Herrschaft hat sich den Weg in unsere Häuser gebahnt und bedroht alles und jeden, den wir zu schützen geschworen haben.«

Baazlabeth bemerkte, wie sich seine Hand auf den schmalen Dolch, der in seinem Gürtel steckte, legte und diesen liebevoll streichelte.

Tausend Gelegenheiten hatte ich schon, mir eine nützliche Waffe zuzulegen, und was mache ich? Ich laufe mit einem besseren Brieföffner in der Gegend herum und setze mich mit meinen Häschern an einen Tisch. Wahrscheinlich hätten sie mich mit einer Breitaxt gar nicht erst in den Saal gelassen, doch ich hätte mich lieber mit einer Axt im Schlosshof all den Wachen gestellt, als mich hier mit diesem Zahnstocher all diesen noblen Bürgern entgegenzuwerfen. Nemrothar hat wahrscheinlich schon geahnt, was passieren würde, und ist vorsichtshalber gar nicht erst erschienen. Macht auch nichts, dann schau ich eben auf dem Rückweg noch einmal bei ihm rein.

Baazlabeth überlegte, welcher Tat sie ihn wohl anklagen und überführen wollten. Im besten Falle hatten sie herausgefunden, dass Neptrotot gar nicht durch seine Hand gestorben war und sie ihm somit seinen Lohn absprechen konnten. Vielleicht hatte aber auch Hauptmann Celest einen fadenscheinigen Beweis dafür gefunden, dass er aktiv am Dahinscheiden seiner Wachleute beteiligt gewesen war. Dies würde bedeuten, sie würden versuchen, Baazlabeths neuen Wohnsitz in Brisenburgs Kerker zu verlegen. All diese Vermutungen verblassten aber gegen die Vorstellung, dass Nemrothar reinen Tisch gemacht und zugegeben hatte, dass eines der Ratsmitglieder in Wirklichkeit kein Mensch, sondern ein Dämon war. Damit würde sich auch erklären, warum der alte Magier heute lieber der Ratssitzung fernblieb.

»Bevor ich jedoch zum Hauptanliegen der heutigen Versammlung komme, möchte ich noch einmal auf Sil und die neue Institution des Kümmerers kommen«, verkündete Lord Brackenmoore.

Baazlabeth befreite sich von allen inneren Zweifeln und Vermutungen und zog unter dem Tisch das Stilett hervor, während er die anderen Ratsmitglieder mit einem freundlichen Lächeln bedachte.

»Ich verrate, glaube ich, nicht zu viel, wenn ich sage, dass jeder von uns weitreichende Zweifel hegte, was die Beauftragung eines Assassinen durch den Rat anbelangte. Sich seiner Feinde durch Hinterhalt und Hinterlist zu erledigen ist etwas, was unserer zivilisierten Ordnung von jeher widerspricht.«

Für jede einzelne Münze, die ihr mir schuldig bleibt, werde ich ein Pfund Fleisch aus euren Körpern schneiden und hinunterschlingen.

»Niemand von uns hat sich diese Entscheidung, Euch in den Rat zu holen, leicht gemacht. Zweifel plagen jeden von uns auch heute noch. Ihr selbst werdet zugeben müssen, dass die Geschichte von Meddelton gezeigt hat, dass Intrigantentum noch nie auf fruchtbaren Boden gefallen ist«, erklärte Lord Brackenmoore und schien von Baazlabeth Zustimmung zu erwarten.

Ich habe keinen blassen Schimmer, wovon du sprichst, doch auch eure bald erschlafften Körper werden nur auf den Steinfußboden im Saal sinken, aber ich werde dafür sorgen, dass euer Blut bis zur Decke spritzen wird.

»Wie auch immer, es scheint mir, dass es Zeit wird, sich für unsere Zweifel zu entschuldigen. Sil, Ihr habt uns eines Besseren belehrt und uns gezeigt, dass es Individuen gibt, die versuchen, unsere Ordnung zu zerstören und sich nicht durch Recht und Gesetz einschüchtern oder durch Treu und Glauben anklagen lassen. Man kann sie nur mit ihren eigenen Waffen schlagen und muss gegen sie genauso skrupellos vorgehen, wie sie es mit uns vorhatten. Sil, ich danke Euch noch einmal, dass Ihr uns die Augen geöffnet habt, und ich glaube, ich spreche hier für jeden Einzelnen im Kleinen Rat.«

Baazlabeth wäre beinahe vor Schreck der Dolch aus der Hand gefallen. Hatte Lord Brackenmoore ihn gerade gelobt? Was ist aus all diesem Barmherzigkeitsgeschwafel geworden? Wo waren die Bedenken von Abt Theon? Was war mit den Anschuldigungen von Horius Blank? Was hatte er getan, oder besser gesagte: Was dachten sie, dass er getan hatte, dass sie jetzt eine Lobhymne auf ihn sangen? Mit Ruhm hatte er sich in seinen Augen sicherlich nicht bekleckert. Schließlich hatte er es zwei Frauen, deren Größe kaum an die von Kindern heranreichte, überlassen, Neptrotot zu erledigen, doch dies konnten sie unmöglich wissen. Wenn dieses zustimmende Nicken der Ratsmitglieder nicht gewesen wäre, hätte Baazlabeth vermutet, man mache sich lustig über ihn, doch so entschloss er sich, in der Lobhudelei noch ein wenig zu baden und sich feiern zu lassen.

Lord Brackenmoore erhob sich von seinem Stuhl und stützte sich mit den Armen auf dem Tisch ab. Theon, Blackbell, Blank und selbst der schwabbelige Limewall sahen mit ernsten Mienen zu ihrem Lord empor und schienen bereits zu ahnen, was ihr Lord zu verkünden hatte.

»Wir haben den Weg beschritten, den unsere Feinde uns vorgegeben haben. Wir spielen jetzt ihr Spiel mit unseren eigenen Regeln. Zum ersten Mal in der Geschichte Brisenburgs werden wir uns gegen die heimtückischen Attentate und die endlosen Bevormundungen von König Bellington und seinen schlangenzüngigen Beratern wehren.«

Das alles hörte sich äußerst vielversprechend an, befand Baazlabeth. Dieser König Bellington schien noch unbeliebter zu sein als Neptrotot. Mit etwas Glück würde der Rat verlangen, dass Baazlabeth einen Königsmord beging, und er wusste auch schon, was es den Rat kosten würde – nämlich genau dreitausendvierhundertsiebenundfünfzig Goldmünzen. Das war sozusagen ein Sonderangebot.

Nemrothar war schlau, der Sitzung nicht beizuwohnen. Die Schmach in seinem Gesicht hätte mich wahrscheinlich zu Tränen gerührt.

Lord Brackenmoore räusperte sich, und die Worte schienen in seinem Hals festzustecken.

»Wer nach den Regeln des Königs spielt, muss sich damit abfinden, auch Opfer zu erbringen. Ich bedauere, dass wir uns so weit auf das Niveau des Regenten herablassen müssen, doch ich sehe keinen anderen Weg. Ich habe mich bereits mit allen Ratsmitgliedern außer Euch, Sil, beraten, und wir sind zu dem Schluss gekommen, dass unser Vorhaben unvermeidbar ist. Wir bitten Euch, den ehrenwerten Lebuin Nemrothar zum Schweigen zu bringen.«

Baazlabeth brauchte einen Moment, um zu verstehen, was Brackenmoore da von ihm verlangte. Nemrothar war sicherlich nicht als Schwätzer bekannt – anscheinend sprach der Lord auch eher von einem endgültigen Schweigen. So ein Augenblick wollte genossen werden.

Er will, dass ich den Alten das Zeitliche segnen, ihn in die Grube fahren, ihn aus dem Leben scheiden, ihn um die Ecke bringen lasse. Dass ich ihm den Löffel abnehme, ihn abmurkse, ihm die Luft abdrehe, ihn meuchle, ihn umbringe. Schade, dass mir die Hände gebunden sind, doch was soll ich sagen – die Götter lieben mich!

»Ich soll ... was? Was ist passiert?«, stotterte Baazlabeth, um seinem Erstaunen Ausdruck zu verleihen. Der Dämon konnte seine eigene Stimme kaum hören, so laut jubelte sein Innerstes.

»Ihr scheint noch nicht alle Details zu kennen«, sagte Lord Brackenmoore irritiert. »Gestern Nacht gab es eine Reihe von Vorfällen, welche die Aufmerksamkeit der Inquisitoren zur Folge hatten. Ein Mann wurde von einem Pferdefuhrwerk überrollt, zwei weitere fand man erhängt an einem Lastbalken. Zwei greise Frauen lagen einfach tot auf dem Pflaster der Straße, ohne erkennbare Gewalteinwirkung zu zeigen. Ein Fischer hing tot in der Takelage seines Bootes, einer kleinen Jolle. Und um die ganze Sache abzurunden, fand man eine komplette Familie, Vater, Mutter und zwei Kinder, die fast blutleer an einer Hausmauer hockten.«

Brackenmoore machte eine Pause und schien auf irgendeine Reaktion zu warten. Baazlabeth war immer noch zu beschäftigt mit seinen stummen Jubelschreien, um sich wirklich betroffen zu geben.

»Das nenne ich eine bewegte Nacht«, sagte er, »aber was hat das mit Lebuin Nemrothar zu tun?«

Brackenmoore verzog den Mund.

»Alle Leichen lagen entweder vor dem Magierturm oder hingen an ihm wie Verzierungen. Das Boot des Fischers klemmte sogar direkt im Eingang des Turms, als wäre es dorthin manövriert worden. Fragt mich bitte nicht, wie so etwas geschehen kann, ich kann es mir auch nicht erklären. Auf jeden Fall reichte es den Inquisitoren, um dem Magier einen Besuch abzustatten und ihn zum Verhör mitzunehmen. In seinem Arbeitszimmer fanden die Hoheitlichen ein Pentagramm und schlussfolgerten, dass er sich mit gotteslästerlichen Beschwörungen befasst. Sie werden ihn der Hexerei und des Bündnisses mit dem Chaos anklagen, wie sie es immer tun. Wir müssen uns nichts vormachen, die Inquisitoren werden ihre Antworten bekommen. Auf die eine oder andere Weise werden sie dafür sorgen, dass er seine Aussage nicht wieder zurückziehen kann, falls er wieder zu Kräften kommen sollte.«

»Er wird uns alle beschuldigen«, rief Horrest Limewall aufgeregt dazwischen. »Sie werden ihn foltern, das steht niemand lange durch. Er wird jeden von uns der Hexerei beschuldigen, und dann sind wir den Inquisitoren schutzlos ausgeliefert. Sie werden uns und unsere Familien hinrichten oder auf ewig einkerkern, die Familiennamen in den Schmutz zerren und uns unseres Besitzes enteignen.«

Langsam begann Baazlabeth zu verstehen. Nemrothar war der Zugang für die Inquisitoren in die Kreise der Reichen und Mächtigen. Wo sie sich vorher nur in den unteren Schichten der Gesellschaft austoben durften, standen ihnen nun alle Türen offen. Fragte sich nur, was sie davon hatten. Ihm selbst war es immer egal gewesen, wessen Blut er vergoss, blau war davon ohnehin keines.

»Was hätte der Klerus davon, das alles zu tun?«

Abt Theon legte Baazlabeth seine Hand auf den Unterarm. Diese Geste wäre dem Dämon normalerweise ein bisschen zu vertrauliche gewesen, doch Baazlabeth wollte in dieser glückvollen Stunde keinen weiteren Zorn schüren, er wollte die Zeit einfach nur genießen, also ließ er die Verfehlung durchgehen.

»Der Klerus hat nichts davon«, sagte Theon betroffen. »Es ist aber auch nicht der Klerus, der die Hoheitlichen lenkt, es ist König Bellington. Sie unterstehen seinen Befehlen, das macht sie als Männer Gottes wie als Ritter des Königs doppelt gefährlich.«

»Bellington hält vom Kleinen Rat nicht viel, und er würde ihn gerne absetzen«, erklärte Lord Brackenmoore. »Derzeit hat er jedoch keine Handhabe gegen uns. Jedes grundlose Vorgehen gegen den Rat oder eines seiner Mitglieder würde sein Ansehen schwächen und Vertrauenseinbußen bei den anderen Lords zur Folge haben. Wenn man uns aber der Gotteslästerlichkeit anklagt, wäre er uns vom Hals und könnte seine Günstlinge in Brisenburg einsetzen. Wir müssen verhindern, dass Nemrothar auch nur einen einzigen unserer Namen nennt, sonst sind wir alle verloren.«

»So sehr es mir auch widerstrebt«, brummte Horius Blank, »Ihr seid unsere einzige Hoffnung. Wenn die Stadtwache Euch in irgendeiner Form behilflich sein kann, sagt es nur. Wir werden jedoch nicht die Hand gegen die Männer des Königs oder einen seiner Vasallen erheben, genauso wenig wie gegen unsere eigenen Bürger. Unser Kodex bindet uns in dieser Hinsicht – wir sind Bürgern, Land und König verpflichtet. Bei den Hoheitlichen sind wir uns jedoch einig, dass wir gern eine Ausnahme machen würden. Auch gegen sie können wir nicht offiziell vorgehen, doch wir haben gesehen, wie Ihr aus dem Verborgenen arbeitet, und wie Ihr es schafft, die Wahrheit zu verbergen oder zu verdrehen. Dieses Talent würden wir uns gern zunutze machen. Deshalb haben wir entschieden, dass Ihr hundert Goldmünzen erhalten sollt für jeden Inquisitor, den Ihr aus der Stadt jagt, verschwinden lasst, ihn dazu bringt, dem König abzuschwören, oder ihn uns sonst wie vom Hals schafft.«

Aller Augen ruhten erwartungsvoll auf Baazlabeth.

»Ihr könnt Euch meiner Bemühungen sicher sein«, sagte der lächelnd. »Verzeiht mir bitte, wenn ich Euch jetzt verlassen muss, ich habe noch viele Vorbereitungen zu treffen. Ihr werdet bald von mir hören.«

22
Wer braucht schon Freunde?

Als man erkannte, dass die bösesten Pläne nicht darin bestanden, Böses zu tun, sondern sich vorzunehmen, die Beine hochzulegen, sich zurückzulehnen und lediglich dabei zuzusehen, wenn andere Böses taten.

Baazlabeth lehnte an demselben Baum, unter dem er seine erste Nacht in Brisenburg verbracht hatte. Damals hatte er nicht den Hauch eines Schimmers gehabt von dem, was ihn hier erwartete. Heute saß er wieder hier und fragte sich, wozu all seine Bemühungen überhaupt gut gewesen waren, wenn es auch gereicht hätte, einfach hier sitzen zu bleiben. All seine Probleme hatten sich auch ohne sein Zutun gelöst, oder würden es jedenfalls in naher Zukunft tun. Baazlabeth wäre nie so vermessen gewesen, auf das freiwillige Ableben des Magiers zu warten, doch er hatte in all den Jahren in seinem eigenen Reich vergessen, dass es andere gab, die ihm in die Hände spielten, wenn auch unbeabsichtigt. Zur Feier des Tages hatte er sich eine Flasche Hauswein aus einer der Schänken mitgenommen und mit barer Münze bezahlt. Der süffige Traubensaft konnte nicht mit dem aus dem *Einsamen Wanderer* konkurrieren, doch die freudigen Ereignisse des Tages versüßten ihm dennoch jeden Schluck. Noch einmal bei Meister Dumpf vorbeizuschauen, um sich dort eine weitere Flasche zu holen, barg einen gewissen Reiz, doch es konnte genauso gut weitere Probleme mit sich bringen. Baazlabeth war zwar ein Mitglied des Kleinen Rates und gehörte somit zu den angeseheneren Bürgern Brisenburgs, doch diese Stellung schützte ihn nicht vor lästigen Fragen. Dumpf könnte sich einige Gedanken zu dem steilen Werdegang seines ehemaligen Gastes gemacht haben und nun mit Fragen kommen, die Baazlabeth nicht unbedingt beantworten wollte. Genauso wollte er ein erneutes Treffen mit Andor Celest vermeiden, der sicherlich die

Gaststätte beobachten ließ, um dem Dämon doch noch beizukommen. Und zu guter Letzt gab es auch noch die Inquisitoren. Vielleicht hatte Nemrothar doch schon etwas geplaudert, um sich den Fragen eines glühenden Schüreisens nicht stellen zu müssen. Es war besser, etwas im Hintergrund zu bleiben und jedes Aufsehen zu vermeiden.

Baazlabeth schaute dem Treiben auf der nahe gelegenen Göttersteige zu. Der späte Nachmittag trieb die Menschen zurück in ihre Häuser, um den erhaltenen Lohn für die Arbeit des anstrengenden Tages zu ihren Familien zu bringen. Beinahe wäre es ihm ähnlich ergangen, mit dem kleinen Unterschied, dass sich seine Familie aus einer neunmalklugen Katze, einem senilen Magier und einem cholerischen Kind mit den Kräften eines Dämons zusammensetzte.

»Familie Schauderhaft«, brummte er vor sich hin und konnte sich ein Lächeln nicht verkneifen. »Der todbringende Schrecken aus der Nachbarschaft. Laden Sie uns ein, und Ihre Feiern werden unvergessen bleiben.«

Der Wein tat mittlerweile seine Wirkung und ließ Baazlabeth allerhand unsinniges Zeug zusammenspinnen. Er überlegte sich, wie es wohl wäre, eine echte Familie zu haben, wenn möglich eine, die etwas weniger anstrengend war. Vielleicht ohne einen Opa, der ständig versuchte, einen zu bevormunden, und ohne eine Tochter, die wegen jeder Kleinigkeit Mordgelüste hegte. Es war nicht schwer zu erraten, wer Nemrothar all die Leichen vor die Tür gelegt hatte. Mit Sicherheit hatte sie Hilfe gehabt – es stank geradezu nach dem Werk von Molloch – doch das Ganze trug eindeutig die Handschrift von ihr – Lilith, dem Kindsdämon.

Er hätte vorhersehen müssen, dass ihr letzter erboster Abgang aus dem Theater nicht ohne Konsequenzen bleiben würde, doch so viel Raffinesse hatte Baazlabeth der Kleinen nicht zugetraut. Mit Sicherheit war es nicht ihre Absicht gewesen, ihm in die Hände zu spielen. Sie hatte ihn bloßstellen, kränken, in Verlegenheit bringen wollen, oder wenigstens in Schwierigkeiten, aber bestimmt hatte sie ihn nicht von seinem Auftrag entbinden wollen. Doch genau das hatte ihr Handeln zur Folge gehabt. Um es mit anderen Worten zu sagen: Lilith hatte eine richtige Chaostat begangen. Man setzte etwas in Gang, dessen Ausgang unmöglich vorausgesagt werden konnte – das Prinzip des Chaos'.

Für Baazlabeth gab es in Brisenburg nicht mehr viel zu tun. Er brauchte nur noch etwas auszuharren, und die Dinge würden sich von allein regeln. Die Vorgehensweise der Inquisitoren war immer gleich. Sie folterten ihre Gefangenen, pressten haltlose Geständnisse aus ihnen heraus und töteten sie dann, damit sie nicht widerrufen konnten. Mit den erpressten Geständnissen holten die Kirchenmänner sich dann ihre nächsten Opfer heran, solange, bis sie dort waren, wo sie hinwollten. Das alles war nicht sonderlich erfindungsreich, aber äußerst zielführend. Genau wie in einer Schlacht begann man sich durch die ersten Reihen von Bauern und Söldnern zu hacken, bis man irgendwann, völlig blutverschmiert, beim Heerführer ankam. Auch in einer Schlacht lief nicht immer alles nach Plan, doch eines stand immer fest: Der Mann in der ersten Reihe starb, und in diesem Fall traf es eben Lebuin Nemrothar.

»Ihr habt gerufen Meister?«, fragte eine Stimme nicht weit von Baazlabeth entfernt – sie schien aus dem Geäst des Baumes zu kommen.

Baazlabeth schaute nach oben, aber das Gewirr aus sich bewegenden Ästen und seine benebelten Sinne ließen Übelkeit in ihm hochsteigen. Er schaute auf die Flasche in seiner Hand. Sie war leer.

»Komm runter, du nutzloses Gewölle«, lallte er. »Seit Stunden brüllt sich meine Seele die imaginären Stimmbänder wund.«

Etwas ungelenk kelterte Igniphascellanius der Dritte zwischen den Ästen hervor und schaffte es mit einem gewagten Sprung und den unbeholfen flatternden Flügel, direkt neben Baazlabeth im Gras zu landen.

»Meister, ich dachte immer Ihr habt gar keine Seele.«

Der Homunkulus in Katzengestalt stellte die Vorderpfoten auf die Oberschenkel seines Meisters und schnurrte ihn an. Was man auf den ersten Blick noch für eine Samtpfote halten mochte, konnte auf den zweiten Blick allerdings nicht überzeugen. Die Proportionen stimmten nicht: Die viel zu groß geratenen Ohren erinnerten an eine Fledermaus, die geweiteten, grüngelben Augen strahlten zügellose Neugier und Lebendigkeit aus, und das breite, mit Dutzenden von messerscharfen Zähnen ausgestattete Maul kam definitiv nicht von dieser Welt, genauso wenig wie das Paar mit Fell überzogener Flügel, die ohnehin nutzlos schienen.

»Und ich dachte immer, Katzen sind besonders reinlich«, brummte Baazlabeth und ließ seine Finger über das zerzauste und stumpfe Fell gleiten. Blitzschnell stieß Igniphascellanius' seine gespaltene Schlangenzunge hervor und leckte seinem Meister über den Handrücken. Dort, wo sie die Haut berührte, verbrannte diese zischend, und zurück blieb ein roter Striemen auf Baazlabeths Hand.

»Argh«, keuchte Baazlabeth und zog die Hand weg. »Du vergisst anscheinend, dass unsere Körper nur geliehen sind. Du solltest dich mit deinen Giftspritzereien etwas zurückhalten. Ich bin zwar nicht in Bestform, aber wenn du es nochmal wagen solltest, an mir herumzulecken, mache ich eine Fellmütze aus dir.«

»Verzeiht mir«, zischte der Homunkulus und legte ein breites Grinsen auf. »Ich wollte Euch nur in Erinnerung rufen, dass ich zwar unter mangelnder Fellpflege leide, dass Ihr aber auch nicht ganz auf der Höhe seid, was Eure körperliche Widerstandskraft und mentalen Fähigkeiten angeht. Ihr mögt mich vielleicht gerufen haben, doch gehört habe ich Euch nicht. Allein mein Spürsinn hat mich hierher geführt. Ich wollte nur sehen, ob es Euch gut geht.«

Baazlabeth griff blitzschnell zu. Er hatte eigentlich vorgehabt, seinen Diener zu würgen, bekam jedoch nur eines der Hinterbeine des Homunkulus' zu packen und hob ihn daran in die Höhe. Igniphascellanius der Dritte fauchte seinen Meister an.

»Das weiß ich alles selbst, du Filzlappen, deswegen brauche ich noch ein einziges Mal deine Hilfe, bevor ich von hier verschwinden kann. Ich würde dir raten, deine Aufgabe schnell und zu meiner Zufriedenheit zu erfüllen, dann werden sich unsere Wege bald trennen, und du bist mich los.«

»Wie kann ich Euch zu Diensten sein, Meister?«, fragte der Homunkulus und strampelte hilflos mit den Pfoten.

»So ist es richtig«, knurrte Baazlabeth und setzte seinen Diener zurück auf die Erde. »Wir werden jetzt zum Turm von Nemrothar gehen, und du wirst dich hinaufschleichen und nachsehen, ob das Pentagramm noch da ist, und ob es unversehrt ist. Es wäre doch zu schade, wenn der Alte ins Gras beißt und mir der Weg zurück in mein Reich verwehrt bleibt. Wenn das passieren sollte, wird es hässlich, das verspreche ich dir. Nicht nur für die Menschen in Brisenburg, auch für dich. Ich werde die Stadt in den größten Friedhof aller Zeiten verwandeln und Sept so viele Seelen schicken, dass ihm keine Zeit bleibt, sie alle zu begrüßen. Die Unterwelt wird aussehen wie ein Hurenhaus, das Gratisproben anbietet.«

Igniphascellanius schmiegte sich an Baazlabeths Oberschenkel und begann, leise zu schnurren. »Ich werde alles in meiner Macht Stehende tun, um Euch den Weg zurück in Euer Reich zu öffnen.«

Baazlabeth stieß seinen Diener von sich.

»Was ist los mit dir?«, fauchte er. »Ist bei deiner Verwandlung ein bisschen Kröte mit hineingeraten, oder warum schleimst du plötzlich so herum?«

»Ihr werdet mir fehlen Meister?«, biederte sich der Homunkulus weiter an.

»Ehrlich gesagt ist es mir scheißegal, ob du alles in der Macht Stehende tust oder ob ich dir fehlen werde. Du wirst mir helfen, in mein Reich zurückzukehren, ansonsten werde ich mich vergewissern, ob Katze tatsächlich wie Hühnchen schmeckt. Hast du das kapiert?«

Igniphascellanius kratzte verlegen mit einer Pfote im Gras. »Verzeiht mir, Meister, aber genau wie der Körper, in dem Ihr momentan steckt, Euch einschränkt, hat mir der meine einige unangenehme Eigenheiten verliehen. Speichelleckerei ist eine von ihnen. Ich versuche, dagegen anzukämpfen, doch es gelingt mir bei Weitem nicht immer.«

»Dann rate ich dir, schleunigst besser zu werden. So, und nun schleich dich. Wir sehen uns beim Magierturm. Ich möchte ungern mit dir zusammen gesehen werden, sonst klagt mich noch irgendjemand der Hexerei an, und das wollen wir tunlichst vermeiden.«

Mit Schwung kletterte Igniphascellanius an dem Baum hoch, die Krallen tief in die Rinde vergraben, um dann raschelnd im Geäst zu verschwinden. Baazlabeth erhob sich ebenfalls und musste feststellen, dass ihm der Weingenuss auf nüchternen Magen nicht gut getan hatte. Mit leichten Schwindelgefühlen wankte er davon in Richtung Magierturm.

Die meisten Menschen hatten es eilig, nach Hause zu kommen. Kaum jemand flanierte auf den Prachtstraßen, um sich die Auslagen der Händler anzusehen, oder vertrieb sich die Langeweile bis zum Öffnen der Schenken im Park. Niemand wollte auffallen oder sich in irgendeiner Art und Weise verdächtig machen. Jeder hoffte, unbehelligt in seinen vier Wänden verschwinden zu können, um dort den wachsamen Augen der Inquisition zu entgehen. Die Hoheitlichen hatten es geschafft, Angst und Schrecken zu verbreiten. Niemand traute mehr seinem Nachbarn. Jeder beobachtete mit Argusaugen, was die anderen taten. Es war wichtig geworden, einen Trumpf im Ärmel zu haben, falls man in irgendeiner Weise die Aufmerksamkeit der Inquisitoren weckte. Egal, was sie einem vorwarfen, leugnen war keine Lösung. Der einzige Weg aus dieser Zwickmühle, die unweigerlich zur Folter führte, war jemanden zu beschuldigen, an dem der Klerus mehr Interesse hatte. Ein Kind verpetzte seine Eltern, die wiederum beschuldigten den kleinen Händler von nebenan, der im gleichen Atemzug auf einen reichen Kaufmann verwies, der genau gesehen hatte, dass der Magister des Lords nachts mit einem Ziegenbock durch die Straßen tanzte und mit ihm zusammen zotige Lieder sang. So lief es ab, und es funktionierte immer.

Baazlabeth konnte nicht darauf achten, unauffällig zu wirken, er hatte alle Mühe, einen Fuß vor den anderen zu setzen und dabei nicht zu stolpern. Mit gesenktem Blick schlurfte er über das Pflaster.

»Das kannst du einem anderen erzählen, Alter«, hörte er jemanden sagen.

Baazlabeth stoppte abrupt, wobei er unfreiwillig wankte. Jetzt sah er die drei Männer vor sich, ein alter, gebeugter Greis und zwei Inquisitoren. Die beiden Hoheitlichen hatten den Alten an den Armen gepackt und zerrten an ihm.

»Wir haben es genau gesehen, also leugne es gar nicht erst. Wir haben dich beobachtet, als du ein unheiliges Symbol an diese Tür gezeichnet hast.«

Jetzt zerrten sie den Mann die Stufen hinauf zu dem Hauseingang, vor dem sie standen.

Baazlabeth überlegte, einfach umzukehren, doch das würde ihn verdächtig aussehen lassen. Der *Einsame Wanderer* lag auf der anderen Straßenseite, doch Dumpf schien sein Lokal für den heutigen Tag noch nicht geöffnet zu haben. Baazlabeth entschied, weiterzugehen und sich nichts anmerken zu lassen. Mit einem kurzen Griff an seinen Hals schob er das lederne Band unter das Hemd und ging weiter.

»Zeig es uns!«, keifte einer der Inquisitoren. »Was für ein Symbol war es? Womit hast du es gemacht, mit Menschenfett?«

»Ich habe kein Symbol an die Tür gezeichnet«, wimmerte der Alte. »Das ist mein Haus. Die Kinder aus der Nachbarschaft haben sich einen Spaß daraus gemacht, mit Kreide Bilder an meine Tür zu malen. Ich habe sie nur versucht, wegzuwischen.«

»Kinder, dass ich nicht lache. Da musst du dir etwas Besseres einfallen lassen. Kinder kritzeln keine unheiligen Symbole an Türen fremder Leute.«

Baazlabeth hätte sich zu gern diese angeblichen Symbole angesehen, doch er fand es besser, sich gar nicht erst einzumischen und sich um die Rückkehr in sein Reich zu kümmern. Dennoch konnte er nicht umhin, einen kurzen Blick auf die Inquisitoren zu werfen. Stimmen und Statur der beiden sprachen dafür, dass sich hinter den schwarzweißen Ornaten und den Schleiern junge Männer versteckten. Die Zeit hatte Baazlabeth gelehrt, dass es immer die besonders Jungen oder Alten waren, die dem Pfad ihres Gottes auf solch besessene Weise folgten. Junge Männer waren zumeist euphorisch, wenn es um den Glauben ging, alte wiederum mehr fanatisch. Beide Eigenschaften waren zwar keine Voraussetzung für die Aufnahme in die Inquisition, aber sie erleichterten diese. Baazlabeth war immer wieder erstaunt, wie schnell es eine Handvoll gläubige Männer schaffen konnte, so viel Angst und Schrecken zu verbreiten. In kürzester Zeit hatten sie es geschafft, in aller Munde zu sein, von jedem gefürchtet zu werden und sich an die Spitze der Nahrungskette zu arbeiten – was eigentlich Baazlabeths Aufgabe gewesen wäre. Er tröstete sich damit, dass sein Besuch auf dieser Welt bald enden würde und er schließlich auch keinen königlichen Fürsprecher hatte. Dennoch konnte er sich nicht dagegen wehren, ein wenig Bewunderung und zugleich auch Neid für die namens- und gesichtslosen Priester zu empfinden.

Sein Weg führte ihn weiter die Götterstiege entlang, Richtung Hafen. Ehe er sich versah, stand er vor der kleinen, verwinkelten Flunkergasse, an dessen Ende sich der Turm von Nemrothar befand.

»Sie sagen, der Fluch hat Brisenburg verlassen, doch das stimmt nicht«, krächzte eine alte Frau aus dem unteren Fenster des Eckhauses. »Ich habe sie gesehen, die Kleine in dem grünen Kleid. Sie schart das Böse um sich.«

Baazlabeth erkannte die Alte wieder. Sie war es, die ihn damals in der Stadt willkommen geheißen und vor dem Fluch sowie den Wachen gewarnt hatte – und sie hatte recht behalten, was das dunkle Geheimnis um Brisenburg anging – Lilith war wirklich ein Fluch. Doch diesmal lag sie verkehrt.

»Der Fluch, von dem du redest, ist nur ein trotziges Kind, und das Böse macht sich auf den Heimweg. Ihr habt die Henker des Glaubens in der Stadt, wie sollte das Böse sich gegen die behaupten können? Es gibt Orte, die mich dringender brauchen.«

Immer noch etwas unsicher auf den Beinen, wankte er am Fenster der Alten vorbei.

»Du kannst genauso wenig weg aus Brisenburg wie ich«, krächzte sie und kicherte dabei. »Wenn die Familie dich braucht, wirst du kommen. Blut ist dicker als Hauswein, hörst du.«

Baazlabeth war es leid, sich über kauzige Menschen zu ärgern, die ihm weismachen wollten, sie wüssten, was er zu tun oder zu lassen hatte.

Nichts wisst ihr über mich und mein Schicksal, es sei denn, unsere Wege treffen sich erneut, und dann wird es euer Schicksal sein, dass besiegelt ist. Es ist nicht das Blatt, das dem Baum sagt, dass der Holzfäller kommt. Meine Bestimmung begann bereits zu Zeiten eurer Urahnen, und sie wird noch immer währen, wenn eure Kindeskinder bereits tot sind.

Als Baazlabeth das nächste Mal aufsah, stand er bereits vor Nemrothars Turm und sah auf die vernagelte Tür. Es waren nur zwei schlichte, ungehobelte Bretter, die niemanden wirklich abhalten konnten, doch sie sprachen eindeutige Worte: Tritt ein, und wir finden und foltern dich.

Ihm sollte es egal sein. Es würde reichen, wenn Igniphascellanius sich hineinschlich und nach dem Rechten sah. Hauptsache, das Pentagramm war noch an Ort und Stelle.

Baazlabeth zuckte zusammen, als etwas an seinen Stiefeln kratzte.

»Meister, es ist abgesperrt«, zischelte der Homunkulus und scharwenzelte dabei um Baazlabeths Beine herum. Der Dämon wartete, bis sein Diener den Kopf zwischen seinen Knöcheln hindurchstreckte, und stieß dann die Hacken zusammen. Igniphascellanius fauchte auf erbärmliche Weise und drehte den Kopf wie eine Eule, um seinen Meister mit einem unterwürfigen Grinsen zu beschwichtigen.

»Das sehe ich selbst, Samtpfote. Was ist mit den Fenstern in den oberen Stockwerken?«

»Vergittert, Eure Prächtigkeit«, keuchte der Homunkulus. »Da ist auch mit Geschmeidigkeit nichts zu machen.«

»Und wenn ich dir das Fell abziehe, passt es dann?«, drohte Baazlabeth.

»Ein äußerst weit blickender und brillanter Einfall, Meister, aber ich befürchte, es wird auch dann nicht reichen.«

Baazlabeth gab seinen Diener wieder frei. Ein Blick die Straße hinunter zeigte ihm, dass sie allein und unbeobachtet waren. Er packte die Bretter, die den Eingang zum Turm versperrten, und riss sie vom Rahmen. Mit einem ausholenden Tritt stieß er die Tür auf, doch irgendetwas musste hinter dem Eingang auf dem Boden liegen, denn die Tür verkeilte sich. Der Spalt, der nun offen lag, war gerade breit genug für eine Katze.

»Beeil dich! Ich passe auf, dass keiner kommt.«

Igniphascellanius der Dritte war bereits im Eingang verschwunden und tapste die Stufen hinauf.

Es dauerte einige Zeit, bis sich der Kopf des Dieners wieder an der Tür zeigte.

»Das Pentagramm ist noch da, doch jemand hat einen Schrank darüber geschoben, Meister. Ich kann nicht erkennen, ob es unversehrt ist und Euch zurückbringen kann. Und um es gleich zu beantworten: Auch ohne Fell kann ich den Schrank nicht beiseiteschieben.«

»Nichtsnutziger Fußwärmer«, fluchte Baazlabeth und verpasste der Tür einen weiteren Fußtritt, mit der sie laut krachend aufflog.

Igniphascellanius konnte sich gerade noch mit einem gewagten Sprung auf die Treppe retten. Bäuchlings hing er über der Kante der dritten Stufe und versuchte, sein Hinterteil emporzuhieven.

»Nichts passiert, nichts passiert. Alles wird gut«, wimmerte er.

Baazlabeth war bereits an ihm vorbei und hastete die Stufen zum Arbeitszimmer hinauf. Oben angekommen, brauchte er einen Augenblick zum Verschnaufen, doch beim Anblick von Nemrothars Gemächern stockte ihm der Atem. Was zuvor schon gewirkt hatte wie ein Sammelsurium von nutzlosen Gegenständen, hatte nach der Umgestaltung der Inquisitoren den Scharm eines Schutthaufens bekommen. Kein Möbelstück stand mehr an seinem Platz, die Bücher waren aus den Regalen gerissen worden und lagen zum Teil zerrissen auf dem Boden. Der schwere Eichentisch war leergefegt, lose Papiere und merkwürdig aussehende Instrumente waren über den gesamten Boden verstreut worden. Baazlabeth musste sich erst neu orientieren, um den Platz mit dem Pentagramm wiederzufinden.

Sein Diener behielt recht. Eine klobig aussehende Anrichte stand an dem Fleck, an dem Baazlabeth durch den magischen Zirkel in diese Welt gelangt war. Zwei Ecken des fünfzackigen Sternes schauten unter dem kurzbeinigen Möbelstück hervor.

Es würde an ein Wunder grenzen, wenn der Zirkel bei dieser Verwüstung immer noch intakt ist. Leider sind Wunder unter Meinesgleichen recht selten. Die meisten werden für irgendwelche Schnellbluter verschwendet. Ein unbedachter Fußtritt reicht schon aus, um aus dem Pentagramm ein paar nutzlos werdende Kreidestriche zu machen.

Schwer atmend ging der Dämon auf die Knie und versuchte, einen Blick unter die Anrichte zu werfen. Es war nutzlos, der Spalt zwischen Fußboden und Unterseite des Möbels war einfach nicht hoch genug, um den magischen Zirkel zu inspizieren. Eines ließ ihn jedoch etwas Hoffnung schöpfen: Die Anrichte besaß nur an den Ecken der Unterseite Füße, und sie war länger als das Pentagramm, somit war es möglich, dass der Zirkel immer noch unversehrt war.

Baazlabeth positionierte sich breitbeinig vor dem Möbelstück, bedacht darauf, das Pentagramm nicht zu betreten, und begann zu schieben. Sicherlich würde ihn das magische Tor nicht einfach zurückschicken, ohne dass er seine Aufgabe erfüllt hatte, doch ihm war die unliebsame Begegnung mit dem Gitter in der Kanalisation noch in guter Erinnerung. Magier waren stets darauf bedacht, ihre Zauber wirksam zu schützen, und Nemrothar machte da sicherlich keine Ausnahme. Mit aller Kraft, die ihm gegeben war, stemmte Baazlabeth sich gegen die Anrichte – nichts rührte sich, stattdessen schmiegte sich Igniphascellanius schnurrend an sein Bein.

»Hör auf mit deinem notgeilen Gebrumme und hilf mir lieber«, fauchte er seinen Diener an. »Ich brauche dich wohl nicht daran zu erinnern, dass es hier auch um dein Fell geht.«

Igniphascellanius der Dritte verstummte abrupt und sah mit weit aufgerissenen Augen zu seinem Herrn auf.

»Glaubt Ihr, Meister, dass mein Einsatz den entscheidenden Anstoß geben wird? Ich bin stolz darauf, der lebende Beweis dafür zu sein, dass die meisten Probleme nicht mit Masse oder Kraft zu lösen sind. Leider gehört das Schränkeschieben nicht dazu.«

Baazlabeth ließ sich trotz der Einwände seines Dieners nicht von seinem Vorhaben abbringen. Mit aller Macht stemmte er sich erneut gegen die Anrichte.

»Glaubst du, du findest ohne Fell besseren Halt auf dem Boden?«, keuchte er.

»Hab schon verstanden, Meister«, trillerte Igniphascellanius und machte sich prompt ans Werk.

»Was hat der alte Zausel da bloß drin – vielleicht alle Dämonen, die er im Laufe seines Lebens in den Wahnsinn getrieben hat?«, fluchte Baazlabeth und verschnaufte einen Moment.

Er öffnete die oberen Türen der Anrichte und warf einen Blick hinein. Dicht gedrängt standen Fläschchen, Flakons, Phiolen, Tiegel, Schälchen und Beutel in allen erdenklichen Formen, Farben und Materialien beisammen. Vorsichtig nahm Baazlabeth eine gelblich schimmernde Phiole von vorne weg und betrachtete den winzigen Zettel, der von ihrer Seite hing.

»Der Alte ist tatsächlich verrückt«, rief er entsetzt aus und stellte das Fundstück zurück zu den anderen. »Urina Equus ferus monocerote, das ist Pferdepisse, nichts anderes. Was will jemand damit, frage ich dich?«

»Um genau zu sein, handelt es sich bei Equus ferus monocerote um ein Einhorn, Meister. Somit ist es Urin vom Einhorn. Wahrscheinlich ist es gut gegen irgendwelche Furunkel oder Warzen.«

»Sag ich doch, ein Gaul«, grunzte Baazlabeth.

Erneut griff er nach dem Fläschchen, während Igniphascellanius sich auf die Hinterbeine stellte und sich aufrichtete, indem er seinen schmächtigen Körper gegen die Anrichte stemmte. Klirrend zersplitterte die Phiole neben dem Homunkulus auf dem Boden und verspritze seinen Inhalt.

»Igitt, was macht Ihr, Meister?«, fauchte der Kater und begann, mit der Schlangenzunge sein Fell zu reinigen.

»Hauptsache gesund, sage ich immer«, brummte Baazlabeth und versuchte ein letztes Mal, das schwere Möbelstück zu verschieben, doch eine grobe Männerstimme ließ ihn innehalten.

»Na, wen haben wir denn da?«

Einen schlecht gelaunten Gaukler und eine nach Pisse stinkende Katze, aber beide gesund. Alles hätte so einfach sein können, aber nein, in dieser dämlichen Stadt muss man stets auf Planänderungen gefasst sein. Was beschwere ich mich eigentlich? Das ist schließlich der Sinn des Chaos'. Es kommt nur darauf an, dass man souverän damit umgeht, und darin sollte ich ein Profi sein.

Baazlabeth drehte sich um und zeigte sein freundlichstes Lächeln, das ihm jedoch schnell verging. Vor ihm standen zwei Inquisitoren. Ob es dieselben waren, die er kurz zuvor auf der Straße gesehen hatte, wusste er nicht zu sagen, für ihn sahen sie alle gleich aus: Schwarzweiße Kutte und das Gesicht mit einem Schleier verhangen.

»Wo ist das Mädchen?«, schnauzte ihn einer der beiden an. »Ist sie deine Komplizin bei den Einbrüchen?«

Wahnvorstellungen waren eine Seite des Glaubens die Baazlabeth bislang noch nicht kennengelernt hatte, jedenfalls nicht in diesem Ausmaß. Trotzdem musste er zugeben, dass diese Geisteskrankheit hilfreich sein konnte, wenn man nach Anschuldigungen für die Folteropfer suchte. Dennoch wollte der Dämon sich nicht eines Vergehens anschuldigen lassen, dass er nicht begangen hatte, schließlich hatte er genug auf dem Kerbholz.

»Ich habe keine Komplizin, und ich brauche auch keine, da ich kein Beutelschneider oder Langfinger bin.«

»Oho, da haben wir ja einen Neunmalklugen. Dann kannst du uns sicher auch sagen, was du hier zu suchen hast, und mit wem du geredet hast, als wir die Treppe hinaufkamen.«

Baazlabeth wog die möglichen wahrheitsgemäßen Antworten ab und entschied, nicht zu erwähnen, dass er ein Dämon war, der mit Katzen sprach und ein magisches Tor suchte, das ihn zurück in eine andere Welt führen würde. Stattdessen suchte er sich eine wesentlich einleuchtendere Erklärung aus, die weniger Fragen aufwarf und trotzdem ein Quäntchen Wahrheit enthielt.

»Mein Name ist Sil, und ich bin Mitglied des Kleinen Rates. Als ich erfahren habe, dass der ehrenwerte Magier Nemrothar von der Inquisition der Ketzerei und Hexerei beschuldigt wird, bin ich hierher gekommen, um Beweise für seine Unschuld zu finden.«

Die beiden Inquisitoren schienen weder beeindruckt, noch mit der

Erklärung zufriedengestellt zu sein. Sie wechselten noch nicht einmal Blicke miteinander, was nur bedeuten konnte, dass ihre Meinung bereits feststand.

»Verzeiht mir, edler Herr«, sagte der eine Inquisitor mit einer Arroganz in der Stimme, die ihresgleichen suchte. »Das erklärt immer noch nicht, mit wem Ihr gesprochen habt und wie Ihr Euch Zutritt in den Turm verschafft habt.«

Baazlabeth verspürte nicht mehr viel Lust, sich weiter zu rechtfertigen, dennoch versuchte er es ein letztes Mal.

»Magier Nemrothar und ich stehen uns sehr nahe. Ich habe seine Erlaubnis, hier ein und aus zu gehen, wie es mir gefällt. Außerdem ...«

»Nichts außerdem!«, schrie ihn der vermummte Priester an. »Soll ich Euch erklären, wonach das hier für uns aussieht?«

Nicht nötig, ich kann es mir vorstellen.

»Ich glaube, Ihr seid hier eingebrochen, um die Spuren Eurer Mittäterschaft an den Morden und der Hexerei zu vertuschen. Wahrscheinlich steckt der ganze Kleine Rat mit diesem Nemrothar unter einer Decke. Vielleicht handelt Ihr sogar im direkten Auftrag von Lord Brackenmoore. Gebt schon zu, dass Ihr Euch der Ketzerei schuldig gemacht habt.«

Schuldig! Wenn nicht ich, wer dann? Ich selbst bin die zu Fleisch gewordene Ketzerei, ein Dorn im Auge eures Gottes. Und die Strafe dafür lautet: Vollständiges Ausbluten auf dem kalten Boden mit anschließender Zerstückelung und Begräbnis auf unheiligem Boden – euer Blut, euer Begräbnis.

Leider ließ sich das gedanklich einfacher planen, als es in die Tat umzusetzen war. Abgesehen von dem ledernen Band um seinen Hals, dass ihm in der letzten Auseinandersetzung schon beinahe das Leben gekostet hätte, zeigte der Wein noch immer seine Wirkung. Zum anderen waren die Inquisitoren zu zweit und verstanden es sicherlich, die Streitkolben, die sie unter ihren Gewändern verbargen, einzusetzen. Baazlabeth musste wenigstens drei Schritte auf sie zu machen, damit er überhaupt in Reichweite kam, um sein Stilett gegen sie einzusetzen. Irgendwie musste er es schaffen, die beiden abzulenken und den Ersten bereits getötet zu haben, bevor der andere kampfbereit war.

Die Vorstellung, dafür eine fliegende und Verwünschungen fauchende Katze einzusetzen, hatte ihren Reiz, doch Baazlabeth entschloss sich für etwas Naheliegenderes. Mit einem Griff in das Regal hinter sich, hielt er drei Phiolen in der Hand und schleuderte sie den Inquisitoren entgegen. Eine der kleinen Flaschen sauste zwischen den Männern hindurch und zerschellte hinter ihnen an der Wand. Weißer Dampf stieg auf, als die Flüssigkeit sich in den grauen Stein fraß. Die zweite Phiole traf einen der Inquisitoren genau auf der Brust, prallte von ihm ab und fiel zu Boden, ohne kaputt zu gehen. Klirrend hüpfte sie vor den Füßen des Mannes über das Parkett, bis der sie mit dem Fuß stoppte. Der andere Inquisitor ließ sich nicht so einfach übertölpeln und hatte bereits den Streitkolben griffbereit. Er schwang die schwere Waffe nach dem heransausenden Fläschchen und traf sie im Flug. Das kleine Gefäß explodierte regelrecht. Splitter und klebrig ölige Flüssigkeit erfüllten die Luft und regneten wie Sternschnuppen zu Boden.

Der Moment war vertan. Baazlabeth stand noch immer mit dem Rücken zur Anrichte, jetzt aber mit dem Stilett in der Hand. Irgendwie hatte er sich mehr von den Tränken erhofft, etwas wie Explosionen, ätzende Flüssigkeiten oder wenigstens giftige Dämpfe.

Sei es drum, ich hätte sie auch bespucken können, jetzt werden sie mich mit Sicherheit nicht ungeschoren aus der Sache herauslassen. Die Jungs verstehen keinen Spaß, egal wie klein die Klinge in meiner Hand auch ist. Kommt schon, ihr beiden, traut euch, kommt zu Papa.

Der Inquisitor mit dem Streitkolben rümpfte die Nase und schüttelte sich die letzten Glassplitter vom Gewand. Unsicher hielt er den tropfenden Streitkolben hoch und schnüffelte daran.

»Rosenblütenextrakt«, stellte er verwundert fest. »Jetzt wird mir einiges klar. Ein verlassenes Haus, ein kleines Mädchen, dein grüngelb kariertes Hemd und der Brieföffner, mit dem du kämpfst – das passt alles zusammen.«

Der andere Inquisitor kicherte dreckig unter seinem Schleier. Sie schienen darauf zu warten, dass Baazlabeth selbst darauf kam, was sie so lustig fanden. Er hatte jedoch keinen blassen Schimmer, wovon die Folterknechte Septs sprachen. Sie blieben ihm die Antwort nicht lange schuldig.

»Er steht auf kleine Mädchen und Jungs, das perverse Schwein.«

»Ein Knabenfreund und Kinderhäscher«, fügte der andere höhnisch hinzu.

Von mir aus auch das, aber für den Spott mein Hemd betreffend werde ich euch ausweiden wie zwei Fische.

Baazlabeth wollte ihnen gerade entgegenstürmen, da flog erneut eine kleine Phiole an ihm vorbei. Das grüne Glas, eingefassten mit filigraner Silberschmiedekunst, schaffte es gerade über seine Schulter und zerplatzte auf dem Boden vor den Inquisitoren. Keiner der beiden kümmerte sich um die grünen Dämpfe, die zu ihren Füßen aufstiegen und an ihren Gewändern emporkrochen. Vielmehr gafften sie gebannt in Baazlabeths Richtung, genauer gesagt, über seine Schulter hinweg in die oberen Fächer der Anrichte. Baazlabeth drehte sich um, da ihm Böses schwante. Er sollte recht behalten. Hinter ihm, zwischen all den bunten Flaschen stand Igniphascellanius der Dritte auf seinen Hinterbeinen, mit vor der Brust verschränkten Vorderpfoten und einem gewinnenden Lächeln, in siegessicherer Pose. Wenn vorher noch die Möglichkeit bestanden hatte, lediglich für mehrfachen Mord, Erpressung und Raub in den Kerker gesperrt zu werden, würde er jetzt mit Sicherheit auf dem Scheiterhaufen landen. Man konnte so ziemlich alles erklären, nur eine grinsende Katze nicht.

Bevor Baazlabeth sich besonnen hatte, was zu tun war, hörte er eine Stimme im Rücken.

»Was kann ich für Euch tun, Meister?«

Baazlabeth wirbelte herum. Vor ihm standen immer noch die beiden Inquisitoren, doch schienen sie sich jetzt entschlossen zu haben, die Situation gelassener zu betrachten, als noch vor wenigen Augenblicken. Der eine hielt die Arme auf Brusthöhe und steckte sie Baazlabeth entgegen, der andere fiel auf die Knie und verbeugte sich vor dem Dämon. Dann winselte er: »Sagt, wie wir Euch zu Diensten sein können, und wir werden es tun.«

Der Sinneswandel der Hoheitlichen kam nicht nur überraschend für Baazlabeth, der Dämon traute dem Frieden auch nicht. Mit einer Hand griff Baazlabeth hinter sich und packte Igniphascellanius an der Kehle.

»Was war in der Flasche?«, grollte er.

»Auf der Phiole stand: subservio absolutus. Das heißt so viel wie ...«

»Bedingungslose Untertänigkeit«, unterbrach Baazlabeth seinen Diener. »Ich bin der alten Sprache selbst mächtig, du Gewölle. Wie viele von den Flaschen haben wir?«

»Das war die Einzige«, gestand Igniphascellanius. »Sie stand gleich hier vorn, neben dem Rosenwasser.«

Baazlabeth widmete seine Aufmerksamkeit wieder den Inquisitoren. Sie schienen tatsächlich darauf zu warten, Anweisungen von ihm zu erhalten, und der Dämon konnte es nicht über sein Herz bringen, sie zu enttäuschen.

»He, ihr beiden, schiebt den Schrank hier ein Stück zurück, aber seid vorsichtig, dass ihr nicht in den magischen Zirkel tretet oder ihn sonst irgendwie unterbrecht.«

Die Männer brauchten keine zweite Aufforderung. Schnurstracks hielten sie auf die Anrichte zu. Baazlabeth ging zwei Schritte zu Seite, er traute dem Zauber nicht. Das alles konnte auch ein ausgefallener Trick sein. Igniphascellanius bewies mehr Zutrauen. Er blieb dort sitzen, wo er war, und mimte einen Pascha in einer Sänfte. Die Inquisitoren legten sich wirklich ins Zeug. Stück für Stück schoben sie das schwere Möbelstück zur Seite und legten somit das Pentagramm frei. In wenigen Augenblicken war die Arbeit getan.

»Das reicht«, schnaubte Baazlabeth zufrieden. »Geht jetzt zurück, dort an die Wand und bleibt dort, bis ich euch etwas anderes sage.«

Gehorsam folgten die beiden den Anweisungen ihres Herrn. Währenddessen kniete sich Baazlabeth vor das Pentagramm und suchte akribisch nach Rissen in den feinen Pulverspuren. So seltsam es war, bei dem ganzen Durcheinander, den die Inquisitoren bei Nemrothars Verhaftung hinterlassen hatten, schien das Pentagramm unversehrt geblieben zu sein.

Amez liebt mich wirklich. Alles, was ich jetzt tun muss, ist, ein Weilchen zu warten, das alles seinen Gang geht. Wenn Sept seine Arbeit ebenfalls erledigt und die Inquisitoren das tun, was sie immer tun, kann ich schon bald von dieser jämmerlichen Welt verschwinden.

»So wie es aussieht, du kleiner Läusesack, werden sich unsere Wege schneller wieder trennen, als du gehofft hast.«

»Ich kann mit gutem Gewissen behaupten, dass es mir eine Ehre und eine Freude war, Euch zu dienen«, bekundete Igniphascellanius.

»Deine Speichelleckerei wird mir fehlen, doch achte bei deinen nächsten schleimigen Unterwürfigkeiten darauf, dass du dich nicht wieder auf dein Gewissen berufst – du hast nämlich keines.«

»Ganz im Gegensatz zu Euren beiden neuen Lakaien«, gab der Homunkulus zu bedenken.

Über seine Freude hätte Baazlabeth tatsächlich beinahe die beiden Inquisitoren vergessen. Fragte sich jetzt nur, was man mit ihnen anstellte. Zu gern hätte er sie auf die Straßen geschickt, um das zu vollbringen, was ihm bisher verwehrt geblieben war. Er bräuchte ihnen nur aufzutragen, jeden zu töten, auf den sie trafen. Mit etwas Glück würden die Kämpfer der Kirche ein oder zwei Dutzend Bürger Brisenburgs erledigen, bevor die Stadtwachen über sie herfielen. Ein schöner Gedanke, doch das Risiko war zu hoch. Vielleicht ließ der Zauber nach, oder sie wurden lebendig gefangen und verrieten ihr kleines Geheimnis, und somit auch ihn. Immerhin wussten sie, wer er war. Es war besser, die Füße stillzuhalten und die beiden verschwinden zu lassen, doch sollte wenigstens dies ein wenig Spaß machen.

»He, ihr Menschlein, wie sind eure Namen?«

»Mein Name ist Bruder Quentin.«

»Und meiner ist Bruder Sadrik.«

Baazlabeth war es gewohnt, dass man ihm Gehorsam entgegenbrachte. Seit den Tagen, als Licht und Schatten sich getrennt hatten, gab es im Reich von Amez das stille Gesetz, dass der Schwächere dem Stärkeren zu dienen hatte. Baazlabeth erachtete es als ganz natürlich, dass ihm dienstbare Geister zur Verfügung standen. Als er nach Brisenburg gekommen und ein Bürger der Stadt geworden war, hatte er zum ersten Mal in seinem Leben allein dagestanden. Seitdem war er umringt von Schnellblutern, die ihm ihren Gehorsam verweigerten – schlimmer noch, ihn hintergingen und sich über ihn lustig machten. Es wurde Zeit, etwas Wiedergutmachung einzufordern.

»Quentin«, sagte er, »ich möchte, dass du Sadrik mit der Faust ins Gesicht schlägst.«

»Und was kann ich für Euch tun, Herr«, fragte Sadrik mit einem leicht enttäuschten Unterton.

»Lächeln«, erwiderte Baazlabeth, doch da packte Quentin seinen Kameraden bereits am Ärmel, zog ihn zu sich heran und schlug mit der Faust zu. Der Hieb traf Sadrik mitten im Gesicht und ließ ihn wanken. Der Schleier verdeckte die Auswirkungen des Schlages, doch schnell hatte sich der feine Stoff mit Blut vollgesogen und die ersten roten Tropfen benetzten den weißen Stoff auf der Brust des Inquisitors.

»Guter Schlag«, jubelte Baazlabeth. »Aber ich glaube, das kannst du besser.«

Kaum hatte er die Worte ausgesprochen, da holte Quentin zum nächsten Schlag aus. Diesmal traf er etwas höher, und man hörte, wie der Nasenrücken brach. Sadrik musste sich festhalten, um nicht zu stürzen, aber er nahm es wie ein Mann.

»Ich hoffe, du lächelst noch?«, erkundigte sich Baazlabeth bei ihm.

Sadrik hob den Schleier und präsentierte sein blutüberströmtes Gesicht. Zwei Vorderzähne fehlten ihm, und die Lippe war aufgeplatzt.

»Hervorragend«, lobte Baazlabeth ihn. »Doch jetzt wollen wir einmal etwas ganz anderes ausprobieren. Quentin, nimm deinen Streitkolben in die Hand und zertrümmere damit Sadriks Knie.«

»Das linke oder das rechte, Herr?«, gab Quentin zu bedenken.

»Sei nicht so phantasielos, überrasch mich«, fauchte Baazlabeth Quentin an, während Sadrik jeweils ein Bein nach dem anderen vorschob, um seinem Mitstreiter die Wahl zu erleichtern. Quentin brauchte nicht lang, um eine Entscheidung zu fällen. Blitzschnell schlug er zu und landete einen Treffer auf Sadriks linkem Knie. Sofort begann der Inquisitor, markerschütternd zu schreien. Der Hieb traf sein Bein mit solcher Wucht, dass es aus dem Gelenk sprang und er den Halt verlor. Sadrik klammerte sich an einen der Fackelhalter, um nicht zu stürzen, doch Quentin setzte noch einmal nach. Der zweite Hieb traf das andere Knie, und das Geschrei wurde lauter. Hilflos hing Sadrik an dem Wandhalter. Seine Beine waren weggesackt, und allein mit der Kraft seiner Arme hielt er sich aufrecht.

»Seid Ihr zufrieden, Meister?«, grölte Quentin Baazlabeth zu.

»Mach, dass er aufhört zu schreien!«, brüllte Baazlabeth Quentin an. »Er wird noch die Stadtwachen anlocken mit seinem jämmerlichen Gezeter. Hörst du nicht? Er soll aufhören zu schreien.«

Quentin holte zu einem letzten Schlag aus, der seinen Kollegen an der Schläfe traf und sofort Ruhe einkehren ließ. Sadrik stürzte zu Boden, und eine Blutlache bildete sich um seinen Kopf herum, während sein Bein ein letztes Mal zuckte. Quentin bückte sich zu seinem Kameraden hinunter und zog den Schleier von dessen Gesicht.

»Er ist tot«, sagte er ohne eine Regung.

»Das sehe ich selbst, du Menschlein«, fuhr Baazlabeth ihn an. »Er hat es nicht anders verdient, oder hat irgendjemand gehört, dass ich ihm erlaubt habe, zu schreien. Was hat sich dieser Arsch dabei gedacht?«

»Er hatte Schmerzen, Herr«, erwiderte Quentin in der Annahme, dass die Frage ihm galt.

»Freuen sich die Menschen, lachen sie. Trauern sie, dann weinen sie. Und haben sie Schmerzen, beginnen sie, wie am Spieß zu brüllen. Das weiß ich auch alles, doch dadurch ist noch nichts besser oder schlechter geworden. Irgendwann sollte das auch euch Primaten klar werden. Ach, was soll es, ihr kommt auf diese Welt und verschwindet genauso schnell wieder, da kann man vielleicht nicht mehr erwarten. Jetzt hast du wenigstens verstanden, was passiert, wenn man sich meinen Anweisungen widersetzt. Ich hoffe, du bist etwas gehorsamer.«

»Ich werde mein Bestes tun, Herr«, erwiderte Quentin.

»Das habe ich befürchtet.«

Baazlabeth hob ein bemaltes Seidentuch vom Boden auf und breitete es auf der Anrichte aus. Dann begann er, eilig die Phiolen und Fläschchen aus dem Regal herauszunehmen und in dem Tuch einzuwickeln.

»Wir sollten hier verschwinden«, erklärte Baazlabeth, nachdem er fertig war. »Quentin, du wirst mich zurück zum Theater begleiten und darauf achten, dass mich niemand von deinen Kameraden belästigt. Homunkulus, du bleibst hier und passt darauf auf, dass niemand das Pentagramm anfasst, und am besten lässt du auch gleich Sadrik verschwinden, bevor die Inquisitoren anfangen, ihn zu suchen.«

»Meister, was soll ich denn tun, wenn ...«

»Dein Bestes«, knurrte Baazlabeth den Homunkulus an. »Nimm dir ein Beispiel an Quentin. Und vergiss nicht: Katzen haben vier Knie.«

»Ich habe schon verstanden«, rief Igniphascellanius seinem Meister hinterher, während dieser bereits mit seinem neuen Diener auf der Treppe verschwand.

23
Blut ist dicker als Hauswein

Als die Einsicht kam, dass man sich Freunde, ja sogar Feinde, aussuchen konnte, Familienmitglieder jedoch nicht. Und dabei hatte man noch nicht einmal die Möglichkeit, sie zu Feinden oder Freunden zu erklären.

Der Weg zurück zum Theater war für Baazlabeth die reinste Freude. Niemand sprach sie an oder wagte es, überhaupt nur in ihre Nähe zu kommen. Man mied ihn und den Inquisitor wie zwei Pestkranke. Baazlabeth musste sich eingestehen, dass er ein klitzekleines bisschen Neid empfand, was die Stellung der Inquisitoren innerhalb der Stadt anging. Mit Sicherheit hatte keiner von ihnen irgendwelche übernatürlichen Kräfte oder unterschied sich in sonst einer Form vom normalen Bürger, trotzdem hatten sie es geschafft, Angst und Schrecken zu verbreiten, wo sie auch auftauchten.

Als Baazlabeth sich von Bruder Quentin die Tür zum Theater aufhalten ließ, ging er davon aus, sie würden nun ungestört etwas Zeit miteinander verbringen können. Eine kleine, blinde, putzwütige Seherin war das Letzte, was er erwartete. Die Dvergafrau kniete auf dem rußgeschwärzten Holzboden der Bühne und schrubbte mit einem Lappen an der mit Schnitzereien verzierten Kante zum Publikumssaal herum. Unter der schwarzen und öligen Schicht kam ein goldenes Rankenmuster zum Vorschein.

»Lemura, richtig?«, rief Baazlabeth aus der hintersten Reihe zu ihr herüber.

Die Seherin machte keine Anstalten, ihre Arbeit zu unterbrechen oder ihm zu antworten, sie putzte einfach weiter.

»Was denn, bist du jetzt auch noch taub?«, rief Baazlabeth verärgert. »Vielleicht hast du es noch nicht mitbekommen, aber ich brauche keine Sklavin, erst recht keine, die sich strecken muss, um den Tisch abzuräumen. Außerdem gefällt mir das Theater so, wie es ist.

Des Weiteren habe ich jemanden mitgebracht, und es könnte sein, dass wir ohnehin alles wieder vollsauen werden. Du kannst also zurück zu deiner Zwergenfreundin in die Schwalbenburg gehen und da weiterputzen.«

Lemura ließ den Lappen auf den Boden klatschen und stemmte die Arme auf die Oberschenkel.

»Ich putze nicht, um Euch eine Freude zu machen, sondern weil ich etwas suche.«

»Und was soll sich, bitte schön, unter dem Ruß verstecken, was so furchtbar wichtig ist?«, fragte Baazlabeth höhnisch.

»Das weiß ich nicht, und ich weiß auch nicht, wo es zu finden ist. Alles, was ich weiß, ist, dass mir jemand bei der Suche behilflich sein wird, und dass Ihr es dringend brauchen werdet, noch bevor der heutige Tag zu Ende geht.«

»Alle Achtung, das klingt ja wirklich geheimnisvoll«, spöttelte Baazlabeth. »Wie wichtig kann es schon sein? Es muss winzig sein, wenn du es nicht finden kannst? Sicher ist es absolut bedeutungslos, so wie deine Weissagungen. Alles, was ich brauche, ist ein wenig Erholung und Zerstreuung. Doch bleib ruhig hier. Wer weiß, vielleicht gehen mir irgendwann die Spielkameraden aus, und ich bin gezwungen … Kennst du den Spruch: ›In der Not frisst der Teufel Fliegen‹?«

»Ihr werdet mir nichts antun«, erklärte Lemura selbstsicher. »Ich habe mein Ende bereits gesehen, doch heute ist nicht der Tag, an dem mein Schicksal sich erfüllt, ganz im Gegensatz zu dem des Mannes, den Ihr mit Euch führt.«

Baazlabeth musterte Quentin von oben bis unten, und es schien dem Inquisitor zu gefallen.

»Was, er hier?«, platzte es aus Baazlabeth heraus. »Wirklich ein Geniestreich, wie du den Tod eines meiner Erzfeinde, den ich bereits in meinen Klauen halte, voraussagst. Ein wirklich ganz großes Talent, mit dem du da gesegnet wurdest. Mit Sicherheit könntest du bei einer Gauklertruppe anheuern und alten Frauen die große Liebe weissagen. Du könntest mich wenigstens damit überraschen, dass du mir verrätst, wie dieser Prachtkerl hier das Zeitliche segnet.«

Lemura grapschte nach dem Wischlappen und schleuderte ihn wütend in den Waschbottich.

»Hab ich es mir doch gedacht«, lachte Baazlabeth. »Komm mit Quentin, wir machen es uns ein bisschen gemütlich.«

Gemeinsam schritten sie den Mittelgang herunter und kletterten auf die Bühne, wo Baazlabeth den Inquisitor zu einer der seitlichen Bühnenwände lenkte, ihn vor einem Pfeiler postierte und dann stehen ließ. Zufrieden setzte sich Baazlabeth auf einen der Stühle in der Mitte der Bühne. Er breitete das Bündel mit seinem Beutegut aus Nemrothars Turm auf dem Tisch vor sich aus und begann, die Phiolen in einer Reihe aufzustellen.

»Steinerne Flammen werden seine Lungen füllen«, nuschelte Lemura plötzlich.

»Was hast du gesagt?«, schnauzte Baazlabeth sie an.

»Steinerne Flammen werden seine Lungen füllen. So wird er den Tod finden«, wiederholte sie.

Baazlabeth brach in schallendes Gelächter aus.

»Das wäre auch mein Tipp gewesen. Liegt ja auch nahe«, meinte er sarkastisch. »Jedenfalls näher, als beim Scheißen vom Blitz erschlagen zu werden. Etwas weniger theatralisch hätte es aber auch getan. Wie wäre es mit: Ausbluten, Kopf ab, einem Stich ins Herz oder Strangulieren. Ich hätte sogar ›zu Tode geängstigt‹ gelten lassen. Du solltest Waschfrau bleiben. Als Seherin hast du keine Zukunft.«

Kopfschüttelnd widmete sich Baazlabeth wieder den kleinen Fläschchen vor sich. Er griff sich die erste, drehte sie in der Hand und betrachtete fasziniert die helle Flüssigkeit darin. Wie an allen anderen, hing auch hier ein kleines, von Hand beschriebenes Schild von der Seite herunter. Er drehte es zu sich und versuchte, die krakelige Handschrift Nemrothars darauf zu entziffern.

»Etherisches Tauwasser«, las er vor. »Eine wirkliche Kostbarkeit. Quentin, weißt du, was Etherisches Tauwasser ist?«

»Nein, Herr«, gestand der Inquisitor.

»Dann will ich es dir erzählen. Tauwasser ist in der Lage, jedes weltliche Material aufzulösen – ähnlich wie eine Säure. Der Unterschied ist, dass nicht wie sonst ein schleimiger Brocken übrig bleibt, sondern alles in etherische Energie umgewandelt wird und in eine andere Dimension wechselt. Wenn ich es dir über die Hand gieße, würde an deinem Gelenk nur ein Stumpf zurückbleiben. Deine fehlenden Gliedmaßen würden sich dann in reine Energie umwandeln und in eine andere Ebene wechseln. So könnte es sein, dass aus deiner Hand eine Flamme in meinem Reich, auf meinem Tisch entstünde. Lustig, oder? Wie würde es dir gefallen, als flackerndes Licht auf meinem Tisch zu enden?«

»Das ist ein äußerst verlockender Gedanke, wenn er Euch gefällt«, erklärte Quentin untertänig.

Baazlabeth funkelte den Inquisitor an. Die Hörigkeit des Mannes war zugleich Balsam auf seiner Seele und Feuer auf seiner Haut.

»Nichts da!«, fauchte er. »Viel zu schade für dich drittklassigen Folterknecht. Diese Phiole bewahre ich mir für etwas Besseres auf.«

Mit diesen Worten schob er das Fläschchen zur Seite und nahm sich das nächste. Stirnrunzelnd versuchte er, die Schrift zu enträtseln.

»In-can-ta-trix su-a-ves«, las er stotternd vor. »Pfui Teufel! Das ist ja fast so ekelerregend wie Lavendelduft. Ich glaube, der gemeine Name dafür ist Charismapaste. Ich bezweifle jedoch, dass dieser kleine Topf für Nemrothar gereicht hätte.«

Baazlabeth schleuderte das Gefäß in Richtung Quentin, wo es kurz oberhalb seines Kopfes am Pfeiler zerplatzte. Der klebrige Inhalt leckte langsam den Stein hinunter. Der Inquisitor hatte es nicht gewagt, sich auch nur ein Stück zur Seite zu bewegen. Von der Paste blieb er weitestgehend verschont, nur einige Glassplitter hatten ihn im Gesicht getroffen. Aus zwei winzigen Schnitten auf seiner Wange sickerte Blut und lief an seinem Kinn herab.

»Das nenne ich wirklich mal ein Kleinod«, jubelte Baazlabeth und hielt eine schmale Ampulle in die Luft, die er sogar der blinden Lemura präsentierte.

»Poculum nihil visum sum«, verkündete er stolz. »Ein Unsichtbarkeitstrank. Was für ein Juwel für jeden, der befürchten muss, dass seine Taten entdeckt und gesühnt würden. Wer Angst vor Vergeltung hat, ist hiermit gut beraten. Wer weiß, wem ich damit noch mal eine Freude machen kann? Ach nein, für Freude bin ich ja gar nicht zuständig. Aber ich könnte sie immer noch jemandem einflößen, ihm etwas Vorsprung geben und ihn dann jagen – das wäre doch lustig.«

»Eine wahrhaft reizvolle Idee, Herr«, mischte sich Quentin erneut ein und klatschte begeistert Beifall.

Hm, auf die Dauer kann das mit uns beiden nichts werden. Dieses devote Gehabe versaut mir den ganzen Appetit.

Baazlabeth widmete sich wieder den Phiolen auf dem Tisch. Zwei schob er beiseite, um sich eine kleine dickbauchige Flasche mit einem Korken genau anzusehen.

»Latex portentum lacere ›providentia!‹«, las er vor und runzelte die Stirn. »Was soll das denn sein? Davon habe ich noch nie gehört. Irgendeine Creme oder Paste«, sinnierte er halblaut weiter. »Das letzte heißt auf jeden Fall so viel wie ›Vorsicht!‹«

»Es ist eine Mittel, um Ungeheuer anzulocken«, erklärte Lemura. »Nichts, womit man arglos umgehen sollte«, warnte sie.

»Ah, ich verstehe«, sagte Baazlabeth, »so etwas wie eine Hundepfeife, nur zum Aufschmieren.«

»Es sind wohl weniger Hunde, die man damit anlockt«, gestand Lemura. »Es sind eher Ungeheuer, wie Ihr eines seid.«

»Oh, es tut mir weh, wenn du so etwas sagst. Ich bin doch kein Ungeheuer – jedenfalls zurzeit nicht. Ich werde es einfach mal ausprobieren. Vielleicht finde ich ein paar neue Freunde.«

Er warf Quentin das bauchige Fläschchen im hohen Bogen zu, und der Inquisitor fing es geschickt mit einer Hand.

»Einschmieren!«, befahl Baazlabeth.

Quentin zögerte keinen Moment. Mit dem Daumen schnippte er den Korken herunter, und mit dem Zeigefinger fischte er einen dicken Klecks hellgrüner Paste heraus. Er schob den Ärmel seines Priestergewandes hoch und schmierte sich den Unterarm ein. Nachdem er sich fertig eingerieben hatte, leckte er sich die Reste vom Zeigefinger.

»Bitter«, gestand er.

In diesem Moment riss jemand die Tür zum Theatersaal auf. Baazlabeth ließ gelangweilt den Kopf zu Seite fallen und versuchte, das Halbdunkel des Saals zu durchdringen. Die Silhouette einer Gestalt füllte fast vollständig den Türrahmen aus. Dahinter war jemand anderes, jemand Zierlicheres, bestrebt, sich an dem Koloss vorbeizuzwängen.

»Das Theater ist noch geschlossen!«, brüllte Baazlabeth mit Abscheu in der Stimme. Es wusste ganz genau, wer da kam. »Wir sind mitten in der Generalprobe. Außerdem bezweifle ich, dass unser Stück in irgendeiner Weise dazu beitragen könnte, Kinder zu belustigen. Also verschwindet schleunigst! Und bring das Gör nach Hause, Moloch!«

Baazlabeth rechnete damit, von regen Verwünschungen überschüttet zu werden oder wenigstens ein empörtes Knallen der Tür zu vernehmen, doch stattdessen löste sich ein heiseres, hohes Kichern aus dem Dunkeln, dass etwas Melodiöses besaß.

»Das sind die Ungeheuer, die Ihr herbeigerufen habt«, kommentierte Lemura und schob den Lappen beiseite, während sie ihre blinden Augen zur rußgeschwärzten Decke richtete.

Baazlabeth sprang von seinem Stuhl auf und stampfte auf Quentin zu. Er riss dem Inquisitor den Tiegel mit der Paste aus der Hand, drehte ihn hin und her und schnupperte daran. Angewidert spukte er aus.

»Pfui Teufel, das muss schlecht geworden sein«, krächzte er. »Das sind mit Sicherheit keine Ungeheuer, nur ein kleines, bockiges Kind und sein fetter, winselnder Freund.«

Während Baazlabeth zurück zu seinem Platz ging, um die unwillkommenen Gäste zu begrüßen, sah er eine dritte Gestalt, die schwerfällig hinter den beiden anderen hertrottete.

»Was ist los, Kleine? Traust du dich ohne Verstärkung nicht mehr aus dem Haus, oder sind das deine neuen Haustiere?«, rief Baazlabeth ihnen entgegen.

Molloch trabte vorweg, wobei jeder seiner Schritte ein verächtliches Knarren auf dem Boden erzeugte. Obwohl der Mittelgang kaum eng zu nennen war, schaffte er es nicht, an den Stuhlreihen vorbei zu kommen, ohne sie zu touchieren. In seinem Schatten folgte Lilith in gewohnt gebeugter Haltung, um ihr Aussehen zu verbergen, die Hände weit in die Ärmel ihres Umhanges geschoben und das Gesicht unter einer Kapuze versteckt. Zu guter Letzt trottete ihnen eine rundliche Frau mittleren Alters und mit strohigen Haaren, gehüllt in eine bunte Kittelschürze, hinterher. Eine Waschfrau, wie Baazlabeth sie zuhauf im Flautenviertel gesehen hatte. Unter ihrer Schürze verbarg sie etwas, das sie hielt wie einen Babybauch während der Wehen.

Keiner der drei sagte etwas, während sie auf Baazlabeth zuschritten, nur Molloch hob feist grinsend die Hand, um ihm albern zuzuwinken.

Baazlabeth ahnte, dass dies kein Höflichkeitsbesuch werden würde. Lilith war mit Sicherheit nicht gekommen, um ihn zu beglückwünschen oder ihn für seine lehrreichen Kommentare zu danken. Sie war ein trotziges Kind, das selbst nicht wusste, was für sie gut war. Kinder neigten dazu, jemanden schnell zu verurteilen und ihn in die Verdammnis zu wünschen. In Gegensatz zu allen anderen Kindern war Lilith jedoch die Einzige, die wirklich dazu in der Lage war. Etwas Verständnis zeigen, einzulenken, sich mit ihr gut zu stellen, wären sicherlich die richtigen Ansätze gewesen, um ihren Verdruss zu schmälern und das eigene Leben zu verlängern, doch leider besaß Baazlabeth kein entsprechend sanftes Gemüt, wie es für ein solches Vorgehen notwendig war.

»Entschuldige meine Verwunderung, Kleines, aber ich war davon ausgegangen, dich nicht so schnell wiederzusehen. Wenn ich deinen letzten Abgang, um in der Theatersprache zu bleiben, einmal in Gedanken Revue passieren lasse, musste ich annehmen, dass wir keine Freunde mehr sind. Auch deine lächerlichen Versuche, die Inquisitoren auf meine Fährte zu bringen, habe ich nicht gerade als Akt der Versöhnung angesehen.«

Baazlabeth wagte sich bis ganz nach vorne an die Bühne und ging in die Hocke, um wenigstens ein bisschen Entgegenkommen zu zeigen und seine Besucher auf Augenhöhe zu empfangen. Er hatte nicht vor, sich eine Blöße zu geben. Der erste Schritt in den Tod war Unsicherheit und der zweite Reue. Es war nicht schlimm, unterlegen zu sein, es war nur schlimm, es zugeben zu müssen. Baazlabeth hatte sich seine Antworten auf ihre zu erwartenden Fragen schon zurechtgelegt. Egal, was sie von ihm verlangten, er würde es nicht tun. Sicherlich, er verdankte Molloch und Lilith vieles. Aber nicht alles davon war gut oder wenigstens gut gemeint gewesen.

»Ihr hättet Euch nicht die Mühe machen brauchen ...«, begann er, hielt dann aber inne.

Direkt vor ihm, an der rußgeschwärzten Umrandung zur Bühne, klammerten zwei blassgraue Pfoten fest, die winzigen Krallen in die mit Schnitzereien verzierte Kante gebohrt. Das kratzende Geräusch zweier weiterer Pfoten etwas weiter unten, die ungelenk versuchten, an der hölzernen Wand Halt zu finden, brachten ihn gänzlich aus dem Konzept. Mit einem Griff hatte er das zerzauste Fell gepackt, hob den Übeltäter hoch und hielt ihn am ausgestreckten Arm vor sich. Als er in das verlegen grinsende Gesicht von Igniphascellanius blickte, konnte er nicht mehr an sich halten und begann aus vollem Halse zu brüllen.

»Habe ich mich in irgendeiner Weise unklar ausgedrückt? Meine Befehle waren einfach und unmissverständlich, selbst für so ein Schrumpfhirn wie dich! Ich werde dafür sorgen, dass du dein Leben als Homunkulus verwirkt hast, und lasse dich als Lemure den Rest deines jämmerlichen Daseins das fressen, was andere Niedere für dich übriglassen! Dein restliches Leben wird dir wie eine Unendlichkeit vorkommen – eine unendliche Folter und Qual! Ich werde dich zum Diener der Diener machen! Du hast dein letztes dämliches Grinsen in diese Welt gesetzt! Von nun an wirst du Tag für Tag eine Schüssel mit deinem Blut und deinen Tränen füllen, damit ich jeden Abend meine Füße darin waschen kann!«

»Oh Herr, lasst mich das tun«, faselte Quentin dazwischen und brachte Baazlabeth erneut aus dem Konzept.

»Du hältst gefälligst dein dämliches Maul, wenn dich niemand anspricht!«, schnauzte Baazlabeth den Inquisitor an.

Als Baazlabeth sich wieder dem Homunkulus widmen wollte, streckte dieser ihm ein kleines Bündel hin, diesmal jedoch ohne zu grinsen. Die Ecken des brüchig aussehenden Leinenstoffs war mit einer einfachen Kordel zusammengebunden. Igniphascellanius hatte Schwierigkeiten, ihn mit seiner Katzenpfote zu halten, und deswegen seine Krallen tief in den Stoff gegraben. Baazlabeth riss an dem Bündel, doch der Homunkulus schaffte es nicht, seine Krallen wieder rechtzeitig einzufahren. Die kleine Pfote blieb an dem Säckchen hängen.

»Gib schon her, du Gewölle«, fachte Baazlabeth den Homunkulus an. Doch je heftiger der Dämon an seinem Diener zerrte, desto schlimmer wurde es. Erst als er mit einem unwirschen Ruck daran zog, bekam er den Beutel frei, mitsamt zwei Krallen von Igniphascellanius.

»Er kann nichts dafür!«, rief Lilith plötzlich. »Lass ihn in Ruhe, wir haben ihn gezwungen, uns zu begleiten.«

»Dazu gehören immer zwei«, sagte Baazlabeth. »Einer, der zwingt, und einer, der sich zwingen lässt, was eindeutig eine unverzeihliche Schwäche ist. Schwäche kann ich nicht ausstehen.«

Baazlabeth hatte sich bereits Igniphascellanius unter den Arm geklemmt und versuchte nun, ihm sprichwörtlich das Fell über die Ohren zu ziehen.

»Lass ihn sofort runter!«, schrie Lilith.

Diesmal hörte sich der Tonfall ihrer Stimme nicht nach einer Warnung, sondern mehr nach einer Drohung an. Baazlabeth kannte diesen Ton bereits und wusste, dass man gut daran tat, ihn nicht zu überhören. Er entließ den Homunkulus aus seinem Griff und setzte ihn auf den Boden. Buckelnd und um ein paar Haarbüschel leichter, humpelte Igniphascellanius unter den Tisch. Er bedachte Baazlabeth mit einem kurzen Fauchen. Ein warnender Blick, und das Fauchen verstummte wieder. Unverzüglich begann der Homunkulus in Katerform seine Wunden zu lecken.

Baazlabeth wog das Bündel abschätzend in der Hand. Um gefüllt mit Goldmünzen zu sein, war es eindeutig zu leicht.

Warum nicht einfach das tun, was niemand erwartet? Mal sehen, wem dieses kleine Bündel am wichtigsten ist.

Er warf das Säckchen im hohen Bogen auf den Tisch, wo es wie eine faulige Frucht liegen blieb. Alle richteten ihren Blick auf das Bündel, selbst die blinde Lemura, doch niemand wagte es, auch nur einen Schritt darauf zuzumachen.

Dann ist es wohl doch nicht so wichtig, befand Baazlabeth.

»Schwäche wird den Dienern des Schattens als Unvermögen ausgelegt«, erklärte er seiner ehemaligen Schülerin. »Wer Schwäche zeigt, wird vom Licht geschluckt. Die Kreaturen des Schattens folgen nur der Stimme Amez'. Nur seinem Willen sind wir untertan.«

Lilith drängte sich an Molloch vorbei, der dem Streit zwischen den beiden genauso wenig Beachtung schenkte wie die Bürger Brisenburgs dessen Taten. Lilith kletterte auf die Bühne, ging an Baazlabeth vorbei, beugte sich zu dem Homunkulus hinunter und bedachte ihn mit einer Streicheleinheit. Das wohlige Brummen von Igniphascellanius schmerzte in Baazlabeths Ohren wie das Geräusch eines Stückes Kreide, das man über eine Schiefertafel zog.

»Du zeigst Mitleid. Das ist auch eine Form der Schwäche, wenn nicht sogar die widerwärtigste von allen«, sagte Baazlabeth.

»Ich brauche von dir keine Belehrungen über Schwächen und Versagen«, erwiderte Lilith. »Ich möchte dich daran erinnern, dass du selbst unter Zwang auf diese Welt gerufen wurdest. Darüber hinaus warst du bisher nicht imstande, die dir gestellte Aufgabe selbst zu erfüllen. Du brauchtest die Hilfe eines kleinen Mädchens. Ich habe dir gezeigt, wie das Leben der Menschen funktioniert, und meinen

Beziehungen hast du es zu verdanken, in den Kleinen Rat aufgenommen worden zu sein. Ich habe dich gelenkt wie eine Marionette, während du versucht hast, mir dein Halbwissen als Wahrheit zu verkaufen.«

Baazlabeth musste schlucken – auch eine neue Errungenschaft, die er seinem menschlichen Körper zu verdanken hatte. Seine Kehle fühlte sich so trocken an wie Wüstensand, im Gegenzug bildeten sich dafür kleine Schweißperlen auf seiner Stirn.

Was ist nur los mit dieser kleinen Tyrannin? Irgendjemand flüstert ihr ins Ohr und versucht, sie gegen mich aufzuhetzen, anders kann es nicht sein. Molloch ist zu beschränkt. Vielleicht dieses Waschweib? Wer weiß, wen Lilith dort aus den Tiefen der Gassen Brisenburgs zu ihrer neuen Freundin erklärt hat. Sie wollen mich provozieren und in die Ecke drängen. Ich darf mir nichts anmerken lassen.

»Es tut mir leid, aber ich habe nur wenig Zeit und überhaupt gar keine Lust, mich diesen aufsässigen Vorwürfen eines Kindes zu stellen. Wie du siehst, habe ich Arbeit mit nach Hause genommen, und die gilt es zu erledigen. Wenn ich damit fertig bin, können wir unsere Differenzen ein für alle Mal klären, vielleicht ohne deinen Hofstaat von Kuriositäten?«

Nun ließ Lilith doch von dem Homunkulus ab und erhob sich. Sie trat vor Baazlabeth, verschränkte die Arme vor der Brust und funkelte ihm mit ihren schwarzen Augen an.

»Das nennst du Arbeit?«, fragte sie provozierend. »Ich sehe nur einen wehrlosen Mann, der von jemandem entführt wurde, der behauptet, ein Dämon zu sein. Doch wenn ich genauer hinschaue, sehe ich keinen Dämon, sondern nur einen armseligen Menschen, der seine Probleme in billigem Hauswein ertränkt, sich ängstlich unter einen Stein verkrochen hat und hofft, dass sich alles von allein regelt. Vielleicht warst du einmal ein Dämon, doch der Körper, in dem du steckst, hat dich weich und verletzlich gemacht, körperlich ebenso wie geistig.«

Irgendetwas musste Baazlabeth unternehmen, sonst drohte er durchzudrehen. Er versuchte es mit seiner Lieblingsvorstellung.

Platsch!

Kaum war die Kapuze über Liliths Hals in seiner Vorstellung zusammengesackt, da erwuchs darunter bereits ein neuer Kopf.

Platsch!

Es half nichts, nach wenigen Augenblicken funkelte sie ihn abermals aus ihren starren schwarzen Augen an. Diesmal lächelte sie sogar.

Er konnte nicht mehr an sich halten. Blitzschnell schoss seine Hand hervor und packte ihren Umhang. Er zog sie zu sich heran, riss mit seiner anderen Hand den Kragen seines Hemdes beiseite und schob drohend den Daumen unter das lederne Band um seinen Hals.

»Wir können diese Unterhaltung gerne fortführen, doch würde ich mich dann vorher dieses kleinen Schmuckstückes entledigen«, grollte er.

»Nur zu«, ermunterte sie ihn. »Es wird ohnehin Zeit, dass du wieder zu Sinnen kommst.«

Unverfroren hielt sie seinem Blick stand und schien es regelrecht darauf anzulegen, ihm zu trotzen. Hinter sich hörte Baazlabeth, wie Molloch seinen Körper auf die Bühne astete und dabei Töne von sich gab wie ein winselnder Köter. Der Fleischberg war ihm bisher immer wohl gesonnen gewesen, doch wie der Koloss sich entscheiden würde, wenn er zwischen Lilith und ihm wählen musste, war Baazlabeth unklar. So kurz vor dem Ende seiner Mission wollte er es auch nicht herausfinden müssen. Lachend stieß er Lilith zurück, die gegen die Tischkante prallte, sich aber auf den Beinen hielt.

»Du hast Angst vor dem Tag, an dem ich diese Welt wieder verlasse und dich hier allein zurücklasse«, mutmaßte Baazlabeth. »Du solltest langsam verstehen, dass jemand wie du nicht immer an demselben Ort bleiben kann. Dämonen sind nichts anderes als Reisende, die keine Wege aus Sand und Stein brauchen um woanders hinzugelangen. Im Laufe deines Lebens wirst du viele Welten sehen, und mit jeder neuen wird diese ein Stück mehr verblassen.«

Irgendetwas in Liliths Blick sagte ihm, dass er falsch lag, doch er war es leid, weitere Vermutungen anzustellen.

Soll sie doch einfach sagen, was sie will, dann bin ich jedenfalls mal an der Reihe auf ihren Hoffnungen herumzutrampeln.

Molloch schritt an ihm vorbei, und für einen kurzen Moment befürchtete Baazlabeth, der Fußboden könnte nachgeben, sie beide verschlucken und in die Tiefe reißen. Mit Sicherheit ging es nicht mehr als fünf oder sechs Fuß hinunter, doch wenn ein sechs Zentner schwerer Fleischkloß auf einem landete, war das auch egal. Baazlabeth atmete auf, als er merkte, wie die Bohlen unter seinen Füßen sich ächzend wieder hoben. Molloch stellte sich neben Lilith, und sie nahm seine Hand, wobei ihre zierlichen Finger es nur schafften, zwei der seinen zu umklammern.

»Ach, so ist das«, stieß Baazlabeth hervor. »Ihr braucht euch keine Sorgen zu machen, niemand wird von mir etwas über euer Techtelmechtel erfahren. Meinen Segen habt ihr, auch wenn ich vielleicht wenig geeignet bin, solch einen zu erteilen.«

»Verkneif dir deine Albernheiten«, fuhr ihn das Waschweib an.

Sie stand immer noch vor der Bühne und hatte sich bislang aus allem herausgehalten. Irgendetwas sagte Baazlabeth, dass sich dies bald ändern würde. Immer noch klammerte sie sich an dem Ding unter ihrer Schürze fest. Ihr Blick war starr auf Baazlabeth gerichtet, doch irgendwie schien sie durch ihn hindurchzusehen. Ihre Lippen waren spröde und die Haut mit kaltem Schweiß belegt.

»Wer ist diese Schlampe, deine neue Amme?«, fauchte Baazlabeth.

In diesem Moment durchfuhr ihn ein Gefühl, das entfernt an einen ausgetrockneten Mund erinnerte, doch legte sich dieses Gefühl über alle Organe. Er schien innerlich zu schrumpfen, während sein Fleisch versuchte, sich an die Knochen zu klammern. Sein Magen drehte sich um, die Finger verkrampften, und ein Hustenanfall überkam ihn. Sein linkes Bein gab einfach nach, und um nicht zu stürzen, kniete er sich hin und stützte sich mit den Armen ab. Als er wieder Luft bekam, schmeckte er seinen eigenen Atem im Mund. Er war modrig und faulig, es stank nach Verwesung.

Keuchend wandte er seinen Blick zur Seite. Lilith hielt ihre offene Handfläche in seine Richtung, die Lippen immer noch gespitzt von dem Kuss, den sie ihm zugeworfen hatte.

So fühlt es sich also an, wenn man mehrere Jahre innerhalb eines Herzschlages verlebt, ohne wirklich etwas erlebt zu haben. Kein sonderlich gutes Gefühl. Aber warte ab Kleines, ich werde dir zeigen, wie es ist, einen einzigen Augenblick so zu erleben, als wenn er mehrere Jahre lang ist.

Momentan jedoch fühlte sich Baazlabeth nicht für einen Zweikampf gerüstet, auch wenn sein Gegner ein kleines Mädchen war. Ein einziger Ruck an dem ledernen Band würde ihn zwar zu seiner alten

Form zurückkehren lassen, doch stellte sich immer noch die Frage, ob es schnell genug ginge, um einer weiteren Liebkosung seiner Schülerin zu entgehen. Abgesehen davon gab es auch immer noch Molloch und diese dreiste Waschfrau.

Baazlabeth hatte sich bereits damit abgefunden, seine Revanche auf einen späteren Zeitpunkt verschieben zu müssen. Von dieser Einsicht vollkommen verschont, stürmte Bruder Quentin auf Lilith zu. Das Gesicht des Inquisitors zeigte weder Hass noch Empörung, es war geprägt von Pflichtbewusstsein. Ohne eine Waffe in der Hand versucht er, dem Dämonenkind zu Leibe zu rücken. Soweit kam er jedoch nicht, denn Molloch ging dazwischen, steckte einfach den Arm aus, packte den Inquisitor mit einer Hand an der Kehle und hob diesen von den Füßen. Innerhalb eines Herzschlages färbte sich Quentins Pflichtbewusstsein blau und schien in die zappelnden Füße zu rutschen.

»Ist schon gut«, keuchte Baazlabeth, der langsam wieder auf die Beine kam. »Sie sind – Freunde.« Dieses Wort kam ihm besonders schwer über die Lippen.

Quentins Augen weiteten sich und huschten von einer Seite zur anderen, so als ob er versuchte, einen Blick auf Baazlabeth zu werfen, um sich zu vergewissern, dass diese Worte wirklich von seinem Herrn stammten. Molloch ließ ihm jedoch nicht genug Bewegungsfreiheit. Erst als der Inquisitor aufhörte, zu zappeln, stellte der Koloss ihn zurück auf den Boden.

Quentin brauchte einen Moment, um wieder Luft holen zu können, dann wandte er sich an Baazlabeth, der ihm ein Nicken zuwarf. Dies schien dem Priester zu reichen, denn ohne ein einziges Wort von sich zu geben oder dem Vorfall überhaupt in irgendeiner Weise Beachtung beizumessen, trat er zurück an seinen Platz.

»Sagt schon, was ihr wollt, und dann verschwindet«, wandte sich Baazlabeth an Lilith.

»Um erst einmal auf deine zuletzt gestellte Frage zu antworten und damit gleich etwas klarzustellen, möchte ich dir Sanna vorstellen. Sie ist deine Schwester, genau wie Molloch dein Bruder ist.«

Nun scheint die Kleine doch etwas durcheinander gebracht zu haben. Wenn das tatsächlich wahr wäre, würde mich interessieren, wie meine Mutter aussah. Die gleichen Väter können wir ja wohl schlecht haben. Ich bin mir sicher, dass Amez nichts in die Welt setzen würde, das so unförmig ist wie diese beiden Exemplare.

Baazlabeth verkniff sich jedoch, Liliths Behauptung zu kommentieren. Eine folgenschwere Unverschämtheit seinerseits in ihre Richtung reichte ihm für diesen Tag.

Doch Lilith verstand es, seine Geduld weiter auf die Probe zu stellen.

»Und ich bin Sannas Tochter«, erklärte sie.

Herrje, gleich wird sie behaupten, die Grinsekatze unterm Tisch sei ihr kleiner Bruder. Amez hat eine Banshee mit zwanghaftem Hang zum Familie Spielen erschaffen.

»Hör mal zu, Kleines«, sagte Baazlabeth und versuchte, einen gütigen Tonfall zu treffen, »ich weiß, dass es schwer ist, das alles zu verstehen. Ein Leben ohne Mutter und ohne Vater, zu denen man aufsehen kann, ist nicht leicht. Doch du musst aufhören, dir ständig neue Eltern zu suchen, nur weil dir die alten nicht mehr gefallen. Deine Mutter ist tot, und dein Vater war ein Incubus.«

»Ich heiße Lilith, nicht Kleine«, unterbrach sie ihn vehement, »und meine Mutter war ein Mensch, das ist richtig, doch die Betonung liegt auf ›*war*‹. Als sie Lord Brackenmoore gestand, dass das Kind, welches sie in sich trug, nicht von ihm stammte, sondern von einem nächtlichen Besucher, einem Dämon, unternahm der Lord alles, damit das Kind niemals das Licht der Welt erblickte. Er ließ Alchimisten, Magister und andere Quacksalber an seiner Frau herumexperimentieren. Dies ging so weit, dass Mutter schwer krank wurde und zu sterben drohte. Mein Vater jedoch, der Incubus, wie du ihn nennst, setzte alles daran, das Leben meiner Mutter und das meine zu retten. Er betete zu Fürst Amez und bat ihn um Hilfe, doch der Herr des Schattens erhörte die Gebete zu spät. Meine Mutter starb im Kindbett. Mir blieb der Tod erspart, trotz aller Bemühungen der Schergen meines Ziehvaters. Als der Lord mich erblickte, brachte er es einfach nicht übers Herz, mir weiter nach dem Leben zu trachten, und stellte mich unter seinen Schutz. Mein richtiger Vater jedoch gab keine Ruhe, den Tod seiner Sanna rückgängig zu machen und für alle Incubi ein Zeichen zu setzen. Er wollte sie ermutigen, die Jagd auf ihre Kinder und deren Mütter nicht ungesühnt zu lassen. Irgendwann hatte Amez ein Einsehen und machte aus meiner Mutter das, was sie heute ist.«

Baazlabeth drehte langsam den Kopf zu der Frau, die unten am Rand der Bühne stand. Er musste irgendein Detail überhört haben, oder Lilith hatte ihm nicht die ganze Geschichte erzählt. Er wagte es nicht, wieder seine Schülerin anzusehen, weil er befürchtete, lachen zu müssen.

»Das, was sie heute ist?«, fragte er ungläubig. »Sie ist eine Waschfrau«, stellte er fest und merkte, wie ein Lächeln über sein Gesicht huschte.

»Mutter, zeig dich ihm, er wird uns sonst nicht glauben«, sagte Lilith in Baazlabeths Rücken.

Die Waschfrau trat daraufhin einen Schritt von der Bühne zurück und zog einen Tonkrug unter der Schürze hervor. So sanft, als wäre der Krug ein Neugeborenes, setzte sie diesen auf der Bühne ab, umklammerte das Gefäß aber weiterhin, als wenn sie Angst hätte, es könnte hinunterfallen.

Baazlabeth verzog angewidert das Gesicht. Was erwartete ihn nun, vielleicht die kleinste Frau der Welt, gefangen in einem überdimensionalen Humpen? Eigentlich hatte er genug von zu klein geratenen Frauen. Von Neugier angelockt, schlich er dennoch auf das Gefäß zu.

Eines der größten Geschenke, die einem ein Gott machen kann, und sie haben noch nicht einmal einen Deckel dafür. Na, wer weiß, vielleicht bekommt sie sonst keine Luft.

Behutsam schob er seinen Kopf über das Gefäß und wagte einen ersten Blick. Der Tontopf war bis zu einem Drittel mit Erde gefüllt, und darauf lagen lose verstreute Knochen – menschliche Knochen. Halb vergraben blickte ihn eine leere Augenhöhle aus einem mumifizierten Schädel an.

»Bist du sicher, dass sie lebt? Sie sieht irgendwie krank aus.«

»Sie ist eine Reiterin«, erklärte Lilith und schien zu hoffen, damit alles erklärt zu haben.

Tatsächlich tat es das auch. Es waren Baazlabeth nur einige kleine Details noch unklar.

»Eine Reiterin«, wiederholte er halblaut, konnte aber etwas Bewunderung in seiner Stimme nicht unterdrücken.

Somit stand schon einmal fest, dass Sanna tatsächlich Baazlabeths Schwester war. Zumindest eine Halbschwester, denn nach Liliths

Schilderungen war Amez ihr gemeinsamer Vater, und sie somit seine Schwester. Natürlich war er selbst einer der Erstgeborenen und sie so etwas wie eine Laune des Fürsten, doch eben unbestritten seine Schwester. Über Mollochs Beziehungen zu sich mochte Baazlabeth im Moment lieber nicht nachdenken.

»Eine Reiterin«, wiederholte er nochmals.

Das erklärte die Waschfrau – sie war nur ein Körper, von dem Sanna Besitz ergriffen hatte. Im Gegensatz zu Baazlabeth formte sie nicht ihren eigenen Körper, sondern benutzte andere beseelte Wesen und machte sich deren Körper zu eigen. Keiner dieser Körper konnte es mit einem wirklichen Dämon aufnehmen, doch es gab auch Vorteile. Sanna konnte in wenigen Augenblicken von einem Wesen in ein anderes schlüpfen und war dadurch so gut wie nicht greifbar. Es sei denn, man sperrte sie in einen Bannkreis.

»Du hast mich also die ganze Zeit hintergangen«, stellte Baazlabeth fest und wandte sich wieder an Lilith.

»Benutzt würde ich eher sagen«, entgegnete sie.

»Wozu benutzt? Anscheinend brauchtest du mich doch gar nicht als Lehrer. Alles, was ich dir erzählt habe, wusstest du ohnehin schon, und noch einiges mehr. Was willst du also von mir. Mein unermesslicher Reichtum oder mein Charme können es nicht sein. Was ist es also?«

Lilith trat einen Schritt beiseite und sah zu ihrer Mutter hinüber.

»Sag du es ihm, Mutter.«

Die Waschfrau verstaute den Tonkrug wieder unter ihrer Schürze und trat an die Bühne heran.

Von den Göttern selbst verfasst und aufgeschrieben,
steht zu lesen auf des schwarzen Bruchstücks Stein,
übrig bleiben werden von den Mächten jeweils sieben,
die entscheiden, ob die Welt wird ewig Schatten sein.
Die Stadt der Götter wird als Schlachtfeld dienen.
Von eigner Hand erbaut in einer Zeit des Lichts
wird das Los der Mauern jenes neue Antlitz mimen,
und der Sieg entscheidet über alles oder nichts.

Baazlabeth musste erneut an sich halten, um nicht in Gelächter auszubrechen.

Nicht schon wieder eine Prophezeiung in Versform. Was würde nur geschehen, wenn die Geschicke der Götter sich nicht reimen ließen. Gar nicht auszudenken, wenn ihr Willen nicht befolgt werden kann, nur weil es nichts gibt, was sich auf ›verblendeter Aberglauben‹ reimt.

»Tut mir leid, doch ich verstehe immer noch nicht, welche Rolle ich in dieser Prophezeiung spiele«, erwiderte Baazlabeth und versuchte, ernst zu bleiben.

»Du bist einer dieser sieben Streiter für den Schatten. Du wirst zusammen mit uns gegen die Kinder des Lichts kämpfen und die Welt für Amez, den Herrn des Chaos', erobern«, erklärte Lilith ihm.

»Ich fühle mich wirklich geehrt, in diesen kleinen Kreis der Erlesenen mit euch zusammen aufgenommen zu werden, doch hätte ich diese wichtige Aufgabe nicht von Amez persönlich bekommen müssen? Immerhin geht es hier um eine ganze Welt. Ich sage euch dreien jetzt etwas: Wenn Amez will, dass ich bei eurer kleinen Fehde mitmache, soll er mir einfach einen dieser sieben Gegenspieler des Lichts zeigen, und ich bin dabei und reime sogar noch einen Abschlussvers für dieses lustige Gedicht.«

»Ich habe doch gesagt, er wird uns nicht ernst nehmen!«, schrie Lilith. »Lasst ihn mich töten, Amez wird uns einen neuen Mitstreiter senden. Die Prophezeiung wird sich auch ohne ihn erfüllen.«

Baazlabeth hatte bereits wieder das lederne Band um seinen Hals gepackt und war bereit, die Konsequenzen zu riskieren. Keinesfalls würde er sich von einem Kind Befehle erteilen lassen, schon gar nicht von einem, das glaubte, ihm ebenbürtig zu sein. Lieber würde er hier und jetzt die Sache zu Ende bringen.

»Nein!«, schrie Sanna durch den geliehenen Körper der Waschfrau. »Wir brauchen ihn. Er ist ein Teil der Prophezeiung. Wir machen so weiter, wie wir es besprochen haben. Zeige ihm den Beutel.«

Liliths Arm hob sich wie der einer Marionette, wobei sie sonst keinerlei andere Regung zeigte. Dann streckte sie den Zeigefinger aus, wie die alles entscheidende Geste eines Magiewirkers, und deutet damit auf den Beutel, den Baazlabeth zuvor seinem Diener entrissen und achtlos auf den Tisch geworfen hatte.

»Du solltest sie nicht verärgern«, sagte er zu Sanna, während er zu dem Tisch hinüberschlich. »Ein paar Jahre, die sie dir entreißt, und von deinem Wirtskörper ist nicht genug übrig, um es in einen Pfeifenkopf zu stopfen. Auch wenn sie deine Tochter ist, sie bleibt ein Miststück.«

Unsicher betrachtete er den Beutel.

»Was ist da drin, noch ein Verwandter?«, spottete er.

»Mach ihn auf, und du wirst es sehen«, erklärte Sanna.

Vorsichtig zog Baazlabeth an den Enden der Kordel, ohne den Beutel aufzunehmen. Er legte das Band fein säuberlich daneben und wartete ab. Es geschah nichts.

»Er wird einen Weg finden, sich auch aus dieser Misere zu befreien, und dann wird er uns hintergehen und verraten. Du wirst sehen, man kann ihm nicht trauen«, versuchte Lilith abermals ihre Mutter zu warnen.

Darauf kannst du dich verlassen, du widerwärtiges Miststück, was immer ihr auch ausgeheckt haben mögt.

Baazlabeth zog vorsichtig an einer Ecke des Bündels. Das Tuch klappte wie von selbst auf und gab den Blick auf ein hellgraues Pulver frei.

»Knochenstaub«, erkannte Baazlabeth.

»Nicht irgendein Knochenstaub«, erklärte Sanna. »Er ist von einem Pentagramm, dass wir in Nemrothars Turm gefunden haben. Wir mussten uns viel Mühe geben, es vom Boden aufzukratzen. Ich befürchte, es hat ein wenig an Form verloren und etwas von seiner Magie eingebüßt. Freust du dich?«

Ich könnte platzen vor Glück. Ihr könnt euch gar nicht vorstellen, was ich alles unternehmen werde, um mich dafür zu revanchieren.

In Wirklichkeit war dies das Schlimmste, was hatte passieren können. Der Weg zurück in sein Reich war damit verschlossen, oder besser gesagt: zugemauert. Nur der Zauberer, der ihn gerufen hatte, war in der Lage, diesen magischen Zirkel wieder zu richten, und genau der befand sich in den Händen der Inquisition. Das bedeutete im Grunde genommen nichts anderes, als dass der alte Zausel so gut wie tot war und Baazlabeth in Brisenburg verrotten würde. Anstatt zu verrotten, konnte er sich natürlich auch gleich das Leben nehmen und sich zu Nemrothar gesellen.

Bislang hatte zu sterben nie eine wirkliche Lösung für Baazlabeth dargestellt, zu sterben, doch es bedeutet lediglich, gescheitert zu sein, diese Welt nie wieder betreten zu können und sich dem Spott eines jeden Dämons aussetzen zu müssen, der davon erfuhr. Dafür würde er auf einen Schlag seine widerliche neue Mischpoke und den absurden Auftrag los sein und sich zurück in seinem Reich befinden.

Niemals! Den Rest meines Daseins würde ich mit dem Gedanken leben müssen, mich von euch zweit- und drittklassigen Dienern des Schattens hinters Licht geführt zu haben. Solange es noch einen Funken Hoffnung gibt, euch diese Schandtat heimzuzahlen, werde ich nicht ruhen, geschweige denn aufgeben.

Baazlabeth versuchte, sich seinen Zorn nicht anmerken zu lassen. Er legte die Enden des Beutels behutsam zusammen und zog die Kordel straff darum.

»Und, was soll ich euer Ansicht nach jetzt tun?«, sagte er arrogant.

»Genau das, wozu du gerufen wurdest. Du erfüllst die Aufgabe, die dir Nemrothar gestellt hat«, sagte Sanna.

Damit hatte Baazlabeth nicht gerechnet.

»Nemrothar wird in den nächsten Tagen sterben«, gab Baazlabeth zu bedenken. »Die Inquisitoren werden ihm die Kehle durchschneiden, wenn er ihnen gesagt hat, was sie hören wollen.«

»Es geht nicht um Nemrothar. Nicht darum, ob er lebt oder stirbt. Es geht um die Aufgabe, die er dir gestellt hat. Er ist der Funken, der die Prophezeiung entflammt hat. Sein Tun hat die Sieben und Sieben auf das Schlachtfeld gerufen und das Ende und den Anfang dieser Welt eingeläutet. Alles, was er in seinem Leben getan hat, diente nur diesem einen Zweck. Wir sind sozusagen die Kohlen in der Esse, und unsere Aufgabe ist es, durchzuglühen und die Hitze zu schüren, so wie Nemrothar es für uns vorgesehen hat. Nur dann wird das Feuer heiß genug sein, damit Amez diese Welt schmieden kann.«

Oh Fürst des Schattens, erspare mir dieses zusammenhanglose und mystische Geschwafel. Je verworrener es ist, desto mehr glauben sie daran.

»Wo bin ich? Wie komme ich hierher«, schrie Quentin plötzlich entsetzt und riss Baazlabeth damit aus seinen Gedanken. Ängstlich starrte der Inquisitor der Reihe nach die Anwesenden an. Diesmal versäumte er es nicht, nach seiner Waffe zu greifen. Zögerlich griff er nach seinem Streitkolben, dessen Handhabung ihm anscheinend wieder eingefallen war.

Genau das fehlte noch. Warum muss der Zauber gerade jetzt seine Wirkung verlieren?

»Wo ist Sadrik?«, schrie er.

Ich könnte es dir sagen, doch es würde dir nicht gefallen.

Baazlabeth blieb auch keine Zeit für Erklärungen. Molloch hatte sich bereits eine der Phiolen vom Tisch gegriffen und schleuderte sie nach dem Inquisitor. Sie zerplatze über Bruder Quentins Kopf an der Säule und versprühte einen hellen Funkenregen. Blaue Flammen tanzten auf dem Umhang des Inquisitors und setzten sich in dessen Haare, aber ohne ihn zu verbrennen. Der Priester geriet trotzdem in Panik und versuchte, die züngelnden Lohen auszuschlagen. Bevor er sich den Ornat vom Körper reißen konnte, warf Molloch bereits die nächste Phiole vom Tisch nach ihm.

Diesmal prallte sie von seinem Körper ab und fiel zu Boden. Das Fläschchen überstand den Sturz unbeschadet, doch Quentins wilder Tanz führte dazu, dass sie es nicht blieb. Mit der Hacke trat er auf den kleinen Glaskörper, der mit einem dumpfen »Plop« zersplitterte. Im nächsten Augenblick schien Quentin sich beruhigt zu haben. Er stand regungslos da und starrte auf seine Beine. Zuerst war es nur das schwarze Leder seiner Schuhe, das sich grau verfärbte. Ab Brusthöhe des Inquisitors züngelten immer noch die kalten blauen Flammen, doch schienen sie ihn nicht mehr zu stören. Immer höher zog sich das Grau über den Körper des Bruders, bis es irgendwann dessen Taille erreicht hatte. Quentin riss die Arme nach oben, als wolle er einen Fluss durchwaten. Er warf seinen Oberkörper hin und her, doch seine Beine standen wie angewurzelt auf dem Boden. Dort, wo sich das Grau über ihn zog, erstarben die blauen Flammen.

»Nein!«, schrie der Inquisitor noch, bevor sich auch sein Gesicht und der Schleier zu Stein verwandelten.

Molloch wandte sich gelangweilt ab, als das Schauspiel zu Ende war. Niemand sprach ein Wort.

Lilith war die Erste, die sich wieder traute, etwas zu sagen. Sie machte einen Schritt auf Molloch zu, griff in eine seiner ausladenden Taschen und zog eine Flasche Wein heraus. Mit dem edlen Tropfen trat sie Baazlabeth entgegen und hielt ihm diesen hin. Baazlabeths Überraschung äußerte sich darin, dass er die Flasche wortlos entgegennahm.

»Mach deine Arbeit, oder lass dich weiterhin volllaufen und bemitleide dich selbst. Du wirst genügend Zeit dafür haben in den nächsten tausend Jahren. Entweder bleibst du in dieser Welt des Lichts als Schatten gefangen, oder du hilfst uns, eine Welt zu erschaffen, die auch deine Heimat werden könnte«, sagte sie und gab Molloch ein Zeichen, dass sie bereit war, zu gehen, und er ihr folgen sollte.

Molloch war niemand, der widersprach. Er war mehr so etwas wie ein großer, dummer Hund, der seiner Herrin immer hinterherlief. Lilith sprang mit einem Satz von der Bühne, während Molloch sich auf den Bauch hinunterließ und die Beine über die Brüstung drehte. Auch Sanna hatte sich bereits abgewandt und folgte den beiden. Wie sie gekommen waren, verließen sie Baazlabeths Theater auch wieder.

Baazlabeth suchte nach etwas, an dem er seinen Ärger auslassen konnte, und fand es schnell. Igniphascellanius schien den bohrenden Blick seines Meisters zu spüren, beendete seine Fellpflege und sah erschrocken hoch.

»Ich kann nichts dafür«, zischte er und sprang auf einen Stuhl, um sich über dessen Rückenlehne mit einem Satz in Sicherheit zu bringen.

Baazlabeth war schneller. Er schleuderte die Flasche Hauswein nach dem Homunkulus und verfehlte ihn nur um Haaresbreite. Die Flasche zerschellte an der Bühnenrückwand und Igniphascellanius flüchtete fauchend in die unteren Gemächer.

»Und du hättest mich wenigstens warnen können«, schrie Baazlabeth die blinde Seherin an, während er sich schon darüber ärgerte, die gute Flasche Wein verschwendet zu haben.

»Ihr hättet mir nicht geglaubt«, antwortete Lemura. »Sagt mir einfach, wenn Ihr dazu bereit seid. Dann will ich Euch auch gerne warnen. Was habt Ihr jetzt vor?«

»Na was schon«, schnaubte Baazlabeth. »Ich hole mir eine neue Flasche Wein und werde sehen, ob ich ein lohnenderes Ziel zum Bescheißen finde als das Gewölle, oder ob ich den Inhalt doch besser in mich hineinschütte.«

24
Der letzte Gang

Wenn man keinen Plan hatte, tat man besser daran, nicht darüber zu sprechen. Hatte man einen, sollte man es ebenso halten.

Baazlabeth erwachte mit einem Gefühl, als seien seine Hörner durch die Stirn gestoßen und jemand versuchte gerade, sie mit einem Hammer zurück in den Kopf zu treiben. Er besaß nur noch bruchstückhafte Erinnerungen an den letzten Abend. Mit Sicherheit wusste er nur, dass er mit dem festen Vorsatz losgezogen war, sich eine Flasche Hauswein zu besorgen, um seinen Ärger hinunterzuspülen und jemanden danach die Flasche über den Schädel zu ziehen. Sofern seine nebulösen Erinnerungen ihm nichts vorgaukelten, hatte er dies alles vollbracht, und noch mehr.

Er wusste noch, wie er den *Einsamen Wanderer* aufgesucht hatte, weil die Qualität des Weines dort seine meiste Zustimmung fand. Dumpf hatte ihn nicht nur sprichwörtlich mit offenen Armen empfangen. Auch Rubi, die Schankmaid, schien sich zu freuen, ihn wiederzusehen. Aus einer Flasche Hauswein wurden schnell drei. Natürlich hatte es sich auch bis ins Flautenviertel herumgesprochen, dass er, Sil, es bis in den Kleinen Rat gebracht hatte. Von Neugier gepackt, hatten Dumpf und zwei aufdringliche Weinhändler versucht, herauszufinden, wie genau seine Aufgaben im kleinen Rat aussahen. Mit Engelszungen redeten sie auf ihn ein und schienen zu hoffen, mit nützlichen Informationen versorgt zu werden.

Baazlabeth war sich sicher, standhaft geblieben zu sein und nichts verraten zu haben, obwohl der Grund des zweiten Kruges schon zu sehen gewesen war. Danach wurden seine Erinnerungen lückenhaft. Er entsann sich, dass er sich genötigt gesehen hatte, seinen Trinkgefährten zu entfliehen, weil diese ihm so an den Lippen hingen, dass er kaum noch zu sprechen wagte. Er gesellte sich an einen Tisch mit einigen jungen Schiffsbauern und begann, über belangloses Zeug zu reden. Dann verloren sich seine Erinnerungen vollends. Das Nächste, was er wusste, war, dass Dumpf am Tisch aufgetaucht war und ihm zwei weitere Flaschen Hauswein als Präsent überreicht hatte. Die recht trinkfesten Burschen hatten versucht, Baazlabeth zu überreden, die Flaschen mit ihnen gemeinsam zu leeren, und beinahe wäre es ihnen auch gelungen. Dummerweise machte einer von ihnen den Fehler, seine Worte nicht richtig zu wählen. Sie klangen Baazlabeth noch immer in den Ohren:

»Komm, zier dich nicht so, *Bruder.*«

Diese Titulierung hatte ihn dazu gebracht, dem blonden Mann mit dem Vollbart eine der vollen Flaschen über den Schädel zu ziehen. Baazlabeth hatte wirklich schon genug neue Familienmitglieder für einen Tag bekommen. Danach war ein unschönes Handgemenge ausgebrochen, das Dumpf wenig zimperlich dazu nutzte, den Schiffsbauern klarzumachen, dass es sich für Gäste nicht gehörte, die ehrenwerten Mitglieder des Kleinen Rates zu belästigen. Danach tat sich wieder eine große Lücke in Baazlabeths Gedächtnis auf, die bis zum jetzigen Morgen reichte. Die leere Flasche Hauswein, die er im Schlaf zwischen seine Beine geklemmt hatte, war aber Beweis dafür, dass die Schlägerei nicht bis zum Äußersten gegangen war und er auf dem Rückweg bereits wieder Durst gehabt haben musste.

Behutsam drehte Baazlabeth den Kopf hin und her, um zu erkunden, wo er sich befand. Die winzige fensterlose Kammer, das spärlich ausgesuchte Mobiliar und der rußgeschwärzte Türdurchbruch ließen nur einen Schluss zu: Er befand sich in einer der Kammern seines eigenen Theaters.

Ich fühle mich in dieser Welt schon so heimisch, dass ich selbst im Suff noch nach Hause finde. Lilith wäre stolz auf mich, wenn sie meine Fortschritte sehen könnte. Ein paar Teppiche auslegen, Blumen auf dem Tisch, und schon ist aus dem Horden, dem mächtigsten Streiter Amez', der Geißel aller Lichtwesen, ein König des Possenspiels geworden.

Baazlabeth richtete sich auf. Eine muffig riechende und zerschlissene Wolldecke hing von seinen Schultern herab. Mürrisch sah er an sich herunter.

Irgendjemand hat mir die Stiefel ausgezogen, den Mantel abgenommen und mich zugedeckt wie ein Kleinkind. Jetzt kann ich mich nicht einmal mehr allein versorgen. Wenn das so weitergeht, werde ich demnächst noch gefüttert.

Baazlabeth schaute sich suchend um, aber von seinen Stiefeln und dem Mantel fehlte jede Spur.

»Jetzt klauen sie einem auch noch die Schuhe«, brummte er. »Was ist diese Welt: Ein Ort, um Dämonen zu foltern?«

Schwankend trat er auf den Vorhang zu, der vor dem Türdurchbruch hing, musste sich aber an dem rußigen Steinbogen festhalten, weil seine Beine drohten, nachzugeben. Nachdem er zweimal tief durchgeatmet hatte, riss er den Stofffetzen beiseite und trat aus der Kammer. Er torkelte ein Stück den Gang hinunter, bis er feststellte, dass er direkt auf eine Wand zusteuerte. Verdutzt blieb er stehen und betrachtete das Mauerwerk vor sich. Dann blickte er sich um und sah in die entgegengesetzte Richtung den Gang hinunter. Fahles Licht fiel von der Bühne in den engen Korridor.

»Das war doch vorher nicht so«, knurrte er. »Diese Theater gehört mir, wenn hier jemand Mauern verschiebt, bin ich das.«

Schließlich musste er sich aber doch unwillig eingestehen, dass er sich geirrt hatte. Schnaubend ging er zurück zum Hinteraufgang der Bühne.

Lemura saß am Tisch, den Kopf auf ihre Arme gelegt, und schlief. Eine neben ihr stehende Öllampe beleuchtet die Szene. Die Beine der kleinen Frau baumelten in der Luft, und direkt darunter hatte sich Igniphascellanius der Ditte zusammengerollt und hielt ebenfalls ein Nickerchen. Die mit Stuck besetzte Bühnenkante war frei von Ruß, und Tisch sowie Stühle hatte die Seherin gleichermaßen gereinigt. Die noch heilen Phiolen hatte sie zusammengeschoben und ihren Wischlappen darüberdrapiert. Daneben lag immer noch der Beutel mit dem Knochenstaub. Das Pulver allein war so gut wie wertlos ohne einen Magiewirker, der sich mit Beschwörungen auskannte, von Baazlabeth wusste und den Auftrag für beendet erklären konnte, kurz gesagt: ohne Nemrothar.

Hinter Lemura stand der zur Statue erstarrte Quentin. Irgendwer hatte einen zerschlissenen Vorhang über ihn geworfen, der ihn bis zu den Knien bedeckte. Baazlabeth war froh darüber. Das mahnende Gesicht des Inquisitors am frühen Morgen hätte seine Laune noch mehr getrübt – wenn das überhaupt möglich war.

Plötzlich entdeckte Baazlabeth seine vermissten Kleidungsstücke. Die Schuhe standen ordentlich geputzt unter einem Stuhl, und sein Mantel lag säuberlich gefaltet über der Lehne. Barfuß schlich er auf die Sachen zu. Ohne sie fühlte er sich irgendwie nackt, und außerdem fror er. Plötzlich fuhr ein stechender Schmerz in seinen Fußballen.

»Verdammte Scheiße!«, brüllte er und hüpfte dabei mit einem Bein auf der Stelle. »Seid ihr denn zu nichts zu gebrauchen? Die Scherben hättet ihr nun wirklich wegräumen können!«

Lemura schreckte von ihrem Stuhl hoch und stand kerzengerade am Tisch, die Augen weit aufgerissen. Ihr Blick traf nur ungefähr auf Baazlabeth. Der Dämon ertappte sich dabei, wie er versuchte, sich in Position zu bringen, um ihr Auge in Auge gegenüberzustehen. Auch an Igniphascellanius war der morgendliche Weckruf nicht vorbeigegangen. Der Homunkulus war katzengleich mit allen Vieren zugleich aufgesprungen, einen Buckel machend, und hatte sich den Kopf an der Stuhlunterseite angeschlagen. Nun saß er da und wischte sich abwechselnd mit der Pfote hinter den Ohren und leckte sie dann eine Weile, bevor es wieder von vorne losging.

»Will mir keiner helfen?«, brüllte Baazlabeth erneut.

Erst jetzt schien Lemura ihn lokalisieren zu können. Sie schob den Stuhl weiter zurück, ging um den Tisch herum und bewegte sich zielsicher auf ihn zu.

Baazlabeth fühlte sich außerstande, die Scherbe selbst aus dem Fuß zu ziehen, denn dafür hätte er den Oberkörper so weit nach unten beugen müssen, dass er sich sicher übergeben hätte. Des Weiteren kam hinzu, dass er sich auf einem Bein kaum halten konnte, auch ohne akrobatische Verrenkungen vollführen zu wollen.

»Scherbe, Fuß«, brummte er, als Lemura sein Knie betastete, um sich weitere Untersuchungen zu ersparen.

Er stützte sich mit einer Hand an der Bühnenrückwand ab, um etwas mehr Halt zu finden. Die Wand war immer noch klebrig von dem Gemisch aus Ruß und gegorenem Traubensaft. Baazlabeths Blick fiel auf die Stelle, wo die Weinflasche an der gemauerten Wand zerschellt war. Auf Kopfhöhe hatte die Flüssigkeit eine sternförmige Fläche vom Ruß befreit und war an der Wand heruntergelaufen. Der Fleck sah aus wie ein bunter Komet, der einen Schweif hinter sich herzog. Irritiert starrte Baazlabeth auf die farbigen Linien, die hinter dem Ruß verborgen gewesen waren.

»Die Splitter sind draußen, doch die Wunde ist sehr tief«, sagte Lemura. »Ich sollte sie besser reinigen und verbinden, doch dafür benötige ich einige Dinge aus der Schwalbenburg.«

Baazlabeth spürte nichts, keinen Schmerz und keine Übelkeit. Auch die Stimme der Seherin hörte er nur wie aus weiter Entfernung. Er wurde magisch angezogen von den bunten Linien. Er trat näher an die Wand heran und legte die Hände um den Fleck.

Unter der Schicht aus Ruß verbarg sich ein Bild. Der kleine sichtbare Ausschnitt zeigte einen Straßenzug, Teile eines Marktplatzes sowie ein etwas proportional übergroß dargestelltes Gebäude: Das Theater. Die Darstellung glich der, die Baazlabeth noch vor wenigen Tagen an der Tür zum Ratssaal in Burg Sturmfels betrachtet hatte. Es waren jedoch nicht das Gebäude an sich oder die künstlerische Freiheit, die sich der Maler genommen hatte, die Baazlabeth in ihren Bann zogen, sondern die Feinheit und die Details des Gemäldes. Vor dem Theater stand ein junger Mann mit blonden Haaren und ein Kind oder eine zu klein geratene Frau, zu ihren Füßen hockte eine Katze. Das alles hätte Zufall sein können, wenn nicht der blonde Mann ein grüngelb kariertes Hemd getragen hätte.

»Hol mir den Lappen«, wies Baazlabeth Lemura an, das Bild nicht aus den Augen lassend, als befürchtete er, es könnte wieder von Ruß geschluckt werden.

Kurze Zeit später hielt er den Lappen in der Hand. Er schätzte das Größenverhältnis des Gemäldes und maß zwei Armlängen nach unten sowie eine zur Seite ab. An dieser Stelle begann er, in kreisförmigen Bewegungen den Ruß von der Wand zu wischen. Zum Vorschein kamen ein hoher Turm und eine alte, gebeugte Gestalt, die an der Tür des Turms stand, die aber keinerlei Ähnlichkeit mit Nemrothar aufwies. Ansonsten war niemand zu sehen.

Vielleicht doch alles nur ein Zufall.

Baazlabeth versuchte es erneut. Vom Turm aus maß er drei Armlängen und eine halbe nach schräg oben ab und begann zu wischen. Dieses Mal kam ein Stück fein schraffierte Felswand und eine breite blaue Linie mit der Beschriftung »Tauwasser« zum Vorschein. Baazlabeth korrigierte den Punkt seiner Säuberung um eine halbe Armlänge nach oben. Er legte die Stelle großflächig frei und wischte die entstandenen Schlieren mit dem Ärmel seines Hemdes sauber. Dann trat er einen Schritt zurück und betrachtete den Ausschnitt. Im Hof von Burg Sturmfels stand ein kräftiger Mann in prachtvoller Robe sowie eine Kutsche, vor der keine Pferde gespannt waren. Baazlabeth suchte das Bild weiter ab und fand, wonach er gesucht hatte. Im unteren Teil der Burg war eine offene Tür zu sehen, die nirgendwo hinzuführen schien. In ihr stand ein kleines Mädchen, dessen Gesicht von dunklem Haar verdeckt wurde. In der Hand hielt sie einen Tontopf.

Es ist nur ein Bild, beruhigte sich Baazlabeth. *Was kann mir ein Bild schon über das Schicksal einer Welt sagen. Und selbst wenn es die Wahrheit zeigt, wie sollte es mit meinem Leben verknüpft sein? Schicksale gibt es nur für die Wesen des Lichts, die sich auf dem Weg der Ordnung bewegen. Die Aufgabe der Dämonen ist es hingegen, dem Schicksal ein Schnäppchen zu schlagen und jede Art von Vorhersehbarkeit auszumerzen.*

»Seherin, warum sollte ich wohl eine Aufgabe zu Ende bringen, für die mir der versprochene Lohn versagt wird?«, fragte Baazlabeth, aber er erhielt keine Antwort.

»Sag mir, warum ich jemanden retten sollte, dessen Tod ich mir wünsche?«

Auch diese Frage blieb unbeantwortet.

»Für eine Seherin bist du mit erschreckender Unwissenheit gesegnet«, spottete Baazlabeth. »Lass mich noch ein letztes Mal an deinem Quell ewig sprudelnder Weisheiten teilhaben und sage mir, worin der Sinn besteht, angeblichen Freunden zu helfen, eine Prophezeiung zu erfüllen, von der man selbst nichts hat. Diese Freunde schrecken noch nicht einmal davor zurück, einen zu erpressen, und wollen einen zwingen, die zu töten, die einem unwissentlich in die Hände spielen und somit mehr Freundschaft erweisen als sie.«

Lemura schien den Gedankengängen von Baazlabeth nicht mehr folgen zu können. Betrübt senkte sie ihren Blick zu Boden.

»Wann bringen die Inquisitoren Nemrothar auf den Marktplatz, um mit ihrem Possenspiel zu beginnen?«, fragte er die Seherin, die mit einem Achselzucken und einem Kopfschütteln zugleich antwortete.

»Du bist als Seherin genauso unbrauchbar wie als Putzfrau. Du solltest dir irgendein Talent aneignen, sonst werden sich unsere Wege trennen – und zwar vertikal, wenn du verstehst, was ich meine.«

Igniphascellanius der Dritte hatte seine Fellpflege beendet und kam unter dem Stuhl hervorgekrochen. Mit der Eleganz einer Hauskatze setzte er sich vor Baazlabeth auf den Boden und reckte den Hals. Der sich aufgeregt hin und her bewegende Schwanz des Katzenwesens ließ Baazlabeth ahnen, dass sein Diener ihm etwas mitzuteilen hatte. Fragend hob der Dämon eine Augenbraue.

»Nemrothar wird nicht auf dem Marktplatz verhört werden. Der Großinquisitor hat bestimmt, dass kein Bürger Brisenburgs bei der Befragung dabei sein darf. Er befürchtet, dass Nemrothar sich nicht so leicht unter der Folter beugen lassen wird, und dass die Sympathien für den Alten den Einfluss der Inquisitoren schwächen könnten.«

»Woher willst du das alles wissen?«, fragte Baazlabeth verärgert. Er wollte keinesfalls riskieren, mit falschen Informationen versorgt zu werden, nur weil Speichellecker sich gut Kind bei ihm machen wollten.

»Ich habe zwei der Inquisitoren in der Nähe des Tempels der Weisheit belauscht.«

»Was hattest du da zu suchen?«

»Ich wollte sehen, ob ich es schaffe, eine Maus zu fangen«, verriet Igniphascellanius verlegen.

»Und?«, grollte ihn sein Meister an.

»Ich war wirklich ganz kurz davor«, gestand der Homunkulus beschämt.

»Ich wollte nicht wissen, ob du ein jämmerlicher Nagerjäger bist, sondern ob du weißt, wann und wo das Verhör stattfinden wird.«

»Heute zur Mittagszeit im Tempel des Vaters«, verkündete Igniphascellanius stolz.

Baazlabeth sog die Luft zwischen den Zähnen ein und hielt den Atem an, solange er nachdenken musste. Nach einigen Augenblicken knuffte er Lemura in die Seite, mit etwas mehr Kraft, als es sich gehörte.

»Hast du das gehört, Seherin?«, sprudelte es freudig aus ihm heraus. »Das nenne ich Einsatzfreude und Hingabe. Davon könntest du dir ruhig eine Scheibe abschneiden, vielleicht bekommst du dann auch so ein schönes Fell.«

Er beugte sich hinunter, um dem Homunkulus über den Kopf zu streicheln, doch als dieser erwartungsvoll den Hals nach oben streckte, packte Baazlabeth zu. Er umklammerte die Kehle seines Dieners und drückte zu.

»Du solltest dir schleunigst angewöhnen, mir bessere Nachrichten zu überbringen, sonst werde ich dich beim nächsten Mal dazu benutzen, meinen Groll durch dein langsames, qualvolles Ableben etwas erträglicher zu machen.«

»Habe verstanden, Herr«, keuchte Igniphascellanius der Ditte.

»Das ist gut«, sagte Baazlabeth und ließ locker. »Dann sorge dafür, dass du es nicht vergisst.«

Was vor wenigen Minuten in Baazlabeths Gedanken noch ein waghalsiger und verwegener, aber ebenso brillanter und perfider Plan gewesen war – nämlich Nemrothar in aller Öffentlichkeit vom Marktplatz zu befreien –, hatte sich jetzt in reine Selbstopferung verwandelt. In einen Tempel des Lichts einzudringen und sich einer Unmenge Priestern auf geweihtem Boden zu stellen, hatte nichts mit Opferbereitschaft zu tun, sondern nur mit Dummheit.

Ich hätte mir denken können, dass diese verdammte Stadt es nicht zulässt, dass irgendetwas, was ich geplant habe, auch funktioniert. Es ist überhaupt ein Wunder, dass mich das Siechtum nicht schon lange dahingerafft hat, ich nicht an einem Knochen erstickt bin oder mir nicht den Hals beim Treppensteigen gebrochen habe. Jeder dämliche Stein in dieser Stadt scheint mich zu hassen.

Baazlabeth betrachtete nachdenklich die freigewischten Stellen an der Wand. Er spuckte mehrmals auf den Lappen in seiner Hand und begann, eine Armlänge neben der Darstellung von Burg Sturmfels erneut zu schrubben. Zum Vorschein kam der große Tempel im Boenviertel – das Haus des Erschaffers, wie die Menschen ihn nannten. Anders als auf der Schnitzerei in der Tür des Ratssaales waren auf dem Dach des Tempels hier ein schwarzer und ein weißer verwischter Fleck zu sehen. Es sah aus, als ob jemand versucht hatte, dort etwas zu übermalen. Baazlabeth drückte den Lappen stärker auf und wischte großzügig um den Fleck herum. Dann erstarrte er in seiner Bewegung, ließ den Lappen fallen und trat einen Schritt zurück.

Ein triumphierendes Lächeln huschte über sein Gesicht.

»Und wenn jede einzelne Welt gegen mich ist, Fürst Amez erinnert sich an mich«, sagte er und begann lauthals zu lachen.

Auch wenn er sich derzeit nicht von einem Menschen unterschied und seine dämonischen Fähigkeiten eingebüßt hatte, entsprang dieses Lachen doch nicht dieser Welt.

»Ich werde noch ein wenig um die Häuser ziehen und sehen, ob ich nicht die eine oder andere Münze verdienen kann«, sagte er. »Ich bin wahrscheinlich nicht vor morgen früh zurück. Bis dahin sollte hier alles blitzblank sein, habt ihr mich verstanden?«

»Sollte ich nicht vorher erst Euren Fuß verbinden?«, gab Lemura zu bedenken.

»Das kann warten, bis ich zurückkomme – falls ich zurückkomme. Du holst lieber gleich mehrere Verbände, man weiß ja nie, vielleicht schneide ich mir auch noch in den anderen Fuß.«

Nachdem Baazlabeth sich die Schuhe angezogen und den Mantel übergeworfen hatte, sprang er von der Bühne und stapfte zum Ausgang.

Als er die Theatertüren aufzog, stand Lemura neben ihm. Es war bereits hell geworden, und es regnete.

»Früher habe ich immer gesagt, kein Wetter kann so schlecht sein, dass einem der Tod leichter fällt – ich habe mich geirrt«, sagte Baazlabeth mürrisch.

»Soll ich Euch die Zukunft voraussagen?«, flüsterte Lemura.

»Nur, wenn es etwas mit dem Wetter zu tun hat«, erklärte Baazlabeth schroff. »Ansonsten gibt es nichts, was ich nicht schon selbst wüsste.«

Mit diesen Worten trat er hinaus und ließ die Seherin im Eingang des Theaters zurück.

Wind und Regen peitschten über die lange Brücke, die das Boenviertel mit Burg Sturmfels verband. Das Wasser sammelte sich zwischen den Pflastersteinen und rann wie durch Adern in Richtung der Senken entlang der Außenmauern, um von den grotesken Köpfen der Wasserspeier in die Tiefe gespuckt zu werden. Der Wind riss an Baazlabeths vollgesogenem Wollmantel und schien ihn daran hindern zu wollen, den steinernen Regenbogen zu betreten. Wie zwei riesige schwarze Fledermausflügel flatterte der Stoff um den Dämon herum und veränderte dessen Silhouette mit jedem Herzschlag.

Als Baazlabeth die andere Seite erreicht hatte, bemerkte er die beiden Wachen, die sich im Eingang des Schlosses herumdrückten, um dem schroffen Wetter zu entgehen. Sie rückten enger aneinander und versperrten den Weg, als der Dämon näher kam. Erst als Baazlabeth direkt vor ihnen stand und sich den gekreuzten Hellebarden gegenübersah, hob er den Kopf und gab sich zu erkennen.

»Ihr seid es, Herr Sil. Wir haben Euch nicht gleich erkannt«, sagte der Linke von ihnen und zog die Stangenwaffe an sich heran wie eine Standarte.

»Ich kann es euch nicht verübeln«, erwiderte Baazlabeth. »Ich selbst erkenne mich kaum wieder, wenn ich morgens in den Spiegel sehe.«

Was Baazlabeth jedoch verwunderte, war der Ruf, der ihm anscheinend vorauseilte. Vor noch nicht allzu langer Zeit hatte man ihn mit einem Fußtritt geweckt und wie einen Bettler behandelt, weil er in einem Park geschlafen hatte. Jetzt sprachen ihn die gleichen Leute mit »Herr« an und ließen ihn unbehelligt in die Burg ihres Lords.

Wenn ich euch etwas von meinem wahren Können gezeigt hätte, würdet ihr vor mir knien und am Eingang meiner Burg Wache stehen.

Mit zusammengekniffenen Augen musterte er die beiden und war gezwungen, seine Meinung zu revidieren.

Hättet ihr eine Kostprobe meines Könnens genossen, wärt ihr bereits tot und das Schloss bis auf die Grundmauern niedergebrannt, genau wie der Rest von Brisenburg.

»Lord Brackenmoore ist momentan beschäftigt. Er ist seit den frühen Morgenstunden mit Kommandant Blank in einer Unterredung im Saal des Kleinen Rates und möchte nicht gestört werden«, gab der Wachposten zu bedenken, machte aber keine Anstalten, Baazlabeth den Zutritt zu verwehren.

»Sind wir nicht alle beschäftigt?«, gab Baazlabeth unbeeindruckt zu bedenken. »Und seitdem ich in Brisenburg angekommen bin, habe ich mir gewünscht, nicht gestört zu werden. Wünschen kann man sich schließlich viel, doch in Erfüllung geht es meist nicht. Das sollte bei einem Lord nicht anders sein. Ich wäre bei diesem Wetter nicht hier heraufgekommen, wenn das, was ich zu sagen habe, nicht wichtig wäre, oder meint Ihr nicht?«

»Natürlich Herr, einer der Dienstboten wird Euch bei Lord Brackenmoore ankündigen.«

Mit diesen Worten traten er und sein Kamerad noch einen Schritt zur Seite und verneigten sich andeutungsweise.

Baazlabeth schritt zwischen ihnen hindurch, erwiderte aber den Gruß nicht. Er wartete nicht auf einen der Diener, die ihn hätten begleiten können, er kannte den Weg bereits. Triefend nass wie er war, eilte er die Gänge entlang zwischen leer geräumten Vitrinen und wenig prunkvollen Rüstungen hindurch, die an große Männer aus vergangenen Tagen erinnern sollten.

Eigentlich hatte er gar nicht vorgehabt, vor Lord Brackenmoore zu treten, doch der ungewöhnliche Besuch von Horius Blank, dem Kommandanten der Stadtwache, und dessen geheimnisvolle Audienz mit dem Lord hatten Baazlabeths Neugier geweckt. Eigentlich hatte er Lilith aufsuchen wollen, doch das musste warten – vielleicht hatte sich erneut etwas ergeben, das drohte, seine Pläne zu durchkreuzen.

Baazlabeth bog an einer halbhohen Steinsäule ab, auf die man anscheinend vergessen hatte, eine Vase zu stellen. Direkt dahinter hing ein zerschlissener und ausgeblichener Wandteppich mit einer Jagdszene, der kaum noch gut genug schien, sich damit die Schuhe abzuputzen. Baazlabeth vermutete, dass es ein Stück war, von dem sich Lord Brackenmoore nur schwerlich trennen konnte, weil besondere Erinnerungen darin hingen. Vielleicht aber auch, weil dieser Wandbehang mit Sicherheit der letzte seiner Art war, wenn es nicht jemanden gab, der kaputte Teppiche mit geschmacklosen Szenen sammelte.

Der kurze Gang, der im kleinen Foyer des Ratssaales endete, führte an einer der Türen vorbei, die einen hinunter zu den tunnelartigen Gängen der Gruft brachte. Für einen kurzen Moment erwog Baazlabeth, ob er Lilith zuerst einen Besuch abstatten sollte, doch dann stellte er verwundert fest, dass bereits ein Diener vor dem Portal des Ratssaales in Stellung gegangen war und ihn zu erwarten schien. Er schritt weiter auf das Portal zu und trat dem Mann entgegen.

»Lord Brackenmoore bittet darum, Euch noch einen Moment zu gedulden«, sagte er förmlich und hielt die Arme ausgestreckt, zur Abwehr bereit.

Baazlabeth stieß den Kerl einfach beiseite und murmelte: »Meine Bitten werden auch nie erhört. Außerdem bin ich es leid, zu warten.«

Der Diener taumelte zur Seite, fing sich aber sofort wieder und hechtete zur Tür, um Baazlabeth am Eintreten zu hindern. Dieser hatte die Klinge jedoch schon in der Hand, riss die Tür mit einem Ruck auf und stieß sie dem Diener vor den Kopf. Solch einen rüpelhaften Umgang schien der Mann nicht gewohnt zu sein. Er stand kerzengerade mit einem empörten Gesichtsausdruck neben Baazlabeth, mit dem Fuß die Tür versperrend. Ein weiteres Mal riss Baazlabeth an der Klinke. Diesmal traf die Tür den Diener direkt auf die Nase. Blut rann zwischen seinen Fingern hindurch, als er sich mit der Hand das lädierte Gesicht hielt. Taumelnd wich der Mann zurück und sackte auf einen der Stühle.

Als Baazlabeth in den kleinen Saal trat, zeigte er sein strahlendstes Lächeln und breitete die Arme in einer Geste der Freundschaft aus. Lord Brackenmoore saß am Ende der ovalen Tafel, Horius Blank hatte sich direkt neben den Herrscher Brisenburgs gesetzt. Irritiert schauten beide hoch und versuchten, eine freundliche Miene zu machen, verkniffen sich aber, den unwillkommenen Gast willkommen zu heißen. Baazlabeth umrundete die zwei, zog sich einen Stuhl heran und setzte sich auf Brackenmoores andere Seite.

»Oh, ein Gläschen Rotwein, das ist genau das Richtige zur Feier des Tages«, sagte er, zog sich den Kelch des Kommandanten heran und schenkte ihn randvoll. Genüsslich leerte er ihn in einem Zug. Dann beugte er sich vor und flüsterte: »Geheime Angelegenheiten?«

Lord Brackenmoore räusperte sich, und Blank schien gehofft zu haben, seine trockene Kehle mit einem Schluck Wein befeuchten zu können, bis er bemerkte, dass er keinen Kelch mehr besaß. Stattdessen begann er, nervös mit den Fingern auf dem Tisch herumzutrommeln.

»Dies ist keine offizielle Sitzung des Kleinen Rates«, rechtfertigte Lord Brackenmoore seine Unterredung mit Horius Blank. »Dennoch ist es vielleicht gar nicht schlecht, dass Ihr dazugekommen seid, da die Neuigkeiten Euch ebenso betreffen.«

»Sehr schön, ich liebe Neuigkeiten«, platze es aus Baazlabeth heraus. »Erzählt!«

Lord Brackenmoore sah zu dem Kommandanten hinüber, der ihm ein kurzes Nicken schenkte.

»Der Tod des Sklavenhändlers hat schnell die Runde im Land gemacht«, sagte Brackenmoore. »Wie ich Euch bereits gesagt habe, war Neptrotot ein Mann des Königs. In seinem Auftrag hatte er das Sklavenlager vor den Toren der Stadt errichtet und König Bellington mit Informationen aus Brisenburg versorgt. Heute Morgen erhielten wir die Nachricht, dass der König vom Tod seines Vasallen erfahren hat und sehr erzürnt war. Er soll uns mit Vergeltung gedroht haben.«

»Vergeltung?«, fragte Baazlabeth. »So etwas wie Auge um Auge, Zahn um Zahn?«

»In der Art«, bestätigte Horius Blank.

»Haben wir denn noch einen Sklavenhändler, auf den wir verzichten können?«, fragte Baazlabeth.

»Die Angelegenheit ist ernst«, ermahnte ihn Brackenmoore. »Momentan sind die Truppen des Königs gebunden wegen der Grenzstreitigkeiten im Norden und Westen, doch irgendwann werden sich die Unruhen gelegt haben. Dann kommen wir an die Reihe.«

»Hm.«

Baazlabeth strich sich über das Kinn und runzelte die Stirn.

»Der König sollte nichts überstürzen. Vielleicht erhält er noch mehr schlechte Nachrichten, die ihm ganz andere Vergeltungsmaßnahmen in den Sinn kommen lassen. Man sollte Rache nicht sofort einfordern, sondern warten, bis sich die Demütigungen und Frechheiten so weit angehäuft haben, dass es eine wahre Wohltat ist, sich seine Feinde vom Hals zu schaffen.«

»Ich glaube, Ihr versteht nicht!«, fuhr Blank dazwischen.

»Ich verstehe sehr wohl!«, fauchte Baazlabeth ihn an. »Ihr habt Ärger mit dem König. Ich habe es Euch schon einmal gesagt, ein König ist nicht billig. Für tausend Goldstücke würde ich ihm noch nicht einmal aus den Schuhen helfen, geschweige denn aus dem Leben. Sagt, wenn es so weit ist. Ich nehme Burg Sturmfels gern als Anzahlung, doch verschont mich mit diesen Gerüchten.«

Lord Brackenmoore und Horius Blank standen die Münder offen. Blank war weiß angelaufen. Ob dies mit dem Angebot, den König zu töten, zu tun hatte oder aufgrund Baazlabeths Unverfrorenheit, den Lord zu unterbrechen, war schwer zu sagen. Baazlabeth schob ihm den Kelch hin, und Blank nahm geistesabwesend einen Schluck.

»Ach übrigens, zweihundert weitere Goldstücke habe ich mir bereits verdient. Die beiden hießen Bruder Quentin und Bruder Sadrik, wenn ich mich recht erinnere. Quentin wollte ich Euch eigentlich vorstellen. Ein furchtbar netter Kerl, doch Ihr wisst ja, wie diese Inquisitoren sind.«

»Nein, wie sind sie denn?«, fragte Lord Brackenmoore mit hypnotisiert wirkender Stimme.

»Dieser Quentin ist ein echt harter Bursche, etwas steif für meinen Geschmack«, erklärte Baazlabeth. »Dennoch habe ich mich dazu entschlossen, ihm Unterkunft zu gewähren, bis er etwas Passenderes gefunden hat.«

»Gut«, war alles, was Brackenmoore darauf erwiderte.

»So, und nun zu meinem eigentlichen Anliegen«, sagte Baazlabeth und zog sich den Weinkelch wieder heran. »Da Ihr gerade hier seid, Herr Kommandant, würde ich Euch bitten, die Stadtwachen aus den Straßen abzuziehen. Ihr solltet vielleicht so etwas wie eine Parade in Burg Sturmfels veranstalten oder Exerzierübungen auf dem Hof anordnen. Wichtig ist nur, dass keine übereifrigen Männer Eurer Stadtwache von den Geschehnissen des heutigen Tages angelockt werden und dabei vielleicht zu Schaden kommen. Ihr seid so schon knapp besetzt, wie mir Hauptmann Celest anvertraute. Und denkt daran: Wenn der König kommt, werdet Ihr jeden Mann brauchen. Oder genügend Kleingeld.«

»Was ist denn passiert?«, fragte Lord Brackenmoore verwundert.

»Noch nichts«, beruhigte Baazlabeth ihn, »aber der Tag ist ja noch jung.«

»Ihr werdet mir ganz bestimmt nicht befehlen, was ich mit den Stadtwachen zu tun oder zu lassen habe. Ihr seid zwar ein Mitglied des Kleinen Rates, doch das gibt Euch nicht das Recht, so über mich zu verfügen.«

Baazlabeth sah den Kommandanten traurig an.

»Verzeiht, ich habe mich etwas im Ton vergriffen und mich vielleicht nicht ganz verständlich ausgedrückt«, sagte er nach einer kurzen Pause. »Wenn sich eine der Stadtwachen nach der Mittagszeit im Boenviertel aufhalten sollte, kann ich nicht dafür garantieren ... Nein, ich muss mich korrigieren, um weiteren Missverständnissen vorzubeugen. Ich kann Euch versprechen, dass jeder Einzelne von ihnen mit zertrümmertem Schädel, dem Wahnsinn verfallen, zerplatzt wie eine überreife Frucht, mit durchgeschnittener Kehle oder ...«, er sah hinüber zu Lord Brackenmoore, »... ausgesaugtem Leben und zu Staub zerfallen zu Euch zurückkehren wird.«

Brackenmoore schien verstanden zu haben, jedenfalls was die letzte der Todesarten betraf und die Verbindung zu seiner Tochter. Er legte Blank beruhigend die Hand auf den Unterarm. Gleichfalls schien auch der Kommandant diese Geste zu verstehen und brach sein tiefes Luftholen ab.

»Dann wäre ja alles geklärt«, sagte Baazlabeth zufrieden und erhob sich. »Ach ja, was den Wein in diesem Hause betrifft, muss ich Euch sagen: Er schmeckt widerwärtig. Ihr solltet darüber nachdenken, ihn durch eine andere Sorte zu ersetzen. Wenn Ihr wünscht, stehe ich Euch gern beratend zur Seite. So, jetzt will ich nicht länger stören bei den wichtigen Geschäften des Tages, die Ihr zu besprechen habt.«

Baazlabeth schob den Stuhl zurück und verabschiedete sich mit einem höflichen Nicken. Bevor er den Raum verließ, drehte er sich jedoch noch einmal im Türrahmen zu den beiden Männern um.

»Das Wetter draußen ist grauenhaft«. Er öffnete seinen immer noch klitschnassen Mantel und ließ ihn wieder los. Der Wollstoff klebte regelrecht an seinem Körper. »Bei so einem Wetter kann man sich den Tod holen, wenn man nicht aufpasst.«

Dann schloss er die Tür hinter sich. Doch anstatt seinen Weg fortzusetzen, blieb er noch einen Moment stehen, um zu lauschen. Es war still wie in einer Gruft. Anscheinend fehlten dem Lord und seinem Ratsmitglied immer noch die Worte. Die anklagenden Blicke des Dieners, der immer noch auf dem Stuhl saß und sich die Nase hielt, zwangen Baazlabeth dazu, seine Neugier zu zügeln.

»Wenn ich sagen würde, dass es mir leid tut, müsste ich lügen, und lügen ist eine Sünde«, gestand er dem Diener. »Fünf Fuß groß, meist mit einem grünen Umhang bekleidet und Augen, die an zwei offene Gräber erinnern?«

Der Diener nickte verlegen.

»Ich kenne sie. Lord Brackenmoore hat mich gebeten, mich um das Mädchen zu kümmern. Er sagte, der letzte Diener hätte überstürzt Burg Sturmfels verlassen, und da ich seit Jahren in seinen Diensten stünde, würde er mir vertrauen. Er hat mich zur Verschwiegenheit verpflichtet und mir das doppelte Gehalt gezahlt.«

»Zu wenig«, gab Baazlabeth zu bedenken. »Er soll dasselbe noch einmal drauflegen. Kannst du ihr eine Nachricht überbringen?«

Der Diener nickte und hielt die blutverschmierte Hand auf.

»Das sind mir die Liebsten«, sagte Baazlabeth mit einem breiten Grinsen.

»Nun gut, wie viel willst du?«

Der Diener schien zu überlegen, ob seine Forderung zu unverschämt war.

»Zwanzig Goldstücke, Herr«, presste er hervor.

»Weißt du, welche Aufgabe ich im Rat innehabe?«

»Sie hat es mir erzählt, Herr.«

»Oh, so gesprächig kenne ich sie gar nicht«, sagte Baazlabeth verwundert. »Nun gut, ich zahle dir das Fünfzigfache.«

Die Augen des Dieners wurden weit. Aufgeregt rutschte er auf dem Stuhl hin und her. Eine innere Stimme schien ihm zu sagen, dass es einen Haken an der Sache gab, doch eine andere erklärte ihm scheinbar gleichzeitig, was man mit tausend Goldmünzen alles machen konnte.

»Was soll ich tun, Herr?«

»Sag ihr, dass ich sie und ihre Freunde zur Mittagszeit am Fuß der Treppe zum Tempel des Erschaffers erwarte. Sag ihr auch, dass sie sich freuen wird, mich wiederzusehen.«

»Ich werde die Nachricht überbringen, Herr«, sagte der Diener und streckte die Hand weiter vor.

»Gier ist auch eine Sünde«, sagte Baazlabeth. »Wenn ich Lord Brackenmoore davon berichte, dass du so freizügig über deine neuen Aufgaben mit Fremden sprichst, würde er mich bitten, mich deiner anzunehmen. Mein Lohn dafür wären tausend Goldstücke. Willst du sie immer noch haben?«

Der Diener wurde kreidebleich und schüttelte heftig den Kopf.

»Ich habe verstanden, Herr«, stotterte er. »Was soll ich tun, wenn sie sich weigert?«

»Nichts«, sagte Baazlabeth, während er bereits wieder um die Ecke bog. »In diesem Fall werde ich gezwungen sein, erst dich und dann sie zu besuchen.«

Das Wetter versprach wenig Aussicht auf Besserung. Zur Mittagszeit regnete es immer noch, und die ständigen Sturmböen hatten die meisten Bürger dazu veranlasst, in ihren Häusern zu bleiben und Fenster und Türen geschlossen zu halten. Die wenigen Menschen, die sich draußen herumtrieben, waren entweder gezwungen, ihrer Arbeit nachzugehen, oder hatten einfach keinen anderen Platz, wo sie sich hätten verkriechen können. Abgesehen davon, dass Baazlabeth kein Mensch war, schien er auch der Einzige zu sein, der es genoss, in aller Ruhe durch die menschenleeren Gassen zu schlendern. Sichtlich zufrieden und vollkommen durchnässt, umklammerte er ein langes Bündel, eingehüllt in eine graue Pferdedecke. Sein Weg hatte ihn von Burg Sturmfels hinunter zum Osttor der Stadt geführt und im Zickzack zurück über das Flautenviertel, hinauf zum Marktplatz und weiter zur Brücke über den Tauwasser. Er hatte sich sogar die Zeit genommen, noch einmal im Theater vorbeizuschauen, um Lemura und der grinsenden Katze einige kleine Aufgaben zu übertragen und Vorbereitungen für seine Rückkehr ins Theater zu treffen. Dazu zählte auch der Kauf von drei Flaschen Hauswein.

Selbst bei dem diesigen Wetter konnte Baazlabeth den Tempel des Erschaffers bereits erkennen, als er die Brücke über den Fluss verließ. Etwas erhöht thronte der riesige Bau über den anderen Häusern und Tempeln. Allein der hohe und schlanke, dreigeteilte Turm von Peregrinus konnte dem Tempel die Stirn bieten. Ein wenig schien dies das Verhältnis von Magie und Glauben widerzuspiegeln. Wer sonst, außer einem verschrobenen Zauberer hätte die Dreistigkeit besessen, sich mit einem Gott messen zu wollen, auch wenn es nur um die Größe ihrer Behausungen ging. Baazlabeth machte sich wenig aus diesen Machtkämpfen, für ihn galt allein das Kräftemessen, bei dem entschieden wurde, wer am Leben blieb, und wer starb. Es hatte noch niemandem geholfen, zu protzen, und genauso hatte noch nie der Schein einen Kampf entschieden. Ausdauer, Kraft, Geschicklichkeit, Mut und die richtige Wahl der Waffe trugen dazu bei, jemanden zu töten, nicht ein großes Maul.

Baazlabeth wischte sich die nassen Strähnen aus dem Gesicht. Am Fuße des Tempels, dort wo die breite Treppe hinauf zu dem steinernen Vordach führte, stand ein einzelner Mann, der es ganz sicher nicht nötig hatte, mit seiner Körperkraft zu protzen: Molloch. Was anderen an Geschicklichkeit und Mut gegeben wurde, hatte ihm Amez doppelt mit Gewicht vergolten.

Baazlabeth hielt einen Moment inne und ließ die Silhouette auf sich wirken. Irgendwo dort musste auch Lilith stecken. Mit Sicherheit war die Kleine seiner Aufforderung gefolgt, schließlich konnte sie es kaum erwarten, ihn scheitern zu sehen. Dennoch schien sie immer noch nicht genug Selbstvertrauen zu besitzen, um sich unter den Menschen frei zu bewegen. Amez hatte seine neue Schöpfung gut durchdacht: Anstatt ihr die Zweifel zu nehmen, hatte er sie mit Jähzorn bedacht. Das war eine gute Mischung, um viel Leid über die Menschen zu bringen, doch ein langes Leben beschied es ihr mit Sicherheit nicht.

Baazlabeth ließ sich Zeit. Wenn der Regen ihn schon durchnässte und der kalte Wind ihn frieren ließ, sollten es die anderen nicht besser haben. Außerdem schien es für Molloch die einzige Gelegenheit zu sein, seinen Körper von Dreck und Schweiß zu säubern. Einen Zuber, in den er hineingepasst hätte, gab es schließlich nicht.

Molloch bewegte sich keinen Finger breit, während Baazlabeth auf ihn zuhielt. Selbst, als er vor dem Koloss stand, war dessen Gesicht regungslos wie eine Maske. Der Regen und der Wind schienen ihm nichts auszumachen. Er stand da, nur mit einem Hemd und einer dünnen Hose bekleidet, die an seinem Körper klebten wie eine zweite Haut.

»Wo ist der Rest der Familie?«, fragte Baazlabeth.

»Ich bin hier«, hörte er Lilith hinter sich sagen. »Ich wollte nur sichergehen, dass dies keine Falle ist.«

»Eine Falle braucht man nur, wenn man unterlegen ist«, brummte Baazlabeth, ohne sich umzudrehen. »Du brauchst dir also keine Sorgen zu machen, Kleine.«

Baazlabeth konnte Liliths Zorn in seinem Rücken spüren. Plötzlich stand sie neben ihm.

»Ich mache mir keine Sorgen, nicht um dich, und nicht um mich. Ich will nur sichergehen, dass du es nicht verdirbst.«

»Schade, das ist meine Spezialität«, gestand Baazlabeth.

»Hast du uns hierher gerufen, um uns mit deinem Geschwätz zu langweilen, oder willst du uns helfen?«, fauchte Lilith und war dabei um eine feste Stimme bemüht.

Baazlabeth hockte sich hin, legte das Bündel, welches er mitgebracht hatte, neben sich ab und rollte es auf. Zum Vorschein kamen zwei martialisch aussehende, leicht angerostete und in die Tage gekommene Werkzeuge.

»Das Wetter ist schlecht und der Tempel nicht beheizt«, flüsterte Baazlabeth in Liliths Ohr. »Ich habe mir gedacht, ich hole den alten Flim Flam Funkel ab und gönne ihm etwas gegen seine Gicht. Vielleicht gehen wir zum *Einsamen Wanderer* und leeren ein, zwei Flaschen Hauswein bei Meister Dumpf. Und danach lassen wir uns in der Schwalbenburg verwöhnen.«

Baazlabeth hörte Mollochs fistelndes Kichern über sich. Lilith schien seinen Humor nicht teilen zu können.

»Das ist dein Plan?«, schrie sie empört, entschied sich dann aber, ihre Stimme du dämpfen. »Du denkst, wir helfen dir dabei, wenn du mit einem Schäleisen und einem Scherdegen bewaffnet in den Tempel des Erschaffers stürmst und dich hundert Inquisitoren in der geweihten Halle ihres Gottes stellst?«

»Welches ist das Schäleisen?«, fragte Baazlabeth.

Lilith zeigte auf eines der beiden Werkzeuge, das einem langen Spaten glich, nur war der Stiel aus Metall und die Schneide vorn halbmondförmig gebogen.

»Nein, ich nehme nur das mit, das andere sah lediglich interessant aus. Ich habe beides in einer Scheune gefunden und dachte, das wäre mal was anderes.«

»Du hättest dir eine Klinge besorgen sollen«, fuhr Lilith ihn an.

»Das habe ich doch«, sagte Baazlabeth beschwichtigend und zog das Stilett aus der Tasche. »Man sieht es ihm nicht an, aber es ist wirklich scharf«, fügte er hinzu, als er Liliths empörten Blick sah.

»Wenn du glaubst, wir gehen mit dir dorthinein und stellen uns hundert heiligen Männern auf geweihtem Boden, dann hast du dich getäuscht. Das Leben als Mensch scheint dich nicht nur aller Fähigkeiten beraubt zu haben, es hat dich auch wahnsinnig werden lassen.«

»Ein schöneres Kompliment hätte ich mir aus deinem Munde gar nicht wünschen können«, sagte Baazlabeth frohgemut. »Aber ich kann dich beruhigen, ich hatte nicht geplant, euch mit in den Tempel zu nehmen. Ihr würdet mir nur im Weg stehen. Apropos im Weg stehen: In welches Regal hast du denn deine Mutter zurückgeschoben. Ich vermisse sie irgendwie.«

»Sie hat Wichtigeres zu tun, als deinen wahnsinnigen Plänen zu lauschen«, keifte Lilith.

»Dann wird es auch ohne sie gehen.«

»Was soll ohne sie gehen?«, fragte Lilith.

»Wenn ihr wollt, dass ich euch ein schönes Kunstwerk zu Füßen lege, dass ihr den Menschen auf dieser Welt als erfüllte Prophezeiung verkaufen werdet, kann ich doch wenigstens erwarten, dass ihr es schön einpackt. Damit will ich sagen, dass während ich dort oben im Tempel sein werde, ihr durch die Straßen von Brisenburg zieht und das tut, wozu Amez euch erschaffen hat.«

Liliths Blick verriet Baazlabeth, dass sie darüber nachdachte, ob er es ernst meinte, oder ob es wieder eine seiner Possen war.

»Du wirst es noch nicht einmal die Treppe hinaufschaffen, geschweige denn in den Tempel hinein. Der heilige Boden wird dir die Kraft aus den Knochen saugen, und du wirst jammernd vor ihnen krepieren«, verkündete Lilith verheißungsvoll.

»Abgemacht!«, rief Baazlabeth und klatschte in die Hände. »Wenn ich es in den Tempel schaffe, kümmert ihr euch um die Stadt. Und vergesst nicht: Nicht übertreiben, auch der ängstlichste Bauer greift irgendwann zur Forke, um den Wolf aus seinem Stall zu treiben. Ach ja, und lasst mir den *Einsamen Wanderer* zufrieden, ich will heute Abend noch in Ruhe eine Karaffe Hauswein trinken.«

Mit diesen Worten hob Baazlabeth das Schäleisen auf, klemmte sich die breite Seite unter die Achsel und nutzte den Stiel als Krücke. Er verdrehte einen Fuß seitlich nach innen und humpelte so die ersten Stufen hinauf. Nach drei Schritten drehte er sich um und sah in die verdutzten Gesichter von Lilith und Molloch.

»Was denn, immerhin bin ich der Betreiber eines Theaters«, sagte er. »Ein wenig schauspielen wird doch nicht verboten sein.«

Dann drehte er sich um und folgte den Stufen weiter hinauf.

Bettler oder Krüppel waren sicher nichts Ungewöhnliches vor den Tempeln der Tugenden. Sie versuchten regelmäßig, aus der Barmherzigkeit der Priester ihren Nutzen zu ziehen. Nicht zu dulden waren sie jedoch vor dem Tempel des Erschaffers, und erst recht nicht, wenn sich die Inquisitoren zu einer geheimen Befragung versammelt hatten. Nachdem Baazlabeth die ersten Stufen humpelnd überwunden hatte, löste sich eine dunkle Gestalt in der typischen Gewandung der Inquisitoren aus dem Schatten zwischen den Pfeilern des Tempels und kam ihm entgegen.

Baazlabeth schob es der unbändigen Neugier des Publikums zu, das ausschließlich aus Inquisitoren bestand, dass sich nur ein einzelner die Mühe machte, ihn zu verscheuchen, und genau den hatte man auch zu diesem Zweck dort eingesetzt. Es konnte aber auch an seinen überaus bemerkenswerten schauspielerischen Fähigkeiten liegen, dass die Kirchenmänner dachten, einer der ihren würde genügen, um einen Krüppel zu vertreiben.

»Mach, dass du wegkommst, Bettler. Der Tempel des Erschaffers ist nicht der richtige Ort, um zu schmarotzen.«

Baazlabeth mimte zusätzlich zu seinen anderen zahllosen Gebrechen eine vorübergehende Taubheit. Mit wackelndem Kopf, steifem Arm und einem zusammengekniffenen Auge humpelte er weiter die Treppe empor, dem Inquisitor entgegen.

»Hast du mich nicht verstanden, Krüppel? Du sollst verschwinden, habe ich gesagt«, fuhr ihn der Priester barsch an und bohrte ihm mehrfach Zeige- und Mittelfinger gegen die Brust. »Deine Anwesenheit beleidigt den Erschaffer, und das kann ich nicht dulden.«

Unbemerkt verschwand Baazlabeths Hand in der Tasche seines Mantels, während er den Inquisitor mit einem Auge anfunkelte. Kurz blitzte die Klinge des Stiletts auf, bevor sie sich tief in den Bauch des Inquisitors bohrte.

»Ich bin nicht den weiten Weg hierher gekommen, um deinen Gott zu beleidigen, ich will ihm heute in den Arsch treten«, flüsterte Baazlabeth seinem Opfer ins Ohr.

Der Dämon zog die Klinge langsam aus dem Fleisch seines Gegenübers heraus, setzte die Spitze des Stiletts aber gleich wieder ein Stück daneben an.

»Reiß dich zusammen«, flüsterte er. »Du willst doch vor deinem Gott nicht wie ein Schwächling dastehen, oder?«

Der Inquisitor drohte, nach vorn zu stürzen, doch Baazlabeth verschaffte ihm Halt, indem er die Klinge abermals tief in seinen Bauch rammte. Allmählich kam er auf den Geschmack. Er riss die schlanke Waffe zurück und stieß wieder zu. Immer weiter gaben die Beine des Mannes nach, doch immer wenn er umzufallen drohte, stach Baazlabeth erneut zu und fixierte ihn so. Immer wieder rammte er die Waffe mit der silbernen Schneide und dem Knochengriff tief in den Unterleib des Inquisitors. Wieder und wieder stieß er zu, bis die Klinge kaum noch auf Widerstand antraf. Ein regelrechter Schwall Blut ergoss sich die Stufen der Treppe hinunter und wurde mit dem Regen fortgespült. Als Baazlabeth zur Seite trat, war alles Leben aus den Augen des Mannes verschwunden. Der Inquisitor fiel vornüber und blieb auf den Stufen des Tempels liegen.

Baazlabeth drehte sich nochmals um und sah zu Lilith und Molloch hinunter. Die beiden standen immer noch da, und starrten zu ihm hinauf, als wenn sie darauf warteten, dass das Chaos losbrach. Mit eisigen Blicken sahen sie einander an. Dann drehte Baazlabeth sich einfach um und erklomm den Rest der Stufen hinauf zum Tempel.

25
Das tapferer Schnitterlein

Es gab welche, die sich einen Namen damit machten, etwas Großes in kurzer Zeit zu vollbringen. Fragte sich nun, was daran verwerflich war, sich länger Zeit zu lassen und anstatt nur sieben, sieben mal sieben zu töten.

Baazlabeth nahm die Inquisitoren nicht einmal wahr, obwohl sie kaum hundert Fuß von ihm entfernt, dicht zusammengedrängt, im hinteren Teil des Tempels standen. Baazlabeth selbst hatte den Tempel noch nicht betreten. Alles, worauf er sich konzentrierte, war die unsichtbare Linie zu seinen Füßen, von der er noch nicht einmal wusste, ob es sie überhaupt gab, und wo genau sie verlief. Eine Grenze, die den geweihten Boden des Tempelinneren vom Rest Brisenburgs trennte. Wie Baazlabeths Reich von der Welt der Menschen getrennt war, teilte die Grenze Gut von Böse. Wenn er sich hinsichtlich seiner Vermutung irrte, würde dasselbe geschehen wie beim Betreten des Tempels der Weisheit – nur tausendmal stärker. Übelkeit würde zu Krämpfen werden, Müdigkeit zu Lähmung und Kraftlosigkeit zu Ohnmacht. War er jetzt noch ein mächtiger Widersacher des Lichtes, würde der geweihte Boden ihn zu nicht mehr als einem simplen Opfer werden lassen.

Baazlabeth trat einen Schritt vor in den Tempel hinein.

Eine angenehme Wärme stieg in ihm auf. Seine durchnässte Kleidung fühlte sich plötzlich wie eine wohltuende Erfrischung auf seiner Haut an. All die Schmerzen aus halb verheilten Wunden und die Müdigkeit wichen mit einem Schlag aus seinem Körper wie schlechte Luft durch ein offenes Fenster.

Sieh mal einer an, da stößt man mich in eine Welt des Lichtes, wo mir noch nicht einmal ein Baum ein kleines bisschen Schatten spenden kann. Und was finde ich vor, als ich den heiligsten Platz auf dieser Welt betrete, von dem ich mich normalerweise gar nicht weit genug entfernt befinden könnte? Ein tiefes dunkles Loch.

Zum ersten Mal gönnte sich Baazlabeth einen Blick auf das, was auf ihn zukommen würde. Der Tempel war ein beeindruckendes Gebäude. Das Dach teilte sich in sieben kuppelförmige Ausbuchtungen, die um das Hauptschiff herumlagen. Jede dieser Kuppeln wurde von drei weißen Säulen getragen, aus denen zahllose Gesichter aus Stein herausragten. Jedes Teilstück des Daches zierte eine Malerei, die scheinbar eine Szene aus den heiligen Schriften darstellte. Drachen kämpften gegen Ritter in strahlenden Rüstungen und hoch zu Ross. Weiß gekleidete Priester standen vor einer schwarzen Sonne und reckten ihr heilige Symbole entgegen. Und auf einem der Bilder war ein Dämon mit schwarzen Flügeln und brennenden Hufen zu sehen, der eine Spur der Verwüstung zwischen einer Ansammlung kleiner Hütten hinterließ, während kleinwüchsige Menschen in Panik umherirrten.

Der Innenraum des Tempels war ähnlich pompös ausgestattet. Neben aufwändigen Schnitzereien standen filigran gearbeitete Kerzenleuchter, und prunkvoll gerahmte Gemälde zierten einen Großteil der Wände.

Den Mittelgang flankierten ein Dutzend Reihen mit Bänken zu beiden Seiten, und auf einem erhöhten Podium stand ein Altar aus Marmor von der Größe einer Festtafel.

Im hinteren Teil des Tempels, direkt vor dem Altar, hatten sich rund vier Dutzend Inquisitoren versammelt. Sie standen um einen Pranger herum, aus dem zwei Hände und ein ergrauter Haarschopf ragten. Keiner der Inquisitoren schien den Drang zu verspüren, sich umzudrehen oder wenigstens einmal einen Blick auf den Eingang zu werfen. Alle beobachteten gespannt die beiden Priester, die sich mit energischen Stimmen an den Mann im Pranger wandten.

»Seht es ein, Meister Nemrothar, es hat keinen Zweck, irgendetwas zu leugnen. Wir haben genügend Beweise, um Euch der Ketzerei zu überführen. Glaubt ja nicht, dass auch nur ein Adelsmann ein gutes Wort für Euch einlegen wird. Oder habt Ihr immer noch die Hoffnung, dass der Kleine Rat, den Ihr so vehement verteidigt, Euch retten wird?«

Der graue Haarschopf bewegte sich hin und her, und darunter murmelte jemand ein paar unverständliche Worte.

»Ihr müsst lauter sprechen, Meister Nemrothar. Meine Glaubensbrüder sind auch gespannt, was Ihr zu Eurer Unschuld vorzubringen habt. Oder wollt Ihr doch lieber gestehen, um Euch die Folter zu ersparen?«

Der Inquisitor, der das Verhör führte, unterschied sich von seinen Priesterkollegen nur durch eine silberne Schärpe, die seine Brust zierte. Der andere Kirchenmann im Zentrum war wesentlich auffälliger. Er maß bestimmt sieben Fuß und trug als Einziger keinen Schleier. Dafür war sein Gesicht wie eine Maske: weiß, unbeweglich und komplett haarlos. Der Kirchenmann besaß weder Bart, Augenbrauen, Wimpern noch Haupthaar.

Wieder nuschelte die Gestalt im Pranger etwas.

»Wir können Euch immer noch nicht verstehen«, erklärte der Inquisitor mit der silbernen Schärpe und suchte nach zustimmendem Nicken in der Menge.

»Ich habe mich schuldig gemacht!«, brüllte der Mann im Pranger und riss den Kopf in den Nacken, so weit es seine Lage zuließ.

Ob es sich wirklich um Nemrothar handelte, konnte Baazlabeth nicht mit absoluter Sicherheit sagen. Sein linkes Auge war zugeschwollen, die Nase blutete, genau wie die aufgeplatzten Lippen, und man hatte ihm die Vorderzähne ausgeschlagen.

»Ich habe mich schuldig gemacht!«, wiederholte er, während er die umstehenden Männer hasserfüllt anblickte. »Ich habe mir eine Sünde zu eigen gemacht und sie unter meinen Willen gestellt. Ihr Name ist Hochmut, und sie wird Euer aller Tod sein.«

Das scheint mein Einsatz zu sein.

Während die Inquisitoren in hektisches Gemurmel verfielen – jeder schien seine eigene Deutung von dem zu haben, was Nemrothar von sich gegeben hatte – zog Baazlabeth die beiden Flügel des Portals hinter sich zu und schob den schweren hölzernen Riegel vor. Er wollte die heiligen Männer nicht länger auf die Folter spannen. Die ersten Inquisitoren drehten sich bereits um, weil es durch die geschlossenen Türen um einiges dunkler geworden war und ihre Stimmen im Tempel wie ruhelose Geister hallten.

»Du bezichtigst mich des Hochmutes, alter Mann?«, rief Baazlabeth mit fester Stimme. »Genauso gut könntest du deinem Gott vorwerfen, nicht zusammen mit Euch in dieser Stadt zu wohnen, um sich abends mit dir und den anderen in der Schenke zu treffen. Hochmut soll eine Sünde sein? Ich sage dir, was eine Sünde ist: Allen anderen Wesen um sich herum weit überlegen zu sein, und es nicht zu erkennen. Das ist eine Sünde, und ich nenne sie Torheit!«

Jetzt gab es niemanden mehr, der seine Augen nicht auf Baazlabeth gerichtet hielt. Anscheinend war den Inquisitoren dieses unerschrockene Auftreten von jemandem außerhalb ihres Ordens fremd. Irritiert schauten sie sich an und schüttelten die Köpfe, bis sich doch einer dazu durchrang, ihn anzusprechen.

»Wer hat dir erlaubt, dieser Befragung beizuwohnen? Wie bist du hier hereingekommen?«

Jemand anderes rief dazwischen: »So betrunken, wie der ist, würde er gut auf dem Scheiterhaufen brennen! Würde dir das gefallen?«

Eine weitere Stimme gesellte sich dazu: »Mach, dass du wegkommst, du Krüppel! Dies ist keine deiner billigen Spelunken, wo du dich durchschnorren kannst – dies ist der Tempel des Vaters.«

»Ignoranz, Dummheit, Vermessenheit, Überheblichkeit und Borniertheit, das alles werfe ich euch vor!«, brüllte Baazlabeth und zeigte dabei willkürlich auf irgendwelche Inquisitoren. »Dachtet ihr, so ein Bauwerk wie diesen Tempel, erbaut von Götterhand und älter als die Menschheit selbst, könntet ihr allein für euch beanspruchen? Ihr hättet es besser wissen müssen. Wo Licht ist, ist auch Schatten. Templum de padrisis – *Haus der Väter*. Der Erschaffer ist hier genauso zu Hause wie der Zerstörer. Nur weil ihr in euren Schriften aus *padrisis padrii* macht, heißt es noch lange nicht, dass es allein euer Zuhause ist.«

»Tötet den Ketzer!«, schrie jemand aus der Menge. »Was denkt er, wer er ist, dass er so mit uns sprechen kann und unseren Vater beleidigt?«

Baazlabeth riss sich den nassen Wollmantel von den Schultern und warf ihn zu Boden. Er packte den Kragen seines Hemdes, entblößte das lederne Band um seinen Hals und schob die Klinge des silbernen Stiletts darunter.

»Wer ich bin, fragt ihr? Ich will es mal so sagen: nicht euer Bruder.«

Dann durchtrennte die schmale Klinge das dünne Band, und beides zusammen fiel zu Boden.

Baazlabeth spürte, wie seine Wangenknochen brachen. Die Haut auf seiner Brust spannte sich. Auf einer Seite wuchs sein Haar innerhalb eines Herzschlages auf die doppelte Länge und formte sich zu Locken. Seine Füße schrumpften und rutschen in den Stiefeln nach vorn. Der Schmerz in seiner Brust ließ bereits wieder nach, als seine Stirn zu platzen drohte und das Becken sich verformte. Das Schäleisen, auf das er sich immer noch stützte, rutschte aus seiner Achsel und fiel zu Boden. Ein Bein sackte ihm weg, und er ließ sich auf die Knie fallen.

»Amez, gib mir die Kraft!«, brüllte er.

Einige der Inquisitoren hatten sich aus der Menge gelöst. Anscheinend hatten sie genug von dem Frevel und wollten den Störenfried auf den rechten Weg bringen – den Weg zum Schafott. Das Schauspiel vor ihren Augen ließ sie jedoch zögern.

Aufgeregt brüllten sie durcheinander. Immer wieder fielen Worte wie »Zauber«, »Magie« und »Illusion«. Anscheinend wollte niemand wahrhaben, was sich direkt vor ihren Augen abspielte.

Baazlabeth beobachtete seine Hände. Zuerst wechselten sie von kräftigen Männerhänden zu feinen, zierlichen Frauenhänden. Innerhalb von Sekunden straffte und spannte sich die Haut, wuchsen und schrumpften die Fingernägel und waren mal schmal und mal breit. Dann begannen sich seine Gliedmaßen unabhängig voneinander zu verändern. Eine Hand gehörte zu Sil, während die andere eindeutig die von Lis war. Sein Körper musste sich in ähnlicher Form verwandeln, wenn er die aufgeregten Rufe der Inquisitoren richtig deutete. Die Schmerzen in seinem Körper vereinigten sich zu einem einzigen lang anhaltenden Krampf. Immer wieder flackerte unter dem Wandel zwischen Mann und Frau, zwischen Sil und Lis etwas hervor, dass er schon so lange Zeit vermisst hatte. Etwas, von dem er wusste, dass es in ihm war, das er aber dennoch nicht spüren konnte. Doch es war jetzt zum Greifen nah. Es lag unter der Oberfläche und wollte heraus, und nichts konnte es daran hindern.

Baazlabeths Haut brannte. Er spürte, wie Muskeln und Fleisch in seinem Körper rissen, wie die Sehnen in seinem Inneren sich weigerten, jede Bewegung mitzumachen. Die Schmerzen waren quälend, aber zugleich bedeuteten sie Freiheit.

Plötzlich waren die Schmerzen vorüber. Alles an ihm war taub. Das Fleisch auf seinen Knochen fühlte sich wie ein Kleidungsstück an:

Es bedeckte ihn zwar, aber es war kein Teil von ihm. Er sah auf seine Hände. Das Fleisch des menschlichen Körpers hing über seinen massigen Klauen wie ein Paar zerschlissener Handschuhe. Wie eine Schlange, die sich häutete, streifte Baazlabeth das überschüssige Fleisch von seinen Fingern. Die mürbe Masse ließ sich bis zum Ellenbogen abziehen. Am Oberarm hatte seine menschliche Hülle bereits nachgegeben, und die Fetzen hingen leblos um seine Schulter. Seitlich an seinem Oberschenkel baumelten die Überbleibsel eines schlanken Beines, dem die Knochen fehlten. Das mit langen Rissen durchzogene Gewebe wurde nur noch von den Resten eines in sich verdrehten schwarzgrauen Rockes zusammengehalten.

Baazlabeth erhob sich. An den panischen Schreien der Inquisitoren und den Ausrufen und Gebeten an ihren Gott erkannte er, dass seine Verwandlung gelungen war. Mit einem Griff auf seine Brust zog er einen großen Lappen Haut und Fleisch von sich, der leblos herunterhing. Angeekelt warf er ihn zu Boden. Mit einem schmatzenden Geräusch landete der Klumpen auf den steinernen Platten zu seinen Füßen. Erst jetzt erkannte er, dass es sich um das Gesicht, einige blonde Haarsträhnen und einen Teil der Brust von Lis handelte, die ihn durch ihre leeren Augenhöhlen anstarrte.

»Tut mit leid, Schatz, aber das bekommen wir auch mit Unmengen von Bleiweiß und Wangenrot nicht mehr hin.«

Die ersten Inquisitoren hatten inzwischen ihre anfängliche Panik überwunden und stürmten mit gezückten Waffen auf Baazlabeth zu.

In vorderster Front polterte ein waghalsiger Inquisitor mit erhobenem Streitkolben heran. Ohne zu zögern, schlug er auf den Dämon ein. Baazlabeth fing den Hieb mit bloßer Hand ab, packte den Mann am Arm, riss ihn hoch und schleuderte ihn so heftig zu Boden, dass ihm hörbar die Knochen im Leib brachen. Zwei weitere Männer waren bereits zur Stelle und attackierten Baazlabeth von der Seite. Einem von ihnen trat Baazlabeth so heftig mit dem Huf gegen die Brust, dass er zurückgeschleudert wurde und zwischen den Reihen von Bänken landete. Den anderen packte er bei der Kehle und drückte ihn gegen das Doppelportal und nagelte ihn in sechs Fuß Höhe mit dessen eigenem Kurzschwert dagegen.

Erst jetzt wurde dem Dämon bewusst, wie klein die Menschen eigentlich waren. Vielleicht trog ihn seine Erinnerung, vielleicht war es der Tempel, doch irgendwie fühlte er sich größer als sonst – größer, freier und stärker.

Die Welle von Angreifern war nicht mehr zu stoppen. Wer jetzt doch zu zweifeln begann und das Heil lieber im Gebet gesucht hätte, wurde von seinen Kameraden unerbittlich nach vorne gedrängt. Einer der Inquisitoren kam kurz vor Baazlabeth zu Fall, versuchte aber noch, einen Hieb mit dem Schwert anzubringen. Die Klinge glitt über Baazlabeths Schienbein, vermochte sich jedoch nicht durch Fleisch und Knochen zu graben. Alles, was sie hinterließ, war eine rote Schramme, die nicht mehr schmerzte als die Folge einer unvorsichtigen Bewegung in einem Dornenbusch. Baazlabeth trat mit dem Huf auf die Brust des Mannes zu seinen Füßen, und Horn und Knochen bohrten sich durch den Körper, während eine Fontäne Blut aus dem Mund des Inquisitors hervorsprudelte.

Fast gleichzeitig wurde Baazlabeth von zwei Kriegshämmern getroffen. Eine Waffe prallte gegen sein Knie, die andere traf ihn im Rücken. Er wirbelte herum, packte einen der Angreifer am Arm und ließ Elle und Speiche des Mannes brechen wie verdorrte Zweige. Der Inquisitor schrie auf, ließ die Waffe zu Boden fallen und sank auf die Knie. Baazlabeth riss ihn hoch, klemmte sich den Mann unter den Arm und riss an einem der zappelnden Beine. Ein stechender Schmerz traf Baazlabeth im Rücken. Reflexartig griff er über die Schulter, konnte die Wunde aber nicht erfühlen. Brüllend fuhr er herum, den einen Kirchenmann immer noch unter dem Arm, und sah sich einer Traube von Inquisitoren gegenüber, die versuchten, aus gebührender Entfernung einen Treffer zu landen. Immer, wenn sie meinten, eine Lücke entdeckt zu haben, sprang einer von ihnen vor und hieb mit seiner Waffe nach Baazlabeth. Sie wurden getrieben von dem Glauben an ihren Gott und in der Hoffnung, ihre Überzahl würde sie siegreich sein lassen, dennoch schafften sie es nicht, ihre Angriffe zu koordinieren.

So soll es sein. Ein Dämon in seinem eigenen Körper, und ihm gegenüber eine Schar Feinde. Keine Angst mehr haben vor Dilettanten mit schäbigen Waffen. Kommt nur her, dieser Körper kann mehr einstecken, als ihr austeilen könnt. Ohne geheiligte Waffen, ohne Kampferfahrung und ohne den Mut, die Konsequenzen zu tragen, seid ihr nur Futter für mich und meine Wut.

Ungeachtet der Menge vor sich packte Baazlabeth erneut das Bein des Mannes, den er immer noch eingeklemmt hielt, und riss abermals daran. Brüllend vor Schmerz trommelte der Mann mit den Fäusten auf Baazlabeth ein, doch es half nichts. Der Dämon spürte, wie der Knochen aus dem Gelenk sprang und dann Haut, Muskeln und Fleisch langsam nachgaben. Mit einem Ruck riss er das Bein des Mannes ab und schleuderte es dessen Kameraden entgegen. Warmes Blut lief an seinem Bauch und der Innenseite seiner Schenkel herunter. In Panik stoben die Inquisitoren auseinander, während Baazlabeth den Mann in seinem Griff zu Boden fallen ließ.

Immer noch drängten vom Altar weitere Gegner heran. Mittlerweile umrundeten sie Baazlabeth über die äußeren Gänge, um ihn von der Seite oder von hinten zu attackieren. Er hatte schon zu viele Schlachten geschlagen, um flüchtende Krieger mit ängstlichen zu verwechseln. Angst und Hoffnungslosigkeit konnten in Verbindung mit Ausweglosigkeit Krieger zu wahren Furien werden lassen. Wenn sie dann noch glaubten, ihr Gott würde ihnen helfen und sie stünden auf der richtigen Seite, wurde es Zeit, ein Zeichen zu setzen, das selbst die größten Ignoranten nicht abtun konnten. Und welcher Ort bot sich für so ein Zeichen besser an als der Mittelgang eines Tempels? Baazlabeth hatte keine Zeit, um lange nachzudenken, sonst würden sie über ihn herfallen wie Heuschrecken, davor konnte ihn auch seine körperliche Überlegenheit nicht retten.

Noch immer steckte Baazlabeths Huf in dem toten Körper zu seinen Füßen. Er zog ihn heraus, schüttelte Blut und Fleischfetzen davon ab und stieß ihn erneut so heftig zu Boden, dass sich ein Riss quer durch die schweren Bodenfliesen entlang des Mittelganges bildete. *Baazlabeth* hob das Schäleisen vom Boden auf, senkte den Kopf und stürmte los. Jeder Schritt der gewaltigen Hufe riss Stücke aus dem Boden heraus und schleuderte sie umher. Die Inquisitoren vor ihm rückten dicht zusammen und streckten die Waffen vor, um eine unüberwindbare Mauer zu bilden. Baazlabeth fuhr zwischen sie wie ein Rammbock. Mit wilden Kopfbewegungen durchfurchte er mit seinen Hörnern die Luft nach willigen Opfern – und fand sie. Einen Mann riss er von den Füßen, als dieser versuchte, sich auf einer der Bänke in Sicherheit zu bringen. Einem zweiten durchbohrte er den Unterleib. Der Mann klammerte sich schreiend an dem Horn fest, doch Baazlabeth schüttelte ihn ab und riss ihn damit förmlich in zwei Hälften. Zwei weitere Inquisitoren trafen die spitzen Hornspieße im Gesicht und an der Schläfe. Benommen und blutüberströmt taumelten sie in ihre Kameraden, die den Dämon durch gezielte Attacken aufzuhalten versuchten.

Baazlabeth trafen Schläge an den Unterarmen sowie im Rücken, und einer der Priester rammte ihm ein Kurzschwert in den Huf. Er packte den Mann am Ornat und warf ihn gegen einen der Pfeiler, wo ihn ein Fackelhalter durchbohrte und er aufgespießt hängen blieb. Baazlabeth ließ den eisernen Stiel des Schäleisens bis zum Ende durch die Hände gleiten und holte zum Schlag aus. Er drehte sich um die eigene Achse. Die leicht sichelförmige Klinge zischte durch die Luft. Einem Mann riss das Eisen den halben Ornat vom Leib und hinterließ eine tiefe Schnittwunde quer über dessen Brust. Einem weiteren durchtrennte es die Kehle, und seinen Nebenmann traf das rostige Eisen direkt unter dem Schleier und zerschnitt ihm den Mund zu einer blutigen Fratze. Zu guter Letzt bohrte sich das Schäleisen in den Schädel eines Inquisitors. Der Mann umklammerte den Stiel mit einer Hand und schien sich daran festhalten zu wollen, obwohl er schon tot war. Erst als Baazlabeth die Waffe aus seinen Händen gleiten ließ, brach auch sein Opfer zusammen.

Rechts von ihm hatten sich einige Inquisitoren zusammengerottet – teils auf den Kirchenbänken stehend – und lauerten auf den richtigen Moment, um anzugreifen. Baazlabeth trat gegen das Ende einer Sitzreihe und riss sie damit aus der Verankerung. Drei der Männer verloren den Halt, als ihnen der Boden unter den Füßen ruckartig genommen wurde. Einem kleinen dicklichen Inquisitor zertrümmerte das Möbelstück die Kniescheiben, als er seinen Kameraden zu Hilfe eilen wollte. Er stürzte wimmernd am Ende der Bank zu Boden und hielt einem anderen nun selbst Hilfe suchend die ausgestreckte Hand hin. Baazlabeth trat ein weiteres Mal gegen die Bankreihe und zerquetschte dem Mann damit die Brust. Schlaff fiel sein Arm zu Boden. Sein Kamerad, der versucht hatte, ihn aus der Klemme zu ziehen, kam ins Straucheln und drohte, mit dem Kopf gegen die Wand zu prallen. Mit dem gezückten Kurzschwert versuchte er, seinen Fall zu verhindern, doch seine Beine gaben nach, und er rammte sich die eigene Klinge durch den Hals.

Gerade als Baazlabeth sich umdrehte, bohrte sich ein silberner Speer von sechs Fuß Länge kurz oberhalb der Lunge vorne durch seine Schulter. Baazlabeth spürte, wie die Spitze der Waffe an seinem Schulterblatt kratzte. Der Schaft des Speeres fühlte sich unnatürlich kühl an, aber ansonsten empfand er die Schmerzen als kaum mehr denn unangenehm. Baazlabeths Blick glitt entlang des Speerschafts und darüber hinaus, um die Flugbahn der Waffe zu verfolgen und den Angreifer in der Menge auszumachen. Sein Blick fiel auf den großen, schlanken Inquisitor mit der blassen Haut. Er war anscheinend der Einzige, der sich noch nicht von seinem Platz am Altar wegbewegt hatte. Er stand neben Nemrothars Pranger mit einem weiteren Speer in der Hand. Sein Blick verriet keine Überraschung, geschweige denn irgendeine andere Emotion, die der Situation angemessen gewesen wäre.

Manchmal müssen Menschen leiden, nur um zu sehen, wie jemand anderes darauf reagiert. Wahrhaftig traurig, wenn es nicht so viel Spaß machen würde.

Baazlabeth sprang einen weiteren Schritt vorwärts und überrumpelte damit seine Angreifer. Er packte einen der Inquisitoren an der Kehle und drückte das Kinn des Mannes nach oben. Mit der anderen Hand zog er sich den Speer aus der Schulter. Er hob sein Opfer von den Füßen, während ein weiterer Angreifer ihn von hinten ansprang und zu würgen begann. Direkt vor ihm hatte sich ein anderer Streiter des Lichts entschlossen, seinen Ordensbruder aus den Fängen der Bestie zu befreien. Mit einem Streithammer malträtierte er Baazlabeths Bauch. Irgendetwas ließ den Kirchenmann glauben, er könne mit seiner Waffe mehr erreichen, als einen Dämon lediglich zu erzürnen. Baazlabeth beachtete ihn gar nicht, sein Blick war starr auf den bleichen Inquisitor am Altar gerichtet, der ihn ebenfalls anstarrte. Baazlabeth hob den Speer hoch in die Luft und führte die silberne Spitze von oben in den Mund seines Opfers, dann stieß er zu und spießte den Mann wie ein Spanferkel der Länge nach auf. Der bleiche Inquisitor verzog keine Miene.

Wir könnten Freunde werden, wenn du nicht auf der falschen Seite stehen würdest.

Baazlabeth rammte den aufgespießten Leichnam in eine der Bänke. Wäre da nicht der Speerschaft gewesen, der aus seinem Mund ragte, hätte es so ausgesehen, als ob der Mann lediglich dort sitzen und die Decke anstarren würde.

Baazlabeth packte die Handgelenke des Angreifers, der um seinen Hals hing, und zog ihn über den Kopf nach vorn. Die Arme in entgegengesetzte Richtungen auseinanderzerrend, hing der Inquisitor wie gekreuzigt vor ihm und brüllte. Baazlabeth zog weiter an ihm. Der rechte Arm gab zuerst nach. Die Schreie seines gepeinigten Opfers endeten erst, als Baazlabeth ihn zweimal auf den Boden schlug. Den abgerissenen Arm schleuderte er dem Bleichen entgegen, verfehlte diesen aber knapp. Der Mann mit dem Streithammer hatte sich entschieden, sein Vorhaben aufzugeben. Blutüberströmt kroch er unter eine der Bänke. Baazlabeth setzte seinen Huf auf die hölzerne Sitzfläche der Bank und trat zu. Das Untergestell gab nach und die Trümmer begruben den Mann unter sich. Baazlabeth stampfte auf den Resten so lange herum, bis er sicher war, dass darunter niemand mehr lebte. Ein blutiger Arm ragte unter dem Holz hervor, mit seinen leblosen Fingern immer noch einen Streitkolben umklammert.

Sechs Männer hatten sich zusammengetan und Fackeln entzündet, um ihrem Widersacher zu Leibe zu rücken. Baazlabeth war erstaunt, wie einfallsreich Menschen sein konnten, wenn ihnen das Ende bevorstand. Sie klammerten sich an jeden noch so kleinen Halm, selbst wenn er bereits verwelkt war.

Ihr hättet mich sehen sollen, als ich gegen wirkliche Feinde gekämpft habe. Krieger, die man nicht mit Fußtritten abschütteln konnte und die ihren Stahl in alles trieben, egal wie hart es war. Ihr habt euch nur mit eurem Glauben bewaffnet, doch er ist nicht stark genug, um mich verletzen zu können.

Baazlabeth brach durch die Reihen von Sitzbänken. Mit seinen Hufen zertrümmerte er das Holz und schleuderte es den Männern entgegen. Gewaltige Splitter und geborstene Trümmer schossen den Inquisitoren entgegen und bohrten sich in ihr Fleisch. Die Inquisitoren taumelten durcheinander, stürzten zu Boden oder suchten ihr Heil in der Flucht. Zwei der Männer steckten sich gegenseitig in Brand und rannten gleich lebenden Fackeln umher. Doch anstatt dass ihre Kameraden ihnen halfen und ihnen die brennenden Gewänder vom Leib rissen, stürmten diese mit entsetzten Gesichtern davon.

Ein mutigerer Streiter des Lichts erhob sich über seine Kameraden im hinteren Teil. Es war der Inquisitor, der mit dem Bleichen zusammen das Verhör von Nemrothar geführt hatte. Sich von einer der Rückenlehnen abstoßend, sprang er über die Bänke hinweg, in der einen Hand eine lange silberne Klinge. Baazlabeth wollte ihn aus der Luft reißen, doch als er seinen Arm ausstreckte, durchbohrte der zweite Speer des Bleichen seine Hand. Die Waffe glitt durch das Fleisch, durchschlug den Handrücken und bohrte sich dreißig Fuß hinter Baazlabeth in das Portal. Gerade noch rechtzeitig konnte er seinen Kopf zur Seite reißen, als die silberne Klinge des Kirchenmannes heransauste. Sie streifte Baazlabeths Ohr, schnitt tief in seinen Nacken und blieb zwischen den Knochen seiner Schulterblätter stecken. Der Inquisitor hielt immer noch den Griff gepackt. Mit den Beinen stemmte er sich gegen Baazlabeths Bauch, um die geweihte Klinge wieder zu befreien.

Baazlabeths Pranke stieß vor und umklammerte die Taille des Mannes. Er drückte zu, bis er spürte, wie die Knochen brachen und die Eingeweide zerquetscht wurden. Blut quoll aus dem Mund des Priesters. Baazlabeth hielt ihn vor sich, riss sein Maul auf, brüllte und biss seinem Opfer den Kopf ab. Knirschend zerkaute er den Schädel, bevor er ihn herunterschluckte.

Mittlerweile schien die Motivation der Streiter des Lichts gebrochen zu sein. Inquisitoren liefen schreiend umher, flehten ihren Gott um Hilfe an, lagen verkohlt am Boden, verkrochen sich hinter Säulen und Sitzreihen oder versuchten, sich gegenseitig Mut zuzusprechen. Jetzt war es an der Zeit, ihnen den Gnadenstoß zu versetzen. Baazlabeth sprang wie ein losgelassener Bulle mitten in eine Dreiergruppe, packte einen der Männer am Kopf, hob ihn von den Füßen und schlug ihn gegen eine Säule. Einem anderen stieß er seine spitzen Krallen in den Oberkörper, spreizte seine Finger und spaltete ihm damit den Brustkorb. Der Dritte im Bunde schaffte es, sich hinter einer Säule zu werfen, doch Baazlabeth hechtete hinter ihm her, packte den Mann am Bein und warf ihn hoch in die Luft. Als der Körper neben ihm wieder aufschlug und das Rückgrat des Mannes über der Lehne einer Bank mit einem lauten Krachen brach, hatte Baazlabeth bereits einen weiteren Inquisitor zwischen seinen Klauen, dem er seine Hauer in die Seite schlug. Genüsslich riss er ein riesiges Stück aus der Taille des Mannes und kaute darauf herum.

Die ersten Inquisitoren hatten es bis zum Ausgang geschafft. Sie schienen unsicher, ob sie das Richtige taten. Wahrscheinlich fragten sie sich, ob ihr Gott sie für eine feige Flucht bestrafen würde. Baazlabeth konnte ihren Frevel verhindern. Er zog den silbernen Speer aus dem Mann, den er in die Kirchenbank verfrachtet hatte, und schleuderte ihn in Richtung der Feiglinge. Der Spieß durchdrang gleich zwei Männer, die sich am Portal zu schaffen machten, und nagelte ihre Körper an einem der schweren Holzflügel fest. Der silberne Speer bohrte sich so weit durch Fleisch, Knochen und Holz, dass er den Riegel festsetzte und jede Chance zur Flucht vereitelte.

Eine weitere kleine Gruppe Inquisitoren hatte neuen Mut gefasst, während Baazlabeth ihnen den Rücken zugewandt hatte. Zu sechst fielen sie mit Kurzschwertern und Kriegshämmern über ihn her. Einer von ihnen schaffte es sogar, den blanken Stahl so weit in Baazlabeths Wade zu stoßen, dass die Spitze der Klinge am Knochen abbrach. Ein anderer schlug mit aller Gewalt auf die gezackten Rückenwirbel ein, die wie eine Gebirgskette aus der Wirbelsäule des Dämons ragten. Baazlabeth trat mit seinen Hufen aus wie ein bockendes Pferd. Zwei Männer wurden am Kopf und an der Brust getroffen, zwei weitere fegte er mit einem Prankenschlag fort wie lästige Fliegen. Er wollte sich gerade den übrigen zwei Männern widmen, als ein grelles weißes Licht den Tempel durchflutete, gefolgt von einem schrillen, lang anhaltenden Schrei, der dem Kreischen eines Raubvogels ähnelte, nur viel lauter erscholl.

Für einen Moment raubte das gleißende Licht dem Tempel jegliche Farbe. Alles um Baazlabeth herum schien in Grauschattierungen getaucht. Noch unangenehmer als die kurzzeitige Blendung war jedoch der grelle Schrei. Was für Baazlabeth schon schmerzhaft war, schien für die Menschen im Tempel nahezu unerträglich zu sein. Die Inquisitoren um ihn herum fielen auf die Knie, hielten sich die Ohren zu oder wälzten sich am Boden. Viele von ihnen brüllten vor Schmerzen, doch das Kreischen ließ ihre Ausrufe wie stumme Schreie wirken.

Dann war plötzlich alles vorbei.

Der Schrei verstummte, und der Lichtschein floss zurück zu seinem Ursprung – dem bleichen Inquisitor. Er stand mit weit aufgerissenem Mund am Altar, während das Licht wie eine Schlange zurück in seinen Rachen kroch. Als das letzte bisschen Helligkeit in ihm verschwunden war, schloss er seinen Mund und schien von innen heraus blass zu leuchten. Hölzern wie eine Marionette drehte er den Kopf und sah Baazlabeth an. Er schlug sein Ornat zur Seite und packte den Griff eines Langschwertes, ließ es aber in der Scheide stecken.

Baazlabeth versuchte zu ergründen, ob die Ausdruckslosigkeit im Gesicht des Mannes von Selbstsicherheit oder Gleichgültigkeit hervorgerufen wurde. Er kam zu dem Schluss, dass es nichts davon und wiederum auch beides war. Plötzlich riss der Ornat auf dem Rücken des bleichen Inquisitors, und zum Vorschein kamen drei Paar Flügel. Die Schwingen schienen alle denselben Ursprung auf dem Rücken zu haben, und doch bewegten sie sich unabhängig voneinander. Über dem Kopf entfaltete sich ein kleines und schmales Flügelpaar, das sicherlich nicht dazu gedacht war, den Körper des Wesens in die Lüfte zu heben. Diese Aufgaben übernahmen die Schwingen darunter. Zu jeder Seite maßen sie mehr als sechs Fuß und waren ähnlich breit wie der Oberkörper lang. Das unterste Flügelpaar war abgewinkelt wie die Beine einer Spinne. Sie waren noch länger, aber so schmal, dass die Enden den Klingen riesiger Stilette glichen.

Baazlabeths Nüstern bebten, und er schnaubte verärgert aus.

»Ich habe von Euch gehört«, grollte er. »Doch ich hatte immer geglaubt, Ihr seid eine Ausgeburt der Phantasie, damit sich die Sterblichen nicht so schwach fühlen. Nichts für ungut, aber die Seite des Chaos' hat immerhin Wesen wie mich, da ist es nur verständlich, dass man sich als Schnellbluter einen Ritter der Ordnung wünscht, einen Krieger von Sept, eben einen Seraphim.«

Baazlabeth wartete darauf, dass sein Gegner etwas erwiderte. Auch die übrigen Inquisitoren schienen verblüfft über die wahre Natur ihres Mitstreiters. In ihren Gesichtern konnte Baazlabeth erkennen, dass sie keine Ahnung davon gehabt hatten, wer sie wirklich begleitet hatte. Der Seraphim stand jedoch nur regungslos da und sagte nichts.

»Ich habe in dieser Stadt schon kleinere Vögel als dich gesehen, die mehr zu erzählen hatten«, knurrte Baazlabeth. »Wollen wir doch mal sehen, ob du wenigstens genauso schön mausern kannst wie sie.«

Mit einem Sprung zur Seite preschte Baazlabeth auf einen der Inquisitoren zu, der sich von dem Krach und dem grellen Licht erholt hatte und nun fassungslos auf den Seraphim starrte. Er packte den

Mann an je einem Arm und Bein und schleuderte ihn dem Krieger Septs entgegen.

Baazlabeths Gegner wirkte nicht beeindruckt von solchen Spielchen. Der Seraphim schrie weder auf, noch sprang er beiseite. Er zog noch nicht einmal sein Schwert. Alles, was er tat, war, einen seiner unteren Flügel vorschnellen zu lassen und den auf ihn geschleuderten Körper aufzuspießen. Die weißen Federn bohrten sich durch Stoff, Fleisch und Knochen wie Klingen und traten auf dem Rücken des Mannes blutverschmiert wieder aus. Wie an einem Lastbalken schwebte der geschundene Körper zur Seite, rutschte dann langsam nach unten und stürzte zu Boden.

Der Seraphim breitete die Arme aus wie ein Priester, der seinen Segen sprach, und formte lautlose Worte mit den Lippen. Wie auf Kommando richteten sich die übrigen Inquisitoren im Tempel auf, griffen zu ihren Waffen und stürmten auf Baazlabeth zu. Umringt von Gegnern trat und schlug der Dämon auf alles ein, was sich bewegte. Seine schweren Kiefer schnappten nach jedem Arm, der sich gegen ihn erhob. Mit einem Biss trennte er einem der Inquisitoren den Schwertarm ab und spuckte ihn dann angewidert aus. Aus dem Augenwinkel sah Baazlabeth, wie sich der Seraphim mit einem Flügelschlag erhob und als bleicher Schatten auf ihn zuschwebte. Einer der Inquisitoren hatte sich an eins der Hörner von Baazlabeth geklammert und ließ sich nicht abschütteln. Ein weiterer hatte es geschafft, sein Kurzschwert zwischen zwei Rückenwirbeln von Baazlabeths Knochenkamm zu verkeilen und versuchte nun, die Spitze weiter hineinzutreiben.

Die Inquisitoren waren schon zuvor keine guten Kämpfer gewesen, sie besaßen nur das nötigste Grundwissen, um ihre Waffen führen zu können, doch unter dem Bann des Seraphim waren sie kaum mehr als lästig und jeder einzeln gesehen so gut wie keine Gefahr. Sie bewegten sich steif und hölzern wie Marionetten. Ihre Angriffe waren ungelenk und leicht vorhersehbar. Selbst wenn es einer der Männer schaffte, einen Schlag zu landen, richtete er an dem robusten Dämonenkörper so gut wie keinen Schaden an. Einige der Inquisitoren schienen sogar vergessen zu haben, ihre Waffen wieder aufzunehmen, und schlugen stattdessen mit bloßen Fäusten auf ihren Gegner ein. Was es jedoch nicht zu unterschätzen galt war, dass sie nun aus einer Hand gelenkt wurden. Ihre Angriffe wurden koordiniert, gebündelt, und was am schwersten galt: Die Priester zeigten keine Furcht mehr.

Baazlabeth blockte einen Angriff, indem er den Schwertarm eines Inquisitors packte, der mit seinem Kurzschwert auf das Gesicht des Dämons zielte. Baazlabeth umklammerte das Handgelenk seines Gegners und riss daran. Wie einen morschen Ast trennte er die Gliedmaße samt Waffe vom Arm des Mannes. Baazlabeth setzte zu einem Rundumschlag mit dem entrissenen Kurzschwert an. Während er sich auf einem Huf drehte, spürte er, wie sich die Klinge durch eine zähe Masse aus Fleisch und Knochen schnitt. Einem Dutzend Männer um sich herum zerfetzte er die Kehlen, legte ihre Knochen frei oder zerteilte sie mit einem Hieb.

Noch bevor seine Attacke voll ausgeführt war, traf ihn etwas Hartes im Gesicht. Baazlabeth ließ die Waffe los und taumelte zur Seite. Benommen versuchte er sich zu orientieren. Im letzten Moment erblickte er die weißen Schwingen des Seraphim, der direkt vor ihm gelandet war. Um Haares Breite verfehlte ihn eine blutgetränkte Flügelspitze an der Kehle. Baazlabeth duckte sich und sprang vor. Seine Arme umklammerten den Ritter des Lichts. Er spürte, wie der Seraphim versuchte, seine Flügel frei zu bekommen. Die Federn glichen dünnen, biegsamen Metallstreifen und waren scharf wie Glasscherben. Baazlabeth fühlte die feinen Schnitte an seinen Armen, als der Seraphim einen der oberen Flügel aus der Umklammerung herauszog.

Er wollte den Engel erneut greifen, doch stattdessen schlug ihm der Flügelrücken ins Gesicht und riss eine tiefe Wunde kurz unterhalb des Auges. Baazlabeth war gezwungen, von seinem Gegner abzulassen. Bevor er sich von dem Schlag erholt hatte und dem Seraphim erneut zusetzen konnte, legte sich einer der langen unteren Flügel um Baazlabeth und zog ihn von den Füßen. Der Dämon stürzte rückwärts in eine Bankreihe, die splitternd unter seinem Gewicht zerbarst. Baazlabeths Gesicht schmerzte, die Wunde unter seinem Auge ging bis auf den Knochen herunter. Blut floss ihm in die Augen und tropfte in seinen Rachen. Er war gezwungen, sein eigenes Blut zu kosten, und empfand es als angenehm.

»Ich habe das Gefühl, du nimmst die ganze Sache hier recht ernst«, stöhnte Baazlabeth und tippte mit dem Finger in die Wunde unter seinem Auge, um ein weiteres Mal von seinem Blut zu kosten. »Ich wollte dich nur warnen: Wenn davon eine Narbe zurückbleibt, können wir keine Freunde mehr sein.«

Baazlabeth hatte den Satz noch nicht ganz beendet, da stieß einer der unteren Flügel des Seraphim auf ihn nieder. Er verfehlte seinen Kopf nur um wenige Zoll, da Baazlabeth sich blitzschnell zur Seite rollte. Sofort kam er auf die Beine und riss eine andere Sitzbank aus der Verankerung im Boden. Er wuchtete sie hoch, stemmte sie über den Kopf und ließ sie krachend zwischen sich und dem Seraphim niedergehen. Erst jetzt bemerkte Baazlabeth die verheerende Verwüstung um sich herum. Kaum noch ein Inquisitor war auf den Beinen. Die meisten von ihnen lagen irgendwo tot zwischen Trümmern begraben oder hatten alle Hände voll damit zu tun, ihr Ableben noch etwas hinauszuzögern. Der Seraphim schien nicht gerade zimperlich mit seinen Mitstreitern umzugehen. Wer ihm im Weg stand, wurde einfach niedergemacht. Ohne seinen eigenen Erfolg schmälern zu wollen, musste Baazlabeth zugeben, dass rund ein halbes Dutzend der Inquisitoren auf das Konto des Seraphim ging. Die Flügel des Lichtwesens waren über und über mit Blut verklebt, und es war sicherlich nicht sein eigenes.

Baazlabeth brauchte eine Waffe, eine die sich auch dazu eignete, einen Dämon des Lichts zu bekämpfen. Allein mit Muskelkraft würde er den Seraphim nicht bezwingen können.

»Hat dir dein Herr keine Manieren beigebracht?«, grollte Baazlabeth. »Dort wo ich herkomme, stellt man sich erst einmal vor, bevor man jemanden zum Tanzen auffordert. Aber vielleicht hast du den Aufenthalt in Brisenburg auch langsam satt und möchtest schnellstens wieder nach Hause zurück. Verdenken könnte ich es dir nicht, mir geht es ähnlich. Wenn du nett zu mir bist, erfülle ich dir deinen Wunsch vielleicht, schließlich ...«

Baazlabeth brach den Satz ab. Er hatte gefunden, wonach er gesucht hatte. Zwei Schritt links von ihm lag einer der silbernen Speere am Boden. Ein toter Inquisitor lag halb über dem Schaft der Waffe, nur die Spitze schaute heraus. Der Seraphim schien Baazlabeths Plan noch nicht durchschaut zu haben, und die überlegene Position des Ritters des Lichtes ließ ihm die Zeit, die Situation auszukosten. Dies konnte sich jedoch schnell ändern. Ein flüchtiger Blick in die richtige

Richtung würde Baazlabeths Vorhaben sogleich zunichtemachen und seinem Leben ein Ende setzen.

Je weniger Zeit ich verliere, desto besser, redete Baazlabeth sich ein. *Ein Plan ist nur so lange gut, wie ihn der Feind nicht kennt.*

Er hechtete nach links, trat dem toten Körper des Inquisitors in die Seite und beförderte ihn gegen eine Säule. Mit einem Griff nach unten tastete er nach der silbernen Waffe, doch bevor er sie fassen konnte, war der Seraphim bereits zur Stelle. Das Lichtwesen brauchte nur einen einzigen gewaltigen Flügelschlag, um heranzukommen. Es war kein direktes Fliegen und auch kein Gehen, es schwebte sozusagen. Der spinnenbeinähnliche Flügel stieß herab. Baazlabeth versuchte, ihn mit dem Arm abzuwehren, doch die Federn schnitten sich einfach durch sein Fleisch wie ein glühender Draht durch Kerzenwachs. Als die Spitze der Schwinge sich in den steinernen Boden bohrte, hatte sie bereits Baazlabeths Unterarm und seinen Oberschenkel durchstoßen.

Unfähig, sich zu bewegen, sah Baazlabeth zu seinem Peiniger auf. Eine der oberen Schwingen verpasste ihm einen Schlag ins Gesicht, bevor er emporgehoben und über die Bankreihen hinweggeschleudert wurde. Mit voller Wucht schlug Baazlabeth nahe dem Eingang zum Tempel auf den kalten Boden und krümmte sich vor Schmerzen. Bislang hatte es noch niemand fertiggebracht, ihn in seiner wahren Gestalt dazu zu bringen, das Bewusstsein zu verlieren. Doch er musste kurz ohnmächtig geworden sein, denn anders konnte er sich nicht erklären, dass der Seraphim bereits über ihm stand, als er die Augen öffnete. Der Ritter des Lichts hatte ihm einen Fuß auf die Brust gesetzt und sein silbernes Langschwert gezogen. Die Waffe hoch über dem Kopf erhoben und mit der Spitze auf Baazlabeths Herz zielend, beugte sich der Seraphim langsam zu ihm herunter. Seine breiten Schwingen dienten ihm dabei als ein Paar zusätzlicher Arme. Immer näher kam das bleiche Gesicht.

»Licht und Schatten sind unzertrennlich miteinander verbunden, dennoch muss der Schatten weichen, wenn das Licht ihn dazu zwingt«, flüsterte der Seraphim mit einer kalten, gefühllosen Stimme, die weder zu einem Mann noch zu einer Frau zu gehören schien.

Licht strömte aus dem Mund des Seraphim, während er halb kniend Baazlabeths Stirn küsste. Die Spitze der silbernen Klinge drückte sich auf seine Brust und ritzte die Haut. Baazlabeth sah sein Leben bereits schwinden. In Panik versuchte er, irgendetwas zu packen, das ihm wenigstens ein klein wenig Hoffnung geben würde. Ein verlorener Kampf, in dem er es noch nicht einmal geschafft hatte, seinen Gegner überhaupt zu verletzen, war die schlimmste Schmach, die er sich vorstellen konnte. Sich selbst einzugestehen, dass er hilflos einem Wesen des Lichts gegenübergestanden und sich von diesem ohne Gegenwehr aus dieser Welt gerissen haben zu lassen, würde einen schweren Makel in seinem Leben hinterlassen.

Baazlabeths Klaue umklammerte einen langen, unförmigen Splitter. Der Schmerz in seinen Gliedmaßen machte es für ihn unmöglich zu bestimmen, was er in der Hand hielt, aber das war egal. Er ließ seinen Arm nach vorne schnellen und stieß zu, in der Hoffnung, dem Seraphim wenigstens ein Zeichen seiner Gegenwehr zu bescheren.

Mit einem gellenden Schrei fuhr der Seraphim hoch. In seinem linken Auge steckte das lange silberne Stilett mit dem Elfenbeingriff, das Baazlabeth mit dem Band der Inquisitoren am Eingang zu Boden geworfen hatte. Der Lichtdämon richtete sich auf. Das untere Flügelpaar hackte auf die steinernen Bodenfliesen ein. Staub und Marmorsplitter erfüllten die Luft. Die voluminösen Mittelschwingen breiteten sich aus und fegten sämtlichen Unrat davon. Der Seraphim hatte das Gesicht in den Händen vergraben und hob ab.

Baazlabeth sprang auf, sein unverletztes Bein belastend, und packte einen der Flügel. Mit seinem ganzes Gewicht und all seiner Kraft riss er an dem weißen Gefieder. Er vollführte eine Drehung, die seinen Gegner herumschleuderte, und schmetterte ihn gegen das schwere Doppelportal. Der silberne Speer, den Baazlabeth dort versenkt hatte und auf dem schon zwei der Inquisitoren aufgespießt hingen, bohrte sich durch den Rücken des Seraphim und trat auf dessen Brust wieder aus.

Baazlabeth hob das silberne Langschwert zu seinen Füßen auf. Die Waffe wirkte eher klein und zierlich in seinen Pranken. Blut floss aus seiner Armwunde und rann über die Haut und dann die Klinge entlang. Ebenso quoll mit jedem Herzschlag ein kleiner Schwall Lebenssaft aus seiner Verletzung am Bein, lief an den Schenkeln hinunter und hinterließ bei jedem Schritt einen blutigen Hufabdruck auf dem Boden. Erschöpft betrachtete er den hilflos hängenden Seraphim vor sich, der erschöpft die Flügel bewegte. Das Licht in seinem Mund war fast erloschen, und mit dem verbliebenen Auge sah er Baazlabeth müde an. Kraftlos hieb er mit einem der oberen Flügel nach seinem Gegner. Baazlabeth parierte mit dem Langschwert und trennte die Schwinge kurz hinter dem ersten Gelenk ab. Trocken und staubig, verkrustet mit dem getrockneten Lebenssaft vieler Sterblicher fiel die Schwinge zu Boden. Kein Tropfen Blut ergoss sich aus dem Körper des Seraphim.

Baazlabeth setzte die Spitze des Langschwertes auf die Brust und flüsterte seinem Opfer etwas ins Ohr.

»Wenn die Sonne niedrig steht, werden die Schatten größer. Richte das deinem Herrn aus, wenn du ihn siehst.«

Dann stieß er zu. Die silberne Schneide bohrte sich in den Körper des Seraphim wie in einen brüchigen und verlassenen Kokon. Die Bewegungen der Schwingen verebbten und zum Schluss hingen sie schlaff zu Boden. Eine Träne löste sich aus dem Auge des Seraphim, und das letzte bisschen Licht aus seinem Rachen verblasste.

Baazlabeth empfand Genugtuung für all die Schmach, die man ihm in dieser Welt zugemutet hatte. Einer unwürdigen Aufgabe hatte er ein würdiges Ende bereitet. Jetzt musste er nur noch seinen Lohn einfordern. Er sah über die Schulter hinweg auf die Flut der Verwüstung. Allein zwei der rund zwei Dutzend Bankreihen standen noch an ihrem Platz. Überall lagen die toten und verstümmelten Körper der Inquisitoren. Vielleicht eine Handvoll von ihnen war noch am Leben. Kriechend versuchten sie, irgendwo Schutz zu finden, um ihrem Schicksal zu entgehen.

Krabbelt nur davon, es gibt keinen Ort, der immer von Licht durchflutet ist. Irgendwann holt euch der Schatten ein.

Baazlabeth wusste, dass ihm niemand entkommen würde. Zuerst galt es jedoch, sich um wichtigere Dinge zu kümmern. Zeit, um auszufegen, würde es später geben.

Vor dem Altar stand immer noch der Pranger, in dem Nemrothar gefangen war. Der alte Mann hing mit Kopf und Händen in dem Holzrahmen. Die Beine waren ihm weggesackt, und auch sonst sah er recht mitgenommen aus. Sein Kopf hing kraftlos nach unten, seine Hände versuchten nicht mehr, dem hölzernen Gefängnis zu entkommen.

Baazlabeth folgte dem Mittelgang und stieg dabei über zahllose Körper hinweg. Nemrothar wirkte in seinem Pranger wie ein Schiffbrüchiger auf einem Felsen in einem Meer aus Blut. Von alldem, was um ihn herum geschehen war, schien er nichts wahrgenommen zu haben.

Baazlabeth trat an den Pranger heran. Nemrothars Hemd war aufgerissen und zeigte den mit Blutergüssen übersäten Rücken des alten Mannes. Mehrere Schnittwunden verliefen parallel zueinander auf seinem Oberarm. Die Wunden schienen mindestens einen Tag alt zu sein. Baazlabeth öffnete die Verriegelung am Pranger und klappte den oberen Teil zur Seite weg. Der alte Magier drohte zu stürzen, doch Baazlabeth packte ihn unterm Bauch und setzte ihn mit dem Rücken an den Altar.

»He Tattergreis, stirb mir jetzt nicht weg«, brummte Baazlabeth. »Dein Leben gehört mir, und ich bestimme, wann du gehen kannst, und wann nicht. Du bist mir noch eine Kleinigkeit schuldig. Hast du das vergessen?«

Nemrothar schien bei Bewusstsein, aber zu geschwächt, um etwas zu sagen. Die Torturen der letzten Tage hatten ihn schwer mitgenommen. Zitternd hob er den Arm und zeigte auf die Verwüstungen vor sich.

»Ach das«, sagte Baazlabeth, als ob ihm das Chaos erst gerade aufgefallen war. »Das ist nichts, mach dir keine Sorgen. Eine kleine Auseinandersetzung, so etwas kommt alle Tage vor. Wenn ich aufgeräumt habe, sieht der Tempel aus wie neu.«

Nemrothar wirkte nicht zufrieden mit der Antwort. Sein Arm streckte sich noch etwas weiter, begann zu zittern und hob sich ein Stück, bis er auf das Portal zeigte. Unverständliches Gemurmel kam über die Lippen des Magiers, aber Baazlabeth verstand, was ihn so erregte.

»Der Vogelmann?«, sagte er respektlos. »Er wollte sich zwischen uns drängen, das konnte ich doch nicht zulassen. Vielleicht war ich etwas ruppig, doch du kennst mich ja, niemand kann mir wirklich lange böse sein.«

Nemrothar ließ den Arm kraftlos fallen.

»Weißt du was, alter Zausel? Du bleibst hier einfach noch etwas sitzen, bis du dich wieder kräftiger fühlst, und ich räume in der Zwischenzeit schon einmal etwas auf. Die Schweine in Brisenburg werden sich freuen, das sag ich dir, schließlich übersteigt das hier selbst meinen Appetit. Wenn du dich dann besser fühlst, wirst du zu Lord Brackenmoore gehen. Er soll den Kleinen Rat einberufen und das Gold für meine Dienste einfordern. Wenn sie sich anstellen oder dich mit fadenscheinigen Ausreden hinhalten wollen, kannst du ihnen von mir ausrichten, dass ich ihnen die Freundschaft kündige. Erkläre ihnen, wie ich mit Menschen umzugehen pflege, die ich nicht zu meinen Freunden zähle. Das Gold müsste reichen, um deine Kiste zu füllen. Grob überschlagen würde ich sagen, dass es ungefähr vier Dutzend Inquisitoren sind, die ich vom Antlitz Brisenburgs gefegt habe. Bring das Gold ins Theater. Lemura weiß, wo ich die Kiste versteckt habe. Lass dir von ihr auch den Beutel mit dem Knochenstaub geben. Alles Weitere werden sie und der Homunkulus dir erklären. Wenn du dies alles getan hast, gehst du zurück in deinen Turm und wartest dort auf mich. Vergiss nicht: Wir beide haben noch etwas zu klären, bevor ich verschwinde.«

Nemrothar wackelte mit dem Kopf, was Baazlabeth als Zustimmung seiner Anweisungen auslegte. Baazlabeth wollte sich schon abwenden, um sich noch ein wenig an dem Fleisch seiner Feinde zu laben, bevor sie erkalteten, da fiel ihm noch etwas ein. Es war eigentlich wenig von Belang, doch es interessierte ihn.

»Sag mal, Alter, weißt du etwas von einer Prophezeiung, die das Ende dieser Welt vorhersagt?«

Nemrothar hob wackelnd den Kopf.

»Kennst du eine Welt, die von solch einer Prophezeiung verschont geblieben ist?«, wisperte er.

»Da hast du auch wieder recht«, pflichtete Baazlabeth dem Magier bei. »Dann sag mir noch, warum du mich in diese Welt geholt hast. Du hast doch irgendetwas im Schilde geführt.«

»Hast du vergessen, wie es wirklich war«, stöhnte Nemrothar. »Man hat mich gezwungen, dich zu rufen. Alles, was ich getan habe, ist, zu versuchen, dir Einhalt zu gebieten. Du hättest diese Welt nicht einfach wieder verlassen. Du hättest getan, was einer wie du immer tut – töten.«

Baazlabeth konnte ein amüsiertes Lächeln nicht verkneifen. »Na, wenn ich mich so umsehe, muss ich anmerken, dass dein Plan nicht wirklich aufgegangen zu sein scheint. Du sagst also, nichts von dem hier war von dir so geplant?«

Nemrothar schüttelte kraftlos den Kopf.
Baazlabeths Lächeln verschwand augenblicklich.
»Was ist los mit dir, glaubst du, du kannst mich für dumm verkaufen? Wenn du annimmst, ich würde dich verschonen, weil sie dich gefoltert haben, irrst du. Und all das hier habe ich sicherlich auch nicht getan, weil ich so etwas wie Zuneigung für dich empfinde. Also hör auf, mir erzählen zu wollen, dass ein alter Magier wie du einfach einer Prophezeiung folgt, ganz ohne Hintergedanken und auf den eigenen Vorteil bedacht. Euer eins führt immer etwas im Schilde und tut nichts, weil es in einem lustigen Reim steht.«
Nemrothar sah sein Gegenüber einen Augenblick lang an.
»Weißt du, wie sie dich in dieser Welt nennen?«
»Ein Rätsel, das passt schon besser zu dir«, schnaubte Baazlabeth. »Sie haben mir alle möglichen Namen gegeben. Solche, die ich ihnen genannt habe, und solche, die sie benutzen, um einen schnell wieder loszuwerden.«
Nemrothar schüttelte den Kopf.
»Nein, ich meine einen ganz bestimmten Namen.«
»Spann mich nicht auf die Folter, Alter, ich könnte daran gefallen finden«, grollte Baazlabeth.
»Sie nennen dich Hochmut.«
»Klingt nicht sonderlich ausgefallen. Und fange mir jetzt nicht wieder mit diesen sieben Sünden und sieben Tugenden an. Ich bin nicht von dieser Welt. Eure Prophezeiungen gehen mich nichts an.«
»Wenn es so ist, kann es dir egal sein. Wenn nicht, habe ich anscheinend die richtige Wahl getroffen«, stellte Nemrothar fest.
»Inwiefern?«
»Hochmut ist des größten Kriegers Tod, heißt es in einem Sprichwort. Ich hatte nicht viel Einfluss auf die Auswahl der *Zweimal Sieben*. Die meisten von ihnen kenne ich noch nicht einmal, geschweige denn weiß ich, wo sie sich gerade befinden. Doch in deinem Fall haben mir die Götter die Wahl gelassen, und so habe ich dich erwählt. Das schwächste Glied in der Kette des Schattens, das ich finden konnte. Ein Krieger, der von sich so überzeugt ist, dass er seinen eigenen Untergang damit provozieren wird. Wenn das nicht mein Geschenk an das Gute ist, weiß ich es auch nicht mehr. Die Götter werden meinen Namen auf ewig in Erinnerung behalten.«

Baazlabeth stockte der Atem. Am liebsten hätte er dem Alten die Haut in Streifen vom Körper gezogen und sich seine Gedärme um den Hals gehängt. Im Laufe seines Lebens hatte man ihn beschimpft, sich vor ihm zu Boden geworfen, ihn schreiend um Gnade angewinselt und versucht, ihn mit Gebeten zu vertreiben, doch sich über ihn lustig zu machen und ihn als schwach zu bezeichnen hatte noch niemand gewagt.

Hat der Alte keine Augen im Kopf? Er braucht sich nur umzusehen. Ich türme die Leichen vor ihm auf wie ein Bauer Stroh vor sein Vieh, und er sagt zu mir, ich bin schwach.

»Nemrothar, wenn deine Kiste voll mit Münzen ist, werde ich dir meine einzige Schwäche zeigen: Zügellosigkeit, wenn es darum geht, Verwüstung und Tod in deine Welt zu bringen. Hab keine Angst, die Götter werden deinen Namen in Erinnerung behalten, denn ich werde dir das Fleisch von den Knochen reißen, es pökeln und ihnen zum Fraß vorsetzen, damit sie selbst schmecken können, wie bitter ihre Entscheidung war, dich in diese Welt zu setzen.«

Baazlabeth hätte diese und noch ein Dutzend weitere Welten dafür gegeben, nicht warten zu müssen, bis er den Magier töten durfte. Doch an den Regeln der Beschwörung konnte selbst er nichts ändern. Er tröstete sich damit, dass es einen besseren Zeitpunkt geben würde, dem Alten alles heimzuzahlen, nämlich dann, wenn Nemrothar seinen Fehler eingestehen musste.

»Sag mir, was du über die anderen Tugenden oder Sünden weißt«, grollte Baazlabeth.

Nemrothar blickte Baazlabeth mit hohlen Augen an. »Ich weiß so gut wie nichts, und das bisschen, was mir die Götter kundgetan haben, muss zwischen ihnen und mir bleiben. Du kannst mir glauben, wenn ich dir versichere, dass mein Wissen dir nicht weiterhelfen könnte. Wenn du selbst herausfinden willst, was wahr ist und was nicht, bleibe einfach hier.«

Er scheint wirklich nichts zu wissen. Haben die Götter ihn ebenso wie mich für ihre Pläne eingespannt, ohne etwas zu sagen. Er hat nicht die Kraft, um zu lügen. Und warum sollte er auch?

»Wir sehen uns später. Komm erst einmal wieder zu Kräften, du wirst sie brauchen«, brummte Baazlabeth und erhob sich.

»Ich weiß nichts von den Dingen, nach denen du gefragt hast«, hörte er Nemrothar unter sich fisteln. »Aber etwas kann ich dir mit Bestimmtheit sagen: Die Quellen dieser Welt versiegen langsam. Wir Magier beobachten diesen Verlust des Manas seit vielen Hundert Jahren. Die Magie ist fast erschöpft. Ihre Adern sind nur noch ein Schatten ihrer selbst. Zauberei wird von Alchemie abgelöst, und der Glauben durch die Wissenschaft ersetzt. Die Welt ist im Wandel, doch ob es ihr Ende ist, weiß ich nicht.«

Baazlabeth erhob sich und betrachtete voller Genugtuung das Schlachtfeld.

»Wirklich unglaublich, was für ein Fest.«

26
Wenn es am Schönsten ist

Als man zu der Einsicht kam, dass ein Abschied sich immer anders gestaltete. Schlussendlich kam es nicht darauf an, ob man sich mochte oder nicht, ob man sich gut kannte oder nur flüchtig, oder wie lange man einen gemeinsamen Weg gegangen war. Es kam nur darauf an, wer ging, und wer blieb.

Eine einzelne Fackel verbreitete schummriges Licht und nur schemenhaft erkannte man die Bühne und den Saal des Theaters. Die trichterförmige Lichtquelle steckte in dem schmalen Spalt zwischen Armbeuge und Lende einer Steinstatue, die einen Mann mit Ornat und verschleiertem Gesicht zeigte. Auffällig an diesem Kunstwerk waren seine Detailgenauigkeit und die erschreckende Lebendigkeit in der Haltung der abgebildeten Person. Kaum jemand würde die Perfektion und die hineingesteckte Arbeit dieser Nachbildung anzweifeln wollen, es sei denn, er wusste es besser.

Baazlabeth hatte an dem Tisch auf der Bühne Platz genommen. Er war bereits wieder in der Gestalt von Sil – die Einzige, die ihm geblieben war, außer seiner wahren. Er saß nach vorn gebeugt, den Kopf auf die Brust gelegt, und hielt sich an einem Becher mit Hauswein fest. Auf dem Tisch neben ihm stand die letzte Flasche aus seinem Vorrat, sie war bereits zu zwei Dritteln geleert.

»Glaubt Ihr, sie kommt wirklich?«, flüsterte Lemura, die hinter einem der Paravents für die Bühnenbilder stand.

Baazlabeth verzog den Mund und kippte den Rest der Flasche in seinen Becher.

»Sie wird es sich nicht entgehen lassen«, brummte er. »Schließlich möchte sie ihren Triumph auskosten, einen gestandenen Dämon für ihre Zwecke missbraucht zu haben. Ich sehe schon ihren Blick, wie sie mich mit ihren schwarzen Augen anfunkelt und dann lächelnd sagt:

›Mach dir nichts draus, du konntest gar nicht anders. Ich habe alles von Anfang an geplant.‹«

Baazlabeth riss den Becher zu sich heran und stierte angeekelt hinein, als ob er versuchen würde, die Zukunft darin zu lesen.

»Was soll's?«, brummte er und leerte den Becher mit einem Zug, wobei ihm der Wein an den Mundwinkeln herunterlief und von seinem Kinn tropfte.

Er saß noch einige Zeit schweigend am Tisch und begutachtete jeden Winkel des Theaters, sah immer wieder von der Fackel hinunter auf den Boden vor sich und begann allmählich, zufrieden zu schmunzeln.

Es hätte alles viel einfacher sein können, wenn Ihr mir von vornherein gesagt hättet, worin meine eigentliche Aufgabe bestand, Fürst Amez. Wozu waren all diese falschen Fährten gut? Ihr hättet nur sagen brauchen: »Baazlabeth, dort gibt es eine Welt, die bedarf unserer Hilfe, sonst ist sie für alle Zeit für uns verloren, und das darf unter keinen Umständen geschehen. Geh dorthin und zeige den Menschen in Brisenburg, dass es Schatten gibt, die kein Licht durchdringen kann.«

All die Verwirrspiele und diese Sterblichen, denen Ihr Euch bedient habt, wären nicht von Nöten gewesen. Habe ich Euch jemals so enttäuscht, dass Ihr zu solchen Mitteln greifen musstet? Ich glaube nicht.

Baazlabeth wurde aus seinem stummen Gebet gerissen, als die Tür zum Saal aufschlug. Für einen kurzen Moment erhellte Tageslicht das Theater, doch im nächsten Moment bereits schlug die Tür wieder zu und verfinsterte die Ränge.

»Sie sind da«, flüsterte Lemura hinter der Stellwand geheimnisvoll.

»Was du nicht sagst«, erwiderte Baazlabeth. »Deine hellseherischen Fähigkeiten hätten mich mehr beeindruckt, wenn du damit herausgekommen wärst, bevor die Tür aufging. Jetzt sei ruhig, sieh zu und lerne.«

Es dauerte eine ganze Zeit, bis sich die dunkle Gestalt aus dem Schatten des Saals löste und Baazlabeth sich sicher sein konnte, dass man seiner Einladung gefolgt war. Erst kurz vor der Bühne hob der Besucher seinen Kopf, und unter der Kapuze zeigte sich das blasse Gesicht von Lilith, eingerahmt von ihren langen schwarzen Haaren. Kurz darauf streckte Igniphascellanius der Dritte seinen Kopf aus ihrem Mantel hervor. Diesmal grinste er nicht, sondern sah mit großen, unsicheren Augen zu seinem Meister auf. Ein Blick von Baazlabeth reichte, um dem Homunkulus verständlich zu machen, dass dem Meister sein Verhalten nicht gefiel. Igniphascellanius wühlte sich unter dem Mantel hervor und sprang mit einem Satz auf die Bühne. Ein weiterer Sprung beförderte ihn auf den Tisch, wo er wie eine Statue sitzen blieb. Baazlabeth würdigte ihn keines weiteren Blickes.

»Ich freue mich, dass du meiner Einladung gefolgt bist«, begrüßte Baazlabeth das Dämonenkind. »Ich hatte schon befürchtet, du würdest mit mir nichts mehr zu tun haben wollen.«

»Spar dir deine Freundlichkeiten«, blaffte Lilith ihn an. »Wozu hast du diese Dvergaseherin? Sie wird dir doch sicherlich erzählt haben, dass ich komme, bevor Igniphascellanius mich überhaupt darum gebeten hat.«

Baazlabeth fühlte sich völlig grundlos ertappt.

»Du misst den Zauberkräften der Sterblichen zu viel Bedeutung bei. Ihre Fähigkeiten sind begrenzt, und die Natur des Hellsehens ist launisch.«

»Launisch wie ich, wolltest du sagen«, fiel sie ihm ins Wort.

»Nicht doch«, versuchte Baazlabeth sie zu beschwichtigen. »Du bist ein Kind, deine Launen sind nur eine Art, deine Unsicherheit auszudrücken.«

Erst im Nachhinein fiel Baazlabeth auf, dass seine zwischenmenschlichen Aktivitäten doch sehr zu wünschen übrig ließen. Vieles von dem, was er sagte, konnte auch falsch verstanden werden. An Liliths Ausdruck konnte er erkennen, dass sie über diese unbeabsichtigte Spitze nicht so einfach hinwegschauen würde.

»Du solltest dich besser an das bisschen Begabung halten, das dir Amez mitgegeben hat, und deine verunglückten Schmeicheleien für dich behalten. Ich verstehe ohnehin nicht, was das Ganze hier soll. Ich hätte wetten können, dass ich dich nie wieder sehe. Du hast dir mit dem Tod von vier Dutzend Inquisitoren nicht nur Freunde gemacht, aber immerhin hast du deine Aufgabe erledigt, und das war schließlich alles, was du immer gewollt hast. Was hält dich also noch hier?«

Baazlabeth versuchte, einen überraschten und gekränkten Eindruck zu machen, und hoffte, dass er ihm besser gelang als seine Schmeicheleien.

»Es scheint mir, als ob andere wesentlich mehr daran interessiert waren, dass ich diese Dinge erledige. Doch du enttäuschst mich. Wie kannst du denken, dass ich einfach gehe, ohne mich gebührend von jedem zu verabschieden? Immerhin habe ich dir Einiges zu verdanken, und ich wollte nicht, dass wir im Streit auseinandergehen.«

»Wir hatten keinen Streit, und wir haben keinen Streit«, stellte Lilith energisch fest. »Ohne mich würdest du immer noch durch die Straßen irren und für einen Hungerlohn arbeiten. Ich habe dir geholfen, deinen Auftrag zu erfüllen, und dafür hast du für mich getan, was in deinen begrenzten Möglichkeiten stand.«

Diese Spitze verstand selbst Baazlabeth. Lilith schien zu glauben, die wahre Krönung der Schöpfung in Amez' Reich zu sein. Für den Moment konnte er sich dieser Herabsetzung beugen, wenn es seinem Plan zugutekam, doch es nagte an ihm.

»Komm herauf zu mir«, bat er sie. »Lass uns noch ein wenig über alte Zeiten plaudern, und erzähl mir, wie es euch ergangen ist, als ich meine *begrenzten Möglichkeiten* im Tempel ausprobieren konnte.«

Er erhob sich von seinem Stuhl, trat an den Bühnenrand und streckte Lilith die Hand entgegen.

»Es gibt keine alten Zeiten, die wir als Erinnerung teilen würden. Was für dich nur ein kleiner Ausflug in unsere Welt war, ist für mich ein neuer Anfang in einer Welt des Schattens. Ich werde diese Welt als ihre Königin verdunkeln.«

Größenwahn ist eine ganz neue Seite an ihr. Gestern noch traute sie sich nur nachts aus ihrer Gruft und schlurfte völlig vermummt durch die Straßen der Stadt, weil sie selbst den Blick eines Bettlers fürchtete. Und heute glaubt sie schon daran, morgen eine Königin zu sein, weil sie ein paar Kurzlebige von Angesicht zu Angesicht getötet hat. Was Kinder doch für Entwicklungsschübe machen.

Trotz ihrer Ablehnung reichte sie Baazlabeth die Hand. Er ergriff sie und zog sie hoch zu sich auf die Bühne. Am ausgestreckten Arm setzte er sie neben dem Stuhl ab.

»Wie ich sehe, hast du deine alten Kräfte wieder zurück«, sagte sie. »Du scheinst kaum etwas abbekommen zu haben. Vielleicht bist du doch besser, als wir glaubten, aber mit Sicherheit nicht gut genug, um uns wirklich helfen zu können.«

»Unverletzt? Naja, das ist vielleicht doch etwas zu viel der Ehre«, sagte Baazlabeth. »Ich war gezwungen, auf meine Verkleidung zu verzichten. Wie dieser Peregrinus schon gesagt hatte: Als ich das Band von meinem Hals schnitt, holte mein Körper alles nach, was der Zauber ihm untersagt hatte. Der zierliche Frauenkörper von Lis hat die schnelle Verwandlung nicht so gut überstanden. Bevor ich Gefahr lief, auch noch meine letzte menschliche Gestalt zu verlieren, entschloss ich mich, den Inquisitoren als Dämon entgegenzutreten. Ich war mir sicher, dass sie niemandem davon würden erzählen können. Trotzdem war ich gezwungen, einiges einzustecken.«

»Und, hat die Seite des Lichtes dir einen Gegner schicken können, der dir würdig war? Haben dir die Götter ein Zeichen gesandt?«

Baazlabeth stockte einen Herzschlag lang der Atem. Unmöglich konnte Lilith von dem Seraphim wissen.

Sie versucht, mich zu verunsichern. Darauf falle ich nicht herein.

»Natürlich«, verkündete Baazlabeth stolz, »vier Dutzend Inquisitoren, wenn das kein Zeichen ist. Es tat gut, mal wieder richtig Dampf ablassen zu können und etwas zu tun, was einem Freude bereitet. Auf meinem Rückweg hier ins Theater habe ich gesehen, dass ihr euch auch nicht zurückgenommen habt. Ich hoffe, du hast dich nicht zu sehr verausgabt?«

Baazlabeth sah, wie Liliths Gemüt überkochte.

»Ach, wie unhöflich von mir!«, rief er aus, ohne ihr die Möglichkeit zu geben, ihrem Ärger Luft zu machen. »Du musst fürchterlich erschöpft sein, schließlich ist dir das Töten über die Grenzen deines Hungers hinaus nicht in die Wiege gelegt worden, so wie mir. Setz dich doch, Kleines.«

Er selbst zog sich einen Stuhl heran und nahm Platz. Lilith blieb trotzig stehen. Die Arroganz ihres Gesprächspartners schien sie fast eine Dummheit machen zu lassen. Baazlabeth gönnte ihr allenfalls das bisschen Genugtuung, mit ihm jetzt auf Augenhöhe sprechen zu können. Er merkte, wie sie versuchte, zum Gegenschlag auszuholen. Die Unterstellung, sie habe sich verausgabt, während er seine Aufgabe mit Leichtigkeit erfüllt hatte, konnte sie unmöglich auf sich sitzen lassen.

»Was du gesehen hast, ist nur der Anfang«, fauchte sie. »Alles, was du getan hast, war lediglich, den ersten Stein ins Rollen zu bringen. Die großen Ereignisse, die uns bevorstehen, werden jede Tat von dir und mir verblassen lassen. Niemand spricht über den, der den Krieg begonnen hat, aber der, der ihn beendet, wird in aller Munde sein. Du warst nur die Laune eines Beschwörungszaubers, ein Zufall, ein leicht zu ersetzender Mitwisser.«

Baazlabeth hatte sich langsam an die Gegensätzlichkeit in Liliths Wesen gewöhnt. Sie sah aus wie ein kleines krankes Mädchen, doch ihre Sprache war die eines Kriegsherrn. Sie hatte niemals mit anderen Kindern gespielt, sich wie eines benommen und wurde auch nicht so behandelt. Nur selten hatte jemand mit ihr gesprochen. Magister Treuthwin brachte ihr zwar das nötige Wissen bei, doch mehr auch nicht. Durch das Belauschen ihres Vaters bei Bittstellungen oder den Zusammenkünften des Kleinen Rates wurde sie im Laufe der Jahre zu dem, was sie jetzt war: ein Feldherr im Körper eines Kindes. Jetzt war es an ihm, ihr zu zeigen, dass sie doch nur ein kleines Mädchen war.

»Als ich aus dem Tempel kam, bin ich der Spur der Verwüstung, die du und Molloch hinterlassen habt, gefolgt. Es war einfach, den richten Weg zu finden. Überall, wo ich entlangkam, waren Trauben von Menschen, die schreiend und weinend ihre Toten beklagten. Ich sah brennende Häuser, umgestürzte Fuhrwerke, die Bürger unter sich begraben hatten. Ich sah Menschen, die in den Fluss gestürzt waren, ihre Leiber, wie sie zerschmettert zwischen den Felsen an der Böschung lagen oder flussabwärts ins Meer getrieben wurden. Ich sah sogar eine ganze Familie, die anscheinend einfach aus dem Fenster ihres Hauses gestürzt war und mit zertrümmerten Knochen auf dem Pflaster der Straße lag.«

»Warum erzählst du mir das alles?«, fuhr Lilith ihn an.

»Das ist ganz einfach«, erklärte Baazlabeth. »Das wirkliche Chaos hat Molloch angerichtet. Er hat wahllos getötet. Überall hat er seine Opfer hinterlassen. Bis in die kleinste Gasse ist er vorgestürmt und hat Männer, Frauen, Kinder und Greise gleichermaßen gerichtet. Ich habe versucht, seine Vorgehensweise zu ergründen und seinen nächsten Schritt vorauszusehen, doch es ist mir nicht gelungen. Er schien einmal hier gewesen zu sein, und einmal dort, aber alles ohne die geringste Spur von Gesetzmäßigkeiten.«

»Ich versteh immer noch nicht«, sagte Lilith, doch Baazlabeth sah in den großen schwarzen Augen, dass sie sehr wohl verstand und jetzt darauf wartete, dass er sich erdreistete, es ihr ins Gesicht zu sagen.

»Du hast bereist verstanden. Ich bin auch deiner Spur gefolgt. Um es genau zu sagen, hätte auch Aleister Bretozek, der blinde Alchimist, deiner Spur folgen können. Du hast deinen persönlichen Rachefeldzug einmal quer durch die Stadt gezogen. Du hast unten am Hafen begonnen und dich langsam den Hang hinaufgearbeitet. Zuerst dachte ich, es wäre nur ein Zufall oder ein Produkt deiner Einfallslosigkeit, doch später fiel mir das Muster auf. Du hast nur Männer getötet. Alle deine Opfer waren in den mittleren Jahren, mit dunklem Haar und kantigem Gesicht. Du bist nicht einmal abgebogen, sondern der Prachtstraße hinauf bis zum Tempel gefolgt.«

»Na und? Was geht es dich an, wen ich dazu auserkoren habe, sein Leben für eine neue Welt zu geben?«, keifte Lilith.

»Eigentlich nichts, wenn es im Sinne von Amez geschieht«, gab Baazlabeth zu. »Doch du vernimmst die Stimme des Fürsten genauso wenig wie ich, und somit liegt es an mir, einem seiner ersten Ritter, dafür zu sorgen, dass alles, was geschieht, ein Dienst am Reich des Schattens ist. Du hast nicht für Fürst Amez getötet, sondern allein für deine Rache – die Rache an deinem Vater, Lord Brackenmoore. Du hängst an dieser Stadt und an ihren Bürgern. Du tötest nur, weil es dich nach Leben dürstet, und suchst dir dabei vorrangig Opfer aus, die dich an den einzigen Mann erinnern, den du wirklich hasst: deinen Ziehvater. Dennoch hast du noch nie genügend Courage aufgebracht, es ihm selbst heimzuzahlen. Auch dieses Mal hat dich der Mut an der Brücke zu Schloss Sturmfels verlassen, denn dort endete deine Spur. Du hast noch viel zu lernen, wenn du ein Diener des Chaos' sein willst. Anstatt die Ordnung zu schwächen, bringst du lediglich eine neue Art der Ordnung hervor, auch wenn ich zugeben muss, dass sie mir um einiges besser gefällt, als die bestehende.«

»Selbst wenn es so wäre, ist es ohne Bedeutung«, erwiderte Lilith zornig. »Meine Zeit beginnt erst, während deine abgelaufen ist. Amez hat mich erschaffen, um ein neues Zeitalter einzuläuten. Ich bin die neue Generation, die dich als Krönung seiner Schöpfung aller Schattenwesen ablösen wird. Alles, was ich brauche, ist ein Mentor, der mich unterstützt, doch jemand wie du ist einfach zu antiquiert und störrisch, um diese Aufgabe zu erfüllen. Schade eigentlich, denn ich hatte gehofft, an deinem reichen Erfahrungsschatz teilhaben zu können, doch dies schien dir nicht gut genug zu sein. Deshalb habe ich mir jemand anderen gesucht, der deine Aufgabe genauso gut erfüllen wird.«

Baazlabeth überraschte die Entscheidung nicht, dennoch musste er sich eingestehen, dass er zum Platzen gespannt war, welchen Namen sie ihm nennen würde. Wem sie zugedacht hatte, seinen Platz einzunehmen.

»Und auf welches großartige Genie bist du gestoßen, das dir die Gesetze des Chaos' beibringen will? Vielleicht Molloch, der säuselnde Fleischkloß? Sanna, deine Mutter, die Reiterin der Einmachkrüge? Oder vielleicht dein alter Lehrmeister Magister Treuthwin, der Greis mit dem sprechenden Vogel? Sag schon.«

»Du bist viel zu arrogant, um das Offensichtliche zu sehen«, klagte ihn Lilith an. »Igniphascellanius wird mich unterrichten, dein eigener Diener. Er weiß genug, um mich auf den Kampf der Sieben vorzubereiten. Ich habe beschlossen, dass er in dieser Welt bleiben wird, und du wirst das nicht ändern können. Falls du es auch nur versuchen solltest, werde ich dir zeigen, welche Macht mir Fürst Amez gegeben hat.«

Dies soll deine letzte Spitze sein, die du gegen mich führst, Kleines. Eine weitere Frechheit von dir, und ich vergesse, dass du auf derselben Seite stehst wie ich. Meine Geduld ist fast am Ende.

»Eine ausgezeichnete Wahl«, gestand Baazlabeth, der um innere Ruhe bemüht war. »Wenn es dir darum geht, ein glänzendes Fell zu bekommen, Nagetiere zu fangen oder nutzlose Einwände von dir zu geben, konntest du es nicht besser treffen. Der Homunkulus hat genauso viel Chaos in sich, wie ich in meiner Hornhaut unter den Füßen. Doch wenn du darauf bestehst, dass er hier in Brisenburg bleibt, will ich dir diesen Wunsch nicht verwehren.«

»Es ist kein Wunsch, es ist mein Befehl«, sagte Lilith scharf. »Ich nehme mir einfach, was ich will, und du wirst mich nicht daran hindern. Deine Furcht vor Fürst Amez und seiner Bestrafung, wenn du mir etwas antun würdest, ist zu groß. Ich bin sein neuer Liebling und du sein ungeliebter Sohn. Gewöhne dich lieber schnell an diesen Gedanken.«

Baazlabeth schob mit seinem Fuß eine Kiste unter dem Tisch hervor. Mit der Schuhspitze stieß er vorsichtig den Deckel auf. Die kleine Truhe war fast bis zum Rand mit Goldmünzen gefüllt.

»Nemrothars Kiste«, erklärte Baazlabeth. »Dies ist alles, weshalb ich hier war. Wenn du und deine Freunde sich irgendetwas anderes erhofft hatten, muss ich euch enttäuschen. Mein Auftrag ist fast erledigt.«

Baazlabeth griff in seine Hosentasche und holte eine einzelne Münze hervor. Die Prägung auf der Oberseite zeigte ein Segelschiff, das aus dem Hafen auslief. Er schob die Münze quer über den Tisch zu Lilith.

»Die Letzte, die noch fehlt«, erklärte er ihr. »Es wird Zeit zu gehen, bevor noch etwas Schreckliches passiert.«

Lilith zog die Münze zu sich heran und drehte sie in der Hand. Ihr schien die unübliche Prägung nicht aufzufallen. Sie legte das Geldstück zwischen Daumen und Zeigefinger und schippte es in die Kiste zu den anderen. Nichts passierte.

»Und jetzt?«, fragte Lilith.

»Jetzt werden sich unsere Wege trennen«, sagte Baazlabeth. »Das hast du dir doch gewünscht, oder? Aber vorher möchte ich dir noch zwei Dinge sagen. Du irrst dich, wenn du denkst, ich habe dich verschont, weil ich Fürst Amez fürchte. Tausend Mal und mehr habe ich zu ihm gebetet, doch er hat mir nie geantwortet. Er hat nie zu mir gesprochen oder irgendein anderes Zeichen von sich gegeben. Ich würde dich ohne zu zögern zerstückeln und verspeisen, wenn ich mir davon verspräche, etwas von ihm zu hören, selbst wenn es nur seine Rache ist. Ich bin es langsam leid, einem Gott zu dienen, der nur ein Mythos ist. Drohe also noch ein weiteres Mal mit seinem Zorn, und du wirst es bereuen. So, nun zu meiner Abschlusslektion für dich. Ich bin zwar kein Gelehrter, was die Magie betrifft, doch einfache Zusammenhänge bleiben selbst mir nicht fremd. Weißt du, was passiert, wenn man Knochenstaub aus einem magischen Pentagramm mit Ruß vermischt?«

»Was soll das Fragenstellen? Erspare mir deine jämmerlichen Lektionen!«, keifte Lilith.

»Sag es ihr, Homunkulus«, befahl Baazlabeth.

Liliths zorniger Blick fiel auf Igniphascellanius.

»Warum ich?«, fragte der Diener unsicher.

»Weil ich glaube, dass du einen Winter ohne Fell nicht überstehen würdest«, knurrte Baazlabeth ihn an.

»Hab verstanden«, rief der Homunkulus aus, erhob sich, stellte sich an die hintere Tischkante und machte sich zum Sprung bereit.

»Es passiert gar nichts. Nur macht es das Pentagramm auf einem mit Ruß verschmierten Boden so gut wie unsichtbar.«

Dann sprang er vom Tisch auf und flüchtete sich hinter einen der Paravents zu Lemura.

In diesem Moment leuchtete der magische Zirkel um Lilith bereits auf und ließ ihre Gestalt langsam verschwimmen.

»Ich habe alles für dich hergerichtet«, sagte Baazlabeth mit einem breiten Grinsen im Gesicht. Mein Reich ist auch nicht viel schlechter als die Gruft, in der du bis jetzt gehaust hast. Der eine oder andere Leckerbissen müsste da unten noch herumlaufen. Sie sollten alle nach deinem Geschmack sein. Im Laufe der nächsten Jahre wirst du lernen, was es bedeutet, ein Schattenwesen zu sein. Kümmere dich gut um meine Lemuren, sie werden die Einzigen sein, die zu dir halten, vergiss das nicht.

»Ich werde euch alle töten!«, schrie Lilith.

Dann war sie verschwunden.

Baazlabeth lehnte sich im Stuhl zurück und grinste zufrieden in sich hinein.

Ihr habt mich in diese Welt gerufen, nun müsst ihr auch damit leben, dass ich noch ein Weilchen bleibe. Euer ganzes Streben nach Ordnung birgt so viel Chaos in sich, dass ich mich hier schon fast heimisch fühle. Warum sollte ich also das Fest verlassen, wenn das Buffet noch angerichtet ist? Ich habe eine Truhe voller Gold, ein paar Diener, ein eigenes Theater und bin sogar Mitglied des Kleinen Rates – sozusagen ein ehrenwerter Bürger von Brisenburg. Wollen wir doch mal sehen, was eure Welt noch für mich bereithält. Vielleicht gibt es ja doch eine Prophezeiung, die es zu erfüllen gilt. Glaubt ja nicht, dass sich das Schicksal noch reimen lässt, wenn ich meine Finger im Spiel habe. Nichts reimt sich auf Baazlabeth, Herr der Verwüstung und Zerstörer von Welten.

Sein Lachen erfüllte das Theater und hallte hinaus in die Straßen der Stadt.

ENDE